JN392501

헤르만 헤세 작품선 1

헤르만 헤세 지음 · 이인웅 옮김

수레바퀴 아래서
데미안

헤르만 헤세 작품선 1
수레바퀴 아래서
데미안

지은이 | 헤르만 헤세
옮긴이 | 이인웅
펴낸이 | 김래수

1판 1쇄 인쇄 | 2011년 07월 15일
1판 1쇄 발행 | 2011년 07월 20일

기획 및 편집 책임 | 정숙미
디자인 | 이애정
마케팅 | 김남용

펴낸 곳 |

주소 | 서울특별시 동작구 상도1동 780-2 종현빌딩 3층
전화 | 02-812-7217   팩스 | 02-812-7218
E-mail | eupub@hanafos.com
출판등록 | 2000. 1. 4 제20-358호

ISBN 978-89-89703-94-5 (04850)
      978-89-89703-93-8 (세트)

이 책에 실린 글과 사진의 저작권은 『도서출판 이유』에 있습니다.
저작권법에 보호받는 저작물이므로 저작권자인
『도서출판 이유』의 서면동의가 없이 무단 전재나 복제를 금합니다.

이 도서의 국립중앙도서관 출판시도서목록(CIP)은
e-CIP홈페이지(http://www.nl.go.kr/ecip)와 국가자료 공동목록시스템
(http://www.nl.go.kr/kolisnet)에서 이용하실 수 있습니다.
(CIP제어번호: CIP2011002854)

Hermann Hesse

수레바퀴 아래서
데미안

차례

• **수레바퀴 아래서**

제 1 장　　　　08
제 2 장　　　　53
제 3 장　　　　90
제 4 장　　　　144
제 5 장　　　　187
제 6 장　　　　218
제 7 장　　　　253

• **데미안**

제 1 장　두 개의 세계　　　296
제 2 장　카인　　　　　　　327
제 3 장　도둑　　　　　　　358
제 4 장　베아트리체　　　　390
제 5 장　새는 알에서 나오려고 싸운다　424
제 6 장　야곱의 싸움　　　　452
제 7 장　에바 부인　　　　　486
제 8 장　종말의 발단　　　　525

• 작품 해설 · 진정한 자아(自我)를 찾아가는 방황 ― 이인웅
　Ⅰ. 헤르만 헤세의 생애와 문학정신　　540
　Ⅱ. 수레바퀴 아래 깔려 버린 자아　　　547
　Ⅲ. 내면의 자아를 찾아간 자아　　　　　554

• 작가 연보 · 헤르만 헤세 연보　　564

Hermann Hesse

Unterm Rad

수레바퀴 아래서

청소년의 자살 문제가 심각했던 19세기말 전환기의 독일사회를 배경으로 작가가 10여 년 전에 겪은 체험을 서술한 작품이다. 그 시대의 학생비극으로 평가되는 자전소설을 통해 작가는 고뇌로 가득 찬 사춘기의 체험을 시적으로 변형시킨다.

제 1 장

요제프 기벤라트[1]씨는 중개업자이며 대리업자였다. 다른 마을 사람들에 비해 아무런 장점이나 이렇다 할 특성도 없었다. 그저 보통 사람들처럼 그는 어깨가 넓고 체격이 건장하였다. 장사하는 수완이 어지간하였고, 솔직하게 돈을 숭배하는 성실한 모습을 보여주었다. 게다가 정원이 딸린 자그마한 주택과 공동묘지에 선조들이 묻힌 가족묘까지 소유하고 있었다. 그의 종교 생활은 속이 빤히 들여다보일 정도로 하느님과 교회당국에 대해서는 적당한 존경을 보여주었지만, 시민적 예의범절의 확고한 불문율에 대해서는 맹목적인 복종심을 나타냈다. 그는 자주 술을 마시기는 했지만, 한 번도 심하게 취한 적은 없었다. 가끔씩 그는 비난받을 만한 일도 했지만, 그러나 결코 형식적으로 허용되는 한계를 넘어서지는 않았다. 그는 가난한 사람들은 가난뱅이라

[1] 헤세의 외할아버지 군데르트 Hermann Gundert 가 살았고, 헤세 가족이 살았었던 칼브 출판서점 옆에 우체국과 기벤라트의 집이 있었음.

고 욕을 하고, 부유한 사람들은 졸부라고 욕을 해댔다. 시민단체의 일원으로서 금요일마다 〈독수리호텔〉[2]에서 열리는 구주희(九柱戲)[3]놀이에 참석했을 뿐만 아니라, 빵 굽는 날이나 스튜 요리를 먹는 날, 소시지 수프를 먹는 날에도 빠지지 않았다. 일할 때에는 값싼 시가를 피우지만, 식사를 마친 후나 일요일에는 고급 시가를 피웠다.

 그의 내적 생활은 속물의 삶이나 다름없었다. 그가 정서(情緖)라고 지녔던 것은 이미 오래전에 티끌만한 먼지가 되어 버렸으며, 그저 전통적이고 우악스러운 가족의식과 자기 아들에 대한 자부심, 그리고 어쩌다 가난한 사람들에게 베푸는 자선(慈善) 정도가 약간 남아 있었다. 그의 정신적 역량은 엄격히 한계가 그어진 타고난 교활함과 계산적 술책을 벗어나지 못하였다. 그가 독서하는 것이란 신문에 한정되어 있었다. 그의 예술적 향락에 대한 욕구를 충족시키는 데는 해마다 개최되는 시민단체의 애호가들 공연이나 이따금씩 서커스를 구경하는 것으로 충분했다.

 그가 이웃 사람 어느 누구와 이름이나 집을 바꾼다 할지라도 무엇 하나 달라지는 것은 없을 것이다. 그의 영혼 깊숙이에는 모든 우월한 힘과 인물에 대한 그칠 줄 모르는 불신감, 모든 일상적이지 않

---

[2] 〈독수리호텔 Hotel Adler〉은 헤세의 고향인 칼브에 있던 호텔로 지금은 허물어졌음.

[3] 볼링과 비슷한 독일의 전통적 놀이. 자그마한 공을 손바닥 위에 올려놓고 가볍게 던져 굴려가지고 9개의 핀을 쓰러뜨리는 놀이.

은 일이나 보다 자유로운 일, 보다 세련되고 정신적인 일에 대한 적대감을 지니고 있었는데, 이는 질투감에서 생겨난 본능적인 요소로서 그 도시의 다른 모든 가장들과 공통되는 점이었다.

그에 관한 이야기는 이만하면 충분하다. 보다 심오한 풍자가만이 이 천박한 삶과 무의식적인 비극에 대한 설명을 더 잘 해낼 수 있을 것이다. 그러나 이 남자는 슬하에 하나뿐인 아들을 두고 있었으며, 이제 바로 그 아들에 관한 이야기를 하고자 한다.

한스 기벤라트[4]는 의심할 여지없이 천부적인 재능을 타고난 아이였다. 그가 얼마나 섬세하고 남다른지는 다른 아이들 틈에 끼여 돌아다니는 모습을 바라보기만 해도 충분히 알 수 있었다. 슈바르츠발트의 이 작은 마을[5]에서는 이제까지 그러한 인물이 배출된 적이 없었다. 비좁기 짝이 없는 이 세계 너머로 눈을 돌리거나 영향력을 끼칠 만한 사람이 이곳에서는 아직 한 명도 나오지 않았다. 이 소년이 그 진지한 눈빛과 영리해 보이는 이마와 단정한 걸음걸이를 대체 어디서 물려받았는지는 아무도 모른다. 혹시 그의 어머니로부터였을까? 소년의 어머니는 이미 여러 해 전에 세상을 떠났다.[6] 그녀가 살아 있을 때, 사람들은 그녀에

---

[4] 한스라는 이름은 자살로 삶을 마감한 동생 한스 헤세 Hans Hesse(1882~1935)와 연관되었음을 분명히 나타내 주고 있음. 한스는 작가 헤세보다도 더 심하게 라틴어학교와 학생 시절에 대한 갈등을 겪었음.
[5] 슈바르츠발트는 "검은 숲"이라는 의미를 지닌 독일 남서부에 있는 전나무숲이 우거진 지명. 이곳의 "작은 마을"이란 직접적으로 이름을 말하지는 않았지만, 헤세의 고향 칼브를 나타내고 있음.

게서 눈에 띨만한 특징을 아무것도 알아채지 못했다. 그저 언제나 병약하고 근심에 싸여 있을 따름이었다. 소년의 아버지는 고려의 대상도 되지 못했다. 그렇다면 지난 8 내지 9세기에 걸쳐 많은 유능한 시민들이 나오긴 했지만, 아직 한 번도 재능 있는 사람이나 천재를 배출하지 못했던 이 오래된 작은 마을에 실제로 하늘로부터 신비로운 불꽃이 튀어 내려온 것이었다.

현대적으로 교육받은 관찰자라면 그 가정의 병약한 어머니와 당당한 노인을 상기하면서, 이 과대증상(過大症狀)적 총명함을 몰락의 징조가 시작되는 것이라고 말할 수 있을 것이다. 그러나 다행스럽게도 이 마을에는 그러한 부류의 사람들이 살고 있지 않았다. 그저 관료들이나 교사들 가운데 보다 젊고 약삭빠른 사람들만이 신문 사설을 통해 "현대적 인간"의 존재에 관해 어설프게 알고 있을 따름이었다. 이곳에서는 차라투스트라의 이야기[7]를 알지 못해도 교양 있는 척하면서 살아갈 수 있었다. 부부 생활은 견실하고 행복하기도 했지만, 그들의 삶 어디에나 치유할 수 없는 고풍적인 습성이 깃들어 있었다. 따뜻하게 안주하여 풍족한 삶을 살아가는 시민들 중에는 지난 20여 년 동안에 수공업자에서 공장주로 출세한 사람들이 많았다. 그들은 관료들 앞에서는 모자를

6) 헤세의 장편《나르치스와 골드문트》의 주인공 골드문트와《유리알 유희》의 주인공 요세프 크네히트의 어머니도 일찍 세상을 떠났음.
7) 프리드리히 니체의 철학이 담긴 대표작《차라투스트라는 이렇게 말했다》를 뜻함.

벗고 인사하며 교분을 가지려고 하면서도, 자기네들끼리는 관료들을 겨우 입에 풀칠하는 놈들이니 서기(書記)노릇하는 종놈이라느니 하고 불러 댔다. 그럼에도 불구하고 이상하게도 그들이 지닌 가장 큰 야심은 자기의 아들들이 가능하면 대학공부를 마치고 관료가 되는 것이었다. 하지만 유감스럽게도 이러한 소망은 언제나 이루어질 수 없는 아름다운 꿈으로 머물렀다. 왜냐하면 그들의 후손은 대부분 힘에 겨워 신음하며 몇 번이고 낙제를 거듭한 다음에야 겨우 라틴어학교를 졸업할 정도였기 때문이다.

한스 기벤라트의 재능에 대해서는 전혀 의심할 여지가 없었다. 선생님들이나 교장 선생님, 이웃 사람들이나 마을 목사나 동창생들 할 것 없이 모두가 이 소년이 명석한 두뇌를 가진 사람이며 무언가 특별한 존재라는 사실을 인정했다. 이로써 그의 장래는 이미 정해지고 확정된 것이었다. 왜냐하면 슈바벤 지방에서 재능 있는 아이들은 그들의 부모가 부자가 아닐 경우엔 단 하나의 비좁은 길만이 정해져 있기 때문이다. 그 길이란 주정부시험[8]에 합격하여 신학교에 입학하고, 거기서 다시 튀빙겐 수도원에 들어갔다가, 훗날 목사가 되어 설교단이나 아니면 대학 강단으로 가는 것이었다.

매년 36명 내지 48명의 지방 소년들이 이처럼 조용하고 확실한 길을 걸어간

---

8) 매년 주(州)에서 가장 우수한 정부장학생을 선발하는 프로테스탄트교 수도원 신학교 입학시험. 헤세가 치룬 시험은 1891년 7월 14~15일에 슈투트가르트의 에버하르트 루드비히 김나지움에서 실시되었음.

다. 새로 입학해 견신례(堅信禮)⁹⁾를 받은 학생들은 과중한 공부에 지쳐 바싹 마른 모습을 한 채 주정부 비용으로 여러 가지의 인문과학 분야를 두루 섭렵한다. 8년 내지 9년 뒤에 그들은 그들 인생 여정에 있어서 보다 긴 두 번째의 인생길로 발걸음을 옮기게 되는데, 이 인생길에서 그들은 이제까지 받은 은혜를 주정부에 되갚아야 하는 것이다.

몇 주일 후에 다시 "주정부시험"이 시행되도록 되어 있었다. 해마다 거행되는 헤카톰베 예식¹⁰⁾에서 주정부는 그 주(州)에서 특히 머리가 우수한 젊은이들을 선발한다. 시험이 진행되는 동안 작은 도시와 마을에서는 수많은 가족들이 시험이 거행되고 있는 수도(首都)를 향해 한숨과 기도와 기원을 보내고 있다.

한스 기벤라트는 이 작은 고향 마을에서 그 고통스런 경쟁에 내보내기로 한 유일한 후보자였다. 그 명예는 대단했다. 그렇다고 그가 이러한 명예를 거저 얻은 것은 아니었다. 매일 오후 4시까지 지속되는 학교수업에 이어서 교장 선생님이 따로 가르치는 그리스어 수업을 받아야만 했다. 그리고 6시에는 마을 목사님이 호의를 베풀어 라틴어와 종교의 복습강의를 해주었다. 그리고 일주일에 두 번씩 저녁 식사를 마친 뒤에 수학 선생님으로부터 한 시간짜리 과외

9) 개신교에서 세례를 받은 후 교리문답과 신앙고백을 하고 교회의 정회원이 되는 의식.
10) 헤카톰베 Hekatombe는 고대 그리스에서 황소 100마리를 제물로 바치는 예식인데, 여기서는 주정부시험이 그만큼 어렵다는 것을 의미함.

지도를 받았다. 그리스어 시간에는 불규칙동사 다음으로 불변화사(不變化詞)에 의해 표현될 수 있는 다양한 문장 결합의 가능성에 주안점을 두었다. 라틴어에서는 간결하고 명료한 문체를 유지하는 법, 그리고 특히 수많은 운율의 섬세함을 배웠다. 그리고 수학에서는 주로 복잡한 비례계산법에 중점을 두었다. 선생님이 가끔 강조했던 바와 같이 이 비례계산법이 겉으로 보기에는 앞날의 연구와 인생에 전혀 필요치 않은 것처럼 보일 수도 있지만, 실은 그냥 그렇게 보일 따름이었다. 그러나 그것은 실제로 아주 중요했다. 아니, 많은 다른 주요 과목들보다 오히려 더 중요했다. 왜냐하면 비례계산법은 논리적인 능력을 키워줄 뿐만 아니라, 명확하고 냉철하며 효과적인 모든 사고의 토대가 되기 때문이다.

정신적으로 과도한 부담이 나타나지 않도록, 또 지나친 이성(理性)의 훈련으로 인해 정서(情緖)가 등한시되거나 메마르지 않도록 하기 위하여, 한스는 매일 아침 학교 수업이 시작되기 전에 한 시간씩 견신례를 받는 학생에게 과하는 성서강독에 참석하도록 되어 있었다. 이 수업에서는 브렌츠의 교리문답[11]을 통하여, 그리고 자극을 주는 질의응답에 대한 암기와 암송을 통하여, 종교적인 삶의 신선한 입김을 젊은이들의 영혼에 깊숙이 스며들게 했다. 하지

---

[11] 브렌츠 Johann Brenz(1499~1570)는 슈바벤의 신교주의자로, 그 지방의 영주(領主)인 울리히공(公)의 조언자이자 설교자. 그는 마르틴 루터를 지지하여 뷔르템베르크의 종교개혁을 주도했음. 문답을 통한 기독교 교리입문서는 현재까지도 이용되고 있음.

만 유감스럽게도 한스는 삶에 활력을 주는 이러한 시간들을 스스로 망가뜨리고 그런 축복을 빼앗아 버렸다. 그는 그리스어와 라틴어 단어들이나 연습문제를 적은 종이쪽지를 남몰래 교리문답서에 끼워 넣고서, 거의 한 시간 내내 이 세속적인 지식에 몰두했기 때문이다. 그렇지만 그의 양심이 지나칠 정도로 무뎌진 것은 아니었고, 끊임없이 당혹스러운 불안감과 은밀한 두려움을 느끼지 않은 것도 아니었다. 담임 목사님이 그의 곁으로 다가오거나 그의 이름을 부를 때면, 그는 매번 수줍어하며 몸을 움츠렸다. 대답을 해야 할 때면, 이마에는 땀방울이 맺히고 가슴이 몹시 두근거렸다. 하지만 그의 대답은 흠잡을 데 없이 정확했다. 발음에 있어서조차도 그러했다. 그러한 점을 담임 목사님은 아주 높이 평가하고 있었다.

한스는 집에 돌아오면 정겨운 램프 불 밑에서 저녁 늦게까지 하루 종일 이런저런 학교 수업에서 모아진 숙제를 해결해 나갔다. 그것은 쓰기이거나 외우기, 그리고 복습과 예습 숙제들이었다. 담임선생님은 평화스런 가정에서 축복이 가득한 분위기에 에워싸여 공부하면 특히 심오하고도 효과적인 결과를 얻을 수 있다고 확언하고 있었다. 이런 공부는 화요일과 토요일에는 보통 10시 정도까지만, 그밖의 다른 날에는 11시나 12시까지, 때로는 더 늦게까지도 계속되었다. 아버지는 기름을 너무 낭비하는 것에 대해 약간 불평을 하면서도, 이렇게 열심히 공부하는 모습을 자랑스러운 표정으로 기분 좋게 바라보았다. 가끔 한가한 시간이 생길 때면, 그리고 우리 삶에 있어서 일곱 번째 날로 정해진 일요일이면, 한스는 절실하게 학교에서 읽지 못한 책들을 읽거나, 문법을 충분하게 다시 복습하는 데 열중했다.

"물론 정도껏 해야 해, 정도껏! 한 주일에 한두 번쯤 산책을 하는 것은 꼭 필요할 뿐더러 기적을 낳기도 한단다. 날씨가 좋은 날에는 책을 들고 나갈 수도 있다. ― 야외에서 선선한 공기를 마시며 공부한다는 것이 얼마나 쉽고 즐거운지 너도 알게 될 거다. 어쨌든 고개는 높이 쳐들고 다니도록 해라!"

그래서 한스는 가능한 한 고개를 높이 쳐들고 다녔으며, 그때부터 산책하는 시간도 공부하는 데 이용했다. 그리고 밤을 지새운 것 같은 얼굴과 가장자리가 푸르스름해진 피곤한 눈으로 수줍은 모습을 한 채 조용히 주변을 돌아다니곤 했다.

"기벤라트를 어떻게 생각하십니까? 시험에 합격하겠지요?" 어느 날 담임선생님이 교장 선생님에게 물었다.

"그럴 겁니다. 그 앤 해낼 거예요." 교장 선생님은 환호하듯 말했다. "그 아이는 아주 영리한 학생이거든요. 그 앨 한번 보세요. 정말이지 그 앤 정신으로 충만한 것처럼 보입니다."

지난 한 주일 동안에 그의 정신세계가 더욱 빛나고 있었다. 예쁘고도 부드러운 소년의 얼굴에는 움푹 들어간 두 눈이 음울한 열정을 지닌 채 불안스럽게 불타올랐다. 아름다운 이마에는 그의 정신을 드러내는 듯 섬세한 주름들이 움직였다. 게다가 가늘고 바싹 마른 팔과 두 손은 보티첼리[12]를 연상케 하는 나른한 우아함을 보여주면서 축 늘어져 있었다.

이제 시험 날이 다가왔다. 한스는 다음날 아침, 아버지와 함께 슈투트가르트로 떠나기로 되어 있었다. 거기에서 주정부시험을 치르고, 그가 신학교의 좁은 수도원 문을 들어설 자격이 있다는 사실을 보여주어야 했다. 방금 그는 교장 선생님을 찾아뵙고 작별 인사를 했다.

모두가 두려워했던 지배자 교장 선생님은 헤어질 무렵에 보통 때와는 달리 부드러운 어조로 말했다. "오늘 저녁에는 공부하지 마라! 내게 약속할 수 있겠지. 내일 아침에는 아주 건강한 상태로 슈투트가르트에 가야 한다. 한 시간쯤 산책을 하고서 일찍 잠자리에 들도록 해라. 젊은이들은 충분한 수면을 취해야 하거든."

한스는 얼떨떨했다. 교장 선생님으로부터 무시무시한 충고나 잔뜩 들을 것이라고 생각했는데, 이렇게 호의적인 격려의 말을 들었기 때문이다. 그는 숨을 크게 내쉬며 교정을 나섰다. 키르히베르크가(街)의 커다란 보리수[13]들

12) 이탈리아의 화가로 본명은 필리페피 산드로 Filipepi Sandro (1444/5~1510)임.
13) 종교개혁 300주년을 기념하기 위해 칼브에서는 1817년에 이 보리수들을 심었음.)

은 늦은 오후의 뜨거운 햇살을 받으며 흐릿하게 반짝거렸다. 시장 광장에는 2개의 커다란 분수대[14]가 철썩거리며 반짝반짝 빛나고 있었다. 그리고 불규칙하게 늘어선 지붕들 너머로는 검푸른 전나무로 가득한 주위의 산들이 들여다보고 있는 것 같았다. 소년 한스에게는 이 모든 것들이 오랫동안 보지 못했던 광경처럼 여겨졌으며, 이 모든 것들은 너무나도 아름답고 유혹적이라고 생각되었다. 그러면서도 한스는 머리가 아팠다. 그렇지만 오늘은 더 이상 공부를 하지 않아도 괜찮았다. 그는 시장 광장을 어슬렁거리며 가로질러 갔다. 오래된 시청을 지나가고, 시장 골목길을 통해 칼을 만드는 대장간 옆을 지나서 오래된 다리[15]에 이르렀다. 거기에서 한동안 이리저리 돌아다니다가 마지막으로 넓은 다리의 난간 위에 걸터앉았다. 여러 주일 동안, 여러 달 동안 그는 매일매일 네 번씩 이곳을 지나다녔었다. 그러면서도 그동안 다리 위에 있는 자그마한 고딕식 예배당[16]을 제대로 쳐다본 적이 없었다. 그뿐만 아니라 강물이나 수문(水門), 제방이나 물방앗간도 쳐다보지 않았으며, 풀장이 있는 초원이나 수양버들이 늘어선 강변 역시 한 번도 눈여겨본 적이 없었다. 그 강변에는 다른 공장들과 함께 가죽공장이 하나 서 있었다. 거기에는 강물이 깊고 푸르게 호수처럼 고요히 고여 있었

14) 칼브의 시장터 광장에는 실제로 2개의 커다란 분수대가 있음.
15) 칼브의 나골드 강을 건너는 니콜라우스 다리를 의미함.
16) 14세기에 니콜라우스 다리 위에 건립된 성 니콜라우스 예배당.

으며, 뾰족한 버드나무 가지들이 휘어진 채 물에 닿을 정도로 늘어져 있었다.

그때 갑자기 생각이 떠올랐다. 여기에서 반나절 혹은 하루 종일 시간을 보낸 일이 얼마나 많았던가. 얼마나 자주 여기에서 수영도 하고, 잠수도 하고, 보트를 타며 노를 젓기도 하고, 낚시질도 했단 말인가. 아, 그 즐거웠던 낚시질을! 이제 그는 낚시질하는 방법조차 거의 잊어버렸다. 작년에 시험 준비 때문에 낚시질하는 것을 금지당했을 때 그는 쓰디쓴 눈물을 흘렸었다. 그 즐거운 낚시질! 그것은 오랜 학창 시절 동안에 가장 아름다운 일이었다. 수양버들의 엷은 그늘 아래 서 있기, 물방앗간의 제방에서 가까이 살랑거리는 물소리, 그리고 그 깊고도 고요한 강물! 강물 위에 어른거리는 불빛과 긴 낚싯대의 잔잔한 흔들림, 미끼를 문 물고기를 잡아당길 때의 흥분, 그리고 발버둥치는 차갑고 통통한 물고기를 손에 잡아들 때의 기쁨이란 얼마나 황홀한가!

그는 여러 번 수액이 풍부한 잉어를 낚아 올리기도 했다. 흰 잉어와 돌잉어, 그리고 맛좋은 유럽산 잉어와 멋진 빛깔을 자랑하는 작고 희귀한 연준모치 같은 것도 잡았다. 한스는 오랫동안 강물 위를 물끄러미 내려다보았다. 푸른 강변을 바라보면서 어느덧 깊은 상념에 사로잡히고 애수에 젖어들기 시작했다. 어린 소년의 아름답고 자유로우며 거칠기도 했던 기쁨이 저 멀리 사라진 듯한 느낌이었다. 무심결에 그는 주머니에서 빵 조각을 꺼내들었다. 그것으로 크고 작은 둥근 덩어리를 만들어 물속으로 던졌다. 물속에 가라앉는 빵 부스러기를 물고기들이 낚아채 먹는 모습을 지켜보았다. 처음에는 금빛을 띤 아주 자그마한 여러 물고기들이 달려들어 작은 빵 부스러기를 탐욕스레 먹어치웠다. 그리고는 굶주린 듯한 주둥이로 큰 덩어리들을 이리저리 앞으로 밀어댔다. 다음에는 거무스름하고 넓은 등판이 희미하게나마 강바닥과 구별되는 좀 더 큰 은색 물고기가 느릿느릿 조심스럽게 다가왔다. 그놈은 빵 덩어리 주위를 조심스럽게 빙빙 돌며 헤엄치더니, 갑자기 둥그런 주둥이를 크게 벌리고는 빵 덩어리를 삼켜 버렸다. 천천히 흐르는 강물로부터 후덥지근한 냄새가 피어올랐다. 녹색의 수면 속에는 몇 개의 밝은 구름들이 어렴풋이 반사되고 있었다. 물방앗간에서는 둥근 톱니바퀴가 신음 소리를 내며 돌아갔고, 2개의 둑 사이의 강물은 시원하면서도 나지막하게 번갈아가며 살랑거렸다. 소년은 최근에 신입생 견신례가 거행되었던 일요일을 생각했다. 감동을 자아내기에 충분한 엄숙한 예식이 진행되는 동안에도 그는 그리스어 동사를 외우고 있는 자신을 발견하곤 했었다. 최근에는 다른 경우에도 종종 그의 생각이 뒤죽박죽이 되어 버리는 일이 벌어졌었다. 학교에서도 그는 눈앞에 놓여 있는 공부를 하는 대신에 이미 지나간 일이나, 아니면 훗날 해야 할 일을 생각하는 것이었다. 그래, 시험은 잘 치를 수 있을 거야!

 혼란스러운 채 한스는 자리에서 일어났다. 하지만 어디로 가야 할지 마음을 정하지 못했다. 그때 갑자기 힘센 손이 그의 어깨를 붙잡았고, 다정한 남자의 목소리가 그에게 말을 걸었다. 그는 아주 깜짝 놀랐다.

 "안녕, 한스. 잠시 나랑 산책 좀 할까?"

 그 사람은 구둣방 아저씨 플라이크[17]였다. 한스는 예전에 가끔 그 아저씨 곁에서 저녁 시간을 보내기도 했지만, 지금으로선 그건 벌써 오래전 일이 되었다. 한스는 그와 함께 걷기 시작했지만, 신앙심이 깊은 이 경건주의자의 이야기에는 별로 주의를 기울이지 않았다. 플라이크는 시험에 관한 이야기를 꺼냈고, 소년에게 행운을 빌어주고 용기를 북돋워 주었다. 그러나 그의 이야기의 궁극적인 목적은 그런 시험이란 단지 외형적이고 우연한 일에 지나지 않는다는 사실을 알려주려는 것이었다. 시험에 떨어진다는 것도 수치스런 일이 아니다. 가장 우수한 학생에게도 그런 일이 생길 수 있다. 혹 한스에게 그런 일이 생길 경우에는 하느님은 하나하나의 인간 영혼에 특별한 뜻을 가지고 계시며, 그에게 적합한 길로 그들을 인도하신다는 것을 생각하기 바란다는 것이었다.

 한스는 이 아저씨에게 전혀 양심의 가책을 느끼지 않는 것은 아니었다. 그는 아저씨의 의젓하고 인

---

[17] 헤세가 만들어 낸 허구적 인물 이름.

상적인 인품에 대해 존경심을 가지고 있었다. 그렇지만 그와 함께 기도를 하는 형제들에 대해 사람들이 떠들어 대는 많은 우스꽝스런 이야기를 들었으며, 때로는 더 잘 아는 체하는 이들의 농담이 옳지 않다는 것을 알면서도 함께 비웃기도 했었다. 그뿐만 아니라 한스는 자신의 비겁함을 부끄러워해야 할 판이었다. 왜냐하면 어느 때부터인가 그는 날카로운 질문 때문에 거의 겁에 질린 것처럼 이 구둣방 아저씨를 피했기 때문이다. 한스는 선생님들과 자기 자신의 자랑거리가 된 뒤로 어느 정도 교만해져 있었다. 그 후로 플라이크 아저씨는 종종 한스를 우습다는 듯이 쳐다보고, 그에게 겸손한 마음을 지니도록 애를 쓰기도 했다. 그로 인해 소년의 영혼은 이 호의적인 인도자(引導者)로부터 자꾸만 멀어져 갔다. 왜냐하면 한스는 이미 반항심이 한창 절정에 달한 소년의 나이였고, 자신의 자아의식을 건드리는 달갑지 않은 모든 접촉에 대해서 예민하게 촉각을 곤두세우고 있었기 때문이었다. 지금 한스는 이야기를 들려주는 아저씨 옆에서 나란히 걸어가고 있다. 그러면서도 아저씨가 염려와 친절에 가득 찬 시선으로 자기를 보고 있다는 사실을 깨닫지 못했다. 크로넨 골목길[18]에서 그들은 마을 목사님과 마주쳤다. 구둣방 아저씨는 점잖으면서도 냉담하게 인사를 하고는 갑자기 서둘러 떠나갔다. 왜냐하면 마을 목사님이 새로운 유행을 따를 뿐만 아니라,

---

[18] 칼브의 시장터 광장과 레더가(街) 사이에 있는 골목길.

부활조차도 믿지 않는다는 소문이 퍼져 있었기 때문이었다. 마을 목사님이 소년과 함께 걷기 시작했다.

"어떻게 지내니?" 마을 목사님이 물었다. "이제 곧 시험이 있을 테니 걱정이겠구나."

"네, 괜찮아요."

"그래, 잘 해내도록 해라! 우린 네게 모든 희망을 걸고 있다는 걸 알고 있겠지. 난 라틴어에서 네가 특히 좋은 성적을 거두리라 기대한단다."

"하지만 제가 떨어지면요." 한스는 수줍은 듯이 말했다.

"떨어지다니?!" 마을 목사님은 너무 놀라 그 자리에 멈춰섰다.

"떨어진다는 건 있을 수 없는 일이다. 전혀 불가능한 일이야! 그런 생각을 하다니!"

"제 말은 그냥 그럴 수도 있다는……."

"그럴 순 없다, 한스야, 그럴 순 없어. 그건 안심해도 된다. 그럼, 아버지께 안부 전해다오. 용기를 가져라!"

한스는 그의 뒷모습을 바라보았다. 그리고 나서 구둣방 아저씨가 걸어간 쪽을 돌아보았다. 아저씨가 무슨 말을 했던가? 우리가 온전한 마음과 하느님에 대한 경외심을 가지고 있다면, 라틴어쯤은 별로 문제되지 않을 것이라고 했다. 아저씨는 좋게 말씀하셨다. 그리고 이젠 마을 목사님까지 그랬다. 만일 시험에 떨어진다면 한스는 전혀 얼굴을 들고 다니지 못할 것이다.

　마음이 억눌린 채 집으로 돌아온 한스는 급경사진 자그마한 정원으로 들어갔다. 이곳에는 오래 전부터 사용하지 않아 거의 허물어진 작은 정자가 서 있었다. 예전에 거기에다가 널빤지로 토끼집을 만들어 놓고, 3년 동안 토끼들을 길렀었다. 하지만 지난 가을에 그 토끼들을 모두 빼앗기고 말았다. 시험공부 때문이었다. 그 후로는 기분전환을 위한 시간을 전혀 갖지 못했다.

　이 정원에도 이미 오랫동안 들어와 보질 못했다. 텅 빈 판자 칸막이는 금방 쓰러질 것처럼 보였다. 담 모퉁이의 석순(石筍)들은 이미 다 허물어져 버렸다. 조그만 나무 물레바퀴는 비틀어지고 깨어진 채 수도관 옆에 나뒹굴고 있었다. 한스는 이 모든 것들을 직접 만들고 다듬기도 했던 시절을 회상했다. 벌써 2년 전 일이었다. ─ 그때는 모든 것이 영원인 것 같았다. 그는 작은 물레바퀴를 집어 들어서 이리저리 구부려 완전히 쓰지 못하게 부수어 울타리 너머로 던져 버렸다. 이런 쓸모없는 것들은 버려야 한다. 정말이지, 이 모든 것들은 이미 오래전에 끝나고 지나 버린 것이었다. 그때 갑자기 동창생인 아우구스트[19]가 머리에 떠올랐다. 물레바퀴도 만들고 토끼집을 고치는 데 그가 도와주었었다. 오후 내내 그들은 여기서 놀았었다. 새총을 쏘기도 하고, 고양이를 뒤쫓기도 하고, 텐트를 치기도 하며, 간식으로 노란색

---

[19] 헤세가 만들어 낸 허구적 인물.

당근을 생으로 씹어 먹기도 했었다. 그런 다음에 한스는 시험공부에 전념하게 되었고, 아우구스트는 1년 전에 학교를 그만두고 기계견습공이 되었다. 그 후로 아우구스트는 단 두 번 모습을 나타냈다. 물론 그 역시 이제는 시간이 없었던 것이다. 구름의 그림자가 서둘러 골짜기 너머로 흘러가고, 해는 벌써 산기슭에 가까워져 있었다. 잠시 동안 소년 한스는 몸을 내던진 채 울부짖고 싶은 심정이 되었다. 그러나 그 대신에 헛간에서 손도끼를 들고 나와서는 나약한 팔로 허공에 도끼를 마구 휘둘러 대면서, 토끼집을 산산조각으로 부숴 버렸다. 나무조각들은 이리저리 날아올랐고, 못들은 으지직 소리를 내며 구부러졌다. 지난해 여름에 먹다 남은 약간의 썩은 토끼사료가 나타났다. 한스는 이 모든 것들에 닥치는 대로 손도끼를 휘둘렀다. 그렇게 하여 그는 토끼들과 아우구스트, 그리고 옛 어린 시절의 일들을 모두 박살내 버릴 수 있는 것 같았다.

"아니, 아니, 아니, 아니, 아니, 대체 이게 무슨 짓이냐?" 아버지가 창가에서 소리쳤다. "너 거기서 뭐하는 거니?"

"땔감 만들어요."

한스는 더 이상 대답하지 않았다. 그냥 도끼를 내던지고 안마당을 통해 골목길로 나가서는 강기슭을 따라 강 위쪽으로 달려갔다. 강변의 양조장 가까이에 2개의 뗏목이 묶여 있었다. 예전에 그는 가끔 뗏목을 타고 강물을 따라 몇 시간이고 떠내려간 적이 있었다. 따스한 여름날 오후에 뗏목나무 사이로 철썩거리는 강물을 따라 타고 가노라면 흥분이 되기도 하고 졸음이 오기도 했었다. 한스는 줄이 풀어져 강물 위에 둥실거리는 뗏목에 뛰어올랐다. 그리고 수양버들 덤불 위에 누워서는 상상의 날개를 펴기 시작했다. 뗏목이 흘러간다. 때로는 재빠르게, 때로는 완만하게 초원과 밭들과 여러 마을과 서늘한 숲 가장자리를 지나서 다리들과 위로 들어올린 수문(水門) 아래로 떠내려간다. 그는 뗏목 위에 누워 있으며, 모든 것들이 다시 예전과 같아진 것 같다. 그 시절에 그는 카프산(山)에서 토끼의 먹이를 마련해 오고, 강기슭에 있는 가죽공장의 정원에서 낚시질을 했으며, 아직 두통도 없고 아무 근심 걱정도 없었다.

 피곤에 지치고 기분이 언짢은 채, 그는 저녁 식사를 하러 집으로 돌아왔다. 아버지는 슈투트가르트에서의 시험이 코앞에 다가오자 여행준비를 하느라고 무척이나 들떠 있었으며, 한스에게 열두 번도 더 물어보곤 하였다. 필요한 책을 모두 챙겼는지, 검은색 양복은 준비해 놓았는지, 여행하는 도중에 문법책을 읽을 생각은 없는지, 지금 기분은 괜찮은지를 물어보았다. 한스는 짤막하고 퉁명스럽게 대답하고는 저녁도 별로 먹지 않고 곧 밤인사를 했다.

 "잘 자거라, 한스야. 푹 자도록 해라! 그럼 내일 아침 6시에 깨워

줄께. 사전도 잊지는 않았겠지?"

"네, '그' 사전을 잊지 않았어요. 안녕히 주무세요!"

한스는 자그마한 자기 방에서 불도 켜지 않은 채 오래도록 앉아 있었다. 자기만의 작은 방 - 그것은 시험의 역사가 지금까지 그에게 안겨준 유일한 축복이었다. 이 방에서만은 그가 주인이었고, 아무런 방해도 받지 않았다. 여기서 그는 피곤과 졸음과 두통과 싸우며 시저[20]와 크세노폰[21], 문법과 사전과 수학숙제를 공부하며 기나긴 저녁시간을 보냈다. 끈질기게 고집을 부리기도 하고 공명심에 불타기도 했지만, 가끔은 절망감에 빠지기도 했다. 그래도 여기에서 그는 잃어버린 어린 시절의 즐거움보다 더 가치 있다고 여겨지는 시간들을 보냈었다. 그것은 자만심과 도취와 승리감으로 가득 찬 꿈과도 같은 귀한 시간들이었다. 그 시간에 그는 학교나 시험, 그리고 다른 모든 것들을 뛰어넘어, 보다 지고한 존재의 영역을 꿈꾸고 동경했던 것이다. 그때에 그는 뺨이 두툼하고 마음씨 착한 동급생 친구들과는 정말로 다르고 보다 우월한 존재이며, 언젠가는 속세에서 벗어난 높은 곳에서 우쭐대며 이들을 내려다보게 될 것이라는 뻔뻔하면서도 행복한 예감에 사로잡혀 있었다. 지금도 한스는 이 작은 방안에 보다 자유롭고 보다 상큼한 공기가 가득 차 있기

---

20) 시저 Gajus Julius Cäsar는 기원전 100~44년경 로마에 살았던 무장이며, 정치가.
21) 크세노폰 Xenophon은 기원전 430~354년경 고대 그리스에 살았던 군인이며 철학자이며 역사가.

라도 한 것처럼 숨을 크게 들이마셨다. 그러고는 침대 위에 걸터앉아 여러 가지 꿈과 소망과 예감을 즐기며 몇 시간을 지냈다. 그의 하얀 눈꺼풀이 서서히 피곤에 지친 커다란 두 눈 위로 떨어져 내렸다. 다시 한 번 눈을 뜨고 잠시 깜박거려 보았지만, 다시 감겨 버리고 말았다. 소년의 창백한 얼굴이 바싹 마른 어깨 위로 가라앉았으며, 야윈 두 팔도 피곤에 지친 나머지 축 늘어지고 말았다. 그는 옷을 입은 채로 잠이 들었다. 어머니처럼 다정하고 고요한 졸음이라는 손길이 불안에 떠는 어린아이의 가슴에 이는 파도를 평온하게 해주고, 그의 귀여운 이마에 깃든 가느다란 주름을 펴주고 있었다.

일찍이 이런 일은 없었다. 이른 새벽임에도 불구하고 교장 선생님이 몸소 기차역까지 나와 주었다. 검정 프록코트를 입은 기벤라트 씨는 흥분과 기쁨과 자부심에 겨워 가만히 서 있지를 못했다[22]. 그는 종종걸음으로 교장 선생님과 한스의 주위를 초조하게 맴돌았다. 또한 즐거운 여행과 아들의 시험에 행운을 비는 역장과 역무원들의 인사를 받았으며, 작고 딱딱한 여행가방을 왼손에 들었다가 곧 오른손으로 바꿔들곤 하였다. 그리고 우산을 팔 아래에 끼고 있다가는 다시 무릎 사이에 끼우기도 했

---

22) 헤르만 헤세가 주정부시험을 볼 때, 그는 괴핑엔에서 직접 슈투트가르트로 갔으며, 슈투트가르트에 함께 왔던 사람은 헤세의 아버지가 아니라 어머니였음.

다. 그러다가 몇 번인가 우산을 떨어뜨렸는데, 그때마다 우산을 다시 집어 올리려고 여행가방을 내려놓고는 했다. 그런 그를 지켜본 사람이라면 그가 왕복 기차표를 가지고 슈투트가르트로 가는 것이 아니라, 저 먼 미국으로 여행을 떠나는 것이라고 생각할 정도였다. 아들은 매우 침착해 보이기는 했지만, 남모르는 불안감이 그의 목을 조이고 있었다.

기차가 도착하고 정차했다. 사람들이 승차했다. 교장 선생님이 손을 흔들어 인사했다. 아버지는 시가 담배에 불을 붙였다. 계곡 아래로 도시와 강물이 사라져 갔다. 두 사람에게 이 여행은 고통스러운 일이었다.

슈투트가르트에 도착하자마자 아버지는 갑자기 생기를 되찾았으며, 쾌활하고 다정하고 만사에 능한 사람처럼 변하기 시작했다. 며칠 동안 영주(領主)가 사는 수도를 찾아온 소도시인의 환희가 그를 감격하게 만든 것이었다. 그러나 한스는 점점 말이 없어지고 불안해졌다. 도시를 보면서부터 몹시 답답하고 불안한 기분이 그를 사로잡았다. 낯선 얼굴들, 뽐내는 듯 높게 치솟은 휘황찬란한 건물들, 사람을 지치게 만드는 기나긴 거리들, 마차 철도와 길거리의 소음이 그를 겁나게 하고 마음을 아프게 했다. 두 사람은 숙모집에 묵기로 했다. 이 집에서의 낯선 공간들, 숙모의 친절과 수다, 쓸데없이 마냥 앉아 있어야 하는 분위기, 기분을 돋워주기 위해 끊임없이 떠들어 대는 아버지의 말씀, 이러한 것들이 어린 소년을 완전히 땅바닥에 짓눌러 버렸다. 한스는 낯설고 당황한 채 방 안에 쭈그리고 앉아 있었다. 그는 익숙하지 않은 주위환경, 숙모와 그녀의 도시풍의 옷차림새, 무늬가 큰 양탄자, 장(欌) 위에 놓인 탁상시계, 벽에 걸린 그림들, 그리고 소음으로 가득 찬 창 밖의 거리를 바라보면서, 그 자신이 완전히 배반당했다는 생각이 들었다. 또한 그는 집을 떠나온 지가 이미 오래되었고, 애써 배운 지식을 한순간에 완전히 잊어버린 것 같은 생각이 들었다.

오후에 한스는 다시 한 번 그리스어 불변화사(不變化詞)를 훑어보려고 했지만, 숙모가 산책을 하자고 제안했다. 그 순간 그의 내면에서 푸르른 초원과 숲속의 살랑대는 소리가 떠올라, 그는 기쁜 마음으로 동의했다. 그러나 이곳 대도시에서의 산책이 고향에서와는 아주 다른 형태의 즐거움이라는 사실을 곧 깨닫게 되었다.

아버지는 시내에 찾아볼 사람이 있어서 한스는 숙모와 단둘이서 산책을 나갔다. 하지만 계단에서부터 벌써 불행은 시작되었다. 2층에서 교만해 보이는 어느 뚱뚱한 여인과 마주쳤는데, 숙모가 무릎을 굽혀 인사를 하자, 그녀는 순간 아주 능란한 말솜씨로 떠들어 대기 시작했다. 끝날 때까지 15분 이상이나 이야기가 계속되었다. 한스는 계단 난간에 기댄 채 옆에 서 있었다. 그 여인이 끌고 온 강아지가 한스의 냄새를 맡기도 하고 짖어 대기도 했다. 분명하진 않지만 한스는 그녀들이 자기의 이야기를 하고 있다는 것을 알아차렸다. 왜냐하면 그 낯선 뚱뚱한 여인이 코걸이 안경 너머로 몇 번이고 그를 위아래로 훑어보았기 때문이었다. 거리로 나서자마자 숙모는 어느 상점 안으로 들어갔다. 숙모가 다시 나올 때까지는 상당한 시간이 걸렸다. 그동안 그는 수줍은 듯이 길거리에 서 있었다. 지나가는 사람들이 그를 옆으로 밀치기도 하고, 골목길 아이들이 놀려 대기도 했다. 상점에서 나온 숙모는 그에게 넓적한 초콜릿 1개를 건네주었다. 한스는 원래 초콜릿을 좋아하지 않았지만 예의바르게 고맙다는 인사를 했다. 다음 모퉁이 길에서 그들은 철도마차를 탔다. 승객을 가득 태운 채 마차는 끊임없이 종소리를 울려 대며 이 거리 저 거리를 누비며 달려갔다. 마침내 넓은 가로수 길과 공원이 있는 곳에 도착했다. 그곳 분수에서는 물이 솟아오르고, 울타리가 쳐진 화단에는 꽃이 만발했으며, 자그마한 인공 연못에는 금붕어들이 헤엄치고 있었다. 그들은 위로 아래로 오가기도 하고, 수많은 다른 산책객들 사이에서 원을 그리며 이리저리 돌아다니기도 했다. 수많은 사람의 얼굴들, 가지각색의 우아한 옷차림을 한 사람들, 자전거와 환자용 휠체어와 유모차들을 보았고, 소란스러운 목소리들을 들었으며, 후덥지근한 먼지투성이의 공기를 호흡하기도 했다. 마지막에 그들은 다른 사람들과 나란히 어느 한 벤치 위에 앉았다. 숙모는 거의 내내 끊임없이 떠들어 대더니 이제는 크게 한숨을 내쉬었다. 그러고는 사랑이 깃든 눈길로 소년을 바라보며, 이제 초콜릿을 먹으라고 권했다. 하지만 그는 먹고 싶지 않았다.

"맙소사, 너 부끄러워 그러는 건 아니겠지? 그래, 어서 먹어, 먹으라니까!"

한스는 초콜릿을 끄집어내어 잠시 동안 은박지를 만지작거렸다. 마지막엔 어쩔 수 없이 자그맣게 한 조각을 떼어 물었다. 초콜릿을 좋아하지는 않았지만, 감히 숙모에게 그런 말을 할 수는 없었다. 그가 물어뜯은 초콜릿 조각을 빨아 어떻게든 삼켜보려고 하는 동안에 숙모는 사람들 사이에서 아는 사람을 발견하고는 즉시 그쪽으로 달려갔다.

"여기 잠깐 앉아 있어라, 곧 돌아올 테니까."

한스는 안도의 숨을 내쉬면서 이 기회를 이용해, 초콜릿을 잔디밭으로 멀리 던져 버렸다. 그러고는 박자를 맞추어 두 다리를 흔들거리면서 다른 많은 사람들을 바라보았다. 그러자니 문득 자신이 처량하다는 생각이 들었다. 그래서 마지막에는 불규칙동사를 다시 한 번 외워보기 시작했다. 그러나 끔찍하게도 거의 아무것도 기억해 낼 수가 없었다. 모든 것을 깨끗하게 잊어버린 것이다! 그런데 내일이 주정부시험이다!

숙모가 돌아왔다. 금년에는 118명의 수험생들이 주정부시험에 응시한다는 정보를 가져왔다. 그들 중 36명만이 합격할 수 있었다. 그 이야기를 듣자 한스는 갑자기 기가 죽었으며, 집으로 돌아오는 길 내내 한 마디도 하지 않았다. 집에 돌아오니 다시 머리가 아팠다. 한스는 이번에도 아무것도 먹고 싶지 않았으며, 몹시 절망적이 되었다. 그러자 아버지는 그를 단호하게 꾸짖었고, 숙모마저도 그를 못마땅하게 여겼다. 밤에 그는 깊이 잠을 자기는 했지만, 섬뜩한 꿈의 장면들로 몹시 시달렸다. 꿈에서 그는 118명의 동료들과 함께 시험장에 앉아 있었다. 시험관은 때로는 고향의 마을 목사님처럼 보이기도 했고, 때로는 숙모와 비슷해 보이기도 했다. 그의 눈앞에는 초콜릿이 산더미처럼 쌓여 있었는데, 그는 그것을 먹어야만 했다. 그가 눈물을 흘리며 초콜릿을 먹는 동안에 다른 수험생들은 한 사람 한 사람 자리에서 일어나더니 작은 문을 통해 사라지는 것이었다. 모두가 산더미 같은 초콜릿을 다 먹어치웠는데, 그의 초콜릿 더미는 눈앞에서 점점 커져만 갔다. 책상과 의자 위로 흘러넘친 나머지 그를 질식시킬 것만 같았다.

 다음날 아침, 한스는 커피를 마시는 동안에도 시험시간에 늦지 않기 위해 시계에서 눈을 떼지 않았다. 그 시각에 고향 마을에서는 많은 사람들이 그를 생각하고 있었다. 우선 구둣방 아저씨 플라이크는 아침 수프를 먹기 전에 기도를 올렸다. 그의 가족과 숙련공들과 2명의 견습공이 함께 식탁에 둘러앉았다. 아저씨는 보통 하던 아침기도에 오늘은 다음과 같은 말을 덧붙였다. '오, 주여, 오늘 시험을 치르는 학생 한스 기벤라트를 보살펴 주소서. 그를 축복해 주시고 강하게 해주시옵소서. 그리고 신성한 당신의 이름을 세상에 알리는 올바르고 성실한 일꾼이 되게 하시옵소서!'

마을 목사님은 한스를 위해 기도하지는 않았지만, 아침 식사를 하면서 부인에게 말했다. "지금쯤 기벤라트가 시험을 치러 들어갈 거요. 그 아이는 특별한 인물이 될 것이오. 모두들 그를 주목하게 될 거요. 그럼 내가 라틴어를 가르친 게 헛된 노력을 한 건 아닐 거요."

담임선생님은 수업을 시작하기 전에 학생들에게 이렇게 말했다. "그래, 지금 슈투트가르트에서는 주정부시험이 시작될 것이다. 우리 모두 기벤라트의 행운을 빌도록 하자. 그는 행운 따윈 필요하지도 않을 것이다. 왜냐하면 너희 같은 게으름뱅이 열 놈이 덤빈다 해도 간단히 해치울 테니까." 학생들 거의 모두가 자리를 비운 친구를 생각했다. 특히 그가 합격하느냐 낙제하느냐에 내기를 건 많은 학생들은 더욱 그러했다.

진심에서 우러나오는 기원과 진정한 관심은 먼 거리를 쉽사리 뛰어넘어 멀리까지 영향을 미치는 법이다. 그래서 한스도 고향에서 사람들이 자기를 생각해 준다는 것을 느끼게 되었다. 그러면서도 그는 마음을 두근거리며 아버지와 함께 시험장으로 들어갔다.

수줍고 놀라워하면서 조교의 지시를 따르면서도, 창백한 소년들로 가득 찬 커다란 교실을 둘러보았다. 그는 마치 고문실에 갇혀 있는 범죄자 같은 기분이 들었다. 마침내 교수가 들어와 학생들을 조용히 하도록 시키고, 라틴어 문체연습을 위한 텍스트를 받아쓰게 했다. 그때야 한스는 안도의 숨을 내쉬면서 그 연습문제가 웃길 정도로 쉽다는 걸 알았다. 재빨리 그리고 거의 가뿐한 마음으로 초안을 작성했고, 다음에는 조심스럽게 깨끗이 정서(正書)해 내려갔다. 그는 답안지를 가장 먼저 낸 수험생들 중 하나였다. 그런데 그는 숙모집으로 가다가 길을 잃고 말았다. 그래서 2시간 동안이나 무더운 도시의 거리를 헤매고 다녔지만, 다시 찾은 균형감각을 그다지 해치지는 않았다. 오히려 잠시나마 아버지와 숙모의 곁을 벗어날 수 있었다는 사실이 기뻤다. 그리고 소음으로 가득 찬 낯선 도시의 거리를 거닐면서 자신이 두려움을 모르는 모험가 같다는 생각이 들기도 했다. 온통 시내를 힘들게 묻고 다니다가 마침내 집을 찾아 돌아왔을 때, 그는 수많은 질문 세례를 받았다.

"어떻게 되었니? 어떻게 했어? 시험은 잘 보았니?"

"쉬웠어요." 그는 자랑스럽게 대답했다. "그런 건 이미 5학년 때 번역할 수 있었을 거예요."

그리고 그는 너무 배가 고파 허겁지겁 식사를 했다.

오후는 자유 시간이었다. 아버지는 몇몇 친척들과 친구들을 만

나는 자리에 한스를 데리고 다녔다. 그들 중 한 사람의 집에서 검은색 옷을 입고 수줍음을 많이 타는 소년을 만났다. 그도 마찬가지로 주정부시험을 보기 위해 괴핑엔에서 온 것이었다. 두 소년은 그들끼리 놀도록 내맡겨져 있었는데, 서먹서먹하면서도 호기심에 가득 찬 눈으로 서로를 바라보았다.

"넌 라틴어 시험이 어떠했다고 생각하니? 쉬웠지, 안 그래?" 한스가 물었다.

"그래, 무척 쉬웠어. 하지만 바로 그게 문제야. 쉬운 문제에서 대부분 실수를 많이 하거든. 조심을 하지 않는단 말이야. 거기에 숨겨진 함정이 있을 거야."

"그렇게 생각하니?"

"물론이야. 시험관들이 그렇게 멍청하진 않거든."

한스는 약간 놀랐으며, 잠시 생각에 잠겼다. 그러다가 머뭇거리며 물어보았다. "너 그 문제 텍스트 아직 가지고 있니?"

괴핑엔 소년이 노트를 가지고 왔다. 이제 그들은 함께 전체의 문제를 한 단어 한 단어 살펴보았다. 괴핑엔 소년은 라틴어에 매우 능한 것처럼 보였다. 적어도 그는 한스가 한 번도 들어보지 못한 문법용어를 두 번씩이나 사용했다.

"그런데 내일은 무슨 시험을 보게 되지?"

"그리스어하고, 작문이야."

괴핑엔 소년은 한스가 다니는 학교에서 수험생들이 몇 명이나 왔느냐고 물어보았다.

"아무도 안 왔어." 한스가 말했다. "나 혼자뿐이야."

"아이고, 우리 괴핑엔 학생은 12명이나 왔어! 3명은 아주 뛰어난 아이들이야. 그 아이들이 가장 좋은 성적을 얻게 될 거라고 모두들 기대하고 있어. 지난해에도 수석은 괴핑엔 학생이었어.…… 시험에 떨어지면 넌 김나지움[23]에 갈 거니?"

이 문제에 대해 한 번도 이야기해 본 적이 없었다.

"모르겠어……. 아니, 그러진 않을 거야."

"그래? 난 이번 시험에 떨어진다 해도 어쨌든 대학엔 갈 거야. 그럴 경우엔 어머니가 날 울름으로 보내주실 거야."

이 말은 한스에게 감탄의 마음을 일게 했다. 아주 우수한 3명의 학생들과 함께 12명이나 되는 괴핑엔 소년들도 두려움의 대상이었다. 그는 이들 앞에 얼굴조차 내밀 수가 없었다.

집에 돌아온 한스는 책상에 앉아 -mi로 끝나는 동사들을 다시 한 번 훑어보았다. 그는 라틴어에는 자신이 있었기 때문에 조금도 불안해하지 않았으나 그리스어는 그러하질 못했다. 그리스어를 좋아하고 거기에 거의 열광할 정도였지만, 그것은 그저 독서를 하기 위한 것뿐이었다. 특히 크세노폰은 너무나 아름답고 감동적이

[23] 김나지움 Gymnasium은 초등학교와 대학교를 연결하는 9년제의 인문계 중·고등학교.

며 신선하게 씌어져 있었다. 모든 것이 명랑하고 아름답고 기운차게 울렸으며, 멋진 자유정신이 깃들어 있었다. 그 모든 것을 이해하기도 쉬웠다. 그렇지만 문법을 공부한다거나 독일어를 그리스어로 번역해야만 할 때면, 그는 상반되는 규칙과 문장 형식들의 미궁 속에 길을 잃고 헤매는 느낌이 들었다. 이 낯선 언어에 대해서는 옛날 그리스어의 알파벳도 읽지 못하던 첫번째 수업시간에서처럼 거의 두려움에 가득 찬 소심함을 다시 느끼는 것이었다.

다음날에는 정해진 대로 그리스어 시험을 보고, 이어서 독일어 작문시험을 치렀다. 그리스어 시험은 상당히 길고 쉽지도 않았다. 작문시험의 주제는 무척 까다로와, 주제를 잘못 파악할 수도 있었다. 10시부터는 교실 안이 후덥지근하고 무더워지기 시작했다. 한스가 쓰는 필기용 펜은 별로 좋지가 않았으며, 2장의 답안지를 망치고 나서야 그리스어 답안을 깨끗이 정서할 수 있었다. 작문 시간에는 옆에 앉은 뻔뻔스러운 수험생 때문에 아주 곤혹스러운 입장에 처하기도 했다. 그 학생은 한스에게 질문을 적은 종이쪽지를 들이밀고는 답을 가르쳐 달라고 옆구리를 찔러 댔다. 옆에 앉은 수험생과 내통하는 일은 매우 엄하게 금지되었으며, 만일 이를 위반할 경우에는 가차없이 시험장에서 쫓겨나게 되었다. 두려움에 떨면서 한스는 종이쪽지에 '날 가만히 내버려둬.'라고 적어주고는, 그 학생에게 등을 돌려 버렸다.

날씨가 몹시 무더웠다. 고집스러울 정도로 규칙적으로 교실 안을 오가며 잠시도 쉬지 않던 감독교수도 손수건으로 여러 차례 얼굴을 닦았다. 한스는 두꺼운 입교식 양복을 입은 채 땀을 흘렸으며, 머리가 아파오기 시작했다. 결국 그는 만족스럽지 못한 심정으로 답안지를 제출했다. 거기엔 틀린 답이 수두룩한 것 같았고, 이제 시험은 끝장날지도 모른다는 생각마저 들었다.

점심 식사를 할 때 그는 말 한 마디 하지 않았고, 마구 퍼붓는 질문에는 그저 어깨만 으쓱하며 죄 지은 사람 같은 표정을 지었다. 숙모는 그를 위로해 주었지만, 아버지는 흥분한 데다 심기까지 불편해졌다. 식사를 마친 후에 아버지는 옆방으로 아들을 데리고 가서 다시 한 번 꼬치꼬치 캐물었다.

"시험을 잘 보지 못했어요." 한스가 말했다.

"왜 신중하질 못했니? 정신을 바짝 차려야지, 젠장할."

한스는 침묵을 지켰다. 아버지가 욕설을 해대기 시작했을 때, 한스는 얼굴을 붉히며 말했다. "아버지는 그리스어를 잘 모르시잖아요!"

가장 나빴던 것은 2시에 구술시험을 보러 가야만 하는 일이었다. 구술시험이 가장 두려웠다. 작열하듯 뜨거운 시내 거리를 걸어가는 도중에 그는 정말로 비참한 기분이 들었다. 고통과 불안과 현기증 때문에 눈조차 제대로 뜰 수가 없었다.

한스는 커다란 초록색 책상에 자리한 3명의 시험관 앞에 10분 정도 앉아 있었다. 라틴어 문장을 몇 개 번역하였고, 묻는 질문에 대답을 했다. 다시 다른 3명의 시험관 앞에 10분 정도 앉아서 그리스어를 번역하였고, 여러 가지 질문을 받았다. 마지막으로는 불규칙적인 제2의 부정(不定)과거형에 대한 질문을 받았는데, 아무런 대답도 하지 못했다. "이제 나가도 좋아요. 저기, 오른쪽 문으로."

한스는 걸어 나갔다. 그런데 문간에서 갑자기 부정과거형이 생각났다. 그는 그대로 멈춰섰다.

"나가요." 그에게 목소리가 들려왔다. "어서 나가요! 아니면 어디 아픈가요?"

"아닙니다, 하지만 부정과거형이 지금 막 생각났습니다."

한스는 시험장 안으로 부정과거형에 대한 답을 소리쳐 말했다. 시험관들 중 한 사람이 웃는 모습이 보였으며, 그는 타는 듯한 머리를 감싼 채 밖으로 뛰쳐나왔다. 그리고 나서 지금까지의 질문들과 자신의 대답들을 생각해 보려고 했지만, 모든 것이 뒤죽박죽이었다. 커다란 초록색 책상, 프록코트를 입고 진지한 표정을 한 3명의 늙은 시험관, 펼쳐져 있는 책, 그리고 그 책 위에 올려놓은 자신의 떨리는 손만 계속 눈앞에 아른거렸다. 맙소사, 대체 무슨 대답을 했단 말인가!

거리를 따라 걸어갈 때, 한스는 벌써 몇 주일 동안이나 이곳에 와 있으며, 더 이상 이곳에서 떠나갈 수도 없다는 생각이 들었다. 고향집 정원의 모습, 전나무가 우거진 푸른 산, 강변의 낚시터들은 너무나도 멀리 떨어져 있는 듯했고, 오래전에 한 번쯤 본 것처럼 여겨졌다. 아, 오늘이라도 고향으로 돌아갈 수만 있다면! 더 이상 이곳에 머물러야 할 이유가 없었다. 어쨌든 시험은 망치고 말았다.

한스는 우유빵을 하나 사들고는 오후 내내 길거리를 돌아다녔다. 아버지에게 변명을 늘어놓지 않기 위해서였다. 마침내 집에 돌아와 보니 모두들 그를 걱정하고 있었다. 그가 피곤해하고 비참해 보이자, 가족들은 그에게 달걀 수프를 먹이고는 잠을 자도록 했다. 내일은 수학과 종교 시험을 볼 차례이다. 그 시험만 끝나면 다시 고향으로 돌아갈 수가 있다.

다음날 오전 시험은 아주 잘 보았다. 어제는 전공분야 시험에서 그렇게 불운을 겪었는데, 오늘은 모든 것이 다 잘 풀려나갔으니, 한스에게는 쓰디쓴 아이러니처럼 느껴졌다. 어쨌든 마찬가지야. 이제 고향집으로 떠나기만 하면 그만이다! "시험은 끝났어요. 이제 집으로 돌아갈 수 있겠어요." 한스가 숙모에게 말했다.

아버지는 하루 더 이곳에 머물고 싶어했다. 칸슈타트에 가서, 그곳 온천장 공원에서 커피를 함께 마시자고 했다. 그러나 한스가 오늘 혼자만이라도 떠나게 해 달라고 애원하자, 아버지는 이를 허락해 주었다. 기차역까지 데리고 가서 손에 차표를 쥐어 주었다. 숙모는 작별의 키스를 했고, 먹을 것도 조금 싸주었다. 기차에 몸을 실은 한스는 완전히 지친 채 아무런 생각도 없이 푸른 구릉지를 지나 고향으로 달려갔다. 검푸른 전나무숲이 모습을 드러냈을 때에야 소년에게는 기쁨과 구원의 감정이 솟아올랐다. 한스는 하녀 할머니와 조그만 자기 방, 교장 선생님과 나지막한 정든 교실, 그리고 다른 모든 것들과 다시 만나기를 즐거운 마음으로 기다렸다.

다행스럽게도 기차역에는 호기심에 찬 낯익은 얼굴들이 눈에 띄지 않았다. 그는 조그만 가방을 들고 아무도 눈치채지 못하게 집으로 서둘러 걸어갔다.

"슈투트가르트에서 좋은 일 있었니?" 안나[24] 할머니가 물었다.

"좋았느냐고요? 아니, 시험이란 걸 무슨 좋은 일이라고 생각하세요? 다시 집으로 돌아온 게 그저 기쁠 뿐이에요. 아버진 내일이나 오실 거고요."

한스는 시원한 우유를 한 컵 마시고 나서 창문 앞에 걸려 있는 수영복을 집어 들고는 밖으로 달려 나갔다. 그러나 다른 사람들이 잘 가는 풀장이 있는 초원으로 가지는 않았다.

그는 시내에서 훨씬 떨어진 "바이게" 수영장으로 갔다. 거기에는 높이 솟은

[24] 단편 《마술사의 유년 시절》에도 동일한 이름의 여성이 등장하고 있음.

덤불 사이로 수심이 깊은 강물이 천천히 흐르고 있었다. 여기에서 한스는 옷을 벗고, 차가운 물속에 조심스럽게 손을, 다음에는 발을 담갔다. 추위에 약간 떨기는 했지만, 그래도 재빨리 강물 속으로 뛰어들었다. 완만한 물살을 거슬러 천천히 헤엄치면서 그는 지난 며칠 동안의 땀과 두려움이 미끄러져 내리는 듯한 감정을 느꼈다. 강물이 그의 가냘픈 몸을 식히며 어루만지는 동안, 그의 영혼은 새로운 즐거움으로 아름다운 고향을 품에 안았다. 그는 보다 더 빨리 헤엄쳤다. 잠시 휴식을 취한 뒤에 또다시 헤엄쳐 갔다. 기분 좋은 시원함과 피곤함에 에워싸이는 것 같은 느낌이 들었다. 등을 뒤로 하고 누운 채, 다시 강물을 따라 떠내려갔다. 황금빛 원을 그리며 우글거리는 저녁 파리들이 가냘프게 붕붕대는 소리에 귀를 기울였다. 늦은 저녁하늘을 가로지르며 재빠르게 날아가는 작은 제비들을 바라보았다. 이미 산 너머로 사라진 태양은 아직 붉은 빛으로 빛나고 있었다. 그가 다시 옷을 입고, 꿈을 꾸듯이 어슬렁어슬렁 집으로 돌아갈 때, 골짜기에는 어느덧 땅거미가 짙게 드리워져 있었다.

  한스는 상인 자크만의 집 정원을 지나쳐 갔다. 아주 어렸을 때, 그는 몇몇 다른 친구들과 아직 익지도 않은 자두를 몰래 따먹은 적이 있었다. 키르히너 건축공사장도 지나쳐 갔는데, 거기에는 흰 전나무 목재들이 여기저기 쌓여 있었다. 예전에 낚시하러 갈 때면 언제나 여기에서 지렁이를 찾아내곤 했었다. 감독관 게슬러의 작은 집도 지나갔다. 그는 2년 전에 얼음판 위에서 게슬러의 딸 엠마[25]에게 환심을 사려고 애를 태우기도 했었다. 그와 동갑이었던 그녀는 마을 전체에서 가장 예쁘고 가장 우아한 소녀였다. 그때 한스는 그녀와 한 번만이라도 이야기를 나누거나 그녀의 손을 잡아보는 것이 유일한 소망이었다. 그런데 그의 소망은 이루어지지 않았다. 그가 너무 소심했던 탓이었다. 그 후에 그녀는 기숙사로 들어가야만 했다. 그녀의 모습이 어떠했는지 이젠 거의 생각이 나지 않았다. 그러나 이런 소년 시절의 이야기가 아득히 먼 곳으로부터인 양 다시금 그의 머리에 떠올랐다. 이런 추억은 훗날에 체험한 다른 모든 것과는 다르게, 아주 강한 색깔과 이상스런 예감으로 가득 찬 향기를 풍기고 있었다. 그 시절에는 저녁 무렵이면 나숄트 집안의 리제에게 가서 대문으로 통하는 길에 앉아 감자 껍질을 벗기며 옛날이야기를 듣곤 했다. 일요일에는 이른 새벽부터 바지를 걷어올리고, 양심의 가책을 느끼면서 둑 아래로 달려가 가재나 금붕어를 잡기도 했다. 그러고 나면 일요일의 나들이옷이 흠뻑 젖었기에 아버지에게 매를 맞기 일쑤였다! 그때는 수수께끼같이 이상야릇한 일들과 사람들이 무척 많았었다. 이런 것들을 오랫동안 모두 잊고 살아왔던 것이다. 목이 구부정한 구둣방 아저씨, 자기

[25] 헤세가 만들어 낸 허구적 인물.   아내를 독살했다고들 알고 있는 슈트

로마이어란 사람, 지팡이를 짚고 등에 배낭을 걸머진 채 그 지방 곳곳을 떠돌아다니던 모험가 "베크 씨"가 그러했다. 사람들은 그에게 언제나 '씨' 자를 붙여 말했는데, 예전에 그는 멋진 마차와 더불어 네 마리나 되는 말을 소유했던 부유한 재력가였기 때문이었다. 한스는 이제 그들에 대해 이름 이외엔 아무것도 알지 못했다. 그리고 그는 이 어둡고 비좁은 골목세계가 그로부터 사라져 버렸으며, 그렇다고 대신 어떤 생동감 넘치는 일이나 체험할 가치가 있는 일이 생기지도 않았다는 것을 어렴풋이 느꼈다.

다음날도 쉬는 날이었기에 한스는 아침 늦게까지 잠을 자며 자기만의 자유를 만끽했다. 낮에는 아버지를 마중했는데, 그는 아직도 슈투트가르트에서 맛본 즐거운 행복감에 젖어 있었다.

"네가 시험에 합격한다면, 원하는 건 뭐든지 다 해주겠다." 아버지가 기분이 좋아 말했다. "잘 생각해 보거라!"

"아니에요, 아니에요." 소년은 한숨을 쉬며 말했다. "확실히 떨어졌을 거예요."

"바보 같은 소리, 어째 그러느냐! 내 마음 변하기 전에 원하는 걸 말하는 게 좋을 거다."

"방학 때 다시 낚시하러 가고 싶어요. 그래도 되죠?"

"좋아, 그래도 좋다. 시험에 합격하면 말이다."

다음날은 일요일이었다. 뇌우가 치고 소나기가 마구 쏟아졌다.

한스는 여러 시간 동안 책을 읽기도 하고 생각에 잠기기도 하면서 자기 방에 박혀 있었다. 슈투트가르트에서 치른 시험답안을 다시 한 번 면밀히 생각해 보았다. 이어서 자신이 엄청나게 운이 나쁘고, 시험을 좀 더 잘 볼 수도 있었을 것이라는 결론에 이르렀다. 합격한다는 것은 이제 어떤 경우라도 있을 수 없을 것이다. 멍청한 두통 때문이야! 다시 깨어나는 불안감이 점차로 그를 짓누르기 시작했다. 극심한 걱정으로 인해 결국 그는 아버지에게 달려갔다.

"아버지!"

"왜 그러니?"

"뭐 좀 물어보고 싶어서요. 소원에 관해서 말예요. 낚시하는 건 그만두겠어요."

"그래, 그런데 왜 또 그 얘길 하는 거니?"

"왜냐하면 제가…… 음, 제가 물어보려는 건, 혹시 제가…….''

"속 시원히 말해보거라. 우습구나! 대체 무슨 말이냐?"

"제가 시험에 떨어지면, 김나지움에 가도 될까 해서요."

기벤라트 씨는 어안이 벙벙해졌다.

"뭐? 김나지움이라고?" 그는 참다못해 소리쳤다. "네가 김나지움엘 가겠다고? 대체 어느 놈이 그런 걸 알려주었단 말이냐?"

"아무도 말하지 않았어요. 제가 그렇게 생각해 본 거예요."

한스의 얼굴에서 거의 죽을 것 같은 두려운 표정을 읽을 수 있었다. 그러나 아버지는 이 사실을 알아채지 못했다.

"그만 가보거라, 가봐." 그는 억지로 웃으면서 말했다. "네가 너무 긴장한 탓일 게다. 김나지움엘 가겠다니! 넌 내가 상업고문관이라도 된다고 생각하는 모양이로구나."

아버지는 손을 내저으며 단호하게 거절했다. 한스는 체념에 잠겨 절망하면서 밖으로 나왔다.

"저게 사내녀석이라니!" 아버지는 아들의 등 뒤에서 으르렁거렸다. "아니, 이럴 수가! 이젠 김나지움엘 다 가려고 하다니! 그래, 좋다. 넌 뭔가 잘못 생각하고 있는 거야."

한스는 반 시간 정도 창문 턱에 걸터앉아 있었다. 새로 닦아 놓은 마룻바닥을 뚫어지게 쳐다보면서, 그가 정말 신학교나 김나지움이나 대학에 가지 못할 경우엔 어떻게 될 것인지를 상상해 보았다. 그러면 아마도 치즈 가게나 어느 사무실에서 견습생으로 일을 해야만 할 것이다. 그리고 그 자신이 그토록 경멸하고 어떻게든 뛰어넘으려고 했던 이 평범하고도 가련한 사람들 중 한 사람으로 일생을 살아가게 될 것이다. 귀엽고 영리한 학생의 얼굴은 분노와 고뇌로 일그러지기 시작했다. 그는 몹시 화가 나 자리에서 벌떡 일어났으며, 침을 탁 내뱉고서는 거기 놓여 있는 라틴어 시문선집(詩文選集)을 집어 있는 힘을 다해 닥치는 대로 벽에다 내던졌다. 그리고는 비를 맞으며 밖으로 뛰쳐나갔다.

월요일 아침에는 다시 학교에 갔다.

"잘 있었니?" 교장 선생님이 말하며 손을 내밀었다. "난 네가 어제 찾아올 줄 알았다. 그래, 시험은 어땠었니?"

한스는 고개를 떨어뜨렸다.

"아니, 무슨 일이니? 잘 못 본 거냐?"

"그런 것 같습니다."

"그럼, 기다려 보자꾸나!" 나이 많은 신사가 위로의 말을 했다. "아마도 오늘 오전 중으로는 슈투트가르트에서 무슨 소식이라도 올 거다."

오전 시간이 끔찍할 정도로 길게 느껴졌다. 아무런 소식도 오지 않았다. 점심 식사를 하면서도 한스는 속으로 울먹이며 음식을 제대로 먹지 못했다. 오후 2시에 교실로 들어가 보니, 담임선생님이 벌써 와 계셨다.

"한스 기벤라트." 그는 큰 소리로 불렀다.

한스는 앞으로 걸어 나갔다. 선생님이 손을 내밀어 한스에게 악수를 청했다.

"기벤라트, 정말 축하한다! 주정부시험에서 네가 2등으로 합격했단다."

엄숙한 적막감이 깃들었다. 문이 열리더니 교장 선생님이 들어왔다.

"축하한다. 그래, 이제 무슨 말을 하고 싶은가?"

소년은 놀라움과 기쁨에 넘쳐 몸이 완전히 마비된 것 같았다.

"그래, 아무 말도 못하겠나?"

한스의 입에서 "그걸 미리 알았더라면" 하고 저절로 말이 흘러나왔다. "정말이지 1등도 할 수 있었을 거예요."

"이제 집에 가보아라!" 교장 선생님이 말했다. "아버지께도 알려드려야지. 앞으론 학교에 나오지 않아도 된다. 어차피 일주일 후에는 방학이 시작되니까."

소년은 현기증을 느끼며 거리로 나왔다. 거리에 늘어선 보리수와 햇살 아래 펼쳐진 시장광장이 보였다. 모든 것이 예전과 똑같았지만, 이젠 모든 것이 더 아름답고 의미 있고 더 즐겁게 보였다. 그는 합격했던 것이다! 그것도 2등으로 말이다! 처음에 느꼈던 기쁨의 소용돌이가 지나가면서 뜨거운 감사의 감정이 그의 마음을 가득 채워주었다. 이젠 마을 목사님을 피해 다닐 필요가 없다. 이젠 대학에 가 공부할 수 있다! 이젠 치즈 가게도, 사무실도 겁낼 필요가 없어진 것이다!

그리고 이제 그는 다시 낚시를 하러 갈 수도 있다. 집에 돌아왔을 때, 아버지는 마침 현관에 서 있었다.

"무슨 소식 있니?" 아버지가 넌지시 물었다.

"별거 아녜요. 이젠 학교에 오지 않아도 된대요."

"뭐라고? 그게 대체 무슨 소리냐?"

"이제 신학교 학생이니까요."

"이런, 세상에, 그럼 네가 합격했단 말이냐?" 한스가 고개를 끄덕였다.

"성적도 좋았니?"

"2등으로 붙었어요." 아버지는 그것까지 기대하지는 않았었다. 그는 할 말을 잊은 채 아들의 어깨만 계속 두드렸고, 웃음을 터뜨리며 고개를 흔들어 댔다. 그러고는 무슨 말을 하려는 듯 입을 열었다. 그러나 아무 말도 하지 못했고, 또다시 고개만 흔들어 댈 뿐이었다. "이럴 수가!" 마침내 그가 소리쳤다. 그리고 다시 한 번 소리쳤다. "세상에, 이럴 수가!"

한스는 집안으로 뛰어들어갔다. 계단을 올라가 다락방으로 갔다. 텅 빈 다락방의 벽장을 열어젖히고는 그 속을 뒤지기 시작했다. 그리고 여러 가지 상자와 실 뭉치와 코르크 마개를 있는 대로 끄집어냈다. 그건 한스의 낚시도구들이었다. 이제는 낚싯대만 잘 다듬어 멋지게 만들면 되었다. 그래서 그는 아버지에게 내려갔다.

"아버지, 주머니칼 좀 빌려주세요!"

"뭐 하려고?"

"나뭇가지를 잘라 낚싯대 만들려고요. 낚시하러 갈 거예요."

아버지는 주머니에 손을 넣었다.

"자." 그는 환한 얼굴로 관대하게 말했다. "여기 2마르크 받아라. 이걸로 네 칼을 사도록 해라. 한프리트[26] 상점에서 사지 말고, 건너편에 있는 칼 만드는 대장장이에게 가서 사도록 해라."

한스는 당장 대장간으로 달려갔다. 대장장이 아저씨는 시험에 관해 물어보았다. 합격했다는 기쁜 소식을 듣더니, 특별히 근사한 칼을 꺼내주었다. 강물 아래쪽에 있는 브뤼엘 다리 밑에 훌륭하게 쪽 곧은 오리나무와 개암나무 숲이 있었다. 거기서 한참 동안을 고르고 골라서 흠집이 없고 질기고 탄력 있는 가지를 잘라냈다. 그리고는 서둘러 집으로 달려왔다.

벌겋게 달아오른 얼굴에 두 눈을 반짝이면서 그는 즐거운 기분으로 낚싯대를 다듬었다. 그건 낚시질 그 자체만큼이나 즐거운 일이었다. 오후 내내 그리고 저녁때까지 그 일을 했다. 흰색과 갈색과 초록색의 실을 분류하고, 꼼꼼히 살펴보고, 끊어진 것을 잇기도 하고, 오래된 매듭과 헝클어진 것을 풀기도 했다. 그리고 여러 가지 모양의 코르크 조각들과 깃으로 만든 축을 시험해 보기도 하고 새로 깎아 만들기도 했다. 낚싯줄의 무게를 조정하기 위해, 여러 가지 무게를 가진 자그마한 납덩이들을 망치질하여 둥근 공의 형태로 만들거나 깎아서 만들기도 하였다. 다음으로는 낚싯바늘 차례였는데, 보관해 놓았던 것이 아직 그대로 있었다. 이 낚싯바늘 일부는 네 겹의 검은 바느질 | [26] 그 당시에 실제로 존재했던 인물인 듯함.

수레바퀴 아래서

실에, 일부는 양의 창자로 만든 장막현(腸膜鉉)에, 그리고 일부는 꼬아 엮은 말총 끈에 단단히 동여맸다. 저녁이 되어서야 모든 작업이 끝났다. 이제 한스는 일주일이나 되는 긴긴 방학을 확실히 지루하지 않게 보낼 수 있게 되었다. 왜냐하면 낚싯대만 있으면 그는 온종일을 물가에서 얼마든지 혼자 지낼 수 있었기 때문이다.

제 2 장

여름방학은 이래야만 한다! 산 위에는 용담(龍膽)처럼 파란 하늘이 펼쳐지고, 몇 주일 동안 눈부시게 빛나는 더운 날이 매일매일 계속되며, 그저 이따금씩 세찬 폭풍우가 잠시 몰아칠 뿐이었다. 강물은 사암(砂岩) 바위들과 전나무숲의 그늘과 좁은 골짜기 사이를 흐르고 있었지만, 저녁 늦게라도 수영을 할 수 있을 정도로 따스해져 있었다. 마을 주위에는 건초와 1년에 두 번 베는 마른 풀 냄새로 가득했고, 얼마 안 되는 곡식밭의 좁다란 두렁은 누렇게 금빛 갈색으로 변해갔다. 시냇가에는 흰 꽃이 피는 독미나리 같은 종류의 식물들이 어른 키만큼이나 높이 우거져 있었다. 양산 모양의 그 꽃들은 언제나 조그마한 딱정벌레들로 뒤덮여 있었고, 속이 빈 줄기를 잘라 크고 작은 피리를 만들 수가 있었다. 산림 가장자리에는 솜털이 나고 노랑꽃이 피는 현삼과(玄蔘科)식물이 화려하고 당당하게 줄지어 서 있었다. 부채꽃과 바늘꽃 과

(科)의 식물들은 가늘고도 억센 줄기 위에서 흔들거리며, 비탈진 언덕을 온통 보랏빛 빨강으로 뒤덮고 있었다. 안쪽의 전나무 아래에는 빨간색의 크고도 멋진 디기탈리스가 이국적인 자태로 품위 있고도 아름답게 피어 있었다. 그 식물에는 은빛 털이 난 넓적한 뿌리 모양의 잎들과 튼튼한 줄기가 있고, 높이 줄지어 잔 모양의 받침이 달린 예쁜 빨간색의 꽃이 피어 있었다. 그 옆에는 여러 가지의 버섯들이 자라고 있었다. 빨간 빛으로 반짝이는 파리버섯, 살이 많고 넓적한 식용버섯, 괴상하게 생긴 선모(仙茅)버섯, 가지가 많이 난 빨간색의 싸리버섯, 그리고 이상하게도 색깔이 없으면서 병적으로 오동통한 가문비나무버섯 등이 있었다. 숲과 초원 사이의 잡초가 무성한 두렁에는 끈질긴 금작화가 불에 탄 듯 황갈색으로 반짝이고, 이어서 길게 뻗친 라일락처럼 붉은 에리카꽃이 무리지어 나타났다. 그 다음에야 두 번째 풀베기를 앞두고 있는 초원이 나타났는데, 거기에는 황새냉이, 동자꽃, 샐비어꽃[27], 체꽃 등이 오색찬란하게 우거져 있었다. 활엽수림에서는 방울새들이 끊임없이 울어 댔고, 전나무숲에서는 여우털처럼 붉은 다람쥐들이 나무꼭대기 위를 뛰어다니고 있었다. 밭두렁과 담장과 말라붙은 묘지에는 초록색 도마뱀들이 따스한 날씨에 편안하게 숨을 쉬며 희미하게 빛나고 있었다. 지칠 줄 모르고 드높이 울어 대는 매미 소리가 초원 위로 한없

---

[27] 꿀풀과식물로 약용이나 요리용으로 사용됨.

이 울려 퍼졌다.

　이 계절이면 마을에는 시골다운 모습이 풍부했다. 건초를 실은 마차와, 그 건초 냄새와 낫을 가는 소리가 온 거리와 대기 속에 가득 찼다. 여기에 두 채의 공장건물만 없었더라면, 사람들은 시골에서 살고 있다는 착각에 빠졌을 것이다.

　방학 첫번째 날 한스는 안나 할머니가 채 일어나기도 전에, 아침 일찍 부엌에 나와서는 조급한 마음으로 커피를 기다렸다. 그는 불 지피는 일을 거들고 난 뒤에 빵집에서 빵을 사왔다. 차가운 우유를 타서 식힌 커피를 단숨에 들이마시고는, 나머지 빵을 주머니에 쑤셔 넣고 밖으로 달려 나갔다. 위쪽 철둑에서 가던 길을 멈추고, 바지 주머니에서 둥근 양철통을 끄집어내어 부지런히 메뚜기를 잡기 시작했다. 기차가 지나갔다. ― 그곳 철로가 상당히 가파르기 때문에 기차는 폭풍처럼 달려가지 못하고, 쾌적한 속도로 천천히 움직였다. 창문은 모두 열려 있는데, 승객은 별로 보이지 않았다. 연기와 수증기로 된 깃발이 달리는 기차 뒤로 길고도 즐거운 듯 펄럭이고 있었다. 그 뒤를 바라보니 하얀 연기가 소용돌이치듯 피어 오르더니, 이내 햇살 가득한 이른 아침의 맑은 공중으로 사라지는 것이었다. 이 모든 풍경을 얼마나 오랫동안 보지 못했던가! 한스는 숨을 크게 들이마셨다. 그것은 그가 마치 잃어버린 아름다운 시간을 이제 두 배로 되찾고, 아무런 거리낌이나 두려움 없이 다시 한 번 어린 소년이 되어 보려는 것 같았다.

한스는 메뚜기를 담은 통과 새로 만든 낚싯대를 가지고 다리를 건너갔다. 뒤쪽 정원을 지나 그 강에서 물이 가장 깊은 말 씻기는 웅덩이로 걸어갈 때, 그는 남모르는 환희와 사냥꾼으로서의 기쁨에 넘쳐 가슴이 두근거렸다. 거기에는 어떤 다른 곳보다도 버드나무에 기댄 채, 아무런 방해도 받지 않고 편안하게 낚시를 즐길 수 있는 장소가 있었다. 그는 낚싯대의 줄을 풀고 자그마한 납덩이를 매달았다. 낚싯바늘에 통통하게 살찐 메뚜기를 무자비하게 꽂아 넣고는 낚시를 크게 휘둘러 강물 한가운데로 던졌다. 오래전부터 잘 알고 있는 놀이가 다시 시작되었다. 자그마한 붕어들이 떼를 지어 미끼 주위로 몰려들면서, 낚싯바늘에서 그걸 따먹으려 했다. 곧 미끼를 따먹어 버렸다. 두 번째 메뚜기 차례가 되었다. 또 한 마리, 그리고 이어서 네 번째와 다섯 번째 메뚜기가 꽂히게 되었다. 더욱 더 조심스럽게 낚싯바늘에 먹이를 꽂았다. 마지막에는 낚싯줄을 무겁게 하기 위해 작은 납덩이를 하나 더 매달았다. 순간 처음으로 제대로 된 물고기가 미끼를 건드렸다. 그놈은 미끼를 물고는 약간 잡아당기다가 그냥 놓아 버리더니 다시 건드리는 것이었다. 그러더니 먹이를 덥석 물었다. ― 훌륭한 낚시꾼은 낚싯대와 줄을 통해 손가락 끝으로 전해지는 움직임을 느낀다! 한스는 재빠르게 낚아채고는 조심스럽게 끌어당기기 시작했다. 물고기가 물려 있는 모습이 드러나자 한스는 그놈이 황어(黃魚)라는 것을 알았다. 담황색으로 빛나는 넓적한 몸뚱이와 세모난 대가리와 특히 아름다운 살색의 배지느러미를 보고 그걸 알 수 있다. 이놈의 무게가 얼마나 될까? 그러나 그걸 어림해 보기도 전에, 그 물고기는 필사적으로 몸을 파닥거렸고, 두려움에 가득 차 강물 표면에서 소용돌이치더니, 결국엔 빠져 나가고 말았다. 그놈이 물속에서 서너 번 몸을 뒤척이고 나서 은빛 번개처럼 깊은 물속으로 사라지는 모습이 보였다. 놈은 낚싯바늘을 제대로 물지 않았던 것이다. 낚시꾼 한스에게는 이제 사냥의 흥분과 열정적인 주의력이 잠깨어났다. 그의 눈길은 수면에 닿아 있는 가느다란 갈색 낚싯줄을 날카롭게 응시하고 있었다. 뺨은 빨갛게 상기되었고, 몸놀림은 간결하고 재빠르고 확실했다. 두 번째 황어가 미끼를 물었고 잡혀 나왔다. 다음에는 아쉽게도 자그마한 잉어가 걸렸으며, 이어서 연달아 망둥이 세 마리가 잡혔다. 아버지가 즐겨 망둥이를 잡수시기 때문에 한스는 아주 기뻤다. 이 물고기는 기껏해야 손길이만큼 컸으며, 통통한 몸뚱이에 작은 비늘이 붙어 있고, 커다란 대가리에 하얀 수염이 익살스럽게 달렸으며, 눈이 작고 아랫도리가 홀쭉했다. 초록과 갈색 사이의 색깔을 띠고 있었는데, 그놈이 땅으로 올라오기만 하면 강철 같은 청색으로 변하는 것이었다.

그러는 동안에 태양은 높이 솟아올랐다. 위쪽 제방에는 하얀 눈처럼 물거품이 반짝였고, 수면 위에는 따스한 공기가 아른거렸다. 눈을 들어 위를 쳐다보니, 무크산(山) 위로 손바닥 정도 크기의 눈부신 구름조각들이 몇몇 개 하늘에 떠 있었다. 날은 뜨거워졌다. 한여름날의 더위는 하늘에 고요히 떠 있는 작은 구름조각들이 잘 말해주고 있었다. 파란 창공의 중간 높이에 하얗게 고요히 떠 있는 이 작은 구름들은 햇빛으로 가득 차고 햇빛에 흠뻑 젖어 있어서 오래 쳐다볼 수가 없을 정도이다. 그런 것들이 없으면, 날씨가 얼마나 뜨거운지 전혀 알아차릴 수가 없을 것이다. 파란 하늘에서도, 반짝거리는 수면(水面)에서도 알 수가 없다. 그러나 거품처럼 하얗게 단단히 뭉친 정오의 돛단배를[28] 바라보자마자 사람들은 갑자기 태양이 불타고 있다는 것을 느끼고, 그늘진 곳을 찾아가며 이마에 흐르는 땀을 손으로 훔치기도 한다.

한스는 점차로 낚시질에 대한 긴장을 늦추었다. 약간 피곤하기도 했으며, 어차피 정오경에는 보통 거의 아무것도 잡히지가 않는다. 이 시각이면 민어과(科)의 흰 물고기들은 가장 늙은 놈이던, 가장 큰 놈이던 햇볕을 쬐려고 수면 위로 올라온다. 이놈들은 거무스레한 빛을 띠는 커다란 떼를 지어 수면 가까이에 달라붙어 꿈에 취한 듯 강물 위쪽으로 헤엄쳐 간다. 때로는 이렇다 할 이유도 없이 갑자기 깜짝 놀라기도 하는데, 어쨌든 이 시간에는 낚시에 걸리지 않는다.

[28] 하늘에 돛단배처럼 떠다니는 구름조각을 의미함.

한스는 낚싯줄을 버드나무 가지 너머로 물 위에 걸어 놓았다. 그러고는 땅바닥에 앉아 강물을 바라보았다. 물고기들이 천천히 위로 떠올라왔다. 등이 검은 물고기 한 마리, 그리고 또 다른 놈들이 수면에 나타났다. - 천천히 헤엄치는 이 조용한 물고기들은 따뜻한 날씨에 유혹되어 마술에 걸린 무리였다. 놈들은 따뜻한 물속에서 행복할 수 있을 것이다! 한스는 장화를 벗고 물속에 발을 담갔는데, 그 표면은 제법 미지근했다. 그는 낚은 물고기들을 살펴보았다. 놈들은 커다란 주전자 안에서 유유히 헤엄치다가 때때로 살며시 파닥거릴 뿐이었다. 놈들은 정말 아름다웠다! 놈들이 움직일 때마다 비늘과 지느러미에서 흰색과 갈색, 초록색과 은색, 엷은 황금색과 청색, 그리고 다른 여러 색깔들이 반짝거렸다.

사방은 아주 고요했다. 다리 위를 달리는 자동차 소리도 거의 들리지 않았다. 물레방아가 덜컹거리며 돌아가는 소리도 여기서는 희미하게 들릴 뿐이었다. 하얀 거품이 이는 제방에서 끊임없이 흘러내리는 부드러운 물소리만이 조용히, 시원하게 졸음에 잠기는 듯 아래로 울려 퍼졌다. 그리고 뗏목을 묶어 놓은 말뚝을 스쳐 흐르는 물이 나지막하게 소용돌이치는 소리도 들려왔다.

그리스어와 라틴어, 문법과 문체론, 수학과 외우기, 그리고 쉬지도 못한 채 쫓기는 듯이 살아온 기나긴 1년이란 세월 동안의 괴로운 방황도 졸음에 잠긴 따스한 이 시간에는 조용히 가라앉아

버렸다. 한스는 약간 머리가 아팠지만, 이전처럼 그렇게 심하지는 않았다. 지금은 다시 물가에 앉아 제방에 부딪쳐 흩어지는 하얀 물거품을 바라보고, 눈을 깜박거리며 드리운 낚싯줄을 바라보고 있었다. 그 옆에서는 잡아 놓은 물고기들이 주전자 안에서 헤엄치고 있었다. 정말로 즐거운 일이었다. 이따금 자신이 주정부시험에 합격했고, 2등까지 했다는 생각이 떠올랐다. 그럴 때면 맨발로 물장구를 치며, 바지주머니에 두 손을 집어넣고는 하나의 멜로디를 휘파람으로 불기 시작했다. 사실 그는 제대로 휘파람을 불지 못했다. 이것은 옛날부터의 고민거리였으며, 학교 친구들로부터 벌써 많은 놀림을 당하기도 했다. 그저 이빨 사이로 나지막하게 소리를 낼 수는 있었지만, 자기 집에서나 혼자 즐길 수 있을 정도였다. 아무튼 지금은 아무도 그의 휘파람 소리를 들을 수가 없었다. 다른 친구들은 교실에 앉아 지리 공부를 하고 있으며, 그 혼자만이 수업을 받지 않고 해방되었던 것이다. 그는 그들 모두를 앞질러 버렸으며, 그 아이들은 이제 그의 발 아래 서 있게 된 것이다. 예전에는 그들이 한스를 몹시 괴롭혔다. 그에게는 아우구스트 이외에 친한 친구가 하나도 없었고, 다른 아이들의 싸움질이나 놀이에는 별로 흥미를 느끼지 못했기 때문이다. 그래, 이젠 그들이 그의 뒷모습이나 쳐다보아야 할 것이다. 어리석고 얼간이 같은 놈들이다. 그는 그들을 몹시 경멸했다. 한순간 그는 휘파람 불기를 중단하고 입을 삐죽거렸다. 그리고 나서 한스는 낚싯줄을 걷어올리고 웃음을 터뜨렸다. 낚싯바늘에 미끼가 꿰어 있는 낚싯줄이 하나도 없었기 때문이다. 통 안에 남아 있던 메뚜기들을 놓아주었더니, 그들은 혼미한 중에도 불쾌한 듯 짧은 풀섶으로 기어들었다. 옆에 있는 가죽공장에서는 벌써 점심시간이 되었다. 이제 식사를 하러 갈 시간이었다. 점심 식탁에서는 거의 한 마디도 하지 않았다.

"뭐 좀 잡았니?" 아버지가 물었다.

"다섯 마리요."

"아, 그래? 나이 든 놈은 잡지 않도록 조심해라. 그렇지 않으면 나중엔 새끼들이 다 없어질 테니까."

대화는 더 이상 진전되지 못했다. 날씨가 너무 더웠다. 식사를 마치고 바로 수영을 하러 갈 수 없는 것이 유감이었다. 대체 왜 안 되는 걸까? 그건 해롭기 때문이다! 정말로 해롭긴 하다. 한스는 그걸 누구보다 잘 알고 있었다. 그러나 금지하는 말에도 불구하고 종종 수영을 하러 가곤 했었다. 하지만 이제는 그러지 않을 것이다. 그렇게 버릇없이 굴기에는 이미 너무 성숙해 있었다. 맙소사, 시험에서는 사람들이 "당신"[29]이라는 존칭으로 부르기까지 했다!

결국 한 시간 정도 정원에서 붉은 전나무 아래 누워 있는 것도 전혀 나쁘지 않았다. 그늘은 충분했다. 책을 읽거나 나비들을 구경할 수

[29] 너 또는 당신을 가리키는 독일어의 호칭은 친칭인 du(너)와 존칭인 Sie(당신)로 구분됨.

가 있었다. 한스는 이렇게 2시까지 거기에 누워 있었는데, 잠이 들어 버릴 정도로 부족한 것이 없었다. 그렇지만 이제 수영장으로 가자! 풀장이 있는 초원에는 어린아이들만 서너 명 놀고 있었다. 큰 아이들은 모두 학교에 가 있었다. 한스는 그들이 조금도 부럽지가 않았다. 그는 아주 천천히 옷을 벗고, 물속으로 들어갔다. 그는 따뜻한 물과 차가운 물을 번갈아가며 즐기는 법을 알고 있었다. 어느 정도 수영을 하다가 잠수도 하고 물을 철썩거리기도 했다. 또 때로는 배를 깔고 강변에 누워 빨리 말라 버리는 피부에 따갑게 내리쬐는 햇볕을 느껴보기도 했다. 어린아이들이 존경 어린 표정을 지으며 살그머니 옆으로 다가왔다. 물론, 이제 그는 유명인물이 되어 있었다. 그는 다른 사람들과는 전혀 달라 보였다. 햇볕에 그을린 가느다란 목 위에 영혼이 깃든 얼굴과 오만스러운 두 눈이 달린 섬세한 머리가 자유로우면서도 우아하게 모습을 드러내고 있었다. 그 외에는 너무나 말랐으며, 팔다리가 가느다랗고 아주 연약해 보였다. 가슴과 등에서는 갈빗대를 셀 수 있을 정도였고, 장딴지에도 거의 살이 붙어 있지 않았다.

    오후 내내 한스는 햇볕과 강물 사이를 이리저리 오가며 시간을 보냈다. 4시가 넘어서자 많은 학교 친구들이 왁자지껄 떠들면서 서둘러 달려왔다.

    "와, 기벤라트! 이제 넌 참 좋겠구나."

한스는 기분 좋게 팔다리를 쭉 폈다. "그래, 지낼만 해."
"신학교는 언제 가는 거니?"
"9월에나 갈 거야. 지금은 방학이고."

그는 친구들이 부러워하는 것을 그대로 즐겼다. 뒤에서 비아냥대는 소리가 크게 들리고, 누군가가 이런 시구를 읊어댈 때에도 꿈적하지 않았다.

> 지금 나도 슐체 리자베트처럼,
> 그렇게 될 수만 있으면 좋겠네!
> 그녀는 대낮에도 침대에 누워 있는데,
> 나는 그럴 수가 없다네.

그는 그냥 웃어넘겼다. 그러는 동안에 다른 소년들이 옷을 벗었다. 한 아이가 그대로 물속으로 뛰어들었고, 다른 아이들은 조심스럽게 물을 끼얹어 몸을 식혔다. 또 많은 아이들은 수영하기 전에 먼저 잔디밭에 드러눕기도 했다. 멋진 잠수를 해보인 아이는 찬사를 받기도 했다. 뒤에서 물속으로 떠밀린 겁쟁이는 '사람 살려' 하고 소리를 질렀다. 아이들은 서로 뒤쫓고 내달리기도 하고 수영을 하기도 하며, 잔디밭에서 일광욕을 하는 아이들에게 물을 뿌려대기도 했다. 물속에서 첨벙거리는 소리와 고함치는 소리가 대단했다. 넓은 강변이 온통 물에 젖어 밝게 빛나는 몸통들로 반짝이고 있었다.

한 시간 뒤에 한스는 그곳을 떠났다. 물고기들이 다시 입질하기 시작하는 따스한 저녁 시간이 되었다. 저녁 식사를 하러 갈 때까지 다리 위에서 낚시질을 했지만, 거의 한 마리도 잡지 못했다. 물고기들은 탐욕스럽게 낚싯바늘에 달려들었고, 매순간 미끼를 먹어치웠지만, 아무것도 걸려들지는 않았다. 낚시에 버찌를 매달았는데, 그게 너무 크고 너무 부드러운 것 같았다. 나중에 다시 한 번 시도해 보기로 마음먹었다. 저녁을 먹으면서 한스는 많은 친지들이 그를 축하하기 위해 왔었다는 이야기를 들었다. 그리고 그에게 오늘 날짜의 주간지를 보여주었는데, 거기에는 〈공지사항〉이라는 난에 다음과 같은 기사가 실려 있었다.

'초급 신학교 입학시험에 우리 마을은 금년에 1명의 후보자 한스 기벤라트를 보냈다. 방금 우리는 그가 2등으로 합격했다는 기쁜 소식을 접하게 되었다.'

한스는 주간지를 접어 주머니에 넣고는 아무 말도 하지 않았다. 그러나 마음은 자부심과 환호로 터져 버릴 지경이었다. 잠시 후에 그는 다시 낚시를 하러 갔다. 이번에는 두서너 개의 치즈 조각을 미끼로 가지고 갔다. 치즈는 물고기들이 좋아할 뿐만 아니라, 어둑어둑할 때에도 물고기 눈에 잘 띄었다.

그는 큰 낚싯대를 놓아두고 간단한 손낚시만 가지고 갔다. 그것은 그가 가장 좋아하는 낚시질이었다. 낚싯대나 낚시찌가 없이 낚싯줄을 손에 잡고 하는 이 낚시질은 줄과 바늘만으로 하는 것이었다. 약간 힘은 들지만, 그래도 훨씬 재미가 있다. 이때는 미끼가 조금만 움직여도 제대로 다뤄야만 한다. 미끼를 건드리거나 입질만 해도 낚싯줄의 떨림으로 자기 눈앞에 있는 것처럼 물고기들을 관찰할 수가 있다. 물론 이런 낚시질은 제대로 알아야 하고, 손가락이 민첩해야 하며, 마치 스파이처럼 조심스럽게 주의를 기울여야만 한다.

  깊이 깎은 듯 비좁으며 강물이 굽이치는 계곡에는 어스름이 일찍 찾아들었다. 다리 아래의 강물은 검은색으로 조용히 흘러갔다. 아래쪽 물레방아에는 벌써 불이 켜져 있었다. 떠들고 노래하는 소리가 다리와 골목길 너머로 울려 퍼졌다. 밤공기는 약간 후덥지근했으며, 강물에서는 어두운 색깔의 물고기가 짧게 꼬리치며 강물 위로 뛰어올랐다. 이런 밤에는 물고기들이 놀라울 정도로 흥분하게 마련이다. 이리저리 치닫기도 하고, 공중으로 뛰어오르기도 하고, 낚싯줄에 부딪치기도 하고, 겁도 없이 미끼를 향해 달려들기도 한다. 마지막 치즈 조각이 다 떨어졌을 때, 한스는 자그마한 잉어 네 마리를 잡았다. 이것을 내일 마을 목사님에게 갖다 드리고 싶었다.

따스한 바람이 골짜기 아래로 불어왔다. 사방은 이미 캄캄해졌지만, 하늘에는 아직 밝은 빛이 남아 있었다. 저물어가는 마을에서는 교회의 탑과 성채의 지붕만이 밝은 하늘을 향해 검고 날카로운 모습으로 높이 솟아 있었다. 아주 먼 곳 어디에선가 폭풍우가 몰려왔다. 이따금 멀리서 울리는 부드러운 천둥소리도 들려왔다.

한스는 10시에 잠자리에 들었다. 머리와 팔다리가 기분 좋게 피곤하고 졸음이 왔다. 오랜 동안 느껴보지 못한 기분이었다. 아름답고 자유로운 긴긴 여름날들이 마음을 위로하고 유혹하면서 눈앞에 펼쳐지고 있었다. 빈들빈들 산책을 하고 수영을 하며, 낚시질을 하고 마음껏 몽상에 젖어보는 나날이었다. 단 한 가지 생각이 그의 마음을 아프게 했다. 1등이 되지 못했다는 생각이다.

이른 아침 한스는 벌써 목사관의 작은 문 앞에 서서, 어제 잡은 물고기를 손에 들고 있었다. 마을 목사님이 서재에서 나왔다.

"오, 한스 기벤라트로군! 좋은 아침이구나! 축하한다, 진심으로 축하한다.…… 그런데 뭘 들고 있니?"

"물고기 몇 마리예요. 어제 낚시로 잡은 거예요."

"아이고, 이것 좀 보게! 고맙다. 자, 어서 들어오너라."

한스는 이미 잘 알고 있는 서재로 들어갔다. 사실 이곳은 다른 목사님들 서재같이 보이지는 않았다. 화초 냄새도 담배 냄새도 나지 않았다. 목사님이 소장하고 있는 상당한 책들은 후면을 거의 모두 깨끗하게 겉칠하고 금박을 입힌 신간 서적이었다. 다른 교회 도서관에서 보통 볼 수 있는 다 낡고 표지가 구부러지고 곰팡이가 슬고 얼룩이 난 책들이 아니었다. 좀 더 자세히 살펴보면, 누구나 잘 정돈된 책들 제목에서 새로운 정신이 깃들어 있음을 알아차릴 수가 있다. 그것은 사라져가는 세대의 유행에 뒤떨어진 존경스런 인물들이 보여주는 정신과는 완전히 다른 것이다. 다른 목사님의 서재에 꽂혀 있는 화려하게 존경받는 장서(藏書)들, 예컨대 벵겔[30]이나 외팅거[31]나 슈타인호퍼[32], 그리고 뫼리케[33]가 『탑 꼭대기의 닭 모양 풍향기』에서처럼 진정으로 아름답게 노래한 경건한 가요시인들도 여기에는 없었다. 아니면 수많은 현대적 작품들 속에 묻혀 사라졌는지도 모른다. 잡지책 철이나 서서 글을 쓰는 높다란 사면(斜面) 책상이나 서류들이 여기저기 흩어져 있는 커다란 책상, 이 모든 것에서 박학함과 진지함이 풍겨 나왔다. 여기에서는

---

30) 벵겔 Johann Albrecht Bengel(1687~1752)은 경건주의파 신학자로 신약성서 비평의 창시자임.

31) 외팅거 Friedrich Christoph Oetinger(1702~1782)는 루터파 신학자. 벵겔과 외팅거의 저서는 마울브론 신학교의 교재로 사용되기도 함.

32) 슈타인호퍼 Friedrich Christoph Steinhofer (1701~1761)는 신교 교회음악 작사자이며 많은 종교서적의 저자.

33) 뫼리케 Eduard Mörike(1804~1875)는 독일의 서정시인이며 목사였음. 1829년에 루이제 라우 Luise Rau와 약혼하고 얼마 지나지 않아 파혼했는데, 목가적 전원시(田園詩) 『탑 꼭대기의 닭 모양 풍향기』에서는 약혼녀와의 행복했던 시절을 서술하고 있음.

많은 연구가 이루어지고 있다는 인상을 받게 된다. 사실 여기에서 많은 연구가 행해졌다. 그러나 설교나 교리문답 또는 성경 시간을 위한 공부라기보다는 학술지 기고를 위한 연구와 논문, 그리고 자기의 저서를 위한 사적 연구가 이루어졌다. 이곳에서는 몽상적 신비주의나 예감으로 가득 찬 명상도 금물이었고, 학문의 심연을 넘어서 사랑과 동정으로 목마른 민중의 영혼에 다가가는 순진한 마음의 신학도 금물이었다. 그 대신에 여기에서는 신랄한 성경 비판이 이루어지고, '역사적인 그리스도'를 찾으려는 노력이 이루어졌다. 그리스도는 현대의 신학자들에겐 입안의 물과도 같지만, 뱀장어처럼 손가락 사이로 빠져 나가곤 했다.

신학에 있어서도 다른 학문에서와 사정이 별로 다르지 않다. 예술이라고 말할 수 있는 신학이 있고, 학문이거나 최소한 학문이 되고자 노력하는 신학이 있다. 그것은 옛날이나 지금이나 변함이 없다. 학문적인 사람들은 언제나 새로운 술통을 채우느라 오래된 포도주를 등한시하고 있으나, 반면에 예술가들은 외면적으로 그릇된 주장을 태연하게 고집하면서도 많은 사람들에게 위로와 기쁨을 가져다 주었다. 이는 비평과 창조, 학문과 예술 사이에 벌어지는 예로부터의 불평등한 투쟁이다. 이때에 학문은 별다른 헌신도 하지 않으면서 언제나 정당성을 인정받지만, 예술은 계속 믿음과 사랑, 위안과 아름다움과 영원에 대한 예감의 씨앗을 뿌려오면서 언제나 풍요로운 땅을 찾아내곤 한다. 왜냐하면 삶은 죽음보다 강하고, 믿음은 의심보다 강력하기 때문이다.

한스는 처음으로 서서 글을 쓰는 높다란 책상과 창문 사이에 놓인 작은 가죽소파에 앉아보았다. 마을 목사님은 지나칠 정도로 친절했다. 그는 절친한 동료처럼 신학교에 대해서, 그리고 거기서 어떻게 살아가고 공부하는지에 관해 이야기해 주었다.

목사님은 결론적으로 이렇게 말했다. "거기서 알게 될 새로운 것 중 가장 중요한 것은 《신약성서》의 그리스어 입문이다. 그럼 네 앞에 새로운 세계가 전개될 것이며, 열심히 공부하면 그만큼 기쁨도 느끼게 된다. 처음에는 언어를 배우는 게 힘들 것이다. 그건 아테네풍의 우아한 그리스어가 아니라, 새로운 정신에 의해 만들어진 특수한 어법이란다."

한스는 주의깊게 귀를 기울였다. 그리고 자신이 진정한 학문에 한 발짝 다가간 것 같은 자랑스러운 느낌이 들었다.

마을 목사님이 계속 말했다. "이 새로운 세계에 대한 학교교육은 자동적으로 매력적인 면을 많이 빼앗아 버린단다. 신학교에서는 일방적으로 우선 히브리어를 요구할지도 모른다. 네가 원한다면, 이번 방학 동안에 조금 시작해 볼 수도 있을 것이다. 그럼 신학교에 가서 다른 걸 할 수 있는 시간과 의욕이 남아서 기쁠 거다. 『누가복음』 두세 장을 함께 읽어볼 수 있을 것이고. 그럼 넌 그 언어를 거의 놀다시피 곁들여 배우게 될 것이다. 사전은 내가 빌려줄 수 있다. 넌 매일 한 시간, 길어야 두 시간 정도 거기 매달려 보는 거다. 더 이상은 안 된다. 무엇보다도 지금 넌 충분한 휴식을 취해야 하기 때문이다. 물론 이건 하나의 제안일 뿐이다. ……정말이지 난 네 즐거운 휴가를 망치고 싶진 않단다."

물론 한스는 그러겠다고 약속했다. 이 『누가복음』 공부가 그가 얻은 자유라고 하는 즐겁고 파란 하늘에 떠 있는 가벼운 구름처럼 여겨지긴 했지만, 수줍어서 그 제안을 거절하지 못했다. 더구나 방학 때 새로운 언어를 곁들여 배운다는 것은 공부라기보다는 오히려 즐거운 일이었다. 신학교에서 배우게 될 여러 가지 새로운 것들에 대해 그는 은근히 겁을 먹고 있었는데, 무엇보다도 히브리어가 특히 그러했다.

그는 마을 목사님과 불만스럽지는 않게 작별하였고, 낙엽송이 늘어선 길을 거슬러서 숲속으로 들어갔다. 약간 언짢은 기분은 이미 사라져 버렸다. 그 일을 곰곰이 생각하면 할수록, 점점 더 잘했다는 생각이 들었다. 신학교에서도 다른 학우들보다 앞서기 위해서는 보다 더한 공명심과 인내심을 가지고 열심히 노력해야만 한다는 사실을 잘 알고 있었기 때문이다. 그는 결단코 그렇게 되고 싶었다. 대체 무엇 때문일까? 그것은 자신도 몰랐다. 3년 전부터 사람들이 그에게 주의를 기울이기 시작했다. 선생님들과 마을 목사님, 아버지와 특히 교장 선생님까지 그를 격려하고 채찍질하며 숨가쁘게 몰아쳤다. 아주 오랜 세월 동안 학년이 올라갈 때마다 그는 의심할 여지없이 1등이었다. 지금은 서서히 그 자신이 자부심을 걸고서 맨 윗자리를 차지하고, 아무도 자기 곁에 다가오지 못하게 했다. 그리고 이젠 시험에 대한 바보스런 두려움도 지나가 버렸다.

물론 휴가를 갖는다는 것은 더할 나위 없이 즐거운 일이었다. 자기 이외에는 산책하는 사람이 하나도 없는 이 아침 시간의 숲속은 얼마나 유난히도 아름다웠던가! 붉은색의 전나무 줄기들이 기둥처럼 줄지어 서 있었고, 위로는 청록색(靑綠色) 잎들이 끝없는 회랑(回廊)처럼 아치를 이루고 있었다. 아래에는 소관목이나 잡초들도 거의 없었다. 여기저기에 산딸기 덤불만 무성할 뿐이었다. 그 대신에 부드러운 모피 같은 이끼가 난 땅이 넓게 펼쳐져 있었는데, 거기엔 키가 작은 월귤나무와 에리카나무가 서 있었다. 이슬은 이미 말랐다. 화살처럼 곧게 뻗은 나무줄기 사이로 아침 숲의 독특한 무더위가 감돌고 있었다. 따스한 햇살과 이슬에서 올라오는 증기와 이끼 향내, 송진과 전나무 솔잎과 버섯이 뒤섞인 냄새는 가볍게 마비시키면서 아양 떨듯 모든 감각으로 밀려왔다. 한스는 이끼로 뒤덮인 땅바닥에 드러누웠다. 그리고 빽빽이 서 있는 거무스레한 산딸기 덤불을 쥐어뜯었다. 여기저기서 딱따구리가 나무줄기를 쪼아대는 소리와 뻐꾹새가 시샘하듯 울어대는 소리가 들려왔다. 검은 빛이 짙게 감도는 전나무 수관(樹冠) 사이로 구름 한 점 없는 검푸른 하늘이 모습을 드러냈다. 멀리로는 곧게 뻗은 수천 수만 그루의 나무줄기들이 육중한 갈색의 벽을 쌓듯 몰려 있었고, 여기저기 이끼 위에는 노란 햇살이 얼룩처럼 흩어지며 따사로운 빛을 반짝이고 있었다.

사실 한스는 멀리까지 산책할 생각이었다. 최소한 뤼첼 저택이나 크로쿠스 초원까지 가려고 했다. 하지만 지금 그는 이끼 위에 누워 산딸기를 먹으며 멍하니 허공만을 바라보고 있었다. 왜 그렇게 피곤한지 스스로 의아스러워졌다. 예전에는 서너 시간쯤 산책하는 게 아무렇지도 않았다. 다시 기운을 차려 한참을 더 산책하기로 마음먹었다. 그리고 몇 백 발자국쯤 걸어갔다. 그러고는 다시 거기 이끼 위에 주저앉아 쉬었다. 왜 그런지 알 수가 없었다. 자리에 누워 있는 그의 눈길은 나무줄기에서 꼭대기로, 그리고 다시 푸른 바닥으로 깜박거리며 헤매고 있었다. 이곳의 공기가 이렇게 피곤하게 하는 것일까?

정오 무렵에 집에 돌아오니 다시 머리가 아프기 시작했다. 눈도 아팠다. 숲속 길에서 햇살이 무자비할 정도로 빛났었다. 오후 반 나절을 그는 불쾌한 기분으로 집안에 박혀 있었다. 수영을 할 때에야 비로소 다시 기운을 차렸다. 이제 마을 목사님에게 갈 시간이었다.

가는 도중에 구둣방 아저씨 플라이크를 만났다. 그는 작업장의 창가에 놓인 세 발 의자에 앉아 있었고, 한스에게 들어오라고 말했다.

"얘야, 어디 가니? 요즘엔 통 볼 수가 없구나."

"목사님 댁에 가는 거예요."

"아직도 거길 다니니? 시험도 다 끝났는데."

"네, 그런데 지금은 다른 걸 배워요. 《신약성서》 말이에요. 《신약성서》는 그리스어로 씌어져 있어요. 그렇지만 제가 배웠던 것과는 완전히 다른 그리스어로 씌었거든요. 이제 그걸 배우려는 거예요."

구둣방 아저씨는 차양 없는 모자를 목덜미까지 눌러썼는데, 수심에 잠긴 넓은 이마에는 짙은 주름이 생겼다. 그는 깊은 한숨을 내쉬었다.

"한스야." 그가 나지막한 목소리로 말했다. "너한테 할 말이 있다. 지금까진 시험 때문에 잠자코 있었지만, 이젠 경고를 좀 해야겠다. 이를테면 넌 우리 마을 목사님이 무신론자라는 걸 알아야 한다. 그는 성서가 틀렸다느니, 거짓이라느니 하면서 널 속일 것이다. 그런 사람과 《신약성서》를 읽다 보면, 어찌된 일인지도 알지 못하는 사이에 그만 믿음을 잃고 말 것이다."

"하지만 플라이크 아저씨. 저는 목사님께 그저 그리스어를 배우는 것뿐이에요. 신학교에 가면 어차피 그걸 배워야 하거든요."

"넌 그렇게 말하겠지. 하지만 네가 성서를 경건하고 양심적인 선생님에게 배우는 것하고, 하느님을 믿지 않는 사람에게 배우는 것하고는 전혀 다른 거란다."

"그래요. 하지만 그분이 정말 하느님을 안 믿는지는 아무도 몰라요."

"그렇지가 않단다, 한스야! 유감스럽게도 모두가 그걸 알고 있단다."

"그럼 전 어떡해야 돼요? 배우러 가겠다고 벌써 약속했는데요."

"그럼, 가야지. 당연한 일이야. 하지만 너무 자주 가진 말아라. 그리고 그가 성서는 인간이 만든 작품이라느니, 성서가 거짓이라느니, 성령에게 영감을 얻은 것이 아니라느니 하는 말을 하면, 즉시 내게로 오거라. 그리고 그에 대한 이야길 다시 해보도록 하자. 그러겠니?"

"그러겠어요, 플라이크 아저씨! 하지만 그렇게 심각하진 않을 거예요."

"곧 알게 될 거다. 내 말을 잘 기억해 둬라!"

마을 목사님은 아직 집에 돌아오지 않았다. 한스는 서재에서 기다려야만 했다. 금박으로 된 책 제목들을 살펴보는 동안에 구둣방 아저씨가 한 이야기를 생각하게 되었다. 그는 사람들이 마을 목사님이나 새로운 스타일의 성직자들에 관해 그런 식으로 떠들어 대는 소리를 자주 들어왔다. 그렇지만 이번에야 처음으로 긴장과 호기심을 느끼며 이런 일에 휘말려 들게 되었다. 또한 이런 문제가 구둣방 아저씨에게처럼 중요하거나 끔찍하지는 않았으며, 오히려 그는 여기에 위대한 옛 비밀의 배후를 캘 수 있는 가능성이 있다고 생각했다. 보다 어린 학창 시절에는 하느님의 존재라든가 영혼의 실존(實存)이나 악마와 지옥 등에 대한 의문이 때때로 공상적인 상념을 일으켜 주곤 했다. 그러나 이 모든 것은 독하게 열심히 공부하던 지난 몇 년 동안에 잠들어 버리고 말았다. 학교에서 배운 기독교 신앙은 구둣방 아저씨와 이야기를 나눌 때나 가끔 개인적인 삶으로 잠에서 깨어났다. 아저씨를 마을 목사님과 비교하면서 그는 미소를 짓지 않을 수 없었다. 힘든 세월을 살면서 얻은 구둣방 아저씨의 가혹한 고집을 소년은 이해할 수가 없었다. 아무튼 플라이크 아저씨는 현명한 인물이긴 했지만, 동시에 단순하고 편협한 사람이며, 지나치게 경건한 신앙 때문에 많은 사람들로부터 조롱을 받기도 했다. 기도하는 사람들 모임에서는 형제와도 같은 엄격한 재판관이자 권위 있는 성경해설가로 행세하기도 하고, 여러 마을을 돌아다니며 선교를 위한 기도 시간을 개최하기도 했다. 그 이외에는 다른 사람들과 마찬가지로 소시민적 수공업자로 편협하고 고루한 사람에 불과했다. 반면에 마을 목사님은 풍부한 경험과 뛰어난 언변을 지닌 설교자일 뿐만 아니라, 부지런하고 엄격한 학자였다. 공경하는 마음으로 한스는 서가(書架)를 올려다보았다.

　마을 목사님이 곧 돌아와서, 프록코트를 벗고 가벼운 검정색 실내옷으로 갈아입었다. 그러고는 그리스어로 된 『누가복음』 텍스트를 한스의 손에 쥐어주고는 읽어보라고 했다. 그것은 라틴어 공부 시간과는 완전히 달랐다. 그들은 몇 개의 문장만을 읽으며, 하나하나의 단어를 충실하게 번역해 나갔다. 선생님인 마을 목사님은 그럴 듯한 예문을 들어가면서 재치 있고 능숙하게 이 언어의 근원적 정신을 전개해 냈다. 그리고 이 책이 생성된 시대와 내력에 대하여도 이야기했는데, 단 한 시간 동안에 그는 소년에게 학습과 독서에 대한 새로운 개념을 일깨워 주었다. 한스는 하나하나의 시구와 단어 속에 얼마나 큰 비밀과 사명이 숨겨져 있는지, 그리고 예로부터 수많은 학자들이나 명상가들이나 연구가들이 이런 문제를 해결하려고 얼마나 고심해 왔는지를 생각하게 되었다. 동시에 그 자신도 이 시간에는 마치 진리탐구자들의 세계에 영입된 것 같은 생각이 들었다.

　그는 사전 한 권과 문법책을 빌려가지고 집에 돌아와 저녁 내내 계속 공부했다. 그리고 얼마나 많은 공부와 학식의 산을 넘어야 진정한 연구의 길이 열리게 될지를 느꼈다. 또한 어떤 난관이라도 극복해 나가고, 어떠한 일이 있어도 포기하지 않을 마음의 준비를 했다. 구둣방 아저씨는 한동안 기억에서 사라지고 말았다.

  며칠 동안 이 새로운 존재양식이 그의 마음을 사로잡았다. 매일 저녁 그는 마을 목사님을 찾아갔고, 매일매일 진정한 학문의 세계가 훨씬 더 아름답고, 어려우면서도 추구할 만한 가치가 있다고 여겨졌다. 아침 이른 시간에는 낚시질을 하러 갔고, 오후에는 초원 풀장으로 나가 수영을 했지만, 그 외에는 거의 집 밖으로 나가지를 않았다. 한편 주정부시험에 대한 불안과 승리감으로 가라앉았던 공명심이 다시 살아나서는 조금도 그를 가만히 놓아두지 않았다. 동시에 지난 몇 달 동안 종종 느끼곤 했던 기묘한 감정이 머릿속에서 다시 꿈틀거리기 시작했다. – 그것은 고통이 아니라, 빨라진 맥박과 격렬하게 용솟음치는 원기로 느껴지는 조급하게 승리하려는 행동이었다. 급하고도 과도하게 앞으로 밀고나가려는 욕망인 것이다. 나중에는 물론 머리가 아파오기도 했다. 그러나 약간의 미열(微熱)이 지속되는 동안에도 독서와 학습은 급속도로 추진되었다. 그래서 한스는 예전에 15분씩 걸리던 크세노폰의 가장 어려운 문장들을 이제는 놀이하듯 읽을 수 있었다. 사전을 거의 사용하지 않고서도 날카로운 이해력을 발휘하여 아주 어려운 부분들도 기쁜 마음으로 쉽게 읽어 내려갔다. 이러한 고조된 학습에 대한 열망과 인식욕은 오만에 찬 자아의식과 잘 어우러졌다. 그래서 학교나 선생님이나 학창 시절이 이미 오래전에 지나가 버리고, 그는 벌써 지식과 능력의 고지를 향하여 독자적인 길을 걷고 있는 기분이 들었다. 그런 느낌이 다시 그를 덮쳐옴과 동시에 이상할 정도로 선명한 꿈을 꾸며 숙면을 하지 못하고 자주 잠에서 깨어났다. 밤중에 가벼운 두통을 느끼며 잠에서 깨어나 다시 잠들지 못할 때에는 앞으로 전진해야 한다는 불안감이 그를 엄습하곤 했다. 그가 다른 모든 친구들보다 앞서 있다거나, 학교 선생님들과 교장 선생님이 일종의 존경이나 경탄하는 마음으로 그를 바라본다는 것을 생각할 때면, 우월감에 찬 자만심도 느끼곤 했다.

    교장 선생님은 자기가 일깨워 준 이 아름다운 명예욕을 이끌어 나가고 그것이 성장해 가는 것을 지켜보는 데 진정한 만족감을 느꼈다. 학교 선생님들이 무정하다거나 융통성도 영혼도 없는 속물들이라고 해서는 안 된다! 오 그래, 오랜 세월 동안 여러 자극에도 아무런 성과가 없던 한 소년의 재능이 나타나기 시작하면, 그 소년이 나무칼 싸움이나 돌팔매질이나 활쏘기 같은 어리석은 장난질을 중단하고, 앞으로 발전해 나가기 위해 노력하기 시작할 때면, 멋대로 자라온 뺨이 통통한 아이가 진지하게 공부하면서 섬세하고 진지하면서도 금욕적인 소년으로 변해갈 때면, 그리고 그 소년의 얼굴이 원숙한 정신으로 가득 차게 되고, 그의 눈길이 더욱 깊어지고 목적의식으로 뚜렷해지며, 그의 보드라운 손길이 더욱 희어지고 고요해질 때면, 이런 모습을 바라보는 선생님의 영혼은 기쁨과 자랑으로 웃음을 짓게 되는 것이다. 선생님으로서의 의무와 주정부로부터 위임받은 직무는 어린 소년의 내면에 자리잡고 있는 본성의 조악한 정력과 욕망을 길들이고 뽑아 버리는 것이며, 그 자리에 국가적으로 공인된 절제의 고요한 이상을 심어주는 것이다. 지금 만족스러운 시민이며 임무에 충실한 관료로 살아가는 많은 사람들은 학교에서의 이런 노력이 없었다면, 제멋대로 날뛰는 개혁가나 쓸데없는 상념에 사로잡힌 몽상가가 되었을 것이다! 그런 사람의 내면에는 무언가 거칠고 미동도 하지 않으며 교양도 없는 요소가 깃들어 있는데, 우선 그런 것이 파괴되어야만 했다. 위험한 불꽃과도 같은 그런 요소가 꺼지고 사라져야만 했다. 자연이 만들어 낸 대로의 인간이란 종잡을 수 없으며, 불투명하고 적의에 찬 존재이다. 인간은 알 수 없는 산에서 흘러내리는 물줄기이며, 길도 질서도 없는 원시림이다. 원시림이 나무를 베어 확 트이고 깨끗해지고 강압적으로라도 제어되어야 하는 것처럼, 학교는 자연인으로서의 인간을 깨부수고 굴복시키고 강압적으로라도 제어해야만 한다. 학교의 사명은 정부 당국으로부터 승인된 기본 원칙에 따라 인간을 사회에 유용한 일원으로 만드는 것, 그리고 그 교육은 병영(兵營)에서의 주도면밀한 군기(軍紀)를 통해 성공적으로 완성되는 잠재된 개성들을 일깨우는 것이다. 어린 기벤라트는 얼마나 멋지게 자기 자신을 발전시켰던가! 길거리를 헤매며 돌아다닌다든가 장난질을 치는 따위는 스스로 거의 중단했으며, 수업 시간에 멍청하게 웃는 일도 이미 오래전에 없어졌다. 정원 가꾸기와 토끼 기르기, 그리고 낚시질 따위의 습관도 스스로 멀리했다.

어느 날 저녁 교장 선생님이 직접 집으로 기벤라트를 찾아왔다. 기뻐서 어쩔 줄 모르는 아버지와 정중하게 인사를 나눈 다음에 그는 한스의 방으로 들어갔으며, 소년이 『누가복음』을 공부하고 있다는 것을 알았다. 그는 아주 다정하게 한스와 인사했다.

"훌륭하구나. 기벤라트! 벌써 이렇게 열심히 공부를 하다니! 헌데 어째서 한 번도 찾아오질 않는 거니? 난 매일 널 기다리고 있었단다."

"찾아뵈려고 했어요." 한스가 사과를 했다. "하지만 싱싱한 물고기라도 잡아서 갖다드리고 싶었어요!"

"물고기라고? 대체 무슨 물고기 말이냐?"

"잉어나 뭐 그런 거 말예요."

"아 그래, 그런데 너 다시 낚시하러 다니니?"

"네, 조금씩요. 아버지께서 허락해 주셨어요."

"응 그래. 많이 재미있니?"

"네, 그럼요."

"좋아, 아주 좋다. 애써 얻은 휴가를 가질 만하다. 그래서 지금은 틈틈이 공부하는 것도 별 흥미가 없는 모양이지?"

"그렇진 않아요, 교장 선생님."

"네 스스로 흥미를 느끼지 못한다면, 조금도 강요하고 싶지는 않다."

"정말 하고 싶어요."

교장 선생님은 두세 번 심호흡을 하고는 가느다란 수염을 매만지며 의자에 앉았다.

"그래, 한스야." 그가 말했다. "사실은 그렇단다. 오랜 경험으로 볼 때, 시험을 아주 잘 치루고 난 후에는 별안간 뒤로 처지는 경우가 종종 생기는 법이란다. 신학교에서는 더 많은 새로운 과목들을 공부하게 된단다. 그래서 많은 학생들은 방학 동안에 미리 준비를 하기도 한단다. …… 특히 시험을 제대로 잘 치루지 못한 학생들이 곧잘 그런단다. 그런 아이들이 월계관을 썼다고 방학 동안 편하게 놀던 학생들을 누르고 갑자기 정상의 자리에 우뚝 올라서게 되거든."

그는 다시 한숨을 쉬었다.

"여기 이 학교에서 너는 언제나 쉽게 1등을 할 수가 있었다. 그러나 신학교에서는 다른 친구들을 만나게 될 것이다. 모두가 재능을 타고났거나 아주 열심히 공부하는 학생들뿐인데, 이렇게 놀면서 그런 아이들을 앞지를 순 없단다. 내 말 알아듣겠니?"

"네."

"그럼 네게 이번 방학 동안에 약간 미리 공부를 해두었으면 하는 제안을 하고 싶구나. 물론 정도껏 말이다! 넌 지금 충분한 휴식을 취할 권리와 의무를 가지고 있다. 내 생각엔 하루에 한두 시간쯤이 적당하다고 본다. 그렇게 하지 않으면 자칫 궤도를 벗어나기 쉽단다. 그럼 나중에 다시 제자리를 찾을 때까진 몇 주일이 걸린단다. 넌 어떻게 생각하니?"

"그렇게 하고 싶습니다, 교장 선생님. 선생님께서 도와주기만 하시면요……."

"좋아. 신학교에선 히브리어 바로 다음으로 특히 호머[34]가 새로운 세계를 열어줄 것이다. 지금 확실한 기초를 닦아 놓으면, 나중엔 갑절이나 즐겁고 편안하게 호머를 읽을 수 있게 된다. 호머의 언어는 고대 이오니아 지방의 방언인데, 호머 시의 운율(韻律)은 무언가 아주 독창적인 것으로서, 그 자체에 정말 고유한 맛이 깃들어 있다. 정말이지, 이 시문학에 대한 올바른 감상을 하려면, 부지런한 자세로 근본부터 철저히 공부해야 한단다."

물론 한스는 이 새로운 세계도 기꺼이 파고들 준비가 되어 있었다. 그래서 최선을 다하겠노라고 약속했다.

---

[34] 기원전 9세기경의 고대 그리스 시인 호메로스를 말하며, 《일리아스》와 《오딧세이》가 그 대표작임.

하지만 끝으로 어려운 문제가 제기되었다. 교장 선생님은 헛기침을 하고는 다정하게 말을 계속했다.

"솔직히 말해서, 난 네가 수학 공부를 하는 데 두세 시간 정도를 할애한다면 좋겠다. 네가 수학을 잘 못한다는 건 아니지만, 그렇다고 지금까지 수학에 강하지도 못했었다. 신학교에서는 대수학(代數學)과 기하학(幾何學)을 새로 배우게 되는데, 어느 정도 미리 공부를 해두는 게 적합한 일일 것이다."

"그렇게 하겠습니다, 교장 선생님."

"언제든 날 찾아오너라. 물론 넌 잘 알고 있을 게다. 네가 훌륭하게 되는 것을 본다는 게 내겐 더없는 영광이란다. 수학 선생님한테 개인지도를 받을 수 있도록 아버지께 잘 말씀드리도록 해라. 아마 일주일에 서너 시간이면 충분할 것이다."

"그러겠습니다, 교장 선생님."

공부는 이제 다시 즐겁게 꽃피어 올랐다. 이따금 한 시간쯤 낚시를 하거나 산책을 할 때면, 양심의 가책으로 마음이 편치 않았다. 헌신적인 수학 선생님은 한스가 보통 수영을 하던 시간을 과외 수업 시간으로 선택하였다.

대수학은 그가 아무리 열심히 공부해도 별로 만족스럽지 못했다. 찌는 듯 무더운 날 오후에 수영장 대신에 선생님의 후덥지근한 방으로 가서는 모기가 윙윙대는 먼지투성이 공기를 마시며 피곤한 머리와 메마른 목소리로 a 더하기 b라든가 a 빼기 b라는 말을 해야 한다는 것이 괴로웠다. 대기중에는 무언가 마비시키는 것과 극도로 짓누르는 요소가 깃들어 있었으며, 이는 기분이 좋지 않은 날에는 암담하고 절망적인 기분으로 변할 수 있었다. 한스에겐 수학이란 과목이 정말로 이상스러웠다. 그렇다고 그가 수학에 꽉 막혀 전혀 이해하지 못하는 학생도 아니다. 때때로 멋지고 노련하게 문제를 풀기도 하고, 그로 인한 기쁨을 맛보기도 했다. 수학에서는 변칙도 없고 속임수도 없으며, 주제를 벗어나거나 허위의 주변영역을 헤맬 가능성도 없다는 것이 마음에 들었다. 이와 같은 이유로 한스는 라틴어를 매우 좋아했다. 왜냐하면 이 언어는 분명하고 확실하며, 전혀 아무런 의혹도 남기지 않기 때문이다. 그러나 계산에 있어서는 모든 결과가 정확히 일치한다고 할지라도, 그 이상의 아무런 의미가 생겨나지 않았다. 수학 공부와 수업 시간은 마치 평평한 시골길을 돌아다니는 것과도 같다는 생각이 들었다. 언제나 앞으로 나아가고, 어제까지 이해하지 못했던 무엇인가를 매일매일 터득하게 되지만, 갑자기 드넓은 시야가 탁 트이는 산 위에는 결코 올라가지 못했다.

    교장 선생님의 수업 시간에는 약간이나마 더 생기가 돌았다. 물론 마을 목사님은 활기가 넘치는 호머의 언어에서보다《신약성서》

의 변질된 그리스어에서 무언가 훨씬 매력적이고 화려한 감동을 만들어 내는 법을 알고 있었다. 그러나 결론적인 것은 역시 호머였다. 처음 시작의 어려움을 극복하자마자 바로 놀라움과 즐거움이 용솟음치며, 뿌리칠 수 없는 유혹의 손길을 계속해 내밀었다. 종종 한스는 비밀에 가득 차 아름답게 울리는 난해한 시구 앞에서 초조와 긴장으로 떨리는 마음을 억누르며 앉아 있었다. 그럴 때면 서둘러 사전을 뒤적여 밝고도 고요한 정원의 문을 열어주는 열쇠를 찾아내곤 하였다.

한스는 이제 또다시 숙제더미 아래 깔려 있었다. 여러 날 저녁, 이를 악물고 숙제를 하느라고 밤늦게까지 책상에 붙어 앉아 있었다. 아버지 기벤라트는 열심히 공부하는 모습을 자랑스럽게 지켜보았다. 그의 지둔한 머릿속에는 수많은 고루하고 우매한 그런 사람들이 품어보는 이상(理想)이 어렴풋이 살아 숨쉬고 있었다. 그 이상이란 그의 가문에서 자신을 능가하는 가지가 뻗어나와 막연하게 존경하고 있던 높은 곳까지 뻗어 올라가는 것을 보고자 하는 것이었다.

휴가 마지막 주일에 교장 선생님과 마을 목사님은 갑자기 눈에 띌 정도로 다시 온화해지고 자상해졌다. 소년을 산책하도록 내보내기도 하고, 강의를 중단하기도 했다. 그리고 한스가 신선하고 상쾌한 마음으로 새로운 인생길을 시작하는 것이 아주 중요하다고 강조하기도 했다.

그는 한두 번 더 낚시를 하러 갔다. 그러나 너무 머리가 아파서 제대로 주의를 기울이지도 못한 채 강가에 앉아 있었다. 강물 위에는 밝은 파란 빛을 띤 초가을 하늘이 반사되고 있었다. 예전에는 즐거운 마음으로 여름방학을 기다리곤 했었는데, 왜 그런지 영문을 모를 일이었다. 이제는 방학이 끝나고, 신학교에 가게 된다는 것이 오히려 기뻤다. 거기에서는 완전히 새로운 삶과 배움이 시작될 것이다. 이젠 낚시질에 별 관심도 없었기 때문에, 물고기를 거의 한 마리도 잡지 않았다. 언젠가 아버지가 한 마리도 못 잡았다고 놀려댄 이후로 그는 아예 낚시질을 그만두고, 가느다란 낚싯줄을 다락방의 상자 속에 넣어 버렸다.

방학이 끝나갈 무렵에야 갑자기 그가 여러 주일 동안 구둣방 아저씨 플라이크를 찾아보지 않았다는 생각이 떠올랐다. 지금이라도 그를 찾아가야겠다고 마음먹었다. 저녁 시간이 되었다. 아저씨는 양쪽 무릎에 어린아이를 1명씩 앉혀 놓고 거실 창가에 앉아 있었다. 창문을 열어 놓았는데도 집안에는 온통 가죽과 구두약 냄새가 진동했다. 한스는 어찌할 바를 모르면서 아저씨의 거칠고 큼직한 오른손에 자기 손을 얹었다.

"그래, 잘 지냈지?" 아저씨가 물었다. "마을 목사님 집에서 열심히 배웠니?"

"네, 매일 찾아가서 많이 배웠어요."

"뭘 배웠는데?"

"주로 그리스어요. 그밖에 다른 것들도 많이요."

"그런데 나한텐 한 번도 오고 싶지 않았니?"

"오고 싶었어요, 아저씨. 헌데 전혀 시간이 나질 않았어요. 목사님에겐 매일 한 시간씩, 교장 선생님에겐 매일 두 시간씩 배우고, 일주일에 네 번씩은 수학 선생님한테 가야만 했거든요."

"지금 휴가중인데도 말이니? 그건 멍청한 짓이야!"

"잘 모르겠어요. 선생님들이 그렇게 시켰어요. 그리고 배우는 게 그다지 힘들지도 않고요."

"그럴 테지." 플라이크는 이렇게 말하며 소년의 팔을 잡았다. "물론 공부하는 건 옳은 일이다. 하지만 대체 팔이 이게 무슨 꼴이니? 얼굴도 무척 수척하고. 아직도 머리가 아프니?"

"가끔은요."

"정말 멍청한 짓이다, 한스야! 이건 죄악이야. 너만한 나이에는 바깥 공기도 마시고 운동도 하고 제대로 쉬기도 해야 한단다. 대체 무엇 때문에 방학이란 게 있겠니? 방구석에 쭈그리고 앉아 그저 공부나 하라는 게 아니다. 넌 정말 **뼈와 가죽**만 남았구나."

한스는 웃음을 지었다.

"그래, 넌 잘 해나갈 거야. 하지만 지나친 건 지나친 거란다. 그런데 마을 목사님한테 배운 것은 어떠했니? 뭐라고 말하든?"

"여러 가지 말씀을 했지만, 나쁜 말씀은 하나도 없었어요. 목사님은 정말 박식한 분이세요."

"성경에 대해 한 번도 모독적인 말을 안 했니?"

"네, 한 번도 안 하셨어요."

"다행이구나. 분명히 말해두겠는데, 영혼을 손상시키는 것보다 육신을 열 번 망치는 게 낫다! 넌 나중에 목사님이 되려고 하는데, 그건 값지고도 어려운 직분이란다. 그런 직분에는 너희 또래 대부분의 젊은 애들과는 다른 사람이 필요한 것이다. 너라면 잘 해나갈 수 있을 거다. 언젠가는 너도 영혼을 구제하고 교육하는 사람이 될 것이다. 그렇게 되길 진심으로 소망하며, 그 뜻이 이루어지도록 기도할 거다."

그는 일어서서, 두 손으로 소년의 어깨를 꼭 붙잡았다.

"잘 지내라, 한스야! 행운이 있길 바란다! 주님께서 널 축복하시고 돌봐주시길 빌겠다. 아멘."

그의 엄숙한 태도와 기도, 그리고 표준 독일어로 된 작별인사 말씀이 소년에게는 가슴을 죄는 듯하고 곤혹스럽게 느껴졌다. 마을 목사님은 작별할 때 조금도 그런 식으로 말하지는 않았었다.

신학교에 갈 준비를 하고 작별인사를 하다 보니 며칠간의 시간이 불안정하게 빨리 흘러가 버렸다. 침구류와 겉옷과 속옷들, 그리고 책들을 싼 상자는 이미 발송되었다. 이젠 들고 갈 여행가방도 다 꾸렸으며, 어느 서늘한 아침에 아버지와 아들은 함께 마울브론을 향해 출발했다.[35] 고향을 떠나고 부모님의 집을 떠나서 낯선 학교로 옮겨간다고 하니까 이상하기도 하고 우울한 기분도 들었다.

35) 헤르만 헤세는 1891년 9월 15일 아버지가 아니라 어머니와 함께 마울브론으로 갔음.

제3장

거대한 시토교단 수도사들의 마울브론 수도원[36]은 그 주(州)의 북서쪽 숲이 무성한 언덕과 작고도 고요한 호수[37] 사이에 자리하고 있었다. 그 아름답고 오래된 건축물들은 광대하고도 견고하며 잘 보존되어 왔다. 건물 내부와 외부가 아름답고, 수백 년이 흐르면서 고요히 아름답게 초록색의 주위 환경과 고귀하고도 밀접하게 어우러졌기 때문에, 한 번쯤 거기서 살고 싶을 만큼 매력적인 거주지가 되었다. 이 수도원을 방문하는 사람이면 누구나 높은 담벼락 사이로 그림처럼 열

---

[36] 시토교단은 베네딕트파의 한 분파로서 이 수도회 창설지인 프랑스 시토의 라틴어 이름 Cistercium에서 유래함. 1147년에 창립된 마울브론 수도원은 독일 알프스 북부 지역에서 가장 완벽하고 잘 보존·유지되어 온 중세의 유적지임. 이 수도원은 16세기 초 종교개혁 이후에 잠시 뷔르템부르크 공작의 소유가 되었다가 1556년에 개신교 신학교로 바뀌어 현재까지 유지되고 있음. 천문학자 요하네스 케플러, 문학가 프리드리히 횔덜린 등이 이 신학교를 나왔고, 14세 때 입학하여 7개월만에 자퇴한 헤르만 헤세는 이곳의 아름다운 풍광과 분위기 및 당시의 체험과 느낌을 배경으로 《수레바퀴 아래서》를 집필하였음.

[37] 마울브론 수도원 가까이 숲속에 있는 하우르커 호수를 말함.

려 있는 문을 지나 넓으면서도 조용한 마당으로 들어가게 된다. 거기에는 분수대가 물을 뿜어 대고, 오래된 고목들이 견고한 모습으로 서 있다. 마당 양편에는 오래되고 단단한 석조건물이 나란히 서 있고, 맨 뒤쪽에는 후기 로마네스크풍의 현관이 달린 거창한 교회 본당의 정면 모습이 보인다. '천국' 이라고 불리는 현관은 어디에도 비할 바 없이 우아하고 황홀하고 아름답다. 본당의 장중한 지붕 위에는 바늘처럼 뾰족한 작은 탑이 익살스럽게 세워져 있다. 그 작은 탑에 종이 어떻게 매달려 있는지 도저히 이해가 되지 않는다. 조금도 손상되지 않은 본당의 회랑(回廊)은 그 자체만으로도 하나의 아름다운 예술작품인데, 그 회랑에는 멋진 분수기도실이 보석처럼 서 있다. 경이로운 공간으로 힘차면서도 우아한 십자형의 원형지붕이 덮인 성직자 식당, 작은 기도실, 담화실, 평신도 식당, 수도원장 저택이 계속해 있고, 끝으로 2개의 교회당이 나란히 당당하게 서 있다. 그림같이 아름다운 담벼락과 돌출창, 정원과 물레방아와 저택들이 이미 낡아 버린 육중한 건축물들을 편안하고도 아늑하게 둘러싸고 있다. 드넓은 앞마당은 고요히 텅 비어 있고, 잠을 자듯 조용히 나무그림자들과 유희하고 있다. 점심 식사 후의 휴식 시간에만 잠시 무상한 사이비 같은 생명들이 그곳을 찾아온다. 그러고는 한 무리의 젊은이들은 수도원에서 나와 넓은 마당 여기저기로 흩어진다. 약간 몸을 풀거나 소리를 지르기도 하고, 이야기를 나누며 웃음을 터뜨리기도 하며, 공놀이를 하기도 한다. 그러다가 휴식 시간이 끝나기가 무섭게 발걸음을 재촉하여 흔적도 없이 담벼락 너머로 사라진다. 이미 많은 사람들이 이 마당에 서서, '여기가 바로 건실한 삶과 기쁨을 위한 장소이다, 여기에서는 생명감 넘치며 행복을 안겨주는 무엇인가가 자랄 수 있다, 여기에서 성숙하고 선량한 사람들이 즐거운 사상에 잠기며 훌륭하고도 위대한 업적을 이룩했을 것이다' 하고 가만히 혼자 생각했을 것이다.

 속세와 동떨어져서 언덕과 숲들 뒤에 숨겨진 이 화려한 수도원은 신교(新敎)의 신학교 학생들을 위해 마련해 놓은 것이었다. 그렇게 하여 감수성이 예민한 젊은이들의 정서에 아름답고 평온한 분위기를 제공해 주려는 것이다. 동시에 거기에서 젊은이들은 마음을 산란하게 하는 도시나 가정생활의 영향권을 벗어나게 되고, 해가 될 수도 있는 분주한 생활을 보지 못하도록 보호도 받게 되었다. 그렇게 함으로써 젊은 학생들이 여러 해에 걸쳐 히브리어와 그리스어를 부전공 과목들과 함께 진지하게 연구하는 것을 인생 목표라 여기도록 하고, 젊은 영혼들의 모든 갈증을 순수하고 이상적인 학문연구와 이를 향유하는 것으로 돌리도록 하는 것이다. 이를 위한 중요한 구성요소로서 기숙사 생활을 하는데, 필수적으로 자아훈련과 공동체 의식을 키우게 된다. 신학생들은 장학재단의 비용으로 살아가고 공부하는데, 이를 통해 생도들이 남다른 정신의 소유자가 되도록 세심한 관심을 기울이고 있다. 이러한 정신을 바탕으로 하여 그들은 나중에 언제라도 서로를 알아볼 수가 있었다. - 그것은 일종의 섬세하고 확고한 낙인(烙印)이다. 가끔 한 번씩 이곳을 뛰쳐나가는 조야한 녀석들을 제외하고는 슈바벤의 모든 신학생들을 일생 동안 그런 존재로 인식할 수가 있다.

수도원 신학교를 들어설 때 어머니와 함께 온 학생이라면, 누구나 감사와 흐뭇한 감동을 느끼며 일생 동안 그날을 기억하게 된다. 한스 기벤라트는 그럴 처지가 아니었다. 그래서 그는 아무런 감동도 느끼지 못한 채 그날을 넘겨 버렸다. 그렇지만 수많은 다른 학생들의 어머니를 눈여겨볼 수 있었으며, 그에 대한 특별한 인상을 받기도 했다.

이른바 공동침실이 있는 건물의 벽장이 달린 커다란 복도에는 상자와 바구니들이 여기저기 흩어져 있었다. 부모와 함께 온 소년들은 짐을 풀고 소지품을 정리하느라고 정신이 없었다. 모든 학생이 각자 번호가 붙은 옷장을, 그리고 서재에서는 각자 번호가 새겨진 책꽂이를 하나씩 지정받았다. 아이들과 부모들은 마룻바닥에 쭈그리고 앉아 짐을 풀고 있었으며, 조교는 그 사이를 군주(君主)처럼 돌아다니며 이따금씩 친절한 조언을 해주곤 했다. 모두들 풀어낸 옷들을 펼쳐 놓고, 속옷들은 말끔히 접어 놓았다. 책들은 책꽂이에 쌓아 놓고, 장화와 실내화를 가지런히 정리해 놓았다. 그들이 꾸려온 주요품목들은 모두가 똑같았다. 왜냐하면 가져올 수 있는 최소한의 속옷 숫자와 그밖에 집에서 쓰는 중요한 잡화의 명세가 미리 정해져 있었기 때문이다. 이름을 새겨 넣은 양철 세숫대야도 꺼내서 세면장에 가져다 놓았다. 목욕용 스펀지와 비누 곽, 빗과 칫솔을 그 옆에 나란히 정리해 놓았다. 그뿐만 아니라 학생들 누구나 램프와 석유통, 그리고 식사도구도 한 벌씩 가지고 왔다.

소년들은 모두가 매우 바쁘게 움직이며 흥분되어 있었다. 아버지들은 미소를 지으며 곁에서 도와주고자 했다. 하지만 종종 회중시계를 들여다보고, 상당히 지루해하다가 살짝 밖으로 빠져 나가려고도 했다. 그러나 어머니들은 온갖 정성을 다하여 돕고 있었다. 옷가지와 속옷들을 하나하나 손에 들고는 주름을 펴기도 하고, 맨 끈을 똑바로 잡아당겨 놓기도 했다. 이것들을 조심스럽게 살펴보면서 가능한 한 깔끔하게 쓰임새에 맞도록 분류해서 옷장 안에 넣었다. 그들은 일을 하면서 타이르고 가르쳐 주고 다정함을 보여주기도 했다.

"새로 산 속옷은 특히 아껴 입도록 해라. 3마르크 50페니히나 준 거란다."

"빨랫감은 4주에 한 번씩 기차편으로 보내라. 급할 때는 우편으로 보내고. 검정색 모자는 일요일에만 쓰도록 해라."

뚱뚱하고 느긋해 보이는 한 아주머니는 높은 상자 위에 앉아 아들에게 단추 다는 법을 가르쳐 주고 있었다.

다른 곳에서는 이런 이야기도 들려왔다. "고향 생각이 나면 언제라도 편지를 쓰도록 해라. 크리스마스도 얼마 남지 않았어."

아직 상당히 젊어 보이는 예쁘게 생긴 어느 아주머니는 아들의 가득 찬 옷장을 살펴보면서 손길로 쌓아 놓은 속옷이며 저고리며 바지를 애무하듯 만지작거렸다. 그러고 나서는 어깨가 딱 벌어진 아들의 포동포동한 뺨을 쓰다듬기 시작했다. 아들은 부끄러워했고, 당황하여 미소를 지으면서 어머니의 손을 뿌리쳤다. 그리고 나약한 모습을 보이지 않으려고 두 손을 바지주머니에 집어넣었다. 이별하는 것은 아들에게보다 어머니에게 더 힘든 것 같았다.

다른 아이들은 그와 반대였다. 그들은 아무것도 하지 않으면서 짐을 정리하느라 정신이 없는 어머니를 물끄러미 쳐다볼 뿐이었다. 차라리 다시 집으로 돌아가고 싶은 것처럼 보였다. 그러나 모든 학생들에게 있어서 이별에 대한 두려움과 자꾸만 커져가는 애정과 애착의 감정이 자기를 지켜보는 사람들에 대한 수치심, 그리고 처음으로 어른다워지는 반항적인 자긍심과 힘겨운 싸움을 벌이고 있었다. 차라리 엉엉 울어 버리고 싶은 여러 아이들은 일부러 아무렇지도 않은 표정을 지어보이면서, 그에겐 아무것도 상관

없다는 듯이 행동했다. 그런 모습을 보면서 어머니들은 미소까지 짓고 있었다.

거의 모든 아이들이 트렁크에서 필수품 이외에도 작은 자루에 담긴 사과, 훈제한 소시지, 케이크를 담은 작은 바구니 같은 사치스런 물건들을 꺼냈다. 많은 학생들은 스케이트도 가지고 왔다. 작고 교활해 보이는 아이는 햄 덩어리를 통째로 가지고 와서 큰 물의를 일으키기도 했는데, 그는 그걸 전혀 숨기려 하지도 않았다.

처음 집을 떠나 직접 이곳으로 온 학생과 예전에도 기숙사 같은 곳에 살아보았던 학생은 쉽게 구별해 낼 수 있었다. 하지만 이런 학생들에게서도 흥분하고 긴장하는 기미를 느낄 수 있었다.

기벤라트 씨는 아들이 짐 푸는 것을 도와주며, 민첩하고 노련하게 일을 처리했다. 대부분의 다른 사람들보다 일찍 일을 마치고 나서 그는 한스와 함께 잠시 지루하게 서 있다가 그냥 공동침실 건물을 이리저리 둘러보았다. 어디를 가든 충고하거나 훈계하는 아버지들, 위로하거나 조언을 해주는 어머니들, 그리고 불안한 마음으로 귀를 기울이고 있는 아들들이 보였다. 그 역시 한스가 새로운 인생길을 가는데 황금 같은 말을 몇 마디 해주는 것이 당연하다고 생각했다. 한참을 생각하다가 진지한 표정을 짓고는 말없이 서 있는 한스의 곁으로 살그머니 다가갔다. 그리고 갑자기 말을 시작하더니 엄숙한 말투로 짤막한 미사여구를 늘어놓았다. 한스는 어안이 병병하여 조용히 듣고 있었다. 옆에 서 있는 목사님이 아버지의 이야기를 들으며 즐거운 듯 미소 짓는 것이 보였다. 한스는 부끄러운 나머지 이야기하는 아버지를 붙들고 옆쪽으로 피했다.

"그렇지 않니? 우리 가문의 명예를 일으켜 주겠지? 그리고 어른들 말씀을 잘 듣도록 해야지?"

"네, 그럴 거예요." 한스가 말했다.

아버지는 침묵을 지키며, 안도의 한숨을 내쉬었다. 그는 차츰 지루해지기 시작했다. 한스도 상당히 난감한 생각이 들자, 불안한 호기심을 느끼며 창문 너머로 고요한 회랑을 내려다보았다. 고풍스럽게 속세를 벗어난 듯 보이는 회랑의 품위와 평온함은 위에서 시끄럽게 떠드는 젊은 아이들의 생동적인 삶에 이상스런 대조를 이루고 있었다. 그는 곧 일에 바쁜 동료 학우들을 찬찬히 둘러보았지만, 아는 얼굴이 하나도 없었다. 슈투트가르트에서 함께 시험을 본 괴핑엔 출신의 친구는 라틴어 실력이 뛰어났음에도 불구하고 떨어진 모양이었다. 어디에서도 그의 모습이 보이지 않았다. 한스는 이 일에 별 마음을 쓰지 않고, 앞으로 함께 공부하게 될 동급생들을 살펴보았다. 모든 소년들이 가지고 온 소지품의 종류와 수량이 비슷하긴 했지만, 도시 출신 소년과 시골에서 온 소년, 그리고 부유한 집안 아이들과 가난한 집안 아이들을 쉽사리 구분할 수 있었다. 물론 재력가의 자제들이 신학교에 들어오는 일은 드물었다. 그 이유는 한편으론 부모들의 자부심이나 보다 깊은 안목 때문이고, 다른 한편으론 그 자식들의 재능 때문이었다. 그래도 많은 교수들이나 높은 관리들은 자신이 체험한 수도원 시절을 회상하며 자식들을 마울브론으로 보내곤 했다. 40명의 학생들이 입고 있는 검은 양복은 천이나 재단이 제각기 다르게 보였다. 그뿐만 아니라 젊은 학생들의 몸가짐이나 사투리나 행동양식도 더욱 분명하게 차이를 드러냈다. 팔다리가 뻣뻣하고 바싹 마른 슈바르츠발트 태생의 소년들, 선명한 금발에 넓적한 입을 가진 신랄한 알프스 지방의 소년들, 몸가짐이 자유분방하고 활발한 태도를 지닌 활동적인 평야지대의 소년들, 뾰족한 장화를 신은 슈투트가르트에서 온 멋진 소년들, 다 해진 장화를 신은 어느 한 소년, 그들은 모두가 멋지게 사투리를 말하고 있다. 이 꽃다운 소년들 중 1/5 가량은 안경을 쓰고 있었다. 수척하면서도 고상한 슈투트가르트 출신의 어느 한 마마보이는 뻣뻣하고 근사한 펠트 모자에 좋은 옷을 입고 고상하게 행동했다. 그런데 그 아이는 벌써 첫날부터 자신의 남다른 옷차림이 동급생들 중에 보다 뻔뻔스런 학우들로 하여금 훗날에 그를 놀려 대고 골탕 먹이려는 충동을 자극한다는 사실을 예감하지 못했다.

보다 섬세하게 관조하는 사람만이, 이 겁에 질린 작은 무리의 소년들이 그 주(州) 출신의 젊은이들 중에서 선발된 뛰어난 인재들이라는 사실을 인식할 수 있었다. 얼핏 보아도 속성의 암기교육을 받았다는 것을 알아챌 수 있는 평균적인 소년들뿐만 아니라, 섬세한 아이들이나 자기 고집이 강한 소년들도 없진 않았다. 이들의 매끄러운 이마 뒤에는 보다 지고한 인생이 아직은 절반쯤 꿈속에 잠겨 있었다. 저 영리하고 고집스런 슈바벤의 인재들 가운데 한두 명쯤은 아마도 세월이 흐르는 동안 언젠가는 거대한 세상 한가운데로 밀고 들어갈 것이고, 다소 무미건조하고 완고한 자신들의 생각을 새롭고 강력한 체계의 중심으로 만들어 낼 것이다. 왜냐하면 슈바벤 지방은 제대로 교육받은 신학자들을 세상에 배출했을 뿐만 아니라, 이미 여러 차례에 걸쳐 명망 있는 예언자나 이단자들을 나오게 한 철학적 명상의 능력 있는 전통을 자랑스럽게 여기고 있기 때문이다. 이렇듯 이 풍요로운 지방은 위대한 정치적 전통에 있어서는 다른 지방에 비해 훨씬 뒤떨어져 있지만, 적어도 신학과 철학의 정신적 영역에 있어서는 끊임없이 온 세상에 확고한 영향력을 행사하고 있었다. 그 외에도 예로부터 이 지방의 사람들은 심미(審美)적인 형식과 환상적인 시문(詩文)을 즐겨왔으며, 그로 인해 때때로 운율에 맞추어 시를 쓰는 시인이나 작가들이 나오기도 했는데, 그들은 명성이 나쁘지 않은 편에 속하고 있었다.

　　외관상으로 볼 때, 마울브론 신학교의 시설과 관습에서는 슈바벤의 분위기가 조금도 느껴지지 않았다. 오히려 수도원 시절부터 남아 있는 라틴어 이름 이외에도 많은 고전적 명칭의 꼬리표를 새로 붙여 놓았다. 학생들에게 배정된 방들의 이름은 포룸, 헬라스, 아테네, 스파르타, 아크로폴리스라고 했다. 맨 끝에 위치한 가장 작은 방은 게르마니아라는 이름이었는데, 거기에는 게르만적인 현존으로부터 로마 – 그리스적인 환영(幻影)을 만들어 낸다는 뜻이 있다는 것을 암시하는 것 같았다. 그러나 이것도 외형적인 관점에 불과할 따름이고, 실제로는 히브리어 이름이 더 잘 어울렸을 것이다. 재미있는 우연이기는 하지만, 아테네 방에는 마음이 너그럽고 말솜씨가 뛰어난 학생들이 아니라, 아주 고지식하고 지루한 학생 몇 명이 들어가게 되고, 스파르타 방에는 전사(戰士)나 고행자 같은 학생들이 아니라, 쾌활하면서도 뻔뻔스럽게 거만을 떠는 학생 몇 명이 살게 되었다. 한스 기벤라트는 9명의 동료와 함께 헬라스 방에 배정되었다.

밤이 되어 처음으로 새로운 9명의 친구들과 함께 싸늘하고 삭막한 공동침실이 있는 건물로 들어가 비좁은 침대에 누웠을 때, 한스는 아주 이상한 기분이 들었다. 천장에는 커다란 석유램프가 매달려 있었는데, 그 빨간 빛을 받으며 옷들을 벗었으며, 10시 15분경에는 조교가 그 램프 불을 꺼 버렸다. 이제 한 사람 한 사람이 나란히 자리에 누웠다. 2개의 침대 사이에는 옷들을 얹어 놓은 의자가 있었고, 기둥에는 줄을 당겨 아침 종을 치기 위한 로프가 늘어져 있었다. 두세 명의 소년들은 벌써 서로 사귀었는지 머뭇머뭇하면서도 귓속말을 하고 있었지만, 그 소리도 이내 멎어 버렸다. 다른 소년들은 아직 서먹서먹한지 모두가 약간은 짓눌린 심정으로 쥐죽은 듯 조용히 침대에 누워 있었다. 이미 잠든 소년들의 숨소리가 들리기도 했고, 어떤 아이는 잠을 자면서 팔을 이리저리 뒤척이는 바람에 아마포 이불이 바스락거리는 소리가 나기도 했다. 아직 잠이 들지 못한 아이들은 아주 조용히 누워 있었다. 한스는 오랫동안 잠을 이룰 수가 없었다. 그는 옆에 누워 있는 소년들의 숨소리에 귀를 기울였다. 잠시 후에 다음 그 다음 침대에서 이상하게 두려워하는 듯한 소리가 들려왔다. 거기 누운 한 소년이 이불을 머리 위까지 뒤집어쓴 채 울고 있었다. 아주 멀리서 들려오는 듯 이 나지막한 흐느낌이 한스의 마음을 어수선하게 흔들어 놓았다. 그 자신은 별다른 향수를 느끼지는 않았지만, 그래도 고향에 두고 온 작고 조용한 방이 그리워졌다. 게다가 불확실한 새로운 미래와 다른 동료들에 대한 많은 불안감에 사로잡히게 되었다. 아직 한밤중이 되지 않았어도, 그 공동침실 건물에는 아무도 깨어 있는 사람이 없었다. 어린 잠꾸러기들은 줄무늬가 그려진 베개에 양 볼을 푹 파묻고는 나란히 잠들어 있었다. 슬픔에 젖은 아이들이나 반항적인 아이들, 명랑한 아이들이나 겁이 많은 아이들, 모두가 똑같이 달콤하고 깊은 휴식과 망각의 세계에 압도되고 말았던 것이다. 오래된 뾰족한 지붕과 탑, 돌출창과 고딕식의 작은 첨탑, 성벽 상부에 있는 톱니 모양의 흉벽(胸壁)과 뾰족한 아치형의 행랑 위로 창백한 반달이 떠올랐다. 달빛은 벽에 둘러친 주름장식과 문지방에 진을 치더니 고딕식의 창문과 로마네스크식의 성문 위로 흘러갔다. 그러고는 회랑의 분수대에 있는 크고 우아한 수반(水盤)에서 창백한 금빛으로 떨고 있었다. 몇 개의 노란 달빛 선(線)과 밝은 빛의 반점이 3개의 창문을 통해 헬라스 방으로 비쳐 들었다. 그리고 옛날에 수도사들에게 그러했던 것처럼 지금은 여기 잠들어 있는 소년들의 꿈을 옆에서 다정하게 지켜보고 있었다.

다음날 수도원의 작은 예배당에서 엄숙하게 입학식이 거행되었다. 선생님들은 프록코트를 입고 서 있었고, 교장 선생님이 축하 연설을 했다. 학생들은 상념에 사로잡혀 몸을 굽힌 채 의자에 앉아 있었으며, 이따금 곁눈질로 멀리 뒤쪽에 앉아 있는 부모님들을 돌아보기도 했다. 어머니들은 이런저런 생각에 미소를 지으며 자식들을 바라보았다. 아버지들은 똑바른 자세로 교장 선생님의 연설을 들으면서 진지하고도 단호한 모습을 하고 있었다. 자랑스러운 마음과 칭찬하고 싶은 감정과 기대에 찬 희망이 그들의 가슴을 부풀게 했다. 오늘만큼은 금전적인 이익을 위하여 자기 자식을 팔았다고 생각하는 부모는 단 한 사람도 없었다. 마지막으로 학생들이 하나씩 호명되어 앞으로 나왔고, 교장 선생님의 악수를 받으며 의무와 책임에 대한 선서를 했다. 이로써 학생들은 올바르게 처신하기만 하면, 죽는 날까지 주정부의 보살핌을 받고 생계를 보장받게 되는 것이다. 그러나 그들이 이러한 혜택을 완전히 공짜로 받을 수 없다는 것에 대해서는 어느 누구도 생각하지 않았다. 아버지들도 거의 그런 생각을 하지 못했다.

소년들은 아버지와 어머니와 작별을 해야만 하는 순간이 훨씬 더 진지하고 애절하게 생각되었다. 부모님들 중 일부는 걸어서, 다른 일부는 우편마차로, 그리고 또 다른 일부는 서둘러 잡은 차편으로 뒤에 남겨 놓은 자식들의 시야에서 멀어져 갔다. 흔들어 대는 손수건들이 온화한 9월의 공기를 가르며 오래도록 나부꼈다. 결국 떠나가는 부모들의 모습은 숲 뒤로 사라져 버리고, 자식들은 아무 말 없이 생각에 잠긴 채 수도원으로 돌아왔다.

"그래, 이제 부모님들은 떠나가셨다." 조교가 말했다.

이제 소년들은 서로의 얼굴을 쳐다보며 말을 주고받기 시작했다. 우선은 같은 방에서 함께 생활하게 된 학생들끼리 어울렸다. 잉크병에 잉크를 채우고, 램프에는 기름을 채우고, 책과 노트를 정돈하며 새로운 공간에 적응하려고 애를 썼다. 그러면서 호기심에 찬 눈길로 서로를 쳐다보고, 이야기를 나누기 시작했다. 서로서로 고향을 묻기도 하고, 이제까지 다닌 학교를 물어보기도 하면서, 함께 진땀을 흘렸던 주정부시험을 회상하기도 했다. 하나하나의 책상 주위에는 재잘거리는 학생들 그룹이 형성되기도 하고, 여기저기에서 소년들의 밝은 웃음이 터져 나오기도 했다. 저녁때가 되어서는 함께 배를 타고 여행한 승객들이 항해가 끝나갈 무렵에 서로를 아는 것보다 같은 방 동료들은 서로를 더 잘 알고 있었다.

한스와 함께 헬라스 방에 살게 된 9명의 동료들 가운데 4명은 개성이 뚜렷한 인물이었다. 그 나머지는 다소 차이는 있었지만 그저 평범한 착한 아이들이었다. 우선 슈투트가르트 출신의 교수 아들 오토 하르트너는 재능이 뛰어나고 침착하며, 언제나 자신감에 넘쳐 있고 태도에 있어서도 흠잡을 데가 없었다. 딱 벌어진 체격이 당당했고 옷차림도 훌륭했으며, 그의 확고하고 숙련된 태도는 같은 방 동료들에게 외경심을 일으키게도 했다.

다음으로 카를 하멜은 알프스 산악지대에서 온 작은 시골마을의 이장 아들이었다. 그를 사귀는 데에는 얼마간의 시간이 필요했다. 왜냐하면 그는 모순으로 가득 찬 채 처박혀 있었으며, 보기에도 무기력한 상태에서 빠져 나오는 일이 드물었기 때문이다. 그러다가 격정적이 되기도 하고, 확 풀어져서 난폭해지기도 했지만, 그런 상태가 오래 지속되지는 않았다. 그는 다시금 자신 속으로 기어들어가곤 했는데, 그가 조용한 관찰자인지, 아니면 음흉한 위선자인지는 알 수가 없었다.

별로 까다롭지 않으면서 눈에 띄는 인물은 슈바르츠발트의 훌륭한 가문 출신인 헤르만 하일너[38]였다. 벌써 첫날부터 사람들은 그가 시인이며 문예애호가라는 것을 알고 있었다. 그리고 그가 주정부시험에서 작문을 헥사메터 시구[39]로 썼다는 소문도 돌고 있었다. 그는 활기가 넘치는 많은 이야기를 했고, 좋은 바이올린도 가지고 있었다. 또한 감상(感傷)과 경솔함이 젊은이에게서 성숙하지 못한 채 혼합된 모습으로 나타나는 자신의 존재를 표면적으로 부각시키려는 것 같았다. 그러나 그의 몸과 마음은 나이보다 훨씬 성장해 있었으며, 벌써 나름대로 자기 자신의 인생길을 가기 시작했다.

그러나 헬라스 방에 사는 가장 특이한 인물은 에밀 루치우스[40]였다. 엷은 금발의 음험한 이 작은 친구는 백발의 농부처럼 끈질기고 부지런하고 무뚝뚝했다. 미숙한 덩치와 생김새에도 불구하고 그는 전혀 소년같다는 인상을 주지 않았으며, 오히려 더 이상 아무런 변화도 기대할 수 없는 무언가 어른스러운 면을 지니고 있었다. 바로 입교하던 첫날 다른 동료들이 지루해하며 잡담을 늘어놓거나 새로운 환경에 적응하려고 애쓰는 동안에도, 그는 조용하고 침착한 태도로 문법책을 펴들고 앉아 있

---

[38] 주인공 한스 기벤라트의 동조자인 동시에 적대자. 이름의 머리글자 H. H.는 자서전적으로 작가 헤르만 헤세를 연상시킴.

[39] 시학(詩學)에 있어서 6운각의 시구를 의미함.

[40] 마울브론 신학교의 동창생들 중에 루치우스를 연상시켜 주는 학생이 있었다는 사실은 증명되지 않았음.

었고, 엄지손가락으로 양쪽 귀를 틀어막고는 마치 잃어버린 시간을 만회하기라도 하려는 듯이 공부에 몰두하는 것이었다.

 시간이 흐르고 나서야 이 조용한 괴짜가 간교하다는 것이 드러났고, 아주 교활한 구두쇠이며 이기주의자라는 사실을 알게 되었다. 하지만 이런 악덕조차도 너무 완벽하여 동료들에게 그에 대한 일종의 존경심이나 최소한 관용하는 마음이라도 심어주었다. 돈을 절약하고 이익을 추구하는 방식도 빈틈없이 이루어졌는데, 그런 술책도 점차로 드러났으며 학우들의 놀라움을 사게 되었다. 그런 일은 아침 일찍 일어날 때부터 시작되었다. 루치우스는 맨 먼저 아니면 맨 나중에 세면장에 나타나곤 했는데, 그건 다른 사람의 수건이나 가능하면 비누까지를 사용하고 자기 물건을 아끼기 위해서였다. 그렇게 해서 그의 수건은 2주일이 넘도록 언제나 더럽혀지지 않은 채 그대로 남아 있었다. 그렇지만 수건들은 1주일에 한 번씩 새것으로 바꾸도록 되어 있었으며, 월요일 아침마다 수석조교가 이에 대한 검사를 실시했다. 그래서 루치우스도 월요일 아침마다 그의 번호가 정해진 못에 깨끗한 수건을 걸어 놓았다. 하지만 점심 휴식 시간이 되자마자 그 수건을 다시 걷어다가 깨끗하게 접어서는 도로 상자에 집어넣고, 대신에 숨겨둔 사용하던 수건을 다시 걸어 놓았다. 그의 비누도 너무 딱딱하여 별로 닳지 않았으며, 그래서 몇 달씩이나 사용할 수 있었다. 그렇다고 해서 에밀 루치우스가 외모를 전혀 너저분하게 하고 다니지는 않았다. 오히려 언제나 말쑥한 모습이었다. 엷은 금발머리를 잘 빗고 정성스레 가르마를 탔으며, 속옷과 겉옷도 지나치리만큼 깨끗이 아껴 입었다.

그는 세면장에서 곧바로 아침 식사를 하러 갔다. 커피 한 잔과 설탕 한 조각과 빵 한 개가 전부였다. 대개의 학생들에겐 이런 식사가 충분하지 못했다. 젊은 사람들은 여덟 시간 동안 잠을 자고 나서 아침이 되면 보통 왕성한 허기를 느끼기 때문이다. 그러나 루치우스는 이것으로 만족했다. 그리고 매일 설탕 한 조각씩을 먹지 않고 모아 두었다가 이것을 살 사람을 구했다. 그러고는 설탕 두 조각에 1페니히 또는 설탕 스물다섯 조각에 공책 한 권을 받고 팔았다. 저녁에는 비싼 기름을 아끼기 위하여 다른 동료들의 램프에서 비치는 불빛에 공부한다는 것이 그에겐 자명한 일이었다. 그렇다고 그가 가난한 집안의 자식도 아니었으며, 오히려 유복한 환경의 출신이었다. 그런데 원래 아주 가난한 집안의 아이들은 제대로 살림을 꾸려나간다거나 돈을 아끼는 법을 이해하지 못하고, 오히려 가진 만큼을 다 써 버리며 저축한다는 것조차 알지 못했다.

에밀 루치우스는 자기의 방식을 물질적인 소유나 잡을 수 있는 재화에만 넓혀갈 뿐만 아니라, 정신적인 영역에서도 가능하기만 하면 이득을 챙기려고 노력했다. 이 점에 있어서 그는 매우 현명했으며, 정신적인 소유란 모두 상대적인 가치를 지닐 따름이라는 사실을 결코 잊지 않았다. 그래서 그는 나중에 치를 시험에서 좋은 결과를 가져올 수 있는 과목만을 집중적으로 열심히 공부했다. 다른 과목들에 있어서는 겸손하게 적당한 중간쯤의 성적으로 만족했다. 그는 자신이 공부하여 얻은 결과를 항상 동료 학우들의 성적과 견주어 보았다. 두 배나 노력하여 얻은 2등보다는 차라리 절반쯤의 지식으로 1등이 되는 것을 더 좋아했다. 저녁에 동료들이 여러 가지 소일거리를 찾아 놀이를 즐기거나 독서를 할 때에도 그는 조용히 공부하는 모습을 보여주었다. 다른 동료들이 떠들어 대는 소리도 그에게는 전혀 방해가 되지 않았다. 심지어 이따금씩 질투하는 게 아니라 만족스러운 눈길로 그들을 바라보기도 했다. 왜냐하면 다른 학우들도 모두 그렇게 열심히 공부한다면, 그가 노력한 보람이 없을 것이기 때문이었다.

이렇듯 부지런한 노력가의 교활함과 교묘한 술책을 나쁘게 받아들이는 사람은 아무도 없었다. 그러나 허풍을 떨거나 탐욕에 눈먼 사람들 모두와 마찬가지로 루치우스도 급기야 어리석은 짓을 범하고 말았다. 수도원에서의 모든 교육이 무상으로 행해진다는 사실을 이용하여 바이올린 교습을 받겠다는 생각을 했던 것이다. 그렇다고 해서 그가 바이올린을 배워본 적이 있다거나, 음악적 감각이나 재능이 뛰어난다거나, 아니면 음악에 대한 특별한 기쁨을 느끼는 것도 아니었을 것이다! 그러나 그는 라틴어나 수학과 마찬가지로 바이올린도 결국 배울 수 있을 것이라고 생각했다. 그는 음악이란 훗날의 인생에 있어서 아주 유용하며, 음악을 하는 사람은 많은 관심과 인기를 끌 수 있다고 말하는 소리를 들은 적이 있었다. 어쨌든 신학교에 공용 바이올린이 비치되어 있었기 때문에, 그걸 배우는 데에 아무런 비용도 들지 않았다.

 루치우스가 찾아와서 바이올린을 배우고 싶다는 말을 했을 때, 음악 선생님인 하스[41]는 머리털이 곤두설 지경이었다. 왜냐하면 그는 음악수업 시간을 통하여 루치우스의 실력을 너무나 잘 알고 있었기 때문이다. 그의 노래실력은 동료 학우들을 아주 즐겁게 해주었지만, 음악 선생님을 절망으로 몰아넣었던 것이다. 선생님은 그 소년이 바이올린을 배우는 것을 말리려고 애를 써보았다. 그러나 이 점에서 그는 부당한 선생님이 되어 버렸다. 루치우스는 공손하게 살며시 미소를 지었다. 그리고 자신의 정당한 권리를 주장하였고, 음악에 대한 흥미를 도저히 억누를 수 없다고 설명했다. 이렇게 해서 그는 연습용 바이올린 중에 가장 나쁜 악기를 건네받게 되었으며, 일주일에 두 번씩 교습을 받고, 매일 반 시간씩 연습을 했다. 첫번째 연습 시간이 끝나자마자 같은 방 동료들은 이따위 소리를 두 번 다시 듣고 싶지 않다며, 도저히 견딜

---

[41] 마울브론의 음악 선생님 이름은 하스 Haas가 아니라, 하시스 Haasis였으며, 그는 체육과 미술도 가르쳤음.

수 없는 신음 소리를 중단해 달라고 요구했다. 이때부터 루치우스는 바이올린을 들고 연습하기에 적당한 한적한 구석을 찾아 수도원 이곳저곳을 돌아다녔다. 그러면 그곳에서 긁는 소리, 낑낑거리는 소리, 신음하는 듯 이상야릇한 소리들이 흘러나와 이웃 주민들을 불안하게 만들었다. 시인 하일너는 그것은 마치 고통 받는 낡은 바이올린이 벌레 먹은 모든 구멍을 비집고 나와 살려달라고 절망적으로 애원하는 것 같다고 말했다. 바이올린 실력에 아무런 진전을 보이지 않자, 괴로움을 당하던 음악 선생님은 신경이 날카로워지고 언행이 거칠어졌다. 루치우스는 절망적으로 연습을 계속했지만, 지금까지 자기만족에 빠져 있던 소매상 같은 그의 얼굴에도 근심에 찬 주름살이 생겨나기 시작했다. 이건 하나의 완전한 비극이었다. 마침내 음악 선생님은 그에게 전혀 재능이 없음을 천명하고, 계속 교습해 주기를 거부해 버렸다. 배우기를 좋아하는 이 어리석은 소년은 다시 피아노를 택했지만, 여러 달 동안 아무런 성과도 없이 줄기차게 자신을 괴롭혔다. 결국에는 그도 지칠 대로 지쳐서 조용히 포기하고 말았다. 하지만 세월이 흐른 다음 음악에 관한 이야기가 오갈 때면, 자기도 예전에 피아노와 바이올린을 배운 적이 있었지만, 피치 못할 사정으로 인하여 유감스럽게도 이 아름다운 예술을 점차 멀리하게 되었다고 은근히 자랑하는 것이었다.

이렇게 헬라스 방에서는 익살맞은 학우들 때문에 심심치 않게 즐길 수 있는 입장이었다. 문학적 정신을 가진 하일너도 자주 우스꽝스러운 장면을 연출했다. 카를 하멜은 풍자에 능하고 기지가 넘치는 관찰자 노릇을 했다. 그는 다른 사람들보다 한 살이 더 많았다. 그로 인해 그는 어느 정도 우월한 입장에 있었지만, 그것을 존경을 받을 만한 일이라고 여기지는 않았다. 그는 기분파였다. 그래서 일주일에 한 번 정도 싸움판을 벌려 자기 체력을 시험해 보려는 욕구를 느꼈다. 싸움을 할 때면 그는 난폭하다 못해 거의 잔인하기까지 했다.

한스 기벤라트는 놀라운 눈으로 하멜을 지켜보았다. 그러고는 선량하고 온순한 동료로서 자신에게 주어진 길을 조용히 걸어갔다. 그는 공부를 열심히 했다. 거의 루치우스만큼이나 열심이었다. 그래서 그는 하일너를 제외한 같은 방의 친구들 모두로부터 존경을 받았다. 하일너는 천재적으로 경망스럽다는 기치를 올리고 있었으며, 때때로 한스를 공부벌레라고 놀려댔다. 저녁 무렵에 기숙사에서 벌어지는 싸움질이 아주 드문 일은 아니었지만, 빠르게 성장해가는 나이에 있는 많은 소년들은 그래도 전반적으로 모두가 서로서로 잘 어울리며 지내갔다. 왜냐하면 그들이 이제 어른이 된다는 것을 스스로 느껴보기 위해 열성적으로 노력했기 때문이다. 또한 선생님들이 쓰는 "당신 Sie"이라는 익숙하지 않은 존칭에 어울리는 태도를 학문적 진지함과 정숙한 행동을 통해 보여 주려고도 했다. 그리고 막 대학에 입학한 학생이 김나지움 시절을 돌아보듯이, 이제 막 떠나온 라틴어학교 시절을 우쭐거리면서 동정어린 마음으로 되돌아보았기 때문이다. 그러나 일부러 꾸민 인위적 품위를 뚫고 속일 수 없는 소년다운 기질이 때때로 터져 나오곤 했는데, 그것은 그 나름대로 정당성을 지니고 있었다. 그럴 때면 기숙사의 공동침실은 쿵쾅거리며 뛰는 소리와 소년들의 거친 욕설이 울려 퍼지는 것이었다.

공동생활을 시작한 지 처음 몇 주일이 지나자 이 소년들의 무리는 스스로 모여드는 화학적 혼합물과 흡사하게 변화되어 갔다. 이리저리 떠다니던 구름조각과 작은 조각들이 서로 모여 뭉쳐지기도 하고, 다시 흩어져서 다른 모양을 형성하기도 했다. 이러한 모습을 관찰하는 것이 그런 교육시설의 책임자나 교사들에게는 매우 유익하고 값진 경험이 될 것이다. 처음의 수줍음을 떨쳐 버리고, 모두가 서로를 충분히 알게 된 후로는 큰 파도를 헤쳐 나가며 서로를 찾기 위한 탐색이 시작되었다. 함께 어울리는 동아리들이 만들어지고, 우정과 반감의 표현이 분명해졌다. 고향 친구들이나 이전에 다닌 학교의 동창생들이 서로 어울리는 경우는 드물었다. 대부분의 학생들은 새로운 친구를 찾아 나섰다. 도시 아이들은 시골 아이들과 어울리고, 알프스의 높은 산골 아이들은 아래의 평지 아이들과 사귀었다. 그것은 다양성에 대한 그리고 자기 보완에 대한 남모르는 충동이었다. 이 젊은 존재들은 우유부단하면서도 서로를 찾아 더듬기 시작한 것이었다. 평등에 대한 의식과 더불어 분리에 대한 욕구가 나타났다. 많은 소년들의 마음속에는 처음으로 싹트는 각자의 개성이 어린 시절의 잠에서 깨어났다. 애정과 질투가 낳은 무엇이라 형용할 수 없는 사소한 일들도 전개되었다. 깊은 우정의 동맹이 맺어지기도 하고, 반항적인 적대감이 노골적으로 드러나기도 했다. 그래서 상황에 따라 다정한 관계를 맺고 우정의 산책을 즐기는 사이가 되기도 하며, 아니면 서로 맞붙어 싸우거나 주먹질을 해대는 일로 끝나기도 했다.

  한스는 외견상 이러한 일에 전혀 관심이 없는 것 같았다. 카를 하멜이 분명하게 격정적으로 우정을 고백했을 때에도 그는 깜짝 놀라 뒤로 물러서고 말았다. 그 뒤에 하멜은 곧 스파르타 방에 사는 소년과 친해졌다. 그래서 한스는 혼자 남게 되었다. 한편 그의 강렬한 감정은 그리움에 가득 찬 색깔로 된 우정의 나라를 지평선 위에 떠오르게 했으며, 조용한 충동이 그를 그쪽으로 이끌었다. 그러나 어쩔 수 없는 수줍음이 그를 다시 붙잡곤 했다. 어머니도 없이 엄격한 어린 시절을 보내면서 그의 사랑할 수 있는 소질은 병들고 말았던 것이다. 겉으로 나타내는 모든 열정에 대하여 일종의 두려움을 느꼈다. 게다가 소년다운 자만심과 결국에는 특이한 공명심까지 생겨났다. 그는 루치우스와 같지는 않았다. 그에게는 진실로 인식이란 것이 중요했다. 하지만 루치우스와 마찬가지로 자신의 공부를 가로막을 수 있는 모든 것을 멀리하려고 했다. 그래서 열심히 책상에만 붙어 앉아 있었다. 그러면서도 다른 학우들이 우정을 즐기는 것을 볼 때면 질투와 그리움으로 괴로워했다. 카를 하멜은 적합하게 어울리는 친구가 아니었다. 그러나 그 어떤 다른 친구가 다가와 세차게 잡아당기려 했다면, 기꺼이 따라갔을지도 모른다. 그는 수줍은 소녀처럼 가만히 앉아서, 자기보다 힘이 세고 용기 있는 사람이 찾아와 억지로라도 그를 데리고 가서 행복을 안겨줄 누군가를 기다리고 있었다.

이러한 일들 이외에도 수업 때문에, 특히 히브리어를 공부하느라고 너무 할 일이 많았기 때문에 젊은 학생들에게는 처음 시간이 쏜살같이 지나갔다. 마울브론 주위를 둘러싼 수많은 자그마한 호수와 연못에는 창백한 늦가을 하늘과 시들어가는 물푸레나무, 자작나무와 떡갈나무, 그리고 긴 황혼의 그림자들이 반사되고 있었다. 아름다운 숲을 가로질러 초겨울의 세찬 바람이 울부짖기도 하고 기뻐 날뛰기도 하며 세차게 몰아쳤다. 그리고 벌써 여러 번 가벼운 서리가 내리기도 했다.

서정적인 헤르만 하일너는 마음이 맞는 친구를 사귀려고 노력해 보았지만 뜻을 이루지 못했다. 그래서 매일 외출 시간에 혼자서 숲속을 돌아다녔다. 특히 숲속의 호수[42]를 좋아했다. 우울해 보이는 갈색의 연못은 갈대숲으로 둘러싸였고, 시들어가는 오래된 나뭇잎 수관이 그 위로 드리워져 있었다. 애수에 젖은 아름다운 숲의 한 구석이 몽상가 하일너를 힘차게 끌어당겼던 것이다. 여기에서 그는 꿈에 젖은 어린 나뭇가지로 고요한 수면에 원을 그릴 수도 있고, 레나우[43]의 갈대의 노래를 읽을 수도 있으며, 호숫가에 펼쳐진 낮은 등심초 위에 누워 가을이면 떠오르는 주제인 죽음과 허무에 관해 생각할 수도 있었다. 그러는 동안 낙엽이 떨어지는 소리와 앙상한 나뭇가지들의 살랑거리는 소리가 함께 우울한 화음을 만들어 냈다. 그럴 때마다 그는 주머니에서 작고 검은 공책을 꺼내들고는, 연필로 한두 구절의 시구를 써넣었다.

10월도 다 저물어가는 어느 흐린 날 점심 시간에도 그는 이렇게 하고 있었다. 그때 혼자서 산책을 하던 한스 기벤라트가 이곳을 지나가게 되었다. 그는 시인 소년이 조그만 수문(水門)의 널빤지로 만든 다리 위에 앉아 있는 것을 보았다. 무릎 위에는 공책을 올려놓고, 입에는 뾰족한 연필을 물고서 깊은 생각에 잠겨 있었다. 옆에는 책이 한 권 펼쳐져 있었다. 한스는 천천히 그에게로 다가갔다.

---

42) 마울브론 수도원 근처에 있는 하우르커 숲속의 호수를 의미함.
43) 레나우 Nikolaus Lenau(1802~1850)는 헝가리에서 출생한 독일 시인. 『돈 후안』, 『파우스트』, 『사보나롤라』 등의 작품을 발표함.

"안녕, 하일너! 여기서 뭐하니?"
"호머를 읽고 있어. 그런데 넌, 기벤라트야?"
"믿을 수 없어. 네가 뭐하는지 다 알고 있어."
"그래?"
"물론이야. 넌 시를 쓰고 있었어."
"그렇게 생각해?"
"물론."
"거기 앉아!"
기벤라트는 하일너 옆의 널빤지 위에 앉아 두 다리를 수면 위로 흔들어 댔다. 그리고 여기저기 갈색으로 물든 나뭇잎이 고요하고 서늘한 공기를 가르며 하나 또 하나 떨어져 소리 없이 갈색 빛을 띤 수면 위로 내려앉는 모습을 바라보았다.
"여긴 좀 음산하구나." 한스가 말했다.
"그래, 그래."
두 사람은 땅바닥에 등을 대고 길게 누웠다. 그래서 가을빛에 물든 주변에서 머리 위에 걸린 몇 개의 나뭇가지도 거의 보이지 않았고, 섬 같은 구름이 고요히 떠도는 밝고 파란 하늘만이 눈앞에 나타났다.
"정말 멋진 구름이야!" 즐거운 마음으로 하늘을 바라보며 한스가 말했다.

"그래, 기벤라트!" 하일너가 한숨을 쉬며 말했다. "우리도 저런 구름이라면 얼마나 좋을까!"

"그럼 어떨까?"

"그럼, 돛단배처럼 저 하늘을 떠다닐 수 있지. 숲들과 마을, 모든 지방과 주(州)들을 넘어서, 아름다운 배처럼 말이야. 배를 한 번도 본 적이 없니?"

"없어. 하일너, 그런데 넌?"

"그래, 봤어. 한데, 안 됐다. 그런 것들은 전혀 이해가 안 될 거야. 그저 공부만 하고 노력하고 들이파고만 있으니까!"

"그럼 넌 날 바보라고 여기는 거니?"

"그렇게 말하진 않았어."

"네가 생각하는 것처럼 그렇게 바보 같진 않아. 아무튼 배에 대한 얘길 계속해 봐."

하일너는 몸을 돌리다가 하마터면 머리가 물에 빠질 뻔했다. 그는 배를 깔고 엎드렸고, 팔꿈치를 괴고서 두 손으로 턱을 받쳐 들었다.

"라인 강(江)에서였어." 그는 말을 계속했다. "거기서 그런 배들을 보았어, 방학 때 말이야. 한 번은 일요일이었는데, 배에서 음악이 울려 퍼졌어. 밤에는 오색찬란한 등불이 켜졌고, 불빛은 강물에 반사되었어. 우린 음악을 들으며 강물을 따라 올라갔어. 라인 강변에서 난 포도주를 마셨고, 아가씨들은 모두 하얀 옷을 입고 있었어."

한스는 귀를 기울여 듣고 있을 뿐, 아무런 대답도 하지 않았다. 하지만 눈을 감고 음악 소리와 붉은 불빛, 하얀 옷을 입은 아가씨들을 태운 배가 여름밤을 가르며 항해하는 모습을 상상해 보았다. 하일너는 이야기를 계속했다.

"그래, 지금과는 완전히 달랐어. 여기 있는 어느 누가 그런 일들을 알겠어? 모두 다 지루한 놈들뿐이고, 순전히 소심한 놈들뿐이야! 그저 지치도록 공부나 하고, 뼈 빠지게 노력하며, 히브리어 알파벳보다 더 고상한 게 있다는 걸 전혀 모르고 있단 말이야. 너도 다를 게 없어."

한스는 말이 없었다. 하일너라는 이 친구는 정말 괴짜였다. 공상가이며 시인이었다. 벌써 여러 번 그에 대해 놀라움을 금치 못한 적이 있었다. 누구나 알고 있듯이 하일너는 정말로 공부를 거의 하지 않았다. 그럼에도 불구하고 많은 것을 알았고, 어떤 질문에도 훌륭하게 대답할 줄 알았다. 그러면서도 이러한 지식을 경멸하고 있었다.

"우리가 호머를 읽는데, 《오디세이》를 마치 요리책처럼 취급하고 있어." 하일너는 계속해서 조롱조로 말했다. "한 시간에 시구 2개를 읽고, 단어 하나하나를 되씹어 보며 깊이 음미하는데, 결국은 구역질이 날 정도지. 그런데도 시간이 끝날 땐 매번 똑같은 말을 떠들어 대는 거야. '여러분은 시인이 그걸 얼마나 멋지게 돌려 표현했는지 알았을 겁니다. 여기서 여러분은 시적 창작의 비밀을 들여다본 셈이지요!' 그러나 그건 단지 우리가 완전히 질식해 버리지 않도록 불변화사나 부정과거형에 소스를 뿌린 것뿐이라고. 이런 식으로라면 호머 전체를 내게서 훔쳐간다 해도 상관없어. 대체 이 낡아빠진 그리스의 잡동사니가 우리에게 무슨 상관이야? 우리들 중 누구라도 약간이나마 그리스식으로 살아보겠다고 하면, 당장 쫓겨나고 말 거야. 그런데 우리들 방 이름이 헬라스라니! 정말 웃기는 짓이라고! 어째서 〈쓰레기통〉이나 〈노예 감옥〉이나 〈실크 모자〉[44]라고 부르면 안 되지? 고전적인 것들은 모두 속임수인데 말이야."

그는 공중으로 침을 뱉었다.

"너, 방금 전에 시를 쓰고 있었니?" 한스가 물었다.

"그래."

"무슨 시니?"

"여기, 호수와 가을에 대해서야."

"좀 보여줘!"

"안 돼. 아직은 끝내지 않았어."

[44] 1848년 빈 Wien의 저항적인 대학생들이 차양이 넓은 모자 대신에 썼던 데서 유래하는 농담조의 말.

수레바퀴 아래서

"그럼 끝내면 보여줄래?"
"그래, 좋아."
두 소년은 일어났고, 천천히 수도원 쪽으로 걸어갔다.
"저기, 저게 얼마나 아름다운지 본 적이 있니?" '천국'이란 현관을 지날 때 하일너가 물었다. "홀과 아치형의 창문, 회랑과 식당들 말이야. 고딕풍과 로마네스크풍인데, 모두가 풍성하며 정교하게 예술가들 손에 의해 건축된 거란다. 하지만 이런 마법의 성이 무슨 소용일까? 그건 목사가 되려는 36명의 불쌍한 소년들을 위해 서일 뿐이라고. 나라에 돈이 남아도는 모양이야."

한스는 오후 내내 하일너에 관해 곰곰이 생각하지 않을 수 없었다. 그는 대체 어떤 인간일까? 한스가 걱정하고 소망하는 일이 그 소년에게는 전혀 존재하지 않았다. 그는 독자적인 사고와 언어를 가지고 있으며, 다른 사람들보다 더 따스하고 자유롭게 살아갔다. 남다른 고민으로 괴로워하며, 자기의 주위환경을 모두 경멸하는 것 같았다. 그는 오래된 기둥과 담벼락의 아름다움을 이해하고 있었다. 그리고 자기의 영혼을 시구에 반영하고, 환상에서부터 자기만의 허구적 인생을 만들어 내는 기이한 비법을 추진하고 있었다. 그는 활동적이며 구속받기를 싫어했다. 그리고 매일 한스가 1년 동안에 할 수 있는 것보다 더 많은 농담을 했다. 동시에 그는 우울했다. 그런데 자신의 슬픔을 낯설고도 비범하며 귀중한 보물같이 즐기는 것처럼 보였다.

   그날 저녁에 하일너는 같은 방 전체의 학우들에게 자신의 엉뚱하고 괴팍한 성격을 드러내고야 말았다. 동료들 중 하나인 오토 벵어[45]라는 별로 총명하지도 못한 허풍쟁이가 싸움을 걸어왔다. 하일너는 한참 익살을 떨며 침착하고 우월한 자세로 서 있더니 갑자기 뺨따귀를 갈기는 것이었다. 일순간에 두 사람은 격정적으로 풀 수 없이 뒤엉켜 격하게 몸싸움을 하며 서로 물고 늘어졌다. 마치 키가 없는 배처럼 서로 부딪치고 반원을 그리며 돌아가기도 하며, 잠시 격렬하게 떨기도 하면서 헬라스 방을 발칵 뒤집어 놓았다. 벽 쪽으로 밀치기도 하고, 의자 위로 넘어뜨리기도 하며, 방바닥에 내동댕이치기도 했다. 두 사람 모두 한 마디 말도 없이 숨을 헐떡이며 침을 흘리기도 하고, 입에 거품을 내기도 했다. 그때 다른 학우들은 냉정한 표정으로 지켜보고만 있었다. 그들은 뒤엉킨 싸움판을 피하면서 두 발을 빼내기도 하고, 책상과 램프를 망가지지 않도록 치워 놓기도 했다. 그러고는 즐거운 긴장감에 젖어 싸움이 끝나기를 기다리고 있었다. 몇 분이 지난 후 하일너가 간신히 일어나 몸을 풀어내더니, 숨을 몰아쉬며 가만히 서 있었다. 그는 몹시 고통스러운 것처럼 보였다. 두 눈은 충혈되었고, 셔츠 깃은 찢어지고, 바지의 무릎 쪽에는 구멍이 나 있었다. 오토 벵

45) 마울브론 신학교의 동창생들 중에는 오토 벵어를 연상시켜 주는 학생이 증명되지 않았음.

어가 다시 덤벼들려고 했지만, 그는 팔짱을 낀 채 가만히 서서 교만스럽게 말했다. "난 그만두겠다. 더 싸우겠다면, 날 때려라." 오토 뱅어는 욕지거리를 퍼부으며 나가 버렸다. 하일너는 책상에 몸을 기댄 채, 스탠드 램프를 돌려놓았다. 그리고 바지주머니에 두 손을 집어넣고는 무언가를 곰곰이 생각해 보려는 것 같았다. 갑자기 그의 눈에서 눈물이 흘러나오더니 자꾸만 점점 심하게 쏟아져 내렸다. 이건 전대미문의 사건이었다. 눈물을 흘린다는 것은 의심할 여지없이 신학생이 저지를 수 있는 가장 치욕적인 일에 해당되었다. 하일너는 전혀 자기의 눈물을 숨기려 하지 않았다. 방에서 나가지도 않았고, 창백해진 얼굴을 램프 쪽으로 돌린 채 그냥 조용히 서 있었다. 눈물을 닦기는커녕, 주머니에서 손을 꺼내지도 않았다. 다른 동료들은 호기심어린 표정으로 심술궂게 그를 쳐다보며 둘러쌌다. 마침내 하르트너가 그의 앞으로 다가가서 물었다. "야, 하일너, 넌 부끄럽지도 않니?"

눈물을 흘리던 친구는 이제 막 깊은 잠에서 깨어난 사람처럼 천천히 주위를 둘러보았다.

"부끄럽다고? …… 너희들 앞에서?" 그는 경멸하는 듯 큰 소리로 말했다. "천만에, 이 친구야."

그는 얼굴을 닦았고, 화가 난 듯 미소를 지었다. 그러고 나서 램프 불을 끄고는 방에서 나갔다.

한스 기벤라트는 싸움이 벌어지는 동안 자기 자리에 머물러 있었는데, 놀라고 겁이 나서 곁눈질로 하일너 쪽을 힐끔힐끔 쳐다보았다. 15분이 지나자 그는 방을 나간 친구를 찾아보기로 했다. 하일너가 컴컴하고 차가운 공동침실 건물의 낮은 창턱에 꼼짝도 하지 않고 앉아서 회랑을 내려다보고 있는 것이 보였다. 뒤에서 보니 그의 어깨와 가냘프고 뾰족한 머리가 이상할 정도로 진지하고 소년 같지가 않았다. 한스가 그에게 다가가 창가에 멈춰섰는데도 그는 꼼짝도 하지 않았다. 한참 뒤에야 그는 고개를 돌리지도 않은 채 쉰 목소리로 물었다.

"무슨 일이니?"

"나야." 한스가 머뭇거리며 말했다.

"웬 일이니?"

"아무것도 아냐."

"그래? 그럼 가보도록 해."

한스는 마음이 상했고, 정말 그냥 떠나려고 했다. 그때 하일너가 그를 붙잡았다.

"잠깐만." 그는 일부러 농담 같은 어조로 말했다. "그런 뜻으로 말한 건 아냐."

두 소년은 서로의 얼굴을 바라보았다. 그들 두 사람은 이 순간에 상대방의 얼굴을 처음으로 진지하게 바라본 것 같았다. 그리고 청소년답게 매끄러운 이 얼굴 모습 뒤에 고유한 특성을 지닌 남다른 인간의 삶과 그들 나름대로 그려진 특별한 영혼이 깃들어 있으리라는 상상을 해보았을 것이다.

헤르만 하일너는 천천히 팔을 뻗어 한스의 어깨를 붙잡았다. 그리고 서로의 얼굴이 아주 가까이 맞닿을 만큼 그를 끌어당겼다. 한스가 소스라치게 놀라는 순간 갑자기 상대방의 입술이 자기 입에 와 닿는다는 것을 느꼈다.

그의 심장이 이제까지 느껴보지 못한 압박감으로 두근거리기 시작했다. 어두운 공동침실 건물에 단 둘이만 있다는 것과 갑자기 키스를 한다는 것은 무언가 모험적인 일이고 새로운 것이며, 어쩌면 위험천만한 짓일 것이었다. 이런 짓을 하다가 들키기라도 한다면, 그야말로 끔찍스러운 꼴을 당하게 되리라는 생각이 들었다. 왜냐하면 다른 동료들은 이런 키스를 한다는 것을 조금 전에 눈물을 흘리던 것보다 훨씬 더 우스꽝스럽고 치욕스럽게 여길 것이라는 점을 직감적으로 확실히 알 수 있었기 때문이다. 한스는 아무 말도 할 수가 없었다. 그저 피가 머리로 거세게 솟구쳐 오르는 느낌이었다. 그는 당장 달아나고 싶을 뿐이었다.

만일 어른이 이런 하찮은 광경을 보기라도 했다면, 그는 이 장면에서 조용한 기쁨을 느꼈을 것이다. 그것은 어색하고 수줍은 다정함으로 표현된 부끄러운 우정의 선언에 대한, 그리고 갸름하고도 진지한 두 소년의 얼굴에서 느끼는 기쁨인 것이다. 장래가 촉망되는 잘 생긴 소년들의 얼굴은 아직 반쯤은 어린애다운 우아함을 간직하고 있으면서도, 반쯤은 이미 청소년기의 소심하면서도 아름다운 고집을 간직하고 있었다.

　젊은 학생들은 점차로 공동생활에 익숙해져 갔다. 서로를 알게 되고, 각자가 각자에 대해 어느 정도의 지식과 생각을 갖게 되었으며, 많은 우정 관계가 맺어졌다. 함께 히브리어 단어를 외우는 친구들이 있는가 하면, 함께 그림을 그리거나 산책을 하는 친구들, 혹은 함께 실러[46]를 읽는 친구들도 있었다. 라틴어는 잘하면서도 수학에 약한 학생은 라틴어에는 약하지만 수학을 잘하는 학생과 어울려 공동학습의 좋은 성과를 맛보기도 했다. 그뿐만 아니라 다른 형태의 계약과 재산의 공유를 기초로 하며 맺어진 우정 관계도 있었다. 동료들의 많은 부러움을 샀던 햄을 가진 학생은 슈탐하임 출신의 과수원집 아들에게서 부족한 절반을 보완했는데, 이 학생은 사물함에 맛있는 사과를 가득 갖고 있었던 것이다. 언젠가 햄을 먹던 학생이 목이 마른 나머지 과수원집 학생에게 사과 하나를 달라고 하면서, 그에 대한 대가로 햄을 건네주었다. 그들은 함께 자리에 앉아 조심스럽게 대화를 나누기 시작했다. 햄을 다 먹게 되면, 바로 다시 부쳐올 수 있

---

[46] 실러 Friedrich von Schiller(1759~1805)는 독일의 시인이며 극작가이며 역사가. 슈투름 운트 드랑 문학운동의 대표적 작가로 《군도》, 《발렌슈타인》, 《빌헬름 텔》 등의 작품을 발표함.

고, 사과도 마찬가지로 봄이 될 때까지는 고향집에 저장된 것을 받아먹을 수 있다고 했다. 그래서 확실한 상호 관계가 이루어졌고, 이는 이상(理想)이나 걱정으로 맺어진 우정 관계보다 훨씬 오래 지속되었다.

아주 적은 학생만이 외톨박이로 남아 있었다. 루치우스가 그랬는데, 그의 예술에 대한 탐욕적인 사랑은 이 당시 최고의 절정에 달해 있었다.

서로 어울리지 않는 우정 관계도 있었다. 헤르만 하일너와 한스 기벤라트의 관계가 가장 어울리지 않는 우정에 해당되었다. 그것은 경박스런 학생과 양심적인 학생, 시인과 노력가의 만남이었다. 물론 둘 다 영리하고 가장 재능 있는 학생으로 손꼽히기는 했지만, 하일너는 반쯤 조롱조로 천재라고 말하는 평판을 들었던 반면, 한스는 명실공히 모범소년이라는 명성을 얻고 있었다. 그러나 사람들은 그들에게 별로 관심을 기울이지 않았다. 왜냐하면 모두가 독자적인 우정을 쌓기에 바빴으며, 또 그렇게 자기 나름대로 잘 지내고 있었기 때문이다.

이러한 개인적인 관심과 체험으로 인하여 학교 생활이 소홀해지지는 않았다. 오히려 학교가 가장 큰 악장(樂章)이며 선율이었다. 이에 비하여 루치우스의 음악이나 하일너의 작시(作詩) 따위는, 모든 우정 관계와 자그마한 다툼이나 이따금 벌어지는 싸움질과 함께, 그저 사소한 놀이처럼 시시덕거리며 흘러가는 일이었다. 무엇보다도 히브리어 때문에 할 일이 너무나 많았다. 여호와를 찬양하는 이상야릇한 고대 언어는 꺼칠꺼칠하게 말라 버렸으면서도 신비스럽게 살아 숨쉬는 나무와도 같았다. 이 나무는 젊은이들의 눈앞에서 이상스럽게 마디를 형성하며 수수께끼처럼 성장했다. 눈에 띌 정도로 경이롭게 가지를 치고 희귀한 색깔에 향내까지 풍기는 꽃을 피움으로써 놀라움을 자아내기도 했다. 나뭇가지와 줄기에 옴폭 패인 구멍과 뿌리에는 수천 년 묵은 정령들이 무시무시하게, 혹은 다정하게 살아가고 있었다. 엄청나게 무시무시한 용(龍)들과 소박하고 사랑스러운 동화 속의 요정들, 주름살이 많아 엄숙해 보이는 바싹 마른 백발노인들이 아름다운 소년들과 고요한 눈매를 지닌 소녀들과 싸움하길 좋아하는 여인네들과 함께 살았다. 루터의 성경에서 아득히 꿈처럼 울려 퍼졌던 것들이 이제는 거칠고도 순수한 언어 속에서 피와 음성을 되찾았고, 늙어서 지둔하기는 했지만 끈질기고도 섬뜩한 생명을 다시 찾는 것이었다. 적어도 하일너에겐 그런 생각이 들었다. 그는 『모세오경』[47] 전체를 매일 매시간마다 저주했지만, 모든 어휘를 알고 읽는 데 하나도 틀리지 않았으며, 배우는 데 인내심이

---

47) 《구약성서》에 나오는 첫번째 모세가 쓴 『오경』으로, 「창세기」, 「출애굽기」, 「레위기」, 「민수기」 그리고 「신수기」를 말함.

강한 많은 다른 학생들보다 거기에서 더 많은 생명과 영혼을 발견하고 빨아들였다.

이에 비해 신약성서는 보다 부드럽고 밝았으며 내면적인 느낌이 들었다. 그 언어는 그리 오래되지도 심오하지도 풍부하지도 않았지만, 젊고도 열정적이며 이상에 넘치는 정신으로 충만해 있었다.

그리고 《오디세이》에서의 힘차고 아름답게 울리며 강하고도 균형 있게 굽이치는 시구들로부터는, 지금은 사라져 버린 분명하고 행복한 인생에 대한 지식과 예감이 마치 희고 포동포동한 요정의 팔처럼 솟아올랐다. 때로는 윤곽이 강하게 저속한 모습으로 확실히 손에 잡힐 듯 나타나기도 하고, 때로는 두세 마디의 단어나 시구에 그저 하나의 꿈이나 아름다운 예감으로 희미하게 가물거리기도 했다.

이들 이외에 역사가 크세노폰이나 리비우스[48]는 아주 자취를 감춰 버리거나, 아니면 아주 나약한 빛으로 겸손하게, 거의 광채도 없이 옆으로 비켜서 있었다.

한스는 모든 사물이 친구의 눈에는 자기와 전혀 다르게 보인다는 사실을 깨닫고 깜짝 놀랐다. 하일너에게는 추상적인 것이란 아무것도 존재하지 않았다. 상상할 수 없거나 환상의 색깔로 그릴 수 있는 것이란 아무것도 없었다. 자신과 상관

---

48) 리비우스 Lucius Livius Andronicus는 기원전 3세기에 살았던 그리스인으로, 가장 오래된 유명한 라틴어 시인.

없는 것은 모두 아무런 관심 없이 던져 버렸다. 그에게 수학이란 음흉한 수수께끼를 품고 있는 스핑크스에 지나지 않았으며, 그 차갑고 악의에 찬 눈길이 희생양들을 꼼짝 못하게 마법을 걸어놓고 있는 것이었다. 그래서 그는 멀찌감치 돌아 이 괴물을 피했던 것이다.

두 사람의 우정은 남다른 관계였다. 하일너에게는 즐거움이며 사치였고, 편안함이자 기분 내키는 대로의 변덕이기도 했다. 그러나 한스에게는 한편으론 자긍심으로 지켜온 보물이었으며, 다른 한편으로는 감당하기 어려운 커다란 짐이기도 했다. 지금까지 한스는 저녁 시간을 언제나 공부하면서 지내왔다. 하지만 이제는 하일너가 공부에 싫증날 때마다 거의 매일 그를 찾아와 책을 빼앗고 함께 어울리기를 요구했다. 친구가 좋기는 했지만, 한스는 결국 저녁마다 그가 찾아올까 봐 두려워했으며, 의무적으로 정해진 자습 시간에는 하나라도 소홀히 하지 않기 위해 곱절이나 열심히 서둘러 공부했다. 이러한 노력조차도 하일너가 비웃기 시작했을 때, 한스는 더욱 더 곤혹스러웠다.

"이건 날품팔이 짓이야." 하일너가 말했다. "넌 즐거서 자발적으로 공부하는 게 아냐. 그저 선생님들이 무섭고 네 아버지가 두려워서 하는 거야. 네가 1등을 하든 2등을 하든, 그게 대체 무슨 상관이니? 나는 겨우 20등이지만, 너희 공부벌레들보다 멍청하진 않단 말이야."

하일너가 교과서를 어떻게 다루는지 처음 알게 되었을 때도 한스는 깜짝 놀랐다. 언젠가 그는 책들을 교실에 그냥 두고 온 적이 있었다. 그래서 다음 지리 시간 수업을 예습하기 위해 하일너의 지도책을 빌렸다. 그가 책장마다 온통 연필 칠로 짓이겨 놓은 것을 보고 한스는 소름이 끼쳤다. 피레네 반도의 서해안은 기괴한 얼굴 모습으로 일그러져 있었다. 거기에 코는 포르토에서 리스본까지 이어졌고, 피니스떼르 갑(岬) 주변 지역은 곱슬곱슬한 머리털 장식으로 꾸며져 있었으며, 반면에 성(聖) 빈센트 갑은 덥수룩한 수염이 예쁘게 닳아빠져 뾰족해진 모양을 하고 있었다. 책장마다 모두 그 모양이었다. 하얀색의 지도 뒷면에는 풍자화가 그려져 있고 철면피한 시구들이 적혀 있었다. 잉크로 얼룩진 자국들도 없진 않았다. 한스는 이제까지 책들을 신성한 물건이나 보물처럼 다루는 습관에 젖어 있었다. 그는 이런 뻔뻔스런 행위를 반쯤은 성전(聖殿) 모독이며, 반쯤은 범죄행위로까지 느꼈지만, 다른 한편으로는 영웅적인 행위라고도 느꼈던 것이다.

착하기만 한 기벤라트가 그의 친구에게는 그저 기분 좋은 하나의 장난감처럼, 말하자면 일종의 애완용 고양이처럼 보일 수도 있었다. 한스 자신도 가끔 그렇게 느낄 때가 있었다. 그렇지만 하일너는 한스를 필요로 했기 때문에, 그에게 매달리고 있었다. 하일너는 자기 속마음을 털어놓을 수 있는, 자신의 말을 들어주고 자신의 가치를 인정해 주는 누군가가 필요했던 것이다. 학교와 인생에 대하여 혁명적인 말을 할 때에도 조용히 즐거운 마음으로 그의 이야기를 들어줄 수 있는 한 사람이 필요했던 것이다. 그리고 그가 우울해질 때 자기를 위로해 주고, 머리를 그 무릎에 묻을 수 있는 누군가가 필요했다. 그러한 천성을 지닌 모두가 그러하듯이, 그 젊은 시인도 가끔 헤아릴 길 없는, 약간은 어리광스러운 우울증이 발작을 일으켜 괴로워했다. 그 이유 중 일부는 어린 영혼으로부터의 조용한 이별이고, 일부는 젊음의 열기와 예감과 욕망이 목적도 없이 넘쳐흐르기 때문이고, 또 일부는 성인이 되어가면서 나타나는 이해할 수 없는 어두운 충동 때문이었다. 그럴 때마다 그는 누군가에게 동정을 받고 어리광을 부리고 싶은 병적인 욕구를 느끼곤 했다. 예전에 그는 어머니의 사랑을 받던 아이였다. 하지만 아직 여자들과 사랑을 나눌 만큼 성숙하지 않은 지금에는 순종적인 친구만이 그가 위로받을 수 있는 유일한 사람이었던 것이다.

그는 가끔 저녁 무렵에 죽을 지경으로 불행한 기분에 젖어 한스를 찾아왔다. 그러고는 공부하고 있던 한스를 꾀어 함께 공동침실이 있는 건물로 나가자고 졸라댔다. 그 건물의 차가운 홀이나 황혼이 깃드는 높은 기도실에서 그들은 나란히 이리저리 거닐기도 하고, 추위에 떨며 창가에 앉아 있기도 했다. 그럴 때 하일너는 하이네[49]를 읽는 서정적인 소년답게 온갖 애처로운 탄식을 쏟아 놓고, 어린애 같은 슬픔의 먹구름에 휩싸이는 것이었다. 한스는 그런 슬픔을 제대로 이해할 수 없었지만, 깊은 감명을 받기도 하고, 때로는 그 슬픔에 전염되기도 하였다. 감수성이 예민한 예비 시인은 특히 날씨가 흐릴 때에 심한 발작을 일으켰다. 늦은 가을날 비구름이 하늘을 어두컴컴하게 뒤덮어 버리고, 그 뒤로 흐릿한 베일과 찢어진 틈새로 달이 모습을 드러내어 궤도를 그리며 흘러가는 밤에 비탄에 젖은 신음 소리는 대개 그 절정에 달하곤 했다. 그럴 때 그는 오시안[50]의 정취에 흠뻑 취하고 몽롱한 우수에 젖어들었는데, 이런 우울한 심정은 한숨과 이야기와 시구가 되어 천진난만한 한스에게로 쏟아져 내리곤 하였다.

한스는 이러한 고뇌에 찬 일들로 마음이 억눌리고 괴로워하면서 그에게 남은 시간에는 조급한 마음으로 공부에 돌진했지만, 공부한다는 것이 점점 더 어려워지기만 했다. 예전에 앓던 두통이 재발한 것도 그에겐 별로 놀랍지가 않았다. 그러나 아무것도 하지 않으면서 지친 몸으로 시간을 보내는 일이 점점 빈번해졌고, 무언가 필요한 조치를 취해야 한다는 생각이 그의 마음을 쿡쿡 쑤셔댔다. 그리하여 그는 어려운 고민에

---

49) 하이네 Heinrich Heine(1797~1856)는 독일의 낭만파 서정시인. 대표작으로 『노래의 책』, 『하르츠 기행』 등이 있음. 헤세는 1893년 중엽에 하이네에 대한 독서체험을 시작하여 1895년에 그 절정을 이룸.
50) 남 아일랜드의 오시안 전설에 나오는 영웅 이름.

빠졌다. 그는 이 기인(奇人)과의 우정이 자기를 지치게 하고, 지금까지 순수했던 자신의 존재를 병들게 했다는 사실을 어렴풋이나마 느끼고 있었다. 그러나 하일너가 울적해하고 슬퍼하면 할수록, 그는 더욱 더 애처로운 생각이 들었다. 그리고 자신이 친구에게 없어서는 안 될 존재라는 의식이 그를 더욱 다정하고 자랑스럽게 만들었다.

  게다가 한스는 이 병약한 우울증이 넘쳐흐르는 불건전한 충동이 분출하는 것을 너무 잘 느끼고 있었다. 그리고 그가 친구에게 성실하고 정직하게 감탄하기는 하지만, 자신이 하일너의 천성에 속하지는 않는다는 점을 잘 알고 있었다. 친구가 자작시를 낭송한다거나, 시인의 이상에 대하여 이야기한다거나, 실러와 셰익스피어[51]에 나오는 독백을 열정적으로 커다란 몸짓을 해가며 소리 높이 말할 때면, 한스에게는 그가 지니지 못한 마적인 힘을 빌려 친구가 공중을 떠다니는 것 같은 기분이 들었다. 그것은 마치 그가 신적인 자유와 불타는 열정 속에 움직이는 것 같았고, 호머에 나오는 천사처럼 날개가 달린 발바닥으로 자기와 다른 친구들로부터 둥실둥실 떠나가는 것 같았다. 지금까지는 시인의 세계가 한스에게 알려지지도 않았고 별로 중요하지도 않았다. 이제야 그는 처음으로 아름답게 흘러나오는 말[言]과 사람을 현혹시키는 표상(表象)과 듣기 좋은 운

[51] 당시의 학생들에게 셰익스피어의 작품은 필독서였음.

율(韻律)이 지닌 매혹적인 힘을 아무런 저항 없이 느끼게 되었다. 그리고 새로 알게 된 이 세계에 대한 숭배감은 친구에 대한 경탄의 마음과 합쳐져서 하나의 감정으로 성장하게 되었다.

그러는 동안에 거센 바람이 몰아치는 어두컴컴한 11월의 날들이 다가왔다. 이때엔 램프를 켜지 않고 공부할 수 있는 시간이 별로 많지 않았다. 칠흑같이 어두운 밤에는 거센 바람이 산더미같이 굴러오는 구름을 어둠에 싸인 공중으로 휘몰아갔고, 신음하거나 싸움질을 하듯이 낡고 단단한 수도원 건물을 두드려 댔다. 나무들에서는 이제 완전히 잎이 떨어져 버렸다. 나무가 우거진 숲속의 제왕으로서, 마디마다 가지를 친 힘센 떡갈나무만이 시들어 버린 수관(樹冠)을 흔들어 대며, 다른 나무들보다 훨씬 더 요란하고 시끄럽게 살랑거렸다. 하일너는 아주 우울해졌다. 그래서 최근에는 한스와 함께 앉아 있기보다는 멀리 떨어진 연습실에서 혼자 격정적으로 바이올린을 켜거나 동료들에게 싸움걸기를 좋아했다.

어느 날 저녁 하일너가 연습실에 가보니 열성적인 루치우스가 보면대 앞에 앉아 연습에 몰두하고 있었다. 기분이 좋지 않아서 그냥 밖으로 나왔다가 반 시간쯤 지나서 다시 가보았다. 루치우스는 여전히 연습에 빠져 있었다.

"야, 이제 그만 좀 해." 하일너가 욕을 했다. "다른 사람들도 좀 연습해야 되잖아. 네가 긁어 대는 소린 정말 괴로워 죽을 지경이라고."

루치우스도 물러서려고 하지 않았다. 하일너는 거칠어졌다. 루치우스가 개의치 않고 다시 긁어 대는 소리를 시작하자, 하일너가 보면대를 발로 걷어차 버렸다. 악보들은 방안에 흐트러지고, 보면대는 바이올린 앞면을 후려쳤다. 루치우스는 몸을 구부려 악보를 주웠다.

"교장 선생님께 이를 거야." 그는 단호하게 말했다.

"그래, 이놈아." 하일너는 화가 나서 소리쳤다. "내가 공짜로 네놈 엉덩이까지 걷어찼다고 일러라." 그러고는 당장 실행에 옮겨 루치우스의 엉덩이를 걷어차려고 했다.

루치우스는 껑충 뛰어 옆으로 피하고는 입구 쪽으로 달아났다. 추격자가 그 뒤를 쫓았다. 열나게 소란스러운 추격전이 복도와 강당을 가로질러 계단과 현관을 지나 수도원에서 가장 멀리 떨어진 측랑(側廊)에까지 이르렀다. 거기에는 교장 선생님의 관사가 고즈넉한 적막 속에 자리잡고 있었다. 바로 교장 선생님 서재의 문 앞에서 하일너는 도망자를 간신히 따라잡게 되었다. 루치우스가 문을 두드리고는 열린 문으로 달려갔지만, 마지막 순간에 그는 약속된 것처럼 한 방 걷어채이고 말았다. 그러고는 문을 닫을 사이도 없이 지배자의 신성불가침한 공간으로 하나의 폭탄처럼 뛰어들어갔다.

그것은 전대미문의 사건이었다. 다음날 아침 교장 선생님은 청소년들의 탈선에 대해 장황한 연설을 했다. 루치우스는 속으로 박수갈채를 보내면서도 생각에 잠긴 표정으로 귀 기울여 들었다. 하일너는 무거운 금고형을 받았다.

교장 선생님은 하일너에게 호통을 쳤다. "수년 이래로 여기에서 이런 처벌이 내려진 적이 없었다. 십 년이 지나도 이 일을 잊지 않게끔 해주겠다. 너희 다른 학생들에겐 이 하일너를 무서운 본보기로 삼을 것이다."

전체 학생들은 겁에 질린 채 하일너를 곁눈질해 보았다. 그는 약간 창백한 채 반항적인 자세로 서서 교장 선생님의 시선을 피하지 않았다. 많은 학생들은 내심으로 그에게 찬사를 보냈다. 그럼에도 불구하고 훈시가 끝나고 모든 학생들이 떠들썩하게 복도로 몰려 나갔을 때, 그는 모두가 회피하는 나병환자처럼 홀로 남아 있게 되었다. 지금 그의 편에 서기 위해서는 용기가 필요했다.

한스 기벤라트도 그렇게 하지 못했다. 그러나 그러는 것이 그의 의무라는 점을 잘 느끼고 있었다. 그래서 자신이 비겁하다는 감정에 젖어 괴로웠다. 불행하고 수치스런 마음으로 그는 창가에 몸을 숨기고는 감히 고개를 들지 못했다. 친구를 찾아가고 싶은 충동을 느꼈지만, 남이 알아채지 못하게 하려면 많이 신경을 써야 할 판이었다. 수도원에서 무거운 금고형을 받은 학생은 오랫동안 낙인이 찍힌 것이나 다름없었다. 이제부터 그 학생은 남다른 주의를 받게 되며, 그와 교류를 한다는 것이 위험할 뿐만 아니라, 잘못하면 자기도 나쁜 평판을 받게 된다는 것은 누구나 알고 있었다. 주정부가 학생들에게 베푸는 선행(善行)에 상응하여 규율도 그만큼 준엄하고 엄격해야만 한다. 이미 입학식 때의 장중한 연설에서도 그 점은 분명히 나타났었다. 한스도 이러한 사실을 잘 알고 있었다. 그래서 그는 친구로서의 의무와 학생으로서의 공명심 사이에서 갈등하며 지치고 말았다. 그의 이상은 계속 발전하여 훌륭한 시험을 치루고, 주어진 역할을 잘 감당해 내는 것이었다. 그것은 물론 감상적이거나 위험한 역할이 아니었다. 그래서 그는 노심초사하며 방구석에 처박혀 있었다. 지금이라도 자리를 박차고 일어나 용기를 낼 수도 있었다. 그러나 그것은 순간순간이 지나면서 더욱 어려워졌다. 그리고 자기도 깨닫지 못하는 사이에 그의 배신은 실제 행위가 되어 버렸다.

  하일너는 그 점을 잘 알고 있었다. 이 열정적인 소년은 사람들이 자기를 피한다는 사실을 느끼고 또 이해했다. 그래도 한스만큼은 믿었었다. 그가 지금 느끼고 있는 비애와 분노에 비교해 볼 때, 이제까지의 내용이 없는 슬픈 감정은 공허하고 우스꽝스럽게 생각되었다. 잠시 동안 그는 기벤라트 옆에 멈춰섰다. 그는 창백하고 교만한 모습으로 나지막하게 말했다.

"넌 비열한 겁쟁이 놈이야, 기벤라트.…… 에이 더러운 놈!" 이렇게 말하고는 낮은 소리로 휘파람을 불며 바지주머니에 두 손을 집어넣은 채 떠나가 버렸다.

젊은 아이들에게 다른 생각들과 해야 할 일이 있다는 것은 다행스런 일이었다. 그 사건이 일어나고 며칠이 지난 뒤 갑자기 눈이 펑펑 쏟아졌고, 다음에는 맑게 갠 추운 겨울날씨가 시작되었다. 눈싸움도 하고 스케이트도 탈 수 있었다. 그리고 문득 크리스마스와 겨울방학이 코 앞에 다가왔다는 사실을 알아차리고는 모두가 그 이야기만 떠들어 댔다. 하일너는 이제 별 관심을 끌지 못했다. 그는 머리를 똑바로 쳐들고 건방진 표정을 지은 채, 조용하면서도 반항적으로 이리저리 돌아다녔다. 어느 누구와도 이야기를 나누지는 않았으며, 종종 노트에 시를 쓰곤 했다. 검은 방수포(防水布)로 된 표지에는 〈어느 수도사의 노래〉[52]라는 제목이 적혀 있었다.

떡갈나무와 오리나무, 너도밤나무와 버드나무에는 서리와 얼어붙은 눈송이들이 예쁘고도 몽상적인 형상으로 매달려 있었다. 연못에는 투명한 얼음이 혹한 속에서 으지직하는 소리를 내기도 했다. 회랑 안마당은 적막한 대리석 정원처럼 보였다. 방마다 다가오는 축제일의 즐거운

---

52) 이런 제목이 붙은 노트나 기록은 전해지지 않았음.

흥분으로 들떠 있었다. 크리스마스를 기다리는 기쁨은 아무런 결점이 없고 근엄하기 짝이 없는 2명의 교수에게까지 작게나마 온화함과 즐거운 흥분의 광채를 안겨주었다. 선생님들이나 학생들 사이에 크리스마스를 무덤덤하게 지내려는 사람은 아무도 없었다. 하일너도 찌푸리고 비참한 얼굴을 다소나마 환하게 펴기 시작했다. 루치우스는 방학 때 어떤 책과 신발을 가지고 가야 할지를 곰곰이 생각하고 있었다. 집에서 오는 편지에는 가장 원하는 소망에 대한 질문, 빵을 굽는 날을 알리는 기별, 깜짝 놀라게 될 선물에 대한 암시, 다시 만날 날에 대한 기쁨 등 예감에 찬 아름다운 이야기들이 적혀 있었다.

방학여행을 떠나기 전에 모든 학생들은, 특히 헬라스 방 소년들은 하나의 자그마한 즐거운 사건을 경험하게 되었다. 가장 넓은 방인 헬라스에서 저녁에 개최하기로 한 크리스마스 축제에 선생님들을 모두 초대하기로 결정했던 것이다. 축제 연설, 두 편의 시 암송, 플루트 독주와 바이올린 이중주가 준비되었다. 거기에다가 우스꽝스런 순서를 하나 프로그램에 넣기로 했다. 의견을 제시하고 협의해 보고, 제안을 하고 토론도 해보았지만, 의견의 일치를 보지 못했다. 그때 카를 하멜이 지나가는 말로 에밀 루치우스의 바이올린 독주가 가장 재미있을 것이라고 말했다. 그것이 통했다. 그래서 간청도 하고 약속도 하고 위협도 해서 이 가련한 악사(樂

士)의 동의를 얻는 데 성공했다. 정중한 초대와 함께 선생님들에게 보낸 프로그램에는 "고요한 밤. 바이올린을 위한 가곡. 실내악의 거장 에밀 루치우스 연주"가 특별순서로 들어 있었다. 실내악의 거장이란 칭호는 그가 멀리 떨어진 음악실에서 열심히 연습한 덕분에 붙여진 것이었다.

교장 선생님과 선생님들, 복습 담당지도 선생님들, 음악 선생님과 상임조교들이 모두 초대되었고 축제에 참석했다. 하르트너로부터 길게 늘어지는 검은 프록코트를 빌려 입은 루치우스가 다림질을 한 예복을 입고 머리를 빗질하고 온화하게 겸손한 미소를 띠고서 등장했을 때, 음악 선생님의 이마에는 땀방울이 맺히기 시작했다. 루치우스가 인사하는 것만으로도 벌써 웃음을 터뜨리는 것 같았다. 가곡 '고요한 밤'은 그의 손가락 아래서 애절한 탄식이 되고, 신음과 고통으로 가득 찬 고뇌의 노래[53]가 되었다. 그는 두 번이나 다시 시작해 보았다. 하지만 멜로디는 찢어지고 잘게 부스러졌다. 발로 박자를 맞추기도 했는데, 그것은 혹한의 날씨에 숲 속에서 일하는 나무꾼과도 같았다.

화가 치밀어 얼굴이 창백해진 음악 선생님을 쳐다보며 교장 선생님은 재미있다는 듯 고개를 끄덕였다.

루치우스는 그 가곡을 세 번째로 다시 시작해 보았지만, 이

---

[53] '고뇌의 노래'는 독일어로 Lied des Leides인데, 이는 Lied와 Leid란 단어의 언어유희를 암시하는 것임.

번에도 중단해 버리고 말았다. 그러자 그는 바이올린을 내리고 청중에게 몸을 돌려 변명을 했다. "잘 안 되네요. 하지만 전 겨우 지난 가을부터 바이올린을 배우기 시작했습니다."

"잘했다, 루치우스." 교장 선생님이 크게 말했다. "열심히 노력해 주어 고맙다. 그렇게 계속 배우도록 해라. Per aspera ad astra! 별들에 이르려면 험난한 길을 넘어야 하는 법이다!"[54]

12월 24일에는 새벽 3시부터 각 침실마다 생기가 넘치고 소란스러웠다. 유리창에는 고운 나뭇잎 모양의 성에가 두껍게 꽃피어 있었다. 욕실의 물은 꽁꽁 얼어붙었고, 수도원 안마당에는 살을 에는 듯 매서운 바람이 몰아쳤다. 그러나 어느 누구도 이에 아랑곳하지 않았다. 식당에서는 커피를 끓이는 커다란 통이 증기를 내뿜고 있었다. 마침내 외투와 목도리를 휘감은 학생들이 어둠 속에 무리를 지어 떠나갔다. 희미하게 반짝이는 하얀 들판을 지나고, 고요한 숲을 가로질러 멀리 떨어진 기차역을 향해 걸어갔다. 모두가 떠들어 대기도 하고 농담을 지껄이며 큰 소리로 웃어 대기도 했다. 그러나 옆에 가는 각자의 마음속에는 말하지 않은 소망과 기쁨과 기대로 가득 차 있었다. 도시나 시골이나 한적한 농가나 할 것 없이 온 나라에서 부모와 형제자매들이 축제일을 위해 장식해 놓은 따스한 방에서 그들을 기다린다는 사실을 모두가 알고 있었다. 그들 중 대다수의 학생에게는 머

54) 라티어로 된 격언임.

나먼 낯선 땅으로부터 고향을 찾아가는 첫번째 크리스마스였다. 그들 대부분은 가족들이 애정과 자부심을 가지고 기다린다는 것도 알고 있었다.

눈으로 뒤덮인 숲 한가운데에 위치한 자그마한 역에서 그들은 혹독한 추위와 싸우며 기차를 기다렸다. 그들 모두가 이처럼 한마음이 되고 서로를 이해하며 함께 즐거워해 본 적은 한 번도 없었다. 하일너만이 혼자 말없이 서 있었다. 기차가 도착했을 때, 그는 동료들이 다 타기를 기다렸다가 혼자서 다른 칸으로 올라갔다. 다음 역에서 차를 갈아탈 때에 한스는 그를 다시 한 번 바라보았다. 하지만 부끄럽고 후회되는 잠시의 감정도 고향으로 여행한다는 흥분과 기쁨으로 다시금 사라지고 말았다.

집에서는 아버지가 입가에 미소를 띠고 만족해 하고 있었다. 그리고 선물이 가득 쌓인 책상이 그를 맞이해 주었다. 기벤라트의 집에서는 제대로 된 크리스마스 축제를 열어본 적이 한 번도 없었다. 노래도 축제 분위기도 없었고, 어머니도 없고, 전나무도 없었다. 아버지 기벤라트는 축제일을 즐기는 방법도 알지 못했다. 그러나 그는 자기 자식이 너무나 자랑스러웠고, 이번에는 선물을 마련하는 데 돈도 아끼지 않았다. 아무튼 한스는 다른 식의 축제일에 익숙하지 못했으며, 아무것도 부족한 게 없었다.

사람들은 한스가 좋아 보이지 않는다고 하며, 너무 야위고 너무 창백해 보인다고 했다. 수도원의 식사가 그렇게 형편없는지를 물어보기도 했다. 한스는 강하게 부정했으며, 가끔 머리가 아플 뿐 아주 잘 지낸다고 분명하게 말했다. 이에 관해 마을 목사님은 자기도 젊었을 때 머리가 아팠었다며 한스를 위로해 주었다. 이렇게 모든 문제는 해결되었다.

강물이 매끄럽게 얼어붙어 있었고, 크리스마스 축제일에는 스케이트를 타는 사람들로 가득 찼다. 한스는 새 양복을 차려입고, 머리에는 초록색의 신학생 모자를 쓰고서, 거의 하루 종일 밖으로 돌아다녔다. 그는 예전의 동창생들이 부러워하는 보다 높은 세계로 우뚝 성장한 것이었다.

제4장

경험상으로 볼 때 4년에 걸친 수도원 생활을 하는 동안에 한 사람이나 몇 명의 학생이 각 신학생 과정에서 탈락하는 일이 생기곤 한다. 어떤 때는 한 학생이 죽기도 하는데, 그러면 장송곡과 더불어 매장되거나 친구들에 의해 고향으로 호송된다. 어떤 때는 한 학생이 억지로 학교를 떠나기도 하고, 특별한 잘못을 저질러 퇴학을 당하기도 한다. 때로는 아주 드문 일이긴 하지만, 상급 학년에서 청춘의 고뇌에 빠져 어찌할 바를 모르는 젊은이가 권총을 쏘거나 물속에 뛰어들어 자살을 함으로써 어둡고 짧은 탈출구를 찾기도 한다.

한스 기벤라트의 학년에서도 몇몇 동료가 사라져 갔는데, 우연치고는 이상하게도 이들 모두가 헬라스 방에 살았던 학생들이었다.

이 방에 살던 사람들

---

55) 뵈블링엔 출신의 아우구스트 힌더러를 말함. 그는 훗날 슈투트가르트 기독교회의 목사가 되었으며, 마지막에는 교수로서 베를린에서 세상을 떠났음.

중에 힌딩어[55]라는 키가 작고 겸손한 금발의 소년이 있었다. 그는 힌두라는 별명으로 불리곤 했는데, 알고이 지방의 어느 소수민족 마을에 사는 양복점 주인의 아들이었다. 원래 조용한 사람이라서 그가 없어진 다음에야 약간 말들이 오고갔지만, 그것도 대단하지는 않았다. 그는 구두쇠로 소문난 실내악의 거장 루치우스와 책상을 나란히 하고 있었다. 그래서 다른 학생들보다는 다정하고 겸손하게 루치우스와 교제를 했지만, 그 외에는 친구가 하나도 없었다. 그가 사라지고 난 후에야 헬라스 방 사람들은 그를 불평불만이 없는 착한 이웃친구로, 그리고 종종 격앙된 공동생활에서 휴식을 찾을 수 있는 사람으로 좋아했었다는 사실을 깨달았다.

1월의 어느 날, 그는 스케이트를 타러 가는 친구들에 끼어서 큰 연못을 향해 길을 나섰다. 그는 스케이트도 없었기 때문에, 그냥 한 번 구경만 하려고 했다. 그러나 얼어붙을 지경으로 추워서 몸을 좀 녹이려고 발을 동동 구르며 연못 주위를 돌아다녔다. 그러다가 달리기를 시작했는데, 그만 길을 잃어버려 들판 너머에 있는 다른 작은 호수에 이르렀다. 그 호수에는 따스한 물이 제법 세차게 솟아오르고 있었기 때문에 물 위에만 살짝 얼음이 얼어 있었다. 그는 갈대를 헤치고 그리로 들어갔다. 몸집이 작고 가볍긴 했지만, 기슭 가까이에서 얼음이 깨지고 말았다. 그는 발버둥을 치며 잠시 소리를 질러 보았다. 그러나 남의 눈에 띄지도 않은 채, 결국 어둡고 차가운 물속으로 가라앉아 버리고 말았던 것이다.

2시에 오후수업의 첫 시간이 시작되었을 때에야 그가 없어진 사실을 알게 되었다.

"힌딩어는 어디 갔지요?" 복습 담당교사가 물었다.

아무도 대답하지 못했다.

"헬라스 방을 살펴보도록 해요!"

하지만 거기에도 그의 흔적은 없었다.

"지각하는 거겠지요. 그냥 시작하기로 합시다. 74페이지 일곱 번째 시구입니다. 이런 일이 다시 일어나지 않길 바랍니다. 시간은 정확히 지켜야지요!"

3시 종이 울렸을 때도 힌딩어는 여전히 나타나지 않았다. 불안해진 선생님은 학생을 보내 교장 선생님에게 알렸다. 교장 선생님은 당장 교실로 달려왔다. 많은 질문을 하고 나서 상임조교와 복습 교사의 인솔 아래 학생 10명을 보내 수색하게 했다. 교실에 남아 있는 학생들은 받아쓰기 연습을 했다.

4시에 복습 교사가 노크도 없이 교실로 들어와 교장 선생님에게 속삭이는 말로 보고했다.

"조용히 해!" 교장 선생님이 엄명했다. 학생들은 꼼짝도 않고 의자에 앉은 채, 기다리는 눈치로 교장 선생님을 바라보았다.

"여러분의 동료 힌딩어는 연못에 빠진 것 같다." 그는 목소리를 약간 낮추어 말을 계속했다. "이제 여러분은 그를 찾는 데 협조하길 바란다. 마이어 선생님[56]께서 여러분을 인솔할 텐데, 한 마디도 어김없이 그분을 따르도록 해라. 절대 제멋대로 행동해서는 안 된다."

모두들 깜짝 놀라 서로 수군거리면서, 선생님을 선두로 하여 출발했다. 마을에서는 몇몇 어른들이 밧줄과 널빤지와 막대기 등을 가지고 서둘러 가는 일행에 합류했다. 날씨는 몹시 추웠으며, 태양은 벌써 서산 가장자리에 기울어 있었다.

마침내 뻣뻣하게 굳어 버린 소년의 조그만 주검이 발견되고, 눈 덮인 갈대 숲속에서 들것에 실렸을 때는 짙은 어스름이 깔려 있었다. 신학생들은 놀란 새처럼 불안에 떨며 주위에 둘러서서 시체를 뚫어져라 바라보며 파랗게 뻣뻣해진 손가락을 비벼대고 있었다. 물에 빠져 죽은 동료가 그들 앞에 실려가고, 눈 덮인 들판을 지나 말없이 그 뒤를 따라갈 때, 학생들의 답답한 마음은 갑자기 전율에 휩싸였다. 노루가 자기를 잡으려는 적의 냄새를 맡듯이 그들도 무서운 죽음의 존재를 어렴풋이 느끼게 되었다.

슬픔에 젖고 추위에 떠는 일행 가운데 한스 기벤라트는 우연하게도 친구였던 하일너와 나란히 걷게 되었다. 두 소년은 들판의 길이 울퉁불퉁하여 발이 걸려 넘어질 뻔했는데, 그 순간에 옆에

56) 마울브론 신학교에 마이어라는 이름의 선생님이 있었는지는 지금까지 밝혀지지 않았음.

서 나란히 걷고 있다는 사실을 알아차렸다. 한스는 죽음의 광경에 압도당하여 순간적으로 온갖 이기심이 부질없다는 생각이 들었는지도 모른다. 아무튼 예기치 않게 친구의 창백한 얼굴을 그렇게 가까이 대하고 보니, 말할 수 없이 심한 마음의 고통이 느껴졌다. 갑작스런 감동에 젖어 자기도 모르게 친구의 손을 잡았다. 하일너는 불쾌하게 손을 뿌리치고는, 기분이 상한 듯 다른 데로 시선을 돌렸다. 그러고는 당장 다른 자리를 찾아 행렬의 맨 뒷줄로 사라져 버렸다.

모범소년 한스의 마음은 슬픔과 부끄러움으로 고동쳤다. 얼어붙은 들판을 비틀거리며 계속 앞으로 걸어가는 동안, 추위에 새파래진 뺨을 타고 하염없이 흘러내리는 눈물을 주체할 수가 없었다. 그는 잊을 수도 없고 아무리 후회한들 돌이킬 수 없는 죄악과 태만이 있다는 사실을 깨달았다. 양복점 주인의 조그만 아들이 아니라, 바로 자기의 친구 하일너가 맨 앞쪽의 높다란 들것 위에 누워 있다는 생각이 들었다. 그리고 한스의 배신으로 인한 고통과 분노를 하나의 다른 세계로 함께 지니고 가는 것 같았다. 그 다른 세계는 성적이나 시험이나 성공에 의해서가 아니라, 오로지 양심의 순결이나 오욕(汚辱)에 따라 인간이 평가되는 곳이었다.

그러는 동안에 사람들은 국도(國道)에 다다랐으며, 서둘러 모두가 수도원 안으로 들어갔다. 거기에서는 교장 선생님을 선두로

하여 모든 선생님들이 죽은 힌딩어를 맞이했다. 그가 만일 살아 있었다면, 이런 명예스런 장면을 생각만 하고서도 줄행랑을 쳤을 것이다. 선생님들은 언제나 살아 있는 학생과는 전혀 다른 눈으로 죽은 학생을 바라본다. 평소에는 아무렇지도 않게 자주 학생들에게 부당한 짓을 행하면서도, 그들은 잠시나마 각 학생의 삶과 젊음에 대한 가치와 다시는 되돌릴 수 없다는 사실을 확인해 보는 것 같았다.

그날 저녁과 그 다음날도 하루 종일 초라한 시체가 현존(現存)한다는 사실이 마술처럼 작용했다. 모든 말과 행동을 조심스럽게 하고, 약하게 하고 흐려지게 했다. 그래서 이 짧은 기간 동안에는 싸움이나 노여움, 소란이나 웃음 소리도 모두 자취를 감추었다. 그것은 마치 요정들이 잠시 수면(水面)에서 자취를 감추고 생명이 없는 듯 꼼짝 않고 가만히 있는 것 같았다. 학생들 둘이 물에 빠져 죽은 친구에 대한 이야기를 나눌 때면, 그들은 언제나 그의 완전한 본명을 불렀다. 왜냐하면 힌두라는 별명은 죽은 친구에게 불손하다는 생각이 들었기 때문이다. 살아 있을 때에는 학생들 사이에서 눈에 띄지도 않고 제대로 반겨주지도 않던 조용한 힌두가 지금은 그의 이름과 죽음으로 커다란 수도원 전체를 가득 채우고 있었다.

두 번째 날에 힌딩어의 아버지가 도착했다. 그는 아들이 누워 있는 작은 방에 두세 시간을 혼자 머물러 있었다. 그 다음에 교장 선생님으로부터 차를 대접받고는 사슴관에서 하룻밤을 지냈다.

그 다음날 장례식이 거행되었다. 관은 공동침실이 있는 건물에 안치되어 있었다. 알고이에서 온 양복점 주인은 옆에 서서 모든 진행 과정을 지켜보았다. 놀라울 정도로 깡마른 데다 뾰족해 보이는 모습이 영락없는 재단사였다. 초록빛이 감도는 검은 프록코트에 통이 좁은 남루한 바지를 입었으며, 손에는 다 낡은 축제일용 모자를 들고 있었다. 작고 수척한 얼굴은 근심으로 가득 차고 슬픔에 젖어 바람에 흔들리는 촛불처럼 나약해 보였다. 그는 교장 선생님과 다른 선생님들 앞에서 끊임없이 당혹함과 존경심을 나타냈다.

운구인(運柩人)들이 관을 들어올리기 직전에 슬픔에 젖은 자그마한 양복점 주인은 다시 한 번 앞으로 걸어나와, 당황스럽고 어색하지만 애정을 나타내는 몸짓으로 관 뚜껑을 어루만져 보았다. 그러고 나서는 어찌할 바를 모른 채 제자리에 서서 눈물을 보이지 않으려고 애를 썼다. 적막이 감도는 커다란 공간 한가운데 서 있는 그의 모습은 바싹 말라 버린 겨울날의 고목과도 같았다. 모두로부터 버림 받고, 아무런 희망도 없고, 모든 것을 체념해 버린 것 같았다. 그래서 그를 바라보는 사람들의 마음을 아프게 했다. 목사님이 그의 손을 잡고 곁에 머물러 서 있었다. 잠시 뒤에 그는 이상스레 구부러진 실린더 모자를 쓰고, 맨 앞에 서서 관을 따라나섰다. 계단을 내려와 수도원 안마당을 지나고, 낡은 문을 통해 하얗게 눈이 덮인 들판을 넘어 교회묘지의 낮은 담을 향해 걸어갔다. 매장을 하면서 신학생들이 찬송가를 부르는 동안, 대개의 학생들은 지휘하는 음악 선생님이 화가 날 정도로 박자를 맞추기 위해 지휘하는 그의 손을 주시하지 않고, 키가 작은 양복점 주인의 외롭고 초라해 보이는 모습만을 바라보고 있었다. 그는 슬픔에 젖고 추위에 떨며 눈밭 위에 서서는 고개를 숙인 채, 목사님과 교장 선생님과 학생대표의 조사(弔詞)에 귀를 기울였다. 찬송가를 부르는 학생들을 향하여 아무 생각 없이 고개를 끄덕이기도 하고, 때로는 왼손으로 웃옷자락에 숨겨 놓은 손수건을 잡아보기도 했지만, 그것을 꺼내지는 않았다.

"난 저분의 자리에 우리 아빠가 서 계셨다면 어떠했을까 하고 상상해 보지 않을 수 없었어." 나중에 오토 하르트너가 말했다. 모두가 이에 동감했다. "그래, 나도 똑같은 생각을 했어."

장례가 끝난 후 교장 선생님은 힌딩어 아버지와 함께 헬라스 방으로 들어왔다. "너희들 중에 누가 죽은 학생과 가장 친했는가?" 교장 선생님이 그 방의 학생들에게 물었다. 처음에는 아무도 대답하지 않았다. 힌두의 아버지는 노심초사하고 비참한 표정으로 어린 학생들의 얼굴을 둘러보았다. 이때 루치우스가 앞으로 나섰다. 힌딩어 씨는 그의 손을 잡더니 한참을 꼭 붙들고 있었다. 그러나 아무 말도 하지 못하고, 겸허하게 고개만 끄덕이더니 다시 밖으로 걸어나갔다. 그러고 나서 그는 기차를 타고 떠나갔다. 하얗게 눈 덮인 겨울 산천을 하루 종일 달려가야만 했다. 고향에 돌아가면, 아내에게 그들의 아들 카를이 어느 장소에 묻혀 있는지 이야기해 줄 수 있을 것이다.

수도원에서는 곧 마법의 주문이 깨져 버렸다. 선생님들은 또다시 야단을 치기 시작했고, 문을 닫는 소리도 다시 쾅쾅 소리를 냈다. 사라져 간 헬라스 방의 힌두도 기억 속에서 멀어졌다. 어떤 아이들은 슬픔에 젖은 그 연못가에 오래 서 있다가 감기에 걸렸으며, 누구는 가만히 병상에 누워 있기도 하고, 누구는 털슬리퍼를 신고 목에 붕대를 감은 채 이리저리 돌아다니기도 했다. 한스 기벤라트는 목이나 발에 아픈 데가 전혀 없었지만, 불행한 사고가 난 그날 이후로 더욱 진지해지고 더욱 나이가 든 것처럼 보였다. 내면에 무언가 변화가 일어난 것 같았다. 소년이 청년으로 변한 것이다. 동시에 그의 영혼은 다른 나라로 옮겨갔다. 그러나 이것에 제대로 적응하지 못한 채 불안에 싸여 이리저리 방황하고 있으며, 아직 편히 쉴 휴식처를 발견하지 못하고 있었다. 여기엔 죽음에 대한 두려움도, 착한 힌두에 대한 슬픔도 아무런 상관이 없었다. 오히려 하일너에 대한 죄책감이 갑자기 되살아났기 때문이다.

하일너는 다른 2명의 학우와 함께 병실에 누워 있었는데, 뜨거운 차를 마셔야만 했다. 거기서 그는 힌딩어의 죽음 때에 받은 인상을 가다듬고, 훗날 시를 쓰는데 사용할 수 있도록 정리할 수 있는 시간을 가졌다. 하지만 이런 일도 별로 중요해 보이지 않았다. 오히려 그는 비참하고 괴로운 표정을 지었으며, 병실 동료들과도 거의 말 한 마디 나누지 않았다. 금고형을 받은 이후로 그에게 강요된 고독화(孤獨化)는 감수성이 예민하고, 자주 대화하는 것이 필요한 그의 정서에 쓰라린 상처를 입혔던 것이다. 선생님들은 그를 불만에 가득 찬 혁명적인 인물로 간주하고 냉엄하게 감시했다. 동료 학생들은 슬며시 그를 피했고, 상임조교는 조롱 섞인 호의로 그를 대했다. 그의 정신적 친구인 셰익스피어와 실러와 레나우[57]만이 자기를 억누르고 비굴하게 에워싼 세계와는 다른, 보다 강력하고 보다 위대한 세계를 보여주었다. 처음에 쓴 시 〈수도사의 노래〉는 은둔자와도 같은 우울한 음조에 젖어 있었다. 그러나 그의 시구들은 점차로 수도원과 교사들과 동료 학우들에 대한 증오에 가득 찬 모음집으로 변해갔다. 그는 고독해진 삶에서 쓰디쓴 순교자의 기쁨을 찾았으며, 아무에게도 이해되지 못하는 현실을 오히려 만족스럽게 느꼈다. 가혹할 만큼 모멸적인 수도사의 시를 쓰면서 자신이 어린 유베날리스[58]와 같다는 생각이 들었다.

[57] 레나우 Nikolaus Lenau(1802~1850), 독일 시인으로 본명은 Nikolaus Niembsch임.

장례식이 끝나고 일주일이 지나자 2명의 동료는 완쾌되어 퇴원했다. 하일너 혼자만 아직 병실에 누워 있을 때, 한스가 그를 찾아왔다. 한스는 멋적은 인사를 하고는 침대 가까이로 의자를 가져갔다. 그리고 거기에 앉아 환자의 손을 잡으려 했다. 하일너는 불쾌한 듯 벽 쪽으로 몸을 돌려 누웠으며, 전혀 다가갈 수 없는 것처럼 보였다. 그러나 한스는 물러서지 않았다. 붙잡은 손을 꽉 잡고서, 억지로라도 옛 친구가 자기를 바라보도록 했다. 친구는 화가 난 듯 입술을 삐죽이 내밀었다.

"대체 왜 그러니?"

한스는 손을 놓아주지 않았다.

"내 말 좀 들어봐." 한스가 말했다. "그래 그때 난 비겁했어. 곤경에 처한 널 못 본 척했지. 하지만 넌 내가 어떤 놈이란 걸 알고 있잖아. 신학교에서 상위권을 유지하고, 가능하면 아주 1등이 되려는 게 내 굳은 의지였잖아. 넌 그걸 공부벌레나 하는 짓이라고 비웃었지. 네 말이 옳기도 할 거야. 그렇지만 그건 내가 품은 이상이었어. 이보다 더 훌륭한 게 있는 줄 몰랐거든."

하일너는 눈을 감았다. 한스는 아주 작은 목소리로 말을 계속했다. "좀 봐줘. 정말 미안해. 네가 다시 내 친구가 될지는 모르겠어. 하

---

58) 유베날리스 Decimus Iunius Juvenalis(약 60~140)는 고대 로마의 언변가이며 풍자시인. 당대에는 아무런 인정도 받지 못했지만, 4~5세기에 가서야 시인으로서의 명예를 얻었음. 중세기에는 "황금 같은 시인"으로 손꼽혔음.

지만 용서는 해줘야 해."

하일너는 말없이 그대로 눈을 감고 있었다. 그의 마음속으로는 온갖 행복과 기쁨을 느끼며 친구를 향해 미소를 짓고 있었다. 그러나 그는 신랄하고 외로운 자의 역할에 익숙해 있었으며, 최소한 얼마간은 자기 얼굴의 가면을 그대로 쓰고 있었다. 한스는 물러서지 않았다.

"용서해 줘, 하일너! 네 주위만 이렇게 계속 맴돌기보다는 차라리 꼴찌를 하겠어. 너만 좋다면, 우리 다시 친구가 되어, 다른 아이들 따위는 안중에도 없다는 걸 보여주자고."

그때서야 하일너는 그의 손을 꼭 잡아 응답하며 눈을 떴다.

며칠이 지나서 하일너도 병상과 병실을 떠났다. 수도원에서는 새로이 맺어진 우정에 대하여 적지않은 흥분이 일어났다. 두 소년에게는 이제 경이로운 몇 주일이 계속되었다. 전혀 색다른 경험은 아니지만, 그래도 서로가 공동체로 소속한 것에 대한 야릇하게 행복한 감정과 은밀하게 맺어진 무언(無言)의 일체감으로 가득 찬 경험이었다. 아무튼 예전과는 무언가가 달라졌다. 여러 주일 동안 서로 떨어져 있는 사이에 두 사람은 변해 있었던 것이다. 한스는 보다 부드럽고 온화하고 몽상적으로 변했다. 하일너는 보다 강인하고 남성다운 면모를 지니게 되었다. 그동안 두 사람 모두가 서로를 너무나 그리워해 왔기에, 이들의 재결합은 하나의 커다란 체험이며 값진 선물처럼 여겨졌다.

조숙한 두 소년은 그들의 우정에서 예감으로 가득 찬 수줍음을 느끼며, 자신도 모르는 사이에 첫사랑의 달콤한 비밀을 미리 맛보게 된 것이다. 더구나 그들의 동맹은 성숙해가는 남성다움의 알싸한 매력을 지니고 있었고, 마찬가지로 알싸한 양념으로 모든 다른 동료들에 대한 반항심을 간직하고 있었다. 다른 동료들은 하일너를 좋아하지 않았고, 한스를 이해하지 못했는데, 그 당시 수많은 그들의 우정이란 모두가 아직 순박한 소년들의 소꿉장난에 불과했다.

한스는 우정이 점점 깊어지고 즐거워질수록, 학교가 점점 낯설게 여겨졌다. 새로운 행복감이 새로 빚은 포도주처럼 용솟음치며, 그의 피와 생각을 통해 흘러 퍼졌다. 이에 비하면 리비우스나 호머는 그 중요성과 광채가 상실되고 말았다. 그러나 선생님들은 지금까지 나무랄 데 없던 모범생 기벤라트가 문제아로 변해가고, 의심스러운 하일너의 나쁜 영향을 받고 있다는 사실에 경악을 금치 못하고 있었다. 선생님들이 가장 두려워하는 것은 조숙한 소년의 기질에서 청년의 부글거리는 마음이 시작되는 위험스런 나이의 모습이 나타내는 기이한 현상이다. 일찍부터 그들은 하일너의 남다른 천재적 기질이 섬뜩하기만 했다. – 예로부터 천재와 선생님들 사이에는 깊은 심연이[59] 가

---

[59] 《신약성서》 『누가복음』 16장 26절 참조.

로놓여 있었으며, 그런 학생들이 학교에서 보여주는 모습은 선생님들에겐 애초부터 혐오의 대상이었다. 그들에게 천재란 아무런 존경심도 보이지 않는 불량한 학생들이다. 열네 살에 담배를 피우기 시작하고, 열다섯 살에 사랑에 빠지고, 열여섯 살에는 술집을 드나들기 시작한다. 금지된 책을 읽고, 뻔뻔스런 작문을 쓰고, 이따금 선생님들을 조롱하는 눈길로 째려보고, 선생님들의 수첩에는 선동자나 금고형을 받게 될 후보자로 기록된다. 학교 선생님은 자기 학급에 한 명의 천재보다는 여러 명의 멍청이가 들어오는 것을 더 좋아한다. 잘 생각해 보면, 그의 생각이 맞다. 왜냐하면 선생님의 과제는 무절제한 정신의 인간이 아니라, 라틴어와 수학을 잘하는 보통의 성실한 인간을 교육해 내는 것이기 때문이다. 그러나 누가 상대방으로부터 감당하기 힘든 더 많은 고통을 당하는가. 선생님이 학생 때문인가, 아니면 그 반대인가. 둘 중에 누가 더 심한 폭군이며 상대방을 더 괴롭히는 자인가. 둘 중에 누가 상대방의 인생과 영혼을 더럽히고 손상시키는가. 우리는 분노와 수치를 느끼면서 자신의 어린 시절을 되돌아보지 않고서는 이러한 문제를 생각해 볼 수가 없다. 하지만 이것은 여기서 문제 삼을 일이 아니다. 다만 우리가 위안을 얻는 것은 거의 언제나 이 진정한 천재들의 상처가 아물고, 그들이 학교에 반항하면서도 훌륭한 업적을 이룬 인물이 된다는 것이다. 훗날 그들은 죽은 다음에 저 멀리

서 비쳐오는 기분 좋은 후광에 둘러싸이며, 학교 선생님들은 다른 세대의 젊은이들에게 그들을 자랑스러운 인물 또는 고귀한 모범으로 소개하는 것이다. 이렇듯 규칙과 정신 사이의 싸움이 학교에서 학교로 이어지며 되풀이되고 있다. 우리는 주정부나 학교가 해마다 새로이 떠오르는 보다 심오하고 귀중한 몇 명의 젊은이들을 뿌리째 뽑아 버리려고 숨이 막힐 지경으로 애쓰는 모습을 보게 된다. 그러나 후세에 우리 민족의 재산을 풍요롭게 만든 사람들은 누구보다도 바로 선생님들에게 미움을 받거나 벌을 받은 학생들, 학교에서 도망치거나 내쫓긴 학생들이다. 그렇지만 많은 학생들은 - 그 숫자가 얼마나 될지 누가 알겠는가? - 조용한 반항 속에 자신을 병들게 하고, 결국은 파멸에 이르기도 한다.

이 두 젊은 이상스런 소년들에게서 위험하다는 상태를 감지한 학교에서는 이른바 올바른 옛 규칙에 따라 이들을 사랑으로써가 아니라 곱절이나 엄격하게 다스렸다. 히브리어에 가장 열심이었던 한스를 자랑으로 여겨온 교장 선생님만이 그를 구제하려고 부적당한 시도를 해보았다. 그는 한스를 집무실로 불러오도록 했다. 그림처럼 아름다운 돌출창이 있는 집무실은 예전에 수도원장이 거처하던 관사의 구석방이었다. 전해 내려오는 이야기에 따

60) 1480년경 크니틀링엔 혹은 헬름슈타트에서 태어난 게오르크 파우스트라는 인물로 파우스트 전설의 주인공이 됨. 그를 소재로 한 수많은 예술작품 중 괴테의 비극 『파우스트』가 가장 유명함. 마울브론 수도원에 있는 파우스트 탑이 오늘까지도 그를 회상시켜 주고 있음.

르면, 가까운 이웃마을 크니틀링엔 태생의 파우스트 박사[60]가 여기에서 가끔 엘핑어산(産) 포도주를 즐겼다고 한다. 교장 선생님은 올바르지 않은 사람은 아니었다. 식견이나 실무 능력에 있어서도 아무런 결함이 없었다. 자기 학생들에 대해서는 일종의 인간적인 호의를 가지고 있었기 때문에 즐겨 친근한 반말을 쓰기도 했다. 그의 치명적인 결점은 지나친 허영심이었다. 그래서 그는 강단에서 종종 과시하려는 곡예에 빠져들기도 하고, 자신의 권력과 권위가 조금이라도 의심받는 것을 절대 용납하지 않았다. 다른 사람들의 반박을 견디지도 못하고, 어떠한 잘못도 솔직히 털어놓지 않았다. 그래서 아무런 생각이 없거나 정직하지 못한 학생들은 그와 멋진 관계를 유지할 수 있었다. 그러나 강인한 학생이나 정직한 학생들은 어려움을 겪어야만 했다. 그저 이의를 제기하려고만 해도 교장 선생님은 즉시 흥분하였기 때문이다. 용기를 북돋아주는 눈길과 감동스런 목소리로 아버지와도 같이 자상한 친구의 역할은 아주 노련하게 잘 감당해 왔다. 지금도 그는 자기의 역할을 하고 있는 것이었다.

"자리에 앉게, 기벤라트." 그는 주춤거리며 들어오는 소년과 힘있는 악수를 나눈 뒤에 다정하게 말했다.

"자네와 잠시 얘기 좀 하고 싶네. 반말해도 괜찮겠나?"

"그럼요, 교장 선생님."

"기벤라트, 자신이 잘 느끼고 있겠지만, 요즘 들어 자네 성적이 좀 떨어졌어. 최소한 히브리어에선 말이야. 지금까진 자네가 히브리어를 가장 잘하는 학생이었을 거야. 그래서 자네 성적이 갑자기 떨어지는 걸 보니 무척 마음이 아프다네. 혹시 히브리어에 대한 흥미를 잃어버린 게 아닌가?"

"아, 아닙니다, 교장 선생님."

"잘 생각해 보게! 그럴 수도 있지. 혹시 다른 과목을 집중적으로 공부하고 있나?"

"아닙니다, 교장 선생님."

"정말 아닌가? 그래, 그렇다면 다른 데서 원인을 찾아야겠군. 그걸 찾게 날 좀 도와줄 수 있겠나?"

"모르겠어요……. 숙제는 언제나 잘 해갔는데요……."

"물론, 물론 그래. 그러나 겉으로 보기에 같은 것도 차이가 있는 법이지. 자넨 숙제를 물론 잘 해왔는데, 그건 의무이기도 했지. 하지만 이전엔 성적이 더 좋았었어. 노력도 더 많이 했고. 어쨌든 거기에 더 많은 관심을 보였었어. 내가 궁금한 건, 왜 갑자기 자네의 학구열이 식었느냐 하는 거야. 어디 아픈 거 아닌가?"

"아닙니다."

"그럼 두통이 있나? 물론 안색이 썩 좋아보이질 않아."

"네, 가끔 두통이 있긴 해요."

"하루 일과가 너무 벅찬가?"

"아닙니다, 전혀 그렇지 않습니다."

"혹시 개인적으로 독서를 많이 하나? 솔직히 말해 보게!"

"아닙니다, 거의 아무것도 읽지 않습니다, 교장 선생님."

"그렇다면 제대로 이해할 수가 없네, 친애하는 한스군. 어딘가 문제가 있을 텐데. 앞으로 열심히 공부하겠다고 약속해 주겠나?"

한스는 강한 권력자가 내민 오른손에 자기 손을 얹었다. 교장 선생님은 그를 진지하면서도 부드러운 눈길로 쳐다보았다.

"그럼, 그래야지, 내 친구. 단, 너무 지치지 않도록 하게. 그렇지 않으면 수레바퀴 아래 깔리게 되거든."

그는 한스와 악수를 나누었다. 한스는 안도의 숨을 내쉬며 문 쪽으로 걸어갔다. 그때 교장 선생님이 다시 불렀다.

"하나만 더 묻자, 기벤라트. 요즘 하일너와 가까이 지내지, 안 그러니?"

"네, 상당히 가까이 지내요."

"다른 친구들보다 훨씬 더 가깝게 지내는 것 같던데. 그렇지 않은가?"

"네, 그렇습니다. 제 친구입니다."

"어떻게 그렇게 되었지? 사실 자네들 성격이 아주 다른데."

"모르겠어요. 이제 그 앤 제 친구예요."

"그 친구를 내가 별로 좋아하지 않는다는 건 자네도 알고 있겠지. 그 아이는 불만투성이에다 정서도 불안정한 학생이야. 재능이 있기야 하지만, 아무것도 해내지 못하고, 자네에게도 좋지 않은 영향을 끼칠 따름이네. 자네가 그 아이를 좀 더 멀리하길 바라네.…… 자네 생각은 어떤가?"

"그럴 순 없습니다, 교장 선생님."

"그럴 순 없다고? 대체 무엇 때문이지?"

"제 친구이기 때문입니다. 전 친구를 그냥 곤경에 처하도록 내버려둘 순 없습니다."

"음, 하지만 다른 아이들과 좀 더 가까이 지낼 수도 있잖나? 자네 혼자만 하일너의 나쁜 영향을 받고 있어. 그 결과가 어떨지 훤히 보인다네. 대체 무엇 때문에 그에게 그렇게 끌리는 건가?"

"저도 모르겠어요. 하지만 우린 서로 좋아하고 있습니다. 그를 저버린다는 건 비겁한 짓일 거예요."

"그래, 그래. 강요하진 않겠네. 하지만 점차로 그와 멀어지길 바라네. 그러면 좋겠어. 그럼 정말 좋겠어."

교장 선생님의 마지막 말에는 앞서 보여주었던 온화함이 전혀 깃들어 있지 않았다. 한스는 이제 떠나갈 수가 있었다.

그때부터 한스는 새로이 공부에 전념하기 시작했다. 물론 예전처럼 신속하게 진도가 나가지는 않았으며, 오히려 최소한 너무 뒤

처지지 않으려고 힘들여 함께 따라갈 뿐이었다. 이런 것이 부분적으로는 우정에서 연유한다는 사실을 그도 잘 알고 있었다. 그렇지만 우정으로 인해 손해를 보았다거나 방해를 받았다고 생각하지는 않았다. 그보다는 지금까지 우정을 소홀히 했었던 모든 것을 보상해 주는 값진 보물이라 여겼다. – 그것은 이전의 무미건조한 의무적인 삶과는 비교할 수 없을 만큼 고귀하고 따스한 인생이었다. 그는 사랑에 빠진 젊은 연인 같은 기분이 들었다. 위대한 영웅적인 행위는 할 수 있지만, 매일매일의 지루하고 무의미한 공부는 할 수 없다는 느낌이었다. 그래서 그는 계속적으로 절망적인 한숨을 쉬며 멍에 속에 속박되어 있었다. 하일너는 대충대충 공부하면서 꼭 필요한 부분만 재빨리 외워 억지로라도 제 것으로 만들었는데, 한스는 그처럼 하는 법을 알지 못했다. 친구가 거의 매일 저녁마다 시간만 나면 그를 번거롭게 했기 때문에, 한스는 아침에 억지로 한 시간씩 일찍 일어났으며, 적과 싸움이라도 하듯이 히브리어 문법을 집중적으로 공부했다. 그는 아직 호머와 역사 시간에만은 기쁨을 느꼈다. 어둠을 더듬어가는 기분으로 호머의 세계를 이해하는 데 접근해 갔다. 역사에서는 영웅들이 점차 단순한 이름이나 숫자로 남기를 거부하고, 이글거리는 두 눈으로 쳐다보며, 생생한 붉은 입술과 각자 자기의 얼굴과 손을 가지고 있었다. – 어떤 영웅은 붉고 두툼하고 거친 손을, 또 어떤 이는 조용하고 차갑고 돌 같은 손을, 또 다른 영웅은 가늘고 뜨겁고 핏줄이 선명한 손을 가지고 있었다.

그리스어 텍스트로 된 복음서를 읽을 때에도 한스는 거기에 나오는 인물들이 때때로 너무나 분명하고 가깝게 느껴져 깜짝 놀랐고, 심지어는 압도되기까지 했다. 특히 『마가복음』 제6장에서 예수가 제자들과 함께 배에서 내리는 장면이 그러했다. "사람들이 곧 예수인 줄을 알고, 그곳으로 달려갔느니라." 이 대목에서 한스도 배에서 내리는 인간의 아들을 보았고, 곧 그를 알아보았다. 몸이나 얼굴에서가 아니라, 광채로 충만하고 크고도 심오한 사랑의 눈에서, 그리고 날씬하고도 아름다운 갈색의 손이 가볍게 신호를 보내는, 아니 그보다는 어서 오라고 환영하는 태도에서 그를 알아보았다. 그의 손은 섬세하면서도 강렬한 영혼에 의해 만들어지고, 거기에 바로 그 영혼이 깃들어 있는 것 같았다. 파도가 일렁이는 해변의 가장자리와 육중한 뱃머리가 함께 잠시 떠올랐다가는, 그 전체의 영상이 겨울철에 연기처럼 내뿜는 입김과도 같이 사라져 버렸다.

때때로 이와 같은 것들이 다시 나타나곤 했다. 책 속으로부터 그 어떤 인물이나 한 조각의 역사가 다시 한 번 살아나서, 자기의 눈길이 살아 있는 눈망울에 반영되기를 간절히 바라며, 갈망에 사무친 듯 튀어나오는 것이었다. 한스는 이런 것을 있는 그대로 받아들이며, 그에 대해 깜짝 놀라기도 했다. 홀연히 나타났다가 순식간에 다시 사라져 버리는 이런 현상들을 바라보며, 그는 자신이 심오하고도 이상스럽게 변화했다는 느낌이 들기도 했다. 마치 그 자신이 검은 대지를 투명한 유리처럼 꿰뚫어 본 것 같기도 하고, 하느님이 자기를 바라보고 있는 것 같기도 했다. 이런 귀중한 순간들은 예기치 않게 찾아왔으며, 순례자나 다정한 손님처럼 하소연할 틈도 없이 다시 사라져 버렸다. 그들 주위에는 무언가 낯설고 거룩한 것이 에워싸고 있어서, 감히 그들에게 말을 걸거나 머물러 달라고 요청할 수도 없었다.

한스는 이러한 체험들을 혼자만 간직하고, 하일너에게도 아무런 말을 하지 않았다. 하일너는 예전에 앓던 우울증이 더욱 심해져서 불안하고 신경질적인 성격으로 변해갔다. 그는 수도원이나 선생님들이나 동료 학우들, 심지어 날씨나 인간 생활과 신의 존재에 대해서도 비판을 가했다. 때로는 싸움질도 하고, 갑자기 어리석은 장난질을 치기도 했다. 따돌림을 당하고, 나머지 다른 학우들과 대립하고 있었기 때문에, 그는 졸렬한 자만심을 내세우며 이런 대립을 완전히 반항적이고 적대적인 관계로 극단화시키려고 했다. 기벤라트는 그의 행동을 막으려고 하지 않고, 오히려 거기에 함께 말려들어갔다. 그래서 이 두 친구는 나머지 학우들로부터 악의에 찬 눈으로 바라보는 괴상한 섬처럼 분리되어 있었다. 시간이 흐르면서 한스는 이런 상황을 별로 불쾌하게 느끼지도 않았다. 그가 막연한 두려움을 느끼고 있던 교장 선생님만 없었으면 좋았을 것이다. 예전에는 그의 총애를 받던 학생이었는데, 지금은 냉랭한 대접을 받고 분명한 경멸을 받으며 무시당하고 있는 것이다. 그리고 교장 선생님의 전공과목인 히브리어에 있어서도 한스는 점차 모든 흥미를 잃어가고 있었다.

　몇 달이 지나는 동안, 제자리걸음하는 소수의 학생을 제외하고, 40명의 신학생들의 몸과 마음은 벌써 모두 달라졌다. 그런 모습을 바라보는 것만도 즐거운 일이었다. 많은 학생들은 몸집에 어울리지 않게 과도하게 키가 크기도 했다. 그래서 팔과 다리의 뼈마디가 희망으로 가득 차서 함께 자라지 못한 옷자락 밖으로 뻗어나왔다. 이들의 얼굴에는 사라져 가는 소년의 모습과 수줍게 가슴을 펴기 시작하는 청년의 모습 사이에서의 온갖 명암(明暗)이 교차되었다. 그들의 육체에는 성장기에 나타나는 울퉁불퉁한 골격이 아직 나타나진 않았다. 그래도 모세의 성서연구를 함으로써 그들의 매끄러운 이마에는 일시적이나마 진지한 어른다움의 모습이 새겨져 있었다. 아이처럼 포동포동한 뺨을 가진 소년은 이제 거의 찾아볼 수 없었다.

　한스도 변해 있었다. 키나 마른 체격은 이제 하일너와 비슷했지만, 나이는 오히려 그보다 더 들어 보였다. 예전에 투명할 정도로 부드럽게 빛나던 이마의 가장자리가 뚜렷한 윤곽을 드러내고, 두 눈은 보다 더 움푹 들어갔으며, 얼굴에는 병색이 완연하고, 사지와 어깨는 뼈만 앙상할 정도로 여위어 있었다.

학교에서 성적에 대한 불만이 커지면 커질수록, 그는 하일너의 영향을 받으며 동료 학우들로부터 더욱 더 가혹하게 멀어져 갔다. 이제 그는 더 이상 모범학생이나 장래의 1등 학생으로서 그들을 내려다볼 이유가 없어졌기 때문에, 그에게 자만심이란 진정 어울리지 않았다. 그러나 누군가가 그에게 그런 눈치를 준다거나, 아니면 그 자신이 마음속으로 고통스럽게 그 점을 느낄 때면, 그들을 용서하지 않았다. 특히 흠잡을 데 없는 하르트너와 주제넘은 오토 벵어와는 여러 번 싸움질도 했다. 어느 날 벵어가 그를 비웃으며 약을 올렸을 때, 한스는 자제력을 잃고 주먹질로 답해주었다. 서로 치고받는 격렬한 싸움이 벌어졌다. 벵어가 겁쟁이이긴 했지만, 나약한 상대쯤은 쉽게 해치울 수가 있어, 물불을 가리지 않고 주먹질을 해댔다. 하일너는 그 자리에 없었다. 다른 아이들은 마음 놓고 싸움을 구경하며, 한스가 당하는 꼴을 즐거워했다. 그는 멍이 들 정도로 제대로 두들겨 맞았는데, 코피가 터지고, 갈빗대 모두가 아팠다. 밤새도록 그는 수치와 고통과 분노에 싸여 잠을 이루지 못했다. 친구 하일너에게는 이 사건을 말하지 않았다. 그러나 이 시각부터 한스는 마음의 문을 닫아 버렸고, 같은 방 동료들과도 거의 말 한 마디 나누지 않았다.

 봄이 다가오면서 오후에 비가 자주 내리고, 일요일에도 자주 비가 왔으며, 저녁 황혼이 짙어진 영향 때문인지, 수도원에서는 새로운 형성(形成)과 움직임이 나타나기 시작했다. 피아노를 잘 치는 학생과 플루트를 잘 부는 2명의 학생이 속해 있는 아크로폴리스 방에서는 정기적인 음악의 밤을 두 번이나 개최했다. 게르마니아 방에서는 희곡작품 독서회를 열었다. 그리고 몇몇의 젊은 경건주의자들은 성경공부반을 결성하여 매일 밤 칼브판(版) 성경[61]을 주석과 함께 한 챕터씩 읽어나갔다.

 하일너는 게르마니아 방의 독서회에 가입하려고 회원신청을 해보았지만, 받아들여지지 않았다. 그는 화가 치밀어 올랐다. 앙갚음을 할 생각으로 이제 성경공부반에 들어가려고 했다. 거기서도 그를 받아주려 하지 않았다. 그런데도 그는 억지로 밀고 들어갔으나, 겸손한 기독학생들 소모임의 경건한 대화에 끼여들어 독단적인 말과 신성을 모독하는 풍자를 함으로써 논쟁과 불화를 일으켰다. 그는 곧 이러한 장난에도 싫증이 났지만, 그의 말에는 성경식으로 풍자하는 음조가 오래도록 남아 있었다. 하지만 이번에는 그도 거의 관심을 끌지 못했다. 학생들은 이제 새로운 개척의 시도와 창립의 정신에 완전히 빠져 있었기

---

[61] 헤세의 출생지인 슈바르츠발트의 북동쪽에 위치한 바덴 뷔르템베르크의 소도시 칼브에 있는 출판사에서 발행한 성경책을 말함.

때문이다.

　스파르타 방에 기거하는 재능 있고 기지가 넘치는 한 학생이 가장 많이 화제에 올랐다. 그는 우선 개인적인 명성을 얻을 생각이었다. 다음으로는 자기의 방에 약간의 활기를 불어넣고, 여러 가지 재치 있는 장난질로 단조로운 학교 생활에 약간의 기분전환을 마련하고자 했다. 그는 둔스탄[62]이라는 별명으로 불렸는데, 학우들의 주목을 끌고 어느 정도의 명성을 올릴 만한 독창적인 길을 찾아냈다.

　어느 날 아침 학생들이 침실에서 나와 세면장으로 갔을 때, 그 입구에 종이 한 장이 붙어있는 것을 발견했다. 거기에는 〈스파르타에서 보낸 여섯 가지의 경구(警句)〉라는 제목 아래, 일부러 골라낸 몇 명의 유별난 동료들과 이들의 바보짓과 장난질과 우정에 관한 것이 이행시(二行詩)로 신랄하게 풍자되어 있었다. 기벤라트와 하일너도 일격을 받았다. 이 자그마한 조직에 엄청난 흥분이 일어났다. 세면장 문이 극장의 입구라도 되는 듯 모두가 그리로 몰려들었다. 전체의 무리가 붕붕거리고 서로 밀쳐 대며 뒤죽박죽 웅성거렸다. 그들은 마치 그들의 여왕벌이 막 날아오르려고 하는 꿀벌 떼와도 같았다.

　다음날 아침에 방문마다 온통 경구와 풍자시가 나붙었다. 반박하거나 동조하는

---

[62] 헤세와 연관된 이런 이름의 인물은 아직 확인될 수 없었음.

시구들과 새로이 공격하는 시구들이었다. 그러나 이 소동의 장본인은 다시 여기에 끼어들 만큼 어리석지가 않았다. 곡물창고에 부싯깃을 던지겠다는 그의 목적은 달성되었으며, 이제는 느긋하게 손을 비벼 대고 있을 뿐이었다. 거의 모든 학생이 며칠 동안 이 풍자시 싸움에 휘말려 들었고, 누구나 이행시를 지을 생각에 잠겨 이리저리 돌아다녔다. 이런 일에 신경 쓰지 않고, 이전처럼 자기 공부에만 매달리는 학생은 아마 루치우스가 유일한 사람이었을 것이다. 결국에는 어느 한 선생님이 그 사실을 알아차렸고, 계속해서 이 선동적인 장난질을 치는 짓을 금지시켰다.

교활한 둔스탄은 자신의 월계관에 만족하지 않고, 그동안 또 다른 대결전을 준비하고 있었다. 그는 마침내 신문 창간호를 발행한 것이다. 이 신문은 아주 작은 크기로 초고용지에 복사해 만든 것으로, 그는 이 신문을 위해 여러 주일 전부터 자료를 수집했었다. 신문의 이름은 〈가시다람쥐〉였으며, 주로 익살맞은 기사를 실었다. 여호수아서(書)의 저자와 어느 마울브론 신학생의 익살스러운 대화가 창간호의 특종기사였다.

그 성공은 폭발적이었다. 둔스탄은 이제 아주 바쁜 편집인과 발행인다운 표정과 행동을 보였다. 그리고 이 수도원에서 그는 고대 베네치아공화국 당시의 그 유명한 아레티노[63]와도 같이 비난과 칭송이 엇갈리는 명성을 누리게 되었다.

전반적인 놀라움을 자아낸 것은 헤르만 하일너가 열정적으로 그 편집에 참여했으며, 둔스탄과 함께 날카로운 풍자적 검열을 행했다는 사실이다. 그에겐 그러한 역할을 감당할 만한 재치나 적개심이 없지 않았다. 거의 한 달 정도 이 자그마한 신문이 수도원 전체를 마음 조이게 했다.

기벤라트는 친구가 하는 대로 내버려두었다. 그 자신은 그런 일을 함께 하고 싶은 욕망도, 재능도 없었다. 처음에는 하일너가 최근에 자주 저녁 시간을 스파르타 방에서 지낸다는 사실조차 거의 알아차리지 못했다. 그가 얼마 전부터 다른 일에 몰두하고 있었기 때문이다. 낮 동안에 한스는 활기 없이 눈에 띠지도 않은 채 이리저리 돌아다녔다. 공부는 별로 진척되지도 않았고, 흥미도 없었다. 언젠가 리비우스 시간에 이상스런 일이 벌어지고 말았다.

선생님이 번역을 해보라고 한스를 불렀다. 그는 그냥 자리에 앉아 있었다.

"어찌 된 일인가? 자네 왜 일어나지 않나?" 선생님이 화를 내며 소리쳤다.

한스는 꼼짝도 하지 않았다. 의자에 똑바로 앉아 고개를 약간 수그린 채, 눈을 반쯤 감고 있었다. 크게 부르는 소리에 반쯤 꿈에서

63) 아레티노 Pietro Aretino(1492~1556)는 르네상스시대의 이탈리아 작가. 로마의 레오 10세 궁정에서 살다가 만년을 베네치아에서 보냄. 5편의 풍자희극과 비방문집이 있고, 당시 유명인들과 교환한 서한집이 있음.

깨어나기는 했지만, 선생님의 목소리는 아주 멀리 떨어진 곳에서 들리는 것 같았다. 옆자리에 앉은 친구가 그를 쿡쿡 찌르는 것을 느끼기도 했다. 하지만 그에게는 아무런 상관도 없는 것 같았다. 그는 다른 사람들에게 에워싸여 있었던 것이다. 다른 손들이 그를 만지고, 다른 목소리들이 그에게 말을 했다. 가까이에서 조용히 들려오는 깊은 목소리는 입에서 나오는 말들이 아니라, 깊고도 부드럽게 살랑대는 샘물 소리 같았다. 그리고 수많은 눈들이 그를 바라보았다. ― 낯설기는 하지만 예감으로 가득 찬, 광채로 반짝이는 커다란 눈들이었다. 어쩌면 그것은 그가 지금 막 리비우스에서 읽었던 로마 군중의 눈들인지도 모른다. 아니면 그가 꿈꾸었거나, 언젠가 한번 그림에서 본 적이 있는 알지 못하는 사람들의 눈들일지도 모른다.

"기벤라트!" 선생님이 소리를 질렀다. "자네, 자고 있는 건가?"

기벤라트는 천천히 눈을 떴다. 놀라서 선생님을 빤히 쳐다보고는 머리를 흔들었다.

"자네 졸고 있었군! 아니면 우리가 지금 어떤 문장을 배우고 있는지 말해 보겠나? 어디지?"

한스는 손가락으로 책 안을 가리켰다. 그는 어디를 배우고 있는지 정확히 알고 있었다.

"지금이라도 일어서겠나?" 선생님은 조롱하듯이 물었다. 그리고 한스는 일어섰다.

"대체 뭘 하는 건가? 날 쳐다보게!"

그는 선생님을 쳐다보았다. 그러나 그 시선이 마음에 들지 않았다. 의아한 듯이 그가 머리를 설레설레 흔들었기 때문이다.

"어디 아픈가, 기벤라트?"

"아닙니다, 선생님."

"다시 자리에 앉게. 그리고 수업이 끝나는 대로 내 방으로 곧바로 오게."

한스는 다시 앉아 리비우스 위로 몸을 굽혔다. 이제는 완전히 깨어났고, 모든 것을 이해할 수 있었다. 이와 동시에 내면에 자리 잡고 있는 그의 눈은 수많은 낯선 인물들을 따라가고 있었다. 이들은 아득히 먼 곳으로 서서히 멀어져 갔지만, 반짝이는 시선들은 끊임없이 한스를 향하고 있었으며, 결국에는 머나먼 안개 속으로 가라앉고 말았다. 동시에 선생님의 목소리와 번역하는 학생의 목소리, 그리고 교실에서 나는 나지막한 목소리들이 모두 점점 가까이 들려왔으며, 마침내는 다시 여느 때처럼 실제적으로 현실감 있게 들리는 것이었다. 의자들과 강단과 칠판이 예전처럼 그 자리에 놓여 있었다. 벽에는 나무로 만든 커다란 컴퍼스와 삼각자가 걸려 있었다. 주위에는 모든 동료 학생들이 둘러앉아 있었는데, 그들 중 많은 아이들이 호기심에 찬 뻔뻔한 눈초리로 그를 힐끗힐끗 곁눈질해 보았다. 그제서야 한스는 깜짝 놀라 정신을 차렸다.
"수업이 끝나는 대로 내 방으로 곧바로 오게." 그는 이렇게 말하는 소리를 들었었다. 맙소사. 대체 무슨 일이 벌어졌던 것일까?
수업이 끝난 뒤에 선생님은 한스에게 오라고 손짓했다. 그러고는 뚫어지게 쳐다보는 동료들 사이로 그를 데리고 나갔다.
"자, 말해 보게. 대체 어떻게 된 일이지? 잠이 들었던 게 아니란 말이지?"
"네."
"그럼 내가 불렀을 때, 왜 일어서지 않았나?"
"모르겠어요."
"혹시 내 말을 못들은 건 아닌가? 귀가 잘 들리지 않나?"
"아닙니다. 선생님 소리를 들었어요."
"그런데 일어나지 않았단 말인가? 나중에는 눈빛도 이상해지더군. 대체 무슨 생각을 하고 있었나?"
"아무 생각도 하지 않았어요. 일어나려고 했습니다."
"그런데 왜 그러지 않았나? 몸이 좋지 않았는가?"
"그렇진 않아요. 왜 그랬는지 잘 모르겠어요."
"머리가 아팠었나?"
"아닙니다."
"좋아. 가 보게."

식사하기 전에 그는 다시 집무실로 불려갔다. 거기서 교장 선생님이 마을 의사와 함께 그를 기다리고 있었다. 진찰을 받고 여러 가지 질문을 받았지만, 분명한 병세가 나타나진 않았다. 의사는 호의적인 미소를 지었고, 그 일을 가볍게 취급했다.

"이건 가벼운 신경쇠약입니다, 교장 선생님." 그는 부드럽게 웃기까지 했다. "일시적인 쇠약 상태입니다. …… 가벼운 현기증이라고나 할까요. 어쨌든 이 젊은이는 매일 바깥바람을 쐬어야 합니다. 두통에 대해서는 물약을 몇 방울 처방할 수 있겠습니다."

이때부터 한스는 매일 식사를 마친 후에 한 시간씩 산책을 나가야만 했다. 아무런 반대할 이유가 없었다. 다만 그가 산책하는 데 하일너를 동반해서는 안 된다고 교장 선생님이 분명히 금지했다는 것이 마음에 걸렸다. 하일너는 화를 내며 욕설을 퍼부었지만, 따를 수밖에 없었다. 그래서 한스는 언제나 혼자 산책을 나갔으며, 나름대로의 즐거움을 찾을 수 있었다. 봄날이 시작되었다. 둥글고 아름답게 굽어진 언덕 위로 이제 막 움트기 시작한 푸른 초목들이 마치 엷고도 밝은 물결처럼 일렁이고 있었다. 나무들은 윤곽이 뚜렷한 갈색 그물과도 같은 겨울 모습을 벗어던지고, 어린 나뭇잎들과 어울려 유희하며, 생생한 신록의 파도가 끝없이 흘러내리는 시골풍경의 색깔로 변해가고 있었다.

옛날 라틴어학교에 다닐 때에 한스는 지금과는 다른 눈으로 봄을 바라보았다. 보다 생생하고 보다 호기심 있게, 그리고 보다 세부적으로 관찰했었다. 돌아오는 철새들을 그 종류에 따라 차례대로 관찰했고, 나무들도 꽃피는 순서에 따라 관찰했다. 그리고 오월이 다가오면, 곧 낚시를 하기 시작했다. 하지만 지금은 새의 종류를 구별한다거나, 움트는 꽃봉오리를 보고 관목의 종류를 알아보려고 애쓰지 않았다. 전반적인 자연의 움직임과 도처에서 돋아나는 새싹들의 색깔만을 지켜볼 따름이었다. 그리고 어린 나뭇잎의 향내를 맡고, 보다 부드럽게 피어오르는 산들바람을 느끼면서 놀라움에 사로잡힌 채 들판을 거닐었다. 한스는 곧 피곤해졌다. 자꾸만 자리에 누워 잠이나 자고 싶은 욕구에 빠져들었다. 그는 거의 계속적으로 자신을 에워싸고 있는 현실과는 다른 여러 가지 형상들을 보았다. 그 형상들이 대체 무엇인지를 알지 못했고, 그에 대한 생각도 해보지 않았다. 그것은 밝고 부드러운 진기한 꿈들이었다. 그 꿈은 마치 초상(肖像)들이나 낯선 나무들이 줄지어 선 가로수처럼 그를 에워싸고 있었지만, 거기서 무슨 일이 일어나지는 않았다. 단지 바라보기 위한 순수한 그림들이었다. 그러나 그것을 바라보는 것도 또 다른 하나의 체험이었다. 다른 지역과 다른 사람들에게로 이끌려가 있는 것 같았다. 낯선 대지 위에서, 걷기에 편안한 부드러운 땅 위에서 산책하는 느낌이었고, 낯선 공기를, 경쾌함과 잔잔한 꿈같은 향료로 가득 찬 공기를 호흡하는 기분이었다. 때로는 이러한 그림들 대신에 어렴풋하게 따스하고도 흥분시키는 감정이, 마치 가벼운 손길이 그의 몸을 부드럽게 어루만지는 것 같은 감정이 솟아나기도 했다.

  책을 읽거나 공부할 때, 한스는 정신을 집중하기 위해 무척 애를 썼다. 그러나 그가 흥미를 느끼지 못하는 것들은 그림자처럼 손 아래로 미끄러져 내렸다. 수업중에 히브리어 단어를 잊어버리지 않으려면, 수업시간 30분 전에는 공부를 해두어야만 했다. 그런데 가끔 형체가 있는 관조(觀照)의 순간들이 나타나기도 했다. 책을 읽을 때, 갑자기 거기 서술된 것들이 모두 나타나서 살아가고 움직이는 것이 보였다. 그것들 모두가 바로 옆에 있는 것들보다 훨씬 더 분명한 형체를 갖추었고, 훨씬 더 현실적이었다. 한스는 자신의 기억력이 더 이상 아무것도 받아들이지 못하고, 하루가 다르게 점점 마비되고 불확실하게 된다는 사실을 알아차리자 절망적이 되었다. 그러는 동안에도 가끔씩 옛날의 추억들이 소름이 끼칠 정도로 분명하게 엄습해 오기도 했는데, 그런 사실이 그에게는 이상스럽고 두렵게 생각되었다. 수업을 받거나 책을 읽다가도 때때로 그의 아버지나 안나 할머니, 혹은 예전의 선생님이나 동창생 중 하나가 머리에 떠오르곤 했다. 그들은 바로 그의 눈앞에 모습을 드러내고는, 잠시 동안 그의 주의력을 완전히 빼앗아갔다. 슈투트가르트에 머무를 때나 주정부시험을 치를 때, 그리고 방학 때의 장면들도 자꾸만 되살아났다. 그가 낚싯대를 드리우고 강가에 앉아 햇빛이 비치는 강물의 냄새를 맡던 모습도 보였다. 동시에 그가 꿈꾸었던 그 세월이 아주 먼 옛날처럼 생각되었다.

후덥지근하고 습한 어두운 저녁이면 한스는 하일너와 함께 공동침실 건물 안에서 이리저리 어슬렁거리며, 고향집과 아버지, 낚시질과 옛날 학교에 대한 이야기를 나누었다. 친구는 눈에 띌 정도로 말이 없었다. 한스가 하는 말을 듣고만 있다가, 가끔 고개를 끄덕이곤 했다. 아니면 기나긴 하루 동안 종일 가지고 놀던 자그마한 잣대를 우울한 듯 몇 번이고 허공에 휘둘러 대곤 했다. 한스도 점차로 말이 없어졌다. 어느새 밤이 깊었다. 그들은 창턱에 그대로 걸터앉아 있었다.

"야, 한스!" 마침내 하일너가 말을 꺼냈다. 그의 목소리는 불안정하고 흥분해 있었다.

"왜?"

"아, 아무것도 아냐."

"뭔데, 말해 봐!"

"그냥 생각해 봤어. …… 네가 여러 가지 이야길 하니까……."

"대체 뭔데?"

"말해 봐, 한스. 너 여자 뒤를 쫓아다녀 본 적이 한 번도 없니?"

잠시 침묵이 흘렀다. 그들은 이런 이야기를 해본 적이 한 번도 없었다. 한스는 두려운 생각이 들었다. 하지만 이 수수께끼 같은 세계가 동화 속의 정원처럼 그를 끌어당겼다. 그는 얼굴이 빨개지는 것을 느꼈으며, 그의 손가락은 떨리고 있었다.

"딱 한 번." 그가 속삭이듯이 말했다. "그땐 아직 멍청한 어린애였어."

다시 침묵이 흘렀다.

"…… 그런데 넌, 하일너?"

하일너는 한숨을 쉬었다.

"에이, 그만두자! …… 이런 이야긴 꺼내지 말았어야 했는데. 그럴 만한 가치도 없어."

"아냐, 그렇지 않아."

"…… 애인이 있거든."

"네가? 정말이야?"

"고향에. 이웃에 사는 애야. 작년 겨울에 키스를 해주었지."

"키스를……?"

"그래. …… 날이 벌써 어두웠었거든. 저녁 때, 얼음판 위에서였어. 스케이트 벗는 걸 도와주었어. 그때 입을 맞춘 거야."

"그 앤 아무 말도 안했니?"

"말은 안했어. 그냥 도망쳐 버렸어."

"그 다음엔?"

"그 다음이라! …… 아무 일 없었어."

그는 다시 한숨을 쉬었다. 한스는 그를 금단(禁斷)의 정원에서 온 영웅처럼 바라보았다.

그때 종이 울렸다. 모두들 잠자리에 들어야 했다. 등불이 꺼지고, 주위가 온통 고요해졌다. 한스는 한 시간 이상 잠을 이루지 못하고 누운 채, 하일너가 애인에게 했던 키스를 상상해 보았다.

다음날 그는 조금 더 물어보고 싶었지만, 부끄러운 생각이 들어 그만두었다. 하일너는 한스가 물어오지 않았기 때문에, 자기가 먼저 그 이야기를 하는 것을 피했다.

한스의 학교 생활은 점점 더 나빠졌다. 선생님들은 불쾌한 표정을 짓고, 이상한 눈초리로 그를 쏘아보았다. 교장 선생님은 몹시 화가 나서 어두운 표정이 되었다. 동료 학생들도 오래 전에 기벤라트가 고지(高地)에서 아래로 추락했으며, 최우등생이 되려는 목표를 포기했다는 사실을 알아차리고 있었다. 하일너만이 아무것도 눈치채지 못했다. 그에게는 학교라는 것이 그다지 중요하지 않았기 때문이다. 한스 자신도 무슨 일이 일어나든 또 어떻게 변해가든 신경 쓰지 않고, 모든 것을 그대로 바라보기만 했다.

그러는 동안 하일너는 신문을 편집하는 일에도 싫증이 났으며, 완전히 자기 친구에게로 다시 돌아왔다. 교장 선생님의 금지령에도 불구하고 그는 여러 번 한스가 매일 하는 산책길에 동행했다.

그와 함께 햇빛을 받으며 드러누워서 몽상에 젖기도 하고, 시를 낭송하거나 교장 선생님에 대한 웃긴 이야기를 만들어 내기도 했다. 한스는 날마다 하일너가 연애이야기를 계속해서 털어 놓았으면 하고 바라고 있었다. 그러나 시간이 지나면서 그에 관해 과감하게 물어보지는 못했다. 그들 두 사람은 동료 학우들 사이에서 여전히 따돌림을 받고 있었다. 하일너가 〈가시다람쥐〉 신문에서 그들에 대한 악의에 찬 농담을 함으로써 어느 누구로부터도 신뢰를 얻지 못했기 때문이다.

신문은 아무튼 이때쯤에 폐간되었다. 그래도 오래 살아 남은 셈이었다. 원래는 겨울과 봄 사이의 지루한 몇 주일 동안만을 계산했던 것이다. 아름다운 계절이 시작되면서 식물채집이나 산책이나 야외놀이를 함으로써 얼마든지 즐거운 시간을 가질 수 있었다. 점심때마다 수도원 안마당은 체조하는 학생들, 레슬링하는 학생들, 달리기 경주를 하는 학생들, 그리고 공놀이를 하는 학생들의 고함 소리와 각종 활동으로 가득 찼다.

그때 다시금 엄청난 사건 하나가 벌어졌다. 그 장본인이며 구심점은 또다시 보통 발길에 채이곤 하는 돌 같은 존재였던 헤르만 하일너였다.

교장 선생님은 하일너가 자기의 금지령을 비웃고 있으며, 기벤라트가 산책하는 데 거의 매일 동행한다는 사실을 알게 되었다.

이번에는 한스를 가만히 내버려두고, 오랜 적대 관계에 있는 주범 하일너를 집무실로 불러들였다. 그가 반말을 하자, 하일너는 당장 이를 거부했다. 교장 선생님은 그의 항명을 엄하게 꾸짖었다. 그러나 하일너는 자기가 기벤라트의 친구라는 사실을 천명하였고, 어느 누구도 그들 상호간의 교제를 금지할 권리는 없다고 대들었다. 심각한 상황이 벌어졌다. 결과는 하일너가 몇 시간 동안의 금고형과, 당분간은 기벤라트와 함께 외출해서는 안 된다는 엄한 금지령도 받았다.

그래서 한스는 다음날, 다시 혼자 그의 공식적인 산책을 나가야만 했다. 2시에 다시 돌아와 다른 학생들과 함께 강의실로 들어갔다. 수업이 시작될 즈음에 하일너가 없어진 사실이 밝혀졌다. 모든 것이 예전에 힌두가 없어졌을 때와 너무나도 똑같았다. 다만 이번에는 아무도 지각하는 것이라고 생각하지 않았다. 3시에 모든 학생들이 3명의 선생님과 함께 실종된 학우를 찾아 나섰다. 여러 조로 나뉘어 숲속을 뒤지고 다니며 이름을 불렀다. 많은 학생들과 선생님 2명까지도 하일너가 자살을 했을지도 모른다고 생각했다.

5시에는 이 지방의 모든 파출소에 전보를 보냈다. 저녁에는 하일너의 아버지에게 속달편지가 발송되었다. 저녁 늦게까지 아무런 단서도 발견하지 못했다. 밤이 깊도록 모든 침실에서는 속삭이며 소곤거리는 소리가 났다. 학생들 사이에서는 그가 물에 뛰어들었을 것이라는 추측에 가장 큰 신빙성을 두었다. 다른 학생들은 그가 그냥 집으로 떠나갔을 것이라고도 말했다. 그러나 실종자는 돈을 한 푼도 가지고 있지 않았다는 것이 확인되었다.

  모두들 한스가 틀림없이 이 일을 알고 있으리라 간주했다. 그러나 그렇지 않았다. 오히려 모든 사람들 중 그가 가장 많이 놀라고 가장 걱정하는 사람이었다. 밤에 침실에서 다른 학생들이 서로 묻고, 추측하고, 허튼소리를 떠들어 대고, 빈정거리는 소리를 들었을 때, 그는 이불 속으로 깊숙이 기어들어가 친구를 걱정하고 괴로워하면서, 길고도 힘든 시간을 자리에 누워 있었다. 하일너가 다시 돌아오지 않을지도 모른다는 예감이 그의 두려운 마음을 사로잡았고, 무시무시한 고통의 감정이 그의 마음을 가득 채웠다. 마침내 한스는 피로에 지치고 근심으로 일그러진 채 잠에 빠져들었다.

  이와 같은 시간에 하일너는 몇 마일 떨어진 숲속에 누워 있었다. 너무 추워서 잠을 이룰 수는 없었다. 그러나 깊은 자유의 공기를 힘껏 들이마시고, 마치 비좁은 새장에서 빠져나오기라도 한 것처럼 팔다리를 쭉 뻗어 기지개를 켰다. 하일너는 정오 때부터 계속 걸었다. 크니틀링엔에서 빵을 샀으며, 이따금 그것을 한 입씩 뜯어 먹었다. 그러면서 봄날의 밝은 나뭇가지들 사이로 어두운 밤하늘과 별들과 분주하게 떠도는 구름을 쳐다보았다. 마지막에 어디로 가느냐 하는 것은 다 마찬가지였다. 최소한 그는 지긋지긋한 수도원에서 도망쳐 나왔으며, 자기 의지가 어떤 명령이나 금지령보다 강하다는 사실을 교장 선생님에게 보여주었던 것이다.

다음날도 온종일 그를 찾아보았지만 헛수고였다. 그는 마을 가까이 들녘에 쌓아둔 짚더미 속에서 두 번째 밤을 지냈다. 아침에는 다시 숲속으로 들어갔다. 저녁 무렵에 다시 마을로 들어가려다가 경찰의 손에 붙잡히게 되었다. 경찰은 다정스런 농담을 해가며 그를 맞아 마을 사무소로 데리고 갔다. 거기서 하일너는 익살과 애교로 시장의 환심을 샀다. 시장은 하룻밤을 묵을 수 있도록 그를 자기의 집으로 데리고 갔으며, 잠자리에 들기 전에 하일너는 햄과 달걀을 푸짐하게 얻어먹었다. 다음날 그 사이에 이미 수도원에 와 있던 아버지가 그를 데리러 왔다.

도망자가 붙잡혀 들어왔을 때, 수도원에 일어난 흥분은 대단했다. 그는 고개를 높이 쳐들고 있었으며, 짧은 천재여행을 전혀 뉘우치는 것 같지 않았다. 그는 용서를 빌라는 요구를 받았지만 이를 거절했으며, 교수회의의 비밀재판에서도 전혀 주저하거나 겸손한 태도를 보이지 않았다. 사람들은 그를 붙잡아 보고자 했으나, 이제 그 도(度)가 지나쳐 버렸다. 그는 명예스럽지 못한 퇴학처분을 받았고, 저녁에 아버지와 함께 다시는 오지 않을 여행길을 떠났다. 친구 기벤라트와는 그저 악수만 하는 것으로 작별할 수 있었다.

반항과 타락으로 이루어진 이 비상한 사건에 대하여 교장 선생님은 격정적이고 멋들어진 장황한 연설을 했다. 그러나 슈투트가르트의 상급관청으로 보내는 보고서에는 훨씬 유순하고 객관적이며 부드러운 어조로 씌어 있었다. 신학생들에게는 퇴학을 당한 괴물과의 서신왕래가 금지되었는데, 한스 기벤라트는 이 조치에 대해 그저 미소만 지었을 따름이다. 수주일 동안 하일너와 그의 도주에 대한 이야기가 가장 많았다. 멀리 떠나가고 시간이 많이 흘러가면서 전반적인 판단도 달라졌다. 당시에는 두려운 나머지 피해 다니던 도망자를 시간이 흐른 다음에는 많은 학생들이 마치 자유를 찾아 날아간 독수리처럼 부러워하기도 했다.

헬라스 방에는 빈 채로 놓여 있는 책상이 2개나 되었다. 나중에 없어진 학생은 먼저 없어진 학생처럼 그렇게 빨리 잊히지 않았다. 교장 선생님만이 두 번째 사건도 조용히 마무리되기를 좋아했을 것이다. 하지만 하일너는 수도원의 평화를 방해할 만한 아무런 짓도 하지 않았다. 그의 친구 한스가 기다리고 또 기다려 보았지만, 그로부터 아무런 편지도 오지 않았다. 그는 떠나갔고 사라져 버렸다. 이 인물과 도망사건도 점차 과거사가 되고, 결국에는 하나의 전설이 되었다. 훗날 이 열정적인 소년은 여러 가지 천재적인 시도와 방황을 거듭한 끝에 삶의 고뇌를 거쳐 엄격한 교육을 받게 되었다. 그리고 그는 영웅은 아니라 할지라도 그럴 듯한 인물이 되었다.

뒤에 남은 한스에게는 하일너의 도주를 알고 있었으리라는 의혹이 따라다녔으며, 그에 대한 선생님들의 호의가 완전히 사라져 버렸다. 그들 중 어느 선생님은 수업 시간에 한스가 여러 질문에 제대로 대답을 하지 못하자 이런 말까지 했다. "어째서 자넨 그 잘난 친구 하일너와 함께 떠나가지 않았나?"

교장 선생님은 그를 그냥 그대로 내버려두었다. 그리고 바리새인이 세리(稅吏)에게 그러했듯이 경멸에 가득 찬 동정심으로 그를 옆에서 바라보았다. 이제 기벤라트는 더 이상 고려의 대상이 되지 않았다. 그는 나병환자에 속하는 존재가 되어 버렸다.

제5장

들쥐가 저장해 둔 먹이로 살아가듯이 한스는 이전에 습득한 지식으로 얼마 동안 버텨나갔다. 그 다음에는 고통스럽고 궁핍한 나날이 시작되었다. 무기력하나마 새로이 노력을 기울여 잠시 곤경을 면해 보기도 했지만, 그것도 전혀 희망 없는 일이기에 그 자신도 실로 웃기는 짓이라고 생각했다. 이제는 쓸데없이 자신을 괴롭히는 것을 집어치웠다. 『모세오경』다음에는 호머를, 크세노폰 다음에는 대수를 던져 버렸으며, 선생님들 사이에서 좋았던 평판이 한 단계 한 단계 떨어지는 상황도 흥분하지 않고 물끄러미 바라보았다. 그의 성적은 수(秀)에서 우(優)로, 우에서 미(美)로, 그리고 마지막에는 가(可)로 떨어졌다. 가끔 다시 규칙적으로 찾아오는 두통이 잠시 멎을 때에는 헤르만 하일너를 생각했다. 눈을 크게 뜬 채로 가벼운 꿈을 꾸기도 하고, 몇 시간 동안이고 멍한 생각에 잠겨 꾸벅꾸벅 졸기도 했다. 최근에 점점 늘어가는 많은 선생님들의 질책에 대해서는 양순하고 겸허한 미소로 응답했다. 다정하고 젊은 복습교사인 비드리히[64] 한 사람만이 의지할 데 없는 이 미소를 보고 마음 아파했으며, 궤도에서 이탈한 이 소년을 안타깝게 여기며 아껴주었다. 나머지 선생님들은 모두가 그에게 화를 내고 있었다. 수업이 끝난 후에 그대로 자리에 앉아 자습을 시키는 모멸적인 벌을 주기도 하고, 어떤 때는 풍자적으로 자극적인 말을 하여 그의 잠들어 버린 공명심을 일깨워 보려고도 했다.

"지금 주무시지 않아도 된다면, 이 문장을 한 번 읽어보라고 간청드려도 되겠나이까?"

교장 선생님은 품격 높게 분개하였다. 허영심이 강한 그는 자기 관찰력의 위력에 커다란 자부심을 느끼고 있었다. 그런 그가 무서우리만치 위협적인 눈을 부릅뜨고 있는데, 기벤라트가 또다시 겸허하고 비굴한 미소만 지으면서 점차 그의 신경을 날카롭게 만들 때면, 그는 화가 치밀어 제정신이 아니었다.

"그 끝도 없이 멍청한 미소는 집어치우게. 엉엉 울어도 시원치가 않을 텐데."

그러나 아버지의 편지가 더 큰 영향을 끼쳤다. 한스는 깜짝 놀라서 자신을 고쳐보겠다고 맹세했다. 교장 선생님이 아버지 기벤라트 씨에게 편지를

---

[64] 1891년부터 마울브론 신학교의 복습교사였던 뷔테리히 Gottlob Wüterich(1866~1943)를 말함. 1896년 이후 여러 곳에서 목사생활을 하였고, 1929년에 튀빙겐대학 신학부에서 명예 신학박사학위를 받았음.

보냈는데, 아버지는 엄청나게 놀랐다. 한스에게 보낸 그의 편지는 견실한 인간이 구사할 수 있는 모든 격려와 도덕적으로 격분한 미사여구의 모음집 같았다. 거기에는 비록 의도하지는 않았더라도 애절한 호소의 눈물이 가득 차 있었으며, 그것이 아들의 마음을 무척 아프게 했다.

교장 선생님으로부터 아버지 기벤라트와 교수들과 복습교사에 이르기까지, 자기들의 의무에 충실한 청소년 지도자들은 모두가 그들의 소망을 가로막는 장애물, 즉 무언가 꽉 막혀 버리고 태만한 요소가 한스의 마음속에 깃들어 있다고 생각했다. 그리고 이러한 성향을 힘으로라도 강요해서 올바른 길로 다시 되돌려 놓아야 한다고 판단했다. 아마 저 다정한 복습교사를 제외하고는 어느 누구도 야윈 소년의 얼굴에 떠오르는 당혹스러운 미소 뒤에 꺼져가는 한 영혼이 괴로워하고 있으며, 물속에 빠져 불안에 가득 차 절망하면서 주위를 두리번거리고 있다는 사실을 깨닫지 못했다. 그리고 어느 누구도 학교와 아버지 그리고 몇몇 선생님들의 야만적인 공명심이 그 연약한 생명을 이 지경으로 짓밟아 놓았다고는 생각하지 않았다. 무엇 때문에 그는 가장 예민하고 상처받기 쉬운 소년 시절에 매일 밤늦게까지 공부를 해야만 했던가? 무엇 때문에 그에게서 토끼를 빼앗아 버리고, 라틴어학교의 동료들을 의도적으로 멀어지게 만들었으며, 낚시질을 하거나 한가로이 산책하는 것을 금지하고, 심신이 녹초가 되도록 하는 하찮은 공명심을 부추겨 저속하고도 공허한 이상을 그에게 심어주었던가? 무엇 때문에 시험이 끝난 후에 응당 쉬어야 할 방학까지도 허락해 주지 않았던가?

이제 지나치게 사냥질 당한 이 망아지는 길가에 쓰러졌으며, 더 이상 아무런 쓸모가 없게 되어 버린 것이다.

여름이 시작될 무렵에 마을 의사는 또 이 증상이 주로 성장기에 나타나는 신경쇠약이라고 진단했다. 방학 동안에 한스가 충분히 섭생하며, 잘 먹고 숲속으로 산책도 많이 하면 바로 좋아질 것이라고도 말했다.

유감스럽게도 사정은 전혀 그렇게 되지 못했다. 방학이 시작되기 3주일 전이었다. 오후 수업 시간에 한스는 선생님으로부터 격한 꾸지람을 들었다. 선생님이 계속 욕설을 하는 동안에 그가 의자에 쓰러져 버렸는데, 겁에 질려 부들부들 떨기 시작하더니 울음을 계속 터뜨렸다. 수업은 완전히 중단되었다. 그리고 나서 한스는 반나절을 침대에 누워 있었다.

그 다음날 수학수업 시간에 한스는 칠판에 기하도형(幾何圖形)을 그리고, 이를 증명해 보라는 호명을 받았다. 그는 앞으로 나가기는 했지만, 그만 칠판 앞에서 현기증을 느꼈다. 분필과 자를 들고 아무렇게나 칠판에 도형을 그리다가, 분필과 자를 모두 떨어뜨렸다. 그것을 주우려고 몸을 구부렸는데, 그냥 바닥에 무릎을 꿇고 주저앉아 다시 일어날 수가 없었다.

마을 의사는 자기의 환자가 이런 어처구니없는 짓을 해서인지 상당히 화가 났다. 그는 조심스럽게 한스를 즉시 요양휴가 보낼 것을 요청하며, 이제는 정신과의사에게 가보도록 권유하였다.

"저 아이는 또 무도병(舞蹈病)⁽⁶⁵⁾에 걸릴 겁니다." 그가 교장 선생님에게 속삭였다. 교장 선생님은 고개를 끄덕였고, 그 말이 무자비할 만큼 화난 자신의 얼굴표정을 아버지처럼 자상하고 동정어린 표정으로 바꾸라는 통보라 생각했다. 그로서는 그러는 것이 어려운 일은 아니었으며, 오히려 그에게 잘 어울리기까지 했다.

교장 선생님과 마을 의사는 한스의 아버지에게 각자 한 장씩 편지를 썼으며, 그것을 소년의 주머니 속에 넣어주고 그를 고향집으로 보냈다. 교장 선생님의 분노는 무거운 근심으로 바뀌었다. — 바로 얼마 전에 생겼던 하일너 사건으로 인하여 떠들썩해진 교육청이 새로 터진 이 불행한 사건을 어떻게 받아들일 것인가? 그뿐만 아니라 모두가 놀랍게도 그는 이 사건에 대해 당연히 해야 할 말도 포기하였으며, 한스가

---

65) 얼굴, 손, 발, 혀 등의 몸 부분이 마음대로 되지 않고 저절로 심하게 움직여 늘 불안한 상태에 빠지는 신경정신병의 한 가지. 원래 중세의 이상군중심리에서 비롯되었는데, 이 병의 치유를 위하여 성(聖) 파이트에게 기원을 올리고, 축제일에는 모두들 몰려나와 춤을 추었기 때문에 파이트의 무도(Veitstanz)라는 병명이 붙여짐.

고향에 돌아가기 얼마 전쯤부터는 섬뜩할 정도로 그를 다정하게 대해주었다. 한스가 요양휴가에서 다시는 돌아오지 않으리라는 것이 그에겐 너무나 분명했다. - 혹시 병이 완쾌될 경우라도 이미 한참 뒤로 처진 학생이 그동안 태만하게 보낸 몇 개월은커녕 몇 주일조차도 따라잡을 수 없다는 것을 잘 알고 있었다. 그렇지만 그는 힘을 북돋아 주는 '다시 만나세' 라는 진정어린 말을 하며 작별을 했다. 그런 후로 헬라스 방에 들어가 3개의 텅 빈 책상을 볼 때마다, 그는 마음이 괴로웠다. 그리고 천부적인 재능을 지닌 두 학생이 사라진 것에 대한 일부의 책임이 자신에게 있지나 않을까 하는 생각을 억누르려고 애썼다. 담력이 세고 도덕적으로 강인한 이 사나이는 이런 쓸데없고 암울한 의구심을 마음속으로부터 쉽사리 떨쳐 버릴 수 있었다.

자그마한 여행 배낭을 메고 떠나가는 신학생의 등뒤로 교회와 성문, 박공지붕과 탑들이 있는 수도원의 모습이 사라졌다. 숲과 줄지어 늘어선 언덕들도 사라지고, 그 대신에 바덴주(州)의 접경지대에 있는 비옥한 과수원들이 모습을 드러냈다. 그리고 나서 포르츠하임이 나타나고, 곧이어 산에 검푸른 전나무가 우거진 슈바르츠발트가 시작되었다. 그곳에는 수많은 계곡 사이로 시냇물이 흐르고, 숲은 여름날의 작열하는 빛을 받아 여느 때보다 더욱 푸르고 시원하며 그림자를 짙게 드리우고 있었다. 소년은 바뀌어가면서 점점 고향의 정취가 형성되는 풍경을 바라보며 즐거운 기분에 젖어들었다. 그러나 고향마을이 가까워지면서 아버지의 모습이 머리에 떠올랐다. 아버지의 마중을 눈앞에 둔 당혹스러운 두려움이 이 작은 여행의 기쁨을 송두리째 짓밟아 버렸다. 시험을 치르기 위해 슈투트가르트에 갔던 일, 신학교 입학을 위해 마울브론으로 여행하던 일 등이 그때의 긴장과 불안스러운 기쁨과 더불어 다시 생각났다. 대체 무엇 때문에 그 모든 일을 했단 말인가? 교장 선생님과 마찬가지로 그 자신도 다시는 수도원으로 돌아가지 않으리라는 것을, 그리고 신학교도 공부도 야심에 찬 희망도 이제는 모두 끝났다는 것을 잘 알고 있었다. 그렇지만 지금은 그것 때문에 슬픈 것이 아니다. 다만 자기가 아버지의 희망을 저버렸고, 그로 인해 절망한 아버지에 대한 죄책감이 그의 마음을 무겁게 짓눌렀다. 지금 그는 그저 쉬고 싶은 생각뿐이었다. 푹 잠을 자고, 마음껏 울어 버리고, 한없이 꿈을 꾸고, 모든 고통스런 일을 벗어나 조용히 혼자 있고 싶을 따름이었다. 하지만 아버지 집에 가서는 그럴 수 없으리라는 생각을 떨쳐 버릴 수가 없었다. 기차여행이 거의 끝나갈 무렵에 한스는 머리가 몹시 아프기 시작했다. 옛날에 그 언덕과 숲을 신나게 돌아다니던 정든 땅을 지나오면서도 더 이상 창 밖을 내다보지 않았다. 그래서 하마터면 잘 알고 있는 고향의 기차역에서 내리는 것도 놓칠 뻔했다.

마침내 그는 우산과 여행 배낭을 들고 고향땅에 서 있었고, 아버지는 그를 찬찬히 훑어보았다. 잘못 빠져 버린 아들에 대한 실망과 분노는 교장 선생님이 보낸 마지막 편지를 읽고 나서 당혹스러운 두려움으로 변해 있었다. 그는 한스가 초췌하고 비참한 모습일 것이라고 상상했었다. 그런데 삐쩍 마르고 쇠약해 보이기는 했지만, 그래도 아직 온전하고 자기의 발로 걸을 수 있다는 것을 알았다. 그래서 어느 정도 안심이 되었다. 그렇지만 그는 교장 선생님과 의사가 써 보낸 신경정신병에 대한 남모르는 두려움을 심각하게 느끼고 있었다. 지금까지 그의 가족들 가운데 어느 누구도 신경정신병을 앓은 사람은 없었다. 그런 환자에 대한 이야기가 나올 때면 정신병자를 대하듯, 사람들은 언제나 이해심이 결여된 조롱이나 경멸적인 동정심으로 떠들어 대곤 했었다. 그런데 지금은 그의 아들 한스가 이런 질병을 안고 집으로 돌아온 것이다.

첫번째 날 소년은 꾸지람을 듣지 않고 마중을 받아 기뻤다. 그 다음에 그는 그것이 노심초사하는 아버지의 겁먹은 돌봄 때문이라는 사실을 알아차렸다. 아버지는 조심스레 아들을 대하고, 그렇게 돌보기 위해 억지로 애쓰는 모습이 눈에 보였다. 때로는 아버지가 이상하게 염탐하는 듯한 눈길로, 섬뜩한 호기심으로 그를 바라보며, 일부러 누그러뜨린 거짓된 목소리로 이야기를 하고, 아들이 알아채지 못하도록 하면서 그를 몰래 관찰한다는 것도 알아차렸다. 그는 더욱 더 움츠러들었다. 그리고 자기의 상태에 대한 불확실한 불안감이 그를 괴롭히기 시작했다.

맑은 날에는 밖으로 나가 몇 시간이고 숲속에 누워 있었다. 그럴 때면 기분이 좋았다. 거기에서는 이따금 옛날 행복했던 소년 시절의 희미한 여운(餘韻)이 그의 상처 받은 영혼을 스쳐 지나갔다. 꽃들이나 딱정벌레들을 보고, 지저귀는 새들의 소리를 듣고, 산짐승의 발자취를 따라가는 데 대한 기쁨을 맛보기도 했다. 하지만 그것도 언제나 순간일 뿐이었다. 대개는 나른한 채 이끼 위에 누워서, 무거운 머리를 감싸 쥐고는 무엇인가를 생각해 보려고 했지만 아무런 소용이 없었다. 결국엔 알 수 없는 꿈들이 다시 다가와 그를 다른 공간으로 멀리멀리 데려가는 것이었다.

언젠가는 이런 꿈을 꾸었다. 친구 헤르만 하일너가 죽어서 들것 위에 누워 있는 것을 보고 그에게로 다가가려고 했다. 그러나 교장 선생님과 다른 선생님들이 그를 밀쳐냈으며, 다시 다가서려고 할 때마다 그를 아프도록 세게 때리는 것이었다. 신학교의 선생님들과 복습교사뿐만 아니라, 라틴어학교의 교장 선생님과 슈투트가르트의 시험관들도 모두 화난 표정으로 거기에 모여 있었다. 그런데 갑자기 모든 것이 달라졌다. 들것 위에는 물에 빠져 죽은 힌두가 누워 있었다. 그리고 높은 실린더 모자를 쓴 우스꽝스러운 그의 아버지가 꾸부정한 다리로 슬픔에 잠긴 채 그 옆에 서 있었다.

그리고 다시 또 하나의 꿈을 꾸었다. 그는 숲속에서 도망친 하일너를 찾고 있었다. 그런데 멀리 나무줄기 사이로 자꾸만 하일너가 걸어가고 있는 모습이 보였다. 다시 보이고 자꾸만 다시 보였다. 그런데 그를 부르려고 하면, 사라져 버리는 것이었다. 마침내 하일너가 멈춰서서 그를 가까이 오라고 하더니 이렇게 말했다. '야, 난 애인이 있어.' 그러고는 엄청나게 큰 소리로 웃고 나서는 숲속으로 사라져 버렸다.

한스는 약간 야윈 잘생긴 남자가 배에서 내리는 광경을 보기도 했다. 그의 두 눈은 고요하고 거룩했으며, 두 손은 아름답고 평화로웠다. 한스가 그에게로 달려갔다. 그러나 모든 것은 다시 사라져 버렸다. 한스는 대체 이게 무슨 뜻일까 하고 곰곰이 생각해 보았다. 마침내 복음서의 다음과 같은 한 구절이 다시 생각났다. '사람들이 곧 예수인 줄을 알고, 그곳으로 달려갔느니라.' 이제 한스는 '달려갔느니라'가 무슨 변화형인가, 그리고 이 동사의 현재형과 부정형, 완료형과 미래형이 무엇인지 생각해 내야만 했다. 또 단수와 양수(兩數)와 복수일 때 그 동사를 변화시켜야 했는데, 그것이 서로 뒤엉켜 막히게 되면, 그는 두려워지고 식은땀이 흘렀다. 그 다음 다시 정신이 들었을 때는 머릿속이 온통 상처투성이 같은 느낌이 들었다. 그리고 자신도 모르는 사이에 그의 얼굴이 체념과

죄의식에 사로잡혀 졸린 듯한 미소로 일그러지면, 당장에 교장 선생님의 목소리가 들려왔다. '대체 그 멍청한 웃음은 무슨 뜻인가? 바로 이런 때 웃음이 나온단 말인가!'

이따금 좀 좋아진 날도 있긴 하지만, 전반적으로 한스의 상태는 나아지기는커녕 오히려 악화되는 것 같았다. 홈닥터[가정의(家庭醫)]는 예전에 어머니를 치료하고 사망진단을 내렸었으며, 지금도 가끔 약간의 관절통으로 고생하는 아버지를 왕진하고 있었다. 그는 침울한 얼굴을 하고, 한스의 상태에 대한 자기의 의견표명을 하루하루 미루고 있었다.

몇 주일을 보내면서 한스는 처음으로 라틴어학교를 다니던 마지막 2년 동안에는 친구가 한 명도 없었다는 사실을 깨달았다. 그 당시의 동창생들 중 일부는 이미 고향을 떠나 버렸고, 일부는 견습공이 되어 이리저리 돌아다니는 것이 보였다. 한스는 이들 중 어느 누구와도 이렇다 할 친분을 맺지 못했고, 그 어떤 관계를 찾아볼 수도 없었다. 그들 중 어느 한 사람도 한스에게 관심을 기울이지 않았다. 옛날 교장 선생님이 두 번쯤 다정하게 몇 마디 말을 건넨 적이 있었고, 라틴어 선생님과 마을 목사님도 길거리에서 호의적으로 고개를 끄덕여 주었다. 그러나 한스는 그들과 더 이상 아무런 상관도 없었다. 그는 이제 여러 가지를 가득 채워 넣을 수 있는 그릇도 아니었고, 다양한 씨앗을 뿌릴 수 있는 밭도 아니었다. 그에게 시간과 관심을 쏟는다는 것은 아무런 소득이 없는 일이었다.

마을 목사님이 조금이나마 그를 돌봐주었다면, 아마 좋았을 것이다. 하지만 그가 무엇을 해줄 수 있었겠는가? 그가 해줄 수 있는 학문이나 최소한 학문을 추구하는 방법 등은 이미 오래전에 어린 소년에게 남김없이 해주었다. 그 이상은 아무것도 가진 것이 없었다. 다른 목사들은 그들의 라틴어 실력에 누구나 근거를 대며 의혹을 제기할 수도 있고, 그들의 설교는 모두가 잘 알고 있는 성경을 출처로 삼고 있으며, 그들은 온갖 고뇌를 덜어줄 수 있는 선량한 시선과 다정한 언어를 가지고 있기 때문에 역경에 처한 사람들이 기꺼이 찾아갈 수가 있다. 그러나 마을 목사님은 그런 부류의 목사가 아니었다. 아버지 기벤라트 역시 아들에 대한 자신의 분노에 찬 실망감을 감추려고 온갖 노력을 기울이지만, 한스의 친구나 위로자가 되지는 못했다.

이렇게 한스는 모두에게 버림받고 사랑받지 못한다는 느낌이 들었다. 그는 작은 정원에 앉아 햇볕을 쬐거나 숲속에 누워 있었고, 여러 가지 몽상에 빠지거나 괴로운 상념에 사로잡히곤 했다. 독서를 하는 것은 도움이 되지 않았다. 책을 읽으면 늘 곧바로 머리와 눈이 아파왔기 때문이다. 그리고 그의 책 어느 것이나 펼치기만 하면 당장 수도원 시절과 그곳에서 느낀 공포감의 악령이 다시 되살아나고, 숨막힐 정도로 무시무시한 꿈의 한 모퉁이로 몰아가서는 이글거리는 눈빛으로 그를 거기에 단단히 붙들어 매놓았기 때문이다.

이러한 고난과 고독에 내맡겨진 병든 소년에게 위로자의 가면을 쓴 또 다른 유령이 가까이 다가왔는데, 점차 그와 친해져서 꼭 필요한 존재가 되었다. 그것은 죽음[66]에 대한 생각이었다. 대충 권총을 하나 구한다거나, 숲속 어딘가에 밧줄을 하나 매다는 것은 쉬운 일이었다. 이러한 생각은 거의 매일 그가 산책하는 길을 따라다녔다. 그는 조용하고 외딴 장소를 하나하나 검토해 보았다. 결국 아름답게 죽음을 맞이할 수 있는 곳을 발견하였으며, 최종적으로 이곳을 죽음의 보금자리로 정해 놓았다. 그리고 계속해서 그곳을 찾아가 앉아 있었다. 그리고 다음날 언젠가 그가 거기에서 죽어 있는 것을 발견하게 되리라는 상상을 하며 야릇한 쾌감을 느끼기도 했다. 밧줄을 매달 나뭇가지도 정했고, 그 강도(強度)도 시험해 보았다. 이젠 그가 가는 길에 아무런 장애물도 놓여 있지 않았다. 보다 긴 시간을 두고 아버지에게 보내는 짧은 편지와 헤르만 하일너에게 보내는 무척 긴 편지도 써 놓았다. 이 편지들은 시체 옆에서 발견될 것이다.

모든 것이 준비되고 확고한 감정

[66] 헤세는 마울브론 신학교를 떠난 3개월 후, 1892년 6월 20일에 자살을 시도하였음.

이 갖추어졌다는 것이 그의 마음에 평안한 영향을 주기 시작했다. 운명적인 나뭇가지 아래 앉아 있노라니, 이제까지 그를 짓누르던 압박감은 사라지고 기쁨에 넘치는 환희의 감정이 찾아드는 시간이 많아졌다.

무엇 때문에 저 나뭇가지에 진작 목을 매달지 않았는지, 그 자신도 제대로 알 수 없었다. 생각은 확실해졌고, 죽음은 결정된 사실이었다. 그러면서 그는 한동안 마음이 평안했다. 그리고 먼 여행을 떠나기 전에 누구나 즐겨 그러하듯이, 이 마지막 날들의 아름다운 햇빛과 고독한 몽상을 마음껏 즐겨보는 것을 거부하지도 않았다. 어느 날이라도 떠날 수가 있다. 모든 것이 완벽하게 정리되어 있다. 의식적으로 잠시 옛날의 주위환경 속에 머물면서, 자신의 위험천만한 결심을 전혀 예측하지 못하는 사람들의 얼굴을 바라보는 것도 특별하고 쓰디 쓴 쾌감을 가져다 주었다. 의사를 만날 때마다 그는 이렇게 생각했다. '자, 두고 보세요!'

운명은 그에게 자신의 어두운 의도를 마음껏 즐기도록 내버려두고, 그가 날마다 죽음의 잔을 마시며 몇 방울의 환희와 생명력을 향유하는 모습을 지켜보았다. 불구가 된 젊은 존재 하나쯤이야 별로 대수롭지 않겠지만, 그래도 그 존재는 우선 자기 삶의 동그라미를 완성해야만 하는 것이다. 그리고 약간이나마 인생의 쓰고 달콤한 맛을 맛보기 전에는 계획에서 사라져서는 안 되는 것이다.

피할 수 없던 고통스러운 상념들이 점점 줄어들고, 피로한 채 모든 것을 그대로 방치하면서 아무런 고통도 느끼지 못하는 편안한 기분이 들기 시작했다. 이런 기분에 젖어 한스는 하루하루 흘러가는 세월을 그저 멍하니 바라보기도 하고, 아무런 관심도 없이 푸른 하늘을 쳐다보기도 하고, 때로는 몽유병자나 어린아이처럼 가만히 있어 보이기도 했다. 어느 날 한 번은 나른하고 울적한 심정으로 정원에 있는 전나무 아래 앉아서, 제대로 알지도 못하면서 옛 시구 하나를 자꾸만 되풀이해 흥얼거리고 있었다. 라틴어학교 시절부터 알고 있던 그 시구가 지금 막 생각났던 것이다.

   아, 난 너무나 피곤해.
   아, 난 너무나 지쳤어.
   지갑에는 돈 한 푼 없고,
   주머니에도 한 푼 없구나.

그는 옛 멜로디에 맞춰 흥얼거렸고, 이 시구를 스무 번씩이나 읊어 대면서도 아무런 생각을 하지 않았다. 그러나 그때 아버지는 창가에 가까이 서서 이 노래를 듣고는 소스라치게 놀라고 말았다. 정서가 메마른 아버지에겐 아무런 생각없이 쾌적한 듯 단조롭게 부르는 노래가락이 전혀 이해가 되지 않았다. 그는 한숨을 내쉬며 그것을 정신박약의 희망이 없는 징조라고 받아들였다. 그때부터 아버지는 점점 더 불안한 심정으로 아들을 바라보았다. 아들은 물론 이 사실을 알아차리고 무척 괴로워했다. 그러나 아직은 밧줄을 가지고 가서 저 튼튼한 나뭇가지에 매달 생각은 하지 않았다.

  그러는 사이에 무더운 계절이 다가왔다. 주정부시험을 치루고 그 당시의 여름방학을 지낸 이후로 벌써 1년이 흘러간 것이다. 그는 때때로 그때의 추억을 더듬어보았지만, 별다른 감동은 없었다. 이미 상당히 무뎌져 있었던 것이다. 다시 낚시질을 시작하고 싶었지만, 아버지에게 이야기를 꺼낼 엄두를 내지 못했다. 물가에 서 있을 때마다 그런 생각으로 괴롭기도 했다. 그래서 때로는 아무에게도 보이지 않는 강가에 한참을 머물러 있곤 했다. 그러고는 뜨거운 눈길로 거무스름하게 소리없이 헤엄쳐 다니는 물고기들의 동태를 지켜보곤 했다. 저녁 무렵에는 날마다 수영을 하러 강의 상류 쪽으로 한참을 걸어갔다. 그때는 언제나 검사관인 게슬러의 자그마한 집 옆을 지나가야만 했다. 우연하게도 그가 3년 전에 아주 좋아했던 엠마 게슬러가 집에 돌아와 있다는 것을 알게 되었다. 호기심 어린 눈으로 두세 차례 그녀를 쳐다보았다. 그런데 그녀는 예전처럼 마음에 들지 않았다. 옛날에 그녀는 나긋나긋한 몸매를 지닌 매우 아리따운 소녀였다. 하지만 지금은 다 큰 처녀가 되어 있었다. 투박해 보이는 걸음걸이와 소녀답지 않게 유행을 따른 머리 스타일은 그녀의 분위기를 완전히 망쳐 놓았다. 길게 늘어진 의상도 어울리지 않았다. 그리고 결정적으로 여성답게 보이려고 하는 태도는 꼴불견이었다. 한스는 그녀가 우스꽝스럽다고 생각했다. 그러나 동시에 그가 옛날에 그녀를 바라볼 때마다 얼마나 이상스러울 정도로 감미롭고 아련하고 따스한 기분이 들었던가를 생각하면, 마음이 서글퍼지기도 했다. 아무튼 - 그 당시에는 모든 것들이 달랐었다. 훨씬 더 아름답고 훨씬 더 즐거웠으며, 훨씬 더 활기가 넘쳐흘렀다! 오래전부터 그는 라틴어와 역사, 그리스어와 시험, 신학교와 두통 이외에는 아무것도 알지 못하고 살았었다. 하지만 그 시절에도 동화책도 있고, 도둑이야기를 엮은 책들도 있었다. 그때에는 자그마한 정원에 한스가 손수 만들어 놓은 절구질하는 물레방아가 돌아가고 있었다. 저녁이면 나숄트의 집 현관 앞길에 모여앉아 리제의 모험담을 듣기도 했다. 또한 가리발디라고 불리던 이웃집 할아버지인 그로쓰요한[67]을 한동안 강도 살인범이라고 생각하며, 그에 대한 꿈을 꾸기도 했다. 그리고 일년 내내 달마다 그 어떤 즐거운 일을 기다리곤 했다. 어떤 때는 풀 베어 말리기, 또 어떤 때는 토끼풀 베기를 기다리고, 다음에는 다시

---

[67] 1904년에 집필된 헤세의 단편 『가리발디』의 주인공 이름이 쇼르쉬 그로쓰요한임.

첫번째 낚시질이나 가재 잡기, 호프 수확하기, 나무를 흔들어 자두 따기, 불을 피워 감자 굽기, 타작을 시작하기 등을 기다렸는데, 그 중간중간에 덤으로 즐거운 일요일과 축제일도 있었다. 그 당시엔 신비스러운 마법의 힘으로 그의 마음을 사로잡았던 많은 것들이 있었다. 집들과 골목길, 계단과 헛간 바닥, 분수와 울타리, 사람들과 갖가지 동물들이 모두 사랑스럽고 친숙하였으며, 또한 수수께끼처럼 유혹적이기도 했다. 호프를 수확할 때 같이 거들기도 하면서, 다 큰 처녀들이 부르는 노랫소리를 듣고, 그 노래의 가사를 주의해서 음미하기도 했다. 대부분의 가사들은 웃음이 나올 정도로 익살스러웠지만, 어떤 것들은 그 노래를 들으면 목이 메일 정도로 놀랄 만큼 애절하기도 했다.

이 모든 것들은 당시에 재빨리 그도 알아차리지 못하는 사이에 차례로 사라지고 끝나 버렸다. 처음에는 저녁때 리제의 곁에 앉아 이야기를 듣던 것이 중단되고, 다음에는 일요일 오전에 물고기 잡기, 그 다음에는 동화책을 읽는 일이 사라졌다. 이렇게 하나둘씩 없어져 결국에는 호프 수확하기와 정원에 있던 절구질하는 물레방아도 없어지고 말았다. 아, 이 모든 것이 어디로 가 버렸단 말인가?

그리고 조숙한 소년 한스는 이제 병든 나날 속에서 현실과는 동떨어진 제2의 유년기를 경험하게 되었다. 잃어버린 유년 시절을 아쉬워하는 그의 마음은 지금 갑자기 끓어오르는 그리움과 더불어 저 꿈처럼 아름다운 시절로 다시 줄달음쳤으며, 그리고 마법에라도 걸린 듯 추억의 숲을 헤매고 다녔다. 그 추억들은 병적이라고 할 정도로 강렬하고 분명했다. 그는 이 모든 것들을 현실로 체험했던 옛날에 못지않은 애정과 열정으로 다시 경험하였다. 기만과 억압에 짓눌렸던 유년 시절이 마치 오랫동안 막혀 있던 샘물처럼 그의 마음속에서 터져 나왔다.

줄기가 잘린 나무는 뿌리 근처에서 새싹이 돋아나오곤 한다. 이와 마찬가지로 꽃피는 시절에 병들고 망가진 영혼은 종종 모든 것이 시작되며 예감으로 가득 찼던 유년 시절의 봄날 같은 때로 되돌아가기도 한다. 이 영혼은 거기에서 새로운 희망을 찾아내어 끊어진 생명의 끈을 다시 이을 수 있기라도 한 것 같다. 그러나 뿌리에서 돋아난 새싹은 통통하게 물이 올라 무럭무럭 자라지만, 그것은 그냥 그렇게 보이는 생명이지, 결코 제대로 된 나무로 성장하지는 못한다.

한스 기벤라트도 그러했다. 그래서 어린 시절에 그가 꿈꿔 온 발자취를 약간이나마 한번 더듬어보는 것이 꼭 필요하다.

기벤라트의 집은 오래된 돌다리에서 가까운 곳에 있었는데, 2개의 아주 다른 골목길 사이에서 한쪽 모퉁이를 차지하고 있었다. 그 집이 속해 있는 한쪽 골목은 마을에서 가장 길고, 가장 넓고,

가장 멋진 거리였는데, 그 길의 이름은 게르버 골목[68]이라고 했다. 두 번째 골목은 산 쪽을 따라 급경사를 이루고 있었는데, 짧고 좁고 빈궁했으며, 그 이름은 "매 골목"이라고 했다. 이는 이미 오래전에 문을 닫은 어느 음식점의 간판에 그려진 매에서 따온 이름이었다.

게르버 골목에는 집집마다 아주 선량하고 건실한 토박이 시민들이 살고 있었다. 그들은 개인 소유의 집과 개인 묘지와 정원을 가지고 있었다. 그들 정원은 뒤쪽으로 산을 따라 가파른 테라스를 이루며 뻗어 있었고, 그 울타리는 70년대[69]에 건축된 노란 금잔화가 뒤덮여 있는 철길 둑과 맞닿아 있었다. 게르버 골목과 품위를 견줄 만한 곳은 시장(市場) 광장 하나뿐이었다. 거기에는 교회당과 지방청, 법원과 시청과 교구청이 들어서 있으며, 깨끗한 분위기가 고상한 도시풍의 인상을 풍겨주고 있었다. 게르버 골목에는 공공건물이 하나도 없긴 했지만, 당당한 대문이 달린 주택들과 고풍스럽고 멋진 목조가옥, 그리고 산뜻하고 밝은 색깔의 박공지붕들이 줄지어 서 있었다. 집들이 한쪽으로만 늘어서 있어서 거리가 아주 친근하고 편안하고 밝다는 느낌을 주었다. 왜냐하면 길 건너편에는 각목(角木)으로 난간을 만들어 놓은 담장 아래로 강물이 유유히 흐르고 있었기 때문이다.

---

[68] 헤세는 고향 칼브를 게르버스아우 Gerbersau라고도 불렀음. 게르버 골목은 비쇼프가(街)를 표방한 것임.
[69] 1870년대를 의미함.

게르버 골목이 길고, 넓고, 밝고, 광대하고, 고상하다면, "매 골목"은 그 반대였다. 이곳에는 쓰러져 가는 어두침침한 집들이 들어서 있었는데, 석회칠은 얼룩진 채 부서져 떨어지고, 박공지붕은 앞으로 삐죽 튀어나오고, 대문과 창문은 여러 군데 균열이 생겨 땜질을 하고, 굴뚝은 기울어지고, 지붕 홈통은 부서져 있었다. 집들은 앞을 다투어 공간과 햇빛을 더 많이 차지하려고 했다. 골목길은 좁은 데다가 기이하게 굽어져 있어 지속적으로 어둠에 싸여 있었다. 이 어스름은 비가 오거나 해가 진 뒤에는 음습한 암흑으로 바뀌었다. 창문들 앞에는 어디나 긴 막대나 빨래줄 위에 늘 빨래가 잔뜩 걸려 있었다. 골목이 협소하고 빈궁했지만, 세입자나 하룻밤을 묵어가는 사람을 제외하더라도, 그곳에는 많은 식구들이 모여살고 있었다. 허물어져가는 낡은 집 구석구석마다 빽빽하게 가득 차 살고 있었으며, 거기에는 언제나 가난과 범죄와 질병이 들끓고 있었다. 티푸스가 발병해도 그곳이었고, 살인이 한 번 일어나도 그곳이었다. 마을에 도둑질이 생기면, 제일 먼저 "매 골목"을 수색했다. 떠돌아다니는 행상인들은 거기에서 짐을 풀고 하룻밤을 묵었다. 이들 가운데는 익살스러운 가루약장수 호테호테[70]와 가위를 가는 아담 히텔[71]도 끼여 있었는데, 사람들은 히텔이 온갖 범죄와 악행을 저지른다고 수군거렸다.

[70] 1901년에 집필된 헤세의 단편 『유년 시절의 어느 인간』의 주인공 이름.
[71] 헤세가 만들어 낸 허구적 인물.

학교에 다니기 시작하고 처음 몇 해 동안 한스는 자주 "매 골목"에 놀러가곤 했었다. 남루한 옷을 입은 선명한 금발의 아이들과 함께 미심쩍은 일당이 되어, 그 악명 높은 로테 프로뮐러가 들려주는 살인이야기에 귀를 기울이곤 했다. 이 여인은 어느 작은 여인숙의 주인과 함께 살다가 이혼을 했는데, 5년 동안이나 감옥 생활을 하기도 했다. 젊었을 때는 소문난 미인으로 공장 노동자들 가운데 여러 명의 애인을 두고 있었으며, 가끔 추문을 일으키기도 하고, 서로 칼부림을 벌이는 원인을 제공하기도 했다. 당시는 혼자 외롭게 살고 있었는데, 공장이 문을 닫은 뒤로는 커피를 끓이고 이야기보따리를 풀어 놓으며 저녁시간을 보냈다. 그녀의 집 대문은 언제나 활짝 열려 있었다. 아낙네들이나 젊은 노동자들 외에도, 언제나 한 떼의 이웃집 아이들이 문지방에 둘러앉아 놀라움과 두려움에 떨며 그녀의 이야기에 귀를 기울였다. 검게 그을린 돌 화로 위에는 주전자에서 물이 끓고 있었으며, 그 옆에는 수지(獸脂) 양초가 타고 있었다. 촛불의 빛은 푸르스름한 석탄불과 함께 이상스럽게 펄럭거리며 사람들로 가득 찬 방안을 비추고 있었다. 이야기를 듣고 있는 사람들의 그림자가 무시무시할 정도로 크게 유령처럼 움직이며, 벽과 천장에 가득하게 드리워져 있었다.

여기에서 여덟 살 난 소년 한스는 핑켄바인 형제와 사귀게 되었는데, 아버지가 엄히 금지했는데도 불구하고 1년 정도 그들과 우정을 나누었다. 그들의 이름은 돌프와 에밀인데, 이 마을에서 가장 약삭빠른 골목대장들이었다. 그들은 과일을 훔치거나 작은 산짐승의 밀렵(密獵)으로도 유명하고, 무수한 잔재주나 망나니짓에 있어서도 따를 사람이 없었다. 게다가 그들은 새알이나 아연으로 만든 탄알, 어린 까마귀 새끼나 찌르레기와 토끼들을 몰래 팔기도 하고, 금지된 줄 알면서도 밤낚시를 하기도 했다. 마을의 모든 집 정원을 마치 자기 집 드나들 듯했으며, 울타리가 아무리 뾰족하고 담장에 유리조각이 촘촘이 박혀 있다 해도 쉽사리 뛰어넘어가곤 했다.

하지만 한스가 누구보다 가깝게 지낸 사람은 "매 골목"에 사는 헤르만 레히텐하일[72] 이었다. 고아로 자란 그는 병약하고 조숙한 범상치 않은 소년이었다. 한쪽 다리가 너무 짧았기 때문에 그는 언제나 목발을 짚고 다녀야 했고, 골목길에서 벌어지는 놀이에도 끼일 수가 없었다. 마른 체격에다 괴로움이 깃든 얼굴은 창백했으며, 입은 나이에 걸맞지 않게 굳어져 있고, 턱은 지나치게 뾰족했다. 여러 가지의 손재주가 비상할 정도로 뛰어났는데, 특히 낚시에 대해서 뜨거운 열정을 가지고 있었고, 이는 한스에게도 전수되었다. 레히텐하일은 그때 아직 낚시허가증을 가지고 있지 않았다. 그럼에도 불구하고 그들은 눈에 잘 띄지 않는 곳에서 몰래 낚시질을 했다. 사

---

[72] 6운각의 시구로 쓰인 헤세의 작품 『절름발이 소년』의 주인공 이름.

냥질이 하나의 즐거움이라면, 밀렵하는 것이 최고의 향락이라는 것은 다 아는 사실이다. 절름발이 레히텐하일은 한스에게 낚싯대를 알맞게 자르는 일과 말총을 꼬는 일, 낚싯줄을 물들이는 일과 낚시 실을 올가미처럼 매는 일, 그리고 낚싯바늘을 뾰족하게 가는 일을 가르쳐 주었다. 날씨를 보고 강물을 관찰하는 일, 쌀겨를 풀어 물을 흐리게 하는 일과 제대로 된 미끼를 고르는 일, 그리고 그 미끼를 바늘에 올바로 꿰는 일을 가르치기도 했다. 또한 물고기의 종류를 구별하는 법, 낚시에 달려드는 물고기들의 소리를 듣는 법, 그리고 낚싯줄을 적당한 깊이에 잡고 있는 법도 전해주었다. 그는 말은 하지 않고, 옆에 서서 모범을 보여줌으로써 손 놀리는 방법과 낚싯줄을 당기거나 늦출 순간에 대한 섬세한 느낌을 알려주었다. 그는 상점에서 살 수 있는 멋진 낚싯대나 코르크나 유리 같은 낚싯줄 등 모든 인조(人造)의 낚시도구들을 경멸하고 매우 우습게 생각했다. 그리고 한스에게 모든 것을 자신이 직접 만들어 결합시킨 낚시도구를 쓰지 않으면, 고기를 잡을 수 없다는 확신을 갖게 해주었다.

  한스는 핑켄바인 형제와는 다툰 끝에 화가 나서 헤어졌다. 말이 없던 절름발이 레히텐하일과는 아무런 다툼도 없었는데 그의 곁을 떠나갔다. 2월의 어느 날, 그는 초라한 침대에 몸을 뻗치고 누웠고, 옷을 벗어 놓은 의자 위에 목발을 올려 놓고 있었다. 그런데 갑자기 열이 나기 시작하더니, 잠시 뒤에 숨을 거두고 조용히 떠나가 버렸다. 매 골목 사람들은 그를 곧 잊어버렸다. 다만 한스만이 그를 아름다운 추억 속에 오래도록 간직하고 있었다.

그러나 그가 떠났다고 해서 매 골목의 이상스러운 주민들 숫자가 전혀 줄어든 것은 아니었다. 음주벽 때문에 해고된 뢰텔러[73]를 모르는 사람이 누가 있을까? 그는 2주일에 한 번 정도 술에 만취되어 길거리에 쓰러져 있거나 한밤중에 소동을 일으키곤 했다. 그러나 보통 때에는 어린아이처럼 순박하고, 얼굴에는 언제나 호의적인 미소를 띠고 있었다. 그는 한스에게 타원형의 담배통에서 코담배 냄새를 맡게 하기도 하고, 때로는 한스가 잡아다 준 물고기를 버터에 튀겨 함께 먹기도 했다. 그리고 유리눈알이 박힌 박제된 말똥가리새와 가냘프고 섬세한 음조로 고풍스러운 무도곡을 연주하는 오래된 시계를 하나 가지고 있었다. 또한 비록 맨발로 걸어다니기는 할지라도 커프스는 늘 달고 다니던 아주 늙은 기계공 포르쉬[74]를 모르는 사람이 어디 있겠는가? 그는 전통이 오랜 시골학교에서 근무한 엄한 교사의 아들로서 성경을 절반이나 외우고, 격언이나 도덕적인 금언(金言)도 아주 많이 외울 수 있었다. 그러나 이런 지식이나 백발의 나이에도 불구하고, 아무 여자나 쫓아다니는 난봉꾼 노릇을 하고 자주 술을 퍼마시곤 했다. 조금 취기가 돈다 싶으면, 기벤라트의 집 모퉁이에

[73] 헤세가 만들어 낸 허구적 인물.
[74] 헤세가 만들어 낸 허구적 인물.

있는 방충석(防衝石)에 앉아서 지나가는 사람마다 이름을 불러대며 장황하게 격언을 늘어 놓는 것이었다.

'기벤라트 2세 한스야, 소중한 내 아들, 내 말 좀 들어봐라! 지라하[75]가 어떻게 말하는가? 남에게 그릇된 충고를 하지도 않고, 또 그로 인해 양심의 가책도 받지 않는 사람은 복이 있으리라! 그것은 아름다운 나무에 달린 푸른 잎들과 같으니라. 어떤 잎은 떨어지고, 어떤 잎은 다시 자라나느니, 사람들의 인생도 이와 같으니라. 어떤 이는 죽고, 어떤 이는 태어나느니라. 그럼, 이제 집에 가도 좋다. 바다표범 같은 녀석아.'

이 포르쉬 노인은 경건한 격언들과는 상관없이, 유령들이나 그와 같은 것들에 대한 어둡고 전설 같은 이야기들로 꽉 차 있었다. 그는 유령들이 배회하고 다니는 장소를 알고 있다면서도, 자기 이야기에 대해서는 믿음과 불신 사이에서 흔들거렸다. 그는 대부분 회의적이고 과장해서 내뱉는 듯한 어투로 이야기를 시작했는데, 마치 자기 이야기나 그 이야기를 듣는 사람들을 비웃는 것 같았다. 그러나 이야기를 하는 동안에 점차 겁에 질린 듯 목을 움츠리고, 목소리를 점점 더 낮추었으며, 마지막에는 소름이 끼칠 정도로 긴박하고 속삭이는 듯 나지막한 소리로 끝을 맺었다.

이 초라하고 비좁은 골목길에 무시무시하

---

[75] 지라하 Sirach는 기원전 2세기경 예루살렘에서 살았던 현인. 도덕적인 태도를 종교적으로 훈계하는 《구약성서》의 잠언들을 썼음.

고 알 수도 없는, 그러면서도 아련히 매혹적인 추억들이 얼마나 많이 담겨 있단 말인가! 자물쇠공 브렌들레[76]도 그의 가게가 문을 닫고 방치된 작업장이 완전히 황폐하게 변해 버린 다음에도 이 골목에 살고 있었다. 그는 반나절이나 창가에 앉아서 활기가 넘치는 골목길을 침울하게 바라보곤 했다. 그러다가 가끔 찢어진 옷을 입고 세수도 하지 않은 이웃집 아이들이 하나라도 손에 잡히기만 하면, 무척이나 짓궂고 고약한 즐거움을 느끼면서 귀와 머리를 잡아 뜯고, 퍼렇게 멍이 들 정도로 온몸을 마구 꼬집어 대는 것이었다. 어느 날 그는 자기 집 계단에서 아연 전깃줄로 목을 맨 채 매달려 있었다. 그 모습이 너무나 끔찍해서 아무도 감히 그에게 다가가지 못했다. 한참 뒤에야 늙은 기계공 포르쉬가 뒤로 다가가 양철을 자르는 가위로 전깃줄을 끊었다. 그러자 시체는 앞쪽으로 혀를 빼문 채 계단 아래로 굴러 깜짝 놀란 구경꾼들 한가운데로 떨어졌다.

한스가 자주 밝고 넓은 게르버 골목을 나와 음침하고 습한 "매 골목"으로 들어갈 때면, 이상야릇한 숨 막히는 공기와 더불어 즐겁고도 소름 끼치는 압박감이 덮쳐오곤 했다. 그것은 호기심과 두려움, 양심의 가책과 모험에 대한 행복한 기대가 혼합된 감정이었다. "매 골목"은 지금이라도 동화나 기적, 전대미문의 끔찍한 사건이 벌어질 수 있는 유일한 장소였다. 그곳에서는 마술이나 유령의 존재가 믿을 만하고 있을 수 있는 일

[76] 헤세가 만들어 낸 허구적 인물.

이었으며, 이곳에서 사람들은 전설이나 로이틀링의 가당치도 않은 통속문학 책을 읽을 때처럼 고통스럽게 짜릿한 전율을 느낄 수가 있었다. 이런 책들은 선생님들에게 몰수를 당하곤 했는데, 거기에는 존넨 비르틀레, 쉰더 한네스, 메써 카를레, 포스트 미헬스, 그리고 이와 비슷한 암흑가의 영웅들, 중범죄자들, 그리고 대단한 허풍선이들의 치욕적인 행각과 형벌이 서술되어 있었다.

"매 골목" 이외에도 여느 거리와는 다른 장소가 또 하나 있었다. 거기에서는 무엇인가를 체험하고 들을 수 있으며, 어두운 다락방이나 이상한 방안에서 자신을 잃어버릴 수도 있는 곳이었다. 그것은 근처에 있는 커다란 피혁공장으로 낡고 거대한 건물이었다. 그곳의 어두침침한 다락방에는 커다란 가죽들이 걸려 있고, 지하실에는 숨겨진 구덩이와 통행이 금지된 통로가 있었다. 바로 여기에서 저녁이면 리제가 아이들에게 재미있는 동화이야기를 들려주곤 했었다. 여기는 건너편에 있는 "매 골목" 보다 더 조용하고 더 다정하며 더 인간적이긴 했지만, 그에 못지않게 수수께끼로 가득 차 있었다. 구덩이나 지하실, 무두질하는 뜰이나 시멘트 깔린 바닥에서 일하는 피혁공들의 모습은 기이하고도 독특했다. 하품하듯이 입을 크게 벌린 커다란 방들은 고요하고 매력적이면서도 으스스했다. 거칠고 무뚝뚝한 공장 주인은 식인종처럼 두렵고 모두가 회피하는 존재였다. 그런데 리제는 이 괴상망측한 집안에서 요정처럼 이리저리 돌아다녔고, 모든 아이들과 새들, 고양이와 강아지들의 보호자요 어머니 역할을 했다. 그리고 다정한 마음이 가득하며, 동화나 노래 가사들도 많이 알고 있었다.

소년 한스의 생각과 꿈들이 지금은 이미 오래 전에 낯설어져 버린 바로 이 세계에서 꿈틀거리고 있었다. 크나큰 환멸과 절망으로부터 다시 흘러가 버린 행복했던 시절로 도망쳐 온 것이다. 그때는 아직 희망에 가득 차 있었고, 이 세계가 거대한 마법의 숲처럼 자기 앞에 놓여 있다고 생각했었다. 이 숲에는 소름 끼치는 위험과 마법에 걸린 보물들과 에메랄드빛의 성들이 도저히 침투할 수 없을 정도로 깊숙이 숨겨져 있었다. 한스는 이 거친 황야로 어느 정도 발을 들여놓기는 했지만, 기적이 일어나기도 전에 지쳐 버렸던 것이다. 지금 다시 수수께끼로 가득 찬 어두컴컴한 입구에 서 있는데, 이번에는 하는 일 없이 빈둥거리며 호기심만을 느끼는 국외자로서일 따름이다.

한스는 한두 번 더 "매 골목"을 다시 찾아갔다. 거기에는 예전과 다름없는 어스름과 옛날의 역겨운 냄새, 옛날의 구석진 모퉁이와 빛이 들지 않는 계단이 그대로 남아 있었다. 대문 앞에는 백발의 남자와 여자들이 그대로 앉아 있었고, 몸을 씻지도 않은 밝은 금발의 아이들이 소리를 지르며 뛰놀고 있었다. 기계공 포르쉬는 더욱 더 늙었으며, 한스를 알아보지도 못했다. 그가 머뭇거리며 인사를 했는데도 조롱 섞인 불평만 늘어놓을 뿐이었다. 가리발디라고 불렀던 그로쓰요한은 이미 세상을 떠났고, 로테 프로밀러[77]도 마찬가지로 세상을 떠났다. 우편배달부 뢰텔러는 아직 살아 있었다. 그는 사내아이들이 무도곡을 연주하는 시계를 망가뜨려 버렸다고 투덜거렸다. 한스에게 코담배 냄새를 맡아보라고 권하고 나서는 구걸을 하려고 했다. 마지막으로는 핑켄바인 형제[78]에 대한 이야기를 했다. 한 녀석은 지금 담배공장에 다니는데, 벌써 어른이 된 것처럼 술을 퍼마신다고 했다. 다른 한 녀석은 교회축성식에서 칼부림을 벌인 뒤로 도망을 쳤는데, 벌써 1년이 넘도록 나타나지 않는다고 했다. 이 모든 것들이 애절하고도 비참한 인상을 안겨주었다.

한스는 어느 날 저녁에 한 번 피혁공장으로 건너갔다. 대문 앞 길을 건너가고 축축한 안마당을 지나 공장 안으로 끌려들어갔다. 그 커다란 낡은 집안에는 마치 이미 사라져 버린 수많은 즐거운 추억들과 함께 그의 유년 시절이 숨겨져 있는 것 같았다.

그는 구부러진 층계와 돌로 포장된 문 어귀를 지나 어두컴컴한 계단을 올라갔다. 손으로 더듬거리며 가죽이 펼쳐진 채 걸려 있는 다락방을 찾아갔다. 그리고 거기에서 지독한 가죽냄새와 더불어 갑자기 뭉게구름처럼 솟아오르는 온갖 추억들을 들이마셨다. 다시 계

---

[77] 헤세가 만들어 낸 허구적 인물임.
[78] 헤세가 만들어 낸 허구적 인물들임.

단을 내려와 뒤뜰로 가 보았다. 거기에는 무두질을 하는 구덩이와 가죽 찌꺼기를 말리는 건조대가 있었다. 높은 건조대에는 좁다란 지붕이 덮여 있었다. 바로 거기 벽 의자에 리제가 앉아서, 감자 바구니를 앞에 놓고는 껍질을 벗기고 있었다. 몇몇 아이들이 귀를 기울이며 그녀의 주위에 둘러앉아 있었다.

한스는 어두컴컴한 문턱에 멈춰 서서 그쪽으로 귀를 기울였다. 아늑한 평화가 저물어가는 피혁공장 뜰에 가득 차 있었다. 담장 너머에서 흘러가는 강물의 가냘픈 속삭임 이외에는 리제가 감자 껍질을 벗기는 아삭거리는 칼 소리와 그녀가 이야기를 들려주는 목소리만이 들려올 뿐이었다. 아이들은 조용히 웅크리고 앉아서 거의 꼼짝도 하지 않았다. 그녀는 성(聖) 크리스토포루스[79] 이야기를 하고 있었다. 한밤중에 강 건너편에서 어린아이 목소리가 그를 불렀다는 이야기가 아이들에게 전해지고 있다.

한스는 잠시 귀를 기울이고 있었다. 그런 다음에 컴컴해진 문 어귀를 조용히 빠져나와 집으로 돌아왔다. 그는 다시 어린아이가 될 수는 없으며, 저녁때 피혁공장 뜰에서 리제의 곁에 앉아 있을 수도 없다는 것을 알았다. 그리고 나서는 "매 골목"과 마찬가지로 피혁공장 집도 다시 찾아가지 않았다.

---

[79] 크리스토포루스 Sankt Christophorus는 3세기경의 성인이며, 순교자로서 여행자의 수호신. 전설에 따르면 거인인 그가 아기 그리스도를 어깨에 받들고 강물을 건넜고, 그에게서 세례를 받았다고 함.

제6장

가을이 이미 깊어가고 있었다. 검푸른 전나무숲에서는 군데군데 나뭇잎들이 노랗게, 또 횃불처럼 빨갛게 불타고 있었다. 골짜기에는 벌써 짙은 안개가 자욱이 끼여 있었고, 아침에는 강물에서 차가운 수증기가 피어올랐다.

이전에 신학생이었던 한스는 얼굴이 창백한 채 아직도 여전히 매일 야외를 돌아다니고 있었다. 마음만 먹으면 언제라도 어울릴 수 있겠지만, 그는 그럴 생각도 없고 몸도 피곤하여 일부러 교제를 피했다. 의사는 물약과 간 기름, 달걀과 냉수욕을 처방해 주었다.

이 모두가 아무런 도움이 되지 못했는데, 그것은 별로 놀라운 일도 아니었다. 건강한 삶에는 내용과 목적이 있어야만 하는데, 젊은 기벤라트에게는 그것이 사라져 버렸기 때문이다. 아버지는 이제 그에게 서기(書記)가 되거나 기능공 교육을 시키려고 마음먹었다. 그러나 아들이 아직은 허약한 상태라서, 우선 조금이라도 기력을 회복해야만 했다. 하지만 이제 진지하게 그의 앞날을 생각해 볼 때가 된 것이다.

처음에 느꼈던 혼란스러운 상념들도 차분하게 가라앉고, 더 이상 자살을 하겠다는 생각도 하지 않게 된 이후로, 한스는 변덕스럽고 자극적인 불안 상태로부터 잔잔한 우울 상태로 빠져들었다. 마치 부드러운 진흙 바닥으로 가라앉듯이 아무런 저항도 하지 않은 채 서서히 그 속으로 가라앉았다.

지금 그는 가을 들판을 돌아다니며, 계절이 주는 영향력에 굴복하고 있었다. 기울어가는 가을, 고요히 떨어지는 낙엽, 갈색으로 물든 초원, 새벽의 짙은 안개, 그리고 식물들이 다 시들고 지쳐서 죽어가는 모습, 이런 것들이 그를 다른 모든 병자들과 마찬가지로 가라앉고 절망적인 기분과 음울한 생각으로 몰아갔다. 그는 이것들과 함께 소멸하고, 함께 잠들고, 함께 죽고 싶은 소망을 느꼈다. 그러면서도 자신의 젊음이 이에 반항하고, 은근히 끈질기게 삶에 집착하고 있다는 사실에 몹시 괴로워했다.

한스는 나무들이 노랗게 물들고, 갈색이 되고, 마침내 벌거숭이가 되어가는 모습을 바라보았다. 숲속에서 피어오르는 우윳빛 안개, 마지막 과일의 수확이 끝난 후 생명이 사그라지고, 이제는 다채롭게 시들어가는 과꽃조차 아무도 쳐다보지 않는 정원을 바라보았다. 그리고 수영이나 낚시질이 끝난 강물에 마른 잎들이 뒤덮여 있고, 서리 내린 강변에는 아직 끝나지 않은 무두장이들만

남아 있는 강물을 바라보았다. 며칠 전부터는 많은 과즙 찌꺼기들이 물에 떠내려갔다. 왜냐하면 이때의 압착장이나 물방앗간에서는 어디서나 과즙을 짜기에 한창 바빴기 때문이다. 마을에는 어느 골목이나 서서히 발효하는 과즙 냄새가 풍겨 나오고 있었다.

구둣방 아저씨 플라이크도 아래쪽 물방앗간에 작은 압착기 하나를 세냈었는데, 한스에게 과즙을 짜는 곳으로 오라고 했다.

물방앗간의 앞뜰에는 크고 작은 압착기와 달구지, 과일을 가득 담은 바구니와 자루, 손잡이가 달린 통과 등에 지는 통, 대야와 나무통, 산더미같이 쌓인 갈색의 과일 찌꺼기, 나무 지렛대와 손수레와 빈 짐수레들이 널려 있었다. 압착기가 돌아가며 삐걱대고 찍찍거리며, 신음 소리와 떨리는 소리를 내고 있었다. 대부분의 물건들이 녹색으로 칠해져 있었는데, 이 녹색은 과일 찌꺼기의 황갈색과 사과 바구니 색깔들, 밝은 초록의 강물과 맨발로 뛰노는 아이들, 그리고 맑은 가을 햇빛과 어우러져 보는 이로 하여금 기쁨과 삶의 애착과 풍요로움에 대한 매혹적인 인상을 느끼게 했다. 사과가 부서지면서 으지직거리는 소리는 떫은 것 같으면서도 식욕을 자극했다. 그곳에 와서 그 소리를 듣는 사람이라면, 재빨리 사과를 하나 손에 집어들고 씹어 먹지 않을 수 없었다. 대롱 속에는 갓 짜낸 달콤한 과즙이 적황색을 띤 채 햇빛을 받아 미소 지으며 굵은 분수처럼 흘러내렸다. 그곳에 와서 그 광경을 보는 사람이라면, 한 잔을 청해서 그 맛을 음미해 보지 않을 수가 없다. 그러고는 그 자리에 머물러 서서는 두 눈을 촉촉이 적시면서 달콤하고 행복한 액체가 자신의 몸속을 통해 흐르는 것을 느낀다. 이 감미로운 과즙은 주변의 공기를 멀리까지 즐겁고 강렬하며 고귀한 냄새로 가득 채웠다. 이 향기야말로 한 해를 통틀어 가장 멋진 일로서, 결실과 수확의 정수(精髓)인 것이다. 가까이 다가온 겨울에 앞서 이런 향기를 들이마신다는 것은 참으로 좋은 일이다. 그렇게 함으로써 사람들은 감사하는 마음으로 즐겁고 경이로운 수많은 일들을 회상하기 때문이다. 부드러운 5월의 비와 쫘쫘 쏟아지는 여름비, 서늘한 가을아침의 이슬과 따사로운 봄날의 햇살, 따갑게 내리쬐는 여름의 뙤약볕, 하얗게 또는 새빨갛게 반짝이는 꽃들과 수확하기 직전의 과일나무에 달린 잘 익은 적갈색의 광채, 그리고 세월이 흐르면서 사이사이에 함께 찾아왔던 모든 아름다운 일과 즐거웠던 일들을 회상하는 것이다.

그것은 누구에게나 찬란한 날들이었다. 부자들이나 뽐내기 좋아하는 사람들도 거만하게 굴지 않고 직접 나타나서 그들의 튼실한 사과를 손에 들고 무게를 가늠해 보기도 하고, 12개가 넘는 사과 포대를 세어 보기도 했다. 또 은으로 만든 휴대용 잔으로 시음을 해보면서, 누구나 들을 수 있도록 자기 집 과즙에는 물이 한 방울도 들어가지 않는다고 자랑하기도 했다. 가난한 사람들은 사과

포대가 단 하나뿐이었지만, 유리잔이나 질그릇 대접으로 맛을 보기도 하고, 과즙에 물을 타기도 했다. 그렇다고 해서 이들의 자긍심이나 행복감이 남보다 덜하지는 않았다. 어떤 이유에서든 과즙을 짤 수 없었던 사람들은 여기저기 친지나 이웃 사람들 집의 압착기를 찾아다니며 한 잔씩 얻어 마시기도 하고, 사과를 하나씩 주머니에 집어넣기도 했는데, 이들은 전문가다운 어휘를 사용해가며 자기도 이 일에 어느 정도 통달하고 있다는 것을 보여주고자 했다. 그러나 많은 아이들은 가난하거나 부자이거나 간에 모두가 조그만 잔을 들고 이리저리 돌아다녔다. 그들 각자는 모두 베어 먹은 사과와 빵 한 조각을 들고 있었는데, 왜냐하면 과즙을 짤 때 빵을 제대로 마음껏 먹어두면, 나중에 배가 전혀 아프지 않게 된다는 근거 없는 전설이 옛날부터 전해오고 있기 때문이었다.

아이들의 소동은 접어두고라도 수많은 어른들의 고함 소리가 뒤죽박죽 뒤엉키고 있었다. 이 목소리들은 모두가 바쁘고 흥분하고 즐거움으로 들떠 있었다.

"한네스, 이리 좀 와! 이쪽으로! 한 잔만 마셔 봐!"

"정말 고맙네. 헌데 벌써 배가 부른 걸."

"50킬로그램에 얼마 주었나?"

"4마르크. 그래도 최고야. 여기 맛 좀 보라고!"

때때로 작은 소동이 벌어지기도 했다. 사과 포대 하나가 너무 일찍 풀어져서 사과들이 모두 땅바닥에 굴렀다.
"이런 제기랄, 내 사과 어떡해! 여러분, 좀 도와주시오!"
모두가 사과를 주워주었다. 몇몇 개구쟁이들만이 그 기회에 뭣을 좀 챙기려고 했다.
"훔쳐가지 마라, 이놈들아! 먹고 싶은 대로 먹는 건 좋지만, 훔쳐가진 마라. 기다려라, 너 거기 놔두지 못해!"
"이봐요, 이웃 양반! 그렇게 뽐내지만 마시오! 이것도 한 번 맛보시오!"
"꿀맛이구만! 정말 꿀맛이야. 대체 얼마나 만들었소?"
"두 통이요. 많진 않지만, 나쁘진 않소."
"한여름에 짜지 않은 게 다행이오. 그랬더라면 당장 다 마셔 버리고 말았을 텐데."
금년에도 빠지는 적이 없는 서너 명의 까다로운 늙은이들이 모습을 드러냈다. 벌써 오래 전부터 직접 과즙을 짜지는 않지만, 그들은 모든 것을 너무나 잘 알고 있었으며, 과일을 거저 얻다시피 했던 시절의 이야기를 늘어놓곤 했다. 그때는 모든 것이 훨씬 싸고 품질도 좋았으며, 설탕을 과즙에 첨가한다는 건 알지도 못했고, 당시에는 나무에 열매가 달리는 것부터 전혀 달랐었다고들 했다.
"그땐 그래도 수확이 대단했다고 말할 수 있지. 나도 사과나무를 한 그루 가지고 있었는데, 거기서만 250킬로그램이나 땄으니까 말이야."

시절이 그토록 나빠졌다고 하면서도, 이 까다로운 늙은이들은 금년에도 충분히 과즙의 맛을 보면서, 그리고 아직 이가 남아 있는 노인들은 모두가 사과를 열심히 씹어 대며 돌아다녔다. 그 중 한 사람은 커다란 사과를 몇 개씩 꾸역꾸역 씹어 삼키더니, 결국에는 심한 복통을 일으키고 말았다.

"정말이지" 하고 그가 탄식을 늘어놓았다. "예전에는 이런 거 10개쯤은 먹어치웠었는데." 그는 거짓이 아닌 한숨을 내쉬면서 커다란 사과를 10개나 먹어도 배가 아프지 않던 시절을 회상하는 것이었다.

플라이크 씨는 북적거리는 사람들 한가운데에 압착기를 세워 놓고, 좀 나이가 든 견습공의 도움을 받고 있었다. 그는 바덴에서 사과를 가져왔는데, 그의 과즙은 언제나 최고급품이었다. 그는 내심 만족스러워했고, 어느 누구도 '맛 좀 보라는 것'을 거절하지 않았다. 야단법석을 떠는 사람들의 틈에 끼여 즐거이 주위를 이리저리 뛰어다니는 그의 자식들이 한층 더 신바람이 나 있었다. 그리고 겉으로 드러내지는 않았지만, 누구보다 가장 즐거워하는 사람은 그의 견습공이었다. 그는 저 위쪽 두메산골의 가난한 농가에서 태어났기 때문에, 이 아래 평지로 내려와 힘닿는 대로 열심히 일을 한다는 것 자체가 뼈에 사무치도록 행복했다. 그리고 품질이 뛰어난 달콤한 과즙이 그에겐 더할 나위 없이 소중했다. 시골 청년의 건강미가 넘치는 얼굴은 사티로스[80]의 가면처럼 히죽거리며 웃고 있었다. 구둣방 견습공의 손은 어떤 일요일보다 더 깨끗하게 닦여 있었다.

한스 기벤라트가 그 장소에 왔을 때는 아무 말이 없이 불안스러워했다. 그가 원해서 찾아온 것은 아니었다. 그러나 당장 맨 처음에 짠 과즙 한 잔이 그에게 건네졌다. 그것도 나숄트 집안의 리제의 손으로 말이다. 그는 맛을 보았다. 그것을 삼킬 때에 달콤하고 강렬한 과즙의 맛과 더불어 어린 시절의 가을에 대한 많은 추억들이 미소 지으며 되살아났다. 동시에 다시 한 번 잠시라도 함께 어우러져 즐기고 싶은 욕망이 살그머니 일어났다. 낯익은 사람들이 말을 걸어오고, 과즙 잔이 여러 차례 건네졌다. 플라이크 아저씨의 압착기에 다다랐을 때, 그는 벌써 주위의 흥겨운 분위기와 여러 잔의 과즙에 사로잡혀 기분이 달라져 있었다. 아주 즐거운 기분으로 구둣방 아저씨에게 인사를 건네고 과즙에 얽힌 한두 가지의 상투적인 농담을 하기도 했다. 아저씨는 놀라움을 감추고, 그를 반갑게 맞이해 주었다.

반 시간 정도 시간이 흘렀다. 그때 푸른 스커트를

---

[80] 반은 인간이고 반은 짐승인 몸을 지닌 숲의 신. 디오니소스 종자(從子)의 한 사람으로 호색가(好色家)라는 풍자적인 의미도 가지고 있음.

입은 아가씨가 그리로 다가왔다. 플라이크 아저씨와 견습공에게 미소를 지으며 인사를 하고는 함께 일을 거들기 시작했다.

"아! 그래." 아저씨가 말했다. "여긴 하일브론에서 온 내 조카딸이란다. 이 아이는 물론 다른 가을축제에도 익숙해 있지. 이 애 고향에서는 포도주가 많이 나거든."

그녀는 아마 열여덟이나 열아홉 살쯤 되었을 것이다. 민첩하기도 하고 성격이 쾌활했다. 다른 저지대(低地帶) 사람들과 마찬가지로 키는 그다지 크지 않았지만, 몸매는 균형이 잘 잡혔고 통통했다. 동그란 얼굴에 따뜻하게 바라보는 검은 두 눈과 뽀뽀라도 하고 싶은 예쁜 입이 아주 활달하고 영리해 보였다. 모든 것이 건강하고 명랑한 하일브론의 아가씨처럼 보이긴 했지만, 아무래도 경건한 구둣방 아저씨의 친척으로 여겨지지는 않았다. 어디까지나 그녀는 속세에 속한 존재였다. 그녀의 두 눈은 저녁이나 밤에 보통 성경과 고스너[81]의《보물 상자》를 읽곤 하는 사람의 눈같이 보이지는 않았다.

한스는 갑작스레 걱정스러운 표정을 지었고, 엠마가 다시 빨리 가 버리기를 진심으로 바라고 있었다. 하지만 그녀는 거기에 머물러서 웃기도 하고, 재잘거리기도 하며, 어떤 농담이라도 재치 있게 받

---

[81] 고스너 Johannes Goßner(1773~1858)는 가톨릭 성직자였다가 신교로 개종하여 베를린에서 설교자 생활을 함. 유아학교와 병원을 설립하기도 함. 대표작으로 『보물 상자』, 『신의 사원인 인간의 마음』 등이 있음.

아넘기는 것이었다. 한스는 부끄러운 나머지 아주 입을 다물어 버리고 말았다. '당신'이라는 존칭으로 말해야 하는 젊은 아가씨들과 사귄다는 것이 그에게는 아무튼 끔찍하게 여겨졌다. 그런데 이 아가씨는 지나치게 활달하고 말이 많았으며, 한스가 옆에 있거나 수줍어한다고 해서 조금도 개의치 않았다. 그래서 그는 당황하고 약간 마음의 상처를 입고는 수레바퀴에 스친 달팽이처럼 촉수(觸手)를 움츠리고 껍질 속으로 기어들었다. 말없이 가만히 있으면서 싫증난 사람처럼 보이려고 애를 써보았다. 그러나 뜻대로 되지가 않았다. 그 대신에 그는 방금 누군가가 죽기라도 한 것 같은 표정을 지었을 뿐이다.

어느 누구도 그런 일에 신경을 쓸 여유가 없었다. 엠마가 가장 그러했다. 한스가 듣기로, 그녀는 2주일 전부터 플라이크 아저씨 집에 놀러와 있었는데, 벌써 온 마을 사람들을 다 알고 있었다. 높고 낮은 사람을 가리지 않고 누구에게나 달려가 새로 짠 과즙을 맛보기도 하고, 익살을 부리며 웃기도 했다. 다시 돌아와서는 부지런히 일을 거드는 척을 하고, 팔에 아이들을 안아주기도 하고 사과를 주기도 하면서, 자기 주위에 온통 웃음소리와 즐거움을 퍼뜨리고 다녔다. 지나가는 개구쟁이 아이들을 불러 세우기도 했다. "사과 먹을래?" 그러고는 잘 익은 빨간 사과를 하나 집어들고, 두 손을 등 뒤로 감춘 뒤에 "오른손이게, 왼손이게?"하며 알아맞히게 했다. 그러나 사과는 한 번도 아이들이 맞춘 손에 들려 있지 않았다. 그래서 화난 아이들이 투덜거리기 시작하면, 그제야 사과 하나를 내주었는데, 그것도 훨씬 작고 덜 익은 풋사과였다. 그녀는 이미 한스에 대해서도 알고 있는 것 같았다. 그에게 '언제나 두통을 앓는 바로 그 사람'이냐고 물어보았던 것이다. 하지만 그가 대답하기도 전에 벌써 그녀는 옆에 있는 사람들과 다른 이야기를 주고받는 데 뒤엉켜 있었다.

한스는 살그머니 빠져 나가 집으로 가겠다는 생각을 했다. 그때 플라이크 아저씨가 손에 지렛대를 쥐어주었다.

"자, 조금만 더 해줄 수 있겠지. 엠마가 도와줄 거야. 난 작업장에 가봐야 하거든."

아저씨는 가 버렸고, 견습공은 아저씨의 부인과 함께 과즙을 날라야만 했다. 그래서 한스는 엠마와 단둘이 압착기 옆에 남게 되었다. 그는 이를 악물고 원수처럼 열심히 일하기 시작했다.

그런데 이상하게도 지렛대가 갑자기 무척 무겁게 느껴졌다. 고개를 들어보니, 그 아가씨가 밝은 웃음을 터뜨리고 있었다. 그녀가 장난삼아 지렛대를 가로막고 있었던 것이다. 한스가 화를 내면서 다시 한 번 잡아당겼는데, 그녀는 또 다시 가로막는 것이었다.

그는 아무 말도 하지 않았다. 그러나 그녀가 저편에서 막고 있는 지렛대를 밀어올리는 동안에 갑자기 부끄럽고 답답한 기분이

들었다. 그래서 지렛대를 계속 돌리는 일을 천천히 멈추기 시작했다. 달콤한 불안감이 그에게 덮쳐왔다. 그 젊은 처녀가 뻔뻔스러울 정도로 빤히 그의 얼굴을 들여다보며 웃었을 때, 갑자기 그녀가 다른 사람으로 변해 버린 것 같았다. 더욱 다정하게 느껴지면서도, 낯설어진 느낌이었다. 그도 이제 어색하게나마 약간 친근한 미소를 지어보였다.

잠시 후에 지렛대는 완전히 멈춰 버렸다.

그리고 엠마가 말했다. "너무 무리하진 말자고요." 그러고는 그녀가 방금 마신 잔에 반쯤 담긴 과즙 잔을 그에게 건네주었다.

이 한 모금의 과즙이 앞서 마셨던 것들보다 훨씬 진하고 달콤하게 여겨졌다. 한스는 그것을 다 마시고 나서 더 마시고 싶다는 듯이 빈 잔을 들여다보았다. 그리고 왜 심장이 고동치고, 왜 호흡이 가빠지는지 이상스런 기분이 들었다.

그리고 나서 두 사람은 다시 얼마간의 일을 계속했다. 한스는 아가씨의 스커트가 그의 몸에 스치고, 그녀의 손이 그의 손에 닿게 하려고 시도하면서도, 지금 그가 무슨 짓을 하고 있는지를 알지 못했다. 그러나 그녀와 스칠 때마다 심장은 두려움에 가득 찬 환희로 멎어 버릴 것만 같았다. 그리고 달콤한 행복감에 온몸이 나른해져서, 무릎이 약간 떨리고 머릿속에서는 어지러울 정도로 쏴쏴거리는 소리가 울렸다.

그는 자신이 무슨 말을 하는지조차 알지 못했다. 그 처녀와 이야기를 주고받으면서 그녀가 웃으면 같이 웃고, 그녀가 엉뚱한 짓을 하면 손가락으로 몇 번 겁을 주기도 했다. 그리고 두 번씩이나 그녀가 건네준 잔을 받아 비우곤 했다. 이와 동시에 수많은 추억들이 그를 스치고 지나갔다. 밤에 사내들과 대문 앞에 서 있던 것을 보았던 하녀들, 이야기책에 나오는 두세 개의 문장들, 수도원 시절에 헤르만 하일너가 해주었던 키스, 그리고 '계집애들'이나 '애인이 생기면 어떨까' 하는 학생들 사이의 수많은 말들과 이야기와 은밀한 대화들이 떠올랐다. 그리고 그는 산을 올라가는 노새처럼 힘들게 숨을 내쉬었다.

모든 것은 변했다. 많은 사람들과 이리저리 분주하게 뛰어다니는 것도 오색찬란하게 미소 짓는 구름 속으로 녹아들었다. 하나하나의 말소리와 욕지거리와 웃음소리도 모두 함께 어우러져 암울한 쏴쏴 소리가 되어 사라져갔다. 강물과 낡은 다리는 저 멀리 한 폭의 그림처럼 보였다.

엠마도 다른 모습을 하고 있었다. 더 이상 얼굴이 보이지 않았다. - 단지 검고 쾌활한 두 눈과 빨간 입술과 그 안에 하얗고 뾰족한 이빨만 보일 뿐이었다. 그녀의 형상은 녹아 없어지고, 그저 하나하나의 부분만 보일 따름이었다. - 때로는 검은 양말을 신은 단화(短靴), 때로는 목덜미에 늘어뜨린 흐트러진 곱슬머리, 때로는 푸른 목도리 속에 감추어진 갈색으로 그을린 둥근 목, 때로는 팽팽한 어깨와 그 아래로 파도치는 숨결, 때로는 붉은 빛으로 투명하게 비치는 귀가 보였다.

다시 한참이 지난 후에 엠마가 마시는 잔을 손잡이가 달린 통 속으로 떨어뜨렸다. 그 잔을 집으려고 몸을 굽히자 그녀의 무릎이 손잡이통 모서리에서 한스의 손목을 눌렀다. 한스도 보다 천천히 몸을 굽혔는데, 얼굴이 그녀의 머리카락에 닿을 뻔했다. 그 머리에서는 은은한 향내가 풍겼다. 그 아래로 흐트러진 곱슬머리의 그림자 속에 갈색의 예쁜 목덜미가 따스하게 반짝이며 파란 코르셋 속으로 스며들었다. 그 목덜미는 팽팽하게 채워진 후크의 벌어진 틈새로 살짝 내비치고 있었다.

그녀가 다시 몸을 일으키자, 무릎이 한스의 팔을 따라 미끄러지고, 머리가 그의 뺨을 스쳤다. 그때 그녀는 몸을 굽히고 있었기 때문에 얼굴이 빨갛게 달아올랐는데, 한스의 몸에는 온통 강렬한 전율이 흘렀다. 얼굴이 창백해지고 순간적으로 깊고 깊은 피로감을 느끼면서 그는 압착기의 조이개를 꽉 붙잡지 않을 수 없었다. 심장은 경련을 일으키듯 위아래로 고동쳤고, 팔에는 힘이 빠지고 어깨는 아파왔다.

그 순간부터 한스는 거의 한 마디도 하지 않고, 그녀의 눈길을 피했다. 대신에 아가씨가 다른 곳을 바라보기만 하면, 아직까지 맛보지 못한 쾌감과 꺼림칙한 양심의 가책이 뒤섞인 가운데 그녀를 뚫어져라 쳐다보았다. 이 순간에 그의 내면에서는 무엇인가가 찢어져 버리고, 저 멀리 푸른 해안선을 따라 자기를 유혹하는 새롭고 낯선 나라가 영혼 앞에 전개되었다. 마음속에 깃든 불안과 달콤한 고통이 무엇을 의미하는지, 그는 아직 알지 못했거나 그저 예감했을 따름이었다. 고통과 환희 중에 어느 것이 비중이 더 컸는지도 알지 못했다.

하지만 그 환희는 젊은 사랑의 힘의 승리임과 동시에 생동감이 넘치는 생명에 대한 최초의 예감을 의미했다. 그리고 그 고통은 아침의 평화가 깨어지고, 그의 영혼이 다시 찾지 못할 유년 시절의 나라를 떠나 버렸음을 의미했다. 첫번째의 난파를 간신히 모면한 가벼운 조각배는 이제 새로운 폭풍의 위력 속으로, 또 기다리고 있는 심연과 극도로 위험한 낭떠러지 가까이로 빠져들고 있었다. 지금까지 최고의 지도를 받아온 젊은이라도 이제는 어떤 지도자의 도움 없이, 그리고 오로지 자기 자신만의 힘으로 이 길을 벗어날 수 있는 방법과 구원을 찾아야만 했던 것이다.

마침 견습공이 다시 돌아와 압착기 일을 교대해 주어 다행이었다. 그러나 한스는 아직 한참을 거기에 더 머물러 있었다. 엠마와 서로 손이 닿거나, 다정한 말 한 마디라도 건네주기를 바랐던 것이다. 그녀는 과즙을 짜는 다른 압착기마다 돌아다니며 또다시 재잘거리고 있었다. 한스는 견습공 앞에서 공연히 부끄러운 생각이 들어서, 작별인사도 하지 않고 곧 집 쪽을 향해 억지로 발걸음을 옮겼다.

모든 것이 이상하게도 다르게 변해 있었다. 아름답고 자극적이었다. 과즙 찌꺼기를 먹어 통통하게 살이 오른 참새들이 요란하게 지저귀며 쏜살같이 하늘로 날아올랐다. 하늘이 이처럼 높고 아름답고 그리움으로 푸르게 물들었던 적은 한 번도 없었다. 강물이 이렇게 깨끗하고 청록색으로 미소 짓는 거울 같았던 적이 없었고, 강둑도 이렇게 눈부실 정도로 하얗게 거품을 뿜어본 적이 없었다. 모든 것이 아름다운 그림처럼 새로 그려져서 맑고 산뜻한 유리판 뒤에 세워진 것처럼 보였다. 그리고 이 모든 것은 거대한 축제가 시작되기를 기다리고 있는 것 같았다. 한스 자신의 가슴속에서도 비좁을 정도로 이상하리만치 대담한 감정과 범상치 않은 눈부신 희망의 파도가 강하고 불안하면서도 달콤하게 굽이쳤다. 하지만 이것이 단지 하나의 꿈에 지나지 않으며, 결코 실현될 수 없으리라는 겁에 질린 회의적 불안감도 함께 느껴졌다. 이 모순적인 감정들은 희미하게 솟구치는 샘물로 부풀어 올랐다. 마음속에서 몹시도 강렬한 그 무엇인가가 사슬을 끊고 공기를 만끽하려는 것 같은 심정으로 변했다. ─ 그것은 흐느낌이거나 노래, 아니면 부르짖음이거나 소리 높은 웃음이었을지도 모른다. 이 흥분된 감정은 겨우 집에 돌아와서야 약간 진정되었다. 집안은 물론 모든 것이 평소 때와 똑같았다.

"어딜 갔다 오니?" 기벤라트 씨가 물었다.

"플라이크 아저씨네 물방앗간에요."

"아저씬 과즙을 얼마나 짰더냐?"

"두 통쯤이요."

한스는 아버지가 과즙을 짜게 되면, 플라이크 아저씨 집 아이들을 부르게 해달라고 간청했다.

"물론이다." 아버지가 불평하는 조로 말했다. "다음 주에 짤 거다. 그 아이들을 오라고 해라!"

저녁 식사 때까지는 아직 한 시간이나 남아 있었다. 한스는 정원으로 나갔다. 두 그루의 전나무 외에 푸른 것이라고는 거의 찾아볼 수 없었다. 그는 개암나무 가지를 하나 꺾어 허공에 휘둘러 대며 시들어 버린 나뭇잎들을 흩날리게 했다. 해는 벌써 산 너머로 숨어 버렸다. 머리카락처럼 가느다란 전나무 우듬지가 뾰족뾰족 솟아 있는 검푸른 산의 윤곽이 촉촉하게 맑은 청록색의 늦은 저녁 하늘을 갈라 놓고 있었다. 길게 뻗은 회색빛 구름이 노란 갈색으로 달아오른 채, 마치 고향으로 돌아가는 배처럼 한가롭고 즐거운 모습으로 엷은 황금빛 허공을 가르며 골짜기 위쪽으로 헤엄쳐 가고 있었다.

오색찬란하게 무르익은 아름다운 저녁노을에 사로잡힌 채, 한스는 야릇하고도 낯선 감정에 젖어 정원을 이리저리 서성이고 있었다. 가끔 멈춰 서서는 두 눈을 감고 엠마의 모습을 상상해 보려고 했다. 압착기 옆에서 그와 마주 서 있던 모습, 그녀의 잔에 든 과즙을 마시게 해주던 모습, 커다란 통 위로 몸을 굽혔다가 일어설 때 얼굴이 빨갛게 달아오른 모습을 그려보았다. 그녀의 머리카락이며 꽉 달라붙는 푸른 옷을 입은 그녀의 자태, 그녀의 목과 검은 머리에 덮여 갈색으로 그늘진 목덜미, 이 모든 것들이 그를 황홀하게 전율로 몸부림치게 했다. 다만 그녀의 얼굴만은 도저히 떠올릴 수가 없었다.

해가 이미 넘어갔는데도 한스는 냉기를 느끼지 못했다. 깊어가는 황혼이 비밀로 가득 찬 베일처럼 느껴졌는데, 그 이름조차 알 수가 없었다. 그가 하일브론의 아가씨에 대한 사랑에 빠졌다는 사실을 깨달았기 때문이다. 그러나 이제 막 깨어나는 남성의 혈기가 작동하는 것에 익숙하지 못해서, 그는 그것을 그저 자극적이며 피곤하게 만드는 정도로만 어렴풋이 파악하게 되었다.

저녁 식사 때 한스는 아주 변해 버린 모습으로 예전부터 익숙해 있는 환경 속에 앉아 있다는 사실이 너무나도 이상스러웠다. 아버지와 하녀 할머니, 식탁과 모든 세간들, 그리고 방 안 전체가 갑자기 낡아빠진 것처럼 생각되었다. 마치 그가 긴 여행에서 지금 막

집에 돌아온 것처럼, 깜짝 놀라고 낯설면서도 다정스러운 느낌으로 이 모든 것들을 바라보았다. 죽음을 약속해 주는 나뭇가지에 추파를 던지던 당시만 해도 한스는 작별을 고하는 자의 애절한 우월감을 가지고 지금과 똑같은 사람들과 사물들을 바라보았었다. 그런데 지금은 다시 되돌아와 놀라고 미소 지으며 잃었던 것들을 되찾은 것이다.

식사가 끝났다. 한스가 막 일어서려고 할 때 아버지가 짤막하게 말했다. "한스야, 너는 기계공이 되고 싶니, 아니면 서기가 되고 싶니?"

"왜요?" 한스가 깜짝 놀라 다시 물었다.

"다음 주말에 기계공 슐러[82] 아저씨네 작업장에 갈 수도 있고, 아니면 그 다음 주에 시청에 견습생으로 갈 수도 있다. 잘 생각해 보려무나! 그런 다음 내일 다시 얘기해 보도록 하자."

한스는 일어나 밖으로 나왔다. 갑작스러운 질문이 그를 당황하고 어리둥절하게 만들었다. 여러 달 전부터 낯설게 여겨졌던 일상의 활동적이고 생생한 삶이 예기치 않게 그의 앞에 나타난 것이었다. 그런 삶은 유혹적인 면모와 위협적인 면모를 지녔으며, 약속을 하기도 하고 요구를 하기도 했다. 그는 기계공에도 서기에도 전혀 관심이 없었다. 수작업을 할 때의 힘든 육체노동을 그는 어느

---

[82] 헤세가 만들어 낸 허구적 인물. 헤세 자신도 칼브에 있는 페로탑 시계공장의 기계공 실습생이었음.

정도 두려워하고 있었다. 그때 기계공이 되어 있는 동창생인 아우구스트가 머리에 떠올랐다. 그에게 물어볼 수 있을 것이다.

　이 일을 곰곰이 생각해 보는 동안, 그는 점점 더 침울해지고 막연한 생각이 들었다. 하지만 이 일이 그렇게 급하거나 중요하게 여겨지지는 않았다. 무언가 다른 일이 그를 몰아 대며 바쁘게 했다. 불안하게 현관의 복도를 이리저리 오가더니, 갑자기 모자를 집어 들고 집을 나와 천천히 골목길로 향했다. 아직 오늘 엠마를 한 번 더 만나야만 할 것 같은 생각이 들었던 것이다.

　이미 날은 어두워졌다. 가까운 주점에서 고함 소리와 목쉰 노랫소리가 들려왔다. 여러 개의 창문에 불이 켜져 있었다. 여기저기에 하나 또 하나 불이 켜졌고, 희미한 붉은 불빛을 어두운 밤하늘에 비쳐주었다. 길게 줄지은 젊은 처녀들이 손에 손을 잡고 큰 소리로 웃거나 떠들면서 골목길을 따라 내려갔다. 이들은 희미한 불빛에 흔들거리며 졸린 듯 가물대는 골목길을 통해 젊음과 환희가 넘쳐 흐르는 따스한 물결처럼 걸어갔다. 한스는 그들 뒤를 오랫동안 바라보고 있었다. 심장의 고동이 목구멍까지 올라왔다. 커튼이 드리워진 창문 안에서 바이올린을 연주하는 소리가 들려왔다. 우물가에서는 어느 여인이 샐러드 야채를 씻고 있었다. 다리 위에서는 두 젊은이가 자기의 애인들과 함께 산책을 하고 있었다. 그 중 한 남자는 자기 애인의 손을 살며시 잡고 팔을 흔들어 대며 시가를 피우고 있었다. 다른 한 쌍은 서로를 바짝 끌어안고 천천히 걸어갔다. 청년은 처녀의 허리를 감싸고, 그녀는 어깨와 머리를 그의 가슴에 푹 파묻고 있었다. 한스는 이러한 광경을 수없이 보아 왔지만, 전혀 주의를 기울이지 않았었다. 그런 것이 이제는 은밀한 의미를 갖게 되었다. 분명하진 않지만, 욕정을 자극하는 달콤한 의미를 갖게 되었다. 그의 시선은 이들에게 머물렀다. 그의 상상력은 보다 더한 이해를 예감하며 마주 달려갔다. 그는 마음이 답답하고 내면적으로 흥분이 되어 자신이 어떤 커다란 비밀에 가까이 다가가고 있다는 사실을 느꼈다. 그 비밀이 감미로운 것인지 아니면 무시무시한 것인지 알지는 못했지만, 이 두 가지로부터 가슴 떨리는 그 무엇인가를 예감하고 있었다.

그는 플라이크 아저씨의 집 앞에서 멈춰 섰다. 안으로 들어갈 용기가 나지는 않았다. 안으로 들어간다 해도 거기서 무엇을 하고, 또 무슨 말을 해야 한단 말인가? 그는 열한 살, 열두 살의 소년 시절에 종종 여기에 놀러왔던 것이 기억났다. 그때는 플라이크 아저씨가 성경이야기를 들려주었고, 지옥이나 악마나 성령에 대해 호기심에 찬 질문을 퍼부었을 때도 입장이 당당했었다. 그러나 이런 기억들이 별로 편안하진 않았으며, 심지어 양심의 가책까지 느껴졌다. 그는 자신이 무엇을 하려는지 알지 못했다. 도대체 무엇을 원하는지도 알 수 없었다. 그러나 그가 무언가 비밀스러운 것, 무언가 금지된 것 앞에 서 있다는 느낌이 들었다. 안으로 들어가지도 않고 대문 앞 어둠속에 우두커니 서 있다는 것이 구둣방 아저씨에게 부당한 짓을 하는 거라는 생각이 들었다. 아저씨가 여기 서 있는 그를 본다든지, 또는 지금이라도 대문 밖으로 나온다면, 한스를 나무라기보다는 그저 비웃을 것이다. 그에겐 그것이 가장 두려운 일이었다.

그는 살그머니 집 뒤로 돌아갔다. 정원의 울타리 너머로 불이 켜진 거실 안을 들여다볼 수가 있었다. 아저씨의 모습은 보이지 않았다. 그의 부인은 바느질이나 뜨개질을 하는 것 같았고, 큰아들은 아직 자지 않고 책상에 앉아 책을 읽고 있었다. 엠마는 이리저리 돌아다녔는데, 아마 방을 치우느라 분주한 모양이었다. 그래서 잠깐씩만 눈에 보이곤 했다. 너무 조용해서 멀리 떨어진 골목길의 발자국 소리와 정원 저편에서 조용히 흐르는 강물 소리까지 분명히 들을 수 있었다. 날은 점점 더 어두워지고, 밤공기는 급속도로 차가워졌다.

거실의 창문 옆에 어둠에 덮인 조그만 복도의 창문이 있었다. 한참 뒤에 이 작은 창문으로 불분명한 모습이 나타나더니, 밖으로 고개를 내밀고 어둠 속을 바라보는 것이었다. 한스는 그 모습에서 엠마라는 것을 알아차렸다. 불안스러운 기대 앞에서 그는 심장이 멎어 버릴 것만 같았다. 그녀는 창가에 머물러 서서 한참 동안 조용히 이쪽을 바라보았다. 그러나 그녀가 자기를 보았거나 알아차렸는지는 알 수가 없었다. 그는 사지를 꼼짝도 하지 않고 그녀 쪽을 뚫어져라 쳐다보았다. 불안하게 머뭇거리면서 그녀가 알아볼지도 모른다는 희망과 두려움을 동시에 느끼고 있었다.

불분명한 모습이 다시 창가에서 사라졌다. 곧 정원으로 난 작은 문의 손잡이를 돌리는 소리가 들리고, 엠마가 집 밖으로 나왔다. 처음에 한스는 깜짝 놀라 도망을 치려고 했지만, 아무런 생각 없이 그냥 울타리에 기대어 서 있었다. 그리고 그 아가씨가 어두운 정원을 가로질러 자기 쪽을 향해 천천히 걸어오는 모습을 지켜보았다. 그녀가 발걸음을 옮길 때마다 그는 도망치고 싶은 충동을 느꼈지만, 보다 더 강한 그 무엇인가가 그를 붙잡는 것이었다.

엠마가 바로 그의 앞에 와 섰다. 반 발자국도 떨어지지 않은 채 나지막한 울타리만이 두 사람 사이에 놓여 있었다. 그녀는 이상하다는 듯 그를 주의 깊게 살펴보았다. 한참 동안 누구도 말 한 마디 하지 않았다. 그러고 나서 그녀가 나지막한 소리로 물었다.

"너, 무슨 일이니?"

"아무것도 아냐." 그가 말했다. 그녀가 한스에게 너라고 불렀다는 것이, 마치 그녀가 그의 피부를 어루만지는 것 같은 느낌이 들었다.

그녀가 울타리 너머로 손을 내밀었다. 그는 수줍어하면서도 부드럽게 그 손을 잡고는 약간 힘껏 쥐어보았다. 그녀가 손을 빼려 하지 않는다는 것을 알아차리고, 용기를 내어 그녀의 따스한 손을 부드럽고 조심스럽게 어루만지기 시작했다. 그녀가 여전히 그대로 가만히 있자 그녀의 손을 자기 뺨에 갖다 대었다. 가슴을 파고드는 환희와 이상야릇한 따스함과 행복에 젖은 나른함의 물결이 그에게 밀어닥쳤다. 그를 에워싼 공기는 미지근하고 푄바람[83]으로 눅눅한 것 같기도 했다. 골목길도 정원도 더 이상 보이지 않았다. 바로 앞에 있는 밝은 얼굴과 헝클어진 검은 머리카락만 보일 따름이었다.

머나먼 밤하늘로부터 그 아가씨가 아주 나지막하게 말하는 소리가 울려오는 것 같았다. "나한테 뽀뽀해 줄래?"

그녀의 밝은 얼굴이 가까이 다가왔다. 몸무게 때문에 울타리 나뭇가지가 약간 밖으로 구부려졌다. 은은한 향기를 풍기는 풀어진 머리카락이 한스의 이마를 스쳤다. 넓게 퍼진 하얀 눈꺼풀과 까만 속눈썹으로 덮인 채 살며시 감긴 그녀의 두 눈이 바로 그의 눈앞에 다가와 있었다. 수줍은 듯이 내민 입술이 그녀의 입에 닿았을 때, 그의 온몸에는 강렬한 전율이 흘렀다. 순간적으로 그는 부르르 떨면서 뒤로 물러섰다. 하지만 그녀는 그의 머리를 두 손으로 붙잡고, 자기 얼굴을 그의 얼굴에 들이밀며 입술을 놓아주지 않았다. 한스는 그녀의

[83] 알프스 산을 넘어 내리부는 건조한 열풍.

입술이 불같이 타오르는 것을 느꼈다. 그리고 그의 생명을 마셔 버리려는 것처럼, 그녀의 입이 자기 입을 내리누르며 탐욕스럽게 빨아대는 것을 느꼈다. 나른한 느낌이 깊이 그를 엄습했다. 낯선 입술이 그의 입술에서 떨어지기도 전에 전율에 떨던 환희는 죽을 지경의 피곤과 고통으로 변해갔다. 엠마가 그를 놓아주었을 때, 한스는 경련을 일으키는 듯 움켜쥐는 손가락으로 울타리를 단단히 붙잡았다.

"너 내일 저녁에 또 와." 엠마가 말했다. 그러고는 재빨리 집안으로 들어가 버렸다. 그녀가 떠나간 지 5분도 지나지 않았지만, 한스는 무척 오랜 시간이 흐른 것 같았다. 그는 공허한 눈길로 그녀의 뒤를 바라보았다. 여전히 울타리를 붙잡고 서서는, 한 발짝도 움직이지 못할 정도로 너무 피곤하다고 느꼈다. 꿈을 꾸듯이 그는 피가 머릿속에서 망치질하는 것 같은 소리를 들었다. 그 피는 고통에 겨워 불규칙적인 물결이 되어 심장에서 흘러 나왔다가 다시 심장으로 흘러 들어가며, 그의 숨결을 막아 버릴 것만 같았다.

그때 막 집안에서 방문이 열리더니 구둣방 아저씨가 들어서는 모습이 보였다. 그는 늦게까지 작업장에 있었던 모양이다. 한스는 사람들이 자기를 볼지도 모른다는 두려움에 사로잡혀 그곳에서 달아났다. 그는 가볍게 술 취한 사람처럼 불안스럽게 일부러 천천히 걸어갔는데, 한 발짝을 내디딜 때마다 주저앉아 버릴 것만 같은 느낌이 들었다. 졸린 듯한 박공지붕과 창문에 침울하고 빨간 불이 켜진 어두침침한 골목길은 마치 퇴색된 무대배경처럼 그의 곁을 흘러 지나갔다. 다리와 강물, 뜰과 정원들도 함께 흘러갔다. 게르버 골목의 분수는 이상스레 커다랗게 소리를 내며 물을 뿜어 댔다. 꿈에 사로잡힌 듯 한스는 문을 열었고, 칠흑처럼 어두운 복도를 지나 계단을 올라갔다. 하나의 문을 열고 닫았으며, 또 하나의 문을 열고 거기에 놓여 있는 책상 위에 걸터앉았다. 한참이 지난 뒤에야 그는 집에 돌아와 자기 방에 앉아 있다는 것을 깨달았다. 옷을 벗기로 마음먹기까지 또다시 오랜 시간이 흘렀다. 그는 정신이 나간 듯 멍하니 옷을 벗은 채 창가에 앉아 있었다. 그러다가 갑자기 가을밤의 차가운 공기에 몸을 떨며 이불 속으로 기어들어갔다.

 그는 순간적으로 잠에 빠질 것이라 생각했다. 하지만 자리에 누워 몸이 조금 따뜻해지자 심장이 다시 뛰고 피가 불규칙하게 과도히 끓어올랐다. 눈을 감자마자 그 아가씨의 입이 아직도 그의 입에 매달려서, 그의 영혼을 빨아내 버리고는 그 속에 고통스러운 열정을 가득 채우려는 것 같았다.

 그는 밤늦게서야 잠이 들었는데, 꿈에서 꿈으로 쫓기는 듯 도망을 다니고 있었다. 소름이 끼칠 정도로 깊은 어둠 속에 서 있었는데, 그는 주위를 더듬거리다가 엠마의 팔을 잡았다. 그녀가 그를 포옹하자, 그들은 따스하고 깊은 조류 속으로 천천히 함께 떨어지며 가라앉았다. 갑자기 구둣방 아저씨가 나타나더니 그에게 왜 찾아오지 않느냐고 물었다. 그때 한스는 웃음을 터뜨리고 말았다. 그것은 플라이크 아저씨가 아니라, 마울브론 기도실의 창가에 앉아 익살을 부리던 헤르만 하일너라는 것을 알아차렸기 때문이다. 그러나 이 광경도 곧 사라지고, 한스는 이제 과즙을 짜는 압착기 옆에 서 있었다. 엠마는 지렛대가 움직이지 못하게 버텼고, 그는 있는 힘을 다해 이걸 막으려고 발버둥을 쳤다. 그녀는 이쪽으로 몸을 굽혀 그의 입을 찾았다. 주위는 고요하고 완전히 캄캄했다. 그는 다시 따스하고 어두운 심연으로 가라앉았으며, 너무나 현기증이 나서 정신을 잃을 지경이었다. 이와 동시에 교장 선생님이 연설하는 소리가 들려왔다. 그것이 그에게 해당하는 연설인지는 알 수가 없었다.

그는 아침 늦게까지 잠을 잤다. 황금같이 화창한 날씨였다. 그는 오랫동안 이리저리 정원을 거닐며, 잠을 떨치고 머리를 맑게 해보려고 했다. 그러나 졸음의 안개가 끈질기게 에워싸고 있었다. 정원에서는 가장 늦게 피는 꽃들 중 하나인 보라색 과꽃이 아직 8월이라도 되는 듯 햇빛을 받으며 예쁘게 미소 짓고 있는 것이 보였다. 따스하고 포근한 햇살이 이미 시들어 버린 잔가지와 큰 가지들과 잎이 다 떨어진 덩굴 주위로 다정하게 아첨하듯 흘러내렸다. 마치 이른 봄날과도 같았다. 그러나 그는 그냥 바라볼 뿐, 아무런 느낌도 없었다. 그에겐 아무것도 관심이 없었다. 그런데 갑자기 여기 이 정원에서 그가 키우던 토끼가 뛰놀고, 물레방아와 절구가 돌아가던 시절에 대한 추억이 명료하고도 강렬하게 그의 마음을 사로잡았다. 그는 3년 전 9월의 어느 날을 생각하지 않을 수 없었다. 세당[84] 축제일의 전날 저녁이었다. 아우구스트가 그를 찾아왔었는데 담쟁이덩굴을 가지고 왔었다. 그들은 깃대를 반짝반짝할 정도로 깨끗이 닦고, 황금색 꼭대기에 담쟁이덩굴을 달아맸다. 그러고는 내일에 대한 이야기를 나누며 기쁜 마음으로 내일을 기다렸다. 그 외에는 아무 일도 없었고, 또 아무 일도 일어나지 않았다. 그러나 그들 두 사람은 축제에 대한 기대와 커다란 기쁨으로 가득 차 있었다. 깃발은 햇빛을 받아 반짝거렸고, 안나 할머니는 자두를 넣은 케이크를 굽고 있었다. 밤에는 높은 바위 위에서 세당 축제의 불꽃을 붙이도록 되어 있었다.

한스는 그날 저녁이 왜 하필이면 오늘 생각났는지 알 수 없었다. 왜 그 추억이 이처럼 아름답고 강렬한지, 왜 그 추억이 자기를 이다지도 비참하고 슬프게 만드는지 알 수 없었다. 그는 자신의 유년과 소년 시절이 이별을 고하기 위하여, 그리고

---

84) 프랑스 동부에 있는 도시 이름. 독불전쟁 당시 1870년 9월에 이곳에서 독일군이 대승을 거둠으로써 프랑스가 항복을 강요당하게 됨.

이미 흘러가 버려 다시는 돌아오지 못할 커다란 행복의 자국을 뒤에 남겨 놓기 위하여, 이 추억의 옷을 입고 다시 한 번 즐겁게 미소를 지으며 자기 앞에 나타났다는 사실을 깨닫지 못했다. 그는 다만 이 추억이 엠마와의 어젯밤에 대한 생각과 조화를 이루지 못하고 있으며, 옛날의 행복과도 일치하지 않는 무엇인가가 자기 내면에서 꿈틀거리고 있다는 것을 느낄 따름이었다. 다시 깃대가 황금색으로 반짝이는 모습이 보이고, 친구 아우구스트의 웃는 소리가 들리고, 새로 구운 케이크 냄새가 난다는 생각이 들었다. 이 모든 것이 너무나도 즐겁고 행복했지만, 이제는 멀리 떠나가 버려 완전히 낯선 과거가 되어 버렸다. 그래서 그는 껍질이 거친 아름드리 전나무 줄기에 기대어 절망에 싸인 채 훌쩍훌쩍 울기 시작했다. 그 울음이 잠시나마 위안을 가져다주고 구원을 마련해 주었다.

점심때 그는 아우구스트에게로 달려갔다. 친구는 이제 일급 견습공이 되었고, 당당하게 살도 찌고 키도 컸다. 한스는 그에게 자기의 관심사에 대한 이야기를 했다.

"그건 쉬운 일이 아냐." 친구는 세상 물정을 잘 아는 듯한 표정을 지으며 말했다. "그건 쉬운 일이 아니라고. 어쨌든 넌 약골이기 때문이야. 처음 1년 동안은 쇠를 단련하면서 지겹도록 망치질을 해야만 하지. 헌데 그 망치가 수프를 먹는 숟가락이 아니거든. 그리고 쇠를 이리저리 날라야 하고, 저녁엔 뒷정리를 해야만 되지. 줄질을 하는 데도 힘이 필요해. 처음엔 웬만큼 익숙해질 때까지 낡아빠진 줄 이외엔 아무것도 안준다고. 줄질이 제대로 되지도 않고, 그런 줄은 원숭이 궁둥이처럼 반질반질하단 말이야."

한스는 당장 기가 죽었다.

"그래, 그럼 난 그만둬야겠지?" 그는 주저하며 물었다.

"아니, 그런 뜻으로 말한 게 아냐! 그렇게 겁먹을 건 없어! 처음엔 춤추는 무도장 같진 않단 말이야. 하지만 그 외엔, 그래 …… 기계공이란 정말 멋진 거라고. 알겠지. 머리도 좋아야 하고. 그렇지 않으면 형편없는 대장장이밖에 될 수가 없어. 이걸 좀 보라고!"

그는 번쩍번쩍하는 강철로 정교하게 만든 작은 기계부품들을 두세 개 가져왔다. 그리고 그것을 한스에게 보여주었다.

"그래, 이건 0.5밀리미터도 틀리면 안 되는 거야. 모두 손으로 만든 거라고. 나사까지 말이야. 눈을 크게 떠! 이제 제대로 갈아서 단단히 만들어. 그럼 되는 거야."

"그래, 멋지구나. 내가 알고 싶은 건……."

아우구스트가 웃음을 터뜨렸다.

"겁나니? 그래, 견습공은 사실 괴로워. 어쩔 도리가 없어. 하지만 내가 있잖아. 도와줄게. 다음 금요일에 일을 시작한다면, 난 그때 2년차 교육을 마치고, 토요일엔 첫번째 주급(週給)도 탄단 말이야. 일요일엔 축하파티를 할 거야. 맥주도 있고, 케이크도 있고,

모두들 올 거야. 너도 와서 우리들 사정이 어떤지 보란 말이야. 그래, 와서 보라고! 아무튼 우린 예전에 아주 친한 친구였잖아."

식사할 때에 한스는 아버지에게 기계공이 되고 싶다고 했다. 그리고 일주일 후에 시작해도 좋은지 여쭤보았다.

"그래, 좋다." 아버지가 말했다. 오후에는 한스를 데리고 슐러네 작업장으로 가서 견습공 신청을 했다.

하지만 땅거미가 드리워지기 시작할 때, 한스는 이 모든 것들을 잊어버린 것이나 다름없었다. 오늘 밤에 엠마가 자기를 기다릴 것이라는 생각뿐이었다. 벌써부터 숨이 막혔다. 시간이 때로는 너무 길기도 하고, 때로는 너무 짧게도 느껴졌다. 한스는 여울을 따라 배를 몰아가는 사공처럼 엠마와의 만남을 향해 치닫고 있었다. 오늘 저녁에는 식사 따위는 문제가 아니었다. 겨우 우유 한 잔을 마시고는 서둘러 나갔다.

모든 것이 어제와 같았다. ― 졸음에 잠겨 있는 어두운 골목길, 빨간 불이 켜진 창문들, 가로등의 희미한 불빛과 한가로이 거니는 연인들도 여전했다.

구둣방 아저씨의 집 정원 울타리에 다다랐을 때, 그는 커다란 불안감에 휩싸였다. 부스럭거리는 소리가 날 때마다 깜짝 놀라 움찔거렸다. 어둠 속에 서서 주위를 살피는 것이 도둑 같다는 생각이 들었다. 채 1분도 기다리지 않았는데, 앞에 엠마가 나타났다. 그녀는 두 손으로 그의 머리카락을 쓰다듬어 주고는 정원의 문을 열었다. 그는 조심스럽게 들어갔다. 그녀는 한스를 데리고 덤불로 둘러싸인 길을 지나, 뒷문을 통해 어두컴컴한 현관으로 들어갔다.

그들은 지하실 맨 위에 있는 사다리꼴의 층계에 나란히 앉았다. 꽤 오랜 시간이 걸려서야 그들은 어둠 속에서 서로를 간신히 알아볼 수 있었다. 아가씨는 기분이 좋았는지, 속삭이는 듯 끊임없이 재잘거렸다. 그녀는 이미 키스한 경험이 많았으며, 사랑하는 것도 잘 알고 있었다. 수줍고 섬세한 소년 한스가 그녀에게는 안성맞춤이었다. 그녀는 그의 야윈 얼굴을 두 손으로 잡고 이마와 눈과 뺨에 키스를 했다. 입을 맞출 차례가 되었을 때, 그녀는 또다시 그를 빨아들이는 듯 오랜 키스를 했다. 현기증에 사로잡힌 소년은 축 늘어진 채 맥없이 그녀에게 몸을 기대고 있었다. 그녀는 나직이 웃으며 그의 귀를 잡아당겼다.

그녀는 계속, 쉴새없이 재잘거렸다. 그는 귀를 기울이고 있었지만, 무슨 소리를 들었는지 알지 못했다. 그녀는 손으로 그의 팔과 머리카락, 목과 두 손을 어루만졌으며, 자기의 뺨을 그의 뺨에, 그리고 머리를 그의 어깨에 기대었다. 그는 아무 말도 하지 않고, 모든 것을 그녀가 하는 대로 내맡겼다. 달콤한 전율과 깊고도 행복한 불안에 휩싸이기도 했고, 때로는 열병환자처럼 짤막하게 나직이 몸을 떨기도 했다.

"무슨 애인이 이래!" 그녀가 웃으며 말했다. "넌 정말 자신이 없는 거야?"

그녀는 그의 손을 붙잡고, 자기의 목덜미와 머리카락을 만지게 했다. 그러고는 자기의 젖가슴에 갖다 대고 꽉 눌렀다. 그는 부드러운 모양과 달콤하고도 낯선 물결을 느꼈다. 그리고 두 눈을 감은 채 끝없는 심연으로 빠져들었다.

"그만! 그만해!" 그녀가 다시 키스를 하려고 하자, 그가 거절하듯 말했다. 그녀가 웃었다.

그녀는 그를 자기 옆으로 바짝 끌어당기고, 두 팔로 끌어안으면서 자기 몸에 그의 몸을 밀착시켰다. 한스는 그녀의 육체를 느끼면서 정신을 차리지 못하고, 더 이상 아무 말도 할 수가 없었다.

"너도 날 좋아하지?" 그녀가 물었다.

그는 그렇다고 말하려 했지만, 그저 고개만 끄덕였다. 한참 동안을 계속 끄덕였다.

그녀가 다시 그의 손을 잡고는 장난치듯이 자기의 코르셋 아래로 밀어 넣었다. 한스는 다른 사람의 맥박과 호흡을 그렇게 가까이 뜨겁게 느끼자 심장의 고동이 멎어 버리고, 당장 죽을 것만 같았다. 그럴 정도로 숨을 쉬기가 힘들었다. 그는 손을 빼내면서, 신음하듯 말했다. "이제 집에 가야 돼."

자리에서 일어나려고 할 때, 그는 비틀거리기 시작했다. 하마터면 지하실 계단 아래로 떨어질 뻔했다.

"왜 그래?" 엠마가 놀라서 물었다.

"모르겠어. 너무 피곤해."

한스는 그녀가 정원 울타리까지 부축해 주며 꽉 껴안고 있었다는 것도 느끼지 못했다. 그녀가 잘 가라고 말하고, 그가 나간 뒤 대문을 닫는 소리도 듣지 못했다. 골목길들을 지나 그는 집으로 돌아왔다. 하지만 어떻게 왔는지는 알 수가 없었다. 커다란 폭풍우가 휩쓸어 온 것 같기도 하고, 거대한 물결이 흔들거리며 데려온 것 같기도 했다.

왼쪽과 오른쪽에 희미한 집들이 보였다. 그 위로 높은 곳에는 산등성이와 뾰족뾰족한 전나무 우듬지, 검게 물든 밤의 어둠, 그리고 조용히 쉬고 있는 커다란 별들이 보였다. 그는 스치는 바람을 느끼고, 강물이 다리기둥에 부딪치며 흘러가는 소리를 들었다. 그리고 물속에 정원들과 희미한 집들, 밤의 어둠과 가로등과 수많은 별들이 반사되는 것을 보았다.

다리 위에서 그는 주저앉고 말았다. 너무나 피로해서 집으로 돌아가지도 못할 것 같은 생각이 들었다. 그는 난간에 걸터앉았다. 그리고 강물이 기둥 옆으로 부딪치며 흘러가는 소리와 둑에서 거품이 이는 소리와 물레방아가 돌아가는 소리에 귀를 기울였다. 두 손은 차가웠다. 가슴과 목구멍에 피가 막힌 듯하다 다시 터져 돌아가는 것 같았다. 눈앞이 캄캄해지기도 했다. 피가 다시금 갑자기 용솟음치며 심장으로 흘러가면서 머리에는 심한 현기증이 일어났다.

한스는 집으로 돌아와 자기 방으로 들어갔다. 자리에 눕자마자 곧 잠이 들었는데, 꿈속에서 거대한 공간을 넘나들며 심연에서 심연으로 빠져들었다. 한밤중에 괴롭힘을 당하고 지친 나머지 잠에서 깨어났다. 그러고는 아침까지 잠과 현실 사이의 몽롱한 상태로 누워 있었다. 목마른 그리움에 싸인 채, 제어할 수 없는 힘들에 의해 이리저리 내동댕이쳐졌다. 이른 새벽이 되어 그의 고통과 번민은 기나긴 흐느낌으로 터져 나왔다. 그러고 나서 그는 눈물에 젖은 베개 위에서 다시 한 번 잠이 들었다.

제 7 장

기벤라트 씨는 과즙을 짜는 압착기에 붙어서 제법 폼을 잡고 법석을 떨며 바쁘게 일을 했고, 한스도 함께 거들었다. 구둣방 아저씨의 아이들 중 2명이 와서 열심히 과일을 날랐다. 그들은 똑같이 작은 시음용 잔을 들고, 손에는 큼지막한 검은 빵을 들고 다녔다. 그러나 엠마는 함께 오지 않았다.

아버지가 술통을 들고 나가 반 시간이나 자리를 비웠다. 한스는 그제야 용기를 내어 그녀에 대해 물어보았다.

"엠마는 어디 갔니? 오고 싶어하지 않던?"

아이들이 입안에 먹던 것을 삼키고 말을 하기까지는 한참이 걸렸다.

"누난 떠났어." 그들은 고개를 끄덕이며 말했다.

"떠나다니, 어디로?"

"누나네 집으로."

"아주 떠난 거니? 기차 타고 말이야?"

아이들은 열심히 고개를 끄덕였다.

"대체 언제?"

"오늘 아침에."

아이들은 다시 사과를 들어올리려고 손을 뻗쳤다. 한스는 압착기를 돌리며 과즙 통을 멍하니 바라보았다. 이제야 모든 것이 서서히 이해되기 시작했다.

아버지가 돌아왔다. 모두가 일을 하며 즐거워했다. 아이들은 감사하다는 인사를 하고 돌아갔다. 저녁이 되자, 모두들 집으로 돌아갔다.

저녁 식사를 마친 뒤에 한스는 자기 방에 혼자 앉아 있었다. 10시가 되고 11시가 되었다. 불도 켜지 않았다. 그러고 나서 깊이 오랜 잠을 잤다.

보통 때보다 늦게 눈을 떴을 때, 그는 명확하진 않지만 불행하고 무언가를 잃어버렸다는 감정에 사로잡혔다. 그러다가 엠마 생각이 다시 떠올랐다. 그녀는 한 마디 말도 없이, 작별인사도 하지 않고 떠나 버렸다. 어젯밤 만났을 때, 그녀는 언제 떠날 것인지를 분명히 알고 있었을 것이다. 그는 그녀의 웃음과 키스와 오만스럽게 자기 몸을 허락하는 행동들을 더듬어 보았다. 그녀는 그를 전혀 진지하게 대하지 않았던 것이다.

이에 대한 분노에 찬 고통과 함께, 아직도 진정되지 않은 흥분된 사랑의 힘이 불안하고 침울한 고통으로 바뀌어 흘러내렸다. 이런 불안한 마음은 그를 집안에서 정원으로, 정원에서 길거리로, 길거리에서 숲속으로, 다시 숲속에서 집안으로 휘몰아갔다.

이렇게 해서 그는 자기 일부로서의 사랑의 비밀을 어쩌면 너무나 일찍 경험하게 되었다. 거기엔 달콤한 맛보다는 쓰디쓴 맛이 훨씬 더 많이 내포되어 있었다. 부질없는 탄식과 그리운 추억들과 위안 받을 길이 없는 고민들로 가득 찬 나날들, 그리고 심장의 고동과 답답한 마음으로 잠을 이루지 못하거나 무시무시한 꿈속으로 빠져드는 밤들이 이어졌다. 꿈속에서는 피가 이해할 수 없이 격렬하게 끓어올라 불안을 안겨주는 끔찍스러운 전설적 형상이 되기도 하고, 목을 휘감아 죽음을 부르는 팔이 되기도 하고, 불타는 눈빛을 지닌 환상의 짐승이 되기도 하고, 현기증이 날 정도로 깊은 심연이 되기도 하고, 이글거리며 타오르는 커다란 눈들이 되기도 했다. 그는 잠에서 깨어나며 차가운 가을밤의 고독에 에워싸인 채 혼자 외롭게 있는 자신을 발견하곤 했다. 그 처녀에 대한 그리움에 괴로워하고 신음을 하면서 눈물로 젖은 베개에 얼굴을 파묻었다.

한스가 기계공 아저씨네 작업장에 들어가기로 되어 있는 금요일이 다가왔다. 아버지는 그에게 아마포로 된 푸른 작업복과 모

(毛)가 반쯤 섞인 푸른 모자를 사주었다. 그것을 한 번 입어 보았는데, 기계공 유니폼을 입은 자기의 모습이 아주 우스꽝스럽게 보였다. 학교 앞이나 교장 선생님 또는 수학 선생님의 집, 플라이크 아저씨의 작업장이나 마을 목사관 옆을 지나간다면, 그는 비참한 기분이 들 것이다. 그다지도 많았던 고통과 노력과 땀, 포기해야만 했던 그 많은 작은 기쁨들, 그 많은 자부심과 공명심과 희망에 넘치는 꿈들, 이 모든 것이 헛된 일이 되어 버렸다. 이 모든 것이 오로지 다른 동창생들보다 뒤늦게, 모두로부터 비웃음을 당하며, 하찮은 견습공이 되어 지금 기계공장으로 들어가기 위해서란 말인가!

하일너는 이에 대해 뭐라고 할까?

시간이 지나면서 한스는 푸른 기계공 작업복에 조금씩 익숙해지기 시작했다. 그리고 이 옷을 처음으로 입게 될 금요일을 조금은 기쁜 마음으로 기다리기까지 했다. 거기에서도 최소한 무엇인가를 다시 경험할 수 있으리라!

하지만 이런 생각들도 검은 구름 속에서 잠시 빛나는 섬광 이상의 것은 아니었다. 그는 그 아가씨가 떠나 버린 것을 잊지 못했다. 더욱이 그의 피는 이 며칠 동안의 흥분들을 잊지도 못하고 이겨낼 수도 없었다. 이제 깨어난 그리움은 더욱 더 많은 것을 찾고 구원을 찾아 달려가며 소리쳤다. 이처럼 시간은 답답하고 고통으로 가득 찬 채 서서히 흘러갔다.

금년 가을은 어느 때보다 더 아름다웠다. 부드러운 햇살이 가득하고, 이른 새벽은 은빛으로 빛나고, 한낮은 오색찬란한 미소를 짓고, 저녁에는 맑은 하늘이 드높았다. 멀리 보이는 산은 융단 같은 짙은 푸른색을 띠었고, 밤나무들은 황금빛으로 빛났다. 담장과 울타리에는 야생포도나무 잎들이 보랏빛으로 늘어져 있었다.

한스는 안정을 찾지 못하고 자신으로부터 도망을 치려고 발버둥을 쳤다. 낮에는 온종일 시내와 들판을 돌아다니며 사람들을 피해 다녔다. 사람들이 그가 상사병에 걸린 것을 알아채리라 생각했기 때문이다. 그리고 저녁에는 골목길로 나가 하녀 같은 처녀들을 쳐다보기도 하고, 양심의 가책을 받으며 연인들의 꽁무니를 살금살금 따라가기도 했다. 엠마와 더불어 인생에 있어서 갈망할 만한 모든 가치와 매력이 가까이 다가왔다가, 심술맞게도 다시금 사라져 버린 것 같았다. 그녀의 곁에서 느껴야 했던 고통과 불안한 마음은 더 이상 생각지 않기로 했다. 그녀를 지금 다시 만나기만 한다면, 수줍은 태도를 던져 버리고, 그녀의 숨겨진 비밀을 모두 파헤치고 마법에 걸린 사랑의 정원으로 완전히 밀고 들어가리라 생각했다. 그런데 그 정원의 문이 지금은 그의 코앞에서 닫혀 버린 것이다. 그의 온갖 환상은 이 숨막히고 위험스런 숲속에 얽혀 들었고, 그 속에서 머뭇거리며 이리저리 헤매 다니고 있었다. 고집스레 자학에 빠져든 그는 이 비좁은 마술세계의 바깥에 아름답고 드넓은 세계가 밝고도 친근하게 놓여 있다는 사실을 알려고도 하지 않았다.

처음에는 불안한 마음으로 기다리던 금요일이 다가왔을 때, 그는 마침내 즐거운 기분이 되었다. 아침 일찍 일어나 푸른색의 새 작업복을 입고, 모자를 쓰고, 약간은 수줍어하며 게르버 골목을 따라 슐러 아저씨네 작업장 쪽으로 내려갔다. 아는 사람 몇 명이 호기심 어린 눈으로 그를 쳐다보았다. 어떤 사람은 이렇게 묻기도 했다. "어찌 된 일이야? 너 기계공이 된 거냐?"

공장에서는 벌써 신속하게 일이 돌아가고 있었다. 장인(丈人)인 기계공 아저씨는 마침 쇠를 단련하고 있었다. 그가 빨갛게 달군 쇠를 모루 위에 올려놓자, 숙련공이 묵직한 망치로 두드려 대기 시작했다. 기계공 아저씨는 모양을 만들어가며 섬세하게 두들겼다. 집게를 자유자재로 놀리며, 다루기 쉬운 작은 망치를 들고는 사이사이에 모루를 두드리며 박자를 맞추었다. 그 소리는 활짝 열어젖힌 문을 통하여 아침거리로 밝고 경쾌하게 퍼져 나갔다.

기름과 줄밥으로 까맣게 된 긴 작업대에 제일 나이가 많은 숙련공과 그 옆에 아우구스트가 서 있었다. 이들은 각자 자기의 나사 바이스에서 일에 열중하고 있었다. 천장에는 선반(旋盤)과 숫돌, 풀무와 천공기(穿孔機)를 움직이는 가죽 벨트가 윙윙하는 소리를 내며 빠르게 돌고 있었다. 수력(水力)을 이용한 작업이 진행되고 있었기 때문이다. 아우구스트는 작업장으로 들어오는 친구를 향하여 고개를 끄덕였다. 그리고 장인 기계공이 시간을 낼 때까지 문에서 기다리라고 눈짓했다.

한스는 작업장 안의 화덕과 멈춰서는 선반, 요란스레 움직이는 가죽 벨트와 공전반(空轉盤)을 조심스럽게 바라보았다. 아저씨가 쇠를 단련하던 일을 다 마치고 그쪽으로 와서는, 한스에게 뜨겁게 달아오른 딱딱하고도 큼지막한 손을 내밀었다.

"저쪽에 모자를 걸도록 해라." 그가 말했다. 그리고 벽에 박힌 비어 있는 못을 하나 지정해 주었다.

"자, 이리로 오너라. 여기가 바로 네 자리이고, 이게 네 나사 바이스란다."

이렇게 말하고 그는 한스를 맨 뒤에 있는 나사 바이스로 데리고 갔다. 그리고 그것을 다루는 법과 작업도구들과 작업대를 정돈하는 법을 가르쳐 주었다.

"네가 힘센 장사가 아니라는 건, 벌써 네 아버지가 말씀해 주셨다. 보기에도 그렇구나. 그래, 좀 더 힘이 강해질 때까지 당분간 망치질은 하지 않아도 된다."

그는 작업대 밑으로 손을 넣더니, 주철(鑄鐵)로 만든 톱니바퀴를 끄집어냈다.

"자, 이걸로 시작하도록 하자. 이제 막 주조(鑄造)해 낸 거라 바퀴가 아직 거칠단다. 여기저기 조금씩 울룩불룩하고 모가 나 있는데, 그걸 갈아내야 하는 거다. 그렇지 않으면 나중에 정밀한 기계 부품들을 다 망치게 된단다."

그는 나사 바이스에 톱니바퀴를 끼웠다. 그리고 다 낡아빠진 줄을 들고, 어떻게 해야 하는지 시범을 보여주었다.

"자, 이제 계속해 보아라. 다른 줄을 써서는 절대 안 된다! 점심때까지 그 일을 충분히 할 수 있을 거다. 끝나거든 내게 보이도록 해라. 일할 땐 시킨 일 외엔 다른 것에 신경 쓰면 안 된다. 견습공이란 생각을 할 필요가 없는 거다."

한스는 줄질을 시작했다.

"멈추거라!" 장인 기계공 아저씨가 소리를 질렀다. "그렇게 하는 게 아냐. 왼손은 이렇게 줄 위에 올려놓는 거라고. 너 혹시 왼손잡이냐?"

"아녜요."

"그럼 됐다. 이젠 될 거다."

그는 문에서 가장 가까이 있는 나사 바이스로 돌아갔다. 한스는 어떻게 잘 해낼지 시도해 보기로 했다.

처음 몇 차례 문질러 보니 놀랍게도 톱니바퀴가 생각보다 부드럽고 아주 쉽게 벗겨져 나갔다. 하지만 쉽게 벗겨지는 것은 주철 맨 위에 있는 부서지기 쉬운 표피일 따름이고, 매끄럽게 밀어야 할 단단한 쇠는 그 밑에 있다는 걸 알았다. 한스는 정신을 바짝 차리고 열심히 일을 계속해 나갔다. 소년 시절에 장난으로 무언가 만들어 본 이래로, 그는 이제껏 뭐라도 눈에 보이고 쓸 만한 물건을 자기 손으로 만드는 기쁨을 누려본 적이 없었다.

"좀 더 천천히 해라!" 아저씨가 이쪽을 향해 소리쳤다. "줄질을 할 땐 박자를 맞춰서 해야 한다. 하나 둘, 하나 둘. 그리고 제대로 눌러야 된다. 그렇지 않으면 줄이 망가지거든."

제일 나이가 많은 숙련공이 자기의 선반에서 어떤 작업을 하고 있었다. 한스는 곁눈질로라도 그쪽을 건너다보지 않을 수 없었다. 강철 축선(軸線)이 원반에 팽팽히 끼워져 있었는데, 벨트를 옮겨 주고 있었다. 축선은 빠르게 돌아가면서 불꽃을 튀기고 요란한 소리를 냈다. 그 사이에 숙련공은 거기서 털같이 얇고 번쩍거리는 쇠 부스러기를 제거해 냈다.

여기저기에 작업도구들과 쇳덩어리, 강철과 놋쇠, 반쯤 하다 만 일거리들, 반짝반짝하는 작은 톱니바퀴, 끌과 천공기, 회전 강철 도구들과 여러 모양의 송곳들이 흩어져 있었다. 화덕 옆에는 해머와 다듬는 망치, 모루 덮개, 집게와 납땜인두가 걸려 있고, 벽을 따라서는 줄과 프레이즈반(盤)이 늘어져 있었다. 선반 위에는 기름걸레와 작은 빗자루, 연마용 줄과 쇠톱들이 놓여 있고, 기름통과 산(酸)이 담긴 병들, 못과 나사 상자들이 여기저기 널려 있었다. 숫돌은 언제라도 이용되고 있었다.

한스는 그의 손이 벌써 완전히 까맣게 된 것을 기분 좋게 바라보았다. 그리고 그가 입은 작업복도 곧 낡아보였으면 하고 희망했다. 그의 옷은 다른 동료들이 기워 입은 시꺼먼 작업복에 비하면, 아직 우스울 정도로 새 것이고 파랗게 보였다.

오전 시간이 지나면서 작업장은 외부에서 온 손님들로 활기를 띠기 시작했다. 근처에 있는 편물공장에서 직공들이 찾아와 작은 기계부품을 갈거나 수리해 달라고 하였다. 어떤 농부가 와서는 수선해 달라고 맡겨 놓은 세탁기의 압착 롤러가 다 되었는지를 물어보았다. 아직 끝내지 못했다는 대답을 듣고는 한바탕 욕설을 퍼붓기도 했다. 다음에는 점잖게 보이는 어떤 공장 주인이 찾아와 옆방에서 장인 기계공 아저씨와 상담을 하기도 했다.

그러는 사이에도 옆에서 사람들이나 바퀴들이나 벨트들은 규칙적으로 계속 일을 하고 있었다. 한스는 생전 처음으로 이렇게 노동의 찬가를 듣고 또 이해했다. 그 찬가는 최소한 초보자에게는 커다란 감동을 주었고, 쾌적한 매력을 지니고 있었다. 그래서 한스는 보잘것없는 자기의 존재와 하찮은 자기 인생이 거대한 리듬과 함께 어우러져 있다는 느낌을 받았다.

9시에는 15분간의 휴식이 있었다. 모두들 빵 한 개와 과즙 한 잔을 받아들었다. 그제야 아우구스트는 새로 온 견습공에게 인사를 건넸다. 용기를 북돋아주는 말을 하고는 다시 다음 일요일에 대해 떠들어 대기 시작했다. 그날 자기가 받는 첫번째 주급을 동료들과 함께 즐겁게 쓰겠다는 것이다. 한스는 지금 그가 줄로 갈아야 하는 톱니바퀴가 무엇에 쓰이는 것인지를 물어보았는데, 그것이 탑시계에 들어가는 부품이란 것을 알게 되었다. 아우구스트는 그것이 나중에 어떻게 돌아가고 작동하는지를 보여주려고 생각했다. 그때 수석 숙련공이 다시 줄질을 시작하자, 모두들 재빨리 제자리로 돌아갔다.

10시와 11시 사이가 되자 한스는 지치기 시작했다. 무릎과 오른쪽 팔이 약간 아파왔다. 그는 이 다리 저 다리를 바꾸어 보고, 남몰래 팔 다리를 뻗어 보기도 했지만, 별로 도움이 되지 못했다. 그래서 줄을 잠시 내려놓고는 몸을 나사 바이스에 기대어 보았다. 아무도 그에게 주의를 기울이지 않았다. 그렇게 선 채로 휴식을 취하며 머리 위로 벨트가 돌아가는 소리를 들었다. 그때 가벼운 현기증이 일어나서 1분 정도 두 눈을 감고 있었다. 바로 그때 장인 아저씨가 뒤에 와 서 있었다.

"아니, 무슨 일이냐? 벌써 지쳤나?"

"네, 좀 피곤해요." 한스는 솔직히 말했다.

다른 견습공들이 웃어댔다.

"그럴 수도 있다." 장인 아저씨가 느긋하게 말했다. "이번엔 납땜질하는 걸 보여주마. 이리와 봐라!"

한스는 어떻게 납땜질을 하는지 호기심을 가지고 바라보았다. 먼저 인두를 불에 달구고, 땜질할 곳에 납땜액을 칠한 후, 그 다음에 뜨겁게 달군 인두에서 하얀 금속을 방울방울 떨어뜨리자, 부드럽게 치직치직 하는 소리가 났다.

"걸레를 들고 잘 닦아내도록 해라. 납땜액은 부식시키니까, 금속에 절대로 그냥 둬선 안 된다."

그 후 한스는 다시 나사 바이스 앞에 서서 줄로 자그마한 톱니바퀴를 문질러 댔다. 팔이 아팠다. 그리고 줄을 눌러야만 하는 왼손이 빨갛게 되고 아파오기 시작했다.

정오가 되어 수석 숙련공이 줄을 내려놓고 손을 씻으러 갔다. 한스는 그동안 작업한 것을 장인 아저씨에게 가지고 갔다. 장인은 그것을 대충 살펴보았다.

"잘했다. 그만하면 됐다. 네 자리 밑에 있는 상자 안에 똑같은 톱니바퀴가 하나 더 있다. 오늘 오후에는 그걸 줄질하도록 해라."

이제 한스도 손을 씻고 밖으로 나왔다. 식사를 하기 위한 자유 시간이었다.

옛날 동창생인 상점의 견습생 2명이 거리에서 한스의 뒤를 따라오며 그를 놀려댔다.

"주정부시험 합격생 대장장이야!"[85] 한 녀석이 소리쳤다.

한스는 더 빨리 걸어갔다. 자기가 그 일에 만족하고 있는지, 아닌지조차 제대로 알 수 없었다. 작업장이 마음에 들기는 했지만, 그는 너무나 피곤했다. 정신을 차릴 수 없을 정도로 피곤할 뿐이었다.

대문 앞에 이르러서, 이제 자리에 앉아 즐거이 식사할 수 있겠다는 생각을 하는 순간 갑자기 엠마가 머리에 떠올랐다. 오전 내내 그녀를 완전히 잊고 있었다. 그는 살며시 자기 방으로 올라가 침대에 쓰러져서는 고통스런 나머지 신음을 했다. 울고도 싶었지만, 두 눈이 메말라 있었다. 그는 절망적으로 애타는 그리움에 젖어 있는 자신을 발견했다. 머리가 쑤시고 아팠다. 질식할 듯한 흐느낌으로 목구멍도 아파왔다.

점심 식사는 고통스러운 일이었다. 아버지가 묻는 말에 대답도 해야 하고, 이야기도 해야 했다. 아버지가 기분이 좋아 떠드는 여러 가지 시시한 농담에도 재미있는 척해야만 했다. 식사를 마치자마자 한스는 정원으로 나가, 거기서 햇볕을 쬐며 반쯤은 꿈을 꾸는 듯 15분 가량 시간을 보냈다. 다시 작업장으로 갈 시간이 되었다.

두 손에는 이미 오전에 빨간 물집이 생겼었다. 그것이 지금

---

85) 헤세 자신도 주정부시험 합격생으로서 기계공 견습생이 되었을 때, 기벤라트처럼 많은 조롱을 견뎌내야만 했음.

제법 심각하게 아파오기 시작했는데, 저녁에는 너무나 부풀어 오르고 아파서 아무것도 손에 잡을 수가 없었다. 하루의 일을 끝내면서 또 그는 아우구스트를 따라 작업장을 말끔히 정리해 놓아야만 했다.

토요일에는 더욱 심했다. 두 손은 타는 듯이 아팠고, 물집은 거품처럼 더욱 커졌다. 장인 기계공 아저씨는 기분이 나빴는지 사소한 일에도 욕설을 퍼붓곤 했다. 아우구스트는 이삼 일이 지나면 물집이 낫는다고 위로해 주었다. 그 다음엔 손이 굳어지고, 더 이상 아무것도 느끼지 못할 것이라고도 했다. 그러나 한스는 죽고 싶을 정도로 불행한 느낌이었고, 하루 종일 시계만 훔쳐보며 절망적으로 작은 톱니바퀴를 갈아대고 있었다.

저녁에 뒷정리를 하면서 아우구스트가 속삭이듯 이야기했다. 내일은 두세 명의 동료와 함께 비라하[86]에 가서 재미있고 멋지게 놀아볼 것이다. 한스도 절대 빠져서는 안 된다. 그가 2시에 데리러 오겠다고 했다. 한스는 너무나도 피곤하고 비참한 기분이라 일요일에는 하루 종일 집에서 자리에 누워 있고 싶었지만, 같이 가겠다고 했다. 집에 돌아오니 안나 할머니가 상처가 난 손에 바르라고 연고를 꺼내주었다. 8시에 벌써 잠자리에 든 그는 아침 늦게까지 잠을 잤다. 아버지와 함께 교회에 가기 위해 바쁘게 서둘러야

---

[86] 헤세가 만들어 낸 허구의 마을. 칼브의 남쪽에 있는 마을 불라하 Bulach를 연상해 볼 수 있음.

만 했다.

점심 식사 때 그는 아우구스트 이야기를 꺼내면서, 오늘 함께 들판을 지나 놀러가고 싶다고 말했다. 아버지는 조금도 반대하지 않고, 심지어 용돈으로 50페니히까지 주었다. 다만 저녁 식사 때까지는 다시 돌아와야 한다고 말할 따름이었다.

아름다운 햇빛을 받으며 골목길을 어슬렁어슬렁 걸어갈 때, 한스는 몇 달만에 처음으로 일요일이 주는 기쁨을 맛보았다. 평일에 손이 까맣게 되고 팔다리가 피곤해지도록 일을 하고 나면, 일요일의 거리는 보다 축제다워지고, 태양은 더욱 밝게 빛나고, 모든 것이 보다 화려하고 아름답게 보이는 것이다. 이제야 그는 정육점 주인이나 무두장이, 빵집 주인이나 대장간 주인이 집 앞에 놓인 양지바른 벤치에 앉아 제왕(帝王)처럼 환한 모습을 하고 있는지를 이해할 것 같았다. 그리고 그들을 속물 같은 비참한 인간들이라고 경멸하지 않게 되었다. 한스는 노동자와 숙련공과 견습생들이 모자를 약간 삐딱하게 쓰고, 흰 깃이 달린 와이셔츠에 정성들여 솔질한 나들이옷을 입고서, 줄지어 산책을 하거나 술집으로 몰려가는 모습을 바라보았다. 언제나 그런 것은 아니지만, 수공업자들은 자주 자기네들끼리만 어울렸다. 목수는 목수들끼리, 미장이는 미장이들끼리 어울려 그들 직업 신분의 명예를 지켰다. 그들 중에서 기계공들이 가장 고상한 동업자 모임이었고, 또한 기계공들이 가장 높은 위상을 차지했다. 이 모든 것이 어느 정도 정다운 느낌을 주었다. 그 가운데 많은 것이 약간은 조악하고 우스꽝스럽다고 할지라도, 그 이면에는 수공업의 아름다움과 자긍심이 숨겨져 있었다. 이러한 점은 오늘날까지도 여전히 무언가 결연하고도 유용한 일을 상상케 하며, 심지어 가장 비천한 양복점의 견습공이라도 작으나마 이러한 빛을 보존하고 있는 것이다.

슐러 아저씨네 작업장 앞에는 젊은 기계공들이 거만한 자세로 느긋하게 서 있었다. 지나가는 사람들에게 가볍게 고개를 끄덕여 인사를 하기도 하고, 서로 이야기를 주고받기도 했다. 그들은 자기들끼리만 믿을 만한 동아리를 만들고서, 다른 사람은 전혀 필요로 하지 않는다는 것을 충분히 짐작할 수 있었다. 물론 일요일에 여흥을 즐길 때에도 마찬가지였다.

한스도 그러한 점을 느꼈고, 자신이 이들에게 속한다는 사실이 무척 기뻤다. 그러나 미리 계획된 일요일의 여흥에 대하여는 약간 두려운 생각이 들었다. 기계공들은 인생을 즐기는 데 있어서 거칠고도 호사스럽다는 것을 알고 있었기 때문이다. 어쩌면 춤을 추게 될지도 모른다. 한스는 춤을 출지 몰랐다. 그러나 한스는 아무튼 힘닿는 데까지 사나이답게 처신할 생각이었다. 부득이할 경우 가벼운 숙취쯤은 감행해 보기로 마음먹었다. 그는 맥주를 많이 마시는 데 익숙하지 못했다. 담배를 피우는 것도 조심스레 겨우 시가를 한 대 끝까지 피울 수 있었다. 창피와 치욕을 당하지 않기 위해서였다.

아우구스트는 몹시 기뻐하며 그를 맞이했다. 나이든 숙련공이 같이 오지 않는 대신에 다른 작업장의 동료 1명이 함께 오게 되었다. 그래도 일행이 최소한 4명은 되었으며, 그만하면 마을 전체를 뒤집어 놓기에 충분했다. 오늘은 누구나 맥주를 원하는 만큼 실컷 마실 수 있다. 술값은 자기가 낼 것이기 때문이라고 말했다. 그는 한스에게 시가를 권했다. 그러고 나서 네 사람은 슬슬 움직이기 시작했다. 천천히 그리고 오만한 태도로 시내를 한 바퀴 서성거리다가, 보리수 광장 아래에 이르러 발걸음을 재촉하기 시작했다. 늦지 않게 비라하에 도착하기 위해서였다.

거울 같은 강물은 파랑과 노랑과 하얀색으로 반짝이고 있었다. 10월의 부드러운 태양은 잎이 거의 다 떨어진 가로수길의 단풍나무와 아카시아나무를 따스하게 내리쬐고 있었다. 드높은 하늘은 구름 한 점 없이 밝은 청색으로 물들어 있었다. 때는 고요하고 맑고 따스한 어느 가을날의 하루였다. 이런 날에는 지나간 여름의 모든 아름다운 일들이 고통 없이 미소 짓는 즐거운 추억처럼 부드러운 대기를 가득 채우는 것이다. 아이들은 계절을 잊어버리고 꽃을 찾으러 갈 거라고 생각한다. 이런 날에 노인들은 생각에 잠긴 눈길로 창가에나 집 앞 벤치에 앉아 먼 하늘을 올려다본다. 왜냐하면

이들에게는 한 해의 추억뿐만이 아니라, 흘러간 일생의 그리운 추억들이 맑고 파란 창공을 통해 날아가는 것처럼 여겨지기 때문이다. 그러나 젊은 사람들은 즐거운 기분에 젖어 아름다운 그날을 찬미한다. 각자가 타고난 재능과 기질에 따라서 술을 바치거나 고기를 바치기도 하고, 노래를 부르거나 춤을 추기도 하며, 술판을 벌이거나 거창한 싸움판을 벌이기도 한다. 왜냐하면 어디를 가나 신선한 과일 케이크가 구워지고, 지하실에는 갓 담근 사과즙이나 포도주가 익어가고 있으며, 모든 술집의 앞마당과 보리수광장에서는 바이올린이나 하모니카로 한 해의 마지막 즐거운 날들을 축하하며, 춤과 노래와 사랑의 유희로 사람들을 유혹하기 때문이다.

젊은이들은 재빨리 앞으로 걸어 나갔다. 한스는 보기에 아무렇지도 않은 듯 시가를 피웠다. 그런데 담배를 피우는 것이 스스로도 이상할 정도로 기분이 좋았다. 숙련공 한 사람이 자기가 걸어온 여정에 대하여 이야기했다. 입이 닳도록 잔뜩 떠들어 대도 누구 하나 개의치 않았다. 그런 허풍은 늘 따르게 마련이었다. 아무리 얌전한 수공업 도제라 할지라도 빵 문제가 해결되고 눈으로 본 증인만 없으면, 자신의 떠돌이행각을 과장해서 능란하게 전설적인 음조로 이야기하는 법이다. 왜냐하면 젊은 수공업 도제들의 인생에 대한 경이로운 시(詩)들이란 민중의 공유재산이며, 전통적인 옛 모험담에 모든 개개인의 체험에서 나오는 새로운 아라베

스크 무늬를 넣어 새로이 시(詩)로 지어내기 때문이다. 또한 유랑 길을 떠도는 뜨내기 도제들이란 누구나 일단 이야기를 시작하면, 자기 내면에 불멸의 익살꾼인 오일렌슈피겔[87]이나 불멸의 뜨내기인 슈트라우빙어의 일면을 느끼게 되기 때문이기도 하다.

"그러니까 내가 프랑크푸르트에 있을 때였어. 제기랄, 그럴 듯한 인생이었지! 아직 아무한테도 말하지 않은 이야긴데, 글쎄 그 밥맛 없는 멍청이 돈 많은 장사꾼 놈이 우리 주인 딸과 결혼하려고 안달이 났어. 그런데 아가씨가 그놈을 보기 좋게 딱지 놓아 버렸지. 내가 한참 더 좋았던 모양이야. 넉 달 동안이나 그 처녀가 내 애인으로 지냈다고. 내가 주인영감하고 싸움질만 하지 않았더라면, 아마 지금쯤 그의 사위가 되었을지도 몰라."

숙련공은 계속해서 이야기를 늘어놓았다. 아주 비열한 인간인 주인영감이 그를 때리려고도 했다는 것이었다. 더러운 인신매매인 같은 그 자가 한 번은 겁도 없이 손을 내뻗었는데, 그는 아무 말도 하지 않고 쇠를 단련하는 망치를 휘두르며 그 늙은이를 노려보았다. 늙은이는 아주 조용히 도망쳐 버렸는데, 머리통이 깨질까봐 두려운 모양이었다. 그 다음에 그 비겁한 얼간이는 서면으로 해고를 통보해 왔다고 했다. 그리고 그는 오펜부르크에서 벌였던 한바탕의 싸움에 대한 이야기도 했다. 자신을 포함한 3명의

[87] 오일렌슈피겔 Till Eulenspiegel은 14세기에 독일에 살았다고 하는 익살로 유명한 장난꾸러기 이름.

기계공이 7명이나 되는 공장노동자들을 반쯤 죽을 정도로 패놓았다는 것이었다. ― 오펜부르크에 가는 사람이 있으면, 가서 키다리 쇼르슈에게 물어보기만 하면 알 수 있다. 그는 아직 거기 살고 있는데, 그때 그도 같은 패거리였다는 것이다.

이 모든 것은 냉담하고 거칠기는 하지만, 진실한 내면의 열정과 호감이 가는 어투로 이야기되었다. 모두가 깊은 즐거움을 느끼며 귀를 기울여 들었고, 언젠가는 다른 마을의 다른 동료들 앞에서 이 이야기를 한 번 써먹어 보겠다고 마음속으로 다짐했다. 왜냐하면 기계공이라면 누구나 한 번쯤 주인영감의 딸을 애인으로 가져본 적이 있고, 한 번쯤은 망치를 들고 성질이 고약한 주인에게 덤벼든 적이 있으며, 또 한 번쯤은 7명이나 되는 공장노동자들을 녹초가 되도록 두들겨 패준 적도 있기 때문이다. 이런 이야기는 때로는 바덴에서 벌어지고, 때로는 헤센이나 스위스에서 벌어지기도 했다. 때로는 망치 대신에 줄이나 불에 달군 쇳덩어리를 휘두르기도 했고, 때로는 공장노동자 대신에 제과점 점원이나 양복점 견습생을 죽도록 패주기도 했다. 그러나 언제 어디서나 똑같은 옛날이야기이다. 그런데도 사람들은 언제나 그런 이야기 듣기를 즐기고 있다. 왜냐하면 이런 이야기는 오랜 전통과 재미가 있으며, 같은 패거리의 명예를 빛내주고 있기 때문이다. 그렇다고 해서 옛날이나 오늘날이나 편력하는 직공들 가운데 그런 일을 실제로 경험하는 천재들이나, 아니면 그런 이야기를 만들어 내는 천재들이 없다고 말하는 것은 아니다. 왜냐하면 이 두 가지 천재란 근본적으로 동일한 존재이기 때문이다.

특히 아우구스트가 이야기에 도취하여 만족스러워했다. 그는 끊임없이 웃어대며 맞장구를 쳤다. 벌써 숙련공이 다 되기라도 한 것처럼 시건방진 향락주의자의 표정을 짓고는 황금색 하늘로 담배연기를 내뿜기도 했다. 그 이야기꾼은 하던 역할을 계속했다. 왜냐하면 그가 여기 함께 어울린다는 것이 호의적으로 자존심을 버린 일이라는 사실을 보여주려 했기 때문이다. 아무튼 숙련공으로서 일요일에 견습공들과 함께 돌아다닌다는 것이 적당치 않을 뿐만 아니라, 더군다나 풋내기의 돈으로 술을 얻어 마신다는 것은 너무나 부끄러운 노릇이었던 것이다.

그들은 한참 동안 국도를 따라 강 아래쪽으로 걸어갔다. 이제 완만하게 산쪽으로 통하는 구부러진 차도(車道)로 갈 것인가, 아니면 그 구간의 절반밖에 되지 않는 가파른 오솔길로 갈 것인가를 선택해야만 했다. 거리가 멀기도 하고 먼지도 많이 난다 할지라도 모두들 차도를 택하기로 했다. 오솔길은 일하는 평일에나 다니는 길이었고, 산책하는 신사양반들이 즐기는 길이기도 했다. 그러나 민중들은, 특히 일요일에는 국도(國道)를 좋아했다. 국도에 대한 시적 정서가 아직 사라지지 않았기 때문이다. 가파른 오솔길을 오른다는 것은 시골 농부들이나 도시에서 온 자연애호가들에게나 어울렸다. 그것은 일종의 노동이거나 스포츠이지, 민중들에겐 아무런 즐거움이 되지 못한다. 이에 반하여 국도에서는 한가롭게 걸어가면서 이야기도 주고받을 수 있고, 신발이나 휴일의 나들이옷을 소중하게 다룰 수도 있다. 지나가는 마차나 말들을 구경하기도 하고, 산책하는 다른 사람들을 만나거나 앞지르기도 한다. 때로는 예쁘게 차려 입은 아가씨들이나 노래하는 젊은 사내들을 만날 수도 있는데, 누군가가 농담을 걸어오면, 웃으면서 받아넘기기도 한다. 가다가 멈춰 서서는 떠들어 대기도 하고, 미혼의 총각이라면 아가씨들의 뒤를 따라가기도 하며, 따라 웃을 수도 있다. 그리고 저녁때에는 친한 동료들과의 개인적인 차이를 행동으로 보여주며, 서로의 오해를 풀 수도 있다!

그래서 그들은 차도로 걸어갔다. 그 길은 커다란 곡선을 그리며 산 쪽으로 조용하고 정답게 뻗어 있었다. 마치 여유가 있고, 땀 흘리기를 좋아하지 않는 사람들을 위한 길 같았다. 아까의 그 숙련공은 상의를 벗어 지팡이에 걸어가지고 어깨 위에 둘러메고 걸어갔다. 이제는 이야기를 하는 대신 휘파람을 불기 시작했다. 한 시간이 지나 비라하에 도착할 때까지 그는 너무나 대담하고 신명나게 휘파람을 불어댔다. 한스에게는 몇 마디의 빈정대는 농담을 건네기도 했는데, 그의 마음을 심하게 상하게 하지는 않았다. 한스보다는 오히려 아우구스트가 열을 내어 이 농담을 반박하였다. 그러는 사이에 그들은 드디어 비라하 앞에 당도했다.

 그 마을은 가을 색깔의 과일나무 사이에 빨간 기와지붕과 은회색의 초가지붕들로 뒤덮여 있었다. 그리고 뒤쪽 산에는 검은 숲이 높이 솟아 있었다.

 그 젊은이들은 어느 주점으로 들어가야 좋을지 의견일치를 보지 못했다. 주점 〈닻〉에는 가장 맛좋은 맥주가 있고, 〈백조〉에는 케이크가 가장 맛있고, 〈날카로운 모퉁이〉에는 예쁜 주인집 딸이 있었다. 아우구스트의 제안에 따라 마침내 〈닻〉으로 가기로 결정했다. 그는 그들이 몇 잔을 마시는 동안에 〈날카로운 모퉁이〉 집이 달아날 것도 아니니, 나중에라도 찾아갈 수 있을 것이라는 것을 눈을 깜박거리며 암시해 주었다. 모두가 흡족해했다. 그리고 마을로 들어갔으며, 제라늄 화분을 올려놓은 낮은 농가 창턱과 여러 마구간을 지나 〈닻〉을 향해 걸어갔다. 황금빛 간판이 둥글게 자란 두 그루의 어린 밤나무 위로 햇빛을 받아 반짝거리며 유혹하고 있었다. 숙련공은 절대적으로 주점 안으로 들어가 앉으려고 했지만, 유감스럽게도 안쪽은 이미 만원이었다. 그래서 그들은 바깥의 정원에 자리를 잡아야만 했다.

 〈닻〉은 손님들의 판단으로 볼 때 아주 품격이 있는 레스토랑이었다. 농부들이 즐겨 찾는 옛날 주점이 아니라, 벽돌로 지은 현대적 입방체의 건물이었다. 창문이 지나칠 정도로 많고, 벤치 대신에 의자들이 놓여 있었으며, 양철로 만든 오색찬란한 광고판들도 상당히 많이 걸려 있었다. 더구나 도시풍으로 옷차림을 한 여종업원들이 서빙을 했고, 주인장은 한 번도 셔츠 차림을 하지 않고, 언제나 유행에 따른 갈색 정장을 입고 있었다. 사실 그는 파산을 했었지만, 커다란 맥주공장을 경영하는 채권자로부터 이 집을 임대하게 되었는데, 그 이후로 형편이 훨씬 좋아지게 되었다. 정원은 아카시아나무와 커다란 철사로 된 격자울타리로 둘러싸였는데, 그 울타리에는 야생의 포도나무가 반쯤 덮여 있었다.

"자, 마시자, 친구들!" 숙련공이 소리치면서, 3명의 동료들과 잔을 부딪쳤다. 그리고 자기의 실력을 과시하기 위해 단숨에 잔을 비워 버렸다.

"봐요, 예쁜 아가씨! 잔이 비었잖아. 당장 한 잔 더 가져오라고!" 그는 여종업원에게 소리치며 식탁 너머로 술잔을 내밀었다.

맥주맛은 일품이었다. 시원하고 별로 쓰지도 않았다. 한스도 즐겁게 자기의 잔을 비웠다. 아우구스트는 미주가(美酒家)의 표정을 지으며 맥주를 마시고, 혓바닥을 쩝쩝거리며 입맛을 다셨으며, 게다가 제대로 타지 않는 난로처럼 담배를 피워댔다. 한스는 그저 조용히 경탄만 했다.

인생을 잘 알고 즐길 줄 아는 사람들과 함께, 당연히 그럴 만한 자격이 있는 사람처럼 유쾌한 일요일을 지내며, 주점 식탁에 앉아 있는 것도 그렇게 나쁘지는 않았다. 함께 웃기도 하고, 때로는 용기를 내어 웃기는 이야기를 해보는 것도 신나는 일이었다. 술을 다 마시고 나서 잔을 식탁 위에 쾅 소리가 나도록 힘껏 내리치며, 아무런 거리낌도 없이 "아가씨, 한 잔 더!"하고 소리를 치는 것도 멋지고 사나이다운 일이었다. 옆자리의 식탁에 앉아 있는 낯익은 사람의 건강을 위해 축배를 든다거나, 불이 꺼진 시가꽁초를 왼손에 끼운 채 다른 사람들처럼 모자를 목덜미 쪽으로 젖히는 것도 즐거운 일이었다.

　다른 작업장에서 함께 온 낯선 숙련공도 술에 취하여 이야기를 늘어놓기 시작했다. 울름에 사는 어느 기계공을 알고 있는데, 그 자는 맥주를 스무 잔이나 마실 수 있다고 했다. 울름산(産) 고급 맥주를 다 마시고 입을 닦으면서 이렇게 말했다는 것이다. '그럼, 이제 고급 포도주 한 병만 더 마시자!' 그 숙련공은 또한 칸슈타트에 사는 화부(火夫)를 한 사람 알고 있는데, 그 자는 한꺼번에 단단한 소시지를 12개나 먹어서 내기에 이겼다고 했다. 그러나 두 번째의 먹기 내기에서는 지고 말았다. 그 화부는 주제넘게도 어느 작은 주점의 메뉴에 있는 음식을 다 먹어 버리겠다고 했다. 그리고 또한 거의 전부를 먹어치웠다. 그런데 메뉴 맨 마지막에 있는 네 가지 치즈 차례가 되었다. 그 자는 세 번째 치즈를 먹다가 그만 접

시를 밀어 버리고는 이렇게 말했다는 것이다. '지금 치즈를 한 입 더 먹느니 차라리 죽는 게 낫겠다.'

　이 이야기들도 대단한 박수갈채를 받았다. 이 세상 여기저기에 끈질기게 마시고 먹어대는 사람들이 있다는 것이 증명되었다. 왜냐하면 누구나 나름대로 그런 영웅들을 알고 있고, 그가 달성한 기록에 대한 이야기를 하고 있기 때문이다. 어떤 사람은 "슈투트가르트에 사는 어느 사나이"를 알고, 다른 사람은 "아마도 루드비히스부르크에 사는 용기병(龍騎兵)"을 알았다. 어떤 사람은 감자 17개를 먹은 이야기이고, 다른 사람은 팬케이크 11개를 샐러드와 함께 먹었다는 이야기였다. 사람들은 이런 이야기들을 진지하게 아주 객관적으로 늘어놓았다. 그리고 이 세상에는 여러 가지의 대단한 재능을 가진 유별난 사람들이 많이 있으며, 그들 중에는 미친 것 같은 기인(畸人)들도 있다는 사실을 즐거운 기분으로 인정했다. 이런 기분과 이런 객관성은 술집을 찾는 평범한 단골손님들에게 옛부터 전해오는 고귀한 유산이다. 그리고 젊은 사람들은 술을 마시고, 시국(時局) 이야기를 하고, 담배를 피우고, 결혼을 하고, 세상을 하직하는 일과 마찬가지로 이런 것들도 계속 모방해 가고 있는 것이다.

　석 잔째 술을 마시고 있을 때, 누군가가 케이크는 없느냐고 물어보았다. 여종업원을 불렀는데, '없어요, 케이크는 없어요!' 라는 대답을 듣고는 모두들 몹시 흥분했다. 아우구스트가 벌떡 일어서더니 여기 케이크가 없으면, 다른 집으로 가봐야겠다고 말했다. 다른 작업장에서 온 숙련공도 형편없는 주점이라며 투덜거렸다. 프랑크푸르트에서 온 숙련공만이 그냥 머물자고 했다. 왜냐하면 그는 몇 번 여종업원과 짙은 대화를 주고받기도 하고, 벌써 여러 차례 그녀의 몸을 제대로 만져보기도 했기 때문이다. 한스는 그걸 바라보고 있었다. 맥주를 마셔서 그런지, 그 광경은 이상할 정도로 그를 자극했다. 모두 그곳을 나오게 되자 한스는 기뻤다.

술값을 지불하고 모두들 길거리로 나왔을 때, 한스는 석 잔 마신 술기운을 약간 느끼기 시작했다. 반쯤은 피곤하고, 반쯤은 무언가를 해보고 싶은 편안한 느낌이었다. 그의 눈앞에는 엷은 베일이 드리워져 있는 것 같기도 했다. 이 베일을 통해서 모든 것들이 꿈속에서 볼 때와 비슷하게 저 멀리 동떨어져 거의 현실이 아닌 것처럼 보였다. 그는 끊임없이 터져 나오는 웃음을 참을 수가 없었다. 모자를 좀 더 삐딱하게 썼더니, 제대로 쾌활한 놈이 된 기분이 들었다. 프랑크푸르트에서 온 숙련공은 다시금 전투적인 휘파람을 불어 대기 시작했고, 한스는 그 박자에 맞추어 발걸음을 옮기려 했다.

〈날카로운 모퉁이〉 주점은 상당히 조용했다. 두세 명의 농부가 새로 나온 포도주를 마시고 있었다. 생맥주는 없고, 병맥주뿐이었다. 당장 각자의 앞에 맥주 한 병씩이 놓여졌다. 다른 작업장에서 온 숙련공은 자기도 돈 쓸 줄 안다는 걸 보이려는지 함께 온 모두를 위해 커다란 애플파이를 하나 주문했다. 한스는 갑자기 몹시 배가 고파서, 단번에 파이 몇 조각을 먹어치웠다. 오래된 갈색의 술집 어두컴컴한 곳에서 벽에 붙어 있는 딱딱하고 넓은 벤치에 편안하게 앉아 있었다. 고풍스러운 주방 테이블과 거대한 난로는 희미한 어둠 속으로 사라져 버렸다. 나무로 살을 댄 커다란 새장 안에는 박새 두 마리가 퍼덕거리고 있었는데, 그 창살 사이로 빨간 열매가 잔뜩 달린 마가목가지가 먹잇감으로 꽂혀 있었다.

  술집주인이 잠시 식탁으로 와서 손님들에게 환영의 인사를 건넸다. 그 후 한참이 지나서야 다시 이야기가 제대로 돌아가기 시작했다. 한스는 독한 병맥주를 두세 모금 마셔보고는, 과연 한 병을 다 마실 수 있을지 궁금해졌다.

  프랑크푸르트에서 온 숙련공은 또 지독하게 허풍을 떨어 댔다. 라인 지방의 포도축제와 객지를 떠돌던 방랑생활과 값싼 여인숙에서 묵던 일들을 늘어놓았다. 모두들 즐거운 기분으로 그의 이야기를 들었고, 한스도 웃느라고 정신을 차릴 수가 없었.

  한스는 갑자기 더 이상 온전한 정신이 아니라는 것을 깨달았다. 매순간마다 방과 식탁, 술병과 술잔과 동료들이 모두 함께 부드러운 갈색의 구름 속으로 흘러들어갔으며, 정신을 바짝 차리면 다시

제 형상으로 되돌아왔다. 이따금씩 대화 소리나 웃음소리가 격렬하게 높아질 때면, 그도 큰 소리로 함께 웃거나 당장 다시 잊어버리는 무슨 말인가를 지껄여 댔다. 서로 잔을 부딪칠 때도 있고, 함께 건배를 하기도 했다. 한 시간 정도 지난 뒤에 그는 놀랍게도 자기의 술병이 다 비었다는 것을 알았다.

"너 제법 마시는구나." 아우구스트가 말했다. "한 병 더 할래?"

한스는 웃으며 고개를 끄덕였지만 이렇게 술을 마셔 대는 것은 아주 위험한 일이라고 생각했다. 프랑크푸르트에서 온 숙련공이 노래를 부르기 시작하자 모두가 동참했다. 한스도 목이 터져라 노래를 불러 댔다.

그러는 동안에 술집은 손님들로 가득 찼다. 여종업원이 혼자서 시중드는 것을 거들기 위하여 주인집 딸이 나왔다. 그녀는 키가 크고 몸매도 아름다웠으며, 건강하고 힘이 넘치는 얼굴에 조용한 갈색 눈을 가지고 있었다.

그녀가 새로 술병을 한스 앞에 갖다 놓을 때, 옆에 앉아 있던 숙련공이 아주 정중하고 예의바르게 수작을 걸었지만, 그녀는 아무런 관심도 보이지 않았다. 그에게 무관심하다는 것을 보여주기 위해서였는지, 아니면 곱상하게 생긴 소년의 얼굴이 마음에 들어서였는지, 그녀는 한스에게로 몸을 돌리고서 재빨리 손으로 그의 머리를 쓰다듬었다. 그리고 나서는 주방 테이블로 돌아갔다.

벌써 세 병째 술을 마시고 있던 숙련공이 그녀를 뒤쫓아갔다. 어떻게든 그녀와 이야기를 해보려고 무진 애를 썼지만, 아무런 소용이 없었다. 키가 큰 처녀는 무관심하게 그를 쳐다보더니, 아무 말 없이 그냥 등을 돌려 버렸다. 그러자 그는 술자리로 다시 돌아와서는, 빈 병을 북 치듯 두드리며 갑자기 흥분하여 소리쳤다. "얘들아, 신나게 놀아보자! 자, 마셔라!"

그러고는 음탕한 여자들의 이야기를 늘어놓기 시작했다.

한스에게는 마구 뒤섞인 불분명한 목소리만 들릴 뿐이었다. 두 번째의 병맥주를 거의 다 마셨을 때에는 말하는 것뿐만 아니라, 웃는 것조차도 힘들었다. 그는 새장으로 가서 잠시 박새를 놀려주려고 했다. 그러나 두 발짝도 가기 전에 현기증이 나서 하마터면 쓰러질 뻔했다. 그래서 조심스럽게 다시 제자리로 돌아왔다.

그때부터 한없이 들떠 있던 즐거운 기분도 점점 가라앉기 시작했다. 그는 술에 취했다는 것을 알았으며, 술을 마셔 댄다는 것이 더 이상 즐겁지 않다는 생각이 들었다. 그리고 저 먼 곳에서 가지가지의 불행이 그를 기다리고 있다는 것을 알았다. 집으로 돌아가는 길이나, 아버지와 벌이게 될 말다툼이나, 내일 아침 일찍 작업장에 출근할 일 등이 그랬다. 차츰 머리까지 아파오기 시작했다.

다른 동료들도 좋은 술을 충분히 마셨다. 잠시 머리가 맑아진 순간 아우구스트는 술값을 지불하겠다고 나서며, 일 탈러를 냈는데도 거스름돈을 별로 받지 못했다. 그들은 떠들썩하게 웃으면서 길거리로 나왔다. 저녁 햇빛이 눈부실 만큼 밝게 빛나고 있었다. 한스는 몸을 제대로 가눌 수가 없었다. 아우구스트에게 기댄 채, 비틀거리며 그에게 끌려가고 있었다.

다른 작업장에서 온 숙련공은 감상에 빠져 버렸다. 그는 "내일 난 여길 떠나야 해"[88]라는 노래를 불렀다. 그의 두 눈에는 눈물이 흘러내렸다. 원래는 모두들 집으로 돌아갈 생각이었다. 그러나 〈백조〉 앞에 다다르자 한 숙련공이 그리 들어가자고 고집을 부렸다. 입구에서 한스는 거기서 가까스로 빠져 나왔다.

"난 집에 가야 돼."

"혼자 걷지도 못하면서." 숙련공이 웃으며 말했다.

"아냐, 아냐, 난 …… 집에 …… 가야 돼."

"그럼 최소한 독주(毒酒)라도 한 잔 마셔라. 이 꼬마야! 그걸 마시면 다리에 힘도 생기고, 위장도 편해질 거야. 틀림없어. 한 번 마셔보라고."

한스는 자기의 손에 작은 술잔이 쥐어진 것을 느꼈다. 많이 엎지르긴 했지만, 그는 나머지 술을 삼켰다. 목구멍이 불타오르는 느낌이었다. 지독한 구역질이 그의 몸을 흔들어 댔다. 그는 혼자서 비틀거리며 계단을 내려왔고, 어떻게 왔는지 알지도 못한 채 마을

---

88) 독일 민요. 이 가사를 프리드리히 실허 Friedrich Silcher(1789~1860)가 작곡한 것으로 유명함.

밖으로 걸어 나왔다. 집들과 울타리와 정원들이 삐뚜름하게 기울어진 채, 뒤죽박죽 빙빙 돌며 그의 곁을 스쳐지나갔다.

그는 사과나무 아래 축축한 풀밭에 드러누웠다. 온갖 불쾌한 감정과 고통스러운 두려움과 불안스러운 생각들 때문에 잠을 이룰 수가 없었다. 자신이 더럽혀지고 모욕을 당했다는 느낌이 들었다. 어떻게 집으로 돌아갈 수 있을까? 아버지에게 무슨 말을 해야 할까? 그리고 내일은 어찌 될 것인가? 그는 너무나 낙담했고 처참하다는 생각이 들었다. 이제는 영원히 쉬고 잠들고 또 부끄러워해야 할 것만 같았다. 머리와 눈도 아파왔다. 자리에서 일어나 계속 걸어갈 만한 힘도 느껴지지 않았다.

갑자기 좀 전에 맛본 희열의 흔적이 뒤늦게 무상한 파도처럼 다시 밀려왔다. 그는 얼굴을 찡그리더니 혼자 노래를 불렀다.

> 오, 사랑하는 아우구스틴,[89]
> 아우구스틴, 아우구스틴,
> 오, 사랑하는 아우구스틴,
> 모든 것은 흘러가 버렸네.

노래를 다 부르기도 전에 가슴속 깊은 곳이 너무나도 아파왔다. 불분명한 상념

---

[89] 민요에 나오는 한 구절인데, 여기서는 후렴만 사용되었음.

들과 추억들, 수치심과 자책감이 침울한 물결처럼 그에게로 덮쳐 왔다. 그는 큰 소리로 신음했고, 흐느껴 울면서 풀밭에 쓰러졌다.

한 시간 후에 날은 이미 어두워졌다. 그는 자리에서 일어나, 불안하고 힘든 걸음걸이로 언덕을 내려갔다.

기벤라트 씨는 아들이 저녁 식사 때 돌아오지 않자 끊임없이 욕설을 퍼부어 댔다. 9시가 되어도 한스가 돌아오지 않자, 그는 오랫동안 사용하지 않던 등나무로 만든 강한 회초리를 꺼내놓았다. 그놈이 이젠 아버지의 매를 맞지 않을 정도로 컸다고 생각하는 모양이지? 집에 돌아오기만 하면, 후회하게 될 거다!

10시에 아버지는 현관문을 잠가 버렸다. 우리 아드님이 밤중에 쏘다니겠다면, 어디에 묵을지도 알아 두어야 할 거야.

아버지는 잠을 자지 않았다. 오히려 점점 더 분에 겨워하면서 이제나 저제나 아들의 손이 문의 손잡이를 돌려보고, 살며시 초인종의 줄을 잡아당기기만을 기다리고 있었다. 그는 그런 장면을 상상해 보고 있었다. ─ 쓸데없이 돌아다니는 놈은 따끔한 맛을 좀 봐야 돼! 그 망나니 녀석은 술에 취했을 거야. 하지만 당장에 술이 깨게 해줘야지. 요 개구쟁이 놈, 음흉한 녀석, 요 비열한 놈! 뼈마디가 으스러지도록 때려줘야지.

그러나 마침내 아버지도, 그의 분노도 잠에 굴복하고 말았다.

그와 동일한 시각에 그토록 협박을 당하던 한스는 이미 싸늘하고 고요한 시체가 되어, 검푸른 강물을 따라 골짜기 아래로 천천히 떠내려가고 있었다. 구역질이나 부끄러움이나 괴로움도 모두 그에게서 사라져 버렸다. 어둠 속에서 떠내려가는 그의 바싹 마른 육신 위로 푸르스름한 차가운 가을 밤하늘이 내려다보고 있었다. 그의 두 손과 머리카락과 창백한 입술에는 시꺼먼 강물이 어른거렸다. 날이 밝기 전에 먹이를 구하러 나선 겁쟁이 수달이 교활하게 그를 노려보며 소리 없이 곁으로 미끄러지듯 지나가지 않았다면, 그 어느 누구도 그를 보지 못했을 것이다. 그가 어떻게 물에 빠졌는지 아무도 알지 못한다. 길을 잃고 헤매다가 가파른 언덕에서 미끄러졌는지도 모른다. 어쩌면 물을 마시려다가 몸의 균형을 잃었을지도 모른다. 아니면 아름다운 강물의 모습에 이끌려 그 위로 몸을 굽혔을지도 모른다. 그리고 평화와 깊은 안식으로 가득한 밤과 창백한 달빛이 그를 마주 바라보고 있어서, 피로와 불안에 지친 마음이 그를 살며시 떠밀어 죽음의 그림자 속으로 몰아갔는지도 모른다.

한낮이 되어서야 사람들은 한스의 주검을 발견하고 집으로 운반해 왔다. 소스라치게 놀란 아버지는 회초리를 옆으로 치워 놓고, 이제까지 쌓아두고 있던 분노를 누그러뜨려야만 했다. 그는 울지도 않았고, 별로 이상하게 처신하지도 않았다. 하지만 그날 밤에는 잠자리에 들지도 않고, 이따금씩 문틈 사이로 말없이 누위 있는 아들을 건너다보곤 했다. 깨끗한 침대 위에 누워 있는 아들은 변함없이 예쁜 이마와 창백하고 영리해 보이는 얼굴을 하고 있었다. 그것은 마치 무언가 특별한 존재인 것 같았고, 여느 사람들과는 다른 운명을 가진다는 천부적인 권리라도 지닌 듯했다. 이마와 손의 피부가 약간 푸르스름하고 불그레하게 굳혀져 있었다. 곱상한 얼굴에는 잠이 들어 있었고, 두 눈에는 하얀 눈꺼풀이 덮여 있었다. 그리고 완전히 다물어지지 않은 입가에는 만족스럽고 거의 기쁜 표정이 깃들어 있었다. 그 모습으로 보아서는 이 소년이 꽃다운 나이에 갑자기 꺾여서 즐거운 인생행로에서 벗어나게 된 것만 같았다. 그리고 아버지 역시 피로와 외로운 슬픔에 지친 나머지 미소를 짓게 되는 착각에 굴복해 버린 것 같았다.

    장례식에는 수많은 동행자들과 호기심에 찬 사람들이 몰려들었다. 한스 기벤라트는 다시 누구나 관심을 갖는 유명인사가 되었다. 선생님들과 교장 선생님과 마을 목사님도 다시 그의 운명에 동참했다. 그들 모두가 프록코트를 입고, 장중한 실린더 모자를 쓰고 나타나서 장례행렬을 따라갔다. 그리고 서로들 뭔가를 속삭이면서, 잠시 무덤가에 머물러 있었다. 라틴어 선생님이 특히 우울해 보였다. 교장 선생님이 낮은 목소리로 그에게 말했다. "그래요, 선생님. 저 아이는 뭐라도 될 수 있었을 겁니다. 가장 우수한 아이들이 이렇듯 불운을 겪는다는 것은 정말 슬픈 일이 아니겠습니까?"

구둣방 아저씨 플라이크는 한스의 아버지와, 끊임없이 흐느껴 우는 안나 할머니와 함께 무덤가에 머물러 있었다.

"그래요, 정말 가혹한 일이오, 기벤라트 씨." 그가 동정어린 어조로 말했다. "나도 저 아이를 무척 좋아했지요."

"도무지 이해가 안 돼요." 기벤라트 씨는 한숨을 내쉬었다. "정말 재능이 뛰어났었지요. 그리고 모든 게 잘 되어갔고요. 학교며, 시험이며…… 그러다가 갑자기 한꺼번에 불행이 닥쳐오다니!"

구둣방 아저씨는 묘지의 문을 지나 떠나가고 있는 프록코트 신사들을 가리켰다.

"저기 걸어가는 신사양반들 말입니다." 그는 낮은 목소리로 말했다. "저 신사양반들도 이 아이를 이 지경에 빠지도록 도와준 셈이지요."

"뭐라고요?" 기벤라트 씨가 펄쩍뛰었다. 그리고 의아해하고 깜짝 놀란 표정으로 구둣방 주인을 뚫어져라 쳐다보았다. "원, 세상에, 대체 그게 무슨 말이오?"

"이웃양반, 좀 진정하세요. 난 그저 학교 선생님들을 말한 것뿐이오."

"어째서요? 대체 어째서 그렇단 말이오?"

"아, 그만둡시다. 당신이나 나나, 우리 모두가 여러 가지로 이 아이에게 너무 소홀했던 것이오. 그렇게 생각지 않소?"

　마을 위로는 푸른 하늘이 한가롭게 펼쳐져 있었다. 골짜기에는 강물이 반짝반짝 흘러갔으며, 전나무가 우거진 산들은 그리움에 젖은 듯 부드럽게 저 멀리까지 파랗게 뻗어 있었다. 구둣방 주인은 처량한 미소를 지으며 이웃사람의 팔을 잡았다. 기벤라트 씨는 이 시간의 고요함과 이상야릇하게 고통스러운 상념들에서 벗어나서, 익숙해 있는 삶의 터전을 향해 주저하는 듯 당혹스런 심정으로 발걸음을 옮겨놓고 있었다.

Hermann Hesse

Demian

데미안

- 에밀 싱클레어의 젊은 시절 이야기 -

나는 정말 나 자신으로부터 저절로 우러나온 인생을 살려고 원했을 뿐이다. 그런데 그것이 왜 그다지도 어려웠던가? 작품의 모두가 된 싱클레어의 이 고백은 전체 이야기의 근본 멜로디로서 내면의 자아를 찾아가는 간절한 소망과 노력을 보여준다. 이 자아성숙의 길은 고통으로 가득 찬 고독 속에서 이루어지고 있는데, 멀고도 가까운 자기운명으로서의 자아를 향한 끝없는 방랑이 전체의 작품을 구성한다.

 나는 정말 나 자신으로부터 저절로 우러나온 인생을 살려고 원했을 뿐이다. 그런데 그것이 왜 그다지도 어려웠던가?[1]

내 이야기를 하려면 훨씬 이전의 시절에서부터 시작해야만 된다. 가능만 하다면 훨씬 더 거슬러 올라가서 나의 소년 시절의 초기에까지는 물론 그것도 지나서 내 조상의 아득한 옛날까지 되돌아가야만 할 것이다.

작가들이 소설을 쓸 때면 마치 자기가 신(神)이라도 된 양으로 어느 한 인간의 역사를 송두리째 내려다보고 이해할 수 있으며, 또한 신이 자기 자신에게 이야기라도 하듯이 조금도 덮어두는 일이 없이 어디에서나 사실 그대로 서술하는 척한다. 작가들이 그렇게 할 수 없는 것과 마찬가지로 나 역시 그런 일을 할 수가 없다. 그러나 나의 이야기는 어느 작가에게 그의 이야기가 중요한 것 이상으로 내겐 더욱 더 소중한 것이다. 왜냐하면 그것은 바로 나 자신의 이야기이기 때문이며, 또한 한 인간의 이야기 - 즉 가상적으로 고

---

[1] 헤르만 헤세의 이 모토는 이 작품 제5장 "새는 알에서 나오려고 싸운다"에서 나온 것임.

안해 내고 어쩌면 가능할 수도 있으며, 또한 이상으로서만 존재하거나 그렇지 않는 경우엔 전연 존재할 수도 없는 그런 인간의 이야기가 아니라, 실제로 존재하며 단 한 번 생생하게 살아가고 있는 인간의 이야기이기 때문이다. 그런데 실제로 살아 있는 인간이 무엇이냐 하는 것을 오늘날 우리는 옛날보다도 더 모르고 있다. 그리고 개개인이 자연의 고귀한 단 한 번의 시도(試圖)인데도 우리는 인간들을 대량으로 사살하고 있는 것이다. 만약 우리가 일회적인 인간 이상의 것이 아니라면, 그리고 우리들 각자를 사실상 한 발의 총탄으로 이 세상에서 완전히 제거해 버릴 수가 있다면, 이 이야기를 한다는 것은 정말 무의미한 일일 것이다. 그러나 모든 인간이란 누구나 그 인간 자신일 뿐만 아니라, 일회적이면서도 완전히 특수하며, 어떠한 경우에라도 중요하고도 기묘한 하나의 지점으로서, 여기에서 세상의 여러 가지 현상이 서로 교차하는데, 이는 단 한 번일 뿐이지 결코 다시 되풀이되지는 않는다. 그러므로 인간 각자의 이야기는 중요하고 영원하며 신성한 것이다. 그 때문에 모든 인간이 어떻게든 살아가며 자연의 의지를 실현시켜 주는 한, 누구나 경이로운 존재이며 주목을 받을 만한 가치가 있는 것이다. 인간 각자의 마음속에서 정신은 형상을 이루게 되고, 피조물은 각자의 내면에서 괴로워하며, 각자의 마음속에서 한 사람의 구세주가 십자가에 못 박히는 것이다.

오늘날 인간이 무엇인지를 아는 사람은 거의 없다. 그러나 많은 사람들이 그것을 느끼고는 있으며, 그럼으로 해서 그들은 보다 가볍게 죽어가는 것이다. 마치 내가 이 이야기를 끝까지 다 쓰고 나면, 좀 더 가벼운 마음으로 죽어갈 것과도 같이 말이다.

나는 나 자신을 식자(識者)라고 말하지는 못한다. 나는 구도자(求道者)였고 지금도 여전히 그렇다. 그러나 나는 더 이상 별들이나 책들 속에서 교훈을 찾고 있는 것이 아니며, 나의 내면에서 피가 속삭여 주는 교훈에 귀를 기울이기 시작한 것이다. 내 이야기는 즐거운 것도 아니며, 생각해 낸 이야기처럼 달콤하거나 조화롭지도 못하다. 그것은 자신을 더 이상 속이려 하지 않는 모든 인간의 생활처럼 불합리와 혼란, 광증과 몽환의 맛이 날 것이다.

모든 인간의 인생이란 자기 자신으로 향하는 길이며[2], 하나의 길을 가는 시도이며, 하나의 오솔길의 암시인 것이다. 일찍이 어느 누구도 완전히 자기 자신이었던 사람은 없었다. 그럼에도 개개인은 자기 자신이 되어 보려고, 어떤 사람은 둔하게 또 어떤 사람은 명료하게 자기가 할 수 있는 대로 노력하는 것이다. 개개의 인간은 자기 탄생의 잔재(殘滓)와 태고세계의 점액(粘

---

[2] 헤세의 이 사상은 후기 작품, 특히 《싯다르타》, 《황야의 이리》, 그리고 《동방순례》에 구체적으로 형상화되고 있음.

液)과 껍질을 죽을 때까지 지니고 다닌다. 많은 사람은 한 번도 인간이 되어 보지 못하고, 개구리인 채로 또는 도마뱀이나 개미인 채로 머물러 있다. 상체는 인간인데, 하체는 물고기인 사람도 많다. 그러나 각자는 모두 인간으로 향하는 자연의 자식들이다. 우리 모두의 유래, 즉 어머니는 공통적이다.[3] 우리는 모두가 동일한 심연에서 유래하는 것이다. 그러나 그 심연으로부터의 시도이며, 한배 자식인 개개의 인간은 자기의 독자적인 목표를 향해 노력한다. 우리는 서로서로 이해할 수는 있다. 그러나 각자는 오로지 자기 자신만을 해명할 수 있을 뿐이다.

---

[3] 이 주제는 후기의 장편 《나르치스와 골드문트》에 상세히 형상화되었음.

제 1 장
두 개의 세계

　　내 나이가 열 살이었고, 우리의 조그마한 도시에 있는 라틴어학교에 다니던 시절의 체험으로부터 나는 내 이야기를 시작하려고 한다.

　그러자니 많은 것들이 향기를 풍겨오고, 내면으로부터의 슬픔과 쾌적한 전율로 내 마음을 뒤흔들어 놓는다. 어두운 골목길이며 밝은 집들과 탑, 시계 종 치는 소리와 사람들의 얼굴, 아늑하고 따스한 위안이 가득찬 방들, 비밀과 유령에 대한 깊은 공포로 가득찼던 방들이 그러하다. 따스한 구석의 냄새가 나고 집토끼와 하녀, 가정상비약과 말린 과일 냄새도 난다. 여기에는 2개의 세계가 서로 엇갈리고 있었으며, 2개의 극(極)에서부터 낮과 밤이 찾아왔다.

　그 하나의 세계는 아버지의 집이었다. 그러나 그 세계는 더욱 비좁은 것으로서 본래는 나의 부모님만을 포함하고 있을 뿐이었다.

이 세계는 대부분이 내게 너무나도 잘 알려진 것이었고, 어머니와 아버지, 사랑과 엄격, 모범과 훈육이라고 하는 세계였다. 부드러운 밝음과 명확함과 깨끗함이 바로 이 세계에 속하는 것이었고, 여기에는 온화하고 다정스러운 말과 깨끗한 손이며 정결한 옷가지와 훌륭한 예절이 깃들어 있었다. 여기에서는 아침의 합창이 불려지고 크리스마스도 경축되었다. 이 세계에서는 또한 미래로 향하는 똑바른 선과 길이 존재하였다. 의무와 죄, 양심의 가책과 참회, 용서와 선의(善意), 사랑과 존경심, 성경의 말씀과 예지가 존재하고 있었다. 우리가 인생을 분명하고 정결하게, 아름답고 정연하게 하기 위해서는 이 세계를 꼭 지켜야만 했던 것이다.

그러나 또 하나의 다른 세계가 우리들 자신의 집 한가운데에서 이미 시작되고 있었다. 그것은 완전히 다른 세계로, 다른 냄새를 풍기고 다른 말투를 사용하며, 다른 약속을 하고 다른 요구를 하였다. 이 두 번째의 세계에는 하녀들과 직공들, 도깨비 이야기와 추문들이 있었다. 거기에는 마치 도살장이나 감옥, 주정뱅이들과 욕지거리를 퍼붓는 계집들, 새끼를 낳는 암소와 거꾸러진 말들, 그리고 강도와 살인과 자살에 대한 이야기들 같은 몸서리쳐지면서도 유혹적이며, 무시무시하고도 수수께끼와 같은 가지각색의 수많은 일들이 흘러넘치고 있었다. 이러한 아름답고도 몸서리가 쳐지는, 야만적이면서도 잔인한 모든 일들이 내 주위에, 바로 이웃 골목이나 이웃집에 존재하고 있었던 것이다. 경찰들과 불량배들이 쫓고 쫓기며 내달리고, 주정뱅이들은 아내를 두들겨 패고, 저녁이면 젊은 처녀들의 무리가 공장에서 쏟아져 나오고, 노파들은 사람을 홀려 병들게 할 수도 있고, 도둑 떼는 숲속에 기들을 잡고, 방화자는 경찰에 체포되기도 하였다. - 어디에서나 이 두 번째의 과격한 세계가 용솟음치고 냄새를 풍겼다. 도처에서 그러했으나 어머니와 아버지가 계시던 우리 집의 방 안만은 그렇지 않았다. 그것은 참으로 다행한 일이었다. 여기 우리 집에만 평화와 질서와 안정이, 그리고 의무와 착한 양심과 용서와 애정이 깃들어 있다는 것은 경이로운 일이었던 것이다. - 그러나 또한 그 외의 다른 모든 것이, 모든 소란스러운 것과 눈부신 것, 음산한 것과 폭력적인 것이 존재한다는 것도 희한한 일이었으며, 이것은 그래도 다행히 한 번 훌쩍 뛰기만 하면 어머니의 품안으로 도망쳐 갈 수 있었던 것이다.

그런데 가장 이상한 일은 이 2개의 세계가 서로 맞닿아 있고, 아주 가깝게 공존하고 있다는 사실이었다! 예를 들면 우리 집 하녀인 리나도 저녁기도 시간에 거실 문 옆에 앉아서, 깨끗하게 씻은 손을 말끔하게 다림질한 앞치마에 올려놓고, 맑은 목소리로 함께 노래를 부를 때면, 완전히 아버지와 어머니에게, 즉 우리들 세계인 밝고 올바른 세계에 속하고 있었다. 그러나 곧 부엌이나 헛간에서 내게 머리 없는 사내에 대한 이야기를 해준다거나, 혹은 조그마한 푸줏간에서 이웃 여인들과 말다툼을 할 때, 리나는 완전히 다른 사람이 되고 다른 세계에 속했으며 비밀로 감싸이곤 했다. 모든 일이 그러했으며, 나 자신에 있어서는 더욱 그러하였다. 확실히 나는 밝고 올바른 세계에 속해 있었으며, 나는 부모님의 자식이었다. 그러나 내가 눈과 귀를 돌리면, 그곳에는 어디에나 다른 것들이 존재하고 있었다. 그리고 때때로 그런 것들은 낯설고 불안하였으며, 또한 그런 데에는 반드시 양심의 가책과 공포심이 뒤따랐지만, 나는 이 다른 세계에서도 살곤 하였던 것이다. 심지어 나는 아주 즐거운 기분으로 종종 이 금지된 세계에서 살기까지 하였다. 그리고 때로는 밝은 세계로의 귀환이 ― 아무리 그것이 어쩔 수 없고 선(善)한 일이라 할지라도 ― 마치 별로 아름답지도 않고, 지루하고도 황량한 세계로 되돌아가는 것과 같았다. 내 인생의 목표가 아버지나 어머니처럼 그렇게도 밝고 순수하게, 또한 탁월하고 질서 있게 산다는 데 있다는 것을 나는 자주 의식하였다. 그러나 그곳까지의 길은 멀었으며, 그곳에 이르려면 학교도 다니고 연구도 하며, 여러 가지 시련과 시험을 치르지 않으면 안 되었다. 그리고 그 길은 언제나 보다 어두운 다른 세계의 곁을 지나가고 그 속을 뚫고 지나가므로, 우리가 그 세계에 걸음을 멈춘다거나 그 속에 가라앉아 버리는 것도 전혀 불가능한 일이 아니라는 것을 알고 있었다. 그러한 운명이 되어 버린 타락한 아들에 대한 이야기[4]가 있었으며, 나는 그것을 열심히 읽었었다. 그 이야기에서는 언제나 아버지와 선한 것으로의 귀환은 구원이 되었고 위대한 것이었다. 나는 이것만이 올바른 일이며 선한 것이고 바람직한 것이라고 전적으로 느끼기도 했다. 그러면서도 악한들과 타락한 아들 사이에 전개되는 이야기가 훨씬 더 마음을 유혹하였으며, 솔직히 고백하자면 타락한 아들이 참회를 하고 다시금 올바른 길을 찾게 된다는 것이 때로는 정말 유감스럽기도 했다. 그러나 그런 생각을 말하지는 않았으며, 나는 그런 생각을 하려고 하지도 않았다. 그러한 것은 다만 하나의 예감과 가능성으로서 아주 깊은 감정 속에나 어떻게든 겨우 존재하고 있을 뿐이었다. 내가 악마를 상상할 때에는 그놈이 변장을 했건 공공연히 나타났건 간에 저 아래 길거리나 시장 바닥, 혹은 주막집에나 있다고 생각할 수 있었지, 결코 우리 집안에 있다고는 상상할 수 없었다.

내 누이들도 마찬가지로 밝은 세계에 속해 있었다. 누이들은 근본적으로 나보다도 아버지나 어머니에게 훨씬 더 가까웠고, 더욱 더 착하고 얌전했으며, 결점도 훨씬 더 적다고 나는 종종 생각했다. 누이들도 물론 결점이나 나쁜 버릇이 있기는 하였지만, 그것은 그리 심각한 것이 아니라고 생각되었다. 어쨌든 그것은, 악한 것과의 접

---

[4] 《신약성서》 「누가복음」 15장 11~32절에 나오는 〈탕자의 이야기〉 참조.

촉이 때로는 너무나도 곤란하고 고통스럽게 되며, 어두운 세계에 훨씬 더 가까이 서 있는 나의 경우와는 달랐던 것이다. 누이들은 부모들과 똑같이 사랑과 존경을 받을 수 있었다. 내가 누이들과 싸움이라도 하였다면, 그 후 나 자신의 양심에 비추어 보면 언제나 내가 나쁘고 용서를 빌어야만 하는 장본인이었던 것이다. 왜냐하면 누이들을 모욕한다는 것은 곧 내 부모님을, 선한 것과 계율과 같은 것을 모욕한 것이기 때문이었다. 그러나 내게는 차라리 누이들보다는 더없이 방종한 골목대장들과 나눌 수 있는 비밀도 있었다. 마음이 밝고 양심이 올바른 기분 좋은 날에, 누이들과 놀고 그들과 더불어 착하고 얌전하게 지내며, 선량하고 고상한 빛속의 자신을 바라보는 것은 때로는 흐뭇한 일이었다. 천사였을 경우엔 당연히 그래야만 할 것이다. 그것이 우리가 알고 있는 최고의 것이었으며, 우리는 밝은 음향과 향기, 크리스마스와 행복에 감싸인 천사가 된다는 것을 달콤하고 경이롭게 생각했던 것이다. 아아, 그러나 그러한 시간과 날이 찾아온다는 것은 얼마나 드물었던가! 때때로 장난을 할 때, 착하고 잘못없는 허용된 장난을 하다가 나는 열정과 격한 태도에 사로잡혀 누이들에게 과격하게 되고, 싸움과 불행을 불러일으키곤 했다. 그리고 내가 분노에 사로잡히게 될 때면, 진저리가 날 정도로 행동하고 떠들어 대곤 했는데, 그러는 중에도 그것이 부당하다는 것을 나는 마음속 깊이 타는 듯 느끼곤 했다. 그리고 나서는 초라하고도 침울한 후회와 회한의 시간이 닥쳐오고, 다음에는 용서를 구해야 하는 괴로운 순간이 왔다. 그 다음에는 다시 밝은 세계의 빛이, 갈등이 없는 고요하고 고마운 행복이 몇 시간이고 혹은 몇 순간이고 찾아오는 것이었다.

나는 라틴어학교에 다니고 있었다. 시장(市長)과 산림감독의 아들들이 나와 한 반에 있었는데 가끔 나를 찾아왔었다. 거친 소년들이었지만, 그래도 착하고 허락된 세계에 속한 아이들이었다. 그리고 나는 우리가 늘 멸시를 하곤 했던 공민학교 학생인 이웃 소년들과도 가까운 관계를 맺고 있었다. 그들 중의 한 아이에 대해서 나는 내 이야기를 시작해야겠다.

수업이 없던 어느 날 오후 – 내 나이 열 살을 갓 넘었을 때였는데 – 나는 이웃에 사는 두 아이와 어울려 빈들거리고 있었다. 그때 우리보다 좀 더 큰 아이 하나가 우리들에게로 다가왔다. 그는 열세 살쯤 된 억세고 거친 아이로 공민학교 학생이었는데 양복재단사의 아들이었다. 그의 아버지는 주정뱅이였고, 그의 가족들도 좋지 않은 평을 듣고 있었다. 나는 이 프란츠 크로머[5]를 잘 알고 있었으며, 또 두려워하고 있었다. 그래서 그때 그 애가 우리들에게 끼여드는 것이 마음에 들지 않았다. 그는 벌써 어른 같은 태도를 지녔고, 젊은 직공들의 걸음걸이와 말투를 흉내 내고 있었다. 그의 지휘 아래 우리는 다리 곁으로 해

---

[5] 헤세가 만들어 낸 허구적 인물임.

서 강변으로 내려가서는 아치를 이룬 다리의 첫째 칸에 세상으로부터 몸을 숨겼다. 아치의 교각과 천천히 흐르고 있는 물 사이의 좁다란 강변에는 온통 쓰레기와 파편들과 잡동사니, 녹슨 철사줄이 엉킨 뭉치와 그밖의 쓰레기가 널려 있었다. 거기에서는 가끔 쓸 만한 물건도 발견되었다. 우리는 프란츠 크로머의 지시에 따라 그 지대를 샅샅이 뒤져서, 우리가 찾아낸 것을 그에게 보여주어야만 했다. 그러면 그는 그것을 호주머니에 집어넣거나, 또는 물속에다 내던져 버리거나 하였다. 그는 납이나 놋쇠나 주석으로 된 물건이 혹시 그 속에 있는지를 주의해서 찾아보라고 명령했다. 그런 것은 모두 제 주머니 속에다 넣었고, 뿔로 만든 낡은 빗까지도 집어넣는 것이었다. 나는 그런 아이와 한 동아리가 되어 있는 것이 몹시 마음에 걸렸다. 그것은, 만일에 아버지가 알게 되면, 이따위 교제를 엄금하리라는 것을 알고 있었던 이유보다는 바로 프란츠에 대한 두려움 때문이었다. 그가 나를 받아들이고, 다른 아이들과 똑같이 나를 취급해 주는 것이 기쁘기도 했다. 그는 명령하고 우리는 복종했다. 그와 함께 어울린 것이 이번이 처음이었지만, 그것은 마치 옛날부터의 관습과도 같았다.

마침내 우리는 땅바닥에 앉았다. 프란츠는 물에다 침을 뱉었고 마치 어른처럼 보였다. 그는 이빨 사이로 침을 내뱉어서 원하는 곳에 명중시켰다. 이야기판이 벌어졌다. 그러자 다른 아이들은 학생들로서 저지른 여러 가지 영웅적 행위와 나쁜 짓을 한 데 대해 자랑을 하고 위대한 일처럼 뽐냈다. 나는 잠자코 있었지만 바로 이런 침묵이 눈에 띄게 되고, 크로머의 분노가 내게로 향해질까 두려워했다. 내 두 동료는 처음부터 내게서 멀어져서 그에게 달라붙어 버렸다. 그들 사이에서 나는 이방인이었으며, 내 옷차림이나 태도가 그 아이들에게는 거슬린다는 것을 느꼈다. 라틴어학교의 학생이었고 상류층의 자식인 나를 프란츠가 좋아한다는 것은 불가능한 일이었다. 그리고 다른 두 아이들도 그것이 문제가 될 경우엔 곧 나를 배반하고, 곤경에 빠진 나를 내버려두리라는 것도 충분히 느끼고 있었다.

마침내 나는 극도로 불안스러운 나머지 이야기를 시작했다. 나는 위대한 도적 떼의 이야기를 꾸며냈고, 나 자신을 그 주인공으로 삼았다. 즉 모퉁이 물방앗간 옆에 있는 과수원에서 나는 한 친구와 함께 어느 날 밤에 사과를 한 자루 가득 훔쳤다고 했다. 그런데 그것도 흔한 종류의 사과가 아니라, 모두가 라이네트와 금빛 파르메네와 같은 가장 좋은 품종이었다고 말했다. 나는 순간적인 위험을 모면하려고 이러한 이야기로 도피를 하게 되었는데, 꾸며대고 이야기하는 일은 거리낌 없이 흘러나왔다. 이야기가 곧 끝나 버리고, 혹시 더욱 난처한 입장에 휘말리지나 않을까 해서 나는 온갖 재주를 다 부렸다. 우리 둘 중 하나는 나무에 올라가 사과를 따는 동안 계속 망을 보아야만 했으며, 또한 자루가 너무 무거워 결국은 다시 그것을 풀어서 절반을 내놓지 않을 수 없었지만, 반 시간 후에 다시 와서 그것도 마저 가져갔다고 이야기했다.

이야기를 끝냈을 때, 나는 어느 정도 박수갈채가 나올 것을 희망했었다. 마지막에는 몸이 뜨겁게 달아올라 있었고, 이야기를 하는 데에 도취해 버렸었다. 다른 두 아이들은 방관적인 태도로 침묵을 지키고 있었다. 그러나 프란츠 크로머는 반쯤 눈을 내리감고, 나를 뚫어져라 쳐다보고서는 위협적인 목소리로 물었다. "그게 정말이냐?"

"물론이야." 나는 말했다.

"그게 사실이고 진정이란 말이지?"

"그래, 사실이고 진짜야." 나는 완강하게 단언했지만, 마음속에서는 걱정이 되어 질식할 지경이었다.

"너, 맹세할 수 있어?"

나는 몹시 놀랐다. 하지만 곧 그렇다고 말했다.

"그럼, 천지신명께 맹세한다고 말해 봐라!"

"천지신명께 맹세한다!" 나는 말했다.

"그럼 됐다." 이렇게 말하고, 그는 고개를 돌렸다.

나는 '이젠 살았구나' 하고 생각했다. 그리고 그가 곧 일어나서 귀로에 올랐을 때, 나는 기뻤다. 우리가 다리 위에 올라왔을 때,

나는 주저하며 이젠 집으로 가야 한다고 말했다.
"그렇게 서두를 필요는 없다." 그가 웃었다. "우린 같은 길을 갈 테니까 말이야."

그는 건들거리며 천천히 앞으로 걸어갔다. 그런데 나는 감히 빠져나갈 수가 없었다. 그는 정말 우리 집 쪽을 향해 걸어가고 있었던 것이다. 우리가 집까지 다다르고, 우리 집 대문과 놋쇠 손잡이와 창문에 비친 태양과 어머니 방의 커튼이 보였을 때, 나는 깊은 안도의 숨을 내쉬었다. 오오, 귀가로구나! 오, 집으로, 밝은 곳으로, 평화 속으로 돌아온 것은 얼마나 즐겁고 복된 것인가!

내가 재빨리 문을 열고 안으로 뛰어들어가 뒤로 문을 닫으려고 했을 때, 프란츠 크로머가 함께 떠밀고 들어왔다. 안마당 쪽에서만 빛을 받는 차갑고 음산한 자갈길에서 그는 내 곁에 서서, 나의 팔을 잡고 낮은 소리로 말하는 것이었다.

"이봐! 그렇게 서두를 건 없어!"

나는 깜짝 놀라서 그를 쳐다보았다. 그의 손은 무쇠처럼 내 팔을 꽉 움켜잡고 있었다. 나는 그가 무슨 생각을 하고 있는지, 혹 나를 괴롭히려고 하는 것인지를 잘 생각해 보았다. 만약 내가 지금 소리를 지르면, 큰 소리로 요란스럽게 떠들어 댄다면, 누군가가 나를 구원해 주려고 위에서 급히 달려 내려올 것인지 아닌지를 생각해 보았다. 그러나 나는 그렇게 하는 것을 단념하였다.

"왜 그러니?" 나는 물었다. "어쩌자는 거니?"

"별일은 아냐. 그저 네게 몇 가지만 더 물어봐야겠다. 다른 놈들은 들을 필요가 없는 일이야!"

"그래? 좋아. 무슨 이야길 더 하라는 거지? 난 올라가야 해, 알겠지?"

"넌 알고 있을 테지?" 프란츠가 낮은 소리로 말했다. "모퉁이 물방앗간 옆 과수원이 누구네 것인지 말이야?"

"아니, 난 몰라. 방앗간 주인네 것이겠지."

프란츠가 팔로 나를 휘감아 바싹 끌어당겼기 때문에, 나는 그의 얼굴을 바로 코앞에서 들여다볼 수밖에 없었다. 그의 눈은 악의로 가득차 있었고, 그는 사악하게 미소를 지었다. 그리고 얼굴은 잔인함과 힘으로 가득차 있었다.

"그래, 이놈아. 그 과수원이 누구네 것인지 가르쳐 주마. 난 사과를 도둑맞고 있다는 것을 오래 전부터 알고 있었어. 그리고 그 주인은 과일을 훔친 놈을 알려주는 사람에겐 2마르크를 주겠다고 한 것도 알고 있지."

"맙소사!" 나는 소리쳤다. "그렇지만 너는 아무 말도 하지 않겠지?"

그의 염치에 호소해도 아무런 소용이 없다는 것을 나는 느꼈다. 그는 다른 세계의 인간이며, 배반이란 그에게는 아무런 죄악이 아니었다. 나는 그것을 정확하게 느꼈다. 이런 일에 있어서는 '다른' 세계에서 온 사람들이란 우리들과 같지가 않은 것이다.

"아무 말도 하지 말라고?" 크로머는 소리 내어 웃었다. "이 친구야, 넌 내가 2마르크쯤은 스스로 만들어 낼 수 있는 화폐위조자라고 생각하니? 난 가난뱅이야. 너같이 돈 많은 아버지도 없으니, 2마르크를 벌 수만 있다면 벌어야 한단 말이다. 어쩌면 그 사람은 더 많이 줄지도 모르지."

그는 갑자기 나를 다시 풀어주었다. 우리 집 현관은 더 이상 평화와 안전의 냄새를 풍기지 않았으며, 세상은 내 주위 사방에서 허물어졌다. 그는 나를 고발할 것이다. 나는 죄를 지은 놈이다. 사람들은 아버지에게도 이야기할 것이며, 아마 경찰이 올지도 모른다. 온갖 어지러움의 공포감이 나를 위협하고, 모든 추악하고 위험한 일들이 나를 향해 닥쳐올 것이다. 내가 결코 훔친 일이 없었다는 것은 전혀 문제가 되지 않았다. 나는 맹세까지 하였던 것이다. 맙소사, 맙소사!

눈물이 솟아올랐다. 나는 그 대가를 치르고서 빠져나가야 한다는 것을 느꼈다. 그래서 절망적으로 호주머니를 모조리 뒤져보았다. 그러나 사과도 주머니칼도 없었으며, 정말 가진 것이라곤 아무것도 없었다. 그때 문득 내 시계 생각이 떠올랐다. 그건 낡은 은제(銀製) 시계였다. 차진 않았지만 나는 그것을 '그저' 가지고 다녔다. 그것은 할머니로부터 전해내려온 것이었다. 재빨리 나는 그것을 꺼냈다.

"크로머" 하고 나는 말했다. "이봐, 나를 고발해서는 안 돼. 그건 좋은 일이 아니지 않니? 내 시계를 줄게. 자, 받아. 안 됐지만 이것밖에는 가진 게 아무것도 없어. 이걸 가져. 은(銀)으로 된 것이고 고급 시계야. 약간 흠이 있긴 하지만 수리하면 돼."

그는 미소를 짓더니 커다란 손에 시계를 받아들었다. 나는 그 손을 쳐다보았다. 그리고 그 손이 내게 얼마나 거칠고 깊은 적개심을 갖고 있으며, 얼마나 내 생활과 평화를 휘어잡으려고 하는지를 느끼게 되었다.

"그건 은으로 된 거야." 나는 수줍어하며 말했다.

"이 따위 은이나 낡아빠진 시계가 다 무슨 소용이야!" 그는 아주 멸시하는 태도로 말했다. "고쳐서 너나 가지려무나."

"하지만 프란츠." 나는 그가 달아나 버리지나 않을까 하는 불안감에 떨면서 외쳤다. "잠깐만 기다려 줘! 이 시계를 받아 줘! 이건 진짜 은으로 된 거야. 진짜야. 다른 것은 가진 게 없어."

그는 냉정하게, 멸시하듯 나를 쳐다보았다.

"그럼 내가 누구한테 갈지 너도 알고 있겠구나. 그걸 경찰한테 말할 수도 있다. 난 경찰을 잘 알고 있거든."

그는 가려고 돌아섰다. 나는 옷소매를 잡고 그를 못 가게 했다.

그래서는 안 되었다. 그가 그냥 가 버린 뒤에 닥쳐올 모든 일들을 참아내느니보다는 차라리 죽어 버리는 것이 좋을 것만 같았다.

"프란츠." 나는 흥분한 나머지 쉰 목소리로 애원했다. "어리석은 짓은 그만둬다오. 그건 농담이지, 그렇지?"

"물론, 농담이다. 하지만 너는 비싼 대가를 치러야 될 것이다."

"프란츠, 내가 어떻게 하면 되는 건지 말해 줘! 무슨 일이든지 다 할게!"

그는 눈을 내리뜨고서 나를 훑어보고는 다시 웃었다.

"바보 같은 소리 하지 마!" 그는 선심을 쓰듯 가장하며 말했다. "너도 나처럼 잘 알겠지만, 난 2마르크를 벌 수 있어. 난 그걸 내버릴 만큼 부자가 아니라는 것도 넌 알 거야. 그러나 넌 부자고, 시계도 갖고 있어. 넌 2마르크만 내게 주면 되는 거다. 그럼 만사가 잘 되는 거야."

나는 그 논리를 잘 알아들었다. 그러나 2마르크가 어디 있나! 나에겐 그게 10마르크, 100마르크, 1000마르크와도 같이 큰돈이어서 도저히 마련할 수 없는 것이었다. 나는 한 푼도 가진 게 없었다. 어머니에게 저금통이 하나 있기는 했다. 그 속에는 아저씨가 오셨을 때라든지, 혹은 그와 비슷한 기회에 모인 10페니히와 5페니히짜리 동전 몇 개가 들어 있었다. 그 외에는 하나도 없었다. 그때 나는 아직 용돈을 받지 않는 나이였던 것이다.

"난 한 푼도 없어." 나는 슬프게 말을 했다. "돈이라곤 하나도 없어. 그러나 다른 것이라면 뭐든지 줄게. 난 인디언에 관한 책과 장난감 병정들과 나침판이 있어. 그걸 갖다 줄게."

크로머는 고약하고 심술궂은 입을 씰룩거리고는 땅바닥에다 침을 뱉었다.

"허튼소리 집어치워!" 그가 명령조로 말했다. "그런 쓰레기는 너나 가져. 나침판이라고! 이제 날 더 화나게 하지 마. 돈을 내라, 알겠니?"

"하지만 돈은 하나도 없어. 한 번도 돈을 얻지는 못해. 그건 어쩔 수가 없는 일이야!"

"어찌 되었든 내일 내게 2마르크를 가져와라. 방과 후에 아래 시장터에서 기다리고 있겠다. 그것이면 돼. 돈을 안 가져오면, 어떻게 되는지 잘 알겠지?"

"알겠어, 그런데 돈을 어디서 구하지? 맙소사, 내가 가진 돈은 한 푼도 없는데……."

"너희 집에는 돈이 얼마든지 있잖아. 그건 네가 알아서 할 일이야. 자, 그럼 내일 학교가 끝난 후다. 다시 한 번 말하지만 만일 안 가져왔다간……." 그는 내 눈에다 무시무시한 눈초리를 쏘아붙이고, 다시 한 번 침을 뱉고는 그림자처럼 사라져 버렸다.

나는 집으로 올라갈 수가 없었다. 내 생활은 산산이 파괴된 것이다. 달아나서 다시는 돌아오지 말까, 아니면 물에 빠져 죽어 버릴까 하고 나는 생각해 보았다. 그러나 이런 것은 분명한 형상을 지닌 것은 아니었다. 나는 어둠 속에서 집 계단의 맨 아래 층계에 주저앉아서, 몸을 웅크린 채 불행한 생각에 몰두해 있었다. 리나가 장작을 가지러 바구니를 들고 내려오다가 내가 그곳에서 울고 있는 것을 발견했다.

나는 그녀에게 안에 들어가서 아무 말도 하지 말아 달라고 부탁하고는 방으로 들어갔다. 유리문 곁에 있는 옷걸이에는 아버지의 모자와 어머니의 양산이 걸려 있었다. 고향에서 느껴지는 듯한 감정과 애정이 그 모든 물건들로부터 내게로 밀려왔다. 마치 타락한 자식이 옛 고향 방의 광경과 냄새를 대하듯, 내 마음은 감사와 처연함에 뒤엉켜 이들에게 인사를 했다. 그러나 이 모든 것들은 이제 내 것이 아니었다. 이 모든 것은 아버지와 어머니의 밝은 세계였다. 이제 나는 잔뜩 죄를 진 채, 낯선 물결 속에 깊이 빠져 모험과 죄 속에 얽혀 들어서 적으로부터 위협을 받고 있으며, 위험과 불안과 치욕만이 나를 기다리고 있는 것이다. 모자와 양산, 훌륭하고 오래된 자갈 바닥, 현관의 옷장 위에 걸린 커다란 초상화, 집 안의 거실에서 흘러나오는 누이들의 목소리, 그 모든 것이 이전보다도 훨씬 사랑스럽고 정겹고 귀중하였지만, 그것은 더 이상 위안이 되지도 못했고, 안전한 내 소유물도 아니었으며, 오로지 비난의 소리일 뿐이었다. 이 모든 것은 이미 내 것이 아니었으며, 명랑하고 고요한 기운을 함께 나눌 수가 없었다. 내 발엔 깔판에다 아무리 닦아도 떨어지지 않을 오물이 묻어 있었고, 나는 우리 집의 세계로 전혀 생소한 그림자를 이끌고 들어온 것이다. 여태까지 나는 얼마나 많은 비밀과 근심 걱정을 가졌었던가. 그러나 그것들은 모두 오늘 내가 집으로 가지고 온 것에 비하면, 장난과 웃음거리 밖에 되지 않는 것이었다. 운명이 나를 뒤쫓고, 나를 향해 두 손을 뻗쳤던 것이다. 그런 것에 대해서는 어머니조차 나를 보호해 줄 수가 없었고, 그것이 무엇인지 알아서도 안 되었다. 이제 와서 내 죄가 도둑질이었든 거짓말이었든 간에 (나는 천지신명을 걸고 거짓 맹세를 하지 않았던가?) - 모두 마찬가지였다. 내 죄는 이것도 저것도 아니고, 내가 악마한테 손을 내밀었다는 바로 그것이다. 무엇 때문에 그와 함께 갔었던 것일까? 왜 나는 이제까지 아버지에게 한 것보다도 크로머에게 더 잘 복종했던 것일까? 왜 나는 그런 도둑질에 대한 이야기를 꾸며냈던가? 어째서 범죄를 가지고 영웅적 행위인 것처럼 자랑을 했을까? 이젠 악마가 내 손을 잡고 있으며, 적이 내 뒤를 따르고 있는 것이다.

한순간 나는 내일에 대한 공포심이 아닌, 무엇보다도 나의 길이 이젠 점점 더 아래로, 암흑세계로 통하고 있다는 무시무시한 확신을 느끼게 되었다. 내가 저지른 잘못에는 새로운 잘못이 뒤따르게 될 것이 틀림없고, 누이들 곁에 가는 것이나 부모님에게 하는 인사와 키스도 모두 거짓이며, 내가 마음속에 숨겨진 운명과 비밀을 지니고 있다는 것을 뚜렷하게 느꼈다.

아버지의 모자를 보았을 때, 마음속에 순간적으로 신뢰와 희망이 일어났다. 아버지에게 모든 것을 고백하고, 내게 내려질 판결과 벌을 받으리라. 그리고 아버지를 내 일을 모두 아는 구원자로 삼으리라. 그것은 내가 가끔 그러했던 것과 같이 참회에 불과할 것이다. 괴롭고 쓰라린 시간, 또는 용서를 비는 어렵고도 후회에 가득 찬 탄원만 하면 될 것이다.

이런 생각이 얼마나 달콤하게 울려왔던가! 얼마나 아름답게 마음을 유혹했던가! 그러나 그것은 아무런 소용이 없었다. 내가 그렇게 하지 못하리라는 것을 나는 알고 있었다. 나는 지금 비밀을 지니고 있으며, 나 홀로 그리고 스스로 씹어 삼켜야만 하는 죄를 지니고 있음을 알고 있었다. 아마도 바로 지금 나는 갈림길 위에 있는지도 모른다. 아마 이 시간부터는 영원히 악의 세계에 속하게 되고 악인들과 비밀을 나누며, 그들에게 종속되어 그들에게 복종하고 그들과 똑같은 처지가 되어야만 할지도 모른다. 나는 어른처럼, 그리고 영웅처럼 행세를 했다. 이제 나는 그로 인해 생긴 결과를 견뎌내야만 한다.

내가 들어섰을 때, 아버지께서 구두가 젖은 것을 꾸중하신 일이 내게는 다행이었다. 그것이 아버지의 주의를 딴 데로 돌려주어서, 나쁜 일에 대해선 더욱 눈치를 채지 못하셨다. 나는 아버지의 꾸중을 남몰래 다른 일에 결부시키며 잘 참아낼 수 있었다. 그때 새롭고도 이상한 감정이 마음속에 번쩍하고 솟아올랐다. 그것은 반항의식이 넘치는 고약하고도 날카로운 감정이었다. 즉 내가 아버지보다도 우월하다고 느꼈던 것이다. 잠시 동안 나는 그가 아무것도 눈치 채지 못한 데 대해 일종의 멸시감을 느끼고, 젖은 장화에 대한 비난은 하찮은 것으로 느꼈다. '만일에 아버지가 그걸 아신다면……!' 하고 나는 생각했다. 그리고 마치 살인을 고백해야만 될 텐데도 빵을 훔친 것 때문에 심문을 받고 있는 범인 같은 생각이 들었다. 그것은 추악하고 적대적인 감정이었다. 그렇지만 그것은 강력한 것이었고 깊은 매력이 있었으며, 다른 모든 생각보다도 더욱 단단히 나를 나의 비밀과 죄에다 결박시켜 주었다. 아마 크로머가 지금쯤은 벌써 경찰서에 가서 나를 고발했을지도 모른다. 집에서는 아직도 나를 어린아이로 여기고 있는데, 폭풍우가 내 머리 위에 몰려오고 있는지도 모른다고 나는 생각했다.

    지금까지 이야기한 모든 체험 중에서 바로 이 순간이 가장 중요하고 오래 남아 있다. 그것은 아버지의 신성함에 대한 최초의 균열이었으며, 내 유년 생활이 그 위에 걸쳐 있고, 모든 인간이 자기 자신이 되기 위해서는 가장 먼저 파괴해 버려야만 하는 기둥에 새겨진 최초의 칼자국이었던 것이다. 누구도 보지 못하는 이러한 체험으로 우리들 운명의 내면적이고 본질적인 선(線)은 구성되어 있는 것이다. 이러한 칼자국과 균열은 다시 아물기도 하고 치유도 되고 잊혀지기도 하지만, 깊은 밀실 속에서 살아남아 계속 피를 흘리고 있는 것이다.

나는 이러한 새로운 감정에 곧 두려움을 느꼈다. 그러자 그것을 사죄하기 위해 아버지의 발에다 키스라도 하고 싶었다. 그러나 본질적인 건 사과할 수가 없는 것이며, 그것은 어린애라도 모든 현인들과 마찬가지로 충분히, 그리고 깊이 느끼고 있는 법이다.

나는 내 문제를 생각해 보고 내일의 대책을 강구해야 할 필요성을 느꼈다. 그러나 거기까지는 이르지 못했다. 나는 저녁 내내 오로지 우리 집 거실의 변화된 분위기에 익숙해지도록 노력해야만 했다. 벽시계와 책상, 성경과 거울, 책꽂이와 벽에 걸린 그림은 동시에 내게 이별을 고하였으며, 나는 얼어붙는 듯한 마음으로 나의 세계가, 나의 착하고 행복한 생활이 과거지사가 되어 버리고, 내게서 멀어져 가는 것을 바라보지 않을 수 없었다. 그리고 새롭고 흡수력이 강한 뿌리를 가지고, 어둡고도 낯선 바깥 세계에 닻을 내린 채 꼭 붙잡혀 있다는 것을 느껴야만 했다. 처음으로 나는 죽음이란 것을 맛보았다. 그 죽음은 쓰디쓴 맛이었다. 왜냐하면 죽음이란 탄생인 동시에, 무시무시한 변화에 대한 불안이며 공포이기 때문이다.

마침내 침대에 눕게 되자, 나는 기뻤다. 그 전에 마지막 죄사함의 불길로서 저녁기도가 나를 휩쓸고 지나갔다. 게다가 우리는 내가 가장 좋아하는 찬송가도 불렀다. 아아, 그러나 나는 함께 노래하지 못했다. 곡조마다 내게는 쓰디쓴 독약이었던 것이다. 아버지가 축복을 하실 때에도 나는 함께 기도를 올리지 않았다. 그리고 '우리들 모두와 함께 하옵소서!' 하고 기도를 끝내셨을 때, 경련이 나를 이 가족권에서 앗아가 버렸다. 신의 은총이 그들 모두와 함께 있었지만, 내게는 더 이상 없었다. 냉정과 깊은 시달림으로 나는 자리를 떴다.

한동안 나는 침대에 드러누워 있었다. 따스한 기운과 안도감이 나를 다정하게 감싸주고 있는 동안에 마음은 다시 한 번 불안 속으로 되돌아와서 방황하였고, 두려워하면서 지난 일의 주변을 맴돌고 있었다. 어머니는 언제나처럼 잘 자라고 하셨으며, 그녀의 발걸음 소리는 아직도 방안에 울리고 있었고, 어머니가 든 촛불 빛이 아직도 문틈으로 새어들고 있었다. '이제' 하고 나는 생각했다. 이제 어머니가 다시 한 번 되돌아오실 것이다. ― 어머니는 무언가 느꼈을 것이다. 내게 키스를 하고, 다정하게 그리고 약속을 하면서, 묻고 또 물으실 것이다. 그러면 나는 울 수가 있을 것이며, 목구멍에 걸려 있는 돌덩이가 녹아내릴 것이다. 그리고 나는 어머니에게 매달려서 그 이야기를 하게 될 것이며, 그리고 나면 만사가 해결되고 구원이 오게 될 것이다! 문틈이 아주 깜깜해진 다음에도 나는 한동안 더 귀를 기울였으며 '그래야만 된다, 그래야만 된다'고 생각했다.

잠시 후 나는 다시 그 일로 되돌아왔고, 내 원수의 눈을 들여다보았다. 나는 그놈을 똑똑히 보았는데, 그는 한쪽 눈을 반쯤 감은 채 거칠게 웃고 있었다. 내가 그를 쳐다보면서 헤어날 수 없다는 것을 되씹고 있는 동안에 그는 더욱 커지고 추악하게 되었으며, 그의 악의에 찬 눈은 악마처럼 번득였다. 내가 잠들 때까지 그는 바로 내 곁에 있었다. 그러나 나는 그에 대한 꿈이나 오늘 일에 대한 꿈을 꾸지는 않고, 부모님과 누이들과 내가 보트를 타고 가는, 휴일날의 평화와 광명이 우리들을 감싸고 있는 꿈을 꾸었다. 한밤중에 나는 잠에서 깨었는데, 아직도 그 행복감의 뒷맛을 느끼며, 햇빛 속에 반짝이는 누이들의 하얀 여름옷을 보았다. 그러나 나는 다시 온갖 낙원에서 현실로 떨어졌으며, 사악한 눈을 가진 적과 마주하게 되었다.

아침에 어머니가 급히 오셔서 늦었는데 왜 아직도 누워 있느냐고 소리를 쳤을 때, 내 안색은 좋지 않았다. 그리고 어디가 아프냐고 물었을 때 나는 구역질까지 했다.

그것으로 얼마간 덕을 보았다. 약간의 병이 나서 오전 내내 카모마일 차를 마시면서 누워 있을 수 있었고, 옆방에서 어머니가 방을 치우는 소리와 밖에서 리나가 고기장수와 흥정하는 소리를 듣는다는 것은 매우 즐거운 일이었다. 학교에 가지 않는 오전이란 어느 정도 황홀하고 동화적인 것이었다. 햇빛이 방안으로 스며들었는데, 그것은 학교에서 초록색 커튼을 쳐서 가리고 있는 태양과 같은 것은 아니었다. 그러나 오늘은 그것까지도 맛이 없었으며, 거짓된 음향을 띠고 있었다.

그래, 내가 죽어 버린다면! 그러나 나는 이전에 가끔 그랬듯이 약간 몸이 불편했을 뿐, 이것으론 아무 도움도 되지 않았다. 그것은 학교에 가는 것은 막아주었지만, 11시에 시장터에서 나를 기다릴 크로머로부터는 결코 나를 보호해 주지 못했다. 그리고 어머니의 친절하심도 이번에는 위안이 되지를 못했고, 오히려 귀찮고 고통스럽기만 했다. 나는 곧 다시 잠이 든 체하고 여러 가지 궁리를 하였다. 모든 것이 아무런 도움도 되지 못했고, 11시에 나는 시장터로 나가야만 했던 것이다. 그래서 나는 10시에 살며시 일어나서 몸이 다시 좋아졌다고 말했다. 그런 경우에는 으레 그러하듯이 다시 침대에 눕히거나, 아니면 오후에는 학교에 나가라고 하는 것이다. 나는 학교에 가겠다고 했다. 나는 하나의 계획을 세웠던 것이다.

돈이 없이는 크로머에게 갈 수가 없었다. 나는 원래 내 것인 조그마한 저금통을 손에 넣어야만 했다. 그 속에는 결코 충분한 돈이 들어 있지 않다는 것도 알고 있었다. 그러나 어느 정도는 될 것이며, 약간이라도 있는 것이 한 푼도 없는 것보다는 나을 것이고, 최소한 크로머를 달래 놓아야 한다고 나는 육감적으로 깨달았다.

양말 바람으로 어머니의 방에 살금살금 들어가 책상에서 내 저금통을 들고 나왔을 때, 기분은 별로 좋지 않았다. 그러나 어제의 기분처럼 그렇게 나쁘지는 않았다. 가슴이 뛰어 숨이 막힐 것 같았으며, 아래 계단에서 처음으로 살펴본 저금통이 잠겨 있다는 사실을 알았을 때에도 기분은 좋아지지 않았다. 그것을 열기는 아주 쉬웠다. 가느다란 철사로 된 살만 부수면 되었다. 그러나 그것을 부순다는 것이 마음 아팠으며, 그것으로 나는 도둑질을 한 것이 되었다. 그때까지 나는 다만 설탕 조각이나 과일을 몰래 꺼내 먹었을 뿐이었다. 나는 이제 비록 그것이 내 돈이라 할지라도 도둑질을 한 것이다. 다시금 나는 내가 크로머와 그의 세계로 한 걸음 다가서고, 한 걸음 한 걸음 타락의 길을 잘도 가고 있다고 느끼면서, 그에 대한 반항을 해보았다. 악마가 나를 잡아간다 할지라도 이제 길을 되돌아갈 수는 없었다. 불안한 마음으로 돈을 세어 보았다. 통 속에서는 제법 가득찬 것처럼 소리가 났었는데, 손에 꺼내 놓고 보니 형편없이 적었다. 그것은 65페니히였다. 나는 그 저금통을 아래층 현관에다 감추어 두고, 손에 돈을 움켜쥐고는 집을 나왔다. 이전에 이 문을 지나갔을 때와는 아주 다른 기분이었다. 위층에서 누군가가 나를 부르고 있는 것만 같아 나는 빨리 도망을 쳤다.

아직 시간은 많았다. 나는 길을 돌아서 변해 버린 도시의 골목을 통해 걸어갔는데, 한 번도 본 일이 없는 구름 아래를 통해 나를 쳐다보는 듯한 집들과, 내게 의심을 품고 있는 듯한 사람들 곁을 지나갔다. 가는 도중에 언젠가 학교 친구 하나가 가축시장에서 1탈러[6]를 주웠다고 말한 것이 갑자기 머리에 떠올랐다. 신이 기적을 베풀어 나도 돈을 주울 수 있도록 기도하고 싶었다. 그러나 나는 더 이상 기도할 권리조차도 없었다. 그런다 할지라도 저금통이 다시 온전하게 되지는 않을 것이다.

프란츠 크로머는 멀리서부터 나를 보고 있었지만, 아주 천천히 다가왔고, 내게 주의를 하지도 않는 것 같았다. 그는 가까이 오더니, 자기를 따라오라고 명령하는 듯 눈짓을 했다. 그리고 돌아다보지도 않고서 슈트로 골목으로 내려가서 돌다리를 건너갔으며, 마지막 집들 곁에 있는 신축건물 앞에서 걸음을 멈추었다. 그곳은 공사를 하지 않고 있었으며, 벽들은 문도 창도 없이 살벌하게 서 있었다. 크로머는 주위를 둘러본 후 문을 통해 안으로 들어갔고, 나는 그의 뒤를 따

---

[6] 독일에서 쓰던 옛날의 은화 이름으로 약 3마르크에 상당함.

랐다. 그는 벽 뒤로 가서, 나더러 가까이 오라고 손짓하고는 손을 내밀었다.

"갖고 왔지?" 그는 차갑게 물었다.

나는 움켜쥐고 있던 손을 주머니에서 꺼내 그의 벌린 손에다 쏟아 놓았다. 그는 마지막 5페니히짜리의 소리가 사라지기도 전에 그것을 다 셈하였다.

"65페니히구나." 그가 말을 하고는 나를 쳐다보았다.

"응." 나는 겁을 먹고 대답했다. "그게 내가 가진 전부야. 너무 적다는 걸 나도 잘 알고 있어. 그러나 그것이 전부야. 더는 가진 게 없어."

"네가 좀 더 영리하다고 생각했었는데." 그는 부드러운 비난조로 나를 꾸짖었다. "신사들 사이에는 신의가 있어야 하는 법이야. 난 네게서 조금이라도 부당한 것을 뺏자는 것이 아니잖아. 그건 너도 알겠지. 여기 네 동전을 도로 받아라! 그 사람은 …… 너도 누군지 잘 알겠지만 …… 돈을 깎으려고 하지는 않을 거야. 그는 그대로 지불해 줄 거라고."

"하지만 더는 가진 게 없어! 이건 내가 저금했던 거야."

"그건 네 문제야. 하지만 널 불행하게 만들고 싶지는 않아. 넌 아직 1마르크 35페니히의 빚이 있어. 언제 그걸 받을 수 있지?"

"오, 크로머, 틀림없이 갖다 줄게. 지금은 모르지만, …… 아마 내일이나 모레쯤이면, 더 생기게 될 거야. 아버지한테는 말할 수가 없다는 걸 너도 알겠지."

"그건 나와 전혀 상관없는 일이야. 널 해치려는 건 아니야. 내 돈을 정오 전까지 받을 수 있으면 돼. 너도 알지만 난 가난뱅이야. 넌 좋은 옷을 입고, 점심에도 나보다 훨씬 맛있는 걸 먹고 있어. 그러나 난 아무 말도 하지 않겠어. 어쨌든 좀 더 기다리겠다. 모레 오후에 휘파람을 불 테니까, 그때 그걸 청산해. 내 휘파람 소리를 알고 있겠지?"

그는 내 앞에서 휘파람을 불어댔다. 그 소리를 종종 들은 적이 있었다.

"그래, 알고 있어." 나는 말했다.

그는 나와 아무런 관계도 없었다는 듯 가버렸다. 우리들 사이엔 거래가 있었을 뿐, 그 이상은 아무것도 없었다.

오늘날까지도 갑자기 크로머의 휘파람 소리를 다시 듣게 된다면, 나는 깜짝 놀라리라고 생각한다. 그때부터 나는 그 소리를 자주 듣게 되었는데, 계속적으로 그 소리가 들리는 것 같았다. 어떤 장소에 있든, 어떤 놀이를 하고 어떤 일이나 어떤 생각을 하든, 나를 구속하고 이젠 내 운명이 되어 버린 그 휘파람 소리가 따라다니지 않는 경우라곤 없었다. 온화하고 아롱진 어느 가을날 오후에 나는 내가 몹시 좋아하는 우리 집의 조그마한 꽃밭에 나와 있었다. 그럴 때면 종종 지나간 시절의 어린이 놀이를 다시 하고 싶은 이상한 충동을 느꼈다. 나는 어느 정도 나보다도 어리고 아직도 착하고 자유롭고 순진하며 잘 보호된 아이 노릇을 했다. 그러나 늘 예상했던 대로, 언제나 크로머의 휘파람 소리가 어느 곳으로부터든지 그 중간에 울려와서, 방해하고 놀라게 하면서 모든 공상의 줄을 끊어 버리고 파괴하곤 했다. 그러면 나는 나가야 했고, 그 괴롭히는 자를 따라서 더럽고 추악한 장소로 가야만 했으며, 그에게 변명을 했고, 돈에 대한 재촉을 받아야만 했다. 그런 일은 아마도 이삼 주일 동안 계속되었을 것이다. 그러나 내게는 그것이 수 년, 아니 영원인 것 같은 생각이 들었다. 가끔 나는 5페니히나 10페니히짜리 동전을 가져갔는데, 그것은 리나가 시장바구니를 조리대 위에 놓아 두었을 때 훔쳐낸 것이었다. 그때마다 나는 크로머한테 욕을 먹었고, 잔뜩 멸시를 받았다. 그를 속이고 그의 정당한 권리를 침해한 것도 나였고, 그에게서 도둑질을 한 것도 나였으며, 그를 불행하게 만든 것도 바로 나였던 것이다! 내 일생에 그렇게 마음 졸이는 수난을 겪어본 적은 아주 드물었다. 나는 결코 그보다 더 큰 절망과 예속을 느껴본 적은 없었다.

나는 저금통에 장난감 돈을 채워서 제자리에 갖다 놓았다. 아무도 그에 대해 묻지 않았지만, 어느 날이고 발각될 수도 있는 것이었다. 어머니가 내게로 조용히 다가올 때면, 나는 크로머의 거친 휘파람보다도 더욱 어머니를 두려워하곤 했다. 어머니가 저금통에 대한 것을 물어보려고 오시는 게 아닐까?

나는 수십 번이나 돈을 준비하지 못한 채 악마에게 갔기 때문에, 그는 다른 방법으로 나를 괴롭히고 이용하기 시작했다. 나는 그를 위해서 일을 해야만 했다. 그는 자기 아버지의 심부름을 해야 했는데, 내가 그를 대신해서 그 심부름을 해야만 했다. 아니면 다른 어려운 일을 시키거나 10분 동안 한쪽 다리로만 뛰도록 하였고, 지나가는 사람의 외투에 종이쪽지를 매달거나 하는 못된 장난을 시키곤 했다. 수많은 밤의 꿈속에서도 괴롭힘을 당했는데, 나는 가위에 눌려 땀을 흘린 채 자리에 누워 있었다.

한동안 나는 병이 났었다. 자주 구토를 하고 가벼운 오한이 났었지만, 밤이 되면 땀을 흘리고 열이 나서 누워 있었다. 어머니는 뭔가가 잘못되었다고 느끼셨는지, 내게 많은 관심을 쏟아주었다. 그러나 나는 그에 대해 신뢰로써 보답할 수가 없어서 더욱 고통스러웠다.

어느 날 저녁에 침대에 누웠을 때, 어머니가 초콜릿을 갖다 주셨다. 그것은 옛날에 내가 착하게 굴 때면, 밤에 잠이 들도록 가끔 그런 입맛 다실 것을 받곤 했던 일을 생각나게 하였다. 그때도 어머니는 거기에 서서, 내게 초콜릿 조각을 내밀었다. 나는 너무나도 슬퍼서 싫다고 머리만 가로저었다. 어머니는 어디가 아프냐고 묻고는 내 머리를 쓰다듬었다. 그러나 나는 다만 '아냐, 아냐! 아무것도 먹기 싫어'라고만 외쳤다. 그러자 어머니는 초콜릿을 내 머리맡에 있는 책상에 놓고 나갔다. 다음날 어머니가 그 일에 대해 물었을 때, 나는 아무것도 모르는 체하였다. 어느 날에는 어머니가 의사를 불러왔는데, 그는 나를 진찰하고 나서 아침에 냉수마찰을 하도록 처방했다.

그 시절의 내 상태는 일종의 정신착란이었을 것이다. 우리 집의 정돈된 평화 속에서 나는 유령처럼 겁을 먹고 괴로워하면서 살아갔으며, 다른 사람들의 생활에 참여하지도 못했고, 한 시간이나마 나 자신을 잊은 일이 거의 없었다. 때때로 역정을 내면서 내게 말을 시켰던 아버지에게도, 나는 마음을 닫아 버리고 냉담했다.

제 2 장
카인

이 고통으로부터의 구원은 전혀 예기치 않았던 곳에서 찾아왔으며, 그와 더불어 오늘날까지도 작용하고 있는 그 어떤 새로운 것이 내 생활 속으로 들어왔다.

그 무렵 우리 라틴어학교에 한 학생이 새로 들어왔다. 이 도시로 이사해 온 어느 유복한 미망인의 아들로 소매에 상장(喪章)을 달고 있었다. 그는 나보다 상급반에 들어왔고, 나이도 여러 살 위였다. 그는 곧 모든 학생들의 눈에 띄었으며, 내 주목도 끌었다. 이 괴상한 학생은 겉보기에 나이도 아주 들어 보였고, 누구에게도 소년이라는 인상을 주지 않았다. 우리 어린아이 같은 소년들 사이에서 그는 어른 같이, 오히려 신사와도 같이 낯설고 점잖게 행동했다. 그는 호감을 사지는 못했으며, 우리들의 놀이나 싸움질 같은 데는 더욱이나 관여하지 않았다. 다만 선생님에 대한 그의 자신 있고 단호한 태도만이 다른 학생들의 마음에 들었다. 그의 이름은 막스 데미안[7]이라 하였다.

　우리 학교에서는 때때로 있는 일이었는데, 어느 날 무슨 이유에서인지 커다란 우리 교실에 다른 반이 들어와 합반수업을 하게 되었다. 그것은 데미안의 학급이었다. 어린 우리들은 《성경》이야기 시간이었고, 큰 학생들은 작문을 하고 있었다. '카인과 아벨'에 관한 이야기[8]를 억지로 듣고 있는 동안 나는 자주 데미안을 바라다보았는데, 그의 얼굴은 이상하게도 나를 매혹시켰다. 이 총명하고 밝으며 비범하고도 침착한 얼굴은 주의 깊게 온 정신을 다하여 자기 일에만 열중하고 있었다. 그는 과제를 하고 있는 학생 같지 않고, 마치 자신의 문제를 추구하고 있는 연구가처럼 보였다. 사실 나는 그에게 호감을 가지고 있지 않았으며, 그 반대로 어떤 반감을 느끼고 있었다. 그는 나보다 훨씬 너무 우월하고 냉정했는데, 그의 존재는 분노가 날 정도로 확실했다. 그리고 눈은 성인다운 빛을 띠고 있었으며 – 이런 것을 아이들은 결코 좋아하지 않는데 – 그 가운데에 어느 정도 서글픈 조소의 빛도 깃들어 있었다. 그렇지만 그가 좋든 밉든 간에 나는 줄곧 그를 바라보지 않을 수 없었다. 그러다

---

7) 데미안 Demian은 싱클레어에게 내면적인 목소리로서, 그리고 그를 인도해 가는 힘으로서의 데몬[인간 내면에 존재하는 무서운 힘으로서의 악령] 역할을 함. 또 외면적으로는 혼돈적 자연으로부터 끊임없이 정신적 우주를 정돈시키는 데미우르크[세계의 창조자]로 작용하는데, 그에게 있어서는 언제나 두 개의 세계가 창조적으로 서로 작용하고 있음. 그는 내면적으로 또 외면적으로 작용하는 인간이 된 신적 존재로서, 주인공의 데몬이며 데미우르크가 됨.
8) 《구약성서》「창세기」4장 1~15절 참조.

가 그가 나를 슬쩍 쳐다보기라도 하면, 나는 깜짝 놀라서 눈길을 돌렸다. 그 당시 학생으로 그가 어떻게 보였는가를 오늘날 생각해 볼 때, 나는 다음과 같이 말할 수 있다. 즉 그는 여러 가지 관점에서 다른 애들과는 달랐고, 완전히 독자적이고 개성적인 특징을 가지고 있었으며, 그런 연유로 특출나게 남의 눈에 띄었다. 반면에 그는 남의 눈에 띄지 않으려고 많은 노력을 했는데, 마치 변장한 왕자가 농부의 아이들 틈에 들어가서 그들과 똑같이 보이려고 온갖 노력을 하는 것처럼 옷차림을 하고 그렇게 행동했다.

학교에서 돌아오는 길에 그가 내 뒤를 따라왔다. 다른 학생들이 흩어져 갔을 때, 그는 내게로 와서 인사를 건넸다. 이 인사도 어린 학생들의 말투를 흉내 냈지만, 아주 어른스러웠고 정중했다.

"같이 갈까?" 그는 다정하게 물었다. 나는 즐거운 마음으로 고개를 끄덕였다. 그러고 나서 내가 어디 사는지를 설명해 주었다.

"아! 거기 살아?" 그는 미소를 지으며 말했다. "그 집이면 벌써부터 알고 있었어. 너희 집 대문 위에는 아주 묘한 것이 붙어 있지. 나는 그것에 곧 흥미를 느꼈어."

나는 그가 무슨 말을 하는지 곧바로 알아듣지는 못했으나, 그가 나보다도 우리 집을 더 잘 알고 있는 것 같아서 놀랐다. 아치 모양의 대문 위에 종석(宗石)으로서 가문을 나타내는 일종의 문장(紋章)이 붙어 있었는데, 그것은 세월이 흐르는 동안에 편평해지고 몇 번이나 채색을 했었으며, 내가 알고 있는 한 그것은 우리 가족과는 아무런 관계도 없는 것이었다.

"난 그런 걸 전혀 몰라." 나는 부끄럽게 말했다. "그것은 새[鳥]이거나 아니면 그와 비슷한 것으로 아주 오래 되었을 거야. 그 집이 옛날엔 수도원에 속했었다고들 하던데."

"그럴 수도 있지." 그는 머리를 끄덕였다. "언제고 한 번 살펴봐! 그런 것 중엔 아주 재미있는 게 많아. 난 그게 매라고 생각해."

우리들은 계속 걸었으며, 나는 몹시 당황했다. 무슨 재미나는 생각이라도 떠올랐는지, 갑자기 데미안이 웃었다.

"참! 그때 내가 너희들 수업시간에 함께 있었지." 그는 활발하게 말했다. "이마에 표적을 달고 다니는 카인의 이야기였지, 그렇지? 그 이야기가 마음에 들던?"

아니었다. 배워야만 했던 것들 중에서 마음에 드는 것은 별로 없었다. 그렇지만 감히 그대로 말할 수가 없었으며, 나는 마치 어른과 이야기하고 있는 듯한 기분이었다. 그래서 그 이야기가 아주 마음에 들었다고 대답해 버렸다.

데미안은 내 어깨를 두드렸다.

"이 친구야! 내겐 굳이 그 어떤 것도 거짓말을 할 필요는 없어. 그러나 그 이야기는 사실 아주 주목할 만한 가치가 있는 거야. 그건 수업중에 나오는 대개의 다른 이야기보다도 더욱 주의할 가치가 있다고 나는 생각해. 선생님은 그 이야기에 대해 별로 언급하지 않고, 그저 신(神)이나 죄(罪) 등에 대한 통속적인 것만 말했을 뿐이야. 그러나 내가 생각하기론……" 그는 이야기를 중단하고 미소를 지으며 물었다. "그런데 이런 이야기에 흥미가 있니?"

"그래, 나는 이렇게 생각하고 있어." 그는 이야기를 계속했다. "우리는 이 카인의 이야기를 완전히 다르게 해석할 수가 있지. 우리들이 배우고 있는 대개의 것들은 확실히 사실이고 옳긴 하지만, 모든 것을 선생님의 말씀과는 다르게도 생각할 수 있어. 그러면 대개는 훨씬 더 좋은 의미를 가지게 돼. 예를 들어 저 카인과 그 이마의 표적만 해도 우리들이 듣는 설명만으로는 도저히 만족할 수가 없어. 너는 그렇게 생각하지 않니? 어느 한 사람이 싸움을 하다가 자기 형제를 죽여 버리는 일은 있을 수 있는 것이고, 또 나중에 그가 불안해지고 소심해진다는 것도 가능한 일이야. 그러나 그가 비겁하기 때문에 자신을 보호함과 동시에 다른 모든 사람에게 불안을 안겨주는 휘장으로 특별히 표시된다는 것은 정말 이상한 일이야."

"물론 그래." 나는 흥미를 느끼며 대답했다. 그 이야기는 나를 매혹시키기 시작했다. "그렇지만 그 이야기를 다르게 어떻게 설명할 수 있지?"

그는 나의 어깨를 두드렸다.

"아주 간단하지! 애초부터 존재했었고, 이 이야기의 시초가 되었던 것은 표적이었어. 남을 불안하게 하는 그 무엇이 얼굴에 있는 인간이 살았던 거야. 사람들은 감히 그와 접촉하려고 하지를 않았지. 그와, 그의 자식들은 다른 사람들로 하여금 외경(畏敬)의 감정을 일으키게 했어. 아마도, 아니 확실히 그의 이마에는 우편물 소인(消印)과 같은 표적은 사실상 없었을 거야. 세상에는 그런 과격한 일이 쉽게 일어나지는 않아. 오히려 그것은 잘 알아볼 수도 없는 불유쾌한 것, 즉 사람들이 흔히 보던 것보다는 좀 더 많은 재기와 담력이 시선 속에 깃들어 있었을 거야.…… 이 사람은 힘을 가지고 있었고, 사람들은 그 사나이를 무서워했지. 그래서 그는 '표적'을 지니게 된 거야. 사람들은 그것을 마음대로 설명할 수가 있었지. 대체로 '사람들'이란 자기에게 쾌적하고 정당한 것만 언제나 바라고 있어. 그래서 카인의 후예들에게 공포를 느끼고 있었고, 그들은 '표적'을 가지고 있다고 하게 된 것이지. 이렇게 사람들은 표적을 사실 그대로, 즉 원래 모습인 우월함의 표창이라고 설명하지 않고, 그 반대로 해석했어. 이 표적을 가진 놈들은 불미스럽다고들 했고, 실제로 그들 또한 그러했어. 용기와 특성을 가진 사람은 언제나 다른 사람들에겐 불미스러운 법이야. 무서움을 모르는 불미스러운 그 일족이 주위에 배회하고 있다는 것은 몹시 불쾌한 일이거든. 그래서 그에게 복수를 하고, 가해진 공포에 대해 약간이나마 보상을 받기 위해, 하나의 별명과 이야기를 꾸며서 덧붙여준 거야. 알겠니?"

"응 …… 말하자면 …… 카인은 조금도 악한 사람이 아니었단 말이지? 그럼 《성경》에 나오는 이야기는 전혀 사실이 아니란 말이야?"

"그렇기도 하고, 그렇지 않다고도 말할 수 있어. 아주 옛날 옛적의 이야기는 언제나 사실일지라도, 언제나 사실 그대로 기록되고 설명된다고는 할 수가 없지. 간단히 말해서 카인이라는 인간은 대단한 놈이었다고 나는 생각해. 그리고 사람들이 그를 무서워했기 때문에 그와 같은 이야기를 그에게 붙여 놓은 것이지. 이 이야기는 단순한 소문으로 사람들이 함부로 지껄여댄 것에 불과해. 그러나 카인과 그 후예들이 정말 일종의 '표적'을 가지고 있었고, 대개의 다른 사람들과 달랐다는 점만은 사실인 거야."

나는 몹시 놀랐다.

"그럼 너는 사람을 죽였다는 것도 사실이 아니라고 생각하니?"
나는 아주 감동하며 물었다.

"아, 아니야! 물론 그건 사실이야. 강한 사람이 약한 사람을 때려죽인 거야. 그것이 사실 형제였는지는 의심의 여지가 있는 것이지만. 그런 건 별로 중요한 것이 아니야. 결국 인간은 모두 형제니까. 그러니까 강한 자가 약한 자를 때려죽인 것이지. 아마도 그것이 영웅적 행위였는지, 혹은 아니었는지도 몰라. 그러나 어쨌든 이제 다른 약한 사람들은 공포에 휩싸이고 심하게 불평하고 있는 거야. 그래도 그들에게 '왜 그를 간단히 죽여 버리지 않는가?' 하고 물으면 '우리들은 겁쟁이이기 때문에'라고 말하는 것이 아니라, '그럴 수는 없어. 그는 표적을 달고 있어. 신이 그놈에게 붙여 준 표적을 말이야' 하고 대답했어. 대개 이렇게 저 거짓된 이야기가 생겨났음에 틀림없어. …… 이런, 너를 너무 오래 잡고 있었구나, 그럼 안녕!"

그는 나를 혼자 남겨둔 채 오래된 알트 골목길로 굽어들어갔다. 그가 사라지자마자, 그가 말한 것은 한 마디도 믿을 수 없는 듯이 생각되었다. 카인이 훌륭한 사람이고 아벨이 비겁쟁이라니! 카인의 표적이 표창일 뿐이라고! 그런 것은 불합리하며 신을 비방하고 모독하는 일이다. 그렇게 되면 대체 신이란 어디 있단 말인가? 신은 아벨의 제사를 받지 않았던가? 아벨을 사랑하지 않았던가? 아니다. 바보 같은 이야기다! 데미안이 나를 놀리고, 나를 궁지에 빠뜨리려는 것이라고 나는 생각했다. 그는 무서울 정도로 영리한 놈이었고, 말도 잘 하였다. 그러나 – 그럴 수는 없어 –.

어쨌든 나는 한 번도 성경이나 그 외의 다른 이야기에 대해서 그토록 심각하게 생각해 본 적이 없었다. 그리고 오랫동안 그처럼 완전히 몇 시간, 아니 하룻밤 동안 프란츠 크로머를 완전히 잊어본 적도 없었다. 나는 집에서 그 이야기를 성경에 있는 대로 다시 한 번 읽어보았다. 그것은 짤막하고 명료했다. 그리고 거기서 특별히 감추어진 의미를 찾는다는 것은 미친 짓이었다. 그렇게 된다면 사람을 죽인 자마다 자기가 신의 총아라고 공언할 수 있을 것이다! 아니다. 그건 넌센스다. 그러나 데미안이 그 모든 일이 자명한 것처럼 아주 가볍고도 훌륭하게, 게다가 그러한 눈길로 이야기할 수 있었던 모습은 마음에 들었다.

 물론 나 자신에게도 무엇인가가 정돈되어 있지 않았으며, 심지어는 매우 혼란한 상태에 있었다. 나는 밝고 깨끗한 세계에 살았으며, 나 자신이 일종의 아벨이었다. 그런데 지금은 '다른 세계' 속에 깊이 발을 들여놓고, 아주 떨어져 그 속에 침잠해 있었다. 그럼에도 근본적으로는 그것에 거의 찬동할 수가 없었다. 어떻게 그럴 수가 있었단 말인가? 그렇다, 그때 갑자기 내 가슴이 순간 숨이 막힐 지경이었던 기억이 떠올랐다. 내 지금의 불행이 시작되었던 그 괴로운 밤에 아버지와 관계된 생각으로서, 그때 나는 순간적이나마 아버지와 그의 밝은 세계와 지혜를 단번에 꿰뚫어 보고 경멸했던 것이다! 그렇다! 그때 나 자신은 카인이었으며 표적을 붙이고 있었는데, 그 표적은 하등의 수치가 아니라 하나의 표창이었으며, 그때 나는 악의와 불행에 의해서 아버지보다도, 그리고 선량하고 경건한 사람들보다도 우월한 위치에 있다고 생각했던 것이다.

그 당시에 이렇게 명확한 사고의 형태로 그 일을 경험한 것은 아니었지만, 이 모든 것이 그 속에 내포되어 있었다. 그 경험은 다만 감정과 괴상한 흥분의 불꽃으로 내 마음을 아프게 했으면서도, 오만으로 나를 가득 채웠던 것이다.

지금 생각해 볼 때 - 데미안은 대담무쌍한 자와 비겁한 자에 대해서 어떻게 그런 이상한 이야기를 했을까! 카인의 이마에 있는 표적에 대해서 어떻게 그런 이상한 해석을 했던가! 그때의 그의 눈, 어른과 같은 독특한 눈은 어쩌면 그리도 이상하게 빛났을까! 그리고 다음의 일이 어렴풋이 내 머리를 스쳤다. - 그 자신이야말로, 그 데미안이야말로 일종의 카인이 아니었던가? 만약 그가 자기 자신을 카인과 비슷하다고 느끼지 않는다면, 왜 카인을 변호하는 것일까? 어떻게 그 시선 속에 그런 힘을 지니고 있을까? 무엇 때문에 그는 겁쟁이와 같은 '다른 사람들'에 대해, 실상은 그들이 경건한 자이며 신의 뜻에 부합되는 자들인데, 그렇게 비웃는 말을 하는가?

나는 이런 생각을 끝없이 하고 있었다. 하나의 돌멩이가 샘물 속에 떨어졌는데, 그 샘이란 바로 내 젊은 영혼이었다. 오랫동안, 정말 오랜 세월 동안 인식과 의혹과 비평 같은 시도를 하게 될 때면, 이 카인과 살인과 표적이 언제나 그 출발점이 되는 것이었다.

나는 다른 학생들도 역시 데미안에게 관심을 기울이고 있다는 것을 느꼈다. 카인에 대한 이야기는 아무에게도 하지 않았지만, 데미안은 다른 학생들의 흥미도 끌고 있는 모양이었다. 어쨌든 '신입생'에 대한 여러 가지 소문이 떠돌았다. 만일 내가 이 소문을 전부 알게 된다면, 모든 것이 그를 아는 데 빛을 던져줄 것이며, 여러 가지가 해결될 수 있을 것이다. 나는 다만 데미안의 어머니가 대단히 부자라는 소문이 처음에 퍼져 있었던 것만 알고 있었다. 또한 그분은 결코 교회에는 나가지 않으며, 아들도 마찬가지라는 소문도 있었다. 그들이 유태인임을 알고 있다고 하는 자도 있었다. 그러나 그들은 숨겨진 회교도(回敎徒)일지도 모른다. 그뿐만 아니라 막스 데미안의 체력에 대해서도 엉뚱한 이야기를 듣게 되었다. 학급에서 가장 힘이 센 학생이 데미안에게 도전했으나 거절당하자, 그를 비겁한 놈이라고 해서 그에게 몹시 혼났다는 것은 확실했다. 그 자리에 있었던 아이들이 말하기를, 데미안이 단 한 손으로 그의 목덜미를 잡고 꽉 눌러 버리자, 그 아이는 창백해지더니 슬금슬금 도망쳤으며, 그 후 며칠 동안 팔을 쓸 수가 없었다고 한다. 어느 날 밤엔 그가 죽었다는 소문까지 났었다. 여러 가지 일들이 한동안 주장되고 믿어졌다. 모든 것이 흥분과 경탄을 일으키고 있었으며 우리들은 한동안 만족했다. 그러나 그 후 얼마 되지 않아서 우리 학생들 사이에는 새로운 소문이 퍼졌는데, 데미안이 여자와 은밀한 교제를 하고 있고 '모든 것을 다 안다'는 것이었다.

그동안에도 나와 프란츠 크로머와의 관계는 어쩔 수 없이 계속되고 있었다. 나는 그로부터 헤어날 수가 없었다. 왜냐하면 그가 때때로 며칠 동안 나를 내버려둘 때라도 역시 그에게 얽매여 있었기 때문이다. 그는 꿈속에서도 내 그림자처럼 나와 함께 살고 있었다. 그가 실제로 내게 가하지 않는 일이라도 나의 환상이 꿈속에서 그렇게 하도록 시켰으며, 나는 완전히 그의 노예가 되었다. 나는 현실 속에서보다 이 꿈속에서 더 많이 살고 있었으며, - 나는 언제나 심한 꿈을 꾸는 인간이었다. - 나는 이 그림자로 인해 정력과 생기를 잃고 있었다. 다른 꿈과 더불어 나는 가끔 크로머가 날 학대하고, 내게 침을 뱉고, 내 위에 올라타고 앉아 있는 꿈을 꾸었는데, 더욱 나쁜 것은 나를 중한 범죄로 유혹하는, 아니 유혹한다기보다는 그의 강력한 위력으로 강요하는 것이었다. 그 중에서 가장 무서웠던 꿈은 나의 아버지를 살해하려는 것[9]이었는데, 이 꿈에서 깨어났을 때 나는 거의 미칠 것 같았다. 크로머가 칼을 갈아 내 손에 쥐어 주었으며, 우리는 어떤 가로수 그늘 아래에서 누군가를 기다리고 있었다. 그 누군가가 다가왔고 크로머가 내 팔을 누르며 내가 죽여야 할 사람이 저 사람이라고 하기에 보니, 그는 나의 아버지였다. 그 순간, 나는 잠에서 깨어났다.

[9] 오이디푸스는 테베의 왕인 자기 아버지 라이오스를 살해하였음.

이런 일과 관련하여 나는 카인과 아벨에 대해서도 생각했으나, 데미안에 대해선 거의 생각해 보지 않았다. 데미안이 다시 다가온 것은 이상하게도 역시 꿈속에서였다. 말하자면 나는 다시 박해와 폭압을 당하는 꿈을 꾸었는데, 이번에 나를 올라타고 있는 사람은 크로머가 아니라 데미안이었다. 그리고 - 이것은 아주 새롭고도 깊은 인상을 주었는데 - 나는 크로머로부터는 고통과 반항으로 괴로워했던 모든 것을, 데미안으로부터는 기꺼이 그리고 환희와 공포가 똑같이 깃들인 감정을 가지고 견뎌냈다. 이런 꿈을 두 번 꾸었다. 그 다음에는 다시 크로머가 꿈속에 나타났다.

나는 오래 전부터 꿈속에서 경험한 일과 현실에서 경험한 일을 더 이상 분명하게 구별할 수 없게 되었다. 그러나 어쨌든 크로머와의 사악한 관계는 여전히 계속되고 있었으며, 그에게 지불해야 할 금액을 순전히 조금씩 훔쳐낸 돈으로 전부 갚았을 때에도 끝나지 않았다. 아니, 이제 그는 내가 한 도둑질에 대해 알아 버렸다. 그는 언제 어디서나 그 돈이 준비되었느냐고 물었기 때문이다. 그래서 나는 전보다 더 그의 손아귀에 걸려들어 있었다. 번번이 그는 아버지에게 모든 것을 이야기하겠다고 나를 위협했다. 그럴 때면 두려움보다도 애당초 아버지에게 스스로 말하지 않은 것을 깊이 한탄하였다. 그러는 동안에도 나는 아주 비참하긴 했지만 모든 것을 후회하지는 않았다. 적어도 항상 후회하지는 않았다. 그리고 가끔 만사는 그럴 수밖에 없다고 느끼기도 하였다. 하나의 운명이 나를 지배하고 있었으며, 그것을 타개하려 한다는 것은 소용없는 일이었다.

아마도 부모님도 이러한 내 상황을 적지 않게 괴로워했을 것이다. 알 수 없는 영혼이 나를 뒤덮고 있었으며, 그렇게 다정스러웠던 집안에는 더 이상 어울리지 못했던 것이다. 더구나 실낙원에 대한 것과 같은 미칠 듯한 향수가 나를 엄습해 왔다. 이를테면 나는 어머니한테는 악동으로서가 아니라, 하나의 환자처럼 취급당했다. 그러나 내가 사실상 어떤 상태에 있었던가는 두 누이의 태도에서 아주 잘 알 수 있었다. 그들은 날 위로해 주는 한편 끝없이 비참하게 했다. 어머니와 두 누이들의 이런 태도는 내가 그 무엇인가에 신들린 인간으로 그 상태를 꾸짖기보다는 불쌍히 여겨져야만 하지만, 동시에 악이 내 마음속에 자리 잡고 있다는 것을 분명히 알게 해주었다. 나는 모두가 예전과는 달리 나를 위해 기도하고 있는 것을 느꼈는데, 그 기도도 헛된 일이라고 느꼈다. 종종 고통이 가벼워졌으면 하는 동경과, 옳은 참회를 하고픈 욕구가 타오르는 것을 느꼈다. 그러면서도 아버지와 어머니에게 모든 사실을 올바로 이야기하고 설명할 수 없다는 것 또한 느끼고 있었다. 모두가 그 이야기를 친절하게 받아들이고 잘 어루만져 주고 슬퍼해 주기까지는 하겠지만, 완전히 이해하지는 못할 것이며, 그것이 운명인데도 일종의 탈선으로 여기리라는 것을 나는 알고 있었다.

　많은 사람들이 아직 열한 살도 되지 않은 어린아이가 이런 것을 느낄 수 있다고 생각하지 않으리라는 점도 난 알고 있다. 이런 사람들에게 내 사정을 이야기하는 것은 아니다. 인간이라는 것을 좀 더 잘 아는 사람들에게 말하고 있는 것이다. 자기 감정의 일부를 생각 속에서 변화시킬 줄 아는 어른들은 어린아이에게는 이런 생각이 없다고 생각하고, 경험도 없다고들 얘기한다. 그러나 나는 일생 동안 그때처럼 심각하게 체험하고 괴로워한 적이 별로 없다.

　어느 비오는 날, 나는 박해자로부터 부르크광장으로 나오라는 명령을 받았다. 거기에 서서 기다리며 나는 물방울이 떨어지는 검은 나무에서 계속하여 떨어져 내리는 젖은 밤나무 잎을 발로 휘젓고 있었다. 돈을 가져오지는 않았지만, 크로머에게 최소한 무엇이든 주려고 과자를 2개 가지고 왔다. 나는 이렇게 가끔은 어느 구석진 곳에 서서 아주 오랫동안 그를 기다리는 데 익숙해져 있었다. 그리고 인간이 어쩔 수 없는 운명을 감수하듯 그것을 감수하고 있었다.

　드디어 크로머가 왔다. 그날은 오래 머물지 않았다. 그는 주먹으로 내 갈비뼈를 서너 번 쥐어박고는 웃었다. 과자를 받고는 축축한 담배 한 대를 내게 권했는데, 물론 나는 받지 않았다. 그는 여느 때보다 훨씬 친절하였다.

"참!" 헤어질 무렵에 그가 말했다. "잊어버리기 전에 말해 두지만…… 다음에는 네 누이를 데리고 나오너라. 큰누이 말이야. 이름이 뭐랬지?"

나는 전혀 이해하지 못했으며, 대답도 하지 않았다. 다만 놀란 표정으로 그의 얼굴을 바라볼 뿐이었다.

"못 알아듣겠니? 네 누이를 데리고 오란 말이야."

"알았어, 크로머! 그렇지만 그건 안 돼. 그런 짓은 할 수도 없고, 누나도 절대 같이 오지 않을 거야."

이것도 역시 하나의 술책이며 구실이라고 나는 생각했다. 그는 가끔 이런 짓을 했다. 어떤 불가능한 일을 요구하고, 내게 겁을 주어 날 항복시키고 나서는 서서히 흥정하기 시작하는 것이었다. 그럴 때면 나는 얼마간의 돈이나 다른 것을 주고서 빠져나가야만 했던 것이다.

그런데 이번에는 전혀 달랐다. 내가 거절한 데 대해 별로 화를 내지 않았다.

"그러면 말이야." 그는 건성으로 말했다. "잘 생각해 봐, 난 네 누나와 사귀고 싶은 거야. 언젠가는 그렇게 될 거구. 네가 그냥 누나와 같이 산보를 나올 때, 내가 그리 가면 되는 거야. 내일 휘파람으로 너를 부를 테니까 그때 다시 한 번 얘기해 보자."

그가 가 버리자 갑자기 그 요구에 대한 의미를 어느 정도 짐작할 수 있었다. 나는 아직 어린애였지만, 남자와 여자애들이 좀 더 나이를 먹으면 서로 어떤 비밀에 가득 차고도 추잡하며, 금지된 장난을 한다는 것을 소문으로 알고 있었다. 그러나 나는 이제 – 갑자기 그것이 얼마나 해괴망측한 일인지 분명히 알게 되었다. 결코 그런 짓은 하지 않겠다는 결심이 섰다. 그러나 그 다음에 무슨 일이 일어날 것이며, 크로머가 어떤 보복을 할 것인지에 대해서 감히 생각해 볼 수가 없었다. 내게 새로운 고문이 시작된 것이다.

나는 암담한 기분으로 호주머니에 손을 찌르고 텅 빈 광장을 지나갔다. 새로운 고민, 새로운 굴종이로구나!

그때 생기 있고 나지막한 누군가의 목소리가 나를 불렀다. 나는 깜짝 놀라 달아나기 시작했다. 누군가가 따라와서는, 한쪽 손으로 뒤에서 살짝 나를 잡았다. 막스 데미안이었다.

나는 붙잡도록 내버려두었다.

"난 또 누구라고?" 나는 동요하며 말했다. "깜짝 놀랐잖아!"

그는 나를 쳐다보았다. 그때만큼 그의 눈초리가 어른스럽고 우월하고 마음을 꿰뚫어 보는 것이라고 느낀 때는 결코 없었다. 오래 전부터 우리는 서로 이야기를 나누지 못했다.

"미안하군." 그는 공손하고도 매우 분명한 투로 말했다. "그러나 이봐, 그렇게 놀랄 필요는 없잖아."

"그건 그래, 그렇지만 그럴 수도 있는 거지."

"그렇기도 하지. 하지만 이봐, 네게 아무 짓도 하지 않은 사람에게 그리 놀란다면, 그 사람은 생각해 보지 않을 수 없는 거지. 그는 이상하게 생각하고 호기심을 갖게 될 거야. 그 사람은 네가 이상하리만큼 잘 놀란다고 생각할 것이고, 나아가서는 겁이 날 때만 그럴 텐데 하고 생각할 거야. 겁쟁이들은 늘 불안해하고 있거든. 그러나 네가 그런 겁쟁이라고는 생각하지 않아. 그렇잖니? 아, 물론 너는 영웅도 아니지. 두려워하고 있는 것이 있거나, 무서워하고 있는 사람이 있는 거야. 그런데 그런 따위는 절대 있어서는 안 되지. 아니 사람을 결코 두려워해서는 안 되는 거야. 나를 무서워하는 것은 아니지? 아니면……?"

"아, 아니야, 정말 아냐."

"맞았어, 그것 봐, 하지만 무서워하고 있는 사람이 있지?"

"몰라……. 제발 그만둬. 뭣 때문에 그러니?"

그는 나와 보조를 맞췄다. ─ 나는 도망칠 생각으로 빨리 걷고 있었다. ─ 그리고 나는 옆에서 쳐다보는 그의 시선을 느꼈다.

"가령 말이야." 그는 다시 말을 시작했다. "내가 너한테 호감을 갖고 있다고 하자. 그럼 넌 하여튼 나를 두려워할 필요가 없거든. 한 가지 실험을 하고 싶어! 그건 재미도 있고, 너도 아주 필요한 걸 거기서 배울 수 있을 거야. 잘 들어봐! …… 나는 가끔 독심술(讀

心術)[10]이라고 하는 술법을 시험해 보고 있어. 그게 무슨 요술은 아니지만, 그것이 어떻게 되는지를 모르면 아주 이상하게 보이지. 사람도 깜짝 놀라게 할 수가 있어. …… 자, 우리 한 번 시험을 해 보자. 내가 너를 좋아하거나 혹은 네게 흥미를 갖고 있으며, 이제 네 마음속이 어떤 상태인지 끄집어내고자 한다. 그러기 위해서 이미 나는 첫발을 내디뎠지. 난 너를 깜짝 놀라게 했어. …… 그랬더니 너는 잘 놀란단 말이다. 그러므로 네겐 두려워하는 물건이나 사람이 있다는 거지. 어떻게 해서 그렇게 될 수 있을까? 사람이란 어느 누구도 두려워할 필요가 없거든. 그런데 만일 누군가를 두려워한다면, 그건 자기를 지배할 수 있는 힘을 그 누구에게 내어준 데에 기인하는 것이지. 예를 들어서 누가 무슨 나쁜 짓을 했는데, 다른 사람이 그것을 알고 있다. …… 그러면 그는 너를 지배하는 힘을 갖게 되는 거야. 이해하겠니? 이건 분명한 거야. 그렇잖니?"

나는 어찌할 바를 모르고 그의 얼굴을 쳐다보았다. 그의 얼굴은 언제나처럼 진지하고 영리했으며, 또한 호의가 넘치고 있었다. 그러나 부드러운 점은 조금도 없고 오히려 엄격하였다. 정의(正義)나 혹은 그와 유사한 것이 그 속에 깃들어 있었다. 나는 내게 무슨 일이 있는지 알지 못했다. 그는 마치 마술사처럼 내 앞에 서 있었다.

"알아들었니?" 그는 다시 한 번 물었다.

10) 다른 사람의 몸가짐, 얼굴 표정, 텔레파시, 육감 등으로 상대의 생각이나 감정을 알아내는 기술을 말함.

나는 머리를 끄덕였다. 무슨 말도 할 수가 없었다.

"독심술이란 이상하게 생각될 거라고 내가 말했지만, 그건 아주 자연스럽게 행해지는 것이야. 예를 들어서 언젠가 너에게 '카인과 아벨의 이야기'를 했을 때, 네가 나를 어떻게 생각했는지 아주 정확하게 말할 수가 있어. 하지만 그건 여기에 아무런 상관이 없는 거야. 언젠가 내 꿈을 꾼 적이 있을 수도 있다고 난 생각하고 있어. 그러나 그런 얘기는 그만두자. 넌 영리한 소년이야! 대개는 너무나도 둔한데 말이야! 나는 가끔 호감이 가는 영리한 소년과 얘기하는 것이 좋거든. 한데 너도 같은 생각이겠지?"

"그건 그래, 단지 하나도 이해하지 못하지만……."

"그럼 한 번 재미나는 실험을 계속해 보자! 우리가 알아낸 것은 S라는 소년이 잘 놀란다는 것과 …… 그는 누군가를 두려워하고 있다는 것 …… 아마도 그는 바로 그 누군가와 매우 불쾌한 비밀을 갖고 있는 것이야. …… 대강 들어맞지?"

꿈속에서처럼 그의 음성과 위력에 눌리고 있었다. 나는 그저 머리를 끄덕였다. 그는 오로지 내 자신에게서만 나올 수 있는 그런 목소리로 이야기하지 않았던가? 그는 모든 것을 알고 있지 않은가? 나 자신보다도 더 잘, 더욱 분명하게 알고 있는 목소리가 아닌가?

데미안은 내 어깨를 힘차게 두드렸다.

"그럼 맞았지. 그런 줄 알았어. 이젠 단 한 가지 질문이 있는데,

조금 전에 떠나간 소년의 이름이 무엇인지 알고 있니?"

나는 몹시 놀랐다. 내 건드려진 비밀이 마음속에서 고통스럽게 몸부림쳤으며, 그것은 밝은 빛을 보기 싫어하였다.

"누구 말이야? 소년이라곤 나밖에 없었어."

그는 웃었다.

"말하라니깐!" 그는 계속 웃었다. "그의 이름이 뭐지?"

나는 속삭이듯 말했다. "프란츠 크로머 말이야?"

그는 만족한 듯 고개를 끄덕였다.

"잘했다. 넌 영리한 아이야. 우린 친구가 될 거야. 하지만 이제 네게 말할 게 있는데, 그 크로머인지 뭔지 하는 녀석은 나쁜 놈이야. 그놈의 인상이 벌써 악당이란 걸 말해주고 있어. 너는 어떻게 생각하니?"

"정말 그래." 나는 한숨을 쉬었다. "그는 나빠, 악마야. 하지만 그가 아무것도 알아서는 안 돼! 맙소사, 그놈이 알아서는 정말 안 돼! 그놈을 알고 있니? 그놈도 너를 아니?"

"걱정하지 마! 그놈은 갔어, 그리고 그는 나를 몰라. …… 아직은 모르지. 하지만 그놈을 꼭 알고 싶어. 공민학교에 다니지?"

"그래."

"몇 학년이지?"

"5학년이야. …… 하지만 아무 말도 말아줘! 제발, 제발 아무 말도 하지 말아줘!"

"안심해! 아무 일 없을 거야. 그런데 크로머에 대한 이야기를 좀 더 해줄 생각은 없는 모양이지?"

"할 수 없어, 안 돼, 날 가만 놔둬!"

그는 잠시 말이 없었다.

"유감인데." 그는 천천히 말했다. "우린 실험을 좀 더 계속할 수가 있을 텐데 말이야. 그러나 난 너를 괴롭히고 싶지는 않아. 그렇지만 그를 두려워한다는 것이 조금도 정당하지 않다는 것쯤은 너도 알고 있겠지, 그렇지? 그러한 두려움은 우리를 아주 망쳐 놓는단 말이야, 그런 것에서 벗어나야 돼. 네가 올바른 녀석이 되고자 한다면, 그런 것은 벗어나야 돼. 알아듣겠니?"

"물론, 네 말이 옳아……. 하지만 그렇게 되질 않아. 넌 아무것도 몰라……."

"네가 생각하는 것보다도 내가 더 많이 알고 있다는 것을 보았지? …… 그에게 돈이라도 빚지고 있니?"

"응, 그것도 있고, 그러나 그게 중요한 문제는 아냐. 난 말할 수 없어. 정말, 말할 수가 없어."

"만일에 그에게 빚진 만큼 내가 네게 돈을 준대도 소용이 없겠니? …… 그것을 충분히 네게 줄 수 있는데."

"아냐, 그런 게 아냐, 제발 부탁이니 아무에게도 그런 말은 말아

줘! 한 마디도 말이야! 넌 나를 불행하게 만들 거야?"

"나를 믿어, 싱클레어. 언젠가는 너희들 비밀을 내게 얘기하게 될 걸……."

"절대, 절대로 안 할 거야!" 나는 격렬하게 외쳤다.

"네 마음대로 해! 다만 언젠가는 네가 내게 좀 더 여러 가지 이야기를 할 거라고 생각할 뿐이야. 물론 자발적으로 말이야, 알겠니? 내가 크로머와 같은 그런 짓을 하리라곤 생각하지 않겠지?"

"물론 그래 …… 하지만 넌 그 일에 대해서는 아무것도 몰라!"

"아무것도 모르지, 그걸 좀 생각해 봤을 뿐이야. 그리고 난 절대 크로머가 한 것 같은 그런 짓은 하지 않을 거라는 것을 믿어다오. 물론 넌 내게 아무것도 빚진 게 없고 말이야."

우리는 한참 동안 말이 없었다. 나는 차차 침착해졌다. 그러나 데미안이 알고 있는 것이 내겐 점점 수수께끼가 되었다.

"난 이제 집에 가야겠어." 그가 말했다. 그리고는 비를 맞으며 거친 모직 외투를 단단히 여몄다.

"이왕 여기까지 얘기를 했으니, 한 마디만 더 얘기하겠어. …… 너는 그놈한테서 벗어나야만 해! 다른 방법이 전혀 없거든 그놈을 때려죽여라! 그렇게 할 수만 있다면, 나는 경탄하고 좋아할 거야. 나도 널 도와줄 거고."

나는 새로운 불안에 휩싸였다. 갑자기 카인의 이야기가 다시 떠올랐다. 나는 무시무시해져서 나직이 울기 시작했다. 너무나도 무서운 일들이 나를 둘러싸고 있었던 것이다.

"이제 됐다!" 막스 데미안은 미소를 지었다. "집으로 가자! 어쨌든 그것을 해치우자. 때려죽이는 것이 가장 간단하지. 그런 문제는 가장 간단한 것이 최선의 방법이야. 네 친구 크로머와는 결코 좋은 일이 없을 거야."

집으로 돌아오자 나는 마치 1년 동안이나 집을 떠나 있었던 것처럼 생각되었다. 모든 것이 달라져 보였다. 나와 크로머와의 사이에는 미래와도 같은, 희망과도 같은 그 무엇이 버티고 서 있었다. 나는 더 이상 홀로가 아니었다. 그리고 이제야말로 나는 지난 수 주일 동안이나 비밀을 안고, 얼마나 혼자 두려워했나를 깨달았다. 그리고 몇 번이고 생각했던 일이 곧 머리에 떠올랐다. 즉 부모님에게 참회하는 것이 괴로움을 가볍게 해줄 수는 있지만, 완전히 나를 구원해 주지는 못할 것이라는 생각이었다. 이제 나는 다른 사람에게, 낯선 사람에게 거의 참회를 한 것이었으며, 구원의 예감이 짙은 향기처럼 내게로 마주쳐 왔다.

그러나 불안은 그 후에도 오랫동안 극복되지 않았다. 그리고 나는 아직도 적과의 길고도 무서운 대결을 각오하고 있었다. 만사가 그렇게 평온하고, 완전히 비밀스럽게 무사히 흘러간 것이 더욱 신기했다. 우리 집 앞에서 들리던 크로머의 휘파람 소리는 하루, 이틀, 사흘, 일주일이 지나도 들리지 않았다. 나는 그 사실을 감히 믿을 수가 없었다. 그리고 그 녀석이 전혀 예기치 않은 순간에 갑자기 나타나지나 않을까, 내심 경계하고 있었다. 그러나 그는 있지도 않았고, 나타나지도 않았다! 새로운 자유에 대해 기뻐하면서도 나는 여전히 그것을 정말 믿지 않았다. 그러다 한 번 프란츠 크로머를 만나게 되었다. 그는 곧장 내 쪽을 향해 자일러 골목을 내려오고 있었다. 그러나 나를 보자 흠칫 놀라 거칠게 얼굴을 찡그리고는 나와 마주치지 않으려는 듯 그대로 돌아서 버렸다.

그것은 생각지도 못한 순간이었다! 내 적이 내 앞에서 달아나다니! 나의 악마가 내 앞에서 겁을 내다니! 기쁨과 놀라움이 내 몸을 뚫고 지나갔다.

그 무렵 데미안을 한 번 또 만났다. 그는 학교 앞에서 나를 기다리고 있었다.

"잘 있었니?" 나는 말했다.

"잘 있었니, 싱클레어. 어떻게 지내는지 한 번 물어보고 싶었다. 크로머란 놈이 이젠 너를 괴롭히지 않겠지, 그렇지?"

"네가 그렇게 했니? 하지만 어떻게 했지? 도대체 어떻게……? 난 전혀 알 수가 없어. 그놈은 전혀 나타나질 않아!"

"그거 잘 됐구나. 만일 그가 언제고 다시 나타나거들랑 …… 그러지 않을 거라 생각하지만, 그는 아주 뻔뻔스러운 놈이니 말이야

……그놈에게 데미안을 생각하라고만 말하면 될 거야."

"그게 무슨 말이지? 그놈하고 싸워 때려주었니?"

"아니, 난 그런 짓은 좋아하지 않아. 그저 너하고 얘기한 것처럼, 그와도 얘기만 했을 뿐이야. 그리고 너를 조용히 내버려두는 게 자신에게도 득이 될 거라는 것을 분명히 해주었을 뿐이야."

"아아, 그렇지만 설마 돈을 주지는 않았겠지?"

"그래, 친구야. 그런 방법은 이미 네가 시험해 봤을 텐데."

나는 좀 더 물어보려고 했지만, 그는 가 버렸다. 나는 감사와 수치감, 경탄과 두려움, 호의와 내적 반항심이 이상하게 뒤섞인 옛날의 답답했던 감정을 지닌 채 그대로 서 있었다.

나는 곧 그를 다시 만나기로 결심했다. 그때에 그와 더불어 모든 일에 대해서, 또한 카인의 문제에 대해서도 더 많은 이야기를 하고자 생각했다.

그런데 그렇게 되지를 않았다.

감사함이란 아무튼 내가 믿고 있는 덕망은 아니며, 그런 것들을 아이들에게 요구한다는 것은 잘못된 일인 것 같았다. 그래서 내가 막스 데미안에게 취했던 완전한 배은망덕을 나는 하나도 이상하게 여기지 않았다. 만일 그가 크로머의 발톱에서 나를 해방시켜 주지 않았다면, 일생 동안 병들고 타락해 버렸을 거라고 나는 오늘날 확신하고 있다. 이러한 해방을 나는 당시에도 이미 내 소년

생활의 최대 체험이라고 느끼고 있었다. - 그러나 나를 해방을 시켜준 자가 기적을 이룩하자마자, 나는 그에 대해 신경을 쓰지 않았던 것이다.

이미 말한 바와 같이 배은망덕이란 내게는 이상스러운 것이 아니다. 이상한 것이란 오로지 내가 보여준 호기심의 결여뿐이다. 데미안을 통해 접촉하게 되었던 비밀에 더 가까이 가지 않고, 어떻게 단 하루라도 편안히 살아갈 수가 있었던 것일까? 카인에 관해서, 크로머에 대해서, 독심술에 관해서 더욱 많은 것을 듣고 싶은 욕망을 어떻게 억제할 수가 있었던가?

이것은 거의 이해할 수 없겠지만 사실이었다. 나는 갑자기 악마의 그물에서 해방된 것을 알았고, 세계는 다시 밝고 즐겁게 내 앞에 놓여 있음을 보았으며, 이젠 불안의 발작이나 숨 막힐 듯한 가슴의 고동에도 더 이상 굴복하지 않았던 것이다. 속박은 파괴되었고, 나는 다시 예전과 같은 학생이 되었다. 내 천성은 가능한 한 빨리 균형과 고요 속으로 되돌아가려고 했다. 그래서 우선 온갖 추악한 것과 위협적인 것을 던져 버리고, 그것을 잊어버리려는 데에 온갖 노력을 기울였다. 나의 죄와 공포감에 대한 긴 이야기는 눈에 띄는 그 어떤 상처나 인상을 남기지도 않았고, 놀라울 정도로 빨리 기억에서 사라져 버렸다.

그뿐 아니라 내 협력자이며 구원자까지도 그렇게 빨리 잊어버리려 했다는 사실도 오늘에 와서야 이해가 되는 것이었다. 저주받은 비탄의 계곡에서, 크로머에 대한 무시무시한 노예관계에서 나는 상처 입은 영혼의 모든 노력과 힘을 다해서 일찍이 행복하고도 만족스러웠던 곳으로 도망쳤던 것이다. 즉 다시 열려진 실낙원으로, 밝은 아버지와 어머니의 세계로, 누이들에게로, 순수한 향기 속으로, 아벨에 대한 신의 총애 속으로 되돌아갔던 것이다.

데미안과 짤막한 대화를 주고받은 바로 그날, 드디어 내가 되찾은 자유에 대해 완전한 확신을 갖게 되고 그런 일이 재발되리라고 염려하지 않게 되었을 때, 나는 그렇게도 자주 열렬히 갈망했던 일을 했다. ― 나는 참회를 했던 것이다. 나는 어머니에게로 가서 자물쇠가 부서지고 돈 대신에 장난감 돈이 들어 있는 저금통을 보여 주었다. 그리고 내가 얼마나 오랫동안 자신의 죄로 인하여 사악한 가해자에게 얽매여 있었던가를 이야기했다. 어머니는 전부를 이해하지는 못했지만, 그 저금통과 나의 달라진 눈초리를 보고, 달라진 목소리를 듣고, 내가 회복되어 다시 어머니에게로 되돌아왔음을 느끼셨다.

그리고 나서 이제 고조된 감정으로 나의 복귀에 대한 축제를 올리고 타락한 아들의 귀향식을 올렸다. 어머니는 나를 아버지께 데려갔고, 이야기가 되풀이되었으며, 질문과 놀라는 소리가 터져 나왔다. 부모님은 나의 머리를 쓰다듬어 주었고, 오랫동안의 압박감에서 벗어나 한숨을 내쉬었다. 모든 것이 훌륭했고 소설 속에나 있는 것 같았으며, 모든 것이 희한한 조화 속에서 해결되었다.

드디어 나는 진정한 정열을 가지고 이 조화 속으로 도망쳤다. 다시 내 평화와 부모님의 신뢰를 되찾은 데 대해서 충분히 만족할 수는 없었지만, 나는 가정의 모범적인 아들이 되었다. 누이들과 옛날보다 더 잘 놀았고, 기도를 드릴 때에는 구원받고 개심한 사람의 감정으로 내가 좋아하는 옛날의 노래를 함께 불렀다. 그것은 진심에서 우러난 것이었고, 거기엔 조금도 거짓이 없었다.

그렇지만 아주 완전히 안정된 것은 아니었다! 그리고 내가 데미안을 망각한 것을 진실하게 설명할 수 있는 점이 바로 여기에 있다. 나는 그에게 참회를 했어야 했다! 그 참회는 별로 과장되지도 감동적이지도 않을 것이나, 내게는 더욱 풍성한 결과가 되었을 것이다. 그때 나는 모든 뿌리를 뻗어 옛날의 낙원 같은 세계에 매달려 있었고, 고향으로 돌아와 자비롭게 받아들여졌다. 그러나 데미안은 결코 이 세계에 속하지 않았으며, 거기에 어울리지도 않았다. 물론 그는 크로머와는 달랐으나 - 그도 역시 유혹자였고, 나를 두 번째의 사악하고 나쁜 세계와 결부시켜 주었던 것이다. 그런데 나는 그 세계에 대해서는 영원히 아무것도 알고 싶지가 않았다. 자신이 다시금 아벨과 같이 된 나는, 이제 아벨을 포기하고 카인을 찬미하는 데 협조할 수는 없었고, 또 그럴 마음도 없었다.

이것이 외적인 관계였다. 그러나 내적 관계는 이러했다. 즉 내가 크로머와 악마의 손에서 해방이 되긴 했지만, 그것은 나 자신의 힘과 능력에 의한 것은 아니었다. 나는 이 세상의 오솔길을 걸어가려고 했었는데, 그 길은 너무나도 미끄러웠다. 친절한 손길이 나를 잡아 구원해준 지금, 나는 더 이상 곁눈질을 하지 않고 어머니의 품안에 감싸여지며, 경건했던 어린 시절의 보금자리로 다시 달려 돌아왔다. 나는 실제보다도 더 어리고 더 의존적이며 더 아이같이 행동했다. 나는 크로머에 대한 예속관계를 새로운 관계로 대치해야만 했다. 왜냐하면 나는 혼자서 걸어갈 수가 없었기 때문이다. 그래서 맹목적인 마음으로 아버지와 어머니에 대한 옛날의 사랑스러웠던 '밝은 세계'로의 예속을 선택했던 것이다. 그렇지만 이것이 유일한 세계가 아니라는 것은 이미 알고 있었다. 만일 내가 그렇게 하지 않았더라면, 나는 데미안에게 의지하고 그에게 내 마음을 털어놓아야만 했을 것이다. 내가 그렇게 하지 않은 것은 그 당시 그의 이상한 사상에 대한 정당한 불신 때문인 것 같았다. 그러나 사실은 바로 불안감 때문이었다. 왜냐하면 데미안은 부모님보다도 훨씬 더 많은 것을 요구했을 것이며, 그는 자극과 경고로써, 조롱과 풍자로써 나를 보다 더 자립적으로 만들려고 시도했을 것이기 때문이다. 아아, 오늘에야 나는 그것을 알게 되었다. 인간에게 있어 이 세상 어느 것도 자기 자신에게로 통하는 길을 가는 것보다 더 어려운 일은 없다는 것을!

  그럼에도 불구하고 약 반 년 후에 나는 그 유혹을 이겨낼 수가 없었고, 어느 날 산책길에서 아버지에게 많은 사람들이 아벨보다 카인을 더 좋은 사람이라고 이야기하는 것에 대해 어떻게 생각해야 할 것인가를 여쭤보았다.

  아버지는 몹시 놀랐으나, 그것은 조금도 새로울 것이 없는 견해라고 말씀해 주셨다. 그러한 견해는 이미 원시 기독교시대에 대두했으며 여러 종파에서 제창되었는데, 그 종파 중의 하나가 "카인교파"라는 것이었다. 그러나 물론 이 미친 듯한 교훈은 우리의 신앙을 파괴하려는 악마의 시도 이외에 아무것도 아니라고 하셨다. 왜냐하면 만일 사람들이 카인이 정당하고 아벨이 정당하지 않다고 믿는다면, 신이 잘못을 저지른 것이 되고 성경의 신은 올바르고 유일한 것이 아니라 거짓된 신이라는 결론이 나오기 때문이라는 것이었다. 실제로 카인 교파들은 그와 유사한 것을 가르치고 설교를 했을 것이나, 그런 이교(異敎)는 먼 옛날에 인간세계에서 사라져 버렸는데, 단지 내 학교 친구가 그것을 약간이나마 알고 있다는 것은 놀라운 일이라고 하셨다. 아버지는 어쨌든 그런 생각은 버려야 한다는 것을 진지하게 경고해 둔다고 말씀하셨다.

제3장
도둑

나는 나의 어린 시절에 대해서, 부모 밑에서의 안전한 생활에 대해서, 자식에 대한 사랑과 온화하고 애정 어린 밝은 환경 속에서 만족스럽게 노니는 생활에 대해서, 아름다운 것이나 부드러운 것 그리고 자랑스러운 것들을 이야기할 수 있을 것이다. 그러나 내게는 나 자신에 도달하기 위해 일생 동안 걸어온 발자취만이 흥미로울 뿐이다. 아름다운 휴식처, 행복의 섬들, 그리고 낙원 등의 매력을 모르는 것은 아니지만, 이 모든 것은 저 멀리 빛나는 곳에 조용히 내버려두고, 다시금 그곳에 발을 들여놓고 싶지가 않다.

그래서 나의 소년 시절에 관한 일을 회상하는 한, 내게 새로웠던 일, 나를 앞으로 몰아대고 잡아떼어 놓았던 일들만 이야기하는 것이다.

이러한 충동은 언제나 저 '다른 세계'에서 몰려왔는데, 늘 불안과 강박과 악한 마음을 초래했으며, 언제나 혁명적이고 내가 기꺼이 머물러 살고자 하는 곳의 평화를 위협하고 있었다.

허용된 밝은 세계에서는 기어들어가 숨어 버려야만 하는 하나의 원시적 본능이 나 자신 속에 깃들어 있다는 것을 새로이 발견하지 않으면 안 되는 나이가 되었다. 모든 사람들에게서와 마찬가지로 서서히 눈뜨기 시작한 성(性)에 대한 감정이 적으로서, 파괴자로서, 금지된 것으로서, 또 유혹과 죄악으로서 내게 달려들었다. 내 호기심이 추구한 것, 내게 꿈과 쾌락과 공포를 안겨준 것, 즉 사춘기의 큰 비밀, 이것은 보호받던 소년 시절의 평화에 대한 어린 아이의 이중(二重) 생활이었다. 나의 의식은 가정과 허용된 것들 속에 살아가며, 아련히 떠오르는 새로운 세계를 부정하였다. 그러나 동시에 나는 지하에 숨어 있는 여러 종류의 꿈이나 본능, 그리고 또한 소망 속에서도 살았다. 저 의식적인 생활은 그 위에 점점 더 위태로운 다리를 세우고 있었으니, 이는 내면에 깃들어 있던 어린아이의 세계가 붕괴되었기 때문이다. 모든 부모님이 대개 그러하듯이 나의 부모님도 입 밖에 낼 수 없는 것에 눈떠가고 있는 생명의 충동을 도와주지는 않았다. 그들은 현실을 거부하고 점점 더 비현실적이며 허위적으로 되어가고 있는 어린아이의 세계에 계속해 살도록 하는 나의 희망 없는 노력만을 지칠 줄 모르고 심려하며 도와줄 따름이었다. 이 점에 있어서 부모님이 많은 일을 해낼 수 있는지는 모르겠지만, 난 부모님을 원망하지는 않는다. 나를 완성하고 나의 길을 발견하는 것은 나 자신의 문제였다. 그런데 좋은 교육을 받은 아이들이 대개 그러하듯이, 나는 내 일을 제대로 해내지 못했다.

사람은 누구나 이러한 난관을 겪게 마련이다. 보통의 인간에게 이런 것은 자기 생명의 욕구가 주위의 세계와 가장 치열한 투쟁을 하게 되고, 아주 괴롭게 싸워 앞으로의 길을 쟁취해야만 하는 인생의 시점인 것이다. 많은 사람들은 일생 동안에 단 한 번, 즉 소년 시절이 부패하고 서서히 붕괴될 때에 우리의 운명인 죽음과 탄생을 경험하게 되는데, 그때엔 사랑해야 할 모든 것이 우리를 떠나 버리고, 우리는 갑자기 우주의 고독과 죽음 같은 차가움을 스스로 느끼게 된다. 그리고 많은 사람들은 영원히 이 벼랑에 달라붙어 일생 동안 애통하게도 돌이킬 수 없는 과거에, 즉 모든 꿈 중에서 가장 사악하고 살인적인 실낙원의 꿈에 집착해 있는 것이다.

다시 우리의 이야기로 돌아가자. 내 소년 시절의 종말을 고한 감정과 몽상이란, 이야기를 해야만 할 만큼 중요한 것은 아니다. 중요한 것은 '어두운 세계', '다른 세계'가 다시 나타났다는 것이다. 옛날에는 프란츠 크로머였던 것이 지금은 내 자신의 내면에 박혀 있었다. 그럼으로써 '다른 세계'가 외부에서 다시금 나를 지배하게 된 것이다.

크로머와의 사건 이후 여러 해가 지났다. 그 당시의 저 극적이고 죄악에 찬 시절은 내 인생에서 아주 멀어졌고, 순간의 악몽처럼 소멸해 버린 듯 생각되었다. 프란츠 크로머는 오래 전에 내 생활에서 사라졌으며, 언젠가 그와 만나게 되더라도 전연 상관없을 정도였다. 그러나 막스 데미안은 그때까지도 아직 나의 주변에서 사라지지 않았다. 다만 오랫동안 먼 가장자리에 서 있었기 때문에, 보이기는 했지만 아무런 작용도 하지 못했다. 그런데 점차로 그가 다시 가까이 왔고, 다시금 힘과 영향을 발휘했다.

그 시절의 데미안에 관해서 알고 있는 것을 생각해 보고자 한다. 1년 동안 또는 그 이상 한 번도 그와 이야기를 나누지 않았는지도 모른다. 나는 그를 피했으며, 그도 결코 내게 가까이 달려들지 않았다. 우리가 서로 만나게 되면, 그는 머리를 끄덕였다. 가끔 그의 친절 속에는 조소와 빈정거림과 풍자적 비난의 가벼운 울림이 깃들어 있다는 생각이 들었지만, 그것은 상상이었는지도 모른다. 내가 그와 함께 체험한 사건과 또 그 당시 내게 미친 기이한 영향을 그도 나처럼 잊어버린 것 같았다.

그의 모습을 더듬어본다. 그리고 지금 그를 그려보면, 그가 여기에 있고, 학교에 가는 것이 보인다. 그리고 낯선 태도로 고독하고 조용하게 별과도 같이 자기 자신의 공기에 휩싸인 채, 스스로의 규칙 하에 살면서 다른 사람들 사이를 걸어가는 모습이 보인다. 아무도 그를 좋아하지 않았고, 그의 어머니를 제외하곤 아무도 그와 친숙하지 않았다. 그의 어머니도 그를 자식이 아니라 어른과 같이 대하는 듯 보였다. 선생님들은 될 수 있는 대로 그를 내버려두었다. 그는 좋은 학생이었지만, 아무에게도 가까이 다가가려고 하지 않았다. 때때로 우리는 소문으로, 그가 선생님에게 행했다는 격렬한 도전(挑戰)이나 풍자라고밖에 여길 수 없는 어떤 말이나 비평 혹은 항변에 대한 이야기를 들었었다.

나는 눈을 감고 생각해 본다. 그러면 그의 모습이 선하게 떠오른다. 그게 어디였던가? 그래, 다시 거기였다. 우리 집 앞 골목길에서였다. 어느 날 나는 그가 노트를 손에 들고 거기에 서서, 스케치하고 있는 모습을 보았다. 그는 우리 집 대문 위에 있는, 새가 새겨져 있는 문장(紋章)을[11] 그리고 있었다. 나는 창문 커튼 뒤에 숨어서 그를 바라보고 있었는데, 그의 주의 깊고 냉정하고 밝은 얼굴이 문장을 향하고 있는 것을 보았다. 그것은 어른이나 연구가 혹은 한 예술가의 얼굴로서, 침착하면서도 의지에 가득 차 있었고, 이상스러울 정도로 밝고 냉담하며, 무엇이나 다 아는 듯한 눈길을 하고 있었다.

또 다시 그의 모습이 떠오른다. 며칠이 지난 후 어느 거리에서였

---

11) 1916년 9월 26일에 화가 구스토 그래서 Gusto Graeser는 아스코나로부터 헤세에게 우편엽서를 보냈는데, 그 엽서 앞면에는 수관(樹冠)에 앉아 있는 새 매그림을 그렸음. 이 구절은 그래서의 그림을 반영한 것임.

다. 학교에서 돌아오는 길에 우리들은 모두 쓰러진 말[馬]의 주위에 둘러서 있었다. 말은 채를 그대로 맨 채 농부와 마차 앞에 쓰러져 있었고, 무엇을 구하고 애원하는 듯, 콧구멍을 벌리고 허공을 향해 헐떡거리고 있었으며, 보이지는 않았지만 어딘가 상처가 났는지 피가 흘러나와 그 옆의 하얀 길바닥 먼지는 점점 검게 변해갔다. 나는 기분이 좋지 않아 거기서 눈을 돌려 데미안의 얼굴을 보았다. 그는 앞으로 헤치고 나오지 않고, 그답게 제일 뒤에 점잖게 서 있었다. 시선은 말의 머리를 향하고 있는 것 같았으며, 이때에도 깊고 고요하며 거의 열광적이면서도 냉담한 주의력을 지니고 있었다. 나는 오랫동안 그를 눈여겨보지 않을 수 없었는데, 바로 그때 의식에서는 멀었지만 무엇인가 아주 독특한 것을 느꼈다. 난 데미안의 얼굴을 보았다. 그것은 어린아이의 얼굴이 아니고, 어른의 얼굴로 보였다. 그러나 난 더 많은 것을 보았다. 그것이 어른의 얼굴도 아니고, 어떤 다른 그 무엇이라는 것을 보고 느낀 것 같다. 그 속에는 어떤 여인의 얼굴과 같은 점도 깃들어 있는 듯했다. 말하자면 그 얼굴은 일순간 내게는 어른답다든가, 어린아이 같다든가, 또는 나이 먹었다든가 어리다든가 하는 것이 아니고, 천 살이나 먹은 듯 어쩌면 초시간적(超時間的)이며, 우리들이 살고 있는 것과는 다른 시대의 낙인이 찍혀져 있는 것같이 보였다. 동물이나 나무들, 혹은 별들이 그렇게 보일 수도 있었다. — 그때는 알지도 못했고 정확히 느끼지도 못했지만, 지금은 내가 성인(成人)이 되어 말할 수 있는 그 무엇인가 이와 비슷한 것을 느끼고 있었다. 아마도 그는 아름다웠을 것이며 내 마음에 들었을 것이지만, 한편으론 싫었는지도 모른다. 어느 편이라고 결정할 수가 없었다. 다만 내가 알 수 있었던 것은 그가 우리들과는 달랐으며, 그는 동물과 같거나 아니면 유령 같거나 환상과 같았다는 점이다. 그의 모습이 어떠했는지는 모르겠지만, 그는 달랐고, 우리들 모두와는 생각해 낼 수 없을 정도로 상이하였다.

기억으로는 더 이상 말할 것이 없다. 그리고 위에 말한 것도 부분적으로는 훗날의 인상에서 만들어진 것이다.

몇 살을 더 먹고 나서야 나는 마침내 그와 좀 더 친한 사이가 되었다. 데미안은 관습이 요구하는 대로 동급생들과 함께 교회에서 견신례(堅信禮)[12]를 받아야 했으나 그렇지 않았다. 그것에 대해서도 곧 한바탕 소문이 퍼졌었다. 학교에서는 모두 그가 원래는 유태인이라고, 아니 이교도라고 했으며, 또 다른 사람들은 그와 그의 어머니가 아무런 종교도 없거나, 그렇지 않으면 이상야릇한 사교(邪敎)에 속한다고 떠들어 댔다. 그와 관련하여 나는 또 그가 어머니하고 연인과 같은 관계로 살아간다고 의심하는 이야기도 들은 것 같다. 추측컨대 그때까지 그는 신앙이 없이 양육되

[12] 개신교에서 세례를 받은 후 교리문답과 신앙고백을 하고 교회의 정회원이 되는 의식.

었을 것이나, 그것은 이제 그의 미래에 불이익을 초래하게 될 수도 있었던 것이다. 하여간에 그의 어머니는 이제 아들에게 자기의 나이 또래보다 2년이나 늦게 견신례를 받도록 하겠다는 결심을 하였다. 그래서 그는 이제 수개월 동안 견신례 수업 시간에 내 동료가 되었던 것이다.

한동안 나는 그로부터 완전히 거리를 두었다. 그와 어떤 관계도 갖고 싶지 않았다. 그는 너무나 많은 소문과 비밀에 감싸여 있었던 것이다. 그러나 특히 크로머의 사건 이후 내 마음속에 남겨졌던 부채감이 나를 방해했다. 그리고 마침 그 당시 나는 내 자신의 비밀에 가득 차 있었다. 나의 경우 견신례 준비수업은 성적(性的)인 것에 결정적으로 눈을 뜨기 시작한 시기와 때를 같이하였다. 그래서 훌륭한 의지에도 불구하고 경건한 가르침에 대한 나의 관심은 그로 인해 방해를 받았다. 목사님이 얘기한 것은 나로부터 멀리 떨어져 조용하고 신성한 비현실적인 세계에만 존재하였다. 그것은 아주 훌륭하고 가치 있는 것일지 모르지만, 결코 현실적이거나 자극적인 것은 아니었다. 그런데 그 외의 다른 것들은 바로 최고도로 현실적인 성질의 것이었다.

이러한 상태로 인해 내가 수업에 대해 무관심해지면 할수록, 나의 관심은 다시 막스 데미안에게로 다가갔다. 그 무엇인가가 우리 둘을 서로 결합시키려 하는 것 같았다. 나는 이 실마리를 가능한 한 정확히 더듬어 가지 않으면 안 된다. 내가 생각해 낼 수 있는 한, 그것은 아직 교실에 불이 켜져 있는 이른 아침 시간에 시작되었다. 우리 목사님은 마침 '카인과 아벨의 이야기'를 하고 있었다. 나는 그 이야기에 별로 주의를 기울이지 않았다. 졸음이 와서 거의 듣고 있지를 않았다. 그때 목사님은 소리를 높여 열심히 카인의 표적에 대해서 말하기 시작했다. 이 순간 나는 일종의 영감과 경고 같은 것을 느꼈다. 눈을 들어 보니 앞줄에 앉아 있는 데미안의 얼굴이 내 쪽을 돌아보고 있는 것이었다. 그의 밝고 말하는 듯한 두 눈은 조소와 진지함이 동시에 깃들어 있는 것 같은 표정이었다. 잠시 동안만 그는 나를 쳐다보았으며, 나는 갑자기 긴장하여 목사님의 말에 귀를 기울였다. 카인과 그의 표적에 관해서 이야기하는 것을 들었는데, 그것은 가르치고 있는 대로만이 아니라 그와 다르게도 볼 수 있고, 그것은 아직 비판의 여지가 있다는 생각이 마음속 깊이 느껴졌다.

이 순간과 더불어 데미안과 나는 다시금 결합하게 된 것이다. 그리고 이상한 일은 – 이러한 영적인 결합의 감정이 일어나자마자, 나는 그것이 마술과도 같이 공간적인 것으로까지 전파되어가는 것을 느꼈다. 그가 스스로 그렇게 할 수가 있었는지, 아니면 순전히 우연이었는지는 모르겠는데 – 그 당시 나는 확실히 우연이라고 믿고 있었지만 – 며칠 후에 데미안은 갑자기 종교수업 시간에 자리를 바꿔 바로 내 앞에 앉게 되었다. (나는 학생들이 가득찬 교실의 비참한 빈민자 구호숙소와 같은 공기 속에서, 아침마다 그의 목에서 풍겨오는 부드럽고 신선한 비누향기를 얼마나 즐겁게 들이마셨는지 아직도 기억하고 있다!) 그리고 며칠 후, 그는 다시 자리를 옮겨 이번에는 내 옆자리에 앉았다. 그리고 온 겨울과 온 봄이 다가도록 그는 그 자리에 앉아 있었다.

아침 시간은 완전히 달라졌다. 이젠 졸리지도, 지루하지도 않았다. 나는 그 시간이 즐거웠다. 때때로 우리들은 아주 주의 깊게 목사님의 말에 귀를 기울였다. 옆에 앉은 그의 눈짓 하나로 주목해야 할 이야기에 내 주의를 환기시키기에는 충분했다. 그리고 전혀 다른 확고한 눈짓을 하면, 그것은 나를 경고하고, 비판과 의혹을 마음속에 자극하기에 충분하였다.

그러나 우리들은 불량한 학생으로 전혀 수업을 듣지 않는 일도 자주 있었다. 데미안은 선생님과 동급생들에 대해서는 언제나 점잖았다. 그가 학생다운 어리석은 짓을 하는 것을 본 적이 없었으며, 큰 소리로 웃거나 지껄이는 소리도 듣지 못했다. 선생님의 꾸중도 그는 결코 듣지 않았다. 그러나 아주 조용히 그리고 속삭임이라기보다는 신호나 눈짓으로 그가 하고 있는 일에 나를 관여시키는 법을 알고 있었다. 이는 부분적으로는 아주 기묘한 방법으로 행해졌다.

예를 들어 어느 학생이 그의 흥미를 끌고 있는가, 그리고 어떻게 그 학생들을 연구하고 있는가를 내게 말하였다. 그는 많은 학생들을 아주 정확하게 알고 있었다. 수업이 시작되기 전에 그는 '만일 내가 엄지손가락으로 손짓하면, 누구누구가 우리들 쪽을 돌아보거나 혹은 목을 긁을 것이다' 라는 등의 말을 하였다. 그리고 그런 일을 거의 잊고 있었는데, 수업 시간 중에 막스가 갑자기 눈에 띄는 몸짓으로 엄지손가락을 내게로 돌리는 것이었다. 나는 곧바로 지적된 학생 쪽을 쳐다보았는데, 그때마다 그는 마치 철사줄에 매여 끌리고 있는 듯이 요구된 몸짓을 하는 것이었다. 나는 그 일을 한 번 선생님에게 시험해 보라고 하며 막스를 괴롭혔지만, 그는 그렇게 하려고 하지 않았다. 그러나 한 번은 수업 시간에 들어가서, 내가 오늘 숙제를 해오지 않았으니 목사님이 아무것도 질문을 하지 않았으면 좋겠다고 그에게 말했는데, 그때엔 그가 기꺼이 나를 도와주었다. 목사님은 얼마간의 교리문답서를 암송시킬 학생을 찾고 있었는데, 두리번거리던 그의 시선이 조마조마하고 있는 내 얼굴에 와서 멈추었다. 그는 천천히 내게로 와서 손가락으로 나를 가리켰으며, 내 이름이 거의 입술까지 나왔다. - 그런데 그때 그는 갑자기 마음이 산란해졌는지 아니면 불안해졌는지, 옷깃을 만지작거리다가 자기를 응시하고 있는 데미안 쪽으로 걸어가서 무엇인가 물어보려고 하는 것 같았다. 그러나 잠시 기침을 하고 나서 다른 학생을 지적하였던 것이다.

내가 이 장난을 재미있어 하는 동안에, 나는 서서히 그 친구가 나를 갖고도 가끔 그런 유희를 한다는 것을 알아차리게 되었다. 학교에 가는 길에 갑자기 데미안이 간격을 두고 내 뒤를 따라오는 것 같은 느낌이 들어서 뒤를 돌아다보면, 정말 데미안이 거기에 있는 것이었다.

"너는 대체 어떻게 네가 원하는 대로 다른 사람이 생각할 수 있도록 할 수가 있니?" 하고 그에게 물어보았다.

그는 어른 같은 태도로 침착하고 요령있게 기꺼이 설명했다.

"아니." 그는 말했다. "그런 일은 할 수가 없지. 목사님은 그렇게 말하지만, 이를테면 인간이란 자유의지를 가지고 있는 것이 아니야. 그래서 다른 사람은 그가 원하는 대로의 생각을 할 수도 없으며, 내가 원하는 대로 다른 사람으로 하여금 생각하게 할 수도 없는 거야. 그러나 어느 한 사람을 주의 깊게 관찰할 수는 있으며, 그렇게 되면 그 사람이 도대체 무엇을 생각하고, 느끼고 있는지를 상당히 정확하게 말할 수 있어. 그럼 그 사람이 다음 순간에 무엇을 하리라는 것도 대개 예견할 수 있는 것이지. 아주 간단한 일인데, 사람들이 그것을 모를 뿐이야. 물론 연습이 필요해. 예를 들어 나비들 중에는 수컷보다 암컷이 훨씬 드문 밤나방 종류가 있어. 이 나방도 다른 동물들과 같이 번식하는데, 수컷이 암컷에게 수정하고 암컷이 알을 낳는 거야. 네가 지금 이 밤나방 암컷을 한 마리 가지고 있다면,…… 자연과학자들이 자주 시험한 일이지만 …… 밤이 되면 여러 시간 걸리는 먼 데서까지도 수컷 나방들이 이 암컷에게로 날아오는 거야! 몇 시간이 걸리는 먼 곳에서 날아온다고 생각해 봐! 모든 수컷은 수십 킬로미터나 떨어진 곳에서도 그 지방에 있는 단 한 마리의 암컷 냄새를 맡아내는 것이야! 여러 가지로 그것을 설명하려 하지만, 그것은 어려운 일이지. 일종의 후각이나 아니면 그와 같은 것이 있음에 틀림없어. 좋은 사냥개가 보이지 않는 발자국을 찾아서 그 뒤를 쫓아갈 수 있는 것과 같이 말이야. 알겠니? 그것도 이런 일과 같은 것이지만, 자연계에는 이런 일이 얼마든지 있어. 그러나 아무도 그것을 설명할 수는 없어. 그러나 나는 지금 이렇게 말하고 싶어. 이 나방들의 암컷이 수컷과 같이 그렇게 많다고 하면, 수컷은 결코 그런 예민한 코를 가지고 있지는 않을 것이라고! 그 일에 훈련이 되었기 때문에 예민한 코를 가지게 된 것이지. 만약 동물이나 인간이 어떤 특정한 것에 자기의 모든 주의력과 모든 의지를 집중하면, 역시 거기에 도달할 수가 있어. 그것이 전부야. 네가 말하고 있는 것도 바로 그런 거야. 한 인간을 아주 정확하게 관찰해 보면, 그 자신보다도 네가 그에 대해서 더 잘 알게 될 거야."

  '독심술(讀心術)'이라는 말을 꺼내어 그렇게도 오랫동안 잊고 있었던 크로머와의 장면을 상기시켜 줄까도 생각했다. 그러나 이 사실은 우리 두 사람 사이에는 미묘한 일이 되었다. 그가 몇 년 전에 한 번 진지하게 내 생활에 관여하게 된 일에 대해서는 그나 나나 슬쩍이라도 입 밖에 내지 않았다. 우리들 사이에는 옛날에 전혀 아무 일도 없었고, 또 우리들 각자가 다 상대방이 그 일을 잊어버렸다고 굳게 믿고 있는 것 같았다. 한두 번 우리들은 함께 이 길을 걷다가 프란츠 크로머와 마주친 일도 있었지만, 우리들은 시선을 서로 교환하지도 않았고, 그에 대해 한 마디도 하지 않았었다.

"그런데 의지란 어떻게 되는 거지?" 내가 물었다. "너는 인간이란 자유의지를 갖고 있지 않다고 했지. 그런데 넌 의지를 무엇에 집중만 시키면, 목적에 도달할 수 있다고 말했어. 그렇다면 모순이 아니니? 내가 만약에 나의 의지를 지배할 수 없다면, 의지를 마음대로 여기저기에 집중시킬 수도 없지 않니?"

그는 나의 어깨를 두드렸다. 내가 그를 기쁘게 해주었을 때는 언제나 그렇게 했다.

"잘 물었다!" 그는 웃으며 말했다. "인간은 언제나 질문하고 의문을 가져야 하는 거야. 그러나 문제는 아주 간단하다. 예들 들어 그런 밤나방이 그의 의지를 별이나 그밖의 다른 데에 집중시키려 한다 해도 그것은 될 수 없을 거야. 다만······ 나방은 그런 일을 어쨌든 하지 않아. 나방은 다만 자기에 대해서 의의(意義)와 가치(價

値)를 가지는 것만을, 그가 필요로 하고 그가 무조건 가져야 하는 것만을 찾아 헤매. 바로 그런 때에만 그는 믿을 수 없는 일까지 달성하게 되는 거야. …… 나방은 그들 외에 어떤 다른 동물도 가지고 있지 않은 마술적인 육감을 발달시키는 거야! 우리들은 확실히 동물보다 좀 더 많은 활동 범위를, 그리고 좀 더 많은 흥미를 지니고 있어. 그렇지만 우리들도 비교적 아주 좁은 영역 내에 제약을 받고 있으며, 이것을 초월할 수는 없지. 나는 확실히 이것저것을 상상할 수도 있고, 가령 무조건 북극에 가고 싶다든지 하는 등등의 공상을 할 수는 있어. 그러나 정말로 실행할 수 있고, 충분히 강하게 소원할 수 있는 것은 그 소원이 완전히 내 자신 속에 깃들어 있고, 내 존재가 사실상 완전히 그것으로 채워졌을 때에만 할 수 있는 것이야. 실제의 경우가 그러하고, 네가 내면에서 명령하는 것을 시험하려고 하면 그것은 그렇게 될 것이며, 너는 너의 의지를 마치 좋은 말처럼 부릴 수 있을 거야. 예를 들어서 만일 내가 지금 우리의 목사님이 장차 안경을 쓰지 않도록 하려고 계획한다면, 그것은 그렇게 되지 않겠지. 그것은 단순한 장난일 뿐인 거야. 그러나 그때 가을에 내가 앞쪽 자리로 옮기려는 확고한 의지를 품었을 때에는 그대로 잘 되었어. 그때 갑자기 그때까지 병으로 쉬고 있었던, 알파벳순으로 내 앞에 앉아야 할 학생이 나타난 거야. 그래서 누가 그에게 자리를 내주어야만 했는데, 물론 내가 그렇게 했지. 마침 나의 의지가 곧 그 기회를 잡을 준비가 되어 있었기 때문이지."

"그래." 나는 말했다. "그때 난 정말 이상한 생각이 들었어. 우리들이 서로 흥미를 가졌던 그 순간부터 너는 내게로 점점 더 가까이 다가왔어. 그런데 도대체 그것은 어찌된 일일까? 처음에 너는 내 바로 옆에 앉지 않고, 두세 번 앞자리에 앉았었지, 안 그래? 그건 왜 그랬니?"

"그건 내가 처음 자리에서 떠나려고 생각하였을 때는 나 자신도 정말 어디로 가고 싶은지 알지 못했던 까닭이야. 그저 훨씬 뒤에 가 앉고 싶었을 뿐이었어. 네 옆으로 가고 싶다는 것이 내 의지였지만, 아직 의식(意識)된 것은 아니었어. 동시에 네 의지도 나를 이끌었고, 나를 도와주었어. 그리고 네 앞에 앉았을 때에야 비로소 내 소원이 반쯤 성취되었다는 생각이 들었지. 본래 바로 네 옆자리에 앉기를 갈망했다는 것을 알아차렸던 거야."

"그러나 그때는 새로 들어온 학생이 없었는데."

"그야 없었지. 그렇지만 그때는 내가 바라는 대로 했고, 간단히 네 옆자리로 가 앉았던 거야. 나와 자리를 바꾼 아이는 그저 이상하게 생각했을 뿐, 내가 하는 대로 내버려두었어. 그리고 목사님은 무슨 변화가 일어났는지 눈치는 챘었지.…… 요컨대 그는 나와 관련이 있을 때마다 은연중 무엇인지 마음에 걸렸을 거야. 즉 그는 내 이름이 데미안이고, 이름의 첫 글자가 D로 시작되는 내가, 훨씬 뒤편의 S자 사이에 앉아 있는 것은 온당치 않다는 것을 알고 있었지. 그러나 그 일이 그의 의식에까지 떠오르지는 않았어. 왜냐하면 내 의지가 그것에 반항하고, 그렇게 되지 않도록 계속적으로 방해했기 때문이야. 그 좋은 양반은 무언가 이상하다는 것을 이따금 느끼고서는 내 얼굴을 바라보며 생각하기 시작했어. 그러나 그때 나는 간단한 방법을 알고 있었지. 그때마다 그의 눈을 뚫어져라 쳐다보는 것이야. 대개 모든 사람들은 그런 것을 견뎌내지 못하거든. 모두 다 불안해지는 거야. 너도 누구에게 어떤 일을 이루고자 생각할 때, 갑자기 눈을 아주 똑바로 쳐다보아도 그가 불안하게 되지 않거든 그 일은 단념하도록 해! 그에게서는 결코 아무것도 달성할 수 없는 거야! 그러나 그런 일은 아주 드물단다. 이런 수법이 통하지 않는 인간을 난 단 한 사람 알고 있지."

"그가 누구니?" 나는 재빨리 물었다.

그는 약간 눈을 가늘게 뜨고서 나를 바라보았다. 그가 무엇을 생각할 때는 그렇게 하는 것이었다. 그러고 나서 시선을 다른 데로 돌리고는, 어떤 대답도 하지 않았다. 나는 강렬한 호기심에도 불구하고 더 이상 질문을 되풀이할 수가 없었다.

그러나 나는 그때 그가 자기의 어머니에 대해 이야기하고 있었다고 생각한다. — 그는 어머니와 아주 친밀히 살아가고 있는 것 같았지만, 자기 어머니에 대해서는 내게 아무 말도 하지 않았으며, 나를 집으로 데리고 간 적도 없었다. 나는 그의 어머니가 어떻게 생겼는지 전혀 알지 못했다.

그 당시 나는 여러 번 데미안과 똑같은 방법으로, 내가 달성해야만 하는 일에 의지를 집중시키는 시도를 해보았다. 내게 아주 긴박하게 여겨지는 소망이 있었던 것이다. 그러나 아무 소용도 없었고, 이루어지지도 않았다. 그 일에 대해 데미안과 얘기할 만한 용기도 없었다. 내가 마음속으로 소망하는 것을 그에게 고백할 수가 없었다. 그리고 그도 묻지를 않았다.

종교상의 문제에 있어서 내 신앙심에는 그동안 여러 가지의 허점이 드러나게 되었다. 그러나 순전히 데미안에게서 영향을 받은 나의 사고방식에 있어서도, 믿음이 전혀 없는 것으로 보였던 동급생들과는 유(類)가 아주 다르다고 스스로 구별하고 있었다. 믿음이 없는 학우가 몇 사람 있었다. 그들은 신(神)을 믿는다는 것은 가소롭고도 인간답지 않은 일이고, 삼위일체(三位一體)나 동정녀에게서 예수가 탄생했다는 것 같은 이야기란 그냥 웃어넘길 수밖에 없는 일이며, 오늘날까지도 이런 고물 같은 이야기를 팔고 다닌다는 것이 수치스런 일이라는 것을 기회 있을 때마다 들려주곤 했다. 나는 결코 그렇게는 생각하지 않았다. 내가 의혹을 품고 있는 경우에도, 나는 어린 시절의 체험으로부터 대략 부모님들이 영위했던 바와 같은 경건한 삶이 존재한다는 것, 그리고 이러한 삶이 결코 무가치하다거나 위선(僞善)이 아니라는 것을 잘 알고 있었다. 오히려 종교적인 면에 있어서 나는 여전히 경건한 마음을 깊이 지니고 있었다. 데미안은 다만 나로 하여금 이야기나 교의(敎義)를 보다 자유롭고, 개인적으로 보다 유희적이며 환상적으로 바라보고 해석하는 데 익숙하도록 도와주었다. 적어도 그가 보여준 해석을 나는 언제나 기꺼이 그리고 즐겨 추종하였다. 물론 많은 것들이 내겐 너무 과격했었는데, 카인에 대한 것도 그러했다. 그리고 한 번은 견신례 수업중에 더욱 대담한 해석으로 나를 놀라게 한 적이 있었다. 선생님은 골고다[13]에 대한 이야기를 하고 있었다. 구세주의 수난과 죽음에 대한 성경(聖經)상의 기록은 훨씬 어릴 때부터 내게 깊은 인상을 남겨주었다. 내가 작은 아이였을 적 그리스도 수난의 날에 아버지가 수난에 대한 이야기를 읽어주신 다음에는, 종종 이 고난에 찬 아름답고 창백하고 불가사의하며 무시무시하게 생동하는 세계인 겟세마네 동산에, 그리고 골고다의 언덕에 마음이 사로잡힌 채 살고 있었다. 그리고 바

13) 예수가 십자가에 못 박혀 처형된 예루살렘 교외의 언덕을 말함. 골고다는 히브리어이고, 라틴어로는 칼보리라고 하며 해골을 의미함.
14) 《신약성서》의 『마태복음』 26-27장에 기록된 예수 수난의 이야기를 주제로 한 음악 작품. 이 소재는 많은 작곡가에게 매력적인 대상이 되었으며, 1729년에 초연된 바흐의 《마태수난곡》이 가장 훌륭한 작품으로 평가되고 있음.

흐의 마태수난곡[14]을 들을 때면, 이 비밀에 가득찬 세계의 음산하고 거대한 고난의 광채가 모두 신비적인 전율로서 마음에 넘쳐흘렀다. 나는 오늘날에도 이 음악에서, 그리고 '비극의 행위' 속에서 모든 시(詩)와 모든 예술적 표현의 본질을 보는 것이다.

그런데 그 시간이 끝날 무렵에 데미안이 생각에 잠긴 채 나를 향해 말했다. "싱클레어야. 이 이야기에는 내 마음에 들지 않는 것이 있어. 자, 그 이야기를 다시 읽어보고 혀로 음미해 봐. 거긴 김빠진 맛이 나는 데가 있어. 두 도둑놈에 대한 이야기[15] 말이야. 3개의 십자가가 언덕 위에 가지런히 서 있다는 것은 실로 장엄한 일이야! 그러나 그 우매한 도둑놈에 대한 감상적인 설교 이야기를 봐라! 첫째 무슨 짓을 저질렀는지 모르겠으나, 그놈은 죄인이며 무서운 죄를 범한 것이야. 그런데 이제 막 마음이 녹아내리고 개심(改心)과 후회의 눈물을 흘리는 그런 의식(儀式)을 올리다니! 네게 물어보는데, 무덤에서 두 발자국 떨어진 곳에서 하는 이런 회개가 대체 어떤 의미를 가지고 있겠니? 그것은 순전히 감동적인 감상과 극도로 교화적인 배경을 가진 달콤하고도 불성실한 목사 얘기 따위에 지나지 않는 거야. 만약 네가 지금 두 도둑놈 중 한 사람을 친구로 선택해야 한다든지, 또는 두 사람 중 어느 쪽을 더 신뢰할 수 있는지를 생각해 내야만 한다면, 그건 확실히 울음을 터뜨린 개심자(改

---

15) 《신약성서》 「누가복음」 23장 39-43절에 나오는 〈도둑 이야기〉 참조.

心者) 쪽이 아닐 거야. 다른 놈일 걸. 그 녀석은 정말 사내답고 줏대가 있는 놈이야. 그는 물론 자기 처지에서는 하나의 달콤한 허튼소리에 지나지 않는 개종(改宗)이란 것을 무시해 버릴 것이며, 최후까지 자기의 길을 갈 거야. 그리고 이때까지 그를 도와온 악마한테서 비겁하게 최후의 순간에 손을 끊지는 않을 거야. 그는 줏대가 있는 놈이야. 그런데 줏대가 있는 인간들은 성경 이야기에서는 늘 손해를 본다고. 아마 그도 카인의 후예일지 몰라. 그렇게 생각지 않니?"

 나는 몹시 당황했다. 이 십자가에 못 박히는 이야기에 아주 정통하다고 생각했었는데, 이제야 비로소 나는 자신이 얼마나 개성이 없고, 얼마나 상상력도 공상력도 없이 그 이야기를 듣고 또 읽었던가를 알아차렸다. 그리고 데미안의 이 새로운 생각이 내게는 숙명적으로 울려왔으며, 그 존속을 고수하지 않으면 안 된다고 믿어 왔던 마음속의 개념들을 뒤집어 버리려 위협했다. 안 된다. 그렇게 모든 것을, 가장 신성한 것까지도 그렇게 농락할 수는 없는 것이다.

 그는 언제나처럼 내가 어떤 말도 채 하기 전에, 이미 내가 마음속으로 반대하고 있다는 것을 곧 알아차렸다.

 "벌써 알고 있어." 그는 단념한 채 말했다. "그런 건 옛날이야기야. 심각해질 필요는 없어. 그렇지만 너에게 말해둘 것이 있는데,

…… 즉 바로 여기에 이 종교의 결점을 분명히 나타내 주는 점이 한 가지 있어. 구약이나 신약에 나오는 전능하신 신은 아주 훌륭한 모습을 하고 있는데, 그건 원래 신이 지녀야 할 모습이 아니라는 문제야. 신이란 선하고 귀하며, 아버지이고 아름다우며, 또한 높고 다감하신 존재이다. …… 그것은 옳아! 그런데 세계는 다른 것들로도 구성되어 있지. 그런데 이것은 모조리 악마에게 귀속되어 버렸으며, 세상의 이런 부분의 전부, 즉 이런 완전한 절반은 은폐되고 묵살되어 있는 거야. 바로 그들이 신을 모든 생명의 아버지로 찬미하면서도, 모든 생명의 근본이 되어 있는 성생활(性生活)의 전부를 간단히 묵살하고, 자칫하면 그것을 악마의 소행으로 죄악이라고 말하지! 나는 사람들이 여호와 신을 숭배하는 데 티끌만큼도 반대하는 건 아니야. 그러나 우리들은 모든 것을 숭배하고 신성시해야만 할 것이라고 생각해. 인위적으로 구분한 공식적인 절반만이 아니라 전체의 세계를 말이야! 그러므로 우리는 신에 대한 제사와 동시에 악마에 대한 제사도 지내야 하는 거야. 이것이야말로 정당한 일이라고 나는 생각해. 그보다도 우리들은 내면에 악마까지 포함하는 하나의 신을, 그리고 세상의 가장 자연스러운 일이 일어날 때에, 그 앞에서 눈을 감을 필요가 없는 그런 신을 창조하지 않으면 안 될 거야."

그는 그답지 않게 꽤 격하게 흥분했다. 그러나 그는 곧 다시 미소를 지었고, 더 이상 나를 압박하지 않았다.

그러나 그 말은 내 마음속에서는 내가 소년 시절 내내 늘 가슴에 품고 있으면서도, 어느 누구에게도 말 한마디 해보지 못한 수수께끼를 맞추어 낸 것이었다. 데미안이 그때 신과 악마에 대해서, 또 신적으로 공인된 세계와 묵살된 악마의 세계에 대해서 말한 것은 확실히 내 자신의 생각이고 신화(神話)이며, 2개의 세계, 또는 세계의 2개의 절반에 대한 - 즉 밝은 세계와 어두운 세계에 대한 생각 그대로였다. 나의 문제가 모든 사람의 문제이며, 모든 생명과 또 사색의 문제라는 인식이 갑자기 성스러운 그림자처럼 내 마음을 스쳐갔다. 그리고 내 나름의 개인적인 생활과 생각이 위대하고 영원한 이념의 흐름에 얼마나 깊이 관여되어 있는가를 보고 느꼈을 때는, 갑자기 불안과 경건함이 나를 엄습했다. 그런 인식은 그 무엇을 실증해 주고 행복하게 해주는 것 같기도 했으나, 결코 즐거운 일은 아니었다. 그것은 거칠었고 황량한 맛이었다. 왜냐하면 그 인식에는 책임이란 소리가, 이젠 더 이상 어린아이일 수 없으며 혼자 살아나가야만 한다는 의미가 깃들어 있었기 때문이다.

나는 생전 처음으로 이토록 깊은 비밀을 털어놓고, 아주 어린아이 때부터 지녀온 '2개의 세계'에 대한 생각을 친구에게 이야기했다. 이렇게 함으로써 내 깊은 비밀의 감정이 그에게 동감하고 정당성을 부여하고 있다는 것을 그는 곧 알아차렸다. 그렇지만 그런 것을 이용하려 드는 것이 그의 기질은 아니었다. 그는 예전보다 더 깊은 주의를 기울여 내 말을 듣더니, 내 눈을 똑바로 들여다보았다. 그래서 나는 다른 데로 눈을 돌리지 않을 수 없었다. 왜냐하면 나는 그의 눈길 속에서 저 묘한 동물적 초시간성과 상상도 할 수 없는 아득한 나이를 다시 보았기 때문이다.

"그 일에 대해서는 다음에 다시 이야기하기로 하자." 그가 아껴 두려는 듯 말했다. "넌 남에게 이야기할 수 있는 이상의 것을 생각하고 있다는 걸 난 알고 있어. 그게 사실이라면 넌 네가 생각하는 것을 전부 살아오지 못했다는 걸 알 거야. 그건 좋은 게 아니야. 우리가 실제 살아갈 수 있는 생각만이 가치가 있지. 네 '허락된 세계'란 단지 세계의 절반에 지나지 않는다는 걸 넌 알게 됐어. 그리고 두 번째의 절반을 넌 목사님이나 선생님이 그러하듯, 은폐해 버리려고 해보았어. 그러나 그건 이룩하지 못할 거야! 한번 사색을 시작한 사람이라면, 어느 누구도 성공할 수 없는 일이야."

이 말은 내 마음을 깊이 두드렸다.

"그렇지만······" 나는 거의 외칠 듯이 말했다. "그렇지만 금지되고 추악한 일들이 사실 실제로 존재한단 말야. 너도 그걸 부정할 수는 없을 거야! 그런 일들은 적어도 금지되고 있고, 우리들은 그걸 단념해야만 하거든. 살인이나 여러 가지 악행(惡行)이 존재한다는 걸 나도 알아. 하지만 그런 게 존재한다는 이유만으로 나도 말려들어 범죄자가 돼야 한단 말이니?"

"오늘 그런 걸 다 얘기할 수는 없어." 막스가 위로했다. "물론 사람을 때려죽이거나 처녀를 강간·살인해서는 안 되지. 절대로 안 돼. 그러나 너는 '허락된 것'이 무엇이고 '금지된 것'이 무엇인지를 아직 깨닫지 못했어. 너는 겨우 한 조각의 진리만을 느낀 것에 불과해. 다른 한 조각도 곧 알게 될 것이니 그것을 믿어 봐! 예를 들어 너는 약 1년 전부터 마음속에 어느 한 충동을 느끼고 있는데, 그것이 다른 어느 것보다도 강하지만, '금지된 것'이라고 여기고 있어. 그런데 그리스인들이나 그밖의 많은 민족들은 반대로 이 충동을 신성한 것으로 간주하여 큰 축제를 올리며 숭배하였지. '금지된 것'이라는 것은 그러니까 영원한 것이 아니라, 변할 수 있는 거야. 오늘날에도 여자와 함께 목사님 앞에 가서 결혼만 하면, 누구든지 여자와 잠을 잘 수 있어. 다른 민족에 있어서는 사정이 다르고, 현재에도 역시 그래. 그 때문에 우리들 각자는 허용되어 있는 것과 금지되어 있는 것 …… 즉 자신에게 금지된 것을 스스로 찾아내야만 하는 것이지. 금지된 것을 전혀 하지 않고서도 지독한 악당이 되는 수가 있어. 또 바로 그 반대의 경우도 있지. …… 본래 그것은 안일(安逸)의 문제일 따름이야! 자신을 생각하고 자신을 심판하는 데 너무나 안일한 사람은 이때까지 있어온 금지된 일에 순응하지. 그것이 그에게 쉽거든. 다른 사람은 자기의 내면에 스스로의 계명(戒銘)을 느끼지. 그런 사람들에게는 정직한 신사들이 매일 하고 있는 일이 금지되기도 하며, 보통은 엄금되어 있는 일이 허락되기도 하지. 그러니 각자는 자기 자신에 대한 책임을 져야만 하는 거야."

그는 말을 너무 많이 한 것을 갑자기 후회하는 듯했으며, 곧 말을 중단했다. 그 당시 나는 그가 그때 느꼈던 것을 어느 정도 느낌으로 이해할 수가 있었다. 즉 그는 아주 쾌적하게, 그리고 겉으로 보기에는 자기의 착상을 그저 떠들어 대는 것 같았지만, 언젠가 그가 말한 대로 '단순히 지껄여대기 위한' 대화란 죽어도 견딜 수 없는 일이었다. 그런데 나에게서 과도한 유희성과 재치 있는 잡담의 즐거움 등에 대한 진정한 관심과 더불어, 간단히 말해서 완전한 진지성이 결여된 것 같은 느낌을 받았던 것이다.

내가 쓴 – '완전한 진지성' – 이란 마지막 말을 다시 읽어볼 때, 내가 아직 어린아이였던 시절에 막스 데미안과 경험한 아주 감동적이었던 다른 장면이 갑자기 머리에 떠올랐다.

우리의 견신례가 가까워 왔다. 그리고 종교수업의 마지막 시간에는 '최후의 만찬'[16]이 강의되었다. 목사님은 그것이 중요했기 때문에

16) 예수가 십자가에 매달리기 전날 밤에 열두 제자와 마지막으로 나눈 저녁 식사.

애써 설명했으며, 그 어떤 신성함과 감동을 그 시간에 분명히 느낄 수도 있었다. 그러나 바로 이 마지막 두세 시간의 수업중에 내 생각은 다른 데에 결부되어 있었다. 내 친구 한 개인에 쏠려 있었던 것이다. 교회라는 공동체로의 엄숙한 입문으로 우리에게 설명해 준 견신례를 기다리고 있는 동안, 약 반 년에 걸친 종교수업의 가치는 여기서 배운 것에 있는 것이 아니라, 데미안과 가까이하여 얻은 영향에 있다는 생각이 나를 엄습했다. 이제 나는 교회가 아니라 전혀 다른 어떤 것, 즉 사상과 개성의 종단(宗團)[17]과 같은 것에 가입할 준비가 되어 있었다. 어쨌든 그 종단은 이 지상에 존재하고 있음에 틀림없고, 나는 내 친구를 그 대표자나 사도(使徒)로 느꼈던 것이다.

  나는 이런 생각을 몰아내려고 노력했다. 다른 것은 어찌 되었든 간에 나는 견신례 의식만은 엄숙히 치루려고 진지하게 생각했었다. 그런데 이는 나의 새로운 사상과는 조화하기 어려운 것으로 여겨졌으며, 난 내가 원하는 것을 하고 싶었다. 그 사상은 엄존하고 있었으며, 그것은 가까워 온 교회의식에 대한 생각과 점차로 결부되었다. 그래서 그 의식을 다른 사람들과는 다르게 지내기로 생각했다. 나로서는 그 의식이 데미안에게서 알게 된 사상세계로의 입문을 의미해야만 했던 것이다.

---

[17] 헤세의 만년의 대작 《동방순례》와 《유리알 유희》에 종단에 대한 내용이 상세하게 형상화되었음.

내가 다시 그와 열심히 토론을 한 것은 그 당시의 일이었다. 바로 교리문답 시간 직전이었다. 나의 친구는 말이 적었으며, 상당히 조숙하고 거드름을 피우는 듯한 내 이야기를 별로 기꺼워하지 않았다.

"우린 말이 너무 많다." 그는 전에 보지 못했던 진지한 태도로 말했다. "약삭빠른 말이란 아무런 가치도 없다. 전혀 가치가 없어. 우리 자신으로부터 멀어져 갈 뿐이야. 그리고 자신에게서 멀어져 간다는 건 죄악이야. 우리는 거북이처럼 자신의 내면으로 완전히 숨어들어가지 않으면 안 되는 거야."

그 후 곧 우리는 교실로 들어갔다. 수업이 시작되었다. 나는 주의를 기울이려고 노력했으며, 데미안도 날 방해하지는 않았다. 잠시 후에 그가 앉아 있는 옆자리로부터 무언가 독특한 것, 즉 공허(空虛)라든가 차가움이라든가 그와 같은 것이 감지되기 시작했다. 마치 그 자리가 갑자기 비어 버린 것 같은 느낌이었다. 그런 느낌이 가슴을 조이기 시작했을 때, 나는 옆을 돌아다보았다.

나는 친구가 여느 때와 같이 다정한 자세로 똑바로 거기에 앉아 있는 것을 보았다. 그렇지만 이전과는 완전히 달라 보였다. 내가 알지 못하는 무엇인가가 그에게서 흘러나오고, 또 그를 에워싸고 있었다. 눈을 감고 있다고 생각했는데, 눈을 뜨고 있는 것이 보였다. 그러나 그 눈은 아무것도 보지 않았으며, 시력을 가지고 있지 않았다. 그 눈은 꼼짝도 하지 않고, 내면(內面)이거나 아득한 세계를 향하고 있었다. 전혀 움직이지 않고, 거기에 앉아 호흡조차 하지 않는 듯했다. 입은 나무나 돌로 깎아 만든 것 같았다. 얼굴은 혈색이 없고, 한결같은 돌처럼 창백하였다. 갈색의 머리털만이 그 가운데서 가장 생기를 띠고 있었다. 두 손은 앞 책상 위에 얹혀 있었는데, 어떤 물체, 즉 돌이나 과일처럼 생기가 없고 조용하며, 또 창백하고 움직임이 없었다. 그러나 축 늘어지지는 않았으며, 감추어진 강력한 생명력을 감싸고 있는 견고하고 훌륭한 케이스 같았다.

이 광경을 보고 나는 몸을 부르르 떨었다. '그는 죽었다!'라고 생각하며, 크게 소리를 지를 뻔하였다. 그러나 그가 죽지 않았다는 것을 난 알고 있었다. 나는 홀린 듯한 눈초리로 그 얼굴을, 그 창백하고 돌같이 굳은 가면을 응시했다. '저것이 바로 데미안이었구나!' 하고 나는 느꼈다. 나와 함께 걷고 이야기하였던 이전의 그는 다만 반쪽의 데미안이었다. 가끔 어떤 역할을 하고, 적당히 순응하기도 하고, 호의로 협조해 주기도 했던 반쪽이었던 것이다. 그러나 진짜의 데미안은 냉담하고 태고적이며, 짐승 같고 돌과도 같으며, 아름답고 차가우며, 죽은 것 같으면서도 비밀리에는 이제까지 보지 못했던 생명으로 충만해 보였다. 그리고 이 적막한 공허, 천공(天空)과 우주공간, 그리고 이 고독한 죽음들이 그의 주위를 둘러싸고 있었다.

나는 몸을 부르르 떨면서 지금 그가 완전히 자기의 내면에 침잠해 있다고 느꼈다. 지금처럼 내가 고독에 감싸인 적은 없었다. 나는 그와 아무런 관계도 맺지 못했으며, 그는 도달할 수 없는 인간이 되었다. 그는 세상에서 가장 먼 외딴섬에 가 있는 것보다 더욱 멀리 떨어져 있었다.

나 이외에 그것을 보는 사람이 아무도 없다는 것도 나는 깨닫지 못했다! 다른 애들이 이쪽을 보았다면, 모두가 몸서리치지 않을 수 없었을 것이다! 그러나 누구도 그에게 주의를 기울이지 않았다. 그는 그림처럼, 그렇게 생각하지 않을 수 없는 우상처럼 꼿꼿하게 앉아 있었다. 파리 한 마리가 그의 이마 위로 날아와 천천히 코와 입술 위를 기어다녔다. ─ 그러나 그는 이맛살 하나 까딱하지 않았다.

'어디, 그는 지금 대체 어디에 있을까? 무엇을 생각하고, 무엇을 느끼고 있는 걸까? 천국에 가 있는 걸까, 아니면 지옥에 가 있는 것일까?'

그에게 물어볼 수가 없었다. 수업시간이 끝나고, 그가 다시 살아 호흡하는 것을 보았을 때, 그리고 그의 시선과 내 시선이 마주쳤을 때, 그는 이전과 같아져 있었다. '그는 어디서 왔을까? 어디에 갔었을까?' 그는 피로한 듯이 보였다. 그의 얼굴에 다시 화색이 돌고, 손을 다시 움직였지만, 갈색의 머리카락은 지금도 윤기가 없고, 피로에 지친 것 같았다.

그 후 며칠 동안 나는 침실에서 여러 번 새로운 연습에 몰두하였다. 의자에 똑바로 앉아 눈을 고정시키고, 몸을 전혀 움직이지 않고서 얼마 동안이나 견딜 것이며, 또 그때 무엇을 느끼게 될 것인가를 시도해 보았다. 그러나 난 피로하기만 할 뿐이었고, 눈꺼풀 속에 심한 가려움만을 느꼈다.

그 후 얼마 안 되어서 견신례가 왔다. 그렇지만 이에 대해서는 이렇다 할 기억이 남아 있지 않다.

그때부터 모든 것이 달라졌다. 어린 시절이 내 주위에서 무너져 버렸다. 부모님은 약간 당황한 채 나를 바라보았다. 누이들은 완전히 낯선 존재가 되었다. 새로운 눈뜸은 이제까지의 감정이나 기쁨을 왜곡시키고 퇴색하게 하였다. 정원은 향기를 잃고, 수풀도 더 이상 마음을 끌지 못했고, 세상은 고물상처럼 아무런 맛도 없고 매력도 없이 주위에 서 있었으며, 책들은 그저 종이에 불과했고, 음악은 소음이 되었다. 가을이 되면 나무에서 낙엽이 떨어지지만, 나무는 그것을 느끼지 못한다. 나무를 따라 비가 흘러내리고, 혹은 태양이 흐르기도 하고 서리가 내리기도 한다. 나무 속에는 생명이 서서히 가장 밀집해지고, 가장 깊은 내면으로 움츠러들어간다. 그러나 나무는 죽는 것이 아니다. 기다리고 있는 것이다.

나는 방학이 끝나면 다른 학교에 진학하며, 난생 처음으로 집을 떠나도록 결정되어 있었다. 어머니는 때때로 아주 정다운 태도로 나에게 가까이 다가오셨다. 미리 이별을 고하면서, 사랑과 향수와 잊을 수 없는 추억을 내 마음속에 불어넣으려 하였다. 데미안은 여행을 떠나 버렸다. 나는 혼자였다.

제 4 장
베아트리체

내 친구를 다시 만나지도 못한 채, 나는 방학이 끝나자마자 성(聖) XX로 출발했다. 부모님은 두 분이 함께 오셔서 온갖 염려를 다 하면서, 김나지움[18]의 선생님이 지도하는 소년기숙사에 나를 맡기셨다. 만일 부모님께서 그때 나로 하여금 어떤 곳을 헤매고 다니도록 하였는가를 아셨더라면 놀라서 기겁을 하였을 것이다.

세월이 흐름에 따라 내가 좋은 아들이 되고 유능한 시민이 될 수 있을지, 또는 내 천성(天性)에 따라 다른 길을 걷게 될 것인지는 아직도 여전히 미지수였다. 아버지의 집과 정신의 그늘 속에서 행복하게 지내려는 나의 마지막 노력은 오랫동안 계속되었으며, 가끔은 거의 성공을 거두기도 했지만, 결국은 완전히 실패로 끝났다.

견신례 이후의 방학 동안에 내가 처음

---

[18] 독일의 9년제 중·고등학교로 초등학교 4년을 마친 후 입학함.

으로 느껴본 이상한 공허감과 고독감은 좀처럼 빨리 사라지지 않았다. (이 공허감과 희박한 공기[19]를 그 후에도 얼마나 맛보게 되었던가!) 고향과 이별하는 것은 이상하리만큼 간단했다. 조금도 우울해지지 않는다는 것이 부끄러울 정도였다. 누이들은 한없이 울었으나, 나는 그럴 수 없었다. 그런 나 자신에 대해 놀랐다. 난 언제나 감정이 풍부한 아이였으며, 본래는 아주 선량한 아이였다. 그러나 이제는 변해 버렸다. 나는 외부 세계에 대해 완전히 무관심한 태도를 취하고, 종일토록 자신의 내면에 귀를 기울이며, 마음속 깊이에서 속삭이며 흐르고 있는 금지되고 어두운 물결 소리를 듣는 일에 몰두하게 되었다. 나는 지난 반 년 동안에 대단히 빨리 성장했으며, 홀쭉하고 야위고 또한 불안정한 상태로 세상을 바라보았다. 어린아이다운 귀염성은 완전히 사라져 버렸다. 이렇게는 남에게서 사랑받을 수 없다는 것도 느끼고 있었으며, 나 자신도 결코 나를 사랑하지 않았다. 가끔 막스 데미안이 몹시 그리웠다. 그러나 그를 증오하는 일도 드물지 않았으며, 추악한 별처럼 내 몸에 붙어 있는 가련한 생활에 대한 책임을 그에게 돌리기도 하였다.

　나는 우리들 학생기숙사에서 처음에는 사랑도 존경도 받지 못했다. 처음엔 놀림을 당하고, 다음엔 모두 나를 멀리했으

[19] 후기 작품 《황야의 이리》에서 불멸인(不滅人)들의 차갑고 얼음 같이 투명한 공기가 다시 나타남.

며, 또 나를 음침하고 불유쾌한 기인(奇人)이라고들 생각했다. 나는 그 역할이 마음에 들어서 더욱 과장하였다. 그리고 남몰래 우울과 절망의 잠식하는 듯한 발작에 압도당하면서도, 겉으로는 항상 사내답게 세상을 멸시하는 듯이 보이는 고독 속에 휘말려 있었다. 학교에서는 고향에서 쌓아둔 지식을 되씹어야만 했다. 이 학급 학생들은 예전의 학급보다 약간 뒤떨어졌으며, 그리고 나에게는 같은 또래들을 어린아이라고 약간 경멸하는 습관이 생겼다.

1년, 그리고 그 이상의 세월이 이렇게 지나갔다. 첫 방학이 되어 고향에 왔을 때에도 아무 새로운 느낌이라고는 없었으며, 나는 기꺼이 다시 떠나왔다.

11월 초순이었다. 나에게는 어떤 날씨에도 생각에 잠겨 간단한 산보를 하는 습관이 생겼다. 그때 나는 자주 일종의 기쁨, 즉 우울과 염세와 자기혐오로 가득찬 기쁨을 맛보는 것이었다. 그러던 어느 날 저녁 축축하게 안개 낀 황혼 속에서 교외를 거닐고 있었다. 어느 한 공원의 드넓은 가로수 길이 텅 비어 있었고, 나를 유혹했다. 그 길은 낙엽에 깊이 파묻혀 있었는데, 나는 몽롱한 쾌감을 느끼면서 그 속을 발로 휘젓고 있었다. 축축하고도 매캐한 냄새가 났다. 멀리 있는 나무들은 안개 속에서 유령같이 커다란 윤곽을 드러내며 나타났다.

가로수 길 끝에서 나는 마음을 정하지 못한 채 멈춰서서, 검은 나뭇잎을 바라보며 붕괴와 사멸의 습기로 가득찬 냄새를 탐욕적으로 들이마셨다. 마음속에서 무엇인가가 그 냄새에 응답하고 인사를 하였다. 아, 인생이란 얼마나 무의미한 것인가!

옆길에서 어떤 사람이 칼라가 달린 외투를 바람에 휘날리면서 이쪽으로 걸어오고 있었다. 그만 돌아가려고 했을 때, 그 사람이 나를 불렀다.

"어이, 싱클레어!"

그가 다가왔다. 우리 기숙사에서 제일 연장자인 알폰스 베크[20]였다. 나는 언제나 그와 만나는 것이 즐거웠다. 그리고 그가 다른 학생들에게 대하는 것같이, 내게도 언제나 비꼬아대고 아저씨처럼 구는 것을 제외한다면, 그에게 아무런 나쁜 감정이 없었다. 그는 곰처럼 힘이 세다고 알려져 있고, 기숙사 사감 선생님을 꼼짝 못하게 하고 있다고도 했다. 김나지움 학생들 사이에 퍼진 여러 가지 소문의 주인공이었다.

"대체 여기서 뭐하고 있니?" 그는 좀 더 큰 아이들이 가끔 우리 어린아이들 사이에 낄 때 하는 말투로 상냥하게 말을 걸었다. "그래, 내기를 해도 좋은데, 넌 시(詩)를 짓고 있었지?"

"어림없는 소리야." 나는 무뚝뚝하게 부인했다.

그는 큰소리로 웃었고, 나와 나란히 걸어가면서 내겐 전혀 익숙지 않는 태도로 지껄였.

| 20) 헤세가 만들어 낸 허구적 인물.

"싱클레어, 내가 이해하지 못할까 봐 걱정할 필요는 없어. 이런 저녁에 가을 사색에 잠겨 안개 속을 걷고 있다면, 필히 무슨 사연이 있게 마련이고, 그럴 때는 시라도 짓고 싶어진다는 것쯤은 나도 알고 있으니까. 물론 사멸해가는 자연이라든가, 또는 그와 비슷하게 사라져 가는 청춘에 대해서 말이야. 하인리히 하이네[21]를 생각해 봐."

"난 그렇게 센티하지 않아." 나는 항변하였다.

"그래, 아무래도 좋아. 그러나 이런 날씨에는 포도주 한 잔이나 그와 같은 것을 마실 수 있는 조용한 곳을 찾아가는 것도 멋진 일이라 생각하는데. 잠깐 같이 가지 않겠니? 마침 나도 혼자야. …… 아니면, 싫으니? 네가 모범생이라도 되고 싶다면, 너를 유혹하고 싶진 않아."

그 후 곧 우리는 교외의 작은 선술집에 앉아 미심쩍은 포도주를 마시며 두툼한 술잔을 부딪쳤다. 처음에는 별로 내키지 않았지만, 여하튼 새로운 맛이 있었다. 술에 익숙하지 않았기 때문에, 나는 곧 말이 많아졌다. 마치 마음의 창을 확 밀어젖힌 듯하였고, 온 세상이 비쳐 들어오는 듯한 기분이었다. ─ 너무나 오랫동안, 무서우리만큼 오랫동안 나는 진심에서 우러나 이야기한 적이 없었던 것이다! 나는 정신

---

[21] 하이네 Heinrich Heine(1797~1856)는 낭만주의와 고전주의의 전통을 잇는 독일의 서정 시인이며 반(反)전통적 저널리스트였음. 대표작으로 『노래의 책』, 『하르츠 기행』, 『로만체로』 등이 있음.

없이 이야기를 늘어놓았으며, 그 중에서도 '카인과 아벨의 이야기'를 제일 멋지게 했다!

베크는 내 이야기를 즐거이 들었다. ― 마침내 내 이야기를 들어 줄 사람을 얻은 것이다! 그는 내 어깨를 두드려 주고, 나를 굉장한 녀석이라고 했다. 이야기하고 싶은 것에 대한 막혔던 욕구를 남김없이 털어놓고, 또 그것을 인정받고, 더 나이 든 학생에게도 제법 가치가 있다는 기쁨으로 내 가슴은 부풀어 올랐다. 그가 나를 천재적인 놈이라고 말했을 때, 그 말은 달콤하고 강한 술처럼 내 마음속에 스며들었다. 세계는 새로운 색채로 불탔고, 생각들이 수백 개의 줄기찬 샘으로부터 흘러나왔으며, 정신과 불길은 내 마음속에서 활활 타올랐다. 우리는 선생님과 친구들에 대해서도 이야기했다. 서로를 멋지게 이해하는 듯이 생각되었다. 우린 그리스사람과 이교도(異敎徒)들에 대해서도 이야기했다. 베크는 어떻게 해서든 내 연애사건을 고백시키려 했다. 그러면 함께 이야기할 수가 없었다. 난 경험한 적도 없고, 이야기할 것도 없었다. 마음속에 느껴보고 그려보거나 공상했던 것은 내 마음속에 확실히 불타오르고 있었으나, 술의 힘을 빌려서도 그것이 풀려지고 이야기할 수 있게 되지는 않았다. 베크는 계집애들에 대해서 훨씬 더 많은 것을 알고 있었으며, 나는 그 이야기를 열심히 듣고 있었다. 믿을 수 없는 일도 그때 알게 되었고, 결코 있을 수 없다고 생각하던 일도 평범한 현실이 되어 당연한 것으로 생각되었다. 알폰스 베크는 겨우 열여덟 살 정도인데, 벌써 여러 가지의 경험을 쌓고 있었다. 무엇보다도 계집애들이란 달콤하게 굴고 기분을 맞춰 주는 것 이외에는 아무것도 바라지 않는 것들이며, 그것도 정말 좋긴 하지만 그것이 전부는 아니라는 것이다. 그런 점에서는 부인들에게서 더 많은 성과를 바랄 수 있다고 했다. 부인들이란 훨씬 속이 트였다는 것이다. 예를 들어 노트나 연필을 파는 가게의 약켈트[22] 부인과는 이야기가 통하는데, 그 가게의 판매대 뒤에서 일어난 일이란 어떤 책에도 씌어져 있지 않다는 것이다.

　나는 깊이 매료되어 멍청하게 앉아 있었다. 물론 나는 약켈트 부인을 사랑하지는 못할 것이다. — 그러나 그건 들어본 적이 없는 것이었다. 거기서는 적어도 나이 든 사람들에겐 내가 꿈도 꾸지 못한 샘물이 흘러내리는 것 같았다. 사실 거기엔 거짓말 같은 어조도 있긴 하였다. 그리고 이 모든 것은 내가 생각하던 사랑의 맛보다도 보잘것없고 평범하다고 생각되었다. — 그러나 어쨌든 그것은 현실이고 생활이고 모험이었다. 그것을 체험하고 당연한 듯이 생각하는 사람이 내 옆에 앉아 있는 것이었다.

　우리들의 대화는 약간 수그러지고, 힘을 잃었다. 이제 나는 천재적인 녀석이 아니었다. 지금은 어른의 말에 귀를 기울이고 있는 소년일 뿐이었다. 그러나 그런 것도 꽤

---

[22] 헤세가 만들어 낸 허구적 인물.

찮았다. – 여러 달 전부터의 내 생활에 비하면, 이건 값지고 천국과 같은 것이었다. 그뿐만 아니라 술집에 앉아 있는 것부터 우리들이 이야기한 것에 이르기까지의 모든 것이 완전히 금지된 것들이라는 점을 점차 느끼기 시작하였다. 하지만 나는 그 속에서 정신을 맛보고, 혁명적인 것을 맛보았다.

나는 그날 밤의 일을 아주 분명히 기억하고 있다. 우리 두 사람이 차갑고 습한 밤에 희미하게 타고 있는 가스등 옆을 지나서 집으로 돌아갈 때, 나는 난생 처음으로 취해 있었던 것이다. 기분은 좋지 않았고 몹시 괴로웠지만, 그래도 어떤 매력과 감미로움 같은 것이 있었다. 그것은 반역과 방종이었으며, 생명과 정신이었다. 베크는 내가 피도 안 마른 풋내기라고 지독하게 욕지거리를 해댔지만, 그래도 세심하게 나를 돌봐주었다. 그는 나를 메다시피하여 집으로 데려갔고, 열려 있는 창문으로 함께 몰래 들어가는 데 성공했다.

아주 짧은 동안 죽은 듯이 잠들었다가 고통스러워 잠에서 깨어 보니, 취기는 사라지고 미칠 듯한 서글픔이 나를 엄습해 왔다. 나는 침대에서 일어나 앉았다. 아직도 낮에 입었던 셔츠를 입은 채였다. 옷들과 구두는 방바닥에 여기저기 흩어져 있었고, 담배와 토한 냄새가 코를 찔렀다. 두통과 구토증과 미칠 듯한 갈증을 느끼면서, 마음속에는 오랫동안 보지 못했던 영상이 떠올랐다. 나는 고향과 부모님의 집, 아버지와 어머니, 누이들과 정원을 보았고, 내 조용하고도 정든 침실, 학교와 시장터를 보았으며, 데미안과 견신례를 올리던 순간을 보았다. ― 그런데 그 모든 것은 밝은 광채에 싸여 있었으며, 모든 것이 경이롭고 거룩하고 순결하였다. 그리고 이 모든 것은 ― 이제야 비로소 알게 되었지만 ― 어제까지도, 아니 몇 시간 전까지만 해도 내 것이었고 나를 기다리고 있었는데, 지금 이 시간에 와서는 모든 것이 침몰하고 저주받았으며, 더 이상 내 것이 아니고, 나를 박차고 혐오하면서 나를 노려보고 있는 것이다! 옛날 황금 같은 어린 시절의 정원으로 되돌아가 부모님에게서 받았던 온갖 사랑과 친밀감, 어머니의 키스와 해마다의 크리스마스 이브, 경건하고 명랑했던 일요일마다의 우리 집 아침, 정원에 피어 있던 가지가지의 꽃들 ― 이제 이 모든 것은 황폐해지고 말았다. 이 모든 것을 내가 발로 짓밟아 버린 것이다! 만일에 지금 당장 경찰이 와서 나를 포박하고 쓸모없는 인간으로, 신전을 모독한 죄인으로 교수대로 끌고 간다 해도 나는 동의했을 것이며, 기꺼이 따라가서 그것을 정당하고 당연한 일이라 여겼을 것이다.

나의 내면은 이런 상태였다! 사방을 헤매며 이 세상을 경멸했던 나! 오만한 정신을 지니고 데미안의 사상에 공감했던 나! 나는 쓸모없는 인간이며 추잡한 놈이고, 술에 취하고 더럽고 구역질나고, 비열하고 거친 짐승 같고, 추악한 충동의 노예가 되어 버린 꼬

락서니를 하고 있었다! 온갖 아름다운 순결과 광채와 사랑스러운 마음씨로 된 저 정원에서 태어난 나, 바흐의 음악과 아름다운 시를 사랑했던 나, 그러한 내 모습이 이렇게 되다니! 술에 취해 내 자신의 웃음소리를 억제할 수 없으며, 충동적이고 바보처럼 터져 나오는 웃음소리를 나는 구토증과 격분을 느끼면서 아직도 듣는 것 같았다. 그것이 바로 나였던 것이다!

그러나 그 모든 것에도 불구하고 이런 고통을 견디는 것은 거의 향락에 가까웠다. 너무나 오랫동안 나는 맹목적으로 미련하게 웅크리고 있었고, 너무나 오랫동안 내 마음은 침묵을 지키며 가련하게 구석에 쭈그리고 앉아 있었으므로, 내 영혼은 이런 자책과 전율과 이 모든 추악한 감정까지 환영하고 있었던 것이다. 거기에도 감정은 있었고, 불꽃도 타오르고 있었으며, 분명히 심장도 고동치고 있었다! 비참의 한가운데서도 나는 어수선한 채로 해방이나 봄과도 같은 그 무엇을 느꼈던 것이다.

그러는 동안에 나는 겉으로 보기에는 몹시 타락해 가고 있었다. 처음 맛본 술주정은 최초의 주정만으로 끝나지 않았다. 우리 학교에서는 폭음이 성행하고, 난동이 벌어졌다. 나는 그 일당 가운데 최연소자였다. 그러나 나는 겨우 한몫 끼는 놈이나 애송이가 아니라, 곧 대장이 되고 샛별이 되었으며, 유명하고도 꺼릴 데 없는 주막집 단골이 되었던 것이다. 나는 다시 한 번 완전히 어두운 세계에, 악마에 속하는 몸이 되었고, 이 세계에서는 멋진 놈으로 통하게 되었다.

그러면서도 마음은 비참하기 그지없었다. 나는 자신을 파멸시키는 열광적 방종 속에서 살고 있었다. 친구들 사이에서는 대장으로, 멋진 놈으로, 비상하게 날카롭고 재치 있는 녀석으로 통하는 반면, 마음속 깊은 곳에서는 불안에 휩싸인 내 영혼이 두려움에 벌벌 떨고 있었다. 언젠가 일요일 오전에 나는 주막에서 나와 거리에서 말끔히 머리를 빗은 아이들이 나들이옷 차림으로 명랑하고 즐겁게 놀고 있는 것을 보았는데, 그때 한없는 눈물이 솟구쳤던 일이 아직도 기억난다. 그런데 초라한 주막집에서는 더러운 식탁에 맥주잔을 늘어 놓고, 터무니없이 방탕한 말로 친구들을 즐겁게 해주고 때로는 놀래주기도 했었다. 그러나 마음속에서는 내가 조소하는 것들에 대한 남모르는 공경심을 느끼고 있었으며, 내 영혼 앞에, 내 과거 앞에, 어머님 앞에, 신 앞에 눈물을 흘리며 무릎을 꿇고 있었다.

내가 한 번도 내 추종자들과 하나가 되지 못하였고, 그들 사이에서 늘 고독했으며, 그래서 그렇게 괴로워했다는 사실에는 그만한 이유가 있었다. 나는 가장 난폭한 자들이 마음에 들어하는 주막집의 영웅이고 독설가였다. 선생님, 학교, 부모, 교회에 대한 생각이나 이야기를 할 때는 재치가 있고 용기도 대단했다. ─ 음담

패설도 지지 않았고, 한 가지 얘기쯤은 할 수도 있었다. - 그러나 술친구들이 계집을 찾아갈 때면, 한 번도 거기에 끼지 않았다. 내가 하는 이야기대로라면, 나는 철면피한 향락아가 틀림없어야 했지만, 사실인 즉 나는 외로웠고, 사랑에 대한 작열하는 그리움과 희망이 없는 그리움에 사로잡혀 있었다. 나보다 상심하기 쉽고 부끄러움을 타는 사람은 아무도 없었다. 때때로 젊은 처녀들이 아름답고 말쑥하게, 명랑하고 우아하게 내 앞을 지나가는 것을 보게 되면, 그들은 경이롭고 순수한 꿈 자체였으며, 나보다 수천 배는 더 선량하고 순결하다는 생각이 들었다. 얼마 동안 약겔트 부인이 있는 문방구에도 갈 수가 없었다. 왜냐하면 그 여자를 쳐다보며 알폰스 베크가 그녀에 대해 얘기한 것을 생각하면, 얼굴이 빨개지기 때문이었다.

새로운 동료들 사이에서도 내가 계속적으로 외롭고 남다르다는 것을 의식하면 할수록, 나는 그들로부터 더욱 떨어질 수가 없었다. 사실 술을 마시고 헛소리를 늘어놓는 일에 내가 한 번이라도 만족했었는지는 알 수가 없다. 술을 마시는 일에 전혀 익숙해지지 못해서, 번번이 괴로운 결과만 맛보았던 것이다. 만사가 다 강요된 것만 같았다. 그것 말고는 무슨 일을 해야 할지 몰랐기 때문에, 그럴 수밖에 없는 일을 한 것뿐이었다. 나는 혼자 오래 있기를 두려워했고, 많은 부드럽고도 부끄러운 내적인 일에 계속적으로 마음이 기울어지는 것이 두려웠으며, 이따금 엄습해 오는 짜릿한 사랑에 대한 생각을 두려워했다.

내게 가장 결핍된 것이 한 가지 있었다. - 그것은 친구였다. 기꺼이 만나고 싶은 동창생이 두세 명 있기는 했다. 그러나 그들은 선량한 학생들에 속했고, 내 못된 짓은 이미 오래 전부터 어느 누구에게도 비밀이 못되었다. 그들은 나를 피했다. 모두에게 나는 발밑 지반이 흔들거리며 아무런 희망도 없는 건달로 통하고 있었다. 선생님들도 나에 대해 많은 것을 알고 있었고, 여러 번 혹독한 벌을 받기도 했으며, 결국에는 퇴학처분을 받으리라고 모두들 예측하고 있었다. 나 자신도 그걸 알고 있었다. 나는 이미 오래 전부터 착실한 학생이 아니었으며, 더 이상 그렇게 지속해 갈 수도 없을 것이라 느꼈지만, 억지로 밀고 나가면서 자신을 속이고 있었던 것이다.

신이 우리를 고독하게 만들어서 우리 자신으로 인도하는 길도 많이 있다. 그 당시 신은 나와 함께 이런 길을 가고 있었던 것이다. 그것은 마치 악몽과도 같았다. 더러운 것, 끈적거리는 것, 깨어진 맥주잔과 냉소적인 잡담으로 지낸 밤들을 넘어서 나 자신이 저주받은 몽유병자처럼 휴식도 없이 괴로워하며, 추악하고 불결한 길을 기어 다니는 모습이 눈에 보인다. 공주를 찾아가는 도중에 흙탕물 속에, 악취와 오물이 넘쳐흐르는 뒷골목에 틀어박히게 되었다는 꿈 이야기가 있다. 나도 그런 지경에 처해 있었던 것이다. 내게 주어진 운명이란 이런 보잘것없는 방법으로 고독해지는 것, 그리고 무자비한 눈초리를 번득이는 파수꾼들이 서 있는 낙원의 잠긴 문이 그때의 나와 유년 시절 사이를 가로막고 있는 것이었다. 그런데 이것이 바로 나 자신에 대한 향수(鄕愁)를 느끼는 시작이었으며 각성이었던 것이다.

 기숙사 사감 선생님의 편지로 경고를 받은 아버지가 처음으로 성(聖)XX에 오셔서, 예기치 않게 내게로 오셨을 때, 나는 깜짝 놀라 경련을 일으키고 말았다. 그해 겨울이 끝날 무렵 두 번째로 오셨을 때는 나는 냉담해지고 무관심해졌으며, 그가 꾸중도 하고 간청도 하며 어머니를 생각해 보라고 해도 아무런 상관을 하지 않았다. 아버지는 몹시 화가 나서 만일 내가 달라지지 않는다면, 불명예스럽고 모욕적으로 퇴학을 시켜 감화원에 처박을 것이라고도 하셨다. 할 테면 하라지! 아버지가 떠난 후 난 마음이 아팠다. 아버지는 아무런 성과도 거두지 못하고, 내게로 오는 어떤 길도 찾아내지 못하셨다. 그리고 잠시 동안이었지만, 나는 그것이 그에게는 당연하다고 생각하기도 했다.

 내가 무엇이 되던 상관없었다. 술집에 앉아 큰소리나 치는 기괴하고도 아름답지 못한 태도로 나는 세상과 싸우고 있었으며, 그것이 내 반항의 형식이었던 것이다. 그렇게 나는 나 자신을 망치고 있었는데, 때때로 그 상황은 대략 이렇게도 생각되었다. 즉 이 세상이 나 같은 인간을 써먹지 못하고, 그런 인간을 위해 보다 나은 자리나 보다 높은 과제를 맡겨주지 않는다면, 나와 같은 인간들은 파멸하고 말 것이다. 그리고 그 손해에 대한 책임은 세상이 져야만 할 것이다.

그해 크리스마스 방학은 정말 불쾌했다. 나를 다시 보신 어머니는 깜짝 놀라셨다. 나는 키가 훨씬 더 컸으며, 여윈 얼굴은 잿빛으로 축 늘어진 표정이었고, 눈언저리는 벌겋게 염증을 일으켜 처량해 보였다. 처음으로 나기 시작한 코밑수염 자국과 얼마 전부터 쓰기 시작한 안경이 어머니에게 나를 더욱 낯설게 했다. 누이들은 뒤에 숨어서 킥킥 웃어댔다. 모든 것이 불유쾌했다. 서재에서 아버지와 나눈 대화도 불쾌하고 씁쓰름했으며, 두세 명의 친척들과의 인사도 불유쾌했고, 무엇보다도 크리스마스 이브가 불쾌했다. 그날은 내가 살아온 이후로 우리 집에서는 아주 뜻깊은 날이었다. 축제와 사랑과 감사의 저녁이 되어, 부모님과 나와의 유대를 새롭게 해주는 날이었던 것이다. 그러나 이번에는 모든 것이 울적하고 당황스럽기만 했다. 옛날처럼 아버지는 '그들은 그곳에서 양떼를 지키고 있었노라' 하고 들판의 목동에 대한 복음을 읽으셨고, 누이들은 옛날처럼 눈을 반짝이며 선물들이 쌓인 탁자 앞에 서 있었다. 그러나 아버지의 음성은 즐겁게 울리지 않았으며, 그 얼굴은 늙고 오그라든 것같이 보였다. 어머니도 슬픈 표정이었다. 그리고 내게는 모든 것이 고통스럽고 거북하기만 했다. 선물도, 축복도, 복음서와 불을 켜놓은 나무도 그랬다. 꿀 케이크는 달콤한 냄새를 풍기고, 감미로운 추억의 짙은 구름을 발산했다. 전나무는 향내를 뿜으며 지나가 버린 일들을 이야기해 주었다. 하지만 나는 그 밤과 축제일이 빨리 끝나기만을 바라고 있었다.

겨울 내내 그렇게 지냈다. 바로 얼마 전에 나는 처음으로 교원위원회로부터 강력한 경고를 받고, 퇴학처분의 위협을 받았다. 더 이상 오래 걸리지는 않을 것이다. 에라, 될 대로 되라지.

나는 막스 데미안을 특히 원망했다. 그동안 한 번도 그를 만나지 못했다. 성 XX에서의 학생 시절 초에 두 번이나 편지를 썼지만, 아무런 답장도 받지 못했었다. 그래서 나는 방학 동안에 그를 찾아가지 않았던 것이다.

내가 가을에 알폰스 베크와 만났었던 공원에서 봄이 시작될 무렵, 가시나무 울타리가 파랗게 돋아나기 시작했을 때, 한 소녀가 내 주위를 끌었다. 나는 불쾌한 생각과 근심에 싸여 혼자 산책을 하고 있던 참이었다. 왜냐하면 건강이 악화되었을 뿐만 아니라, 계속 돈이 궁해져서 친구한테 빚을 지고 있었고, 집에서 다시 얼마간의 돈을 타내기 위해서는 부득이한 지출 명목을 궁리해 내야만 했으며, 여러 가게에는 담배나 잡화들을 산 외상 잔액이 불어

나고 있었기 때문이었다. 그러나 이런 근심이 아주 심각한 지경에 이른 것은 아니었다. ― 멀지 않아 이곳에서의 내 생활이 끝나게 되고, 내가 물 속으로 뛰어들거나 혹은 감화원으로 끌려가게 된다면, 이런 몇 가지 사소한 일쯤은 결코 문제가 되지 않을 것이었다. 그러나 나는 줄곧 그런 달갑지 못한 일들과 맞붙어 살았고, 그 때문에 괴로워하고 있었다.

그런 봄날, 나는 공원에서 몹시 내 마음을 끄는 예쁜 소녀를 만났던 것이다. 그녀는 키가 크고 날씬했으며, 우아한 옷차림을 하고 총명한 소녀다운 얼굴을 하고 있었다. 그녀는 당장 내 마음에 들었다. 내가 좋아하는 타입으로, 내 상상력을 자극하기 시작했다. 나보다 별로 나이가 많지는 않을 것 같았지만, 훨씬 성숙하고 우아하고 윤곽이 뚜렷했으며, 벌써 완연한 숙녀 같았다. 그런데 무엇보다도 내가 좋아하는 오만함과 소녀다운 모습이 얼굴에 깃들어 있었다.

나는 그때까지 내가 반한 여자한테 접근하는 데 성공해 본 일이 한 번도 없었다. 이 여자의 경우에도 성공을 거두지 못했다. 그러나 그 인상은 이전의 어느 여자들보다 깊었으며, 그때의 짝사랑이 내 인생에 끼친 영향은 대단했다.

갑자기 고귀하고 공경스러운 모습, 바로 그 모습이 다시 내 앞에 나타난 것이다. ― 아아, 내 마음속의 어떠한 욕구도, 어떠한 충동도 이 공경과 사모에 대한 소망처럼 심각하고 절실하지 못했다! 나는 그녀에게 베아트리체[23]라는 이름을 붙였다. 단테를 읽은 일은 없지만 그 복사판으로, 내가 가지고 있는 영국판의 그림을 보고 그 여자를 알고 있었기 때문이다. 거기에는 영국의 초기 라파엘파(派)의 소녀상이 그려져 있었는데, 이는 몸매가 날씬하며 갸름한 얼굴에 고상한 손과 표정을 지닌 모습이었다. 나의 아름답고 젊은 소녀가 꼭 그녀를 닮진 않았지만, 그녀도 내가 좋아하는 그런 날씬하고 소녀다운 모습을 하고 있었고, 얼굴에는 정신화된, 아니면 영혼이 깃들인 그 무엇이 엿보였다.

나는 베아트리체와 단 한마디의 말도 나눈 적이 없다. 그렇지만 그녀는 당시의 내게 아주 깊은 영향을 끼쳐주었다. 그 여자는 자기의 영상을 세워주고, 성스런 전당을 열어주었으며, 나를 사원에서의 기도자로 만들었던 것이다. 날이 갈수록 나는 술집 출입과 밤에 배회하는 버릇에서 멀어지게 되었다. 나는 다시 혼자 있을 수 있게 되고, 다시금 즐겨 독서를 하며, 다시 산책을 즐기게 되었다.

이런 갑작스런 개심은 내게 상당한 조소를 가져왔다. 그러나 이제 사랑하고 숭배할 대상을 갖게 되었으며, 다시 이상을 갖게 된 것이다. 내 인생은 다시 예감으로, 다채롭게 신비적인 여명으로 가득

[23] 단테가 사랑한 청춘 시절의 여인으로, 그의 문학작품에 승화되어 등장하고 있음. 특히 그녀는 《신곡》의 "지옥편"에서 단테의 중재자가 되고, "연옥편"에서는 그의 목표가 되며, "천국편"에서는 그를 이끄는 안내자로 등장함.

찼다. ― 그것이 내 예민한 감수성을 둔화시켜 주었다. 비록 숭배하는 영상의 노예이며 하인이라 할지라도, 나는 다시 나 자신으로 돌아왔던 것이다.

그 시절을 아무런 감동도 없이 회상할 수는 없다. 다시금 나는 진심으로 노력하며 무너져 버린 시기의 인생 폐허로부터 '밝은 세계'를 건설하려고 노력했다. 마음에서부터 암흑과 악을 제거하고 완전히 밝은 세계에 머물고자 하는 단 하나의 욕구로, 나는 신들 앞에 무릎을 꿇고 살았다. 어쨌든 지금의 이 '밝은 세계'는 어느 정도 나 자신이 창조해 낸 것이다. 그것은 이젠 어머니한테로, 아무런 책임도 없는 안전한 곳으로 다시 도망치고 기어들어가는 것이 아니었다. 그것은 나 자신에 의해 발견되고 요구된, 책임과 자제심이 따르는 새로운 예배였다. 내가 괴로워하고 언제나 도망치려고 했던 이성(異性)에 대한 욕망은 이제 그 성스러운 불 속에서 정신과 기도로 승화되어야 했다. 더 이상 어두운 것, 추악한 것이 있어서는 안 되었다. 신음하며 지새운 밤도, 음란한 환상 앞에서 고동치는 심장도, 금지된 문 앞에서 엿듣던 것도, 여하한 음욕도 존재해서는 안 되었다. 이 모든 것 대신에 나는 베아트리체의 영상을 모신 나의 제단을 마련하였으며, 그녀에게 나를 바침으로써 정신과 신들에게 나를 바쳤다. 어두운 힘으로부터 빼앗은 삶에 대한 관심을 이제 밝은 힘에게 제물로 바쳤다. 나의 목적은 쾌락이 아니라 순결이었고, 행복이 아니라 아름다움과 정신성이었다.

이 베아트리체에 대한 숭배는 내 삶을 송두리째 변화시켰다. 어제까지도 조숙한 냉소자였던 나는 이제 성자(聖者)가 되려는 목표를 지닌 사원지기가 되었다. 익숙해진 사악한 생활을 청산했을 뿐만 아니라 모든 것을 변화시키려고 노력했다. 모든 것에 순결과 고귀함과 품위를 깃들이게 하려 했고, 먹고 마시고 이야기를 하거나 옷을 입는 데에도 그런 것을 생각했다. 나는 아침에 냉수마찰을 하기 시작했는데, 처음에는 억지로 하지 않으면 안 되었다. 진지하고 품위 있게 행동하였고, 걸음걸이도 몸을 똑바로 세운 채 천천히 위엄 있게 걸었다. 보는 사람에겐 우스꽝스럽게 보였을지도 모른다. – 그러나 내 마음속은 신에 대한 숭배로 충만해 있었다.

새로운 심경을 표현해 보려는 온갖 새로운 노력 중에서, 특히 한 가지만은 아주 중요했다. 나는 그림을 그리기 시작했던 것이다. 내가 지닌 영국판 베아트리체 상(像)이 그 소녀와 충분히 닮지 않았던 것이 그 일의 시작이었다. 나는 나 자신을 위해 그녀를 그려보려고 했다. 아주 새로운 기쁨과 희망을 안고서, 나는 내 방에 – 얼마 전부터 독방을 쓰고 있었는데 – 화려한 종이와 물감과 화필을 마련하고, 팔레트와 유리컵과 도자기 접시와 연필을 준비했다. 조그만 튜브에 든 고운 템페라 물감도 사왔는데, 그것은 나를 황홀하게 매혹시켰다. 그 속에는 타는 듯한 크롬옥시드 초록빛도 있었다. 조그맣고 하얀 접시 위에서 처음으로 빛나던 그 색깔이 지금도 눈에 보이는 듯하다.

나는 조심스럽게 시작했다. 초상화를 그린다는 것은 어려운 일이었으므로, 우선 다른 것들부터 그려보려고 했다. 장식무늬와 꽃들, 자그마한 환상적 풍경, 교회당 옆에 서 있는 나무, 측백나무가 있는 로마의 다리 등을 그렸다. 종종 나는 이런 유희적인 행위에 완전히 넋을 잃었고, 물감상자를 가진 아이처럼 행복해했다. 마침내 나는 베아트리체를 그리기 시작했다.

몇 장은 완전히 실패하여 내던져 버렸다. 때때로 거리에서 만나곤 했던 그 소녀의 얼굴을 상상해 보려고 하면 할수록 더욱 잘 되지를 않았다. 결국은 그것을 포기하고 순전히 공상을 따라, 그리고 시작한 부분과 물감과 화필에서 저절로 우러나오는 움직임에 따라서 얼굴을 그리기 시작했다. 그렇게 그려진 것이 바로 꿈에서 본 얼굴이었고, 나는 그것에 불만족하지는 않았다. 그러나 난 그런 시도를 계속했다. 새 종이에 그릴 때마다 더욱 선명해졌으며, 실제의 모습은 아니었지만 그 모습에 보다 가까워졌다.

나는 꿈꾸는 듯한 붓놀림으로 선을 긋고, 화면을 채우는 데에 점점 더 익숙해졌다. 그 그림은 아무런 모델도 없었으며, 유희적인 더듬거림과 무의식적인 세계에서 생겨난 것이었다. 그러던 어느 날, 거의 무의식적으로 전보다도 한층 더 강렬하게 내게 말을 건네는 하나의 얼굴을 완성시켰다. 그것은 그 소녀의 얼굴은 아니었으며, 그 여자의 얼굴일 수도 없었다. 무언가 다른 것이고 비현실적인 것이었지만, 그렇다고 가치가 덜한 것은 아니었다. 그것은 소녀의 얼굴이라기보다는 소년의 얼굴처럼 보였다. 머리카락도 그 아름다운 소녀처럼 밝은 금발이 아니라 붉은 기가 섞인 갈색이었고, 턱은 억세고 단단했지만, 입술은 빨갛게 피어나고 있었다. 전체적으로 보아 약간 딱딱하고 가면 같기도 했지만, 인상적이었고 신비스러운 생명으로 가득 차 있었다.

완성된 그림 앞에 앉았는데, 이상스러운 인상이 풍겨왔다. 그 그림은 일종의 신들의 초상화이거나 신성한 가면처럼도 보였고, 반은 남성적이고 반은 여성적이며, 나이도 없고, 강한 의지를 지닌 동시에 몽환적이며, 딱딱하게 굳어져 있으면서도 비밀스럽게 활력이 넘치고 있었다. 이 얼굴은 무엇인가 이야기하려는 듯했고, 내게 속하고 내게 요구하고 있는 것 같았다. 그리고 누군가와 닮은 데가 있었다. 그런데 그게 누구인지는 알지 못했다.

그 초상화는 그 후 얼마 동안 모든 내 생각과 함께하며, 내 생활을 함께했다. 나는 그것을 서랍 속에 숨겨두었다. 아무도 그것을 가져가 그것으로 날 조롱해서는 안 되겠기 때문이었다. 그러나 내가 방에 혼자 있게 되면, 곧 그림을 꺼내 교제를 하였다. 저녁이면 침대 위쪽의 맞은편 벽지에다 핀으로 꽂아 놓고는 잠들 때까지 쳐다보았으며, 아침이 되면 그 그림에 첫 시선을 보냈던 것이다.

바로 그 무렵 나는 어린아이 때 항상 그랬듯이 다시 많은 꿈을 꾸기 시작했다. 수년 동안 한 번도 꿈을 꾼 적이 없는 것 같은 생각이 들었다. 이제 완전히 새로운 종류의 영상들이 나를 다시 찾아왔다. 그 중에서도 빈번하게 내가 그린 초상이 살아나서 이야기하며 나타났다. 내게 친밀하거나 적대적이었는데, 때로는 이맛살을 찡그리기도 하고, 때로는 끝없이 아름답고 조화롭고 기품 있는 모습으로 나타나는 것이었다.

어느 날 아침, 그런 꿈에서 깨어났을 때, 나는 문득 갑자기 알아차리게 되었다. 그 그림의 상이 놀라우리만큼 다정하게 나를 쳐다보고, 내 이름을 부르는 것 같았다. 어머니만큼이나 나를 잘 알고 있는 것 같았으며, 오랜 옛날부터 나를 향하고 있는 것같이 보였다. 가슴을 두근거리며 나는 그 그림을, 그 갈색의 조밀한 머리카락과 반쯤은 여성적으로 보이는 입, 그리고 밝고 기이한 빛을 지닌 강한 이마를 바라보았다(그 그림은 저절로 그렇게 말라 있었다). 그러자 내 마음속에는 인식과 재발견, 그리고 이미 알고 있음에 대한 느낌이 점점 분명하게 다가왔다.

나는 침대에서 벌떡 일어나 그 얼굴 앞으로 다가섰다. 그리고 바로 가까이에서 초록빛이 감돌며 뚫어져라 응시하는 듯 크게 뜬 두 눈을 들여다보았다. 오른쪽 눈이 왼쪽 눈보다 약간 높이 박혀 있었다. 그런데 갑자기 그 오른쪽 눈이 움찔했다. 가볍고 섬세하게, 그러나 분명히 움직였다. 움찔하는 눈을 보고 나는 비로소 이 그림을 알아차렸다……

어째서 이렇게 늦게야 알아차릴 수 있었단 말인가! 그건 데미안의 얼굴이었다.

그 후 나는 자주 그 그림을 내 기억에 남아 있는 데미안의 실제 표정과 비교해 보았다. 비록 닮기는 하였으나 똑같지는 않았다. 그러나 틀림없이 데미안이었다.

어느 초여름 저녁에 서쪽으로 향한 창문으로 태양이 비스듬히 붉게 비쳐 들어왔다. 방안은 어둑해 있었다. 그때 베아트리체의, 아니 데미안의 초상을 창틀 가운데에 핀으로 고정시키고, 석양이 어떻게 그것을 투사하는지 보겠다는 생각이 번뜩 머리에 떠올랐다. 얼굴은 윤곽이 없어지고 몽롱해졌으나, 언저리가 붉은 두 눈과 이마의 밝은 색, 유난히 빨간 입술이 화면에서 깊고 강렬하게 불타고 있었다. 그런 형상들이 이미 다 사라진 후에도 나는 오랫동안 그와 마주앉아 있었다. 그러자 점차 그것은 베아트리체도 아니고 데미안도 아니며, ─ 그건 바로 나 자신이라는 느낌이 들었다. 그러나 그 그림은 나를 닮지는 않았다 ─ 또한 그럴 수도 없다

24) 고대 그리스에서는 신에 가까운 존재 또는 신과 인간과의 중간적 존재를 의미하였음. 후에는 인간의 수호령(守護靈)으로 쓰이고, 그리스도교에서는 악령이나 이교(異敎)의 신을 가리키며, 근세에는 인간의 무의식적인 심리적 힘을 나타냄.

고 나는 생각했다. - 하지만 그것은 내 생명을 이루고 있는 것이었다. 나의 내면, 나의 운명, 혹은 나의 데몬[24]이었던 것이다. 내가 언젠가 친구를 사귀게 된다면, 그는 이런 모습을 하고 있을 것이다. 내가 언젠가 애인을 갖게 된다면, 그녀도 이런 모습을 하고 있을 것이다. 나의 삶도 나의 죽음도 그러할 것이다. 이것이 내 운명의 소리요, 리듬이었다.

그 몇 주일 동안에 나는 예전에 읽은 어느 것보다 더 깊은 인상을 남겨준 책을 읽기 시작했다. 그 후에 니체[25]를 제외하고는 책에서 그런 경험을 한 적은 거의 없었다. 그것은 편지와 금언이 수록된 노발리스[26]의 책이었다. 많은 부분을 이해하지 못했지만, 그것 모두가 형언할 수 없을 정도로 내 마음을 매혹하고 긴장시켰다. 그 중에 있던 금언 하나가 머리에 떠올라 초상화 밑에다 그것을 적었다. '운명과 심경이란 하나의 개념에 대한 이름들이다.'[27] 나는 이제야 그것을 이해했던 것이다.

나는 그 후에도 베아트리체라고 이름을 붙인 소녀와 종종 마주치곤 했다. 더 이상 감동을 받지는 않았으나, 늘 부드러운 조화

---

25) 니체 Friedrich Wilhelm Nietzsche(1844~1900)는 독일의 시인이며 철학자. 쇼펜하우어의 의지철학을 계승하는 '생의 철학'의 기수(旗手)이며, 키에르케고르와 함께 실존주의의 선구자로 지칭됨. 대표적 저서로 《비극의 탄생》, 《반시대적 고찰》, 《차라투스트라는 이렇게 말했다》 등이 있음.
26) 헤세가 즐겨 독서했고 많은 영향을 받은 독일 낭만주의 문학의 대표적 작가로. 본명은 하르덴베르크 Friedrich Leopold von Hardenberg(1772~1801)임.
27) 노발리스의 《하인리히 폰 오프터딩엔(일명 : 파란 꽃)》 제2부 "실현"에 나오는 구절임.

와 감정적 예감을 느끼곤 하였다. 즉 그녀는 나와 맺어져 있는 것이다. 그녀가 아니라, 그녀의 영상이 그러하다. 그녀는 내 운명의 일부분이다.

막스 데미안에 대한 동경심이 다시 강렬해졌다. 나는 그에 관하여 수년 동안 아무 소식도 듣지 못했다. 방학중에 단 한 번 그를 우연히 만났을 뿐이다. 이 짧은 만남에 대한 이야기를 내 기록에 빠뜨리고 있었다는 것을 지금 알았다. 그런 데 그것이 수치심과 허영심 때문이었다는 것도 알고 있다. 나는 그것을 만회해야만 하겠다.

그러니까 방학중 언젠가 술집을 출입하던 시절에, 나는 지루하고도 언제나처럼 피곤한 표정으로 고향의 거리를 어슬렁거리고 있었다. 지팡이를 휘둘러 대며 옛날 그대로 변화 없는 경멸스런 속인들의 얼굴을 바라보고 있을 때, 옛 친구가 나를 향해 걸어오고 있었다. 그를 보자 나는 몸이 오싹해졌다. 그리고 번갯불처럼 문득 프란츠 크로머를 생각하지 않을 수 없었다. 제발 데미안이 그 이야기를 잊어버렸으면 좋겠는데! 그에게 신세를 졌다는 것은 매우 불유쾌한 일이었다. - 그건 어리석은 아이들의 이야기였지만, 그래도 신세를 진 것임에는 틀림없었다…….

그는 내게 인사를 하려고 하는지 기다리고 있는 것 같았다. 그리고 내가 되도록 태연한 척 인사를 하자 그는 내게 악수를 청했다. 그의 악수는 여전했다. 굳세고도 따뜻했지만, 냉담하고 어른다웠다!

그는 주의 깊게 내 얼굴을 들여다보고 말했다. "싱클레어, 너 많이 컸구나." 그 자신은 전혀 변하지 않은 것 같았다. 예전과 똑같이 늙어 보이기도 하고 젊어 보이기도 했다.

우리는 함께 산책을 하면서도 옛이야기는 하나도 하지 않고, 순전히 쓸데없는 이야기들만 했다. 이전에 그에게 여러 번 편지를 하였으나, 한 번도 답장을 받지 못했던 것이 생각났다. 아, 제발 그가 그것도 잊어버렸으면 좋겠다. 그 바보 천치 같은 편지를 말이다! 그는 이에 대해서도 아무런 말을 하지 않았다.

그 당시는 아직 베아트리체도, 초상화도 없었다. 내가 아직 황량한 시절 한가운데에 서 있을 때였다. 우리가 교외로 나갔을 때, 나는 함께 술집에 가자고 청했다. 그가 함께 들어갔다. 폼을 잡으면서 나는 포도주 한 병을 시켰다. 술을 따르고 그와 잔을 부딪치고는 학생들의 음주방식에 도통한 듯이 첫 잔을 단숨에 들이켰다.

"너 술집에 많이 다니는구나?" 그가 물었다.

"아아, 물론." 나는 아무렇지도 않은 듯 대답했다. "그밖에 뭐 할 게 있나? 결국 그게 제일 재미있거든."

"그렇게 생각하니? 그럴 수도 있겠지. 사실 멋진 점도 있고. …… 황홀한 기분과 바커스적인 정신 말이야! 하지만 마냥 술집에 앉아 있는 대부분의 사람들은 그런 멋을 완전히 잃어버렸다고 생각해. 술집이나 찾아다니는 것은 정말 속물적인 짓이라는 생각이 들거든. 그야 하룻밤쯤 타오르는 횃불을 켜놓고, 정말 아름답게 술에 취한 기분이나 흥분에 잠겨보는 것은 멋진 일이지! 하지만 언제나 그런 식으로 술에 술을 퍼마시는 일이 정말 좋은 일은 아닐 테지? 넌 밤마다 단골집 술상 앞에 앉아 있는 파우스트[28]를 상상할 수 있니?"

나는 술을 마셔댔고, 적의에 찬 눈으로 그를 쳐다보았다.

"그래, 하지만 누구나 다 파우스트 같지는 않단 말이야." 나는 짤막하게 말했다

그는 약간 어이없어 하며 나를 쳐다보았다.

그런 다음에 옛날처럼 활기 있고 우월감에 젖은 웃음을 지었다.

"그런데, 무엇 때문에 그런 걸 가지고 말다툼을 하는 거지? 어쨌든 술꾼이나 방탕아의 생활이 비난할 데 없는 시민의 생활보다는 더욱 활기가 있을 거야. 그리고 말야, …… 언젠가 읽어본 건데 …… 방탕아의 생활이 신비주의자가 되는 가장 좋은 준비과정이라는 거야. 예언자가 되는 사람은 언제나

28) 15~16세기에 실재한 연금술사 게오르크 파우스트는 갖가지 마술과 결합된 독일 전설의 주인공이 됨. 그를 소재로 한 수많은 예술작품 중 괴테의 비극 《파우스트》가 가장 유명함. 학문에 절망한 노학자(老學者) 파우스트가 악마 메피스토펠레스와 계약을 맺고 현세적 욕망과 쾌락에 사로잡히지만, 결국에는 공익(公益)을 위한 삶에서 어느 정도의 행복을 예감하고 세상을 떠나며, 영혼의 구원을 받아 승천한다는 내용임.

성 아우구스티누스[29] 같은 그런 사람들이지. 그 사람도 전에는 향락주의자이고 방탕아였어."

나는 미심쩍었으며 조금도 그에게 당하고 싶지 않았다. 그래서 나는 냉담하게 말했다.

"그래, 누구나 제멋에 사는 거야! 솔직히 말해서, 난 예언자나 그런 따위가 되는 게 중요한 게 아니야."

데미안은 눈을 약간 가늘게 뜨고, 알고 있다는 듯이 나를 쳐다보았다.

"이봐, 싱클레어." 그는 천천히 말했다. "너에게 불쾌한 이야기를 할 뜻은 조금도 없어. 한데 말야, …… 무슨 목적으로 네가 지금 술을 그렇게 마시는지는 우리 둘 다 모르고 있어. 너의 내면에서 네 인생을 만들어가고 있다는 것은 이미 알고 있지. 모든 것을 알고, 모든 것을 원하고, 모든 것을 우리 자신보다 더 잘 해나가는 자가 우리 내면에 깃들어 있다는 걸 안다는 것은 좋은 일이다. …… 미안하지만, 난 이만 집에 가봐야겠어."

우리는 간단히 이별했다. 나는 기분이 언짢아 그대로 앉아 병에 남은 술을 다 들이켰다. 술집을 나오려고 했을 때, 데미안이 이미 술값을 치른 것을 알았다. 그것은 나를 더욱 화나게 했다.

내 생각은 다시 이 사소한 사건에 매달려 있

[29] 초대 그리스도교 교회가 낳은 위대한 철학자이며 사상가로. 중세의 새로운 문화를 탄생시킨 선구자. 대표작 《고백록》의 관심은 신과 영혼을 주로하고 있음.

었다. 온통 데미안에 대한 생각으로 가득 차 있었다. 그리고 교외의 술집에서 그가 했던 말들이 이상하리만큼 생생하게 빠지지 않고 다시 기억에 떠올랐다. – '모든 것을 알고 있는 자가 우리 내면에 깃들어 있다는 걸 안다는 것은 좋은 일이다!'

나는 창문에 걸린 채 아주 색이 바래 버린 그림을 바라보았다. 그러나 아직도 두 눈만은 여전히 작열하는 듯 보였다. 그것은 데미안의 눈초리였다. 아니면 나의 내면에 깃들어 있는 자의 눈초리였다. 모든 것을 다 알고 있는 그 사람 말이다.

나는 데미안을 얼마나 동경하고 있었던가! 그에 대해서는 아무것도 알지 못했으며, 그는 내가 잡을 수 있는 존재가 아니었다. 추측컨대 그는 어디에선가 대학을 다니고 있을 것이다. 김나지움을 졸업한 후에 그의 어머니가 우리 도시를 떠났다는 것만 알고 있을 따름이다.

크로머와 관계된 이야기까지 거슬러 올라가서 나는 막스 데미안에 대한 모든 추억을 마음속에 들추어냈다. 그가 일찍이 이야기한 얼마나 많은 말들이 다시금 울려왔던가! 오늘날까지도 그 모든 것이 의미를 지니고, 활발하게 내게 관여하고 있었다. 지난번 그다지 즐겁지 않은 재회를 하였을 때, 그가 방탕아와 성인에 대한 이야기를 한 것도 갑자기 내 영혼에 분명한 모습으로 다시 떠올랐다. 내 자신에게도 똑같은 일이 일어나지 않았던가? 새로운 삶에 대한 충동과 함께 아주 정반대의 것이, 즉 순수한 것에 대한 욕구, 성스러운 것에 대한 동경이 마음속에 생생해질 때까지, 나는 취한 기분과 더러움, 마비 상태나 방탕 속에서 살아오지 않았던가?

그렇게 나는 추억을 계속 더듬어갔다. 벌써 오래 전에 밤이 되었고, 밖에는 비가 내리고 있었다. 내 추억 속에서도 비 내리는 소리가 들렸다. 언젠가 밤나무 아래서 그가 프란츠 크로머에 대해서 묻고, 내 최초의 비밀을 알아맞힌 때가 있었다. 학교길에서의 대화, 견신례 준비시간 등 추억이 하나하나 되살아났다. 마지막으로 막스 데미안과 제일 처음 만났던 때의 일이 떠올랐다. 그땐 무엇을 이야기했던가? 바로 생각이 떠오르질 않으나, 시간을 갖고 깊이 생각해 보았다. 드디어 그것도 다시 생각났다. 그가 카인에 대한 의견을 이야기한 다음에 우리는 우리 집 앞에 서 있었다. 그때 그는 우리 집 대문 위에 아래서 위로 퍼진 종석(宗石)에 박혀 있는 퇴색한 옛 문장에 대해서 이야기했었다. 그는 그것에 흥미를 가지고 누구나 그런 물건에 주의를 기울여야만 한다고 말했었다.

그날 밤 나는 데미안과 그 문장에 대한 꿈을 꾸었다. 그것은 끊임없이 변화했다. 데미안이 손에 들고 있는데 때로는 작아지고 회색이 되기도 하고, 때로는 굉장히 커지고 가지각색으로 변하기도 했다. 그런데도 그는 그것이 하나이며 동일한 것이라고 설명했다. 마지막에 가서는 내게 그 문장을 먹으라고 요구했다. 그것을 삼켰을 때, 나는 놀랍게도 삼켜 버린 문장의 새가 내 속에서 무시무시하게 살아나 나를 가득 채우고, 속으로부터 나를 쪼아먹기 시작한 것처럼 느껴졌다. 죽을 것 같은 불안에 사로잡혀 나는 깜짝 놀라 잠에서 깨어났다.

  정신이 맑아졌다. 한밤중이었다. 방안으로 비가 들이치는 소리가 났다. 나는 창문을 닫으려고 일어났다. 그때 방바닥에 있던 환하게 빛나는 무엇인가를 밟았다. 아침이 되어 그것이 내가 그린 그림이었다는 것을 알았다. 그림은 젖은 채 방바닥에 떨어져서, 불룩하게 부풀어 있었다. 나는 그것을 말리려고 흡수지 사이에 끼워서 두꺼운 책 속에 눌러 두었다. 다음날 다시 보니 잘 말라 있었다. 그러나 그것은 변했다. 붉은 입술은 창백해지고 약간 좁아져 있었다. 그것은 이제 완전히 데미안의 입이 되었던 것이다.

  나는 이제 새 종이에다 문장에 새겨진 새를 그리기 시작했다. 그러나 그 새가 원래 어떤 모양이었는지 분명히 알지 못했다. 그것은 오래된 것이었고 가끔 덧칠을 했기 때문에, 가까이서 봐도 이제 잘 분간할 수 없는 데가 있었다. 그 새는 무슨 물건 위에 서 있거나 앉아 있었는데, 아마도 꽃 위거나 바구니, 아니면 둥우리거나 나무꼭대기였을 것이다. 나는 그런 것에 신경을 쓰지 않았고, 분명히 생각해 낼 수 있는 것부터 그리기 시작했다. 어떤 막연한 욕구에서 강한 색채를 가지고 그리기 시작했는데, 새의 머리는 내 그림에선 황금빛이었다. 기분 내키는 대로 그려 나갔으며, 며칠 동안에 그걸 완성했다.

그것은 날카롭고 대담한 매의 머리를 가진 맹금이 되었다. 푸른 하늘을 배경으로 하고 몸의 절반은 검은색 지구에 박혀 있었는데, 마치 크나큰 알에서 빠져나오려는 듯 버둥대고 있었다. 그 그림을 오래 관찰하면 할수록, 그것은 점점 더 내 꿈속에 나타났던 채색된 문장처럼 보였다.

내가 데미안에게 편지를 쓴다는 것은 설사 주소를 알고 있다 해도 불가능했을 것이다. 그러나 그 당시 나는 꿈같은 예감에서 모든 일을 했는데, 바로 이와 같은 예감에서 그에게 매 그림을 보내기로 결심했다. 그것이 그에게 도달하든 하지 않든 문제되지 않았다. 그림에다 아무것도, 심지어 내 이름까지도 쓰지 않았다. 가장자리를 조심스레 오려내고, 커다란 서류봉투를 사서 친구의 옛날 주소를 그 위에 적었다. 그리고 그것을 발송했다.

시험이 닥쳐왔다. 나는 이전보다 학교 공부를 더 많이 해야만 했다. 갑자기 나의 못된 행동을 고친 이후로 선생님들은 다시 나를 귀여워해 주었다. 그래도 선량한 학생이라고는 할 수 없었다. 반 년 전에 내가 퇴학처분을 받을 뻔했다는 사실을 어느 누구도 기억하고 있지는 않았다.

아버지도 다시 옛날 같은 어투로 편지를 하셨다. 비난이나 위협을 하시지 않았다. 그러나 나는 아버지나 그 누구에게도 어떻게 해서 그런 변화가 생겼는지를 설명하고 싶지는 않았다. 이런 변화가 부모님이나 선생님들의 소망과 일치되었다는 것은 우연한 일이었다. 이 변화는 나로 하여금 다른 학생들과 어울리게 하지 못했고, 어느 누구에게 접근시켜 주지도 않았으며, 나를 더욱 고독하게 해주었을 뿐이었다. 그것은 그 어딘가를, 데미안을, 먼 운명을 목표로 하고 있었다. 나 자신도 그것을 알지 못하고, 그 한가운데에 서 있었던 것이다. 그것은 베아트리체에서 시작된 일이었으나, 얼마 후부터 나는 그림 종이들과 데미안에 대한 생각에 젖어 완전히 비현실적인 세계 속에 살고 있었다. 그래서 결국엔 그 여인까지도 내 눈과 생각에서 완전히 사라져 버렸다. 그 누구에게도 나는 내 꿈과 기대와 내면적인 변화에 대해서 말 한마디도 할 수가 없었다. 설사 내가 원했다고 할지라도 말하지는 못했을 것이다.

그런데 어떻게 내가 그런 것을 바랄 수 있겠는가?

제 5 장
새는 알에서 나오려고 싸운다

내가 그린 꿈의 새는 길을 떠나 내 친구를 찾아갔다. 아주 놀라운 방법으로 내게 답장이 왔다.

두 수업 사이의 휴식시간에 나는 교실 안 내 자리에서 책에 종이쪽지 하나가 꽂혀 있는 것을 발견했다. 학우들이 가끔 수업중에 몰래 쪽지를 보낼 때 보통 하는 식으로 접혀 있었다. 나는 어떤 급우와도 그런 교제를 해본 일이 없기 때문에, 누가 그런 종이쪽지를 보냈을까 하고 이상하게 여겼다. 그것이 무슨 장난을 치려는 의도라고 생각했으며, 절대 그런 일에 가담하지 않을 것이기에 쪽지를 읽지도 않고 책 앞쪽에 그대로 꽂아두었다. 그러다가 수업 도중에 우연히 그걸 다시 손에 집어들었다.

그 종이를 만지작거리다가 무심코 펼쳐보고는, 그 속에 몇 마디의 말이 적혀 있는 것을 발견했다. 슬쩍 훑어보다가 어떤 말에 주춤하게 되었다. 깜짝 놀라 그것을 읽어 보았다. 읽는 동안에 심장은 무서운 추위라도 만난 듯 운명 앞에 움츠러들었다.

'새는 알에서 나오려고 싸운다. 알은 곧 세계이다. 태어나려고 하는 자는 하나의 세계를 파괴하지 않으면 안 된다. 그 새는 신을 향해 날아간다. 그 신의 이름은 아브락사스[30]라 한다.'

여러 번 이 글을 읽은 다음에 나는 깊은 생각에 잠겼다. 의심할 여지가 없이, 그것은 데미안의 회답이었던 것이다. 나와 그를 제외하고는 아무도 그 새에 대해 아는 사람은 없었다. 그는 내 그림을 받았던 것이다. 그는 이해를 하고, 내가 해석하는 것을 도와주었다. 그러나 이 모든 것이 어떤 관계일까? 그리고 – 무엇보다도 그것이 나를 괴롭혔지만 – 아브락사스란 대체 무엇일까? 나는 그 말을 들어본 적도 읽어본 적도 없었다.

'그 신의 이름은 아브락사스라 한다!'

수업에는 조금도 귀를 기울이지 못한 채 시간이 끝났다. 그날 오전의 마지막 다음 수업 시간이 시작되었다. 젊은 보조교사가 하는 수업이었는데, 그는 갓 대학

30) 고대 그리스의 신으로 출발하며, 로마제국 말기에는 그노시스파의 주문(呪文)에 많이 등장함. 이집트의 헤드리안 황제 시대에는 우주만물의 창조주를 아브락사스라고 이름함. 남성적 요소와 여성적 요소를 한 몸에 지닌 이 신은 7개의 철자 ABRAXAS로써 별들과 동시에 해마다의 태양운행을 알려주었으며, 끊임없는 변화 속에서 창조적인 동시에 보존적인 세계원칙으로 작용함. 그는 세계의 영과 육을 내면에 함께 지니고 있는 우주이며, 인간의 생식에 대한 기쁨인 사랑의 힘도 있기 때문에, 순수한 프노이마[영靈]로서 구원받고 구원하는 세계혼을 자기 내면에서 발견할 수도 있다고 함. 이 작품에서는 주인공이 추구하는 이상적 표상이 되며, 신비주의적 전일성을 상징함. 즉 신적인 것과 악마적인 것을 결합시키는 상징적 신성(神性)을 의미함.

을 나왔고 매우 젊은 데다, 우리들한테 잘난 체를 하지 않았기 때문에 호감을 사고 있었다.

우리는 그 폴렌 선생님[31]의 지도로 헤로도토스[32]를 읽고 있었다. 이 강독은 내가 흥미를 느끼는 몇몇 과목 중의 하나였다. 그러나 이번에는 거기에 마음이 쏠리지 않았다. 기계적으로 책을 펼쳐놓고 있었으나, 번역하는 것을 따라가지 않고 나만의 생각에 잠겨 있었다. 어찌되었든 나는 데미안이 종교수업 시간에 했던 말이 정말 옳았다는 사실을 나는 이미 여러 번 경험했다. 우리가 아주 강렬하게 원하는 것은 이루어진다는 것이다. 수업중에 내가 아주 강렬하게 나만의 생각에 몰두하면, 선생님은 나를 그냥 가만히 내버려두었다. 그런데 방심하거나 졸기라도 하면, 갑자기 선생님이 옆에 와 있는 것이었다. 나도 이미 그래본 경험이 있었다. 그러나 우리가 정말로 깊이 생각하고, 정말 몰두해 있으면 안전했다. 그리고 나는 눈으로 노려보는 실험도 이미 해보았고, 그것이 믿을 만하다는 것도 알았다. 옛날 데미안과의 시절에는 성공하지 못했던 일이다. 그런데 지금에 와서는 눈초리와 생각만으로 아주 많은 일을 해낼 수 있다는 사실을 종종 느꼈다.

---

31) 시인이며 정치가인 폴렌 Karl Follen(1795~1840)과의 연관 관계는 불분명함.
32) 헤로도토스 Herodotos(BC 484?~BC 425?)는 그리스의 역사가로, 키케로는 그를 "역사의 아버지"라 불렀음. 일화와 삽화가 많이 담긴 대표적 저서《역사》에서 페르시아 전쟁을 중심으로 동방 여러 나라의 역사와 전설 및 그리스 여러 도시의 역사를 서술하였음.

그때도 나는 그렇게 앉아 있었다. 헤로도토스로부터, 그리고 학교 수업으로부터 멀리 떨어져 있었다. 한데 그 순간 뜻밖에도 선생님의 목소리가 내 의식을 번갯불처럼 내리쳤다. 나는 몹시 놀라 정신을 차리고, 그의 목소리를 들었다. 그는 바로 내 곁에 서 있었다. 그가 내 이름을 불렀다고 생각했다. 그러나 그는 나를 쳐다보지도 않았다. 나는 안도의 숨을 내쉬었다.

그때 다시 그의 목소리가 들렸다. '아브락사스'라고 크게 말하는 목소리였다.

처음은 듣지 못했지만 폴렌 선생님은 설명을 계속하고 있었다. '우리는 고대의 그 교파와 신비적인 단체의 견해를 합리주의적 관찰의 입장에서 생각하듯이, 그렇게 소박하게 상상해서는 안 된다. 오늘날 우리들 의미에서의 학문이라는 것도 고대에는 있지도 않았다. 그 대신 고도로 발달된 철학적·신비적 진리에 대한 연구가 행해지고 있었다. 그로부터 부분적으로 주술과 유희가 발생했는데, 이는 종종 사기와 범죄행위로까지 이어졌다. 그러나 그 주술 역시 고상한 유래와 심오한 사상을 지니고 있었다. 내가 앞에서 예로 든 아브락사스에 대한 설(說)이 그렇다. 사람들은 그 이름이 그리스의 주문형식과 관계되어 있다고 말하며, 오늘날에도 대개 야만족이 가진 어떤 마귀의 이름쯤으로 생각하고 있다. 그러나 아브락사스란 훨씬 더 많은 것을 의미한다고 본다. 우리는 그 이름을 대략 신적인 것과 악마적인 것을 결합시키는 상징적 의미를 가진 하나의 신성(神性)으로 생각할 수 있을 것이다.'

그 키가 작은 학자는 섬세하고 열성적으로 말을 계속했다. 그러나 아무도 주의 깊게 귀를 기울이지 않았다. 더 이상 그 이름이 나오지 않게 되자, 내 주의력도 다시 내 자신의 내면으로 되돌아가 버렸다.

'신적인 것과 악마적인 것을 결합시킨다'고 하는 말의 여운이 아직도 울려왔다. 이 점에서 나는 연관지을 수가 있었다. 그 생각은 우리들 우정의 마지막 시절에 데미안과 대화를 나눈 이후로 내게 친숙해 있었다. 그 당시 데미안이 말하기를, 우리는 틀림없이 우리가 신봉하는 신을 가지고 있지만, 그것은 자의로 갈라놓은 절반만의 세계를 나타낼 뿐이라고 하였다(그것은 공식적이고 허락된 '밝은 세계'였다). 그러나 우리는 전체의 세계를 신봉할 수 있어야만 한다. 그러니까 우리는 동시에 악마이기도 한 신을 갖거나, 아니면 신에게 예배하는 동시에 악마에게도 예배를 해야만 한다고 했다. — 그렇다면 아브락사스는 바로 신인 동시에 악마이기도 한 그 신이었던 것이다.

한동안 나는 대단한 열성으로 계속 그 자취를 추적해 보았으나, 아무런 진전도 없었다. 아브락사스를 찾아 온 도서관을 뒤졌지만 아무런 성과가 없었다. 그러나 내 본성은 손에 쥐고 보면 돌에 불과한 그런 진리를 발견코자 하는 직접적이고 의식적인 탐구방법에 적당치 않았다.

얼마 동안 그렇게도 열성적으로 몰두했던 베아트리체의 영상도 이제 점차로 가라앉아 버렸다. 아니, 내게서 서서히 떠나갔으며, 점점 지평선 쪽으로 가까이 가서 그림자처럼 멀어지고 희미해지는 것이었다. 그것이 내 영혼을 그 이상 만족시켜 주지는 못했던 것이다.

내 자신 속에 이상하게 틀어박혀서 마치 몽유병자처럼 살아온 내 생활에도 이제 새로운 형상이 생겨나기 시작했다. 생명에 대한 동경이 마음속에 꽃을 피웠다. 오히려 사랑에 대한 동경과 내가 한동안 베아트리체를 사모함으로써 해소시킬 수 있었던 성적 충동이 새로운 영상과 새로운 목표를 갈구하였다. 아직도 여전히 아무런 충족도 나타나지 않았던 것이다. 그리고 그런 동경심을 기만하고, 친구들이 행복을 추구하는 계집애들한테서 무엇을 기대한다는 것은 이전보다도 더욱 불가능해졌다. 나는 다시 심한 꿈을 꾸었는데, 그것도 밤보다는 낮에 더 많이 꾸었다. 표상이나 영상 혹은 소망과 같은 것들이 내 마음속에서 솟아올라 나를 외부 세계와 격리시켜 놓았다. 그래서 나는 주변의 현실적인 일들보다도 내면의 그런 영상들과 꿈이나 그림자들과 더 실제적이고 활발한 교제를 했다.

어떤 일정한 꿈, 혹은 계속 반복되는 어떤 환상의 유희가 내게는 중요한 의미를 가지게 되었다. 내 인생에 가장 중요하고 가장 영향이 컸던 이 꿈은 대략 이러했다. 즉 나는 고향집으로 돌아갔다. – 집 대문 위에는 문장의 새가 파란 배경에 노란색으로 빛나고 있었다. 집에서는 어머니가 나를 맞아주었다. – 그러나 내가 막상 들어서서 포옹을 하려고 하자, 그건 어머니가 아니라, 그때까지 한 번도 본 적이 없는 사람이었다. 키가 크고 힘이 억세었으며, 막스 데미안이나 내가 그린 그림과 닮은 여인이었다. 그러나 그것들과도 달랐으며, 아주 억세 보이면서도 지극히 여성적이었다. 그 여인이 나를 끌어안고, 깊고도 소름이 끼치는 사랑의 포옹을 하는 것이었다. 환희와 공포가 뒤섞였는데, 그 포옹은 신에 대한 예배였으며 동시에 범죄였다. 너무도 많은 어머니에 대한 추억과, 너무나도 많은 내 친구 데미안에 대한 추억이, 나를 포옹하는 그 모습 속에 홀연히 나타났다 사라지곤 했다. 그의 포옹은 모든 경건함에 모순되었으나, 더할 나위 없이 행복한 것이었다. 때때로 나는 이 꿈속에서 깊은 행복감을 느끼면서 깨어났고, 때로는 무서운 죄를 진 듯 죽음의 불안과 양심의 가책을 받으면서 깨어나기도 했다.

완전히 내면적인 이 영상과 외부로부터 주어진 찾아야 할 신에 대한 암시와의 사이에는 점차 그리고 무의식적으로 어떤 관련성이 생기게 되었다. 그리고 그것은 점점 더 밀접하고 친밀하게 되었다. 바로 이런 예감의 꿈속에서 내가 아브락사스를 부르고 있다는 걸 느끼기 시작했다. 희열과 공포, 남성과 여성의 혼합, 성스러운 것과 추악한 것과의 뒤얽힘, 지극한 천진함으로 인해 경련을 일으키는 깊은 죄악 – 내 사랑의 꿈속 영상이 그러했고, 아브락사스도 그러했다. 사랑이란 내가 처음에 마음을 졸이며 느꼈던 것처럼, 더 이상 그렇게 동물적으로 어두운 충동은 아니었다. 또한 사랑이란 내가 베아트리체의 영상에 빠졌던 것처럼 경건하게 정신화된 숭배도 아니었다. 사랑은 양면을 다 갖고 있었다. 양면뿐만 아니라, 그 이상의 것이었다. 사랑이란 천사인 동시에 악마였고, 남성과 여성이 하나로 된 것이며, 인간과 동물, 지고의 선과 극도의 악이었다. 이런 길을 사는 것이 내게 정해진 일로 생각되고, 그것을 맛보는 것이 내 운명과도 같았다. 나는 그런 운명에 동경심을 갖는 동시에 두려움을 품고 있었다. 그런데 운명은 언제나 현존하며, 내 위에 항상 존재하고 있었다.

　다음 해 봄에 나는 김나지움을 졸업하고 대학에 진학하도록 되어 있었는데, 아직 어디서 무엇을 공부할지는 모르고 있었다. 입술 위에는 조금씩 코밑수염이 자랐다. 난 다 자란 어른이 되긴 했지만, 아직도 어찌할 바를 모르고 아무런 목표도 없었다. 한 가지 확실한 것이 있다면, 그것은 내면의 소리, 즉 꿈의 영상이 있을 뿐이었다. 난 그것이 인도하는 대로 맹목적으로 따라가야 한다는 사명을 느꼈다. 그러나 그것은 어려운 일이었으며, 나는 날마다 반항하였다. 내가 미쳐 버린 것일까? 혹 다른 사람과 같지 않은 걸까? 하고 종종 생각도 하였다. 그러나 다른 학생들이 하는 것은 나도 전부 할 수 있었다. 약간 부지런하게 노력만 하면 플라톤[33]을 읽을 수 있었고, 삼각법 문제도 풀 수가 있었으며, 화학적 분석도 따라갈 수 있었다. 그러나 한 가지만은 할 수가 없었다. 그것은 다른 학생들이 하는 것처럼, 내면에 숨겨진 목표를 끌어내서, 어느 곳에다 그려보는 일이었다. 다른 학생들은 교수나 법관, 의사나 예술가가 되려 했으며, 또 그렇게 되려면 얼마나 기간이 필요하고, 거기에는 무슨 이점(利點)이 있다는 것까지도 자세히 알고 있었다. 하지만 난 그럴 수가 없었다. 언젠가는 나도 그렇게 될지도 모른다. 하지만, 그걸 어찌 알 수 있단 말인가? 나 역시 몇 년을 두고 찾고 또 찾아왔지만, 아무것도 이룩된 것이 없고, 어떠한 목표에도 도달하지 못할 것이다. 어쩌면 어떤 목표에 도달할지 모르지만, 그것은 악하고 위험하고 무시무시한 것일 것이다.

나는 정말 나 자신으로부터 저절로 우러나온 인생을 살기를 원했을 뿐이다. 그런데 그것이 왜 그다지도 어려웠던가?

때때로 나는 꿈속에 나타난 힘찬 사랑의 영상을 그려보려고 시도했다. 그러나 한 번도 성공하지 못

---

[33] 플라톤 Platon(BC 427~BC 347)은 소크라테스의 제자로 고대 그리스의 철학자. 형이상학을 수립하였고, 초월적인 이데아 Idea를 통해 존재의 근원을 밝히고자 함.

했다. 그 일에 성공했다면, 나는 그것을 데미안에게 보냈을 것이다. 그는 어디에 있는 것일까? 나는 알지 못했다. 다만 그가 나와 연결되어 있음을 알 뿐이다. 언제 그를 다시 만나게 될까?

베아트리체 시절에 수주일, 수개월 동안 지속되었던 정다운 안정 상태는 오래 전에 사라졌다. 그 당시 나는 하나의 섬에 도착하여 평화를 발견한 듯 생각했었다. 그러나 사정은 언제나 이러했다. — 어떤 상태가 마음에 들면, 어떤 꿈이 날 행복하게 해주면, 그것은 곧 시들해지고 희미해지는 것이었다. 그것을 탄식한들 무슨 소용이랴! 나는 이제 가끔 날 완전히 야성적으로 미치게 해주었던 채워지지 않는 갈망과 긴장된 기대의 불길 속에 살아야만 했다. 종종 꿈속 연인의 모습이 너무나도 생생하게 내 앞에 서 있었다. 내 자신의 손보다도 더 선명하게 보였다. 그 영상과 이야기를 하고, 그 앞에서 울기도 하며 저주하기도 했다. 그 영상을 어머니라고 부르고, 그 앞에 눈물을 흘리며 무릎을 꿇었다. 애인이라고도 부르며, 모든 것을 충족시켜 주는 성숙한 키스를 느끼기도 했다. 그것을 악마와 창녀, 흡혈귀와 살인마라고도 불렀다. 그것은 나를 다정한 사랑의 꿈속으로, 거칠고 음탕한 행위 속으로 유혹했다. 거기에는 지나치게 선한 것도 귀중한 것도 없었으나, 지나치게 나쁘고 비천한 것도 없었다.

그해 온 겨울 동안을 나는 무어라 형언할 수 없는 내면적인 폭풍

속에서 지냈다. 고독에도 이미 익숙해져 있었기에, 그것은 괴로운 일은 아니었다. 데미안과 매와 더불어 살았고, 내 운명이며 애인이었던 거대한 꿈속 여인의 영상과 함께 살았다. 그 속에 사는 것으로 충분하였다. 왜냐하면 모든 것이 위대하고 드넓은 것을 향하고 있었고, 모든 것이 아브락사스를 의미하고 있었기 때문이었다. 그러나 어떠한 꿈도, 어떠한 생각도 내게 순종하지는 않았다. 나는 아무것도 부를 수가 없었으며, 아무것도 마음대로 채색할 수가 없었다. 그것들이 나타나서 나를 사로잡았을 뿐이다. 나는 그것들의 지배를 받고, 그것들에 의한 삶을 살아왔다.

　나는 외부로 향해서는 안정되었던 것 같다. 사람들 앞에서 아무런 두려움을 갖지 않았으며, 동급생들도 그것을 알았다. 그들이 내게 은밀한 경의를 보내왔는데, 그것도 가끔 나를 웃기곤 했다. 원하기만 하면 그들 대부분을 꿰뚫어 볼 수가 있었고, 그렇게 해서 가끔 그들을 깜짝 놀라게 할 수도 있었다. 그러나 그것을 거의 원치 않았는데, 전혀 그러고 싶지 않았을 뿐이었다. 나는 언제나 내 일에, 나 자신의 일에만 몰두해 있었다. 그리고 이젠 마침내 한 조각이나마 내 인생을 살아보고, 나 자신으로부터 우러나온 무엇인가를 세상에 주면서 세상과 관계하고 투쟁하게 되기를 열렬히 갈망했다. 여러 번, 밤거리를 서성거리며 불안한 나머지 밤중까지 집으로 돌아갈 수가 없을 때면, 가끔 나는 이젠, 바로 이젠 내 연인과 만나리라, 다음 골목 모퉁이를 지나가면, 다음 창문에서 나를 부를 것이라고 생각했다. 때로는 이 모든 것이 견딜 수 없는 고통으로 생각되었으며, 언젠가는 스스로 목숨을 끊으려고 결심까지 했었다.

그 무렵 나는 특이한 피난처를 발견했다. – '우연' 에 의해서였다. 그러나 그런 우연이란 없는 것이다. 무엇이 절대 필요한 자가 그 필요했던 것을 발견하게 되었다면, 그것은 우연이 그것을 보내 준 것이 아니라, 그 자신, 즉 그 자신의 욕구와 필연성이 그를 그리로 인도한 것이다.

나는 시내를 산책하다가 교외에 있는 자그마한 교회에서 울리는 오르간 소리를 두세 번 들은 일이 있으나, 걸음을 멈추지는 않았다. 그 다음 그곳을 지나갈 때 다시 그 소리를 들었으며, 바흐가 연주되고 있다는 것을 알았다. 출입문으로 가 보았지만 잠겨 있었다. 골목에는 사람들이 거의 없었기 때문에, 나는 교회 옆 방충석(防衝石) 위에 앉아서 외투 깃을 세우고는 귀를 기울였다. 크지는 않았지만 좋은 오르간이었다. 의지와 끈기가 깃든 독특하고 개성적인 표현으로 훌륭한 연주가 들려오고 있었는데, 그 표현은 마치 기도와도 같이 울렸다. 연주하는 사람은 그 음악 속에 보물이 숨겨져 있음을 알고, 자기의 생명을 구하는 듯 그 보물을 얻으려 노력하며 건반을 두드리고 애쓰는 것이라고 나는 느꼈다. 나는 음악의 기교적 의미에 대해서는 별로 아는 것이 없었지만, 바로 이런 영혼의 표현은 어린 시절부터 본능적으로 이해하고, 음악적인 것을 무언가 자명한 것으로서 마음속에 느끼고 있었다.

그 음악가는 다음에 무언가 현대적인 것을 연주했는데, 그것은 레거[34]의 곡인 듯싶었다. 교회는 거의 완전히 어두워졌으며, 아주 희미한 불빛만이 다음 창문에서 흘러나올 뿐이었다. 나는 음악이 끝날 때까지 기다렸다. 그리고 오르간 연주자가 밖으로 나오는 것이 보일 때까지 이리저리 서성대고 있었다. 그는 아직 젊은 사람이었으나, 나보다는 나이가 위인 것 같았다. 건강하고 의젓한 모습이었다. 그는 기분이 좋지 않은 듯 힘찬 걸음걸이로 빨리 걸어갔다.

그때부터 나는 가끔 저녁때면 그 교회 앞에 앉아 있거나 이리저리 서성대곤 하였다. 언젠가는 출입문이 열려 있는 것을 발견하고는, 오르간 연주자가 위에 매달린 희미한 가스등불 속에서 연주하는 동안, 나는 추위에 떨면서도 행복한 감정으로 반 시간 동안이나 의자에 앉아 있었다. 그가 연주하는 음악에서 나는 그 사람 자신만을 들은 것은 아니었다. 그가 연주하는 모든 것이 서로 연관이 있고, 은밀한 관계를 맺고 있는 것처럼 생각되었다. 그가 연주하는 모든 것은 신앙적이고 헌신적이며 경건했다. 그

---

34) 레거 Max Reger(1873~1916)는 독일의 작곡가. 신고전적 형식의 피아노곡, 실내악곡, 오르간곡, 푸가, 관현악곡 등을 작곡하여 후기 낭만파에서 현대 음악까지의 성향을 보여줌. 대표적 작품으로 〈바흐에 의한 환상곡과 푸가〉, 〈모차르트 변주곡〉, 〈마리아의 자장가〉 등이 있음.

러나 교회에 다니는 사람이나 목사님들처럼 경건한 것이 아니라, 중세기의 걸인 순례자처럼 경건했고, 모든 종파를 초월한 세계감정에 무조건 헌신하는 경건함이었다. 바흐 이전의 거장들과 옛날 이탈리아인들의 곡이 쉴 새 없이 연주되었다. 그런데 그 모든 곡들은 동일한 것을 말해 주었는데, 이 모든 것은 그 음악가가 영혼 속에 느끼고 있는 것을 이야기해 주고 있었다. 즉 그리움, 가장 내면적인 세상에 대한 인식과 그 세상으로부터의 격렬한 자기분리, 어두운 자기 영혼에 대한 불타오르는 귀기울임, 헌신에 대한 도취, 그리고 경이적인 것에 대한 깊은 호기심 같은 것을 말해주고 있었다.

언젠가 그 오르간 연주자가 교회에서 떠나는 것을 몰래 따라갔다. 그는 멀리 떨어진 교외의 변두리에 있는 조그마한 주점으로 들어갔다. 나는 참을 수가 없어, 그를 따라 들어갔다. 처음으로 그를 똑똑히 보았다. 머리에 검은 펠트 모자를 쓴 채, 포도주 한 잔을 앞에 놓고 조그마한 술집 한구석에 놓인 식탁에 앉아 있었다. 그의 얼굴은 내가 예상했던 그대로였다. 그는 못생겼고 다소 야성적이었으며, 탐구적이고 완고했으며, 고집스럽고 의지로 가득 차 있었는데, 입 언저리는 부드러웠고 어린아이 같았다. 남성적이고 강한 요소는 눈과 이마에 모여 있었고, 얼굴 아래 부분은 섬세하고 미숙했다. 안정감이 없고 일부는 연약했다. 결단성이 없는 듯한 턱은 이마와 눈초리에 대조적으로 어린애다웠다. 긍지와 적의에 가득찬 암갈색의 눈이 내 마음에 들었다.

아무 말 없이 나는 그의 맞은편에 앉았다. 술집에는 다른 사람이라곤 아무도 없었다. 그는 나를 쫓아 버리려는 듯 쏘아보았다. 그러나 나는 버티고 앉아서, 굽히지 않고 그를 쳐다보았다. 그는 비위에 거슬리는 듯 투덜거렸다. "무엇 때문에 그렇게 뚫어져라 쳐다보는 거요? 무슨 용건이라도 있소?"

"무슨 용건이 있는 건 아닙니다." 나는 말했다. "하지만 당신에 대해 이미 많은 걸 알고 있습니다."

그는 이맛살을 찌푸렸다.

"그럼 당신은 음악광인가요? 음악에 열광한다는 건 구역질나는 일인데요."

나는 놀라지 않았다.

"저쪽에 있는 교회에서 벌써 여러 번 당신의 연주를 들었습니다." 내가 말했다. "한데 당신을 방해하고 싶지는 않습니다. 전 혹시 당신에게서 무엇인가를, 좀 특별한 그 무엇을 발견할지도 모른다고 생각했지요. 그게 무엇인지는 저도 잘 모릅니다. 하지만 제가 하는 말을 귀담아듣지는 마십시오! 저는 교회에서 그냥 당신의 연주를 들을 수 있으니까요."

"하지만 난 언제나 문을 잠그는데요."

"최근에 그걸 잊으셨더군요. 그래서 안에 들어가 앉았었지요. 다른 때는 밖에 서 있거나 방충석에 앉아 있었지요."

"그래요? 다음에는 들어오도록 하시오. 좀 더 따스하니까요. 그저 문만 두드리면 됩니다. 세차게요. 연주하지 않을 때 말입니다. 자, 말해보시오. 무슨 말을 하려고 했습니까? 아주 젊은 사람이로군요. 고등학생이나 대학생 같군요. 당신은 음악가인가요?"

"아닙니다. 음악을 즐겨 들을 뿐입니다. 하지만 당신이 연주하는 것과 같은 음악을요. 아무런 조건도 없으며, 그것을 들으면 사람이 천국과 지옥을 잡아 흔드는 것 같은 느낌이 드는 그런 음악 말입니다. 음악을 대단히 좋아하는데, 그건 음악이 별로 도덕적이 아니기 때문이라 생각합니다. 다른 것들은 다 도덕적이지요. 그런데 전 그렇지 않은 걸 찾고 있습니다. 도덕적인 것에서는 늘 고통만 당했습니다. 잘 표현할 수가 없군요. …… 신인 동시에 악마인 그런 신이 있어야만 된다는 걸 이해하시겠어요? 그런 신이 있다는 소릴 들었는데요."

음악가는 넓은 모자를 뒤로 젖히고, 널찍한 이마에서 검은 머리카락을 쓸어댔다. 그러면서 나를 뚫어지게 쳐다보고는 얼굴을 식탁 너머 내게로 기울였다.

나직하고 긴장된 목소리로 물었다. "당신이 지금 말하는 그 신의 이름이 무엇이오?"

"유감이지만 그 신에 대해선 거의 아무것도 모르고, 그저 이름만 알고 있을 뿐입니다. 아브락사스라고 합니다."

음악가는 누가 엿듣기라도 하는 듯 미심쩍은 눈으로 주위를 둘러보았다. 그리고 내게로 바싹 다가앉더니 속삭이듯 말을 하는 것이었다. "나도 그렇게 생각했소. 당신 누구지요?"

"전 김나지움 학생입니다."

"어디서 아브락사스를 알게 되었소?"

"우연히요."

그는 포도주가 엎질러질 정도로 식탁을 쳤다.

"우연이라니! 젊은이, 쓸데없는 소리 작작해요! 아브락사스란 그렇게 우연히 알게 되는 게 아니오. 잘 기억해 둬요. 그에 대해 다음에 더 얘기하리다. 그에 관해 좀 아는 게 있소."

그는 입을 다물고, 의자를 뒤로 밀었다. 내가 기대에 가득 차서 그를 쳐다보았을 때, 그는 얼굴을 찌푸렸다.

"지금이 아니오! 다음에 말이오! …… 자, 이거나 드시오!"

그러면서 벗어 놓았던 외투 호주머니를 뒤지더니, 군밤을 몇 개 꺼내서 내게 던져주었다.

나는 아무 말도 하지 않고, 그것을 받아먹었으며, 아주 만족한 기분이었다.

"그래!" 그는 잠시 후에 속삭이듯 말을 했다. "어디서 당신은 그,

······ 그것을 알았소?"

나는 그 얘기를 하는 데 주저하지 않았다.

"저는 혼자였고, 어찌할 바를 모르고 있었습니다." 나는 얘기를 시작했다. "그때 어린 시절의 친구 하나가 머리에 떠올랐는데, 그는 매우 많은 것을 알고 있다고 생각했어요. 저는 그림을 그렸는데, 한 마리의 새가 지구에서 막 빠져나오려고 하는 것이었습니다. 그것을 그 친구에게 보냈지요. 얼마가 지나고 더 이상 그 생각을 안 하고 있을 때, 종이쪽지 하나가 손에 들어오게 되었어요. 거기에 이렇게 적혀 있었습니다. 새는 알에서 나오려고 싸운다. 알은 곧 세계이다. 태어나려고 하는 자는 하나의 세계를 파괴하지 않으면 안 된다. 그 새는 신을 향해 날아간다. 그 신의 이름은 아브락사스라 한다."

그는 아무 대답도 하지 않았다. 우리는 밤을 까서 술안주로 삼았다.

"한 잔만 더 하겠소?" 그가 물었다.

"감사하지만, 그만 하겠습니다. 술을 좋아하지 않아서요."

그는 약간 실망한 듯 웃었다.

"좋을 대로! 난 좀 다른 기분이오. 여기 좀 더 있겠소. 이제 가 보시오!"

다음번 오르간 연주가 끝난 뒤 그와 함께 거닐었을 때, 그는 별로 말이 없었다. 그는 오래된 어느 한 골목에 있는 낡고 당당한 집으로 나를 데리고 가서는, 다소 음산하고 거친 방으로 안내했다. 거기에는 피아노를 제외하고는 음악에 관련된 것은 아무것도 없었으나, 커다란 책장과 책상이 어딘지 그 방에 학자의 분위기를 자아내고 있었다.

"책이 참 많으시네요!" 나는 감탄하면서 말했다.

"일부는 아버지의 서재에서 가져온 것이오. 난 부모님 집에서 살고 있소. …… 그렇지, 이봐요. 아버지 어머니와 같이 살고 있긴 하지만, 당신을 그분들에게 소개할 수는 없소. 이 집에서는 내 교제가 별로 중요시되지 못하고 있소. 나는 타락한 자식이오. 아시겠지요. 아버지는 이 도시에서 믿을 수 없을 정도로 존경받는 분이고, 저명한 목사님이며 설교가라오. 이것으로도 알겠지만, 나는 재능 있고 앞날이 유망한 아들이었으나, 탈선해 버리고 약간 정신도 이상하게 되었지요. 난 신학생이었으나, 국가시험 직전에 그 고루한 학과를 포기해 버렸고요. 개인적인 연구로 친다면, 아직도 여전히 그 학과를 전문으로 하고 있지만 말이오. 사람들이 그때그때 어떤 신들을 생각해 냈는가 하는 것이 내겐 여전히 가장 중요하고 흥미 있는 문제라오. 그건 그렇고, 지금은 음악가요. 머지않아 하잘것없지만 오르간 연주자 자리를 얻게 될 것 같소. 그렇게 되면 다시 교회로 돌아가게 되는 것이오."

나는 책을 쭉 훑어보았다. 조그마한 탁상 램프의 희미한 불빛으로 알아볼 수 있는 것은 그리스어, 라틴어, 히브리어 책 제목들이었다. 그동안에 내가 사귄 사람은 어둠 속에서 벽 쪽 방바닥에 엎드려 무슨 일인지를 하고 있었다.

"이리로 오시오." 그는 한참 후에 말했다. "이제 철학연습을 좀 합시다. 입을 다물고 엎드려서 생각을 해보잔 말이오."

그는 성냥불을 켜서 앞에 있는 벽난로 속의 종이와 장작에다 불을 붙였다. 곧 불꽃이 타올랐고, 그는 조심성 있게 장작을 헤치고 불을 지피는 것이었다. 나는 그쪽으로 가서 다 떨어진 양탄자 위에 엎드렸다. 그는 내 마음을 끌었던 불을 응시하고 있었다. 우리는 아마 한 시간쯤이나 펄럭거리는 장작불 앞에 아무 말도 없이 엎드려 있었으며, 불이 타오르고 바작대고 자빠지고 휘어지고 펄럭이다 꺼지고 경련하고, 마침내는 조용하게 사그라진 불꽃이 바닥에 쌓이는 것을 바라보았다.

"이제까지 발명된 것들 중 배화교(拜火敎)[35]도 아주 바보 같은 건 아니지." 그는 혼자서 중얼거렸다. 우리 두 사람은 그 외에는 한 마디도 하지 않았다. 나는 멍한 눈길로 불을 쳐다보았고, 꿈과 고요 속에 잠겨서 연기 속에 떠도는 자태와 재의 형상을 보고 있었다. 나는 깜짝 놀랐다. 그가 송진을 한 조각 불 속에 던지자 작

[35] 불을 신격화하여 숭배하는 신앙을 이르는 말로, 바라문교, 조로아스터교 등이 이에 속함.

고 가느다란 불꽃이 솟아올랐는데, 그 속에 노란 매의 머리를 가진 새가 보였던 것이다. 꺼져가는 벽난로의 불 속에서 황금빛으로 타는 듯한 불꽃 실이 그물처럼 모이고, 문자와 형상들, 그리고 얼굴, 동물, 식물, 곤충, 뱀 등에 대한 추억이 나타나곤 하였다. 정신을 차리고 그를 바라보니 그는 주먹으로 턱을 받치고는 진지하고 환상적으로 재를 뚫어져라 바라보고 있었다.

"이제 가야겠습니다." 나는 나지막하게 말했다.

"그래요. 그럼 가보시오. 또 만납시다!"

그는 일어나지도 않았다. 그리고 램프 불이 꺼져 있었기 때문에, 나는 간신히 어두운 방과 캄캄한 복도와 계단을 지나서 그 음산하고 낡은 집을 더듬어가며 빠져나왔다. 거리에 나와서 나는 발길을 멈추고 그 낡은 집을 다시 올려다보았다. 어떤 창문에도 불이 켜 있지 않았다. 놋쇠로 된 조그마한 문패가 문 앞에 있는 가스등 불빛 속에 반짝이고 있었다.

'피스토리우스[36] 담임 목사님'. 그 위에 이렇게 적혀 있었다.

집에 돌아와 저녁 식사를 하고 조그만 방에 혼자 앉아 있었다. 그때야 비로소 나는 아브락사스에 대해서, 또 그밖의 여러 가지 일에 관해서 피스토리우스로부터 아무 말도 듣지 못했으며, 서로 채 열 마디의 말도

---

[36] 피스토리우스는 융 Carl Gustav Jung의 제자로서 정신과의사인 랑 Josef Bernhard Lang(1883~1945) 박사를 모델로 한 인물임. 랑 박사는 오랫동안 헤세의 심리분석을 하고 정신치료를 하였음.

주고받지 않았다는 생각이 떠올랐다. 그러나 나는 그의 집을 방문했다는 것이 매우 만족스러웠다. 다음번에는 그가 옛날 오르간 음악 중에서도 가장 뛰어난 북스테후데37)의 파사칼리아38)를 들려주기로 약속했던 것이다.

나도 모르는 사이에 오르간 연주자 피스토리우스는 그 음산한 은둔자의 방 난로 앞 방바닥에 함께 엎드려 있었을 때, 이미 내게 최초의 교훈을 주었던 것이다. 불을 들여다본다는 것은 유익한 일이었다. 그것은 내 내면의 욕구를 강하게 해주고 확인시켜 주었다. 나는 늘 그런 욕구를 지니고 있었으나, 한 번도 제대로 돌본 일이 없었다. 그런데 점차로 그것이 내게 부분적으로나마 분명해졌다.

어린 시절에 벌써 나는 자연의 괴이한 현상을 관찰하는 버릇을 늘 가졌었다. 관찰하는 것이 아니라, 그것이 지닌 특이한 매력과 까다롭고 깊은 언어에 몰두하는 것이었다. 나무처럼 되어 버린 긴 나무뿌리, 암석에 채색된 무늬, 물 위에 뜬 기름자국, 유리의 균열 - 그런 유사한 것들이 때때로 커다란 매력을 지니고 있었다. 무엇보다도 물과 불, 연기, 구름, 먼지 그리고 특히 눈을

---

37) 북스테후데 Dietrich Buxtehude(1637?~1707). 독일의 작곡가이며 오르간 연주자. 많은 오르간 곡과 종교 곡을 작곡하여 중기 바로크의 정점을 이루었음.
38) 이탈리아어의 passacaglia는 바로크 시대의 느린 3박자 계열의 변주곡 형식으로, 주제가 저음부에서 반복하여 나타남.

감았을 때 보이는 빙빙 도는 빛깔의 무늬가 그랬다. 피스토리우스를 처음 방문한 이후 며칠 동안 이런 것들이 다시 내 마음속에 머무르기 시작했다. 어느 정도의 격앙과 환희, 그 이후로 느끼게 된 감정의 흥분 상태는 오로지 훨훨 타던 불을 오래 응시한 데에서 비롯되었다는 것을 알게 되었다. 불을 응시한다는 것은 이상스럽게도 마음을 쾌적하고 풍부하게 해주었던 것이다.

이제까지 내 본래의 인생 목표를 향해가는 도중에 발견했던 몇 가지의 경험에 이 새로운 경험이 첨가된 것이다. 즉 그런 현상을 관찰하고, 비합리적이며 괴이한 자연 형태에 몰두한다는 것은 우리의 내면이 마음속에 그런 형상을 만들어 낸 의지와 일치한다는 감정을 일으켜준다. - 우리는 곧 그 일치감이 자신의 기분이며, 우리 자신의 창조라 간주하려는 유혹을 느낀다. - 우리는 우리와 자연과의 경계가 흔들리고 녹아 버리는 것을 느끼며, 우리의 망막 위에 비치는 형상이 외부적 인상에서 생기는 것인지, 혹은 내부적인 것에서 생기는 것인지 알 수 없는 기분을 느끼게 된다. 이러한 연습에서 우리는 간단하고 쉽게 우리가 얼마나 대단한 창조자이며, 우리의 영혼이 얼마나 끊임없이 부단한 세계창조에 참여하고 있는가를 발견할 수 있다. 그보다도 우리의 내면에서 그리고 자연의 내부에서 활동하는 신성(神性)은 불가분의 동일한 존재이다. 그리고 만일 외부 세계가 몰락한다면 우리 둘 중 하나가 그것을 재건할 수 있을 것이다. 왜냐하면 산과 강, 나무와 잎, 뿌리와 꽃 등 자연의 모든 형상은 우리 내면에 이미 형성되어 있는 것이며, 그 본질이 영원하지만 우리가 그 본질을 깨닫지 못하는 영혼에서부터 유래하기 때문이다. 그러나 그 본질은 대개는 사랑의 힘과 창조의 힘으로 느껴지고 있다.

몇 년 후에야 비로소 나는 이런 관찰이 어떤 책에 증명되어 있음을 발견했다. 그것은 많은 사람들이 침을 뱉어대는 담벼락을 바라보는 것이 얼마나 좋은 일이며, 얼마나 깊은 흥밋거리가 되어 있는가에 대해 이야기한 바 있는 레오나르도 다빈치[39]의 책이었다. 습기 찬 담벼락의 얼룩을 보고 그는 피스토리우스와 내가 불을 보고 느끼던 것과 똑같은 것을 느꼈던 것이다.

다음에 만났을 때, 오르간 연주자는 내게 이런 설명을 했다.

"우리는 우리 개성의 한계를 언제나 너무나 좁게 그리고 있지요! 우린 개인적인 것으로 구분되고, 다른 것과 다르다고 인식되는 것만을 개성이라 취급하고 있어요. 그러나 우리 하나하나는 이 세상의 모든 구성요소로 구성되어 있고, 또 우리의 육체가 어류(魚類)에 이르기까지, 그보다 더욱 아득한 데까지 이르는 진화의 계보를 지니고

---

39) 레오나르도 다 빈치 Leonardo da Vinci (1452~1519). 르네상스 시대의 이탈리아를 대표하는 천재적 미술가·과학자·기술자·사상가. 유명한 회화작품으로 〈성모자〉, 〈모나리자〉, 〈최후의 만찬〉 등이 있고, 조각·건축·토목·수학·과학·음악 분야에서 독창적인 연구와 발명을 하였으며, 예술과 과학에 대한 기록을 남겼음.

데미안

있는 것과 마찬가지로, 우리 영혼에도 모든 인간들의 영혼 속에 살았던 것이 모두 깃들어 있는 것이지요. 이제까지 존재했던 모든 신과 악마들이란, 그것이 그리스인이나 중국인의 것이든, 혹은 아프리카 토인의 것이든 간에 모두가 가능성으로서, 소망으로서, 탈출구로서 우리들 내면에 함께 존재하고 현존하는 것이오. 만일 아무런 교육도 받지 못하고, 한 가지의 재능도 없는 아이만을 제외하고 온 인류가 다 멸망해 버린다면, 그 아이는 사물의 모든 과정을 다시 찾아낼 것이며, 그 아이는 모든 신들, 악마들, 천국, 계명과 금제, 구약과 신약 등 이 모든 것을 다시 창조해 낼 수 있을 것이오."

"네, 좋습니다." 나는 이의를 제기했다. "그렇다면 대체 개개인의 가치는 어디에 있습니까? 우리의 내면에 모든 것이 이미 완성되어 있다면, 우린 무엇 때문에 계속 노력하고 있는 걸까요?"

"잠깐!" 피스토리우스가 격렬하게 소리쳤다. "단순히 내면세계를 지니고만 있느냐, 아니면 그것을 의식도 하고 있느냐 사이에는 큰 차이가 있지요! 어떤 미친놈은 플라톤을 연상시키는 사상을 창조할 수도 있을 것이고, 헤른후트파

---

40) 헬레니즘 시대에 유행했던 종파의 하나로 기독교와 그리스나 이집트 등 이교(異敎)의 교리가 혼합된 모습을 보였음. 이원론, 구원 등의 문제에 있어서 기독교와 차이를 보여 3세기경 이단으로 쇠퇴했으나, 그 후에도 다양한 종파의 교리와 사상에 영향을 미쳤음.
41) 기원전 6세기경 페르시아의 예언자 조로아스터가 창시한 종파로, 선신(善神) 아후라 마즈다를 믿으며, 악신(惡神) 아리만과의 이원론으로 일체를 설명함.

학교에 다니는 어리고 착한 학생이 그노시스파⁴⁰⁾나 혹은 조로아스터파⁴¹⁾에서 볼 수 있는 깊은 신화적 연관성을 창조적으로 생각해 낼 수도 있을 것이오. 하지만 그들은 그런 것에 대해 아무것도 의식하지 못하고 있소! 그것을 의식하지 못하는 한, 그들은 나무나 돌, 기껏해야 짐승과 같은 것이지요. 그러나 이러한 의식의 불꽃이 번쩍 빛나는 순간에 그들은 인간이 되는 겁니다. 물론 당신은 저기 길거리에 돌아다니는 두 발 달린 자들을, 단순히 그들이 똑바로 걸어다니고, 아홉 달 동안 뱃속에 아이를 넣고 다닌다 해서, 인간이라 생각하지는 않겠지요? 당신도 알겠지만, 그들 중 많은 사람들이 물고기이거나 양(羊)이고, 벌레이거나 거머리들이라오. 많은 것들은 개미이기도 하고, 꿀벌이기도 하지요! 한데 그들 하나하나에는 인간이 될 가능성이 깃들어 있지요. 그러나 그것을 예감하고, 부분적으로나마 의식화시킬 수 있을 때에야 비로소 그 가능성은 그의 것이 되는 거랍니다."

   우리의 대화는 대략 이런 식이었다. 그 대화가 완전히 새로운 것, 아주 놀랄 만한 그 어떤 것을 가져다준 것은 아니었다. 그러나 그 모든 것들은 가장 평범한 이야기까지도 내 내면의 동일한 지점을 계속 조용히 망치로 두들겨 주었다. 그 모든 대화들이 내 형성을 도와주고, 내가 허물을 벗고 알 껍질을 깨뜨리는 데 도움을 주었다. 그리고 하나하나의 대화에서 머리를 조금씩 높이 치켜들게 되고, 더욱 자유롭게 되었으며, 마침내는 내 황금빛 새가 아름다운 맹금의 머리를 산산이 부서진 세계의 껍질 밖으로 내밀었던 것이다.

종종 우리는 자신의 꿈 이야기를 했다. 피스토리우스는 꿈을 해석할 줄 알았다. 한 가지 놀라운 예가 지금 막 기억에 떠오른다. 내가 꿈을 꾸었는데, 그 속에서 나는 날 수가 있었다. 하지만 그것은 내 마음대로 되지 않는 일종의 커다란 비약으로, 공중으로 내동댕이쳐진 것이었다. 날 수 있다는 느낌은 감명 깊은 것이었지만, 내 자신이 원치 않는데도 무한히 높은 곳으로 이끌려가는 것을 보자 불안으로 변했다. 그때 나는 호흡을 정지하거나 계속함으로써 상승과 하강을 조절할 수 있다는 것을 발견했고, 그럼으로써 안심이 되었다.

그에 대해 피스토리우스는 이렇게 설명했다. "당신을 날게 한 그 비약은 누구나가 다 가지고 있는 우리 인류의 크나큰 보화입니다. 그것은 모든 힘의 근원과 연관된 감정입니다만, 그럴 때는 누구나 다 불안해지지요! 몹시 위험하니까요! 그렇기 때문에 대개의 사람들은 나는 것을 단념하고, 법적 규제에 따라 평범한 보도를 걸어가는 편을 택하는 겁니다. 그런데 당신은 그게 아닙니다. 당신은 유능한 청년답게 계속 날고 있지요. 보십시오. 그래서 당신은 점차 그것을 마음대로 조정할 수 있게 되고, 당신을 휩쓸어간 크고도 보편적인 힘에 대해서 섬세하고 작은 자신의 힘을, 즉 하나의 기관 또 하나의 키를 작용시키는 기적을 발견한 것입니다. 그건 근사한 일이지요. 그것이 없으면 아무런 생각도 없이 공중으로 날아가게 되는데, 예를 들어 미친 사람이 그렇습니다. 당신에겐 보도 위를 걷는 사람들보다 더욱 심오한 예감이 주어져 있어요. 그런 사람들은 아무런 열쇠도, 아무런 키도 갖고 있지 않으며, 바닥도 없는 심연 속으로 곤두박질치는 것입니다. 그러나 싱클레어, 당신은 그 일을 해내고 있어요! 그런데 당신은 어떻게 그걸 잘 모르고 있나요? 당신은 그걸 새로운 기관으로, 즉 호흡조절기로 해내고 있어요. 그리고 이제 당신의 영혼이 심연 속에서는 '개인적'이 아니라는 점도 알았을 겁니다. 즉 당신이 그 조절기를 발명한 것은 아니지요! 그것은 새로운 게 아니오! 그것은 빌려온 물건이고, 수천 년 전부터 존재하고 있던 것입니다. 그건 물고기의 평형기관, 즉 부레지요. 그런데 이 부레가 일종의 폐가 되어 경우에 따라 실제 호흡을 도와주는 그런 괴상하고 진화가 덜 된 어류가 오늘날에도 소수 존재하고 있어요. 그러니까 그건 당신이 꿈속에서 비상 부레로 사용했던 폐와 똑같은 것이랍니다!"

그는 동물학 책까지 가져와서 그 고풍(古風)의 물고기 이름과 그림을 보여주었다. 그리고 나는 이상한 전율과 함께, 나의 내면에 진화 초기의 기능이 살아 있음을 느끼게 되었다.

제6장
야곱의 싸움

내가 그 이상한 음악가 피스토리우스에게서 아브락사스에 관해 들었던 바를 간단하게 되풀이해서 이야기할 수는 없다. 그러나 그에게서 배운 가장 중요한 것은 나 자신으로 향하는 길로의 일보 전진이었다. 그 당시 나는 약 열여덟 살의 범상치 않은 젊은이로 여러 가지 일에 조숙하였으나, 또 다른 여러 가지 일에 있어서는 뒤처져 자신이 없었다. 가끔 다른 사람들과 자신을 비교해볼 때면, 때로는 자랑스럽고 잘난 것 같은 기분인가 하면, 때로는 의기소침하고 비굴해지기도 했다. 때로는 나 자신을 천재로, 또 때로는 반쯤 미치광이로 생각하기도 했다. 동년배들과 기쁨이나 생활을 함께 나누는 일은 할 수 없었으며 종종 가책과 근심으로 자신을 괴롭히고 있었다. 마치 그들로부터 절망적으로 격리되고, 인생이 꽉 막혀 버린 것 같았다.

성숙한 기인(畸人)이었던 피스토리우스까지 내게 용기와 자신에 대한 존경을 간직할 것을 가르쳐 주었다. 그는 내가 하는 말, 나의 꿈, 나의 환상과 생각에서 항상 값진 것을 찾아냈고, 그것을 항상 진지하게 받아들이며 논의하면서 예를 보여주었다.

"당신이 말하기를……" 하고 그가 말했다. "음악은 도덕적이 아니기 때문에 좋아한다고 했지요. 그건 좋소, 그러나 당신 자신이 바로 도덕가가 되어선 안 됩니다! 자신을 다른 사람들과 비교해 보아서는 안 되지요. 자연이 당신을 박쥐로 만들어 냈다면, 타조가 되려고 해서는 안 되지요. 당신은 자신을 가끔 이상하다고 생각하고, 대개의 사람들과 다른 길을 가는 자신을 비난하고 있습니다. 그런 것을 잊어버려야 합니다. 불을 보고 구름을 보십시오. 그리고 예감이 일어나고 당신 영혼의 음성이 이야기를 시작하면, 그런 것들에 몸을 맡겨 버리고, 그런 일이 선생님이나 아버지나 혹은 그 어떤 흠모하는 신의 뜻에 맞느냐 하는 것은 문제로 삼지 마십시오! 그렇게 함으로써 사람들은 자신을 파멸시키는 것입니다. 그럼으로써 보통의 길을 걷게 되고, 화석이 되어 버리는 것이지요. 친애하는 싱클레어, 우리의 신은 아브락사스라 합니다. 그는 신인 동시에 악마이며, 내면에 밝은 세계와 어두운 세계를 가지고 있지요. 아브락사스는 당신의 어떤 사상이나 어떤 꿈에 대해 아무런 이의도 제기하지 않습니다, 이것을 절대 잊어서는 안 되오. 그러나 당신이 일단 비난할 여지가 없는 보통사람이 된다면, 그는 당신을 떠날 거요. 당신을 버리고, 자신의 생각을 요리할 수 있는 새로운 냄비를 찾아갈 것입니다."

모든 내 꿈들 중에서 저 어두운 사랑의 꿈이 가장 끈질기게 이어졌다. 나는 빈번하게 그런 꿈을 꾸었는데, 대문 문장(紋章)의 새 밑을 지나 우리 옛집에 들어가 어머니를 끌어안으려 하면, 어머니 대신 절반은 남자이며 절반은 어머니 같은 커다란 여인을 포옹하게 되었다. 이 여인에 대해 나는 두려움을 느끼기도 하였고, 또 불타는 욕망이 그 여인에게로 나를 이끌어가기도 했다. 그러나 이런 꿈을 친구에게 이야기할 수는 없었다. 다른 것은 모두 털어놓았지만, 그것만은 말하지 않았다. 그 꿈은 나의 은신처이고, 나의 비밀이며 나의 도피처였던 것이다.

기분이 울적해지면, 나는 피스토리우스에게 옛날 북스테후데의 파사칼리아를 연주해 달라고 부탁했다. 그럴 때면 저녁 무렵의 어두운 교회에서 그 이상하고도 친밀하며, 자기 자신에 침잠하여 스스로를 듣고 있는 듯한 음악에 넋을 잃고 앉아 있었다. 이 음악은 그때마다 좋은 작용을 하여, 내게 영혼의 목소리를 인정할 수 있도록 준비시켜 주었다.

가끔 우리는 오르간 소리가 끝난 다음에도 그대로 교회 안에 앉아 있었다. 그리고 희미한 햇빛이 높은 고딕풍의 창문들을 통해 비쳐 들어오고 또 사라져가는 것을 바라보았다.

"우스운 일이지요." 피스토리우스는 말했다. "내가 전에 신학생이었고, 거의 목사님이 될 뻔했던 것 말이오. 그러나 그때 내가 저지른 것은 형식상의 과오였을 뿐이오. 사제가 된다는 것은 나의 사명이며 목적이지요. 다만 너무 일찍 만족했고, 아브락사스를 알기도 전에 여호와에 귀의해 버렸던 것입니다. 아! 종교는 모두 아름답지요. 종교는 영혼이며, 그리스도교 성찬을 받든, 메카로 순례를 하든 그것은 다 마찬가지지요."

"그럼 당신은……" 하고 나는 말했다. "사실 목사님이 될 수도 있었겠군요."

"아니오, 싱클레어, 그렇지는 않아요. 그렇게 되면 나는 거짓말을 해야만 했을 겁니다. 우리들의 종교는 마치 종교가 아닌 것처럼 행해지고 있지요. 마치 이성(理性)적인 일처럼 되고 있어요. 필요하면 내가 가톨릭교도가 될 수는 있겠지만, 신교의 목사님은 안 될 것이오! 둘셋의 진실한 신자는…… 나는 그런 사람을 몇몇 알고 있는데…… 문자 그대로를 믿고 있지요. 그런 사람들에게 내가 그리스도란 인간이 아니라 영웅이고 신화이며, 인류가 자신을 영원한 벽에다 그려 놓은 거대한 그림자 상(像)이라고 말할 수는 없을 것입니다. 그리고 지혜로운 말을 듣기 위해서, 의무를 다하기 위해서, 어떠한 일도 게을리하지 않으려는 이유 등으로 교회에 나오는 다른 사람들, 그런 사람들에게 무슨 말을 할 수 있겠어요? 그들을 개종시켜야 한다고 생각하시오? 그러나 그런 일은 정말 하고 싶지 않소. 사제는 개종시키려고 하지 않으며, 다만 신자들 사이에서, 자기와 같은 사람들 속에서 살고자 하며, 우리가 우리의 여러 신들을 만들어 내는 감정에 대한 지지자이며 표현하는 사람이 되려고 할 뿐이지요."

그는 말을 중단했다. 그러고 나서 다시 계속했다. "지금 우리가 아브락사스란 이름을 붙여준 우리의 새로운 신앙은 아름다운 것이지요. 친구여, 그것은 우리가 가지고 있는 것 중에서 가장 좋은 것이오. 그러나 그건 아직 젖먹이에 불과하오! 날개가 아직 돋지 않았어요. 아! 외로운 종교, 그것은 아직 진정한 것이 되지 못했지요. 종교란 공통적이 되어야 하며, 예배와 도취, 축제와 비밀의식을 지녀야만 하니까요……."

그는 잠시 명상에 잠겼다.

"그 비밀의식을 혼자서나 또는 아주 작은 단체에서 행할 수는 없습니까?" 나는 주저하면서 물었다.

"할 수는 있지요." 그는 머리를 끄덕였다. "벌써 오래 전부터 난 그걸 행하고 있어요. 그 일이 남에게 알려지면, 오랫동안 감옥살이를 하게 될 예배를 하고 있지요. 그렇지만 그것이 아직 올바른 게 아니라는 걸 난 알고 있어요."

갑자기 그가 어깨를 두드렸기 때문에 나는 움찔했다. "여봐요."

그는 강한 어조로 말했다. "당신도 비법을 갖고 있지요. 내게 말하지 않는 꿈을 가지고 있다는 걸 난 알고 있소, 그걸 알려고 하는 건 아니오. 그렇지만 당신에게 말하려는 것은 그 꿈대로 살고 그 꿈을 행하고, 그 꿈에 제단을 마련하라는 것이오. 그것이 아직 완전한 것은 아니지만, 그것도 하나의 길이오. 우리들 즉 당신과 나, 그리고 둘셋의 다른 사람이 세계를 쇄신할 수 있는지 없는지는 차차 알게 될 거요. 그러나 우리는 우리의 내면에서 세계를 매일 쇄신시켜 가지 않으면 안 됩니다. 그렇지 않으면 우린 아무것도 안 될 것이오. 그걸 생각해 보시오! 당신은 열여덟 살이오. 싱클레어, 당신은 매춘부도 찾아가지 못하고 있소. 당신은 사랑의 꿈과 사랑의 소망을 지니고 있음에 틀림없소. 아마도 그걸 두려워하고 있을지도 모르겠소. 두려워하지는 마시오! 그것은 당신이 가진 것 중에서 가장 귀중한 것이오. 날 믿어도 좋소. 당신 나이 때에 내 사랑의 꿈을 무리하게 억눌렀기 때문에, 난 많은 것을 잃었소. 그런 일을 해서는 안 되오. 아브락사스를 아는 사람이 더 이상 그런 짓을 해서는 안 되지요. 아무것도 두려워해서는 안 되며, 우리 내면에서 영혼이 바라고 있는 것은 어떠한 것도 금지된 것이라고 생각해서는 안 되오."

나는 놀라서 반박했다. "그러나 우린 생각에 떠오른 일을 모두 할 수는 없는 것이지요! 자기의 마음에 들지 않는다고 사람을 죽여서는 안 되는 것이지요."

그는 나에게로 가까이 다가왔다.

"경우에 따라서는 그것도 허용될 수 있지요. 다만 대개의 경우 죽이는 건 오류일 뿐이지요. 나 역시 당신 생각에 떠오르는 걸 모두 그냥 해버리라고 말하는 것은 아니오. 그게 아니라 훌륭한 의미를 지닌 생각을 몰아내 버리거나, 거기에 대한 도덕적 이론을 전개함으로써 못 쓰게 만들지 말라는 것이오. 자신이나 남을 십자가에 못 박는 대신에 엄숙한 사상이 담긴 잔으로 술을 마시면서, 그때에 희생의 비밀의식도 생각할 수 있는 것이지요. 그런 행위가 아니라도, 자기의 본능이나 유혹이라는 것을 존경과 사랑으로 여길 수도 있지요. 그렇게 하면 그것들은 그 의미를 나타낼 것이오. 그것들 모두가 의미를 지니고 있지요. …… 만일 언젠가 다시 그 어떤 미칠 듯한 일이나 죄스러운 생각이 떠오른다면, 싱클레어, 만약 당신이 누구를 죽인다든지, 그 어떤 추잡하기 끝이 없는 짓을 하고 싶다면, 그건 당신 내면에 있는 아브락사스가 그런 공상을 하고 있는 것이라 생각하시오! 당신이 죽이고 싶은 그 사람은 물론 누구누구라고 정해진 것이 아니고, 그는 확실히 가정(假定)에 지나지 않을 것이오. 우리가 어떤 인간을 증오할 경우, 우리는 그의 형상 속에서 자신 속에 존재하는 그 무엇인가를 증오하는 것이지요. 자신의 내면에 없는 것은 결코 우리를 흥분시키지 않으니까요."

피스토리우스가 일찍이 내 숨겨진 마음속을 이렇게 알아맞히는 말을 한 적은 없었다. 나는 대답할 수가 없었다. 그러나 나를 아주 강하고 이상하게 감동시킨 것은, 이 충고가 수년 동안이나 내 마음속에 간직하고 있던 데미안의 말과 똑같은 울림을 풍기고 있다는 것이었다. 그들 두 사람은 서로에 대해 아무것도 알지 못하는데, 내게 동일한 말을 하는 것이었다.

"우리가 눈으로 보는 사물이란……." 하고 피스토리우스는 작은 소리로 말하였다. "우리의 마음속에 있는 사물인 것이오. 우리가 마음속에 가지고 있는 것 외에는 아무런 현실도 없는 것이라오. 그러나 대개의 사람들은 외부의 상(像)을 현실로 생각하고, 자기의 내면세계에는 전혀 발언의 기회를 주지 않기 때문에, 너무나도 비현실적으로 살아가고 있소. 그렇게 함으로써 사람들은 행복할 수는 있겠지요. 그러나 한 번 다른 것을 알게 되면, 대개의 사람들이 가는 길을 선택하지는 않을 것이오. 그들이 가는 길은 쉽지만, 우리의 길은 어려운 것이오. …… 그럼 이만 갑시다."

나는 두 번이나 그를 기다리다 허탕을 쳤다. 며칠 후 늦은 밤길에 혼자 차가운 밤바람을 맞으며, 완전히 취해 비틀거리면서 모퉁이를 돌아오는 그와 마주쳤다. 나는 그를 부르고 싶지 않았다. 그는 나를 보지 못하고 옆을 지나갔는데, 마치 미지의 곳으로부터의 어두운 부름을 따라가듯 불타는 고독한 눈초리로 앞만 응시하고 있었다. 다음 길까지 그의 뒤를 따라갔다. 그는 눈에 보이지 않는 철사줄에 끌려가는 듯 광신적이면서도 흐트러진 걸음걸이로 유령처럼 앞으로 가고 있었다. 슬픈 마음으로 나는 집으로, 구제받지 못한 내 꿈으로 되돌아왔다.

"저렇게 그는 자기의 내면세계를 쇄신시키고 있구나!" 나는 이렇게 생각했지만, 동시에 그것은 저속하고도 도덕적인 생각이라고 느꼈다. 내가 그의 꿈에 대해서 무엇을 알고 있었던가? 아마도 그는 취중에서도 내가 불안 속에서 걸어가는 것보다 더 확실한 길을 가고 있었을 것이다.

수업 시간 사이의 쉬는 시간이면, 내가 한 번도 주의해 본 적이 없는 동급생이 내게 접근하고자 애쓰는 모습이 눈에 띄었다. 그는 키가 작고 연약해 보이는 야윈 아이였고, 머리는 붉은 기가 도는 금발이었는데, 눈초리와 태도에는 무엇인가 독특한 것이 깃들어 있었다. 어느 날 저녁 집에 가는 길인데, 그가 골목에서 기다리고 있었다. 그냥 자기의 옆을 지나가게 두더니, 다시 나를 뒤따라와서 우리 집 대문 앞에서 멈춰서는 것이었다.

"내게 무슨 일이 있니?" 나는 물었다.

"그냥 너하고 한 번 이야기하고 싶어서." 그는 수줍은 듯이 말했다. "나하고 잠깐만 좀 같이 걸어줄래?"

나는 그를 따라가면서, 그가 몹시 흥분하고 기대에 부풀어 있음을 느꼈다. 그의 손은 떨리고 있었다.

"너, 강신술자(降神術者)지?" 그가 아주 갑작스럽게 물었다.

"아니야, 크나우어[42]." 나는 웃으면서 말했다. "조금도 그렇지 않아. 어떻게 그런 생각을 하게 됐니?"

"그럼 접신술자(接神術者)지?"

"그것도 아니야."

"아, 그렇게 숨기지 말아! 너에게 어떤 특별한 점이 있다는 걸 알고 있어. 그게 눈에 나타나. 네가 신령들과 통하고 있다는 걸 확실히 믿고 있어. …… 난 그저 호기심에서 묻는 것이 아니야, 싱클레어. 그런 것이 아냐! 나 자신도 탐구자야. 그리고 너도 알지만, 난 혼자야."

"어디 얘기해 봐!" 나는 그를 격려했다. "난 신령에 대해선 사실 아무것도 아는 것이 없어. 난 내 꿈속에서 살고 있는데, 네가 그걸 느낀 거야. 다른 사람들도 역시 꿈속에서 살고 있지만, 그들 자신의 꿈속에서 살고 있지는 않아. 그게 차이점이야."

"그래, 아마도 그럴 거야." 그는 속삭였다. "사람들이 살고 있는 꿈이 어떤 종류냐 하는 것만이 문제이지. ……선마(善魔)를 사용하는 마술에 대해 들어본 일이 있니?" | [42) 헤세가 만들어 낸 허구적 인물.

나는 부정하지 않을 수 없었다.

"그것은 자기 자신을 제어하는 법을 배우는 거야. 죽지 않을 수도 있고, 요술을 할 수도 있어. 너는 한 번도 그런 연습을 해본 일이 없니?"

이런 연습에 대한 나의 호기심에 찬 질문에 대해 그는 처음에는 말을 하지 않았다. 내가 가려고 돌아서자 털어놓기 시작했다.

"예를 들어 나는 잠들고 싶을 때나 정신을 집중시키고자 할 때, 그런 연습을 하고 있어. 그 무엇인가를, 예컨대 한 마디의 말이나 이름이나 혹은 기하도형 같은 걸 생각해 보는 거야. 그리고 그걸 될 수 있는 대로 골똘히 마음속에 그려보고자 노력하지. 그 다음에는 그것이 목구멍에 있다고 생각하고, 내 몸이 그것으로 가득 찰 때까지 계속하는 거야. 그럼 난 아주 확고해지고, 그런 안정 상태에서는 아무것도 날 끌어낼 수가 없게 돼."

나는 그가 무슨 얘기를 하는지 어느 정도 이해했다. 그러나 그가 아직도 가슴에 무언가를 숨기고 있다는 것을 느낄 수 있었다. 그는 이상하게 흥분하고 성급했다. 내가 그의 질문을 가볍게 해주려고 하자 그는 곧 본래의 관심사를 털어놓기 시작했다.

"너도 역시 절제를 하고 있지?" 그는 불안한 듯 질문했다.

"그건 무슨 뜻이니? 성적인 것 말이냐?"

"그래, 그래, 나는 2년 전부터 절제하고 있는데, 그 교리를 알고 난 후부터야. 그 전엔 너도 알다시피 방탕한 짓을 했어. …… 그럼, 넌 한 번도 여자 곁에 가본 적이 없니?"

"없어." 나는 말했다. "이상에 맞는 여자를 발견하지 못했어."

"그럼, 이상에 맞는다고 생각되는 여자를 발견하면, 그 여자하고 같이 자겠니?"

"그야 물론이지. 그 여자가 반대하지 않는다면 말야." 나는 약간 농담조로 말했다.

"아, 그러면 너는 잘못된 길을 가는 거야! 내적 힘이란 철저히 금욕을 하고 있을 때만 형성될 수가 있어. 나는 2년 동안이나 그렇게 했어. 2년하고 한 달이 좀 넘었어! 그것은 정말 어려운 일이야! 여러 번이나 지탱할 수가 없을 정도였어."

"들어 봐, 크나우어. 난 금욕이 그렇게 굉장히 중요하다고 여기지는 않아."

"나도 알아." 그는 말을 가로막았다. "모두들 그렇게 말하고 있어. 하지만 네가 그렇게 말하리라고는 여기지 않았어. 보다 높은 정신적인 길을 가고자 하는 사람은 순결을 지켜야 돼. 무조건 말이지."

"그래, 그럼 그렇게 해! 그러나 어째서 자기의 성(性)을 억제하는 사람이 다른 사람보다 '더욱 순결하다'는 것인지 알 수가 없어. 아니면 너는 성적인 것을 모든 생각과 꿈속에서까지 제거할 수 있다는 거니?"

그는 절망적으로 나를 쳐다보았다.

"아니, 그러지는 못해. 맙소사, 하지만 그래야만 해. 나는 밤에 나 자신에게도 말할 수 없는 꿈을 꾸고 있단 말야! 너, 그건 무서운 꿈이야!"

나는 피스토리우스가 한 말을 상기했다. 그러나 아무리 그 말이 옳다고 느꼈어도, 나는 그 이야기를 전해줄 수가 없었다. 그리고 내 체험에서 우러난 것도 아니고, 나 자신도 그걸 따르고 있다고 느낄 수 없는 그런 충고를 할 수는 없었던 것이다. 나는 말문이 막혔으며, 누군가가 충고를 받으려고 하는데 그에게 충고를 해줄 수 없는 것이 굴욕으로 느껴졌다.

"나는 모든 것을 다 시험해 보았어." 크나우어가 옆에서 한탄하였다. "사람이 할 수 있는 일이라면 무엇이건 해보았어. 냉수욕도 해보고, 눈[雪]으로 마찰도 해보고, 체조와 달음박질도 해보았지만, 모든 게 아무 소용도 없었어. 매일 밤 생각해서도 안 되는 꿈을 꾸다가 깨어나곤 해. 한데 무서운 것은 그것으로 인해서 정신적으로 배웠던 모든 것을 점점 다시 잃어가고 있다는 사실이야. 이젠 거의 정신을 집중시키지도 못하고, 혼자서 잠들 수도 없게 되었어. 때로는 하룻밤을 뜬 눈으로 누워 있기도 해. 이걸 더 이상 지탱할 수가 없어. 그런데 결국 이 싸움을 이겨내지 못하고 굴복해서 자신을 더럽히게 된다면, 나는 애당초 아무런 싸움도 하지 않았던 다른 사람보다도 더 나쁘게 되는 거야. 그걸 이해하겠지?"

나는 고개를 끄덕였지만, 그런 일에 대해서 아무 말도 할 수가 없었다. 그는 나를 지루하게 하기 시작했다. 그리고 그가 공공연하게 드러낸 고통과 절망이 내게 아무런 인상도 주지 않는 것에 대해서 스스로 놀랐다. 나는 그를 도와줄 수가 없다는 것만 느낄 뿐이었다.

"그럼 내게 전혀 할 말이 없니?" 그는 마침내 지치고 슬픈 듯이 말했다. "전혀 없단 말야? 그렇지만 한 가지 길이라도 있을 텐데! 도대체 넌 어떻게 하니?"

"난 아무 말도 할 수가 없어. 크나우어, 이런 경우엔 서로 도울 수가 없는 거야. 내 경우에도 누구의 도움도 받지 못했어. 너는 너 자신에 대해 잘 생각해야만 하고, 그 다음 실제 너의 본질에서 우러나오는 걸 행할 수밖에 없어. 다른 길은 없어. 만일 네가 네 자신을 발견할 수가 없다면, 넌 어떤 영혼도 발견해 낼 수 없을 것이라고 생각해."

실망을 하고 갑자기 말이 없어진 채, 그 자그마한 친구는 나를 쳐다보는 것이었다. 다음 순간 그의 눈초리가 갑작스런 증오로 불타오르더니, 이맛살을 찌푸리고 난폭하게 소리쳤다. "오, 너는 위대한 성인이구나! 너도 악덕을 가지고 있다는 걸 나도 알고 있단 말야! 마치 현자인 척하고 있지만, 나나 다른 사람들과 마찬가지로 너도 남몰래 똑같은 오물에 매달려 있단 말야! 너도 돼지 같은 놈이야! 나와 마찬가지로 돼지새끼야! 우리들 모두 다 돼지새끼란 말야!"

나는 그를 내버려둔 채 그곳을 떠났다. 그는 서너 발자국 나를 따라오다가는 걸음을 멈추고 돌아서서 달아났다. 나는 연민과 혐오의 감정으로 메스꺼웠다. 집에 돌아와 내 조그만 방에서 그림 몇 장을 주위에 세워 놓고, 더없이 간절한 마음으로 자신의 꿈에 몰두할 때까지, 나는 그런 감정에서 헤어나지 못했다. 그러나 곧 집 대문과 문장, 어머니와 낯선 여인에 대한 나의 꿈은 되살아났다. 그리고 그 여인의 표정을 너무나도 뚜렷하게 보았기에 그날 밤 그 여인의 그림을 그리기 시작했다.

15분 동안씩 꿈을 꾸듯 무의식적으로 그린 이 그림이 며칠 후에 완성되었다. 그날 저녁에 그 그림을 벽에 걸고, 탁상 램프를 그 앞에다 놓고는, 승부가 날 때까지 싸워야 할 유령과 맞서기나 한 것처럼 그 앞에 서 있었다. 그것은 지난번의 얼굴과 비슷했으며, 데미안의 얼굴과도 닮았고, 몇 군데 표정은 나 자신과도 닮았다. 한쪽 눈은 현저하게 다른 눈보다 위에 붙어 있었고, 눈초리는 운명으로 충만하여 나를 넘어 어딘가를 골똘히 응시하고 있었다.

그 앞에 서 있던 나는 내적인 긴장으로 가슴속까지 싸늘해졌다.

그 그림에게 질문하고 그것을 비난하고 애무도 했으며, 기도도 드렸다. 그것을 어머니라 불렀고 애인이라 불렀고 창녀와 매춘부라 불렀으며, 또 아브락사스라고도 불렀다. 그러자 피스토리우스의 말이 – 아니면 데미안의 말이었던가? – 머리에 떠올랐다. 그런 말을 언제 했었는지 기억할 수는 없었지만, 나는 그 말을 다시 듣고 있는 것처럼 생각되었다. 그것은 야곱과 신의 천사와의 싸움[43]에 관한 이야기로서, '당신이 내게 축복하지 아니하면, 가게 하지 아니하겠나이다' 라는 것이었다.

그림의 얼굴은 램프 불빛 속에서 내가 부를 때마다 변화했다. 그것은 밝게 반짝이기도 하고, 검고 어둡게 되기도 했다. 생기가 없는 눈 위에 창백한 눈꺼풀을 감았다 떴다 했으며, 타는 듯한 시선을 반짝이기도 했다. 그것은 여자였고 남자였으며, 소녀였고 어린아이였으며 동물이었다. 얼룩으로 번지기도 했다가 다시 커지고 분명해졌다. 결국 나는 강한 내면의 부름에 따라 눈을 감았다. 그러자 그 그림이 나의 내면에서 한층 더 강렬하고 힘차게 변해가는 것을 느꼈다. 그 앞에 무릎을 꿇으려고 했으나, 그것은 너무나도 나의 내면 깊숙이 들어 있었다. 마치 완전히 나 자신이 되어 버린 듯, 이제 그것을 내게서 분리시킬 수가 없었다.

그때 나는 봄의 폭풍우에서 나는 듯한 어둡고도 무겁게 들끓는 소리를 들었다. 그리고 공포

43) 《구약성서》 「창세기」 32장 24절 이하 참조.

와 체험에 대한 형언할 수 없는 새로운 감정에 몸을 떨었다. 별들이 내 앞에서 반짝 빛나더니 사라져갔다. 잊어버린 최초의 유년 시절까지의 회상이, 아니 그 이전의 존재와 생성의 첫 단계에 이르기까지의 회상이 되살아나고, 내 곁을 물밀 듯 지나갔다. 깊은 비밀까지 내 인생을 모두 재현하는 듯 보였던 회상은 어제와 오늘로 끝나지 않고 계속되어 미래를 비추었으며, 오늘로부터 나를 낚아채어 새로운 삶의 형식으로 이끌어갔다. 그 형식의 영상들은 몹시 밝고 눈이 부셨지만, 나중에 나는 그것을 제대로 기억할 수가 없었다.

밤중에 나는 깊은 잠에서 깨어났다. 옷을 입은 채로 침대 위에 비스듬히 누워 있었다. 불을 켰다. 중대한 것을 생각해야 될 것 같은 기분이었는데, 몇 시간 전의 일에 대해서는 아무것도 생각나는 것이 없었다. 불을 켜자 점차 기억이 되살아났다. 나는 그림을 찾았다. 그것은 벽에 걸려 있지 않았으며, 책상 위에 있지도 않았다. 그러자 희미하게나마 그것을 태워 버린 생각이 났다. 아니면 그것을 내 손으로 태워서, 그 재를 먹어 버린 것이 꿈이었던가?

크고도 떨리는 듯한 불안이 나를 몰아댔다. 모자를 쓰고서, 집과 골목길을 마치 강요받고 있는 듯 걸었으며, 폭풍우에라도 날린 듯 거리와 광장을 달리고 또 달렸다. 친구의 그 어둡고 음침한 교회 앞에서 귀를 기울여보고, 무엇인지 알지도 못하면서 어두운 충동에 못 이겨 찾고 또 찾았다. 나는 창녀들이 늘어선 교외를 지나갔는데, 그곳에는 아직도 여기저기 불이 켜져 있었다. 더 멀리 외곽지대에는 신축건물과 벽돌더미가 있었는데, 일부는 충충한 눈으로 덮여 있었다. 몽유병자처럼 알 수 없는 압박감 속에서 그 황무지를 헤매고 있을 때, 고향에 있던 신축건물이 머리에 떠올랐다. 그건 예전에 날 괴롭히던 크로머가 처음으로 계산을 하기 위해 끌고 들어갔던 곳이다. 그와 비슷한 건물이 잿빛의 어둠 속에 여기 내 앞에 서 있고, 시커먼 문이 나를 향해 입을 벌리고 있었다. 나는 끌리듯 그 안으로 들어갔으며, 비켜가려고 하다가 모래와 쓰레기에 걸려 비틀거리며 넘어졌다. 그러자 들어가고 싶은 충동이 더 강렬해져서 들어가지 않을 수가 없었다.

판자와 깨진 벽돌을 넘어서 나는 그 황막한 공간 속으로 비실거리며 들어갔다. 습한 냉기와 돌 냄새가 음산하게 코를 찔렀다. 환한 회색의 얼룩처럼 모래더미가 하나 그곳에 있었을 뿐, 그 외에는 모든 것이 캄캄하였다.

그때 놀란 목소리가 나를 불렀다. "아니, 싱클레어, 어디서 오는 거야?"

내 옆 어둠 속에서 사람이 하나, 작고 여윈 청년이 유령처럼 일어서는 것이었다. 나는 그것이 동창생 크나우어라는 것을 알았지만, 아직도 머리카락이 곤두선 채였다.

"어떻게 여길 왔어?" 그는 흥분한 나머지 얼이 빠진 듯 물었다.

"어떻게 날 찾아낼 수 있었지?"

나는 이해가 가지 않았다.

"널 찾은 게 아냐." 나도 당황해서 말했다. 말 한 마디 한 마디가 고통스러웠으며, 생기 없이 무겁고 마치 얼어붙은 듯한 입술을 간신히 넘어오는 것이었다.

그는 나를 뚫어지게 쳐다보았다.

"찾은 게 아니라고?"

"아니야, 끌려온 거야. 네가 나를 불렀니? 네가 나를 불렀음에 틀림없어. 도대체 여기서 뭘 하니? 이 밤중에 말야."

그는 야윈 두 팔로 경련하듯이 나를 끌어안았다.

"그래, 밤이야. 곧 아침이 되겠지. 오, 싱클레어, 날 잊지 않았구나! 날 용서할 수 있겠지?"

"대체 무얼 말이야?"

"아, 난 정말 추했었어!"

이제야 비로소 우리의 대화가 기억났다. 나흘 또는 닷새 전의 일이었을까? 그 후로 벌써 평생이 흐른 것 같았다. 그러나 이제 갑자기 모든 것을 깨닫게 되었다. 우리들 사이에 일어난 일뿐만 아니라 내가 왜 이곳에 왔으며, 크나우어가 이런 외딴곳에서 무엇을 하려 했던 것인가도 알았다.

"넌 그러니까 자살할 생각이었지, 크나우어?"

그는 추위와 공포에 떨고 있었다.

"응, 그러려고 했어. 해낼 수 있을지는 모르지만 말이야. 아침이 올 때까지 기다리려고 했어."

나는 그를 끌고 밖으로 나왔다. 수평으로 뻗친 아침 햇살은 잿빛의 대기 속에서 말할 수 없이 냉랭하고 불쾌한 듯 희미하게 빛나고 있었다.

나는 친구의 팔을 잡고 상당히 멀리까지 데리고 나왔다. 이런 말이 내게서 튀어나왔다. "이제 집으로 돌아가고, 아무한테도 말하지 말아! 넌 잘못된 길을 걸었던 거야. 잘못된 길을 말야! 우린 네가 생각한 것처럼 모두 돼지새끼는 아니야. 우린 인간이야. 우리는 여러 가지 신을 만들어 내고 그들과 싸우고 있으며, 신들은 우리를 축복해 주고 있는 거야."

우리는 아무 말 없이 계속 걸어가다가 헤어졌다. 집에 돌아왔을 때는 날이 새었다.

성(聖) XX에서의 시절이 내게 안겨준 가장 좋았던 것은 피스토리우스와 오르간 곁에서, 혹은 벽난로의 불 앞에서 지낸 시간이었다. 우리는 아브락사스에 관한 그리스어 원서를 함께 읽었다. 그는 베다경(伏陀經)[44]에서 번역된 몇 구절을 내게 읽어 주었으며, 내게 거룩한 '옴'을 말하는 법

44) 기원전 2,000~1,100년에 이루어진 인도의 우주원리와 신앙을 설명하는 종교·철학·문학의 근원적 문헌. 리그베다, 야주르베다, 사마베다, 아타르바베다의 네 가지가 있음.

을 가르쳐 주었다. 그러는 중에도 내 마음을 고양시켜 준 것은 그의 해박한 지식이 아니라 오히려 그 반대였다. 마음에 들었던 것은 내 자신 속에서의 진보에 대한 발견이었고, 나 자신의 꿈과 사상과 예감에 대한 신뢰의 증가였으며, 나의 내면에 있는 힘에 대한 자각(自覺)이 증가하는 것이었다.

  나는 피스토리우스와 여러 가지로 상통하고 있었다. 다만 강렬하게 그를 생각만 하면, 반드시 그가, 아니면 그의 인사가 내게로 왔던 것이다. 나는 꼭 데미안에게서처럼, 그가 없어도 무엇이든 물어볼 수가 있었다. 즉 그를 확고히 상상하고, 강력한 사상으로서의 내 질문을 던지기만 하면 되었다. 그러면 질문에 쏟았던 영혼의 힘이 모두 대답이 되어 내 마음속으로 되돌아왔던 것이다. 내가 마음속에서 상상했던 것은 그저 피스토리우스라는 인물이나 데미안이라는 인물이 아니었다. 그것은 내가 꿈꾸었고 그림을 그렸던 영상이었으며, 내가 부르지 않을 수 없었던 남자이면서 여자인 내 데몬의 꿈의 상이었다. 그것은 이제 내 꿈속에서만, 혹은 그려진 종이 위에서만 살고 있는 것이 아니라, 나의 내면에 이상적인 자태로서 또 나 자신의 승화된 모습으로 살고 있었던 것이다.

  때로 특이하고도 우스운 일은 자살미수자 크나우어가 내게 맺어 놓은 관계였다. 내가 그를 찾아갔던 날 밤 이래

45) 힌두교의 상징이 되는 말로 "완성"을 의미함. "옴"이란 소리는 마적인 힘을 지니며, 깊은 침잠에 들었을 때 숨을 내쉬듯 말하게 됨.

로 그는 충실한 하인이나 개와도 같이 내게 매달리고, 자기의 생활을 내 것과 결부시키려고 애쓰며 맹목적으로 나를 따랐다. 아주 괴상한 소원이나 질문을 가지고 찾아왔으며, 신령을 보고 싶어 했고, 카발라 비법[46]을 배우고 싶어했다. 그리고 내가 그런 것을 하나도 모른다고 확언을 해도 믿지 않았다. 그는 내가 온갖 힘을 지닌 것으로 믿고 있었다. 그러나 이상한 일은 내가 마음속에 어떤 얽혀진 문제를 해결해야만 하는 바로 그때, 그가 종종 기묘하고도 어리석은 질문을 가지고 찾아왔으며, 그의 변덕스러운 착상이나 욕구가 가끔 내 문제해결의 실마리나 계기가 되었다는 것이다. 때로는 그가 귀찮아, 위압적으로 그를 쫓아 버리기도 했다. 그렇지만 그도 역시 내게 보내진 사람이고, 내가 그에게 준 것도 배(倍)가 되어 되돌아왔으며, 그도 내겐 한 사람의 지도자이며 하나의 길이라고 느꼈다. 그가 가져와, 그 속에서 구원을 찾고자 했던 놀랄 만한 책이나 글은 순간에 깨달을 수 있던 것보다도 더 많은 것을 내게 가르쳐 주었다.

   크나우어는 훗날 아무런 느낌도 없이 내 길에서 사라져갔다. 아무런 토론도 필요치 않았다. 하지만 피스토리우스와는 달랐다. 이 친구와는 성 XX에서의 학창 시절이 끝날 무렵 또 하나의 이상한 일을 체험하였던 것이다.

[46] 유대교의 신비주의적 교파이며, 그 가르침을 적은 책을 말함. 중세기부터 근세에 걸쳐 퍼졌으며, 13세기의 문헌 《조하르》가 널리 알려져 있음.

아무리 순진한 사람이라도 평생에 한 번이나 몇 번쯤은 효성과 감사의 미덕에 대해 갈등을 겪는 것을 피할 수는 없다. 누구나 한 번은 아버지와 선생님으로부터 자신을 떼어 놓는 발길을 옮겨야만 하는 것이다. 설사 대부분의 사람들이 그것을 견디지 못하고, 다시 곧 제자리로 기어든다 할지라도, 누구나 얼마간 고독의 쓰라림을 느끼게 마련이다. - 나의 부모님과 그들의 세계, 즉 내 아름다운 유년 시절의 '밝은' 세계로부터 나는 격심한 투쟁을 하면서 이별한 것은 아니었다. 서서히 그리고 거의 눈에 띄지 않게 멀어지고 낯설게 되었던 것이다. 나는 마음이 안 됐었다. 그래서 고향을 방문할 때면, 자주 쓰라린 시간을 겪곤 했다. 그러나 그것이 가슴속까지 파고들지는 않았으며, 그것은 참을 수 있는 것이었다.

그러나 습관에서가 아니라 자신의 욕구에서 사랑과 공경심을 바쳤을 때나, 우리가 진정한 마음에서 제자나 친구가 되었을 경우에는 - 우리 내면의 지배적인 흐름이 사랑하는 사람들로부터 떠나려 한다는 것을 갑자기 인식하게 된다면, 그것은 쓸쓸하고도 고통스런 순간이 될 것이다. 그때에는 친구나 선생님을 거부한다는 생각은 모두 독침을 가지고 자신의 심장을 겨누는 것이고, 방어하려는 타격은 자신의 얼굴을 때리게 되는 것이다. 그런 경우에 자신 속에 타당한 도덕을 지녔다고 생각하는 사람에게는 '배신'과 '배은망덕'이란 것이 치욕적인 별명과 낙인처럼 나타나게 된다. 그러면 깜짝 놀란 마음은 불안에 싸여 유년 시절의 사랑스러웠던 미덕의 골짜기로 도망쳐 들어가게 되며, 그런 단절이 이루어지고 그런 유대가 끊어져야만 한다는 것을 생각할 수 없게 된다.

시간이 감에 따라 내 친구 피스토리우스를 무조건 지도자로 인정하려는 마음속의 감정이 서서히 돌아서게 되었다. 청춘 시절의 가장 중요한 몇 달 동안 내가 경험한 것이 바로 그와의 우정이었고, 그의 충고, 그의 위안, 그와의 친근함이었다. 신은 그를 통해 내게 이야기를 했었다. 그의 입을 통해서 내 꿈들은 내게로 되돌아왔으며, 해명이 되었고 해석이 되었던 것이다. 그는 내 자신에 대한 용기를 주었다. - 아아, 그런데 이제 서서히 그에 대한 반항 의식이 성장하고 있음을 느꼈다. 그의 말에서 지나치게 많은 교훈적인 것을 들었고, 나는 그가 나의 일부분만을 완전히 이해하고 있다는 것을 느꼈던 것이다.

우리 사이에는 아무런 싸움도 나쁜 장면도 없었다. 아무런 파탄도 청산 같은 것도 없었다. 나는 그에게 단 한 마디, 원래 아무런 악의도 없는 말을 했을 뿐이었다. - 하지만 그것은 바로 우리들 사이의 환상이 오색찬란하게 산산조각이 난 순간이었던 것이다.

벌써 한동안이나 그런 예감이 내 마음을 짓누르고 있었는데, 어느 일요일 그 낡은 서재에서 뚜렷한 감정으로 변했던 것이다. 우리는 불 앞의 바닥에 엎드려 있었으며, 그는 자신이 연구하고 생각해 보고 미래의 가능성에 몰두해 있던 비밀의식과 종교적 형식에 대해 이야기하고 있었다. 그러나 내게는 그 모든 것이 생활에 중요하다기보다는 오히려 기이하고 흥미롭게만 생각되었다. 그것으로부터는 현학적인 과시가 울려왔고, 과거 세계의 폐허에 깔린 고달픈 탐색의 소리만이 울려왔던 것이다. 그래서 나는 그 모든 방법, 그 모든 신비적인 것에 대한 예배, 전통적 종교형식에 대한 모자이크와도 같은 유희에 대해서 단번에 반감을 느꼈던 것이다.

"피스토리우스." 나 자신도 의외였고 놀랄 만큼 솟아오르는 악의를 품은 채 갑자기 말하였다. "다시 한 번 꿈 이야기, 당신이 밤에 꾼 실제의 꿈 이야기를 해줘요. 지금 얘기하고 있는 것은 너무도······ 너무도 지독하게 케케묵은 거예요!"

그는 내가 그렇게 말하는 것을 한 번도 들어본 적이 없었다. 그리고 그 순간 나 자신도 그를 쏘아 심장에 명중시킨 화살은 바로 그 사람 자신의 무기창고에서 얻은 것이라는 점을 창피하고 놀라운 기분으로 번개처럼 느꼈다. ─ 또한 그가 풍자적인 어조로 가끔 말하는 것을 들었던 자기 비난을 내가 지금 날카로운 형식으로 다듬어서 그에게 쏘아대고 있다는 것도 느꼈다.

그는 순간적으로 그걸 느꼈고, 즉시 침묵을 지켰다. 나는 마음에 불안을 안은 채 그를 바라보았는데, 그가 무서울 정도로 창백해지는 것을 보았다.

오랜 무거운 침묵이 지난 뒤에, 그는 불에 새 장작을 던져 넣고 조용히 말했다. "당신 말이 옳아, 싱클레어. 당신은 영리한 친구요. 이제 그런 케케묵은 소리로 괴롭히지는 않겠소."

그는 아주 조용히 말했지만, 나는 그가 입은 상처의 고통을 들을 수가 있었다. 대체 내가 무슨 짓을 했단 말인가!

나는 눈물이 쏟아질 것 같았다. 진심으로 그에게 몸을 돌려 용서를 빌고, 나의 애정과 정다운 감사를 쏟아주고 싶었다. 감동적인 말이 머리에 떠올랐다. ─ 그러나 그런 말을 할 수가 없었다. 나는 엎드린 채 불만 들여다보고 아무 말도 하지 않았다. 그도 역시 말이 없었으며, 우리들은 그렇게 엎드려 있기만 했다. 불은 다 타서 꺼져갔으며, 사그라지는 불꽃과 더불어 나는 다시는 돌이킬 수 없는 그 어떤 아름다운 것과 다정한 것이 식어가고 사라져가는 것을 느꼈다.

"제 말을 오해하신 건 아닌지 걱정입니다." 결국 나는 몹시 압박감을 느껴 메마르고 쉰 목소리로 말했다. 그런 바보스럽고 무의미한 말이 마치 신문 소설이라도 낭독하는 것처럼 기계적으로 입술에서 나왔다.

"당신의 말을 올바로 이해하고 있어요." 피스토리우스는 나지막하게 말했다. "물론 당신 말이 옳소." 그는 조금 뜸을 들인 다음 천천히 말을 계속했다. "한 인간이 다른 인간에 대해 올바를 수 있는 한에서 말이오."

아니, 아니 제가 틀렸어요! 하고 마음속에서는 외치고 있었다. - 그러나 난 아무 말도 할 수가 없었다. 보잘것없는 단 한마디 말로 그의 본질적인 약점과 그의 난점과 상처를 지적하였다는 것을 난 알고 있었다. 그 자신도 불신하고 있던 점을 건드렸던 것이다. 그의 이상(理想)은 '케케묵은' 것이었고, 그는 퇴보적인 탐구자였으며 낭만주의자였다. 그때 갑자기 피스토리우스가 내게 의미했던 존재, 내게 베풀어 준 것이 그 자신에게는 그런 의미가 될 수도 없고, 베풀어 줄 수도 없었다는 사실을 나는 마음속 깊이 느꼈다. 그는 지도자인 그 자신까지도 뛰어넘고 떠나야만 했던 길로 나를 인도했던 것이다.

그런 말이 어떻게 나왔는지 모르겠다! 나는 조금도 나쁘게 한 말이 아니었고, 파국이 오리라고는 예감조차 하지 못했다. 그 말을 하는 순간 내 자신도 전혀 알지 못했던 바를 발설했던 것이다. 약간 재치 있고, 약간은 악의적인 소소한 착상을 따랐던 것인데, 그것이 운명이 되었던 것이다. 하잘것없는 부주의한 잘못을 저지른 것인데, 그것이 그에겐 심판이 되어 버린 것이다.

아아, 그때 나는 그가 화를 내고, 변명을 하고, 내게 호통을 쳐 주었으면 하고 얼마나 간절히 바랐던가! 그러나 그는 아무런 짓도 하지 않았다. 그 모든 짓을 내 마음속에서 스스로 해야만 했던 것이다. 할 수만 있었다면, 그는 미소까지 지었을 것이다. 미소조차 지을 수 없었다는 것으로 그에게 얼마나 심한 충격을 주었는지를 잘 알 수가 있었다.

그런데 피스토리우스는 내게서 받은 충격, 주제넘고 배은망덕한 제자로부터 받은 타격을 아무 소리 없이 감수했다. 아무 말도 없이 나의 정당성을 인정하고, 내 말을 운명으로 인정하였다. 그렇게 함으로써 그는 내가 나 자신을 증오하게 하였고, 내 경솔함을 몇 천 배나 더 크게 만들었던 것이다. 내가 타격을 가했을 때, 나는 강하고 방어적인 사람을 맞췄다고 생각했다. - 그런데 그 사람은 조용하고 인내심 있는 인간이었고, 말없이 항복하는 무방비의 인간이었던 것이다.

오랫동안 우리는 사그라져가는 불 앞에 엎드려 있었다. 그곳에서 타오르는 모든 형체와 오그라드는 재가 된 막대기는 행복하고 아름답고 풍성했던 시간들을 기억 속에 불러일으켜 주었고, 피스토리우스에 대한 죄책감을 점점 크게 쌓아올리고 있었다. 결국엔 그것을 더 이상 참지 못했다. 나는 일어나서 밖으로 나왔다. 한참 동안 방문 앞에서, 한동안 컴컴한 계단 위에서, 한동안은 바깥 집 앞에서, 혹시 그가 따라오지나 않을까 하고 기다리며 서 있었다. 그 다음에 나는 계속 걸었으며, 몇 시간 동안이나 시내와 교외를, 공원과 숲속을 헤매고 다녔다. 그리고 그때 처음으로 내 이마에 카인의 표적이 있다는 것을 느꼈다.

서서히 나는 돌이켜 생각해 보았다. 내 생각은 모두 나 자신을 비난하고, 피스토리우스를 변호하려는 의도를 갖고 있었다. 그러나 모든 것은 그 반대로 끝을 맺었다. 나는 천 번이라도 내 경솔한 말을 후회하고 철회할 준비가 되어 있었다. – 그것은 진실이었다. 그때서야 비로소 피스토리우스를 이해하게 되었고, 그의 모든 꿈을 내 앞에 그려볼 수 있었다. 그 꿈은 사제가 되어 새로운 종교를 전도하고, 영혼의 앙양과 사랑과 예배에다 새로운 형식을 부여하고, 새로운 상징을 세우려는 것이었다. 그러나 그것은 그의 역량과 사명에는 맞지 않았던 일이었다. 그는 지나치게 열심히 이미 존재했던 것에 머뭇거리고, 너무나도 정확히 과거의 일을 알았으며, 지나치게 많이 이집트에 대해서, 인도와 미트라스와 아브락사스에 대해서 알고 있었다. 그의 사랑은 세상이 이미 알고 있는 형상에 결부되어 있었다. 그러면서도 그의 마음속 깊이에서는 새로운 것이란 새롭고 다른 것이어야 하고, 그건 신선한 대지에서 솟아나오는 것이지, 박물관의 수집품이나 도서관에서 찾아내서는 안 된다는 것도 잘 알고 있었다. 그의 사명은 내게 그러했듯이, 인간이 자기 자신을 찾아가도록 도와주는 데 있었을 것이다. 그리고 그들에게 전대미문의 것, 즉 새로운 신을 알려주는 일은 그의 사명이 아니었던 것이다.

그런데 여기서 갑자기 날카로운 불길처럼 하나의 인식이 불타올랐다. 즉 - 누구에게나 자기의 '사명'이 있다. 하지만 누구에게도 그것을 스스로 선택하고, 변경하고, 임의로 관리할 수 있는 사명은 없다. 새로운 신을 원한다는 것은 잘못이며, 이 세상에 그 무엇인가를 주고자 한다는 것은 전적으로 그릇된 짓이다! 깨달은 인간에게는 단 한 가지, 자기 자신을 찾고, 자기 내면을 확고히 하고, 그 길이 어디로 통하든 간에 자신의 길을 앞으로 더듬어 나가는 것 이외에는 하등 어떤 의무도 절대, 절대, 절대로 존재하지 않는다. - 이런 생각이 나를 뒤흔들어 놓았다. 이것이야말로 내가 그 체험에서 얻은 결실이었다. 때때로 나는 미래의 형상과 유희를 했었다. 내게 적합하다고 생각되는 시인으로서, 예언자로서 또는 화가로서, 아니면 그 어떤 다른 것으로서의 역할을 꿈꾸어 보기도 했다. 그러나 이 모든 것은 아무것도 아니었다. 나는 시를 쓰기 위해서, 설교를 하기 위해서, 그림을 그리기 위해서 존재하고 있는 것은 아니다. 나도 그 이외의 어떤 인간도 그런 것을 위해 존재하는 것이 아니다. 그 모든 것은 부차적으로 생겨난 것일 따름이다. 한 사람, 한 사람의 진정한 직업이란 오로지 자기 자신에 도달하는 것뿐이다. 그것은 어쩌면 시인이나 광신자, 예언자나 범죄자로서 끝장날지도 모른다. - 그것이 문제는 아니며, 이런 것은 결국 전혀 중요하지 않다. 그가 할 일은 누구의 것도 아닌, 자기 자신의 운명을 발견하는 것이며, 그것을 자기의 내면에서 송두리째, 그리고 완전하게 살아 버리는 일이다. 그 외의 모든 것은 반 토막이고, 빠져나가려는 시도이며, 대중의 이상(理想) 속으로의 도피행위이며, 자신에 대한 무비판적 적응이자 공포인 것이다. 내 앞에 이 새로운 영상이 무섭고도 성스럽게 떠올랐다. 수백 번이나 예감한 바 있고, 벌써 여러 번 이야기했을지도 모르지만, 이제야 비로소 난 그걸 체험했던 것이다. 나는 자연이 내던진 자식이다. 불명확한 것 속으로, 아마도 새로운 것을 향해서, 어쩌면 무(無)를 향해 내던져진 자식인 것이다. 그리고 내던져진 존재를 본래의 심연에서 작용시키고, 그의 의지를 나의 내면에 느껴서 그걸 완전히 내 것으로 만드는 일, 그것만이 나의 천직인 것이다. 바로 그것만이!

나는 벌써 많은 고독을 맛보았다. 그러나 나는 보다 더 깊은 고독이 존재하고, 거기서 벗어날 수 없다는 것을 예감했다.

피스토리우스와 화해하려는 시도는 하지 않았다. 여전히 우리는 친구로 머물렀지만, 사정은 달라졌다. 그 사건에 대해서 단 한 번 이야기를 했을 뿐이다. 실은 그 혼자만이 그런 말을 했다. 그는 이렇게 말했다. "내가 사제가 되려는 소원을 갖고 있다는 건 당신도 알고 있소. 우리가 많은 예감을 하고 있는 새로운 종교의 사제가 되고 싶은 것이오. 절대 그렇게 될 수 없다는 걸 …… 난 알고 있소. 솔직히 고백하진 않았지만, 벌써 오래 전부터 알고 있었소. 난 다른 방식으로 사제직에 봉사할 것이오. 어쩌면 오르간이나 그밖에 어떤 다른 방법으로 말이오. 그러나 나는 언제나 내가 아름답고 성스럽다고 느끼는 것, 즉 오르간 음악과 신비적인 것, 상징과 신화 등에 둘러싸여 있어야만 하오. 내겐 그런 것이 필요하고 또 그것에서 멀어지고 싶지가 않소. ……그것이 내 약점이오. 왜냐하면 내가 그걸 알고 있기 때문이오. 싱클레어, 내가 그런 소원을 가지면 안 되며, 그것이 사치이고 약점이라는 걸 알고 있으니까 말이오. 만일 아무런 요구도 없이, 그저 단순히 운명에 순종하면 더 위대하고 정당할지도 모르겠소. 하지만 나는 그럴 수가 없소. 그것이 내가 할 수 없는 유일한 일이오. 아마 당신은 언젠가 그럴 수가 있을 것이오. 그건 어려운 일이라오. 이봐요, 그것이 이 세상에 실제로 존재하는 유일하게 어려운 일이지요. 때로 그런 꿈을 꾸곤 했소. 그러나 나는 그렇게 할 수 없었으며, 그로 인해 몸서리쳤소. 즉 나는 그렇게 완전한 알몸이 되어 외롭게 서 있을 수는 없소. 나 역시 다소의 따뜻함과 먹을 것을 필요로 하고, 가끔은 자기와 같은 류(類)와 가까이하고 싶은 심정을 느끼는 가련하고 연약한 개란 말이오. 정말 자기 운명 이외에 아무것도 원하지 않는 인간이란 자기 동류를 가질 수도 없고, 완전히 홀로 서게 되며, 차가운 세계의 공간만이 그의 주변을 에워쌀 따름이오. 당신도 알겠지만, 겟세마네 동산에서의 예수가 그러했지요. 기꺼이 십자가에 못 박힌 순교자도 있었지만, 그들 역시 영웅은 아니었고, 완전히 모든 것에서 자유로워진 것도 아니었지요. 그들 역시 자신에게 친밀하고 다정스러운 그 무엇을 원했소. 그들에겐 모범도 있었고, 이상도 가지고 있었다오. 그저 운명만을 원하는 사람은 모범도 이상도 없는 것이며, 아무런 사랑도 아무런 위안도 가지지 않지요! 우린 본래 이러한 길을 걸어야만 할 것이오. 나나 당신 같은 사람은 정말 외롭기는 하지만, 그래도 우리는 서로를 소유하고 있으며, 우리는 남다르게 살아가고 반항하며, 비범한 것을 바라고 있다는 남모르는 만족감을 느끼고 있소. 그러나 그 길을 온전히 가고자 하는 사람은 그런 것마저 던져 버려야만 하지요. 그런 사람은 혁명가도 모범적인 인물도 순교자도 되려고 해서는 안 될 것이오. 그것은 생각해 낼 수도 없는 일이지요······."

그렇다, 그건 생각할 수도 없는 일이었다. 그러나 꿈을 꿀 수는 있었으며, 짐작하고 예감할 수는 있었다. 몇 번인가 아주 조용한 시간을 갖게 되었을 때, 나는 그것을 약간 느껴보았다. 그런 때면 나는 내면을 들여다보고, 내 운명의 상이 눈을 부릅뜨고 있는 모습을 보기도 하였다. 그 눈은 예지로 가득할 수도 있었고, 광기로 충만해 있을 수도 있었으며, 애정으로 빛나거나 깊은 악으로 번득일 수도 있었다. 그러나 그것은 마찬가지였다. 그것은 우리가 마음대로 선택할 수도 없고, 원할 수도 없었다. 오직 자신만을, 자기의 운명만을 원할 수가 있는 것이다. 그곳까지 이르는 데에 피스토리우스는 한동안 내 지도자로 봉사하였던 것이다. 그 시절에 나는 맹목적으로 사방을 이리저리 헤매다녔다. 마음속에 폭풍우가 일어났고, 한 걸음 한 걸음이 위험에 처해 있었다. 내 앞에는 심연 같은 암흑만이 보였는데, 이제까지의 모든 길이 그 속으로 사라지고 가라앉아 버렸다. 그리고 마음속에는 지도자의 모습이 보였는데, 그는 데미안을 닮았으며, 그의 눈 속에 내 운명이 깃들어 있었다.

나는 종이 위에다가 이렇게 썼다. '지도자가 나를 떠났다. 난 암흑 속에 서 있다. 혼자서는 한 발자국도 갈 수가 없다. 나를 도와다오!'

그것을 데미안에게 보내려 했다. 그러나 그만두었다. 그렇게 하려고 할 때마다, 어리석고 무의미하게 느껴졌다. 그러나 나는 그 간단한 기도문을 외우고 있었으며, 가끔 마음속으로 그걸 말해보곤 했다. 그것은 어느 때나 날 따라다녔다. 나는 기도가 무엇인지를 알아차리기 시작했다.

나의 학생 시절은 끝났다. 나는 방학여행을 가도록 되어 있었는데, 아버지가 생각해 낸 것이었다. 그 다음에 대학에 입학해야 했던 것이다. 무슨 학과에 갈지는 모르고 있었다. 한 학기는 철학을 공부하도록 허락받았으나, 다른 어떤 학과일지라도 마찬가지로 만족했을 것이다.

제 7 장
에바 부인

휴가중에 나는 몇 해 전 막스 데미안이 그의 어머니와 함께 살았던 집을 찾아가 보았다. 어떤 늙은 부인이 정원을 산책하고 있었다. 나는 그 부인에게 말을 걸었고, 그녀가 그 집의 주인이라는 것을 알아냈다. 나는 데미안의 가정에 대해 물어보았다. 그녀는 그들을 잘 기억하고 있었다. 그러나 그들이 지금 어디에 살고 있는지는 알지 못했다. 부인은 내가 관심이 있다는 것을 알아차리고, 나를 집안으로 데리고 들어갔다. 가죽 표지의 앨범을 꺼내더니 데미안의 어머니 사진을 보여주었다. 나는 그 여인을 별로 기억할 수가 없었다. 그러나 그 조그만 사진을 바라본 순간 심장의 고동이 멎는 것 같았다. - 그건 내 꿈속의 영상이었다! 바로 그 여인으로, 크고도 남성적인 여인의 자태였다. 아들을 닮았고, 어머니다운 표정과 엄한 표정, 그리고 깊은 정열에 넘치는 표정이 담긴 아름답고도 매혹적이며, 예쁘고도 접근하기 어려운 모습이었다.

데몬인 동시에 어머니이며, 운명인 동시에 연인인 바로 그 여인이었다!

내 꿈속의 영상이 이 지구 위에 살고 있다는 것을 알았을 때, 경이로운 기적과 같은 감정이 솟구쳤다. 내 운명의 자태를 지닌 저런 모습의 여인이 존재하였다니! 그 여인은 어디 있었던가? 어디에? - 그런데 그 여인은 바로 데미안의 어머니였다.

그 후 나는 곧 여행을 떠났다. 특별한 여행이었다! 줄곧 그 여인을 찾아서 생각나는 대로 쉴 새 없이 이곳저곳을 돌아다녔다. 어떤 날에 만난 모습은 그 여인을 상기시켜 주었고, 그 여인을 연상시켜 주었다. 꼭 그 여인을 닮은 모습은 마치 뒤엉킨 꿈속에서처럼, 나를 낯선 도시의 골목길이나 정거장이나 열차 안으로 유혹했다. 그러나 어떤 날에는 내가 찾아다니는 것이 얼마나 쓸데없는 짓인가를 깨닫게도 했다. 그럴 때에는 어느 공원이나 호텔 정원이나 대합실 같은 곳에 하는 일 없이 주저앉았고, 내 마음속을 들여다보며 그 모습을 내면에서 소생시켜 내려고 애썼다. 그러나 그것은 수줍어지고 허망하게 사라지곤 했다. 나는 제대로 잠을 잘 수가 없었으며, 미지의 풍경 속을 달리는 기차를 타고 가는 동안 15분 정도씩 꾸벅꾸벅 졸기만 할 따름이었다. 한 번은 취리히에서 어떤 여자가 내 뒤를 따라왔는데, 약간 철면피 같았으나 아름다운 여자였다. 나는 그 여자가 공기인 것처럼, 그녀를 거들떠보지도 않고 계속 걸어갔다. 다른 여자에게 단 한 시간이라도 관심을 기울이느니보다는 차라리 당장 죽어 버리고 싶었다.

내 운명이 나를 끌어당기고 있는 것을 느꼈다. 그 실현이 가까워 오고 있음도 느꼈다. 그럼에도 불구하고 이를 위해 어떠한 일도 할 수 없다는 초조함 때문에 미칠 것만 같았다. 언젠가 정거장에서, 그것은 인스브루크[47]라고 생각되는데, 나는 막 출발하는 열차의 창가에서 그 여인을 상기시켜 주는 모습을 보았는데, 하루 종일 불행한 감정으로 싸여 있었다. 그리고 돌연 그 모습이 다시 밤에 꾼 꿈속에 나타났다. 부끄럽고 황량한 감정으로 내가 그녀를 추적한다는 것이 무의미하다는 것을 깨닫고는, 나는 곧장 집으로 돌아왔다.

몇 주일 후에 나는 H대학에 입학했다. 그러나 모든 것이 나를 실망케 하였다. 내가 들은 『철학사』 강의는 대학을 다니는 젊은이들이 추구하는 행동과 마찬가지로 본질이 없고 기계적이었다. 모든 것은 판에 박힌 대로였고, 누구나 똑같이 행동했다. 소년다운 얼굴에 상기된 쾌활한 표정은 슬프도록 공허하고 기성품처럼 보였다! 그러나 나는 자유로웠으며, 온종일이 내 시간이었다. 교외의 낡은 집에서 조용하고 쾌적하게 살았는데, 책상 위에는 니체의 책이

---

[47] 오스트리아 티롤 주(州)의 수도. '인(Inn) 강(江) 위의 다리'라는 뜻에서 유래하는 이름 Innsbruck이 말해 주듯. 이 도시는 이탈리아의 남부 티롤로 가는 알프스에 놓여 있는 인구 12만 정도의 아름다운 관광도시임.

몇 권 놓여 있었다. 나는 니체와 함께 살면서, 그 영혼의 고독을 느끼고, 그를 끊임없이 충동질했던 운명을 냄새 맡았다. 그와 함께 괴로워했으며, 그렇게도 준엄하게 자기의 길을 걸었던 사람이 존재했다는 데 행복을 느꼈다.

어느 날 밤늦게 나는 가을바람이 부는 거리를 거닐고 있었다. 여러 음식점으로부터 대학생들의 모임에서 부르는 노랫소리가 들려왔다. 열려진 창문에서는 담배연기가 구름처럼 흘러나오고 있었다. 노랫소리는 세찬 파도처럼 크고 우렁차게 울렸지만, 감격스럽지도 않고 생기도 없어 단조로웠다.

나는 길모퉁이에 서서 귀를 기울이고 있었다. 두 곳의 술집에서 정확하게 연습된 쾌활한 젊은이들의 목소리가 밤하늘로 울려 퍼졌다. 어디에나 모임이 있고, 어디에나 함께 쪼그리고 앉아 있었으며, 어디에나 운명의 발산과 따스한 군중모임 속으로의 도피가 있었다.

내 뒤를 두 사나이가 천천히 지나갔다. 그들의 대화 소리가 약간 들려왔다.

"이건 흑인촌에 있는 청년의 집과 똑같지 않습니까?" 한 사나이가 말했다. "모든 게 똑같아요. 문신(紋身)하는 것까지 유행하고 있거든요. 보세요, 이게 젊은 유럽이란 겁니다."

그 목소리는 이상하게도 내게 경고를 하는 듯 – 귀에 익은 듯 울려왔다. 나는 어두운 골목길로 두 사람의 뒤를 따라갔다. 한 사람은 작고 세련된 일본사람이었다. 가로등불 밑에서 미소를 띤 누런 얼굴이 반짝이는 게 보였다.

그때 다른 사나이가 다시 말을 했다.

"그렇지만 당신의 나라 일본에 가도 별로 나을 게 없을 겁니다. 대중을 따르지 않는 사람들은 어디를 가더라도 드물겠지요. 여기도 그런 사람이 약간은 있는 겁니다."

한 마디 한 마디가 놀라운 기쁨으로 내게 스며들었다. 나는 그런 이야기를 하고 있는 사람을 알고 있었다. 그는 데미안이었다.

바람이 심하게 부는 밤에 나는 그와 일본인의 뒤를 따라 어두운 골목길을 걸어갔다. 그들의 대화에 귀를 기울였고, 데미안의 목소리가 울리는 소리를 즐겼다. 그 목소리는 옛날과 같은 음조였고, 옛날의 아름다운 확신과 고요를 지녔으며, 또 나를 지배하는 힘을 지니고 있었다. 이제 모든 것이 잘 되었다. 나는 데미안을 발견한 것이다.

교외에 있는 어느 거리의 끝에서 일본인은 작별을 하고 대문을 열었다. 데미안은 간 길을 되돌아왔다. 나는 길 한가운데에 서서 그를 기다렸다. 가슴을 두근거리면서 나는 그가 몸을 곧게 세우고 탄력 있는 걸음걸이로 내가 있는 쪽으로 걸어오는 것을 바라보았다. 갈색 비옷을 입고, 팔에는 가느다란 지팡이를 걸고 있었다.

규칙적인 걸음걸이를 흐트러트리지 않고 바로 내 앞까지 다가와서 모자를 벗었다. 입은 꼭 다물었고, 넓은 이마에 독특한 밝음이 깃든 옛날의 환한 얼굴이 나타났다.

"데미안!" 내가 소리쳤다.

그가 손을 내밀었다.

"자네였군, 싱클레어! 자네를 예감하고 있었지."

"내가 이곳에 있는 걸 알고 있었나?"

"알고 있는 건 아니었지만, 꼭 그리 되기를 희망하고 있었지. 오늘 밤에 만난 건 처음이지만, 넌 줄곧 우리들 뒤를 따라왔었지."

"그럼, 당장에 나를 알아차렸군?"

"물론이지. 자네가 변하기는 했어. 하지만 자넨 표적을 가지고 있지 않나?"

"표적이라고? 무슨 표적 말야?"

"아직 기억할지 모르겠지만, 우린 옛날에 그걸 카인의 표적이라 했지. 그게 우리의 표적이야. 자네는 언제나 그걸 가지고 있었어. 그래서 난 자네의 친구가 된 거야. 그런데 지금은 그게 더욱 뚜렷해졌군."

"난 몰랐어. 어쩌면 알고 있었는지도 몰라. 언젠가 자네의 초상을 그린 적이 있었어. 데미안, 그것이 나도 닮았기에 깜짝 놀랐어. 그게 표적이었나?"

"그렇지! 여기에 온 것은 참 잘한 거야! 우리 어머니도 기뻐하실 거야."

나는 깜짝 놀랐다.

"자네 어머니? 여기 계시나? 한데 나를 전혀 모르시잖아."

"아, 어머니는 자넬 알고 계시지. 누구라고 말하지 않아도 어머니는 자넬 알아보실 거야. …… 자넨 오랫동안 소식이 없었어."

"아, 가끔 편지를 쓰려 했지만, 그러질 못했어. 얼마 전부터는 곧 자넬 만나게 될 거라 느꼈고. 매일 그걸 기다리고 있었어."

그는 내 팔에 팔짱을 끼고, 함께 계속 걸어갔다. 그에게서 안정감이 흘러나와 내게로 흘러들었다. 우리는 곧 옛날처럼 지껄여댔다. 학교 시절과 견신례 준비 수업 시간, 그 당시 방학 때의 어색했던 해후 등을 회상하였다. ─ 다만 우리 사이에 생긴 최초의 밀접한 유대, 즉 프란츠 크로머에 관계된 이야기는 이번에도 언급하지 않았다.

모르는 사이에 우리는 진귀하고 예감에 가득찬 이야기에 빠져 있었다. 데미안과 일본인과의 대화를 상기하면서 우린 대학 생활에 대해 이야기했으며, 그러고 나서는 아주 동떨어진 듯한 다른 이야기로 옮겨갔다. 그러나 그것도 데미안의 말에서는 밀접한 연관을 맺고 있었다.

그는 유럽의 정신[48]과 현대의 특징에 대해 이야기했다. 어디를 가나 단결과 군중의 결속이 지배하고 있지만, 자유와 사랑은 아무 곳에도 없다고 그는 말했다. 학생 서클이나 합창단에서 국가에 이르기까지 이 모든 단체는 강제적인 결속이며, 불안과 공포와 당황에서 생겨난 공동체이며, 그것은 내부가 부패하고 낡았으며, 붕괴에 직면해 있다고 말했다.

"단체란……" 하고 데미안은 말했다. "아름다운 것이지. 그러나 우리가 도처에 번창해 있는 것을 보는 그런 것들은 진정한 단체가 아냐. 진정한 단체는 개개인이 서로 알기 시작하는 데서 새로 생겨날 것이며, 한동안은 이 세상을 변화시키게 될 거야. 지금 있는 단체는 군중의 결속에 불과하지. 사람들은 서로 간에 공포를 느끼고 있기 때문에, 서로에게로 도망치는 거야. 귀족은 귀족들끼리, 노동자는 노동자들끼리, 학자는 학자들끼리 말야! 그런데 왜 그들은 공포를 느끼는가? 우리는 우리 자신과 하나가 되지 못할 때 공포를 느끼는 거야. 사람들이 자기 자신을 알지 못하기 때문에 공포를 느끼는 것이지. 자기 자신의 내면에 있는 미지의 인간에 대한 두려움을 지닌 인간들로만 구성된 공동체와 같아! 그들은 모두 자신의 생활법칙이 더 이상 적합하지 않다는 것을 느끼고 있어. 그들은 낡은 게시판에 따라서 살고 있으며, 그들의 종교도 도덕도 모든 것 중 어느 하나도 우리가 필요로 하는 삶

48) 헤세의 수필 〈카라마조프의 형제들 또는 유럽의 몰락, 도스토예프스키를 독서하며 떠오른 착상〉을 참조.

에는 적합하지 않다는 걸 느끼고 있어. 100여 년 동안 유럽은 연구만 하고, 공장을 세우기만 했지! 그들은 사람 하나를 죽이는 데 화약 몇 그램이 필요한가는 정확히 알고 있지만, 신에게는 어떻게 기도하는지를 모르고, 또 어떻게 하면 한 시간만이라도 만족하게 살 수 있는지조차 모른단 말야. 대학생들이 잘 가는 술집을 한번 생각해 보게! 아니면 부자들이 잘 가는 환락장이라도 좋아! 절망적이야! …… 싱클레어, 어디에서도 명랑한 것은 찾아볼 수 없어. 그렇게 불안스럽게 함께 모인 사람들이란 공포와 악의에 가득 차 있으며, 누구 하나 다른 사람을 믿지 못하는 거야. 그들은 이미 이상이 아닌 이상을 고집하며, 새로운 이상을 내세우는 사람들에겐 돌을 던지지. 난 한 번쯤 대결이 있으리라고 느끼네. 그런 일이 다가올 거야. 틀림없이 곧 일어날 거야! 물론 그것이 세계를 '개선' 시키지는 못해. 노동자가 공장 주인을 때려죽이든지, 러시아와 독일이 서로 총질을 하든지, 그저 소유주만 바뀔 따름이야. 그러나 전혀 아무런 소용이 없는 건 아니지. 그건 오늘날의 이상이 무가치하다는 걸 증명해 줄 것이고, 석기시대의 신들을 제거해 줄 거야. 현재대로의 이 세계는 죽어가기를 바라고 있으며, 사실 세계는 몰락할 거야. 실제 그렇게 될 거야."

"그럼 그때 우린 어떻게 될까?" 나는 물었다.

"우리들 말야? 아, 같이 몰락할지도 몰라. 우리 같은 자들을 때려죽일 수도 있지. 그런다고 해서 우리가 완전히 제거되는 건 아니야. 우리에게서 남은 것, 혹은 우리들 중에서 살아남은 자들 주위에는 미래의 의지가 집결할 거야. 우리 유럽이 한동안 기술과 과학이란 시장으로 뒤덮어 버렸었던 인류의 의지가 나타날 거야. 그러면 인류의 의지란 오늘의 공동체나 국가와 민족, 또는 단체나 교회의 의지와 결코 같지 않다는 것을 보여줄 거야. 오히려 자연이 인간에게 하고자 원하는 바가 개개인의 마음속에, 너나 나의 내면에 기록되게 될 거야. 예수의 내면에도, 니체의 내면에도 그런 것이 기록되어 있었지. 유일하게 중요한 이 흐름을 위해서는 …… 물론 그것이 매일매일 다르게 보일 수 있지만, 오늘날의 공동체가 붕괴해 버릴 때, 여지가 생길 거야."

우리들은 늦게야 강가에 있는 어떤 정원 앞에 멈춰섰다.

"우린 여기 살아." 데미안이 말했다. "곧 한 번 찾아와 주게! 많이 기다리겠네."

쌀쌀해진 밤에 나는 기쁜 마음으로 먼 귀로에 올랐다. 시내 여기저기에서는 귀가하는 대학생들이 떠들어대며 비틀거리고 있었다. 그들이 우스꽝스럽게 향락하는 방법과 내 고독한 생활 사이의 대립을 느꼈는데, 때론 결핍감이, 때론 경멸이 느껴졌다. 그러나 오늘 같이 침착하게 은밀한 힘을 받으며, 저런 것은 내게 상관없는 일이고, 저런 세계는 내게서 멀리 사라진 것이라고 느껴본 적은 한 번도 없었다. 나는 고향 도시에 살던 관리들이 생각났다. 나이 들고 점잖은 그 신사들은 행복한 천국이라도 생각하는 듯 술을 마시며 지냈던 여러 학기에 대한 추억에 매달렸고, 그들 대학 시절의 사라진 '자유'를 예찬하고 있었다. 그것은 시인이나 낭만주의자들이 유년 시절을 예찬하는 것과도 같았다. 어디에서나 마찬가지였다! 그들은 순전히 자신의 책임을 상기시켜 주고, 자신의 길을 가라는 경고를 받을지도 모른다는 불안 때문에, 어디에서든지 자기의 과거에서 '자유'와 '행복'을 찾았다. 그런 사람들은 몇 해 동안 술이나 퍼마시고 환호나 질러대다가, 그 다음에는 밑으로 기어 들어와 근엄한 관리가 된 것이다. 그래, 썩었다, 우리들 주변이 모두 썩어 있다. 따라서 이 멍청한 대학생들을 다른 수많은 사람들보다 우둔하다거나 불량하다고 할 수가 없다.

그렇지만 멀리 떨어진 집에 도착하여 침대에 들었을 때는 이 모든 생각이 사라져 버렸다. 그리고 오늘이 내게 해준 큰 약속에 온 마음이 쏠려 있었다. 원하기만 하면, 내일이라도 데미안의 어머니를 만날 수가 있다. 대학생들이 술좌석을 벌이건, 얼굴에 문신을 하건, 세계가 썩었든, 몰락을 기다리든 내게 무슨 상관이란 말인가! 나는 오로지 운명이 새로운 모습으로 내게 다가오는 것만을 기다렸다.

나는 아침 늦게까지 깊은 잠을 잤다. 새로운 날이 엄숙한 축제

일로서 밝아왔다. 소년 시절의 크리스마스 축제 이후로 그런 날을 한 번도 지내본 적이 없었다. 내면적인 불안에 가득 차 있었지만, 두려움은 조금도 없었다. 나는 중요한 날이 밝았다는 느낌이 들었다. 내 주위의 세상이 변화하고, 기대하고, 여러 관계를 맺고, 엄숙하다는 것을 보고 느꼈다. 조용히 내리는 가을비도 아름답고 고요하였으며, 축제일처럼 즐거운 음악으로 가득찬 것 같았다. 처음으로 외부 세계가 나의 내면세계와 순수한 협화음을 울리는 것이었다. - 이렇게 영혼의 축제일이 찾아왔으며, 살아있는 보람이 생기는 것이다. 어떤 집이나, 어떠한 진열장도, 골목길의 어떤 얼굴도 내 마음에 거슬리지 않았다. 모든 것은 존재해야 하는 그대로 존재해 있었다. 모든 것은 일상적이며 습관적인 공허한 모습을 하고 있는 것이 아니라, 기대에 찬 자연이었으며, 운명에 대한 준비를 경건하게 하고 있었다. 내가 어렸을 때, 성탄절이나 부활절 같은 큰 축제일 아침에 세상이 이렇게 보였던 것이다. 세상이 이렇게 아름다울 수 있다는 것을 난 알지 못했었다. 나는 자신 속에만 틀어박혀 사는 데 익숙해 있었다. 그리고 외부 세계에 대한 감각이 내게서 사라졌다는 것, 반짝이던 색채를 상실했다는 것이 유년 시절에 대한 상실과 피할 수 없이 연관되어 있다는 것, 그리고 영혼의 자유와 성장을 위해서는 어느 정도 이런 사랑스러운 광채를 대가로 지불해야만 한다는 것을 감수하는 데 익숙해 있었다. 지금 나는 이 모든 것이 그저 파묻히고 캄캄해졌을 뿐이며, 소년 시절의 행복을 포기한 자유로워진 자로서도 세상이 빛나고 있다는 걸 알 수 있고, 어린아이의 관찰이 주는 진정한 경건함을 맛보는 것이 가능하다는 것을 황홀하게 바라보고 있다.

그날 밤, 막스 데미안과 이별을 한 교외의 정원을 다시 찾았다. 비에 젖은 잿빛의 큰 나무들 뒤에 감추어진 조그마한 집이 밝고 아늑한 모습으로 서 있었다. 커다란 유리벽 뒤에는 꽃이 핀 관목이 서 있고, 반짝이는 창문 저쪽에는 그림과 책이 줄지어 있는 어두운 방의 벽들이 있었다. 대문은 곧장 난방이 된 작은 홀로 통하였다. 검은 옷에 흰 앞치마를 두른 늙은 하녀가 말없이 나를 안내했고, 외투를 받아주었다.

하녀는 나를 홀에 혼자 남겨두었다. 주위를 둘러보며 나는 곧 꿈속에 빠지고 말았다. 문 위의 검은 나무 벽 위에 까만 틀의 액자로 눈에 익은 그림이 걸려 있었다. 그것은 지구의 껍데기에서 날아오르려는 황금빛 매의 머리를 한 나의 새였다. 감동에 사로잡혀 나는 주춤하고 섰다. – 이 순간 이때까지 행하고 경험한 모든 것이 대답과 성취가 되어 내게 되돌아온 듯 마음이 기쁘고도 슬펐다. 번개처럼 빠르게 수많은 영상이 내 영혼을 스치고 지나갔다. 아치형의 대문 위에 돌로 된 옛 문장이 달린 고향 집, 그 문장을 스케치했던 소년 데미안, 나의 적 크로머의 사악한 마력에 걸려들어 두

러워하던 어린아이로서의 나 자신, 조그마한 방의 조용한 학생용 책상 앞에 앉아, 마음은 자신이 풀어놓은 실타래 그물에 얽혀 들면서 그리움의 새를 그리던 소년으로서의 나 자신, – 이 모든 것들이, 이 순간까지의 모든 것들이 마음속에 반향을 일으키고, 마음속에서 긍정되고, 대답을 받고, 인정되는 것이었다.

눈물에 젖은 눈길로 나는 그 그림을 응시하며, 내 자신의 마음을 읽었다. 그때 시선이 아래로 내려왔다. 새 그림 밑 열려진 출입문에 검은 옷을 입은 키가 큰 여인이 서 있었다. 그 여인이었다.

나는 아무 말도 할 수가 없었다. 그녀 아들의 얼굴처럼 시간도 나이도 없고, 혼이 깃든 의지로 충만한 얼굴을 가진 아름답고 기품 있는 그 여인이 다정스레 미소를 보내고 있었다. 그녀의 시선은 성취였고, 그녀의 인사는 귀향을 의미했다. 나는 아무 말 없이 그 여인에게 두 손을 내밀었다. 그녀는 힘 있고도 따스한 손으로 내 양손을 꼭 잡았다.

"당신이 싱클레어지요. 곧 알아차렸어요. 잘 왔어요!"

그 여인의 음성은 깊고도 따스하였다. 나는 달콤한 포도주처럼 그 음성을 들이마셨다. 그리고는 눈을 들어 그 여인의 고요한 얼굴, 검고 신비스러운 눈, 싱싱하고 성숙한 입술, 표적을 가진 넓고 위엄 있는 이마를 바라보았다.

"전 얼마나 기쁜지 모르겠어요!" 나는 그 여인을 향해 말하고 손에 키스를 하였다. "저는 지금까지 살아오는 동안 언제나 길을 헤맸다는 생각이 들어요. …… 이제야 고향에 돌아온 것 같아요."

그 여인은 어머니답게 미소를 지었다.

"고향에 돌아온다는 건 있을 수 없어요." 그녀가 다정하게 말했다. "그렇지만 정든 길들이 서로 만날 때는, 온 세상이 잠시나마 고향처럼 보이지요."

그 여인은 내가 그녀에게까지 오는 도중에 느낀 바를 말했다. 그녀의 음성과 말 또한 아들과 아주 비슷하였는데, 그러면서도 전혀 다른 것이었다. 모든 것이 보다 성숙하고, 보다 따스하고, 보다 분명하였다. 그러나 막스가 옛날 어느 누구에게도 소년의 인상을 주지 않았던 것과 마찬가지로, 그의 어머니도 다 성장한 아들의 어머니와 같은 인상은 전혀 주지 않았다. 그녀의 얼굴과 머리에 넘치고 있는 향기는 아주 젊고 감미로웠으며, 금빛 살결은 탄력이 있어 주름 하나 없었고, 입술은 꽃처럼 피어나고 있었다. 그 여인은 내 꿈속에서보다도 더욱 여왕답게 내 앞에 서 있었다. 그리고 그 여인 곁에 있다는 것은 사랑의 행복이었고, 그 여인의 눈길은 충만을 의미했다.

이것은 그러니까 나의 운명이 내 앞에 나타난 새로운 모습이었다. 더 이상 엄하지도 않고, 고독하지도 않았다. 아니, 아주 성숙하고 환희로 가득 차 있었다. 난 결심도 하지 않고, 맹세도 하지 않앉다. – 나는 하나의 목표에, 드높은 한 지점에 다다른 것이다. 거기서부터 앞으로 계속되는 길이 멀리 화려하게 나타났다. 그 길은 약속의 나라를 향해 뻗어 있고, 가까운 행복의 나뭇가지로 그늘져 있으며, 그리 멀지 않은 온갖 쾌락의 동산으로 시원하게 마련되어 있었다. 설사 내가 어떻게 된다 할지라도, 이 세상에서 이 여인을 알고, 그녀의 목소리를 듣고, 그녀 가까이에서 숨을 쉰다는 것은 성스러운 일이었다. 그녀가 어머니가 되던, 연인이 되던, 여신(女神)이 되던 상관없다. – 그녀가 있기만 하면 된다! 나의 길이 그녀의 길 가까이 있기만 하면 된다!

그 여인은 내가 그린 매 그림을 가리켰다.

"이 그림보다 우리 막스를 더 기쁘게 해준 건 없었어요." 그 여인은 생각에 잠겨 말했다. "내게도 그랬고요. 우린 당신을 기다리고 있었어요. 이 그림이 왔을 때, 당신이 우리에게로 오고 있다는 걸 알았어요. 싱클레어, 당신이 아직 어린 학생이었을 때, 하루는 아들이 학교에서 돌아와 이런 이야길 했어요. 이마에 표적이 있는 아이가 있는데, 그 아인 내 친구가 될 거라고요. 그게 당신이었어요. 당신은 쉽지 않았겠지만, 우린 당신을 믿고 있었어요. 방학이 되어 집에 갔을 때, 막스하고 다시 만난 적이 있었고요. 그때 열여섯 살 정도였어요. 막스가 나에게 그런 이야길 했어요……."

나는 말을 가로막았다. "아, 막스가 그런 이야길 다 했군요! 그때가 제겐 가장 비참한 시절이었습니다!"

"그래요. 막스가 말했어요. 지금 싱클레어는 최대의 곤란에 직면해 있다. 그는 또 다시 공동체로 도망치려 시도하고 있다. 심지어 술꾼이 다 되었다. 그러나 그렇게 되지는 않을 것이다. 그의 표적이 뒤덮여 있지만, 그것이 남모르게 그를 불태우고 있다고 말예요. 그렇지 않았나요?"

"아, 네, 그랬습니다. 정말 그랬어요. 그 다음 베아트리체를 알았고, 그 다음에 마침내 지도자가 다시 나타났습니다. 그의 이름은 피스토리우스였어요. 그때야 비로소 저는 내 소년 시절이 왜 그렇게 막스와 결부되어 있었는지, 그에게서 왜 도망칠 수 없었는지를 분명히 알게 되었습니다. 사랑하는 부인 …… 아니, 사랑하는 어머니, 그때 전 가끔 자살하지 않을 수 없다고도 생각했어요. 인생길이 누구에게나 그렇게 어려운가요?"

그 여인은 공기처럼 가볍게 내 머리를 쓰다듬어 주었다.

"탄생한다는 것은 언제나 어렵지요. 알겠지만, 새가 알을 깨고 나오려면 고생을 하지요. 돌이켜 생각하며 물어보세요. 대체 그 길이 그렇게도 어려웠던가? 그저 어렵기만 했던가? 또 아름답지는 않았던가? 그보다 아름답고 쉬운 길을 알고 있었던가?"

나는 머리를 가로저었다.

"어려웠습니다." 나는 꿈속에서처럼 말했다. "그 꿈이 나타나기까지는 어려웠습니다."

그녀는 고개를 끄덕이고, 뚫어지게 나를 바라보았다.

"그렇지요. 사람은 자기의 꿈을 찾아내야만 해요. 그러면 인생 길은 쉬워지지요. 그렇지만 언제까지고 지속되는 꿈이란 없어요. 어떤 꿈이나 새로운 꿈과 교체되는 것이며, 우린 어떤 꿈에도 집착하려 해서는 안 돼요."

나는 매우 놀랐다. 그것은 하나의 경고였을까? 아니면 방어였을까? 그러나 그건 마찬가지였다. 나는 그녀의 인도를 받고, 목표 같은 건 묻지도 않겠다는 준비가 되어 있었다.

"모르겠습니다." 나는 말했다. "제 꿈이 얼마나 오래 지속될 것인지를요. 그것이 영원하기를 바라지만요. 새 그림 밑에서 제 운명은 어머니처럼, 연인처럼 저를 맞이해 주었습니다. 전 그 운명에 속할 뿐, 그 이외의 어느 누구도 아닙니다."

"그 꿈이 당신의 운명인 한, 그 꿈에 충실해야 해요." 그녀는 진지하게 확인해 주었다.

슬픈 감정이, 그리고 이런 매혹당한 순간에 죽고 싶은 열렬한 소망이 나를 사로잡았다. 그리고 눈물이 – 얼마나 오랫동안 나는 울지 못했던가! – 억제할 수 없이 마음에서 솟아올라 나를 압도하는 것을 느꼈다. 급히 그 여인으로부터 몸을 돌려, 창가로 걸어가 흐릿한 눈으로 화분에 핀 꽃 너머를 바라보았다.

등뒤에서 그녀의 목소리가 들렸다. 침착한 음성이었지만, 철철 넘치도록 가득찬 포도주 잔처럼 애정이 넘치고 있었다.

"싱클레어, 어린아이 같군요! 당신의 운명은 당신을 정말 사랑하고 있어요. 당신이 충실하기만 하다면, 그 운명은 당신이 꿈꾸고 있는 것처럼 언젠가는 반드시 당신의 것이 될 거예요."

나는 마음을 진정하고, 다시 그녀에게로 얼굴을 돌렸다. 그녀가 내게 손을 내밀었다.

"내게 몇 명의 친구가 있어요." 그 여인은 미소를 지으면서 말했다. "몇 명 안 되지만, 아주 가까운 친구들이지요. 그들은 날 에바[49] 부인이라 불러요. 원하면 당신도 그렇게 불러줘요."

그녀는 나를 출입문으로 데리고 가서, 문을 열고 정원을 가리켰다. "막스가 저 밖에 있어요."

나는 감동을 받은 채 큰 나무들 아래에 멍청히 서 있었다. 예전보다 더 깨어 있는지, 혹은 꿈을 꾸고 있는지 알 수가 없었다. 나뭇가지에서 조용히 빗방울이 떨어져 내렸다. 나는 천천히 멀리 강기슭을 따라 뻗쳐 있는 정원으로 들어갔다. 드디어 데미안을 찾아냈다. 그는 윗도리를 벗은 채 문이 열린 정원의 정자 안에 서서, 매달아 놓은 샌드백을 치

---

[49] 에바는 『창세기』에 나오는 '하와'의 독일어 이름. 이 작품에서는 어머니-연인의 모습으로 형상화된 하나의 새로운 신을 상징함. 에바 부인은 헤세가 모든 삶의 양극적이고 대립적인 다양성의 합일을 실현시켜 놓은 시적 형상이라 할 수 있음. 싱클레어는 "영원히 여성적인 것"의 원상(原像)을 그녀에게서 발견함.

며 권투연습을 하고 있었다.

나는 놀라서 멈춰섰다. 데미안의 몸은 화려한 모습이었다. 벌어진 가슴, 야무지고 사내다운 머리, 치켜든 두 팔의 팽팽한 근육은 강하고 민첩했다. 그리고 율동이 허리와 어깨와 팔꿈치에서 마치 유희하는 샘물처럼 솟아나왔다.

"데미안!" 내가 소리쳐 말했다. "거기서 뭘 하고 있나?"

그는 명랑하게 웃었다.

"연습하고 있네. 그 작은 일본인하고 레슬링을 하기로 약속했거든. 그 녀석은 고양이처럼 날쌔고, 그만큼 꾀가 있어. 그러나 날 이겨내지는 못할 거야. 내가 그에게 빚진 아주 사소한 굴욕적인 일이 있거든."

그는 내의와 웃도리를 입었다.

"우리 어머니를 만났지?" 그가 물었다.

"응, 데미안, 정말 훌륭하신 어머니야! 에봐 부인이시지! 그 이름이 아주 잘 어울려. 그분은 모든 존재의 어머니 같아."

그는 잠시 생각에 잠긴 듯 내 얼굴을 쳐다보았다.

"벌써 그 이름을 알고 있나? 자랑으로 생각해도 좋아. 여보게! 어머니가 초면에 그 이름을 알려준 건 자네가 처음이야."

이날부터 나는 아들이나 형제처럼, 그리고 또 사랑하는 사람처럼 그 집에 드나들었다. 등 뒤로 대문을 닫을 때면, 그래, 멀리서 정원의 높은 나무들이 보일 때면, 나는 흐뭇하고 행복했다. 바깥에는 '현실'이 있었다. 거리와 집들, 사람들과 공공시설, 도서관과 강당 등이 있었다. ― 그러나 이 집안에는 사랑과 영혼이 있었고, 여기에는 동화와 꿈이 살고 있었다. 그럼에도 우리는 결코 세상과 동떨어져 살지 않았으며, 때로는 세상 한가운데서 생각하고 대화하며 살았다. 다만 다른 영역에서 살고 있을 따름이었다. 우리는 대다수의 사람들과 경계를 이루고 분리되어 있는 것이 아니라, 오직 관찰하는 방식만 달랐던 것이다. 우리의 사명은 이 세상에 하나의 섬(島)을 이루는 것인데, 하나의 모범이라 할 수도 있지만, 어쨌든 살아가는 데 있어서 다른 가능성을 알려주는 것이었다. 나는, 오랫동안 고독 속에 살았던 나는, 오로지 완전한 고독을 맛본 사람들 사이에서만 가능한 공동체를 알게 되었다. 행복한 인간들의 연회나 명랑한 사람들의 축제로 되돌아갈 생각은 전혀 없었다. 다른 사람들의 공동체를 바라볼 때, 결코 질투감이나 향수가 떠오르진 않았다. 그리고 나는 서서히 '표적'을 달고 있는 사람들의 비밀에도 정통하게 되었다.

  표적을 달고 있는 우리들이 세상 사람들에게 이상하다고, 심지어는 미쳤다고, 혹은 위험하다고 취급당하는 것은 당연한 일이다. 우리는 각성자(覺醒者), 혹은 각성해 가고 있는 인간들이었으며, 우리의 노력은 점점 완전해지는 깨달음을 향하고 있다. 반면에 다른 사람들의 노력과 행복의 추구는 그들의 의견, 그들의 이상과 의무, 그들의 생활과 행복을 군중집단의 그것과 더욱 밀접하게 결부시키는 일로 향하고 있다. 물론 그곳에도 노력이 있고, 거기에도 힘과 위대함이 있었다. 그러나 우리의 견해에 따르면, 우리들 표적을 단 사람들은 자연의 의지를 새로운 것, 독립적인 것, 그리고 미래적인 것으로 제시하는 반면에, 다른 사람들은 고착의 의지 속에서 살고 있었다. 그들에게 있어서 인간이란 – 우리와 마찬가지로 그들도 사랑하는 인간이란 – 유지되고 보호되어야만 하는 그 어떤 완성된 것이었다. 그러나 우리들에게 인간이란 먼 미래의 것이다. 그곳을 향해 우리 모두가 가고 있는 중이며, 그 모습을 어느 누구도 알지 못하고, 그 법칙이 아무 곳에도 기록되지 않은 미래의 것인 것이다.

에봐 부인과 막스와 나 이외에도 여러 종류의 많은 탐구자들이 가깝든 멀든 우리들 범주에 속하고 있었다. 그들 중 많은 사람들은 특별한 길을 가며, 개별적인 목적에 몰두하고 독특한 의견과 의무에 매달려 있었다. 그들 중에는 점성술사와 카발라교도, 심지어는 톨스토이[50]의 신봉자까지 있었다. 섬세하고 수줍고 마음 상하기 쉬운 여러 가지 사람들이 있었고, 새로운 교파의 신봉자, 인도식 수행 구도자

50) 톨스토이 Lev Nikolaevich Tolstoi(1828~1910)는 제정 러시아의 작가이며 사상가로, 구도적(求道的) 내면세계를 보여주었음. 대표작으로 《안나 카레니나》, 《전쟁과 평화》, 《부활》 등이 있음.

와 채식주의자 및 그밖의 사람들도 있었다. 이 모든 사람들과 우리는 아무런 정신적 공통점을 가지고 있지 않았다. 다만 누구나가 다른 사람의 비밀스런 인생의 꿈에 대해 경의를 표하고 있을 뿐이었다. 우리에게 보다 가까운 것은 신들과 새로운 소망의 형상에 대한 인간탐구를 과거에서 추구하는 다른 사람들이었는데, 그들의 연구는 내게 가끔 피스토리우스의 연구를 연상시켜 주었다. 그들은 책을 들고 와서, 고대어로 된 원서를 우리에게 번역해 주고, 고대의 상징과 교리의 도해를 보여주기도 했다. 이제까지 인간이 가졌던 모든 이상(理想)이란 무의식적인 영혼의 꿈으로, 즉 인간이 손으로 더듬어서 가능한 미래에 대한 예감을 추구한 꿈으로 이루어졌음을 가르쳐 주기도 했다. 그렇게 해서 우리는 고대세계의 천의 머리를 가진 경이로운 신들로부터 기독교적인 개종의 여명이 다가올 때까지를 통찰했다. 우리는 그 고독하고 경건한 사람들의 종파들과, 민족에서 민족으로 옮아간 종교의 변천을 알게 되었다. 그리고 우리가 수집한 모든 것으로부터 우리 시대와 현재의 유럽에 대한 비평이 생기게 되었다. 현대의 유럽은 비상한 노력을 기울여 인류의 강력하고 새로운 무기를 생산해 냈지만, 결국엔 심각하고 혹심한 정신의 황폐 속에 빠지게 되었다. 왜냐하면 유럽은 전 세계를 얻었지만, 그 때문에 자기의 영혼을 상실해 버렸기 때문이다.

이곳에도 특정한 희망과 구원설의 신자와 신봉자는 있었다. 유럽을 개종시키려는 불교도들이 있는가 하면, 톨스토이 신봉자와 그밖의 종파들도 있었다. 작은 모임 안에서 우리는 귀를 기울이고 들었으나, 어떤 교리건 상징 이외의 다른 의미로는 받아들이지 않았다. 우리 표적을 가진 사람들은 미래의 형성에 대해 조금도 걱정할 의무가 없었다. 우리는 모든 종파와 모든 구원설이 애당초부터 죽었고, 아무런 쓸모가 없는 것으로 생각했다. 유일하게 의무와 운명으로 느꼈던 것은 우리들 각자가 완전한 자기 자신이 되는 것, 우리 각자가 자기 내면에 작용하고 있는 자연의 싹을 정당하게 평가하고 의지에 따라 살아가는 것, 그리고 불확실한 미래가 초래할지도 모르는 모든 일에 대비해서 준비를 갖추고 있어야 한다는 것뿐이었다.

왜냐하면 이미 말했건 안했건 간에, 새로운 탄생과 현재 상태의 붕괴가 가까웠고 이미 느낄 수 있다는 것이 우리 모두의 감정에 분명해졌기 때문이다. 데미안은 여러 번 이런 말을 하였다. "무슨 일이 올지는 짐작할 수 없어. 유럽의 영혼은 무한히 오랫동안 매여 있는 동물과 같아. 그것이 풀어질 때, 그 첫 동요는 결코 좋은 일이 아닐 거야. 그러나 그렇게 오랫동안 끊임없이 사기당하고 마비된 영혼의 진정한 고난이 나타나는 날에는 지름길이나 돌림길이 중요한 게 아냐. 그렇게 되면 우리들의 날이 올 것이고, 그렇게 되면 우리를 필요로 하게 될 거야. 지도자나 새로운 입법자로서가 아니라 …… 우린 새로운 법률을 체험하지 못할 거야 …… 오히려 순응자로서, 운명이 부르는 곳으로 함께 가고, 거기에 나설 준비가 된 그런 사람으로서 말야. 보게나, 인간이란 모두가 그들의 이상이 위험에 처하면, 믿을 수 없는 일을 해낼 준비가 되어 있어. 그러나 새로운 이상, 새롭지만 위험하고도 무서운 성장의 움직임이 문을 두드릴 때에는 아무도 나타나지 않아. 그때 나타나 함께 갈 인간은 우리가 될 거야. 그래서 우리에겐 표적이 찍혀 있는 것이야. ……마치 공포와 증오를 불러일으키고 당시의 인간들을 답답한 목가(牧歌) 세계에서 위험스런 넓은 세계로 몰아가기 위해 카인에게 표적이 찍힌 것처럼 말야. 인류의 행로에 영향을 끼친 사람은 누구를 막론하고 운명적으로 각오가 되어 있었기 때문에, 그런 능력을 발휘하고 그런 활동을 했던 거야. 그것은 모세[51]와 불타(佛陀)[52]에도 적용되고, 나폴레옹과 비스마르크에게도 적용되지. 어떤 조류에 예배를 하든가, 혹은 어떤 극(極)의 지배를 받는다든가 하는 것은 선택사항이 아니야. 비스마르크가 사회민주당원들을 이해하고 그들에게 초점을 두었더라면, 그는 영리한 인간은 되었을지 모르지만, 운명의 사나이

---

51) 기원전 13세기경 이스라엘 민족을 이집트에서 해방시킨 민족지도자. 시내산에서 받은 신의 율법을 이스라엘민족에게 전함으로써 종교적·세속적 전통을 확립함.
52) 기원전 6세기경 인도에서 출생하여, 번뇌를 끊고 우주의 진리에 대한 깨달음을 얻어 중생을 위해 설법한 석가세존, 즉 부처를 말함.

는 되지 못했을 거야. 나폴레옹도 그랬고, 시저나 로욜라[53]나 그 밖의 모든 사람이 다 그랬지! 그런 것은 언제나 생물학적이며 진화론적 견지에서 생각해야 돼! 지구 표면의 변혁이 물에 사는 동물을 육지로, 육지에 사는 동물을 물속으로 몰아넣었을 때, 새롭고도 전대미문의 일을 수행하고 새로운 적응을 함으로써 자기 종족을 구할 수 있었던 것은, 운명에 대한 준비를 했던 좋은 본보기지. 누가 예전에 자기 종족 사이에서 보수적이고 보존적으로 뛰어났었는지, 아니면 변태적이고 혁명적이었는지는 알 수 없어. 다만 그들은 준비되어 있었고, 그래서 그들의 종족이 새로운 발전 단계로 넘어가도록 구원할 수 있었던 거야. 우린 그걸 알고 있어. 그래서 준비를 하려는 것이지."

그런 대화를 할 때면, 에바 부인도 종종 함께 있었다. 그러나 그 여인 자신이 이런 식으로 얘기하지는 않았다. 그녀는 자기의 생각을 말하는 우리들 각자에게 신뢰가 넘치고 이해심이 충만한 경청자이며 반향이었다. 마치 그런 생각들이 모두 그녀에게서 나와 다시 그녀에게로 돌아가는 것 같았다. 그 여인 가까이에 앉아 가끔 그녀의 목소리를 듣고, 그 여인을 에워싼 성숙함과 영혼의 분위기에 참여하는 것은 행복한 일이었다.

만일 나의 내면에 어떤 변화나 혼탁이나 또

---

53) 로욜라 Ignatius Loyola(1491~1556)는 에스파냐의 성직자로 1534년에 「예수회」를 창립하고, 1622년에 성자의 반열에 오름.

는 혁신이 일어나면, 그녀는 당장 그것을 느꼈다. 내가 잠잘 때 꾸는 꿈은 마치 그 여인의 암시에 의한 것 같았다. 나는 종종 꿈 이야기를 했는데, 그녀에게 그 꿈은 자명하고도 자연스러웠다. 그녀가 분명히 느껴 추종할 수 없는 괴상한 꿈이란 하나도 없었다. 얼마 동안 나는 우리들이 낮에 한 대화를 복제(複製)한 것과 같은 꿈을 꾸었다. 온 세계가 혼란에 빠지고 나 혼자, 혹은 데미안과 함께 긴장하여 거대한 운명을 기다리는 꿈을 꾸었다. 그 운명은 숨겨져 있었지만, 어딘지 에바 부인의 모습을 지니고 있었다. - 그 여인에게 선택되거나 또는 배척되는 것, 그것이 바로 운명이었던 것이다.

가끔 그 여인은 미소를 지으며 이런 말을 했다. "당신의 꿈은 완전치가 않아요, 싱클레어. 가장 좋은 걸 잊고 있어요." - 그러고 나서야 그것이 생각에 떠올랐다. 어떻게 그걸 잊어버릴 수 있었는지 이해할 수가 없었다.

때때로 나는 불만으로 가득 차고, 욕망에 젖어 고민했다. 그 여인을 끌어안지도 못하면서, 가까이 보기만 한다는 것을 더는 참을 수 없다고 생각했다. 그녀는 그것도 당장 알아챘다. 언젠가 여러 날을 찾아가지 않다가 미칠 것 같은 마음으로 다시 찾아갔을 때, 그 여인은 나를 한 켠으로 데리고 가 이렇게 말했다. "당신이 믿지 못하는 소망에 몰두하면 안 돼요. 당신이 뭘 원하는지 난 알아요. 그런 소망을 포기하거나, 아니면 완전하고 올바르게 소망해야만 하는 거예요. 마음속에서 그 성취를 확신할 만큼 소망할 수 있으면, 성취될 수도 있는 거예요. 당신은 소망하면서도 다시 후회하고, 그리고 겁도 내고 있어요. 그 모든 게 극복되어야만 해요. 한 가지 이야길 해줄게요."

 그리고 그 여인은 별을 사랑하게 된 젊은이의 이야기를 해주었다. 그 젊은이는 바닷가에 서서 손을 뻗치고, 별을 우러러보고, 별의 꿈을 꾸고, 별에 온 생각을 쏟았다. 그렇지만 별이 인간에게 안길 수 없다는 것을 그는 알고 있었다. 아니면, 알고 있다고 생각했다. 실현될 가능성이 없지만 별을 사랑하는 것이 자기의 운명이라고 생각했다. 그리고 이런 생각에서 체념에 관한, 자신을 개선시키고 정화시켜 줄 말없는 진지한 고민에 관해 완전한 생명의 시(詩) 한 편을 썼다. 그러나 그의 꿈은 온통 별을 향하고 있었다. 어느 날 밤 그는 다시 바닷가 높은 절벽 위에 서서 별을 쳐다보며, 별에 대한 사랑에 불타고 있었다. 그리고 그리움이 절정에 달한 순간 그는 별을 향해 뛰어 허공으로 날았다. 그러나 뛰는 순간에 번개처럼 재빨리 다시 생각했다. 정말 불가능한 일이야! 라고. 그러자 그는 저 아래 해변에 떨어져 산산조각이 나 죽어 버렸다. 사랑하는 법을 알지 못했던 것이다. 만일 뛰던 그 순간에 굳고 확실하게 실현될 것이라 믿는 정신력만 있었더라면, 그는 하늘로 높이 날아올라 별과 하나가 되었을 것이다.

"사랑이란 간청해서는 안 되는 거예요." 그녀가 말했다. "요구해도 안 되고요. 사랑은 자기의 내면에서 확신에 도달하는 힘을 지녀야만 되는 거예요. 그럼 사랑이 끌려오지 않고, 끌어당기게 되지요. 싱클레어, 당신의 사랑은 내게 끌려오고 있어요. 언제고 사랑이 나를 끌어당기면, 난 끌려갈 거예요. 선물을 주고 싶진 않아요. 난 끌려지길 원해요."

그러나 다음번에는 다른 이야기를 해주었다. 희망도 없이 사랑하는 한 남자가 있었다. 그는 완전히 자기의 영혼 속에 틀어박혀 사랑하는 나머지 불타 없어질 것 같았다. 세상도 사라지고, 푸른 하늘도 푸른 숲도 더 이상 보이지 않았다. 시냇물도 속삭이지 않고, 하프 소리도 울리지 않았다. 모든 것이 사라져 버리고, 그는 초라하고 비참하게 되었다. 그러나 그의 사랑은 자라났다. 자기가 사랑하는 아름다운 여자에 대한 소유를 단념하느니보다는 차라리 죽어 없어지고 싶었다. 그때 자기의 사랑이 내면에 있는 다른 모든 것을 불태워 버렸음을 느꼈다. 그리고 그 사랑은 강력해져서 끌어당기고 또 끌어당기게 되었다. 그러자 그 아름다운 여자도 따라오지 않을 수 없었고, 또 끌려왔다. 그녀를 끌어당기기 위해, 그는 두 팔을 벌리고 서 있었다. 그러나 그녀가 그의 앞에 와 섰을 때, 그 여자는 완전히 달라져 있었다. 그는 몸서리치며 자기가 잃어버렸던 온 세상을 끌어당긴 것을 느끼고 또 보았다. 그 세상이 앞에 와서 그에게 몸을 내맡겼다. 하늘과 숲과 시냇물, 그 모든 것이 새로운 빛으로 생생하고도 화려하게 그에게 다가와서, 그의 것이 되고 그의 언어로 말하는 것이었다. 그래서 그는 단순히 한 여자만 얻은 것이 아니라, 온 세상을 마음속에 갖게 되었으며, 하늘의 모든 별들이 내면에서 타오르고, 그의 영혼을 통해 환희의 불꽃을 반짝였다. – 그는 사랑을 했으며, 동시에 자기 자신을 발견했던 것이다. 그러나 대개의 사람들은 사랑하면서 자신을 잃어버린다.

에봐 부인에 대한 사랑이 내 인생의 유일한 내용처럼 생각되었다. 그러나 그 사랑은 매일매일 달라보였다. 여러 번이나 확실히 느낀 바는, 내 본질이 이끌려가려는 것은 그 여인 개인이 아니라 내 내면의 상징에 불과한 여인이며, 나를 단지 나 자신에게로 더욱 깊이 이끌어가고자 한다는 것이었다. 때로는 내 마음을 뒤흔들었던 절박한 질문에 대한 무의식적인 대답처럼 들리는 말을 그 여인한테서 듣는 일도 있었다. 그리고 어떤 순간에는 그 여인 곁에서 느낀 관능적인 욕망에 불타면서, 그녀가 만졌던 물건에 키스를 하기도 했다. 그리고는 관능적 사랑과 비관능적인 사랑이, 현실과 상징이 점차 서로 겹치고 밀치기도 하였다. 다음에는 우리 집 내 방에 앉아서 조용한 마음으로 진정 그 여인을 생각했는데, 그때 그녀의 손이 내 손에, 그녀의 입술이 내 입술에 닿는 것 같은 느낌이 들었다. 또 그 여인의 곁에 앉아서 그녀의 얼굴을 바라보고, 그녀와 이야기하고 그녀의 목소리를 들으면서도, 그 여인이 현실인지 꿈인지 알 수 없는 때도 있었다. 나는 사랑을 어떻게 지속시키고 불멸의 것으로 간직할 수 있는지 예감하기 시작했다. 어떤 책을 읽다가 새로운 인식을 하게 되었는데, 그것은 에봐 부인의 키스와 똑같은 감정이었다. 그 여인은 내 머리를 쓰다듬어 주고, 성숙하고 향기로운 따스함으로 미소를 지었다. 그럴 때면 마치 내 자신의 내면이 한 걸음 진보를 한 것 같은 감정을 느꼈다. 내게 중요하고 운명이 된 모든 것이 그 여인의 모습을 지닐 수 있었다. 그 여인은 내 모든 생각으로 변신할 수 있었고, 내 모든 생각은 그 여인으로 변화할 수 있었다.

크리스마스 휴가를 부모님 집에서 지내야 한다는 것이 두려웠다. 에봐 부인과 2주일이나 떨어져 산다는 것이 고통스러운 일이라 생각했기 때문이다. 그러나 그렇게 고통스럽지는 않았다. 집에 앉아서 그 여인을 생각하는 것도 멋있는 일이었다. H시로 돌아왔을 때도 그런 안정감과 그녀의 감각적 존재로부터의 독립감을 즐기기 위해, 나는 이틀 동안이나 그녀의 집을 멀리하고 있었다. 그뿐만 아니라 그 여인과의 합일(合一)이 새로운 비유적 방법으로 성취된 꿈도 꾸었다. 그녀는 내가 흘러들어가는 바다였다. 그 여인은 별이었고, 별이 된 내 자신이 그녀에게로 달려가는 중이었다. 그리고 우리는 서로 만났고, 서로가 끌어당기고 있음을 느꼈다. 우린 함께 머물렀고, 모든 시간에 가까이에서 쟁쟁히 울리는 원을 그리면서 서로서로 행복하게 맴돌고 있었다.

내가 다시 그녀를 찾아갔을 때, 이런 나의 꿈 이야기를 했다.

"그 꿈은 아름답군요." 그 여인은 조용히 말했다. "그것이 사실이 되도록 하세요!"

이른 봄철에 내가 결코 잊을 수 없는 날이 왔다. 나는 홀 안으로 들어갔다. 한쪽 창문이 열려 있었으며, 훈훈한 기류가 히야신스의 짙은 향기를 방안으로 휘몰아왔다. 아무도 보이지 않기에 계단을 올라가서 막스 데미안의 서재로 갔다. 나는 가볍게 문을 두드리고는, 언제나 그랬듯이 대답도 기다리지 않고 들어섰다.

방은 어두웠고, 커튼은 모두 닫혀 있었다. 막스가 화학실험실로 꾸며 놓은 조그마한 옆방으로 통하는 문이 열려 있었다. 그곳으로부터 비구름을 통해 비치는 밝고 하얀 봄날의 햇빛이 비쳐들고 있었다. 아무도 없다고 생각한 나는 한쪽 커튼을 젖혔다.

그때 커튼이 쳐진 창문 가까이에 있는 의자 위에 막스 데미안이 이상스럽게 변모한 모습으로 웅크리고 앉아 있는 것이 보였다. 그러자 번개처럼, 난 언젠가 이런 모습을 본 적이 있었지! 하는 느낌이 들었다. 그는 두 팔을 꼼짝도 하지 않고 내려뜨린 채, 두 손을 무릎 위에 올려놓고 있었다. 눈을 뜬 채 약간 앞으로 숙인 얼굴은 초점을 잃고 사멸해 있었으며, 눈동자에는 작고 반짝이는 반사광(反射光)이 유리에서처럼 죽은 듯 빛나고 있었다. 창백한 얼굴은 자기 내면에 침잠해 있고, 무시무시한 마비 상태 이외에는 아무런 표정도 없었다. 그것은 마치 사원(祠院) 현관에 있는 태고적 짐승의 얼굴과도 같았다. 그는 숨도 쉬지 않는 것처럼 보였다.

기억으로 인해 나는 몸서리쳤다. ― 수년 전 아직 조그만 어린아이였을 때, 나는 이런 일을, 이와 꼭 같은 것을 본 적이 있었다. 저렇게 두 눈은 내면을 응시하고 있었고, 저렇게 두 손은 꼼짝 않고 나란히 놓여 있었으며, 파리가 한 마리 그 얼굴에 기어 다니고 있었다. 그리고 아마 6년 전인가 그때에도 그는 꼭 저렇게 나이 들고, 저렇게 시간을 초월한 듯 보였으며, 얼굴 주름살 하나까지도 오늘과 다르지 않았었다.

공포감에 사로잡혀 나는 조용히 방에서 나와 계단을 내려왔다. 홀에서 에바 부인을 만났다. 그녀는 창백했고 피로해 보였는데, 그런 표정을 본 일이 없었다. 그림자가 창문을 스쳐지나갔고, 눈부신 하얀 햇빛이 갑자기 사라져 버렸다.

"막스에게 갔었어요." 나는 빠르게 속삭였다. "무슨 일이 있었나요? 그가 잠을 자는 건지, 아니면 침잠해 있는 건지 모르겠어요. 예전에도 그런 걸 본 적이 있어요."

"그 애를 깨우지는 않았겠지요?" 그 여인은 급히 물었다.

"그래요. 제가 들어간 것도 모르던 걸요. 곧 돌아나왔어요. 에바 부인, 그에게 무슨 일이 있는지 말해주시겠어요?"

그 여인은 손등으로 이마를 쓰다듬었다.

"안심해요, 싱클레어. 아무 일도 없어요. 자신에 침잠한 거예요. 오래 걸리지는 않을 거예요."

그녀는 일어섰고, 막 비가 내리기 시작했는데도 정원으로 나갔다. 내가 함께 가서는 안 된다고 느꼈다. 그래서 나는 홀 안을 서성대며, 마취시킬 듯한 히아신스의 향내를 맡기도 하고, 문 위에 걸린 내가 그린 새 그림을 뚫어져라 쳐다보기도 하면서, 오늘 아침이 집을 가득 채우고 있는 이상한 그림자를 두근거리는 마음으로 호흡하고 있었다. 이게 어찌된 일일까? 무슨 일이 일어난 걸까?

에바 부인은 곧 돌아왔다. 까만 머리에 빗방울이 맺혀 있었다. 그녀는 안락의자에 앉았다. 피로가 그 여인을 누르고 있었다. 나는 옆으로 다가가서, 그녀에게 몸을 굽히고, 머리에 맺힌 물방울에 키스했다. 그녀의 두 눈은 밝고 고요했다. 그러나 그 물방울이 내게는 눈물 같은 맛이 났다.

"그에게 가볼까요?" 나는 속삭이듯 말했다.

그 여인은 힘없이 미소를 지었다.

"어린애 같은 짓 말아요, 싱클레어!" 그 여인은 자기 내면의 마력을 깨뜨리기라도 하려는 듯 큰소리로 나무랐다. "이제 가보세요.

그리고 후에 다시 오세요. 지금은 함께 얘기를 나눌 수가 없어요."

나는 뛰쳐나와 집과 도시를 지나서 산으로 달려갔다. 비스듬히 내리는 가는 비가 내게 마주쳐 왔고, 구름은 짙게 압축되어 겁을 먹은 듯 나지막하게 흘러가고 있었다. 아래쪽에는 바람이 거의 불지 않았으나, 높은 곳에서는 폭풍이 몰아치고 있는 것 같았다. 때때로 잠시 동안 강철 같은 잿빛의 구름 사이로 태양 빛이 창백하면서도 눈부시게 비쳐 나왔다.

그때 하늘에서 엷은 노랑색의 구름이 흘러갔다. 그 구름이 잿빛 벽에 막히자, 바람은 몇 초 동안에 그 노랑색 구름과 푸른 하늘에서 하나의 상(像)을, 한 마리의 거대한 새의 모습을 형성해 냈다. 그 새는 푸른 혼돈으로부터 뛰쳐나와 훨훨 날개를 치며 하늘로 사라졌다. 그러고 나자 폭풍 소리가 들려오고, 빗방울이 우박과 뒤섞여 세차게 떨어졌다. 짤막하지만 요란스럽고 무섭게 울리는 천둥소리가 빗방울에 얻어맞은 풍경 속에 울려 퍼졌다. 그러다가 다시 곧 햇살이 새어나왔고, 갈색의 수풀 너머 가까운 산봉우리에 창백한 눈[雪]이 어슴푸레하게 비현실적으로 반짝였다.

비에 젖고 바람에 시달리다 몇 시간 후에 돌아왔을 때, 데미안이 직접 대문을 열어주었다.

그는 자기 방으로 나를 데리고 올라갔다. 실험실에는 가스불이 타고 있었고, 종이들이 사방에 흩어져 있었다. 그는 일을 하고 있었던 것 같았다.

"앉게나." 그는 권했다. "피곤할 거야. 더러운 날씨였어. 바깥에서 몹시 헤매 다닌 것 같군. 곧 차를 가져올 거야."

"오늘 무슨 일이 있어." 나는 망설이면서 말을 시작했다. "그저 약간의 비바람뿐일 수는 없어."

그는 살피듯이 나를 쳐다보았다.

"자네 무엇인가를 보았지?"

"그래, 구름 속에서 잠깐 동안 분명히 하나의 상을 보았어."

"무슨 상을?"

"한 마리의 새였어."

"그 매였나? 그것이었어? 자네 꿈의 새 말야?"

"응, 나의 매였어. 누렇고 굉장히 컸었는데, 검푸른 하늘로 날아갔어."

데미안은 깊은 한숨을 내쉬었다.

문을 두드리는 소리가 났다. 늙은 하녀가 차를 가져왔다.

"자, 들게, 싱클레어. …… 자네가 우연히 그 새를 본 것으로 여겨지지 않는데?"

"우연이라고? 그런 걸 우연히 볼 수가 있을까?"

"좋아, 그럴 수 없지. 무언가를 의미하고 있는 거야. 무엇을 의미하는지 알겠나?"

"모르겠어. 그저 일종의 동요(動搖)를, 운명 속에서의 일보를 의미한다고 느낄 뿐이야. 또한 그것이 우리 모두와 관계가 있다고 생각해."

그는 조급하게 왔다 갔다 했다.

"운명 속에서의 일보라!" 그는 크게 소리쳤다. "나도 어젯밤 그와 똑같은 걸 꿈꾸었어. 어머니도 어제 예감을 받았는데, 똑같은 걸 말해주는 것이었어. …… 내 꿈은 내가 사다리를 타고 나무인지 탑인지를 올라가는 거였어. 위에 올라갔을 때, 온 지방이 다 보였는데, 거대한 평야에 있는 도시와 마을들이 온통 불타고 있었지. 아직 모든 것을 다 이야기할 수는 없어. 아직 모든 게 분명하지가 않아."

"자네는 꿈을 자신과 관련시켜 해석하나?" 내가 물었다.

"나와 관련시키느냐고? 물론이지. 자신과 관계되지 않은 꿈을 꾸는 사람은 아무도 없어. 그러나 나 혼자에게만 관련되는 건 아니야. 자네 말이 맞아. 나는 내 자신의 영혼에 동요를 암시하는 꿈과, 아주 드물긴 하지만, 전 인류의 운명이 암시되는 꿈을 정확히 구별하지. 그런 꿈을 꾸는 일은 거의 없어. 그리고 그 꿈은 예언이었고, 또 실현된 꿈을 꾸어본 적은 한 번도 없어. 해몽이 너무 애매하겠지. 그러나 내게만 관계되지 않는 꿈을 꾸었다는 건 분명해. 이를테면 그 꿈은 다른 사람들에 관계된 것인데, 내가 꾼 이

전의 꿈의 속편으로 지금도 계속되고 있어. 싱클레어, 이 꿈들에서 난 예감을 얻고 있는데, 자네에게 벌써 말했었지. 우리들 세상이 정말 썩었다는 건 알고 있지만, 그게 세상이 멸망한다거나 그와 비슷한 예언을 할 만한 근거는 못 될 거야. 그러나 난 여러 해 전부터 꿈들을 꾸고 있는데, 그것으로 결론을 내리고 있어. 혹은 자네가 원하는 대로 말해서, 난 느끼고 있어. …… 어쨌든 낡은 세계의 붕괴가 가까이 다가오고 있음을 느낀다는 거야. 처음에는 아주 약하고 요원한 예감이었지만, 그 예감은 점점 뚜렷해지고 강해졌어. 나와도 함께 관계가 있는 그 어떤 거대하고 무서운 것이 다가오고 있다는 것 이외에는 아직 아무것도 모르겠네. 그러나 싱클레어, 우린 이미 여러 번 얘기한 것을 경험하게 될 거야! 이 세상은 쇄신될 거야. 죽음의 냄새가 나. 죽음 없이는 결코 새로운 것이 생기지 않지. …… 그건 내가 생각했던 것보다 훨씬 무시무시한 일이야." 나는 깜짝 놀라서 그를 빤히 바라보았다.

"자네 꿈의 나머지를 이야기해 줄 수 없겠어?" 나는 수줍은 듯이 부탁했다.

그는 머리를 가로 저었다.

"안 돼."

문이 열리고, 에바 부인이 들어왔다.

"여기 같이들 있었구나! 너희들 슬퍼하진 않겠지?"

그 여인은 생기가 돌고, 전혀 피로해 보이지 않았다. 데미안은 미소를 지어보였으며, 그 여인은 불안해하는 자식들에게 다가가는 어머니처럼 우리들에게로 가까이 왔다.

"우린 슬퍼하지 않아요, 어머니. 그저 이 새로운 징조를 좀 풀어보고 있었어요. 그렇지만 아무 상관이 없어요. 닥쳐올 것은 갑자기 나타날 것이며, 그렇게 되면 우리가 알아야 할 걸 경험하게 될 거예요."

그러나 나는 기분이 나빴다. 그래서 작별을 하고 혼자서 홀을 지나갈 때, 히야신스 향기가 시들고 무미하고 송장처럼 느껴졌다. 우리 머리 위에 그림자가 드리워진 것이었다.

제8장
종말의 발단

　나는 여름학기에도 H시에 머물 수 있도록 나의 뜻을 관철했다. 집안에 있는 대신, 우리는 이제 거의 시냇가의 정원에서 지냈다. 레슬링에 완전히 패배한 일본인도 떠났고, 톨스토이의 신봉자도 또한 사라졌다. 데미안에겐 말 한 필이 있었는데, 그는 매일같이 끈질기게 말을 탔다. 나는 종종 그의 어머니와 단 둘이만 있었다.
　때때로 나는 평화로운 내 인생을 이상스럽게 여겼다. 너무나 오랫동안 고독하게 지내는 일과 단념하는 연습, 그리고 여러 가지의 고통과 싸워가는 일에 익숙해 있었다. 그래서 H시에서 지낸 수개월이 내게는 마치 안락하고 황홀한 채, 오로지 아름답고 쾌적한 일들과 감정 속에서만 살아도 되는 꿈속의 섬과 같이 생각되었다. 나는 이것이 우리가 생각했던 저 새롭고 보다 높은 공동체의 전조임을 예감했다. 그러나 가끔 이런 행복을 넘어서 깊은 비애에 사로잡히곤 했다. 그런 생활이 오래 지속될 수 없다는 것을 잘 알고 있었기 때문이다. 나는 풍요와 안락 속에서 호흡하도록 태어나지는 않았다. 고뇌와 광분을 필요로 했다. 어느 날이고 나는 이 아름다운 사랑의 영상에서 깨어나고, 다시금 고독이나 투쟁만 있을 뿐, 아무런 평화도 공존도 없는 다른 사람들의 차가운 세상에서 홀로 고독하게 살아가게 되리라는 것을 분명히 느끼고 있었다.

그리하여 나는 내 운명이 아직 이렇게 아름답고 고요한 모습을 지니고 있다는 것을 기뻐하며, 갑절의 애정을 품고 에봐 부인의 곁에 달라붙어 있었다.

여름의 몇 주일이 쏜살같이, 그리고 경쾌하게 지나갔다. 학기도 벌써 끝나가고 있었다. 이별이 눈앞에 다가왔다. 난 이별을 생각해서는 안 되었고, 또 생각하지도 않았다. 꿀이 든 꽃 위에 나비가 달라붙듯 이 아름다운 날들에 매달렸다. 그것은 행복한 시절이었고, 내 인생의 첫번째 성취였으며 동맹에 들어간 것이었다. - 다음에는 무슨 일이 닥쳐올 것인가? 나는 또 다시 투쟁할 것이고, 그리움으로 괴로워하고, 꿈을 꾸고, 고독하게 홀로 살아갈 것이다.

그 무렵의 어느 날 이런 예감이 아주 강하게 엄습해 와서, 에봐 부인에 대한 내 사랑이 갑자기 고통스럽게 불타올랐다. 맙소사, 멀지 않아 나는 그 여인을 더 이상 보지 못할 것이다. 집안을 돌아다니는 그녀의 확고하고 다정한 발걸음도 듣지 못하고, 앞으로는 내 책상 위에 그녀가 놓아준 꽃도 보지 못하게 될 것이다! 그런데 난 무엇을 이룩했단 말인가! 그 여인을 얻는 대신, 그녀를 얻기 위해 싸우는 대신, 그녀를 영원히 내 사람으로 빼앗는 대신에, 나는 꿈을 꾸었고, 쾌적함 속에 몸을 맡겼을 뿐이다! 그 여인이 전에 진정한 사랑에 관해 이야기했던 것이 모두 머리에 떠올랐다. 수백 가지의 세련된 경고의 말들, 수많은 가벼운 유혹들, 그리고 어쩌면 수많은 약속들까지. - 거기서 난 무엇을 이루어 냈나? 아무것도 없다! 아무것도 없는 것이다!

나는 방 한가운데에 서서, 완전히 의식을 집중시켜 에바 부인을 생각했다. 그녀에게 내 사랑을 느끼게 하고, 그녀를 내게로 끌어당기기 위해, 영혼의 힘을 집중시키려 했다. 그녀가 와야만 하고, 내 포옹을 열망해야만 한다. 내 키스가 탐욕스럽게 그녀의 무르익은 사랑의 입술을 파고들어야 한다.

나는 서서 손가락과 발가락에서부터 차가와 올 때까지 긴장했다. 힘이 빠져나가는 것을 느꼈다. 잠시 동안 무엇인가 밝고 차가운 것이 내면에 단단하고 밀집하게 응결되었다. 잠시 가슴속에 수정이라도 지닌 듯한 기분이 들었다. 그리고 그것이 나의 자아(自我)라는 것을 알았다. 가슴까지 냉기가 올라왔다.

무서운 긴장에서 깨어났을 때, 나는 무엇인가가 오고 있음을 느졌다. 나는 죽을 지경으로 지쳐 있었다. 그러나 불타는 듯 황홀하게, 에봐가 방안으로 들어서는 광경을 기대하고 있었다.

그때 말발굽 소리가 긴 거리를 따라 달가닥거리며 다가왔다. 그 소리는 아주 가까운 데서 요란스럽게 울리더니 갑자기 중단되었다. 나는 창가로 뛰어갔다. 데미안이 말에서 내리고 있었다. 나는 아래로 내려갔다.

"무슨 일인가, 데미안? 설마 어머니께 무슨 일이 생긴 것은 아니겠지?"

그는 내 말을 듣고 있지 않았다. 그는 매우 창백했으며, 이마에서 양쪽 뺨으로 땀이 흘러내렸다. 헐떡이는 말의 고삐를 정원의 울타리에 매고는 내 팔을 잡고 나와 함께 거리를 걸어 내려갔다.

"자네도 무엇인가를 알고 있나?"

나는 아무것도 몰랐다.

데미안은 내 팔을 꽉 잡았다. 어둡고 동정적이며 이상스러운 눈초리를 한 채, 내게로 얼굴을 돌렸다.

"그래, 친구, 이제 터진 거야. 러시아와의 초긴장 상태는 알고 있었겠지?"

"뭐라고? 전쟁이 터졌어? 그러리라고 생각하진 않았어."

가까이에 아무도 없는데도 그는 나지막한 소리로 말했다.

"아직 포고되진 않았어. 그러나 전쟁이야. 내 말을 믿어. 이제까지는 이 문제로 자넬 괴롭히진 않았어. 그러나 난 그 무렵부터 세 번이나 새로운 징조를 보았거든. 그러니까 이건 세계의 몰락도 아니고, 지진도 아니며, 혁명도 아니야. 전쟁이 일어나는 거야. 사태가 어찌 돌아가는지 알게 될 거야! 사람들에겐 환희가 될 거야. 벌써 모두가 전쟁이 터지는 걸 기뻐하고 있어. 인생이 그 정도로 무미건조해졌거든. …… 하지만 싱클레어, 이건 단지 시작에 불과하다는 걸 알게 될 거야. 아마 거대한 전쟁이, 아주 굉장히 큰 전쟁이 될 거야. 하지만 그것도 단순히 시작에 불과해. 새로운 것이 시작되고 있어. 한데 그 새로운 것이란 낡은 것에 집착하는 사람들에겐 깜짝 놀랄 일이 되거든. 자네는 어떻게 할 텐가?"

나는 어리둥절했다. 모든 것이 아직 의아스럽고 사실처럼 들리지가 않았다.

"모르겠어. …… 한데 자네는?"

그는 어깨를 으쓱했다.

"동원령이 내리면, 난 곧 입대하겠네. 나는 소위거든."

"자네가? 그런 줄 몰랐어."

"그렇지, 그건 내 적응 방법 중 한 가지야. 자네도 알지만, 나는 외부에 나타내지기를 좋아하지 않아. 다만 올바르게 살기 위해서 늘 지나치게 많은 일을 해왔지. 일주일 후엔 전쟁터에 나가 있을 것이라 생각하네 …….".

"맙소사……."

"왜 그래, 친구, 감상적으로 해석해서는 안 되네. 물론 살아있는 사람에게 발포명령을 한다는 것이 절대 재미있는 일은 아니지. 하지만 그건 부차적인 문제야. 이제 우리들 모두가 거대한 수레바퀴 속으로 휘말려 들어갈 걸세. 자네도 마찬가지야. 자네도 틀림없이 징집 당하게 될 거야."

"그럼, 데미안, 어머니는?"

이제야 나는 15분 전에 있었던 일을 다시 생각해 냈다. 세상이 얼마나 변해 버렸단 말인가! 그 달콤한 영상을 불러일으키려고 나는 온 힘을 집중했었다. 그런데 운명은 이제 갑자기 무시무시한 위협적 가면을 쓰고 새로이 나를 노려보고 있었다.

"우리 어머니 말야? 아, 어머니 걱정은 조금도 할 필요가 없어. 어머니는 안전하셔. 오늘날 이 세상 어느 누구보다도 안전하시지. …… 자네는 어머니를 아주 사랑하고 있지?"

"데미안, 자네도 그걸 알고 있었군?" 그는 밝고도 아주 활달하게 웃었다.

"이 어린 친구야! 물론 알고 있었지. 우리 어머닐 사랑하지 않고서 에바 부인이라고 부른 사람은 아직 아무도 없었다네. 한데, 그건 어땠지? 자네가 오늘 어머니나 나를 불렀는데, 그렇잖아?"

"응, 불렀어. …… 에바 부인을 불렀어."

"어머니는 그걸 감지하셨어. 그래서 어머니가 갑자기 나를 자네 한테 가보라고 보내신 거야. 그때 마침 어머니에게 러시아에 관한 소식을 이야기하고 있었거든."

우리는 다시 돌아섰고, 이젠 별로 할 말이 없었다. 그는 자기의 말을 풀고 말에 올라탔다.

위층에 있는 내 방으로 돌아와서야 나는 비로소 몹시 지쳤다는 것을 느꼈다. 데미안이 전한 소식때문에, 아니 그보다는 그 이전에 겪은 긴장 때문이었다. 하지만 에바 부인은 내가 부르는 소리를 들었던 것이다! 마음속의 생각으로 그 여인에게 닿았던 것이다. 그녀가 몸소 왔더라면 좋았을 텐데 - 오지 않더라도 이 모든 것은 얼마나 특별한가. 근본적으로 얼마나 아름다웠던가! 이제 전쟁이 일어난다는 소문이다. 이제 우리가 종종 이야기했던 일이 일어나기 시작한다는 것이다. 그런데 데미안은 그에 대해 상당히 많은 것을 미리 알고 있었다. 놀랍게도 지금 세계의 조류가 어느 곳으로든 우리의 곁을 그냥 지나치지 않는다는 것이다. - 그 물결은 갑자기 우리의 가슴을 통과해 흘러가고, 모험과 거친 운명이 우리를 부르고 있으며, 지금 아니면 머지않아 세상이 스스로 변화하려 하며, 우리를 필요로 하는 순간이 다가온다는 것이다. 데미안이 옳았다. 그걸 감상적으로 받아들여서는 안 되었다. 주목할 만한 일은 이제 내가 그다지도 고독했던 '운명'을 그렇게 많은 사람들과, 온 세상과 더불어 경험해야 된다는 것뿐이다. 물론 좋다!

나는 준비가 되어 있었다. 저녁때, 시내를 걸어갈 때, 구석구석마다 대단한 흥분에 들끓고 있었다. 어디를 가도 '전쟁'이라는 말뿐이었다!

에봐 부인의 집에 갔다. 우리는 정원에 있는 정자에서 저녁을 먹었다. 내가 유일한 손님이었다. 누구도 전쟁에 관해서는 한마디 하지 않았다. 다만 밤이 늦어 내가 떠나기 직전에야 에봐 부인이 말했다. "사랑하는 싱클레어, 당신이 오늘 나를 불렀어요. 내가 왜 직접 가지 않았는지 알 거예요. 그러나 이걸 잊지 말아요. 당신은 이제 부르는 법을 알고 있어요. 그러니 언제든 표적을 지닌 누군가가 필요할 때, 다시 부르도록 하세요!"

그녀는 일어나서 정원의 황혼 속을 먼저 걸어갔다. 그 신비에 찬 여인은 고요한 나무들 사이를 위대하고 품위 있게 걸어갔다. 그녀의 머리 위에는 수많은 별들이 조그맣고 사랑스럽게 빛나고 있었다.

이야기의 종말이 가까워졌다. 사태는 급격히 진전되었다. 곧 전쟁[54]이 시작되었다. 데미안은 은회색 외투로 된 군복을 입고, 아주 낯선 모습으로 떠나갔다. 나는 그의 어머니

---

54) 1914년 7월 28일 오스트리아의 세르비아에 대한 선전포고로 시작되어, 1918년 11월 11일 독일의 항복으로 끝난 제1차 세계대전을 말함.

를 집으로 데려다주었다. 나도 곧 그 여인과 작별을 했다. 그녀는 내 입술에다 키스를 하고, 잠시 나를 가슴에 꼭 끌어안았다. 그녀의 큰 두 눈이 내 눈 가까이에서 뜨겁게 불타고 있었다.

   사람들이 모두 형제가 된 것 같았다. 그들은 조국과 명예를 생각했다. 그러나 그것은 그들 모두가 한순간 감추어지지 않은 얼굴을 들여다본 운명이었던 것이다. 젊은 사람들이 병사(兵舍)에서 나와 기차를 탔다. 수많은 얼굴에서 나는 표적을 보았다. - 우리의 것과 같은 표적이 아니라 - 그것은 사랑과 죽음을 의미하는 아름답고 고귀한 표적이었다. 나도 전혀 본 적이 없는 사람들에게 포옹을 당했다. 그 의미를 이해하고 기꺼이 그에 응했다. 그들이 그렇게 하는 것은 열광이었지, 운명의 뜻은 아니었다. 그러나 그 열광은 신성했다. 그 열광은 그들 모두가 짧고도 고취적인 눈길로 운명의 눈을 바라본 데 기인하기에 감동을 주었다.

   내가 전쟁터에 나갔을 때는 이미 겨울이 다 되어 있었다.

   처음에 나는 사격으로 인한 흥분에도 불구하고 모든 것에 실망했다. 옛날에 나는 하나의 이상을 위해 살아갈 수 있는 인간이 왜 그렇게 적을까 하고 곰곰이 생각해 본 적이 많았다. 그런데 지금 나는 많은 사람들이, 그래 모든 사람들이 하나의 이상을 위하여 죽을 수 있음을 보았다. 다만 그것은 하등 개인적이거나 자유롭거나 선택된 이상일 수는 없었으며, 하나의 공통적이고 부과된 이상

이어야만 했던 것이다.

 그러나 시간이 감에 따라 내가 인간을 과소평가하였음을 알았다. 아무리 군무(軍務)와 공동의 위험이 그들을 획일화하였다고 하더라도, 나는 많은 살아있는 사람이나 죽어가는 사람들이 훌륭하게 운명의 의지로 다가가는 것을 보았다. 많은 사람들, 아주 많은 사람들이 공격할 때뿐만 아니라, 어느 때이건 확고하고도 아득하며 약간 신들린 듯한 시선을 하고 있었다. 그런 시선은 목적 외에는 아무것도 아는 것이 없고, 거대한 괴물에 대한 완전한 헌신을 의미했다. 설사 이들이 언제나 자기들이 원하는 바를 믿고 생각한다 할지라도 ― 그들은 준비되어 있었으며, 그들은 쓸 만했고, 그들에게서 미래가 형성되고 있었다. 그러나 이 세상이 전쟁과 영웅주의에 대해서, 명예와 그 외의 다른 전통적인 이상에 대하여 완강히 고집하는 것처럼 보이면 보일수록, 그리고 외면적인 인간성의 모든 목소리가 아득하고 비현실적으로 울리면 울릴수록, 이 모든 것은 피상적인 것에 불과했다. 그건 전쟁의 외적이고 정치적인 목적에 대한 질문이 피상적인 것에 불과한 것과 마찬가지였다. 깊은 심연에서는 무엇인가가 생성되고 있었다. 새로운 인간성과 같은 그 무엇이었다. 왜냐하면 나는 많은 사람들을 볼 수 있었고, 그들 가운데 많은 사람들이 내 옆에서 죽어갔기 때문이다. ― 그들에게는 증오와 분노, 살육과 파괴가 그 대상에 결부되지 않았다는 의식이 감정적으로 형성되어 있었던 것이다. 그렇다. 그 대상이란 목적과 마찬가지로 완전히 우연한 것이었다. 근원적인 감정은 가장 과격한 것까지도 적을 향한 것이 아니었다. 그 피비린내 나는 소행은 내면의 발산이었다. 새로이 탄생할 수 있기 위하여, 미쳐 날뛰고, 죽이고, 파괴하고, 죽기를 원하는 내면에서 분열된 영혼의 발산에 불과했다. 한 마리의 거대한 새가 알에서 나오려고 싸우고 있었다. 그런데 그 알은 세상이었고, 그 세상은 산산조각으로 깨져 버려야 했던 것이다.

  어느 이른 봄날 밤에 나는 우리가 점령한 농장 앞에서 보초를 서고 있었다. 맥없는 바람이 간간이 변덕스럽게 불어오고, 플랑드르 지방의 높은 하늘에는 구름 떼가 흘러가고 있었는데, 그 뒤 어딘가에 달이 떠 있다는 예감이 들었다. 나는 온종일 불안했다. 그 어떤 알 수 없는 걱정이 마음을 어지럽게 했던 것이다. 그때 나는 어두운 초소에서 이제까지의 내 생활과 에바 부인과 데미안에 대해 간절하게 생각해 보았다. 백양나무에 기대어 서서 요동치는 하늘을 뚫어져라 바라보았다. 남몰래 떨고 있는 밝은 하늘빛은 곧 솟아오르는 거대한 형상들의 행렬로 변하였다. 나는 이상하게도 맥박이 약하게 뛰고, 바람과 비에 피부가 무감각해지며, 내면적 경각심이 깨어나는 데서, 지도자가 내 주위에 와 있다는 것을 감지했다.

구름 속에 대도시가 보였다. 그곳에서 수백만 명의 사람들이 흘러나와서, 광대한 지역으로 혼잡하게 퍼져 나갔다. 그들 한가운데에 반짝이는 별을 머리에 달고 산처럼 거대하며, 에바 부인과 같은 모습을 지닌 어떤 강력한 신의 형상이 나타났다. 사람들의 대열은 마치 거대한 동굴 속으로 들어가듯 그 형상 속으로 빨려들어가 사라져 버렸다. 그 여신(女神)은 땅바닥에 웅크리고 앉았는데, 이마 위에는 반점이 환하게 빛나고 있었다. 꿈이 여신을 지배하고 있는 것처럼 보였다. 여신은 두 눈을 감았다. 그리고 그 커다란 얼굴이 고통으로 일그러졌다. 여신은 갑자기 날카롭게 소리를 질렀다. 그러자 이마에서 별들이, 수없이 많은 반짝이는 별들이 튀어나왔다. 별들은 멋진 활 모양과 반원을 그리면서 어두운 하늘 위로 날아올라갔다.

별들 중 하나가 밝은 소리를 내면서 똑바로 나를 향해 날아왔으며, 나를 찾는 것 같았다. - 그러다가 그 별은 굉장한 소리를 내며 수많은 불꽃으로 쪼개졌고, 나를 끌어올렸다가 다시 땅바닥으로 내동댕이쳤다. 천둥 같은 소리를 내면서 세상은 내 머리 위에서 붕괴되었다.

나는 흙에 뒤덮이고 많은 상처를 입은 채, 백양나무 가까이에서 발견되었다.

나는 지하실에 누워 있었다. 위에서는 포탄이 으르렁대고 있었다. 어느 수레에 누워서 나는 광막한 벌판 위를 덜커덕거리며 지나갔다. 대개는 잠을 잤거나 의식을 잃고 있었다. 그러나 잠을 깊이 자면 잘수록 무엇인가가 나를 끌어당기고, 내가 날 지배하는 어떤 힘을 따라가고 있다는 것을 그만큼 더 격렬하게 느꼈다.

나는 마구간의 짚으로 만든 침상에 누워 있었다. 어두웠다. 누군가가 내 손을 밟았다. 그러나 나의 내면은 계속해서 더 가려고 했다. 나는 한층 더 강력하게 끌리고 있었다. 다시 나는 수레에, 그 후에는 들것, 혹은 사다리 위에 누워 있었다. 점점 더 강렬하게 나는 어디로인지 갈 것을 명령받고 있음을 느꼈다. 거기까지 가려는 충동 이외에는 아무것도 느끼지 못했다.

드디어 나는 목적지에 도착했다. 밤이었다. 나는 완전한 의식을 갖고 있었다. 방금까지도 나는 내면의 강력한 끌림과 충동을 느꼈던 것이다. 이제 홀 안 바닥 위에 자리를 깔고 누워 있었는데, 내가 부름을 받은 그곳에 와 있음을 느꼈다. 나는 사방을 둘러보았다. 내 매트리스 바로 옆에 다른 매트리스가 놓여 있고, 그 위에 누군가가 누워 있었다. 그는 몸을 굽혀 나를 바라보았다. 그는 이마에 표적을 달고 있었다. 그것은 막스 데미안이었다.

나는 말을 할 수가 없었다. 그도 말을 할 수가 없었거나, 하려고 하지 않았다. 그저 나를 바라볼 뿐이었다. 머리 위의 벽에 걸린 등불이 그의 얼굴을 비춰주었다. 그는 내게 미소를 지어보였다.

무한히 오랜 시간 동안 그는 끊임없이 내 눈을 들여다보았다. 천천히 얼굴을 가까이 밀어왔는데, 우리 얼굴이 거의 맞닿을 정도였다.

"싱클레어!" 그가 속삭이듯 말했다.

나는 그의 말을 알아듣는다고 눈으로 신호했다.

그는 동정이라도 하는 듯 다시 미소를 지었다.

"어린 꼬마야!" 그는 미소 지으며 말했다.

그의 입이 바로 내 입 가까이에 있었다. 나직이 그는 말을 계속했다.

"프란츠 크로머를 아직도 기억할 수 있나?" 그는 물었다.

나는 눈을 깜박여 신호했다. 그리고 미소를 지을 수도 있었다.

"여보게, 싱클레어, 들어봐! 난 떠나야만 될 거야. 언젠가 나를 다시 필요로 할지도 몰라. 크로머나 혹은 다른 일 때문에 말이야. 그땐 날 부른다 해도, 그렇게 간단히 말을 타거나 기차를 타고 올 수는 없을 거야. 그러면 자네 자신의 내면에 귀를 기울여야 해. 그럼 내가 자네의 내면에 있다는 걸 깨닫게 될 거야. 알겠어? …… 그리고 또 한 가지! 에바 부인이 말했어. 만일 자네가 언제든 잘못되면, 내게 함께 해준 그분의 키스를 자네한테 해달라고 하셨어……. 싱클레어, 눈을 감게!"

나는 순순히 눈을 감았다. 조금씩 계속 흐르는 피가 전혀 그치려 하지 않는 내 입술에, 나는 가벼운 키스를 느꼈다. 그리고 나서 나는 잠이 들었다.

다음날 아침에 사람들이 깨웠다. 난 몸에 붕대를 감아야만 했던 것이다. 마침내 제대로 잠이 깼을 때, 나는 재빨리 옆 사람의 매트리스로 몸을 돌렸다. 그곳에는 한 번도 본 적이 없는 낯선 사람이 누워 있었다.

붕대를 감는 것은 아팠다. 그 이후 내게 일어난 모든 일은 아프기만 했다. 그러나 가끔 열쇠를 찾아내어 나 자신의 내면으로 완전히 내려가기만 하면, 거기에는 어두운 거울 속에 운명의 영상들이 잠들어 있고, 그 다음엔 그 어두운 거울 위에 몸을 굽히기만 하면 된다. 그러면 이젠 완전히 그와 똑같은, 내 친구이며 지도자인 그 사람과 똑같은 내 자신의 모습을 발견하게 된다.

작품 해설

진정한 자아(自我)를 찾아가는 방황

이인웅

I. 헤르만 헤세의 생애와 문학정신

나는 저 높은 하늘에 뜬 하나의 별이랍니다.
세상을 내려다보기도 하고 세상을 비웃기도 하고,
스스로의 불길 속에 타오르며 흩어지기도 하지요.

이는 외로이 고뇌하던 열아홉 살의 젊은 헤세가 쓴 〈나는 하나의 별〉이란 서정시의 한 구절이다. 이 시구가 말해주듯이 이 세상에 홀로 던져진 나는 끝없는 방황과 고민을 하며 이리저리 비틀거린다. 때론 희망찬 꿈에 부풀어 웃기도 하고, 때로는 처절한 비탄에 젖어 울기도 한다. 오만스럽게 세상을 경멸하는가 하면, 무한한 비애와 굴욕감으로 처참해지기도 한다. 나 자신의 정열에 불타오르다가는 산산조각으로 부서져 내리는 아픔을 맛보기도 한다. 미래에 대한 희망과 절망을, 부모에 대한 존경과 반항을, 친구에 대한 기대와 실망을, 이름 없는 애인에 대한 연민과 고민을, 신에 대한 믿음과 끝없는 회의를 갖기도 한다. 그러면서 우리는 자라나고 성숙해 가며, 인간 완성의 단계를 향하여 노력하는 것이다.

헤세는 진정한 나를 찾아가기 위해 고뇌하며 방황하는 사람들을 위해 글을 쓰는 작가이다. 누구보다도 많은 고민을 하면서 수많은 밤들을 뜬눈으로 지새운 그이기에 스스로 겪었던 온갖 슬픔과 갈등, 절망과 희망을 회상하며, 자신을 발견하려고 방황하는 젊은이들에게 위안에 찬 충고를 해준다. 나를 숨기거나 속이려 하지 않으며 참된 자아를 찾으려는 사람들에게 삶의 지혜를 일깨워 주기 위해 피나도록 글을 쓰는 것이다. 부조리로 가득 찬 현대문명의 아웃사이더인 히피와 비트족은 헤세를 그들의 사도(使徒)로 숭배한다. 그들의 성서가 된 《싯다르타》와 《황야의 이리》는 스크린에 담겨 영화가 되고, 그의 작품들은 50여 외국어로 번역되어 전 세계에서 매년 수천 만 권씩 팔려나간다. 특히 미국에서는 "데미안 지하 술집", "싯다르타 주점", "마술 극장 집", "황야의 이리 집" 등 헤세 작중(作中)에서 이름을 빌린 대학생 술집이나 카페가 무수히 생겨나고, "히피들의 성자(聖者) 헤르만 헤세" 운동이 전개되기도 한다. 오늘의 문예사가들 사이에서도 그는 "현시대의 영향력이 가장 큰 작가" 혹은 "우리 시대의 가장 위대한 정신적 사부

(師父)"로 일컬어지고 있다.

모든 인간의 운명이 그러하듯이 헤세의 인간 및 작가로서의 운명 또한 야릇한 것이었다. 전생(前生)의 영혼이 "히말라야 산중의 은둔자"였다는 헤세는 러시아에서 태어나 그곳에서 교육받은 아버지 요한네스 헤세와 인도학자의 딸로 인도에서 양육된 어머니 마리 군데르트 슬하에서 1877년 7월 2일 남부 독일의 작은 도시 칼브에서 출생하여 끊임없이 동양과 서양의 영향을 받으면서 자라난다. 내면과 외면에 이국풍적인 요소를 함께 지닌 그는 신학생으로, 방랑자로, 탑시계공장 견습공으로, 서점 점원으로 젊은 시절을 불안 속에 헤맨다. 27세가 되어서야 《페터 카멘친트》를 발표하고 작가로서의 첫 성공을 거둔다. 자애로운 어머니의 사랑에 굶주린 그는 10년 연상의 어머니 같은 여인 마리아 베르누이와 결혼하여 보덴 호숫가의 작은 마을에 자리를 잡고 자유 작가로서의 생활을 시작한다.

그러나 모성적 사랑도 발견하지 못하고, 안정된 정착 생활도 오래 지속되지 못한다. 독일은 제1차 세계대전의 소용돌이에 휘말리게 되고, 헤세는 로맹 롤랑과 친교를 맺고 사랑과 평화를 주장하며 반전문학운동을 전개한다. 그와 때를 같이하여 그는 독일을 떠나 스위스에 체류하면서 세계시민적 입장에서의 창작 활동을 계속한다. 얄궂은 운명은 잠시도 그를 내버려두지 않고 계속 휘몰아간다. 그동안 작가는 아버지의 사망, 첫부인의 정신 질환, 사랑하는 아들 마르틴의 죽음 등을 감당해 내야만 했다. 그뿐만 아니라 전쟁이 끝난 후에는 독일에서 환영받지 못하는 시민이요, 조국을 배반한 작가로 낙인찍히게 된다. 그의 책은 독일에서 출판 금지되고, 나치스들은 그를 집요하게 박해하고 추적한다. 이를 견뎌내시 못하고 결국 그는 독일 국적을 포기하고, 1923년에 영원한 스위스 국민이 된다.

불안에 떨며 스위스의 이곳저곳을 방황하던 헤세는 첫부인과 이혼하고, 47세에 20살 아래의 정열적인 처녀 루트 벵거와 두 번째 결혼을 한다. 그러나 행복한 가정생활을 영위하지 못하고, 1년이 지나 별거 생활을 시작하고 곧 법적 이혼을 한다. 50번째 생일을 맞으면서 작가는 스위스 남부의 그림같이 아름다운 마을 몬타놀라의 새 집으로 이사하여 은둔자처럼 살아간다. 그러면서 세 번째 부인이 된 오스트리아의 예술사가 니논 돌빈과 동거 생활을 시작한다. 이해심 많은 니논의 따스한 애정과 배려로 헤세는 아름다운 자연에 침잠하여 시와 소설을 쓰고, 수채화를 그리면서 만년의 안정을 찾아 조용한 생활을 영위한다. 실러문학상, 라베문학상, 괴테문학상을 비롯하여 1946년에는 노벨문학상을 수상한다. 이듬해에 베른대학으로부터 명예박사 학위를 수여받은 그는 1962년 8월 9일 뇌출혈로 인해 85세를 일기로 이 세상에서의 방랑을 끝마친다.

현실 생활에서 뿐만 아니라 무한한 창공을 자유로이 날아다니는 정신세계에 있어서도 헤세는 끝없이 방황한다. 《페터 카멘친트》, 《수레바퀴 아래서》, 《크눌프》 등 우리에게 너무나도 잘 알려진 초기 작품에서 그는 노발리스, 티크 등 독일 낭만파작가들의 영향을 받아 신낭만주의적 색채가 깃든 작품을 쓴다. 이때에 이미 작가는 자아와 전 우주와의 합일(合一)을 추구하는 전일사상(全一思想)을 직관적으로 예감하고, 자연과 신과 인간의 단일성을 낭만적 수법으로 작중에 서술한다. 사랑과 슬픔, 이별과 재회, 방랑과 우울, 고향과 그리움 등을 정감이 가득한 서정적 언어로 노래한 그의 문학은 감성이 예민한 사춘기의 청소년들을 한없이 매료시키는 작품들이다.

다음으로 헤세는 S. 프로이드, C. G. 융 등의 정신분석 및 심층심리학자들의 영향을 받아 《데미안》, 《클링소어의 마지막 여름》, 《요양객》 등의 역작을 탄생시킨다. 다른 한편으로는 인도의 지혜에 심취하여 그 사상과 정신이 깃든 《싯다르타. 인도의 시(詩)》, 《인도의 이력서》와 같은 작품을 쓰기도 한다. 여기에서도 작가는 밝고 어두운 두 개의 세계와 양극적 단일성에 관한 신-악마적인 상징들을 구체적으로 묘사한다. 선과 악을 함께 포괄하고 있는 새로운 신 "아브락사스", 남성적인 면과 여성적인 면을 동시에 지닌 에봐 부인 등이 그 예이다. 특히 《싯다르타》에서는 영원한 변화와 통일의 상징인 강물을 통하여 우주 만물의 단일성을 투시하고 각성하는 과정을 동양적 정신에 따라 구현하고 있다.

후기 현대인들의 성서가 된 《황야의 이리》에서는 동물적 요소와 인간적 요소를 한 몸에 지닌 주인공 하리 할러가 등장한다. 그는 환각제를 피우고 새즈음악을 듣고 미친 듯 춤을 추면서 팽팽했던 정신적 긴장을 해소하게 되고, 마술극장에서는 시간과 공간을 초월한 전일성을 상징하는 "불멸인(不滅人)들"의 세계로 몰입한다. 다음의 《나르치스와 골드문트》에서는 양극적 대립성을 두 인간, 즉 정신과 이성의 대변자인 나르치스와 자연과 사랑의 대변자인 골드문트에 구체화시킨다. 우주 만물의 양극성을 나타내는 동시에 이 대립적 존재가 합하여야 비로소 완전한 하나가 된다는 조화로운 합일이 서술된다.

《진리의 증인 노자(老子)》란 책을 쓴 아버지, 일본학자인 외사촌 W. 군데르트, 중국학자인 친지 R. 빌헬름 등의 영향을 받아 헤세는 동양의 지혜에 심취한다. 《노자》, 《장자》, 《공자》, 《맹자》, 《예기》, 《여씨춘추》, 《시경》, 《역경》, 《선불경》 등 수많은 동양 철학서를 탐독하고 그에 대한 서평을 쓰기도 한다. 그 결과 만년의 작가와 그의 문학정신은 완전히 동양사상, 특히 음양오행 이론과 도가(道家)와 불가(佛家)의 이념으로 충만하게 된다. 그러므로 마지막 대작《동방순례》와 이 동방순례자들에게 헌납된《유리알 유희》에는 직접 역학(易學)에 능한 대가가 등장하여 괘를 짚어 점을 치기도 한다. 그뿐만 아니라 "하인"이란 봉사의 의미를 지닌 주인공의 영혼이 과거로부터 현재를 거쳐 미래에 이르기까지 계속적으로 환생(還生)하는가 하면, 풍수(風水)에 기초를 둔 가옥건축의 철학을 이용한 "중국인 집의 유희"라는 상징적 유리알 유희를 성공적으로 이끌기도 한다. 여기에서도 헤세는 주인공 크네히트와 그의 대적자 데시뇨리, 이상향적인 교육주 카스탈리엔과 혼돈적 현실 세계, 그리고 고도의 전일적 조화를 나타내는 유희로써 우주의 온갖 대립성과 그 너머에 존재하는 전일성을 훌륭하게 서술한다. 그러면서 작가는 이 모든 대립을 너머선 전 우주적 단일사상으로 통하는 길로서 모든 것을 긍정하고 받아들이는 인내심이 강한 "사랑"을 가르치고, 이러한 사랑에 도달한 상태를 "행복"이라고 말한다.

운명적으로 동양과 서양, 자연과 정신, 예술가와 사상가, 은둔자와 세속인 등의 수많은 대립 사이에 흔들거리는 인생을 살아야만 했던 것이 헤르만 헤세이다. 그러기에 그는 흘러가는 자신의 인생에서는 물론 시적 창작 활동에 있어서도 모든 것을 양극 사이에 긴장시킨다. 인간으로서의 헤세는 "어떤 고정적이고 지속적인 형성체가 아니라, 하나의 시도이며 변화이다. 그는 바로 자연과 정신 사이에 놓인 좁고도 위험한 다리이다. 가장 내면적 운명은 그를 정신으로, 신으로 몰아대고, 가장 절실한 동경은 그를 자연으로, 어머니로 이끌어간다. 이 두 개의 힘 사이에서 그의 인생은 불안에 떨면서 흔들거린다." 그러나 그는 모든 것이 긍정되고 모든 것은 하나이며 똑같이 좋고 신성하다는 조화로운 사랑의 문학정신 속에서 헤세라는 인간과 그의 인생의 운명적 균열을 극복시킬 수 있었다. 그리고 그는 자신이 겪은 이러한 삶의 지혜를 끊임없이 이야기하며, 진정한 자아를 찾아가는, 고뇌하고 방황하는 우리 젊은이들에게 진정 위안에 가득 찬 충고를 해주고 있다.

II. 수레바퀴 아래 깔려 버린 자아

대개의 헤세 작품이 그러하듯이, 1903/4년에 집필하여 1906년에 발표한 장편 《수레바퀴 아래서 Unterm Rad》는 무엇보다 자서전적인 요소가 강한 작품이다. 헤세는 열세 살의 소년 시절에 라틴어학교를 다니며 주정부장학생 시험을 준비한다.

1891년에 마울브론 기숙신학교에 입학하지만, "시인이 되거나 아니면 아무것도 되고 싶지 않았기 때문에" 학교를 도망쳐 나온다. 경찰에게 붙잡혀 학교에 돌아온 후 8시간 동안의 감금 처벌을 받는다. 이 탈출사건 후로 우울증에 빠진 헤세는 친구들에게도 따돌림을 당하며 만성두통과 불면증에 시달린다. 선생님들은 헤세의 정신 상태를 의심하고, 그를 퇴교시키라는 목소리가 높아진다. 정신적으로 무언가 이상하다는 판정을 받고, 바트 볼에 있는 병원에서 치료를 받는다. 열다섯의 사춘기에 대답 없는 짝사랑으로 고민하며 자살까지 기도하고, 정신요양병원에 입원하기도 한다. 그 후에 김나지움[인문중고등학교]을 다니지만, 곧 학업을 중단하고 서점판매원 수업을 시작한다. 그것도 3일 후에 포기하고, 고향 칼브에 있는 탑시계공장에서 15개월간 견습공으로 일을 한다. 1895년부터는 튀빙겐에 있는 헤켄하우어 서점에서 판매원 및 서적분류 조수로 일하면서 시를 쓰기 시작하고, 1898년에 처녀시집 《낭만의 노래》를 발표하면서, 시인으로 또 작가로서의 인생길을 가게 된다.

《수레바퀴 아래서》는 청소년의 자살 문제가 심각했던 19세기 말 전환기의 독일사회를 배경으로 작가가 10여 년 전에 겪은 체험을 서술한 작품이다. 그 시대의 "학생비극"으로 평가되는 자전소설을 통해 작가는 고뇌로 가득 찬 사춘기의 체험을 시적으로 변형시킨다. 수레바퀴 아래 깔려 버린 주인공의 운명을 서술함으로써, 그는 자신이 겪었던 쓰라린 실제적 사건과 거리를 유지하며 젊은 시절의 고뇌를 극복하게 된다. 동시에 그는 당시의 학교 제도와 교육, 교회와 목사, 그리고 그에 연관된 엄격한 원칙들을 강하게 공격하고, 관료적인 제도나 교사들의 계급제도를 비판하기도 한다.

재능 있고 공부 잘하는 주인공 한스 기벤라트는 홀아비로 살아가는 편협한 아버지와 학교 선생님들의 자랑거리이다. 이해심 깊은 어머니의 돌봄과 사랑이 완전히 결여된 가난한 환경에서 자라나지만, 선생님이나 마을 목사님으로부터 신학교 장학생이 되어야 한다는 명예욕에 끈질긴 부추김을 받는다. 자신이 좋아하는 낚시질이나 수영 하기, 토끼 기르기 등은 모두 포기해야만 하고, 자유시간을 몽땅 빼앗긴 채 시험공부에만 열중하면서 괴로워한다. 주정부시험에 2등으로 합격하고 즐거운 휴가를 보내려 하지만, 목사님과 교장 선생님과 수학 선생님으로부터 신학교에서의 최우수 학생이 되기 위한 준비수업을 받게 된다. 구둣방 아저씨 플라이크만이 이런 가혹한 현실이 소년에게 얼마나 위험한지를 인식한다.

한스는 마울브론 신학교에서 처음엔 학교 교육에 잘 적응하며,

우수학생이 되기 위해 노력도 하고, 인문학에 대한 기쁨을 느끼기도 한다. 그러나 그는 지독한 공부벌레로 동급생들로부터 차츰 따돌림을 당하게 되고, 지나친 긴장과 노력으로 인해 녹초가 되어간다. 학업성적이 떨어지는 이유를 선생님들은 불량한 친구와의 교제 탓으로 돌린다. 그동안에 한스는 고집스러운 문제아로 시를 쓰는 헤르만 하일너라는 아웃사이더와 가까이 지내며 우정을 쌓는다. 선생님들은 모범생과 반항아와의 교제를 금지하고 파괴하려 한다. 하일너는 한스와 함께 산책을 하지 말라는 학교의 명령을 위반한 죄로 금고형을 받게 되자 수도원신학교를 탈출하고, 결국엔 퇴교를 당한다. 그 후 한스는 학업에 대한 자기 능력을 회복하려고 한동안 노력하지만, 더 이상 정신집중을 할 수가 없다. 지속적인 피로와 두통을 느끼며, 환각 상태에 빠지기도 한다. 동시에 그에게 실망한 선생님들은 그를 가만히 놓아두지 않고 박해까지 하게 된다.

한스는 육체적·정신적으로 지칠 대로 지쳐서 요양치료를 위해 고향으로 돌아오지만, 그에게 한없이 실망한 아버지를 대하며 비탄에 빠진다. 극심한 심적 고통을 겪으며 그는 죽음에 대한 생각에 사로잡히고, 세밀한 자살계획을 마련한다. 구둣방 아저씨로부터 과즙 짜기에 초대받고, 그의 명랑한 조카딸 엠마에 대한 사랑에 빠지면서 잠시 우울 증세와 자살 생각이 사라지기도 한다. 그러나 최초의 성적 자극과 그 터부를 극복하지 못하는 무능력함이 그를 더욱 절망적으로 어렵게 만든다. 성(性)이란 뭔가 비밀스럽고 금지된 것을 의미하기 때문이다. 작별인사도 없이 엠마는 떠나가 버리며, 이런 거절로 인해 그의 종말은 보다 가까이 다가온다. 신학교를 포기한 그는 이제 아버지의 권유로 기계공이 되기 위한 도세가 되며, 옛 학우가 그를 호의직으로 도와준다. 견습공으로서 특히 불행하다고 느끼지는 않으며, 여기에 제대로 적응하며 자아를 찾아보려고 많은 노력을 기울인다. 그러나 어느 일요일에 내키지 않는 여흥을 즐기기 위해 동료들을 따라 다른 마을로 소풍을 갔으나, 그는 돌아오지 못한다. 억지로 마신 술에 취해 집으로 돌아오는 길에 물에 빠져 죽는다. 다음날 강물에 떨어진 낙엽처럼 고요히 떠내려가는 그의 시체가 발견된다.

어린 학생의 비극적 운명을 지닌 학교에서의 예외자들은 모두 산과 구름과 시냇물, 그리고 여름과 밤하늘에 대한 외로운 동경과 사랑을 느끼고 있는 현실로부터 소외된 인간들이다. 한스 기벤라트 역시 "보수적인" 현실 세계와 "혁명적이고" 유연한 정신세계의 화해할 수 없는 대립 사이에서 괴로움을 당하다가 병들게 된다. 그는 이해심 없는 아버지와 야심적인 선생님들에 의해 수레바퀴 아래로 끌려들어간 것이며, 그의 생명의 불이 꺼질 때까지 그 밑에 깔려 있다. 하일너와의 우정 관계는 아무런 강요가 없는 자기의 개성을 전개시켜 나가는 교육적 효과를 암시하고 있다. 자연적인 성정을 지닌 그 친구는 전통적이고 권위적인 학교 생활에서는 예외자가 되지만, 자신의 예술가적 재능을 발견하고 강요받지 않는 자기의지를 계속 전개시키기 때문이다. 그러나 한스는 자기의 자아를 찾으려고 아무리 발버둥을 쳐 보아도, 결국 고통스런 현실적 삶을 극복하지 못하고, 그 무거운 짐 아래 깔려 나약한 육체와 영혼이 파멸되고 마는 것이다.

한스가 술에 취한 상태에서 길을 잃고 물에 빠져 죽었는지, 혹은 그가 의도적으로 생명을 끊었는지는 분명하지 않다. 그러나 그것은 별로 중요하지 않다. 왜냐하면 젊은 한스의 인생은 이미 절망적으로 꺾여 버렸고, 아무런 미래의 희망도 보이지 않았기 때문이다. 은정윤 박사가 말하듯이, 소설의 주인공은 죽음에 대한 병을 극복하지 못한 채 물에 빠져 죽지만, 작가 헤세는 괴테의 전통을 따라 자신의 위기를 극복한다. 일찍이 괴테가 《젊은 베르테르의 슬픔》을 쓰면서 자신의 우울증과 자살충동에서 해방된 것처럼, 헤세도 《수레바퀴 아래서》를 집필하면서 신학교에 입학했다 퇴학당하고, 그로 인해 심한 두통과 우울증에 대한 정신 치료를 받아야 했고, 실연의 고뇌로 자살기도도 여러 번 했던 청소년기의 위기에 대한 기억으로부터 자신을 해방시키고 있다.

헤세는 이 작품에서 좋지 않은 학교제도와 교육기관, 그리고 모든 사회계급에 대해 가차 없이 분노의 말들을 던지고 비꼬는 날카로운 고발인 역할을 한다. 훗날 작가 자신도 직접 이렇게 말하고 있다. "학교란 내가 진지하게 여기는, 또 때로는 나를 흥분시키는 단 하나의 현대적 문화문제이다. 학교는 여러 가지 면에서 나를 망가뜨렸다. 거기에서 배운 것은 라틴어와 거짓말뿐이다. 이 점은 한스가 증명해 주고 있다. 그가 정직했기 때문에 칼브 사람들이 그를 거의 죽여 놓은 것이다. 그는 항상 수레바퀴 밑에 깔려 있었다.", "한스의 이야기와 한스라는 인물로 나는 발전해가는 청춘 시절의 위기를 서술하고, 그에 대한 추억으로부터 해방되고자 했다. 하일너는 한스의 동반자인 동시에 대적자이기도 하다. 나는 기벤라트가 굴복해 버렸고, 나 자신도 한때 거의 굴복할 뻔했던 저 위대한 세력들에 대해 어느 정도 비판자이며 고발인 역할을 했다. 즉 학교와 신학, 전통과 권위에 대해서 말이다."

결론적으로 자전적 요소가 강한 이 장편은 첫째로 섬세하고 천부적 재능이 있는 소년이 학교라는 수레바퀴 아래서 어떻게 부서져 버리는가, 둘째로 무정한 선생님들은 감수성이 강한 소년에게서 행복스런 꿈을 꾸어야 할 시간들을 어떻게 빼앗아 버리는가, 셋째로 소년의 섬세한 영혼에 어른들은 어떻게 그들의 명예욕을 주입시키고 있는가, 그리고 넷째로 소년이 병들고 결국엔 죽음에 이를 때까지 위대한 세력들은 어떻게 그의 정신에 공부하는 것만

작품 해설

을 전제하고 있는가를 서술하고 있다. 이를 통해 작가는 전통적인 학교의 권위를 파괴하려는 경향을 빠뜨리지 않고 있다. 그러나 그저 탄핵만 했을 뿐 새로운 길이나 방법을 제시하지는 않았으며, 그 해답은 독자들의 숙제로 남겨놓고 있다.

III. 내면의 자아를 찾아간 자아

1911년 헤세는 동방으로 여행도 하고, 수많은 동양의 지혜와 사상에 관한 독서도 한다. 이를 통해 생의 양극성과 모든 대립 저편에 작용하는 종합적이고 조화적인 단일성 내지 전일성을 투시하고 경험한다. 다른 한편으로 제1차 세계대전(1914~1918년)이란 위기를 겪으면서 개인적으로 심각한 위기에 빠져들어 정신 치료를 받는다. 한동안 창작 활동을 중단한 채 70여 회에 걸친 정신분석을 받으면서 자신의 갈등과 문제를 극복하기 시작한다. 이런 개인적·세계적 변화를 겪으면서 그의 사상과 창작도 완전히 새로운 방향과 새로운 형성의 면모를 지니게 된다. 그 첫번째 작품이 1917년 몇 달 동안에 격정적으로 집필되어 1919년에 출판된 성장소설 《데미안 Demian》이다. 에밀 싱클레어라는 익명으로 발표된 이 작품에서 헤세는 이전의 "낭만적인 작품(作風)"을 지양하고, 완전히 새로운 필법으로 동양의 지혜와 정신분석학에서 영향 받은 사상과 철학을 서술한다.

그러나 진정한 자아를 찾아가는 자기실현의 과정을 서술하는 데에는 변함이 없다. 세상을 방랑하며 자아를 추구하는 초기 작품의 낭만적 주인공들과는 달리, 사춘기를 테마로 한 《데미안》의 젊은 주인공 싱클레어는 자기 내면의 자아를 찾아간다. 이는 동양 정신 및 심리분석과 만난 작가의 예술적 결실로 그가 걷는 각성의 길은 내면으로, 즉 자아로 통하는 것이다. "나는 정말 나 자신으로부터 저절로 우러나온 인생을 살려고 원했을 뿐이다. 그런데 그것이 왜 그다지도 어려웠던가?" 작품의 모토가 된 싱클레어의 이 고백은 전체 이야기의 근본 멜로디로서 내면의 자아를 찾아가는 간절한 소망과 노력을 보여준다. 이 자아성숙의 길은 고통으로 가득 찬 고독 속에서 이루어지고 있는데, 멀고도 가까운 자기운명으로서의 자아를 향한 끝없는 방랑이 전체의 작품을 구성한다. 그리고 주인공은 자신이 찾는 데미안이 자기 내면에 깃들어 있는 자아임을 발견하며 방랑의 목적지에 도달하는 것이다.

주인공 싱클레어는 열 살 때에 벌써 어렴풋이나마 인간 생활의 이중성을 의식한다. 즉 그에게는 두 개의 대립적 세계가 존재하는데, 그는 내면적으로나 외면적으로나 이 두 세계에 똑같이 속해 있는 것이다. 그 하나는 도덕적이고 깨끗하며 사랑으로 가득 찬 양친의 집으로 명료함과 질서와 청결함이 깃들인 밝은 세계이고, 다른 하나는 술에 취하고 유혹적이며 공포에 가득 찬 하녀와 수공업 도제들의 골목으로 도깨비 이야기나 추문들이 있고 살인과 자살이 자행되는 어두운 세계이다. 이 두 개의 세계가 사이좋게 교차하던 보다 더 어린 시절에 싱클레어는 밝은 요소와 어두운 요소를 아직 아무런 마찰 없이 모두 긍정적으로 함께 받아들인다. "참으로 그것은 다행한 일이었다. 여기 우리 집에 평화와 질서와 안정이, 그리고 의무와 착한 양심과 용서와 애정이 깃들여 있다는 것은 경이로운 일이었다. – 그리고 또한 그 외의 모든 다른 것이, 모든 소란스러운 것과 조야한 것, 음산한 것과 폭력적인 것이 존재한다는 것도 경이로운 일이었다."

그러나 사과를 훔쳤다고 악의 없는 거짓말을 함으로써 싱클레어는 프란츠 크로머라는 거칠고 조야한 불량소년의 손아귀에 걸려들게 된다. 그와 동시에 어린 시절에 맛보았던 두 세계의 표면적 조화는 무너져 버리고, 대신 음산하고 두려운 세계가 그를 덮쳐온다. 크로머로부터는 도둑질과 거짓말을 하도록 휘몰리는 한편, 어머니와 아버지로부터는 관용과 애정에 감싸이면서 가련한 소년 싱클레어는 이리 비틀 저리 비틀 불안한 삶을 살아간다. 적대적인 양극, 즉 밝고 어두운 세계 사이를 오가면서 그는 떨면서 "공포에 가득 찬 이중생활"을 영위하는 것이다.

이 대립적 생활 틈새에서 방황하는 젊은이를 구해낸 것은 침잠된 단일적 세계의 사자(使者)인 막스 데미안이다. 데미안은 카인의 표적을 저주의 표적이 아니라 선택된 자들의, 제어할 수 없이 강한 자들의 표적으로 해석하며, 종교에 대한 전 긍정적인 사상으로 싱클레어에게 새로운 세계를 열어준다. 즉 세계는 선과 악이라는 양극이 함께일 때에야 비로소 완전한 하나가 되며, 인생의 양면성을 단일성으로 포용하고 두 개의 세계를 똑같이 신성하게 간주할 것을 가르쳐 준다.

"우리는 모든 것을 숭배하고 신성시해야 한다. 인위적으로 구분된 공식적인 절반의 세계만이 아니라 전체의 세계를! 그러므로 우리는 신에게 뿐만 아니라 악마에게도 예배해야 한다. 나는 그러는 것이 옳다고 생각한다. 그보다 우리는 악마까지도 그 속에 내포하고 있는 하나의 신을 창조해야만 할 것이다. 이 세상의 가장 자연스러운 일이 일어날 때에도 우리가 그 앞에서 눈을 감을 필요가 없는 그러한 신을."

여기에 알맞게 《데미안》에는 신적인 것과 악마적인 것을 합일시키는 상징적 임무를 지닌 하나의 새로운 신이 창조된다. 이 새로운 신의 이름은 아브락사스라고 하는데, 이는 동방의 신비적 그노시스 종파에서 나온 것이다. 아브락사스는 신인 동시에 악마이며, 남자인 동시에 여자이다. 모든 양극성을 한 몸에 지니고, 이 양극을 초월하면서 모든 대립적인 것을 동시에 스스로 창조한다. 그러니까 아브락사스는 인생과 세계의 모든 대립적 다양성을 포괄하여 자기 자신 속에서 하나로 합일시키는 새로운 신이다. 싱클레어와 데미안, 그리고 피스토리우스에게 아브락사스는 인생과 신앙과 세계의 경험을 위한 지도적 상징이 된다. 이전에 존재했던 모든 신과 악마를 한 몸에 지니고 있는 피스토리우스는 어느 날 젊은 싱클레어에게 이렇게 말한다.

"우리의 신은 아브락사스라고 합니다. 그는 신인 동시에 악마이며, 자신 속에 밝은 세계와 어두운 세계를 지니고 있습니다. 아브락사스는 당신 생각의 어느 하나도, 당신 꿈 중의 어느 하나에도 결코 반대하지 않습니다. 그걸 잊지 마십시오."

이렇게 하여 그들 모두는 아브락사스를 하나의 전체로서 긍정하고 숭배하며 커다란 단일성으로서 그에게 기도한다. 이는 모든 대립을 조화시키는 일원화에 대한 시적 표현으로서, 헤세의 양극적 전일사상에 대한 최초의 상징이 된다.

이 신적이고 악마적인 아브락사스는 싱클레어의 꿈속에 나타나는 이중적 사랑의 상에도 생생하게 살아 있다. 환희와 전율을 느끼면서 그는 계속적으로 남자인 동시에 여자인 사랑의 상에 대해 꿈을 꾸거나 몽상을 한다. 이 이중상(二重像)은 처음에는 옛날 애인 베아트리체와 같은 모습을 지니지만, 다음에는 영원한 친구 데미안이 되기도 한다. 그러나 데미안보다는 훨씬 여성적이며, 또 어떤 때는 자기 어머니의 모습이 되기도 한다. 이 상에는 "환희와 전율, 남자와 여자가 뒤섞여 있고, 가장 성스러운 것과 가장 잔혹한 것이 서로 엮어져 있었으며, 아주 사랑스러운 천진난만 속에서 깊은 죄책감이 경련을 일으키고 있었다."

　이중적인 어머니- 애인에 대한 꿈들은 싱클레어를 한없이 불안하게 하는 동시에 무한한 행복을 느끼게도 한다. 이 사랑의 상은 그를 강력하게 유혹하면서 깊이 두려움을 느끼게 하는 사랑의 포옹으로 끌어들인다. 그 포옹은 "신에 대한 봉사"인 동시에 "범죄"가 된다. 그 때문에 그는 이런 사랑의 꿈으로부터 때로는 깊은 행복감에 젖어서, 또 때로는 무시무시한 죄를 지을 때와도 같이 죽을 듯한 두려움과 양심의 가책을 느끼며 깨어난다. 그는 이 꿈속의 상을 어머니와 애인, 매음부와 창녀라 부르기도 하고, 또 어떤 때는 아브락사스라 이름하기도 한다. 이 모습을 원망하기도 하고, 그에게 기도를 올리기도 한다. 양극적 이원성이 극복된 이 사랑의 상을 몹시 동경하기도 하고, 동시에 커다란 두려움을 갖기도 한다. 그러나 이 상은 또 하나의 새로운 신으로서 언제나 싱클레어의 내면에 그리고 그의 위에 존재하고 있다.

데미안의 어머니 에바 부인에게서 싱클레어는 아브락사스와도 같은 양극적이면서 단일적인 꿈속 애인의 실체적 모상(母像)을 발견한다. 그에게 비친 그녀는 "하나로 된 천사와 악마, 남자와 여자이며, 인간인 동시에 동물이고, 최고의 선인 동시에 최고의 악이다." 에바는 어머니–애인의 모습으로 형상화된 또 하나의 새로운 신, 즉 남녀가 합일된 인간 형상으로 된 아브락사스이다. 모성과 남성, 엄격성과 깊은 열정의 특성을 지닌 이 모습은 아름답고 유혹적이며, 선하고 악하며, 성스럽고 죄스럽다. 그러므로 싱클레어에게는 "악령이며 어머니가 되고, 운명이며 애인이 된다." 그는 그녀를 "어머니로, 애인으로, 여신으로" 사랑하고, 그녀에게 기도드린다. 동시에 그는 "영원히 여성적인 것"의 원상(原像)을 그녀에게서 발견하기 때문에, 에바의 인사는 오랜 세월 동안 그리워하던 귀향이 되고, 그녀의 눈길은 고향의 단일성을 찾으려는 두려움에 가득 찬 내면적 동경의 실현이 된다. 뤼티가 설명하고 있는 바와 같이 모든 것이 그녀에게서는 좋은 것이 되고, 모든 것이 그녀에게서는 하나가 된다. "생활과 사상, 외면과 내면, 악과 선 등과 같은 모든 대립이 언뜻 보기에 전혀 화해할 수 없는 이중성으로 인해 젊은 싱클레어를 괴롭히고 있고, 또 자연과 정신이란 근원적 대립의 현상으로 나타나고 있지만, 이 모든 것이 에바 부인에게 있어서는 극도의 동일성으로 합일되어 있다." 그러니까 에바 부인은 헤세가 모든 삶의 양극적이고 대립적인 다양성의 합일을 실현시켜 놓은 또 하나의 새로운 시적 형상이라 할 수 있다.

젊은 싱클레어를 끊임없이 가르치고 인도하며 각성시켜 주는 데미안 역시 전일성을 상징하는 인물이다. 그에게서는 세상의 모든 대립성이 완전한 단일성으로 나타나고 있다. 그렇기 때문에 그의 모습은 남자도 아니고 여자도 아니며, 어린이도 아니고 어른도 아니며, 늙지도 않고 젊지도 않은 채 시간을 초월하여 수천 년이 된 것처럼 보인다. 그는 짐승과도 같고 정령과도 같다. 하나의 그림, 하나의 나무, 혹은 하나의 돌과도 같다. 그는 다른 학생들 모두와는 상상할 수 없을 정도로 다르다. 별들처럼 변화하고, 하나의 특별한 광채와 독자적인 대기에 에워싸여 있으며, 독자적인 법칙에 따라 살아가고 있다. 그래서 싱클레어는 그를 태고적 신상(神像)과 같다고 비교한다. 그는 "삶 자체와도 같이 영원하고 시간을 초월하였으며, 가까운 동시에 무아경에 젖어 있고, 선과 악의 저편에 머물면서 동시에 신과 창조와 하나가 되고, 고요하면서도 경이로웠다."

언젠가 싱클레어는 명상적인 태도를 취하고 있는 데미안이 완전히 자기 내면에 침잠하여 전일적인 원상과 하나가 되어 있다는 것을 감지한다. 그렇기 때문에 내면적으로나 외면적으로나 데미안을 자신의 신적 존재로 찾고 있으며, 그가 살아가는 인생에 있어서 처음부터 끝까지 데미안의 영향을 받는다. 그래서 데미안은 어린 친구 싱클레어에게 "내면적인 목소리로서, 그리고 그를 인도해 가는 힘으로서의 데몬[인간 내면에 존재하는 무서운 힘으로서의 악령]" 역할을 한다. 또 외면적으로는 "혼돈적 자연으로부터 끊임없이 정신적 우주를 정돈시키는 데미우르크[세계의 창조자]로 작용하는데, 그에게 있어서는 언제나 두 개의 세계가 창조적으로 서로 작용하고 있다. 그는 내면적으로 또 외면적으로 작용하는 인간이 된, 친구가 된 신적 존재이다."

그러므로 전쟁터에 끌려가 보초를 서는 싱클레어 위에 온 세계가 진동하며 무너질 때에도, 그는 순간적으로 비밀스런 에봐 부인을 생각하고, 마음속 깊이 데미안을 생각한다. 마지막으로 그는 데미안이 전해주는 에봐 부인의 키스를 받으며 그의 영원하고 대립적 – 단일적인 "신"과 하나가 됨을 느낀다. 즉 싱클레어는 자기 자신으로 깊숙이 침잠하여, 운명적 영상들의 거울 속에서 데미안과 꼭 같은 자신의 모습을 보게 된다. 데미안은 바로 싱클레어 자신의 자아인 것이다. 있는 그대로의 자신을 인식하고 자아와 하나가 되면서, 그는 내면으로 통하는 방황의 목적지에 이르는 것이다.

이 번역의 텍스트인
《수레바퀴 아래서 Unterm Rad. Erzählung》는
Hermanm Hesse : Gesammelte Dichtungen. Bd. I, Berlin:
Suhrkamp Verlag 1952, S. 373~546을 사용했고,
《데미안 Demian. Die Geschichte von Email Sinclairs Jugend》은
H. Hesse : Gesammelte Dichtungen. Bd. III, S. 99~257을
이용했음을 밝혀둔다.

작가 연보

헤르만 헤세 연보

1877년   7월 2일, 독일 남부 뷔르템베르크주(州)의 소도시 칼브에서 요한네스 헤세와 마리 헤세 사이에 장남으로 태어남.

1881/6   부모와 함께 스위스 바젤에 거주.

1886/9   가족이 고향 칼브로 돌아오며, 헤세는 실업학교에 입학.

1889년 칼브에서 촬영한 헤세의 가족사진. 왼쪽부터 헤르만 헤세, 아버지 요한네스 헤세, 여동생 마룰라, 어머니 마리 헤세, 여동생 아델레, 남동생 한스.

1890/1	괴핑겐에서 라틴어학교에 다님. 뷔르템베르크 주정부장학생 시험에 합격.
1891/2	마울브론 신학교에 입학. 7개월 후 신학교를 도망쳐 나옴.
1892	바트 볼 병원에서 치료. 6월에 짝사랑으로 자살 기도. 슈테텐 정신병원에서 요양.
1892/3	칸슈타트 김나지움[인문중고등학교]에 다님. 학업 중단하고 서점판매원 수업.
1894/5	칼브의 페로탑 시계공장 견습공.
1895/8	튀빙겐의 헤켄하우어 서점 판매원 및 서적 분류 조수. 98년 10월 처녀시집 《낭만의 노래》 발표.
1899	스위스 바젤로 이주. 산문집 《한밤중 후의 한 시간》 출간.
1901	첫번째 이탈리아 여행. 《헤르만 라우셔의 유작과 시》 발표.
1902	어머니에게 헌납한 《시집》 발표. 출간 직전에 어머니 사망.
1903	두 번째 이탈리아 여행.
1904	《페터 카멘친트》 발표. 비엔나 농민상 수상. 마리아 베르누이와 결혼. 보덴 호수 근교의 가이엔호펜으로 이주. 자유 작가로 여러 신문과 잡지에 기고.
1905	첫 아들 브루노 출생.
1906	《수레바퀴 아래서》 발표.
1907/8	단편집 《이 세상》 《이웃 사람들》 발표.

1909	둘째 아들 하이너 출생. 스위스의 취리히, 독일, 오스트리아 등으로 강연 여행.
1910	장편 《게르트루트》 발표.
1911	셋째 아들 마르틴 출생. 시집 《도중에서》 발표. 인도 및 동남아시아 여행.
1912	단편집 《우회로》 발표. 스위스의 베른 근교로 이주.
1913	동방여행기 《인도여행》 출간.
1914	장편 《로스할데》 출간.
1914/19	독일, 스위스, 오스트리아 신문과 잡지에 반전(反戰)의 정치기사와 논문, 경고의 호소문, 공개서한 발표.
1915	소설 《크눌프. 크눌프 생애의 세 가지 이야기》 발표. 시집 《고독자의 음악》 단편집 《청춘은 아름다워라》 출간.
1916	아버지 사망. 부인의 정신분열증 시작과 막내아들 마르틴의 발병. 카를 구스타프 융의 제자 J. B. 랑 박사에게 정신의학적 치료 받음.
1919	《차라투스트라의 귀환》 발표. 테신주(州) 몬타뇰라의 카무치 별장에 거주. 수채화를 그리기 시작. 장편 《데미안. 에밀 싱클레어의 젊은 시절 이야기》 익명으로 발표. 단편집 《작은 정원》, 《동화집》 출간.
1920	시집 《화가의 시》 단편집 《클링소어의 마지막 여름》 여행소설 《방랑》 발표.
1921	퀴스나흐트에서 C. G. 융에게 정신분석 받음.
1922	소설 《싯다르타. 인도의 시》 발표.
1923	첫번째 부인 마리아 베르누이와 이혼.
1924	스위스 국적 다시 취득. 여류작가 리자 벵거의 딸 루트 벵거와 재혼.
1925	소설 《요양객》 발표.

1926	여행기 《그림책》 발표. 여류예술사가 니논 돌빈과 사귐.
1927	장편 《황야의 이리》 발표. 두 번째 부인 루트 벵거와 법적 이혼.
1930	소설 《나르치스와 골드문트》 발표.
1931	니논 돌빈과 결혼.
1932	《동방순례》 발표.
1932/34	장편 《유리알 유희》 집필.
1934	스위스 작가협회 회원. 시 선집 《생명의 나무에서》 출간.
1935	중단편집 《우화집》 발표. 동생 한스 자살.
1936	고트프리드 켈러 문학상 수상.
1939/45	헤세 작품은 독일에서 "원치 않는 문학"이 됨. 나치 관청은 책 출판을 허락지 않음. 수르캄프와의 합의 하에 단행본 《헤세 전집》을 취리히의 프레츠와 바스무트 출판사에서 간행키로 함.
1942	최초의 시 전집 《시집》 취리히에서 출간.
1943	만년의 대작 《유리알 유희》 2권으로 출간.
1946	수상집 《전쟁과 평화》 발표. 다시 독일 수르캄프 출판사에서 책을 간행하게 됨. 프랑크푸르트 시(市) 괴테문학상 수상. 노벨문학상 수상.
1947	베른대학교 철학부에서 명예박사학위 수여. 고향 칼브의 명예시민이 됨.
1950	빌헬름 라베 문학상 수상.
1951	《후기 산문집》 《서간 선집》 발표.
1952	75회 탄생일 기념 6권으로 된 《헤세 전집》 출판.
1955	독일 서적협회의 평화상 수상.
1957	《헤세 전집》 7권으로 증보 출간.

1961   시 선집 《단계》 출간.
1962   몬타뇰라의 명예시민. 8월 9일 뇌출혈로 별세. 성 아본디오 묘지에 안장.

헤르만 헤세 마지막 사진
1962년에 찍은 헤세의 모습.